西部小说系列

雪漠

在心灵的猎原上，

你我都是猎物。

——作者题记

猎原

雪漠 著

中国大百科全书出版社

图书在版编目（CIP）数据

猎原 / 雪漠著 .—北京：中国大百科全书出版社 . 2017.1

ISBN 978-7-5000-9993-2

Ⅰ . ①猎… Ⅱ . ①雪… Ⅲ . ①长篇小说 – 中国 – 当代

Ⅳ . ① I247.5

中国版本图书馆 CIP 数据核字（2016）第 280322 号

出 版 人　刘国辉

责任编辑　李默耘

责任印制　魏婷

装帧设计　U-BOOK

封面题字　雪漠

插　　图　张笑颜

出版发行　中国大百科全书出版社

地　　址　北京阜成门北大街 17 号

邮　　编　100037

网　　址　http://www.ecph.com.cn

电　　话　010-88390603

印　　刷　三河市华东印刷有限公司

开　　本　880 毫米 × 1230 毫米　1/32

字　　数　350 千字

印　　张　16.625

版　　次　2017 年 3 月第 1 版

印　　次　2021 年 5 月第 3 次印刷

定　　价　78.00 元

爱与理想的喷涌（“大漠三部曲”新版总序）

●雪漠

我的诗总是没有结尾，
很像我的生命和觉悟，
也如我心中鲜活的你。
风中的蝉翼渐渐远了，
一如那亘古的叹息。
我总是在别人病里，
疼痛我自己。

一

中秋了，西部的大漠也该忙碌了。 切，都还是那种调子，缓慢，沉稳，内敛，有点像我的小说。所有的人，还在各自的轨道上，继续着各自的生活，一年又一年，周而复始。不管外面的声音怎样呼啸，也难吹醒大漠的梦。我不知，这梦还要睡多久？大漠的沉寂，已经千年了，都成深入顽空定的老僧了，顽空太久，总难激起智慧的涟漪。偶尔，喘息几声，很快，就被岁月的飓风卷走了。

卷走的，除了喘息外，还有那份疼痛。是的，疼痛。但是，有疼痛，总比麻木要好。在这个巨大的虚幻里，能感受到疼痛的，定然是清醒的人。虽然，我的小说里写了诸多的“疼痛”，但细心的读者，总能从那疼痛中，读出一股大力。要想冲破黎明前的黑暗，必然会有疼痛。没有大疼，便没有大安。我一直寻找那妙方。

从《大漠祭》起，疼痛就开始了，你能看出来，那是一种无奈的疼痛。到了《猎原》，疼痛中有了忏悔，有了觉醒，有了决裂和希望。而在《白虎关》里，这种疼痛，一直发酵，一直发酵，到了生命的极限，疼痛的灵魂便一泄而出了，发出的呼喊，有点撕心裂肺。所有的一切，都在叩问，那解除疼痛的良药在哪？谁能抚平一个个灵魂的伤痛？谁能给予回答和指引？

就这样，三部书里，写尽了红尘中的这杯苦酒。

那么，人类为什么会有疼痛？我告诉你，因为有死亡，因为有变化，因为一切都不能永恒。这是生命的真相。不管你是否明白，该来的终究会来，该去的终究留不住。关键是，该如何面对这一宿命？后面，我写的“灵魂三部曲”(《西夏咒》、《西夏的苍狼》、《无死的金刚心》)，还有“故乡三部曲”(《野狐岭》、《一个人的西部》、《深夜的蚕豆声》)，也许，很多人从中能找到治愈的妙方。但同时，要想真正治愈，你还要去感受另一种更大的疼痛，那是打破后的幻灭和升华。

在我的小说世界里，塑造了上百个人物，他们都活着，都行走着，都在展示自己的灵魂。从他们的故事中，你可以读出我所要表达的思想和智慧。他们很实，也很虚，在虚实之间，都在演绎着自己的命运。所有的故事，生了，灭了；灭了，又生了，生生灭灭，已演了千年。偶然间，我写出了他们，定格了他们，其用意只有两个字：明白。

为了这明白，我总在破呀，立呀，总在实呀，虚呀中行走，寻觅。寻觅是我永恒的功课。明白之前的寻觅，是为了自己的明白；而明白之后的寻觅，是为了让更多人的明白。于是，我的作品总是源源不断，绵绵流长，总如火山般喷涌。

破也萧萧，立也萧萧，一切的一切，都在诉说那个古老的故事。曾有人说，雪漠不会编故事。是的，雪漠不会编故事，但他知道，真正的人生有无数的精彩故事，是无须刻意编的，它一直存在于天地间。你、我、他，都是故事中人，我们的生命，都在诉说自己的故事。

从1989年开始创作，到2000年《大漠祭》初版，再到2008年《白虎关》初版，我写了二十年的“大漠三部曲”。2009年，我一边感叹沧桑，一边告别关房，走入一个新的世界。我从凉州，客居岭南。再从岭南，定居沂山。我不想老死在“大漠”里，我想出来，看看世界，兜兜风。我知道，宿命里，还有更远的路要走。

有人说，我的身上，蕴涵着两种东西，是他人少有的。什么东西？爱和希望。我是理想主义者，我相信希望的永恒。我有点像地球，表面看起来平静，深处的岩浆却在涌动，那便是希望和爱。那种活力，时时会喷出，成为一座壮美的火山。

当然，我的一生，也在朝圣。我一直像拜月的狐儿。从《大漠祭》，到《猎原》，到《白虎关》，再到最近的《野狐岭》，都是我朝圣时留下的足记。虽然遭遇艰难，但还是一路走了来。

所以，我的读书、写作、禅修、演讲、访学、交流等，都是我朝圣的方式，其所有的目的，就是为了战胜自己，消去兽性，趋向神性，让自己成为一个真正的人。

二

“大漠三部曲”中，还写了我眼中的西部文化。

这文化，有两个特征：一是当下关怀，二是终极超越。

对于前者，体现在《大漠祭》《猎原》《白虎关》里，而后者，则体现在《西夏咒》《西夏的苍狼》《无死的金刚心》《一个人的西部》《野狐岭》《深夜的蚕豆声》里。它们构成了一个整体，以文学的形式展现给世界。此外，我的“光明大手印”书系，则是以文化的形式，展示了什么是终极超越。

当然，我还想定格一个时代。写“大漠三部曲”时，我定了戒律：不迎合，不跟风，不跟潮流，不追求时尚。我要求每部作品，都是一个世界，绝不雷同。我的创新，不是形式上的模仿，而是精神上的超越。精神上的超越，能直指人心。

有一次，一个记者说，雪漠，你的《大漠祭》中，有些凉州方言不对。我说，不管对不对，以后就以我为准了。因为这茬人死后，没人再知道对不对了。

作家的作品，是作家心灵的产物，世界怎么样，并不重要。就如《无死的金刚心》里的琼波浪觉，本身怎么样，并不重要。不同的作家，诠释了对世界不同的理解；而不同的理解，又构成了不同的价值；那不同的价值，又决定了作家不同的话语权。有的不朽，有的是过眼云烟。只有作品成为文化时，那作家写的东西，才能影响世界。

三

我常说，我的写作是因为爱。

爱是人类永恒的话题，道不尽，说不完。“大漠三部曲”里，我写了人世间最美的世俗之爱，灵官与莹儿，猛子与月儿，都用他们的爱，感动了读者。这是小爱，虽然很美，也令人向往，但它很快会消逝，条件一变，那天长地久，就成曾经拥有。而在“灵魂三部曲”里，我写了一种大爱，这是信仰之爱，超越了肉体本身。琼与雪羽儿、黑歌手与紫晓、琼波浪觉与司卡史德……他们的爱，有种出尘之美。大爱是智慧与慈悲的合一。小爱转瞬即逝，大爱相对永恒；小爱是个人的觉受，大爱是心灵的滋养。我一生所向往的，就是这种大爱。

因为有大爱，那出走后的灵官，就能成为琼、黑歌手、琼波浪觉、马在波，因为他实现了超越。“大漠三部曲”就源于大爱。我将心中的爱，都化为文字，化为行为，化为思想。面对世界时，我总有浓浓的爱，这样，便有了写作的理由。

爱是一种光。我总想分享那光，照亮有缘者。光小时，我就当萤火虫，光大时，我就当火把。只要有光，就有希望。等我成火把时，就会点燃另一个火把，或点燃一堆篝火，那便是我的一本本书，或是一个个跟我做事的朋友。我们的人生，都是在茫茫长夜里漫游，都不知生从何来，死往何去，但只要看到火光，就能感到温馨和希望。

“大漠三部曲”，便是我的一种光。

——2016年9月10日写于沂山雪漠书院

选择与命运（第四版代序）

●雪漠

感谢中国大百科全书出版社成立了雪漠图书中心，专门推出我的作品，为我提供了一个更有力的平台。

2001年，《大漠祭》出版之后，我便开始《猎原》的创作。虽说《大漠祭》的成功给我带来了声誉，但是我很清醒，也很宁静，我知道这仅仅是我文学生涯的第一步，想要真正地实现自己的梦想，还有漫长的路要走。《猎原》的写作和《大漠祭》同步，都是二十多岁时种下的一粒种子，待它开花结果时，我已到四十岁以后了。如今，十多年又过去了，《猎原》已经有四个版本了。

谈到《猎原》，很多人总喜欢和《大漠祭》相比较。在《大漠祭》里，人物的心灵似乎是静止的，风平浪静，不显山不露水，我只是平静地写了西部农民最质朴、最本真的生存状态。在《猎原》里，我继续关注西部农民的活着，但这种活着就不仅仅是表象上的活，而是灵魂层面的活。我有意让一些人动起来，将他们置于风口浪尖上。当外部风暴席卷而来时，每个人的心都会随风而动，有彷徨，有挣扎，有焦虑，有疼痛，当然也有希望，有觉醒，更有一种决裂和释然。其人性的高贵与卑劣，灵魂的伟大与渺小，生命的庄严与琐屑，在抢夺草场时一览无遗。

那个叫猪肚井的所在，就是一个小小的世界，虽然有着西部的外表，反映出的，却是整个人类。每一个走进猪肚井的人，都怀揣着一个梦，这个梦很简单，就是能摆脱贫穷，但最终，所有人的梦都归于破灭，每个人都被自己的贪婪和愚昧所吞噬，一败涂地。为什么？因为，人类的心灵，就像一个巨大的猎原，虽然看不见，但里面时刻上演着神性和兽性的争斗。人是欲望的猎物。正如我在《猎原》题记中说："在心灵的猎原上，你我都是猎物。"但是，对这句话，能读懂的人并不多。因为，很多人被世俗生活麻痹了，根本就没有发现那个灵魂角逐的过程。他们根本不知道，自己的痛苦，是欲望和灵魂搏杀时产生的纠结。很多人的灵魂，就是在这个过程中被悄悄杀死的，但他们都不知道，自己正活在欲望的魔桶中。在《猎原》里，你会看到这种角逐和厮杀，很惨烈，也令人心痛。其实，这都是每个人的选择，是选择铸就了他们的命运。所以，某种意义上说，选择即命运。

《猎原》出版至今，已过了十多年，虽然它和《大漠祭》一样，我同样倾注了很大的心力，但《大漠祭》获得了相对大的成功，而《猎原》的反响就弱一些。但这并不代表《猎原》不如《大漠祭》。反而，很多人更需要的，其实是《猎原》。也许，不久以后，它会和《大漠祭》《白虎关》一样，其价值会被真正地发现。

有人说，读我的《猎原》《西夏咒》《野狐岭》等，只觉得人类的苦难重重，悲剧成分居多，命运很沉重。是的，很沉重。我告诉他，这就是人类命运的真相。任何时代、任何时候都是这样。因为每个人的头上都悬着一把死亡之剑，它随时都会落下来。在死亡面前，人人都是平等的。所以，我的每一部作品，都像笼罩在死亡的黑幕中，给人一种很沉重的感觉，但很多人也会发现，这份沉重的背后，有一盏静静燃烧的马灯，一灯照破千年暗，但愿它能有一种"照亮"。

面对所有的沉重，面对宿命中所有的孤独，每个人都需要一盏灯。灯一亮，亘古的黑暗就没了。所以，在我的每一部作品中，在那巨大的黑幕中，都透着丝丝缕缕的亮光，这就是人类永恒的追问——如何才能自主命运，超越欲望的魔咒？于是，就有了那么多寻觅真理的实践者。他们都想找到黑幕背后的太阳，人类本有的那个智慧太阳，让它放出万丈光芒，照亮心灵，让所有的沉重都化为黎明的天光。这是我的梦想，或许也是你的梦想，更是整个人类的梦想。

上一世纪，鲁迅曾说："人生最苦痛的是梦醒了无路可走。做梦的人是幸福的；倘没有看出可走的路，最要紧的是不要去惊醒他。”鲁迅是对的，梦醒了无路可走是最苦痛的。在我的《猎原》里，你可以看到那个“梦醒了无路可走”的黑羔子，他便是过去的我。我也有过一段无路可走的黑暗，还好，经历了灵魂的历练之后，我终于走出了心灵的愚昧，实现了超越。所以，我明知道“无路可走”，但仍然要去“寻路”。没有寻觅，便没有今天的我。没有寻觅，就没有我后面诸多的作品。没有寻觅，一切都没有意义。所以，我一直想在无路可走的世界里，走出一条属于自己的路。

时下，整个世界就像一个疯狂的大舞台，每个人都在跳着自己的欲望之舞。真正的贫困并非生活的贫困，而是精神的贫乏，灵魂的无依。在这个时代中，信仰的缺失，人文的断层，造成了新一轮的贫穷。很多人虽是物质的贵族，却又是精神的贫民，在心灵的猎原上，他们仍是被欲望追逐、四处逃窜的猎物。“如何活着”这一命题并未结束，而是提出了更高的问询。虽然很多人认为，人只有解决了温饱问题，才会考虑精神、灵魂层面的事，但这其实是一个悖论。因为，一个人如果不升华自己的灵魂，不清除心上的污垢，他就很难摆脱贫穷的命运。因为，贫穷的心灵是狭隘的，如果没有一种博大文化的滋养，他根本就走不出自己的小圈子，走不出自己的生活境遇。那么，他就会一直贫穷下去，很难有改变命运的可能性。有时，这不是老天给予的命运，而是自己心灵的轨迹。所以，改变命运的钥匙，就是要让心富起来，让灵魂强大起来，从一个祈求外界给予自己一切的人，变成一个有尊严、有智慧、能自主心灵、有能力去爱的人。这才是真正的改变命运，也是文化对心灵的救赎。

一切都源于心的明白。

在《猎原》里，还有另一个叩问，就是人类命运的出路。对于路，我有着自己的理解，那就是《猎原》里孟八爷所思考的：“所谓路，就是他走了，还会有千万人沿了走。仅仅是一人走的，不叫路。”其实，这也是我的思考。我举办香巴文化论坛，开办创意写作班，创建书院，都是在延续这个思考。我实现了自己的梦想，也希望更多的人有梦想。对那些有梦想的人，我会尽力帮他圆梦；对那些没有梦想，心无所依者，我也会尽量教他寻梦。我知道，梦想对一个人来说很重要。人类之所以伟大，就因为有梦想。真正踏上梦想之路的人，会活得更开心、更快乐、更安详、更明白。当然，他的命运也会随之改变。

那么，你的梦，又在哪里呢？

让我们一起进入《猎原》，去看看那些寻梦的人。

——2016年7月1日写于沂山雪漠书院

从“成为雪漠”到“享受雪漠”

●雪漠

从《大漠祭》初版至今，已过去十二年了。世界发生了很多变化，时尚文学过了一茬又一茬，许多畅销书的寿命也越来越短，《大漠祭》们却越来越热了。各大网上书店也常常断货，常有人托朋友找书。虽然有了多种版本，仍常常供不应求。虽没人热炒过它们，它们还是靠作品本身的力量赢得了时代和市场。当然，日后还会有个有力的助缘，让更多的人发现它们。那时，它们的价值将会被重估。那时节，会有许多人惊叹：嘿，这可真是个宝藏啊。

我是1988年开始动笔的，2000年《大漠祭》在上海初版，2003年《猎原》在北京初版，2008年《白虎关》在上海初版，我终于完成了“大漠三部曲”的写作。出版历时八年，写作时间则超过了二十年。从二十五岁开始写初稿，到四十六岁完成初版，历时真有些长了。写初稿时，我刚刚踏上文坛——只发表过中篇小说《长烟落日处》——到《白虎关》出版时，我已成了“著名作家”，按《小说评论》原主编李星先生的说法，我完成了从小学教师到著名作家的“神话”。

这一过程，我用了二十多年。下笔时，还风华正茂；收笔时，已须发斑白。

二十多年时间写三本书，用时委实有些长了。

不过，我说过，这二十多年，其实也是我人格修炼的二十多年。我从一个凉州农民的儿子，欲望多，烦恼盛，毛病不少，经过二十多年的努力，成了别人眼中的“证悟者”“成就者”——对这类词语，我其实并不随喜，因为我实无所证，亦无所得，更无所求，但有人需要，就那样叫叫也没啥，就像我老将自己说成是一头见到光明的驴子一样。

某次，一有名寺院的住持僧问我，雪漠，你闭关二十年修光明大手印，太浪费时间了，我只诵《大悲咒》，一个月就有感觉，你得到了啥？我说，我啥也没有得到，只得到了一颗啥都不想得到却啥都不缺的心。

所以，那“成就者”、“证悟者”之类的说法，是别人认为的雪漠。我自己，其实就是个平常人、有颗真正的平常心而已。我最想做的，就是当好一个作家，静静地写自己想写的书。我理解的幸福，就是静静地待在属于自己的房子里，没有人来打搅，能静静地禅修，静静地读书，静静地写作，在生命消失之前，做完自己该做的事，仅此而已。幸好，到目前为止，那被强制拆迁之类的破事还没有骚扰到我。虽然树欲静而风不止，老有些不愿遭遇的事，但总算还在可控的范围内，生命就有了一份属于自己的色彩。

我的所有修行，仅仅是为了让心属于我自己，活出自己想活的那份从容和宁静。所以，对于我写的那些关于佛教的书，你觉得有意思了，就读读，没意思了，就扔了。那只是过来人的一点儿心得，权当分享而已。倒是对我的小说，我一向聊以自慰，因为我创造了一个世界，正因为有了它们，我才有了一种独行天地间的人间之乐。自从我成了想成为的自己后，许多别人眼中的享受，就不再是享受了，只有写作和读书，还能让我享受到一种平常人的喜悦。它成了我享受生命的重要方式。

说真的，我从来没想拯救世界，我只想拯救自己。无论我的创作，还是修行，都是为了实现对自己灵魂的救赎。文学让我有了另一个世界，大手印则让我实现了对那个世界的升华和超越，很难说哪个更重要。只是到了后来，因为发现这类文化太珍贵了，它已成了风中的残烛，我不想叫岁月的飓风吹熄它，才花费了生命和稿费去研究，去传播，去抢救。一人之力不够，才有了广州市香巴文化研究院，才有了人们眼中的那些利众之行。我当然没想到，大手印文化反倒回报了我的文学。我的小说后来的热销，除了它真的很好，那些老读者仍在口碑式地传播外，还因为很多人认可了我承载的文化，有些人真的离苦得乐了，就想再读读我的小说，这才发现了我那独有的文学世界，进而又开始了口碑式的传播。在这一点上，也应了老祖宗说的“善有善报”。

其实，文学和文化是雪漠的两个翅膀，是一幅织锦的两个侧面，是太极图中的阴阳鱼，不要将它们分开。要知道，自从我超越了二元对立后，创作和修行达成一味了，创作是我的修行，修行也是我的创作。熟悉我写作习惯的朋友知道，我的写，才是一种真正的修。写作“大漠三部曲”的过程，也是我从张牙舞爪，到回归平常心的过程。虽然费时太长，我因此失去了别人眼中的精彩人生——连我爹都说我一辈子没“耍人”。“耍人”是凉州人对“精彩人生”的一种怪味描述——也有过《西夏的苍狼》中的黑歌手的那种无奈，但一向无怨无悔。要是上帝再让我重新选择一次，我还会这样活。

这不，此前我这样活，今后我还会这样活。过去我闭关二十多年，后来出来了几年，发现我独处时，非常充实，一到人群中时，却十分孤独，总不想充当别人期望的那种角色，只好再进关房了。像我的新书《光明大手印：参透生死》的封面那样，虽刚到五十岁，却常常把“死亡”二字顶到头上，当成一把悬着的剑，老想着它随时会落下来。因为，凉州人老说：“人上五十，夜夜防死”，就想在死神追到自己之前，写完该写的书，做完该做的事，不要留下遗憾。于是，除了吃午饭时见见家人，其他时间，我都在享受着明白后的雪漠。这一来，真成诗中写的那样了：

挥挥手，
还是到山上去吧。
山高，
高到太阳里了，
太阳里有个亥母洞，
洞是我命中的乐曲。

念珠握在手里，
木鱼在心头敲响，

黑夜是今生的袈裟，
高屋是前世的岩窟。

于是，我又成了《西夏咒》中的那个苦修的琼，除了送饭者，我又一次将红尘拒在了门外。

书倒仍在流行着，它成了我跟世界的主要联系方式。从《光明大手印：实修心髓》《光明大手印：实修顿入》开始，每年都会有这个系列的新作问世，如《参透生死》，如《文学朝圣》，如《智慧盛宴》，如《当代妙用》，等等。这次，“大漠三部曲”也换了面孔，初版以来，这是第三次换“婆家”了。

从2000年至今，这三本书，有多种版本，多不统一，原因很多。比如，读者出版集团版的《大漠祭》就将《白虎关》中的一部分选入了，因为《大漠祭》要入选“农家书屋”，有人想让农民们多了解一下莹儿的命运，我同意了。本想以附录的形式，将《莹儿的轮回》选入，但正式出版时，却变成了最后一章。这样，版本就显得乱了。有位教授就问我：莹儿咋死了两次？

还有很多内容，是被删节了的。如《猎原》中的《母狼灰儿》那一章，非常精彩，也非常感人，原稿中有，但出版时被编辑删了，删得当然有道理，但我总感觉有些可惜，因为那是我很喜欢的章节。这次，又恢复了。

《大漠祭》更是这样，有许多内容，在当时出版时，编辑有些顾虑，或是为了评奖，就忍痛割爱了不少。很多内容非常精彩，对农民的命运和心态有十分传神的描写，这次也恢复了。此外，还保留了村野和民间文化的内容。在初版中，许多民间文化是被删了的，如二舅帮老顺家祭神的详细经过，如牌位的内容，如齐神婆给憨头燎病禳解的详细经过，如憨头的丧仪经过和老道念的《指路经》，等等。我想，多年之后，再找这类东西，也只能在我的作品中找了，就留下了。我想，就让我的作品有点毛病吧，保留一个真实的雪漠。

《白虎关》亦然，在原稿中，莹儿的死活一直很模糊，我没有确定她的归宿。因为这是个悖论，死不忍心，活不可能——除非她不再是莹儿。但《收获》某编辑约稿时，希望将她写死，就那样写了。后来，此情节一直不为人随喜，在复旦大学开研讨会时，雷达老师等专家都认为她不该死，这次，我就恢复了原稿的一些文字。还有那“引子”，是为了推销的需要，是机心的产物，虽然也精彩，但因为损伤了整部作品，这次也删了。

这样一来，本次出版的版本，也算是修订版吧。至此，距我动笔写《大漠祭》时，已过去了二十五年。其间，虽然也写了称为“灵魂三部曲”的《西夏咒》《西夏的苍狼》《无死的金刚心》，但学界认为最能代表雪漠的，还是“大漠三部曲”。

当然，我自己不这样认为。要是没有“灵魂三部曲”，雪漠也不全面。当然，“灵魂三部曲”也同样面临了上面我谈到的那些问题。下次有机会，我也会将它们重新修订一下。因为初版时，为了出版方便，它们也被删改得面目全非了。像初版的《西夏咒》，跟我的原作，甚至有些黑白颠倒了，把张三做的事，安给了李四，我希望能还原原作面目。《西夏的苍狼》亦然，我甚至想重写它。重写要看因缘，修订则是定然会做的事了。

随着年岁的渐大，我越来越散淡了，越加喜欢离群索居，不想见人（送好书者例外），不想多事，不想浪费一丁点的生命，就索性常住在关房里了。那关房在岭南的森林旁，远离世俗喧嚣，触目皆是生机。我或禅修，或读书，或写作，看看星星，望望月亮，沐浴清风，聆听雨意，耳闻鸟鸣，眼观翠色，就显得逍遥了。

当然，静处观物动，闲里看人忙，这本身，也是一道风景呢。

心静到了极致，一切就哗哗地远去了，除了疯长的头发和指甲外，我几乎感受不到时间了。只觉得，世界、生命、万物，都往那看不见的远方逃了去。真没个啥执著的了。吃穿够了，除了“享受雪漠”外，再也没个啥值得追求的了。就将过去的书再修订一下，权当留一个存世的版本吧。

——2013年1月6日于樟木头“雪漠禅坛”

地球是这样毁灭的——《猎原》读后有感

●崔道怡

有这样的小说：翻开书页，便有一股气息扑面而来。这一次，浓浓酽酽熏醉了我的，是这样的气息：浩瀚而苍凉，剽悍而腥膻，遥远而亲切，粗犷而缠绵，凉州的，西域的，大漠的，猎原的，只是在地球上这一片生存的环境中才有的。

有这样的小说：一路看去，便被那有血有肉有情有味的细节迷住了。这一次，一道道独特、新奇的人性况味、物态风情，使我大开眼界、怦然心动：狼与羊，鹰与兔，鸟与虫，狐与鼠，人与一切生物和无生物，却只有一口井，维系着生命。

有这样的小说：在阅读中，便沉进去，为其人物的性格命运赞叹歌哭。这一次，一阵阵激起我情感波澜的，竟是相隔万里、完全陌生的“乡亲们”。我爱他们，那些猎人，牧人，还有“女人”。我恨那些“偷猎者”，但又恨得有些“惋惜”。

有这样的小说：读过之后，沉吟良久，鲜活的形象之中蕴涵着悠远的思索。这一次，我的思索被引导得步步深沉，由生态而环保而争斗，由历史而当代而未来，以至“忧天”，臆想到人类的消亡、地球的毁灭。感受大无常，生发大悲悯。

以《大漠祭》获多项奖的雪漠之新作《猎原》，就是这一次我所读的这样的一部长篇小说，一部抒写中华西域里人类与地球生存状态的真实记录。

雪漠在初版后记《我的文学之“悟”》中说，十多年前，甘肃武威发现一个西夏洞窟，内有西夏王国的珍宝和文书。那些文书，是当时寻常百姓的生活记录，可惜后来被烧毁了，使得我们无法详细地知道那时的老百姓如何活着。从而，他对文学的价值与作用、作家的人格与职责，有所感悟。他要忠实记录他已体验过的生活，发掘其中“诗意”，以便告诉人们：有一代人曾这样活着。为此，他含辛茹苦，每日禅修，勤奋练笔，跑遍凉州，经受五年“梦魇”，心血凝成《猎原》。

《猎原》上的生活，围绕着大漠中一口井铺展开。这一口珍贵的“猪肚井”，是这一带沟南沟北两大阵营牧人和羊群活命的源泉。水充足，人和睦；水干枯，相屠戮。如今“水线已到百米以下”，这便成为贯穿全书你死我活的一脉伏线。但笔墨的重点，在写“环保”与“偷猎”之争。有羊便有狼群，有狼便有猎人。而狼若绝迹，鼠便成灾。鼠灭草原，沙压良田，祸根在人，人破坏了大自然的生物链。于是，狼、狐、鹰、鹿等等，成为国家保护动物；违禁偷猎者，就是罪犯。

情节主线，便沿着缉捕偷猎罪犯的事件进展。作品的主人公，老猎人孟八爷，年轻牧人猛子，井主人豁子的女人，便都是在抓偷猎者鹞子的活动中，起了关键作用的。公安老栋等人，雨夜蹲守，化装侦察，跟踪围堵，写得险象环生，颇能引人读兴。但这一事件，却时隐时现，并不是作家所要表现的主要内容。像饱含汁液、鲜活丰美的果实那样附着于枝干的，则是放牧、饮牲、斗骚、偷情、打狼、灭鼠、网鹰、剥羊、淘井等一系列喷薄西域大漠气息的日常生活情景。

正是这样，雪漠没有着意编织一个首尾周全的完整故事，他把神思文采全部倾注原汁原味生活情景的精雕细刻。这固然来源于他的“悟”：“文学不能单纯地靠故事取悦读者”。但更重要的，他确实有生活，有人生的历练，因而也就有了创造文学真品的资本与资格。而读者，也并非靠故事就都能“取悦”的。有些人心目中的“可读性”，不在被故事牵着走，而在能进入并痴迷情景中，去感受去品味去思索。他们要看的是生活，是要去重温那熟悉的或者去结识那陌生的生活。

对这一类读者的艺术需求，作家仅凭想象和技巧是难以满足的。若不是跟那些淳朴刚强、爱憎鲜明的西域汉子、性情女人曾“同呼吸”，若不是跟他们的生老病死、恩怨情仇、悲欢离合、喜怒哀乐曾“共命运”，若不是对那里的天象地貌、水土味道、传统规矩、谋生技巧静观默察，若不是对那里的人事景物、民情风俗、人与自然、人与人间烂熟于心，不可能写得出这样的小说。这样的小说，不是故事的编织，不是手法的运作，而是用生命与灵性、用赤诚奉献之心写成的。

这样的小说，难能可贵的素质与特色在于：既富传奇性，又有文献性；既像地方志，又似风俗志。但是，当然，它厚重的价值与深远的意义，不仅在认识，更重在启示；不仅在记录，更重在感悟。看到那些新奇而凝重的生活情景，人们由不得会向“生态”投入更多关注，会把“环保”推上更高位置，会对人类和地球的前途产生更大忧虑。读者从这一口猪肚井的变迁应能知道：人与自然和谐，乃是人与人相和谐的基础。破坏生态的“人定胜天”，实际上是自杀并断子绝孙。

然而，《猎原》内涵何止于此，它的呼唤悠远深沉。所以，缉捕偷猎者，涉及外国人，而猛子的父亲老顺不肯把猎隼出售给外国人，并非源于“环保”意识，而是出于不让“疤鸡”利用中华之鹰贩运毒品的爱国情怀和做人良心。写偷猎者的身世与处境，也不简单，别有隐衷。那位老猎手张五，执迷不悟却情有可原，最后逝于贫病。那个凶残的鹞子，罪不容诛却事出有因，是当权者欺压百姓，才把他逼上梁山的。“乡干部借修路乱收费，他交不起，叫拆了房子，才干这营生的……”

写自然，不能不写社会。《猎原》上的人与自然、人与人间那些触目惊心、荡气回肠的生活情景，既有历史的投影，又是近些年来社会现实的缩影。遥想盛唐，“凉州七里十万家，胡人半解弹琵琶”(岑参)。那时的猪肚井，专为朝廷养马，建有七十二营。直至“大跃进”，饿死一茬人，求生进大漠，还能得活命。而今，“沙压了七十二座唐营，别说住人，养鹰雀都立不住脚了”。就连那凉州有名的牧场，县里叫卖，供人淘金，一片林海，乱砍滥伐，“才几年，山秃了，草没了……”

作品没有正面直接揭示“凉州”以外的社会弊端及其根源，但它如实展示此时此地人物的性格与命运，自会涉及当今普遍的心理和公众关注的课题。如果没有贪官跋扈，或许不致盗贼横行。如果不是上头杀鸡取蛋，或许下面老规矩能维持。无奈现状就是如此，只有少数人已“金盆洗手”，大多数则“今日有酒今日醉，管他明日喝凉水”。而事实上，明日哪里还有凉水？“因那沙，东流西漫，填天填地，不定哪一天，井也没了，山也没了……连世界都能淹了，何况一个希望”。

没有等到那一天，猪肚井就毁灭了，并非由于流沙肆虐，而是因人自相残杀。沟南沟北的，同饮一井水，但当井主人为井的延续而死去，两大阵营便争斗起来。为夺这口井，人们红了眼，乱了性，发了疯，丧尽了天良。做不到你死我活，便来个两败俱伤，“要完蛋，大家一起完蛋”，“填了这驴日的井，省得扯心”。作品最后，结束于井的死亡：“该死的，就叫它死吧，哪怕是希望。死了的希望，就不再是希望，仅仅是一片废墟、一点记忆、一抹伤感的印痕、一晕无奈的痛楚……”

小小一口井，深深映现人性之恶。本性恶的人们，“毒蜘蛛一样你咬我啃混日子”，“这号人，这号心，不受穷，才是怪事”，“天造孽，犹可说；人造孽，不可活”。这就不是一口井，而是关乎整个人类生死存亡天大的事了。小说之大，就在这里：写一代人怎样活着，为活着的和下一代的，能够活下去，活得更好些。因此，这部《猎原》，值得生活在那口井以外的人们看一看。与其被那些胡编滥造、胡说八道的电视剧弄得眼花缭乱、心烦意乱，不如来看一看这实实在在的人性与人生。

当前长篇小说为数甚多，不知有几部能留存下来？流传易，留存难。若跟那些仅以故事取悦读者的畅销书相比，《猎原》或许没有那么多的读者。但我相信，终究会有相当读者，读过之后能够萌生与我近似的感受。我还认为，只要人类尚未进入大同世界，其形象所昭示的意义便会长存。我甚至发奇想：为免西夏文书命运，应该借助先进科技，把这部书发射到另外一个星球去。

亿万光年之后，那个星球上的生命研究宇宙，《猎原》就会成为一份参照："噢，地球是这样毁灭的。"

（本文原发于《文学报》，作者为《人民文学》原主编）

《猎原》笔记

●阎晶明

《猎原》是雪漠的第二部长篇小说，在我的想象中，雪漠是一个孤坐在他凉州的家中，卯足了劲要把稿纸写透的作家，他最愿意做的是把他生活的世界端到纸面上来，既要写出他们的贫困，还要写出他们的血性与善良，更要让这个苍凉的世界闪烁出诗意的光泽。这当然是有可能的，在诗意面前，贫富并没有高下之分。

也许正是这样一种心态的支持，我们在《猎原》里读到的，不是一个人的命运，也不是一个家庭或家族的变迁（这些都是当下长篇小说最容易展现的内容），《猎原》展示的是一个群体人的生活场景，注重的是场景之下的冲突与交融。或者说，这不是一个可以改编成连环画的故事，更像是一面墙壁上展开的油画，有场景、有人物、有表情，也有故事的痕迹，但效果却不在故事的起伏线索中，而在整体的、强烈的视觉冲击中实现。说到底，雪漠不是想去塑造一个生命个体，而是要通过群体的雕塑实现对一个世界的诉说。他本人执意认为，“文学的真正价值，就是忠实地记录一代人的生活，告诉当代，告诉世界，甚至告诉历史，在某个历史时期，有一代人曾这样活着。”

《猎原》的确如作者所言，力图“忠实地记录一代人的生活”，里边写到的人物在五十个以上，在这个群像图中，也有突前的人物，猛子、豁子女人、孟八爷等等，就是贯穿作品始终的人物。但随着故事的发展和人物的游动，人物出场有如路灯下的幻影，时隐时现，一拨接着一拨。在这些人物的穿行中，我们又总是看到在荒原上出没、在荒屋前游荡的动物，《猎原》里写到的动物也在二十种以上。作家就为我们描述了这样一个世界：这个世界里人和牲畜相伴却又相携，人与狼，狼与羊、与狗的争斗反复出现在小说当中。人物的名字也是动物的名称，如“鹞子”、“驼子”、“黑羔子”，人物表达亢奋、愤怒、忧伤时，常常会用动物或牲畜做比附。闹狼灾是猪肚井里经常会发生的事情，人性与狼性的对比，成了小说叙述时隐约可见的视角。猛子是作者特别塑造的人物，但我并不把他看作是小说的主人公，因为他的命运并不比他周围的人更大起大落，我更愿把这个人物看成是在小说里出场次数多，作者着墨重的人物。猛子与“豁子女人”之间，并没有出现由关系暧昧发展到一发而不可收拾的局面，而是在懵懂、慌乱与冲动中得以互相发泄，原始意味和野性被强化，粗鄙语言和简洁描写为这种粗鄙衬托出情节逻辑上的合理性。这正是《猎原》奇异的地方，小说里的人为了生存苦苦挣扎，人物的行为却跟生产无关；这是一部并不描写爱情的小说，但其中的男女却骚言疯语，且不乏性乱行为。

我在很大程度上能够理解雪漠写作时的用心与苦衷，他想写得质朴，从人物到语言；他想保留本色，从行为到对话；他同时也想突出诗意，让日常生活显现出诗性，所以又会看到那么多怪异的言辞和行为。为了把这样一个画面整体呈现出来，雪漠的写法和一般的长篇小说手法有着明显区分。他的人物不管是主要的还是过场的，都是在没有交代的情况下走到故事中来，小说最开始的第一句话就很典型：“那狼，悠了身子，款款而来。开始，猛子以为是狼狗呢；也知道，过路子狗，不咬人。”整部小说都有这样的特点，简短的句子里，人和动物一起在没有背景的情形下出场。人物操着粗鄙的言辞，带着西部特有腔调和虚词，诸多比喻的说法既有特定地域的质朴，又有一种为了传达诗意制造的夸张。这是小说的风格，也是雪漠标志性的写作方法。就他个人而言，他的写作目的得到了实现，这个前提很重要，因为雪漠的写作责任是，既要描写出“他们这样活着”的历史，又要传达自己发现的“诗意”。在这两者之间寻找结合点，肯定是一种理想的、值得追求的写作方法。不过，我也能体验到其中的难点，雪漠想写质朴的生活，但他的笔力却用劲很猛，他想超越一般的故事性，就必须要在不变的场景中更替故事中的人物。为人物粗鄙的语言和张狂的行为赋予某种诗性，作者要把握的分寸，要寻找的切入点，实在太多太难。由于雪漠在用心上的诚挚和投入，他的追求大半得到了实现，不过，对一个还将在创作道路上继续前行的写作者来说，他还需要在探索中寻找一种更加从容、淡定的叙事方法，艺术上的精深追求假以时日，必定会开辟出一片全新的天地。

（本文原发于《文艺报》，作者为《文艺报》总编、著名评论家）

读雪漠的长篇新作《猎原》

●白烨

雪漠在2001年推出长篇小说《大漠祭》之后，近来又以长篇新作《猎原》把人们带到了辽远苍凉又浑朴平实的西部世界。依然是飞沙走石，依然是大漠孤烟，依然是古道热肠，依然是痴女硬汉。有所不同的，是生活场景由大沙河移到了猪肚井，主要人物由农人变成了猎户。还显然有所不同的，是在作品那浑朴淳厚的事象中，似乎裹藏了含而不露的意向，那就是在为西部造影中反思西部，在为人生摹相中审视人生。

同《大漠祭》一样，雪漠的《猎原》并没有什么特别引人的故事，它那恬淡而稀松的故事，差不多可以用一句话来概括大要，那就是颇有经验的老猎人孟八爷与颇为能干的青年猎手猛子，受乡公安部门的指派进入大漠深处的猪肚井，与神出鬼没的偷猎者在茫茫大漠里的明争暗斗。然而，雪漠自有他讲故事之外的长项，那就是基于自己独到的生活积累和人生体验，塑造鲜活的人物，构筑朴茂的细节，运用生动的语言，营造丰厚的底蕴。依仗着这些丰沛而娴熟的拿手好戏，他竟然把一个没有多少故事的故事讲述得相当的豁人耳目和感人肺腑。

这里有德高望重的孟八爷与老谋深算的张五爷之间几十年里的恩恩怨怨，有猛子因喜欢豁子女人而对豁子的嫉妒和对豁子女人喜欢的鹞子的忌恨的情情仇仇，有豁子为守护一个女人和一口水井而受苦受累乃至最终送命的蹊蹊跷跷，有“疤鸡”明买猎鹰暗里又利用卖鹰贩卖毒品的蝇营狗苟，有豁子女人坦诚对待豁子、率性应对男人的里外周旋，有监视偷猎的孟八爷、猛子与以鹞子为首的偷猎者之间的斗智斗勇，还有围绕着大漠中那唯一一口水井猎户们的相互械斗，维系着猪肚井唯一的女人男人们的相互较劲，一幅幅不事修饰的原生状的生活画面中，灰暗中辉映着亮光，无望中闪现着希望，苦难与欢愉、艰窘与坦然，骚动与平和，无奈与坚忍，就这样一股脑地呈现给你，让你尝遍孕于其中的酸甜苦辣，而又说不清感觉，道不出体味。

细细梳理之后，也不难见出作者隐藏于作品深处的意向的些许头绪。从表象上看，作品似乎是由保护野生动物一方与偷猎野生动物一方之间的矛盾与斗争，着力表现保护野生动物和生态环境的主题。但随着故事的曲折演进，事情又在不经意中发生了变化：旨在监视偷猎和保护动物的孟八爷和猛子，进入了猪肚井后发现，为数不少又凶狠异常的狼，不只吃鼠吃羊，而且对人的生存本身也时时构成一种危害；有时他们为了维护自身的安全，也会在与狼的周旋中迫不得已地去猎狼，从而以“自卫”的名义成为另一种偷猎者。而那些以偷猎为生的猎人，也并非无事生非，天生邪恶，他们走上这样一条危机四伏的不归路，也有着一定的身不由己的原由。即如那个偷猎者的领头人鹞子，就是因为“乡干部借修路乱收费，他交不起，叫拆了房子，才干这营生的……”。这样，所有的人都在原有的出发点上，渐渐地更变了自己，这使得事情越发地复杂、混沌起来。让人混沌的还有那围绕一口水井的争斗，因为是大漠的唯一水源，为了自己的生存，只好不顾别人的生存，沟北与沟南的人为了占有这口井大打出手、相互械斗，都把对方当成了势不两立的仇人。生存是天经地义的，但生存也是相互的，由生存问题引起的这种你死我活的斗争，不能不令人痛心。如果说过于贫穷的生活和过于困窘的环境，会日渐使人扭曲变异的话，那么，在贫穷的土地上困窘的环境里作威作福和盘剥百姓，就更会败坏风气、搅乱人心和扭曲人性，那几乎是所有的灾难与不幸的引子。梳理到这里，我们进而会发现，作品看起来是写羊的悲剧，狼的悲剧，井的悲剧，在背后是总写大漠的悲剧，在根本上则是写人的悲剧。而这人的悲剧，便是都从不同的愿望出发，而最后却走向了殊途同归的自戕。

在作品快结尾的地方，写到大漠的人们在又一次械斗后越来越发现，“对自己威胁最大的，已不是狼，而是水了”时，孟八爷却说：“最大的威胁，不是狼，不是水，而是那颗蒙昧的心。心变了，命才能变；心明了，路才能开。”孟八爷的自我感慨，是他的人生体验，也是他的人性批判。只可惜，这样的明白人太少，又处在了那样一个整体浑浑噩噩的环境。结果，英武豪强的孟八爷，善良勇敢的猛子，憨厚勤劳的豁子和贤惠率性的豁子女人，就在这样一个不值得他们为之献身的氛围与环境里，默默无闻又无怨无悔地奉献着自己的人生，这是多么揪心的悲哀，多么撼人的悲壮！

在冷静平和的描绘中让读者热血沸腾，在不动声色的叙事中让读者震撼不已，这是雪漠在《猎原》中成功运用的艺术手法，也是《猎原》在众多的长篇小说中与众不同之处。为此，我欣赏《猎原》，敬重作者雪漠，感谢这个在西部一隅却在深入研思现实人生的作家，这样的作家当然卓有才气，更重要的是葆有良知，而这更为重要也更为难能。

（本文原发于《文汇读书周报》。作者为中国社会科学院当代文学研究所研究员、著名评论家）

目　　录

目　录

第一章

1

那狼，悠了身子，款款而来。开始，猛子以为是狼狗呢；也知道，过路子狗，不咬人。

日头爷白孤孤的，像月亮。一团云，在日头下浮着，溅出很亮的光来。云影子在地上飘忽，忽而明，忽而暗。娃儿们就叫："日头爷串庄子了——"

日头爷也是个娃儿，好奇心强，老串庄子。瞧，好大个云影子呀，像魔毡在窜。那狼，成毡上的虱子了。

一人叫："哎呀，黑胡子舅舅呀。"

猛子才发现，果然。那"狗"尾巴，直直的，夹在尻槽里，才知道，那真是狼。怪的是，心里却不怕。他知道，狼是土地爷的狗，叫封了口呢，不咬人。那狼也不慌，东嗅嗅，西闻闻，全不把世界放眼里，一副游山玩水的闲情。

村里常见狼，可谁也不去惹。狼也不攻击人。它是土地爷的狗哩。土地爷的狗来了，就打发人的狗去招呼吧。

"狗烧！狗烧！"娃儿叫。

"狗烧！狗烧！"大人也叫。

几只狗扑出，撵那狼。狼却不顾，仍四下里嗅，也不慌张，也不加速。狗却不敢近，因为狼时不时回过头来，朝它们龇了牙笑。

那狼悠々身子款々而来.
日头爷白孤々的象月亮一样

人们都出了院门，看那狼，穿过村子。瞧它，目中无人，好个逍遥。

一人叫："黑胡子舅舅呀！"多人应："黑胡子舅舅呀！"那舅舅，是骨头主儿，地位仅次于父亲。裕固族这样叫狼，村人就随喜了。

狼于是望了人，龇牙笑笑。狗虽在耳旁吠，狼却不急，只悠悠行了去，肥身子晃势晃势，时不时叼只蹒跚的老鼠，吞下肚去。

猛子知道，狼爱吃老鼠，有老鼠吃，它懒得进攻别的动物。老鼠是土地爷身上的虱子，老咂土地爷的血。狼是土地爷的狗。

日头爷过来了，探照灯一样，照了狼。狼抬头望望，嗥一声，不知是说"谢谢"，还是骂"捣蛋鬼"。那狗们，却倏地退了，等狼转身，才吠叫着撵去，仍不敢近前。

庄门上，都放了火，都怕这客人来家里做客。老先人说狼怕火，可这狼，却摇摇晃晃，穿过火堆。烟弥漫了一村子，把日头爷也淹了。

"狗烧！狗烧！"大人娃儿都叫。

狼由他们"烧"去。你咋"烧"，也是个狗。那吠声，却仗了人势，一团团滚来，聒噪。狼于是回首，笑几下。狗便远远躲了。狼仍慢悠悠行了去，浑不将外物放眼中，仿佛这天地间，除了为它照路的日头爷外，就只有它了。那步儿，也不因烟火和叫声稍快一些。

串庄子的日头爷远去了，阴沉的云影毯子似的盖了村子。火在叫，烟在冒，狼在悠悠。那样儿，倒似凯旋的将军，烟呀火呀，仿佛迎接的烟花。

狼悠哉游哉，穿过烟，穿过火，穿过村子，隐入大漠了。

猛子笑了，他对狼有了十分的好感。

2

庄门外树上的沙枣已熟了，黑红黑红，一嘟囔，一嘟囔，像悬挂的蜂窝。这是村里最好的沙枣，肉头厚，甜，打下来，酒一焐，能吃个满口呢。

树下，一个娃儿在哭，一群娃儿边拾沙枣，边唱——

嚎屁胎，一屁打到咬脐寨，
咬脐寨，冒烟哩，
一屁打到半天哩。
半天里，起云哩，
一屁打到屎盆里。
屎盆里，起泡里，
一屁打到古庙里……

北柱的女儿趴在树杈里，拿个桦条，一下下抽，见猛子过来，嗖地滑下树，倒把猛子吓一跳。

他虎了脸，“大丫，沙枣是我的，命可是你的，小心摔成个癞蛤蟆，叫你妈拧歪鼻子。来，进贡。”

“她才不呢。”大丫嬉笑着，给猛子“进贡”一把沙枣，说，“妈巴不得我摔成癞蛤蟆，她好再养娃子呢……瞧，那儿驼可疯了。”

果真，槽上拴的儿驼，含一口白沫子，正咕嘟嘟咕嘟嘟地吹，脑袋一甩一甩。猛子知道，它想“寻羔”了。换句话说，它到了发情的节儿。爹老嚷嚷着要骟。去年，没顾上。今年，无论如何，要把那生事的卵蛋去掉。这毛虫，一发情，也和人一样，茶饭不思，弄不好，就烧坏脑子，追人咬人，撵个路断人稀的。

见猛子过来，儿驼直杠杠叫一声，臊味儿很浓。寻羔者都这样。平日也驯顺，一疯，就不安稳。除了猛子和老顺，谁也不敢前凑。那大口，噙一嘴白沫子，咕嘟嘟一阵，就会朝你啐来，弄得你脸上身上尽是黏物。小时候，猛子很怕骆驼。听爹说，叫它啐一下，脸上会出麻子。那时，他老照镜子。现在，当然不怕了。除了女人，最扯心贴肺的，就是这儿驼了。虽也活得恓惶，可一上驼背，那豪气，就腾地入心了。那感觉，和骑女人，差不离呢。

这驼，是村里公认的驼王。说它“王”，不仅因为它长，大，壮，还因它有“王”的风度。比如这“疯”吧，寻常儿驼，到寻羔季节，若无母驼泻火，便用那鞭子似的尾巴，击打阳物，不多久，地上就洒满白乎乎的黏物。不几日，驼就瘦嶙了，想再“疯”，也没了资本。这驼王不，它可以叫，可以烦，可以疯出一嘴又一嘴的白沫子，但“手淫”的事，是不屑做的。瞧那架口，活似千里送京娘的赵匡胤呢。

当然，说它“王”，还因了一件事。那时，村里的驼都牧在沙漠里。一夜，驼惊了。惊的原因，是狼在捣乱。那狼，一公一母，趁了夜色，趁了驼在打呼噜，贼溜溜摸来，朝这最大最壮自然要睡在外围的儿驼峰上，“啊嗯”就是一口。驼就炸群了。猛子们追呀，撵呀，累个贼死，才将驼拢了来，才发现，儿驼峰上，吊着两只狼。那狼，早死僵没气了。“王”不？

猛子嘿嘿笑了。

儿驼的老毛，早褪了。两月前，因到盛夏，驼也热成烫毛鸡儿，淌眼泪，打呵欠，哈哈地叫唤，呼哧呼哧喘气。除了老顺时不时灌它大黄汤外，它自己也脱了驼毛外衣，赤条着身子，很是难看。也难怪，谁又能把威风保持到脱衣之后呢？多大的官，多气派的款爷，一进澡堂子，还不一个屌样？谁又嫌你驼来着？

现在，新毛又长了，黄绒绒的，赛缎子。那滑顺的手感，很令猛子惬意。他想，今年，无论如何，弄个栽毛褥子。这玩意儿软和，隔潮。进了沙窝，一铺，美个贼死。三九天卧雪地，也似在新媳妇怀里。可老顺，总舍不得自用，驼一褪毛，或撕或剪，颠儿颠儿，往收购站跑。也难怪，都寅吃卯粮了，叫花子留不住隔夜食啊。

儿驼嚼了白沫，咕嘟一声，头一甩，一团黏物便飞到猛子脸上。他亲昵地拍拍儿驼，说：“我知道，你想女人了。”他感到好笑。这憨大毛虫，也好这个？

猛子解缰绳，拉骆驼，去涝坝边饮。饮了驼，还要进沙窝，干一件大事儿呢。

路旁树上，吊着一线线虫子。这虫子，头角峥嵘，状似龙形，张牙舞爪，十分嚣张。树叶全变成了虫子粪便，蛛丝样交织。万千虫子，附了那丝，随风摇曳。触目所及，一片萧索。天上有交织的虫网，地上是黑压压的虫路，连人身，也成虫子的游戏场所了。有时，一进家门，妈就会吱哇乱叫，像大白天见了破头野鬼。不用低头他也知道，至少，有百十条虫子在身上张牙舞爪呢。便说，这有啥？它又不吃人，就一条条抓了，扔在地上，吧唧吧唧，踩成绿泥。

他可不像嫂子莹儿，一见毛毛虫，就酥了骨头。一些小虫子，怕啥？哥哥憨头一死，他的心就木了。木了好。记得小时候，最怕死，老觉得死是个黑洞，老往里面吸人，一被吸入，就再也出不来了，就整夜整夜地哆嗦。现在，眼里的死，和瞌睡差不多，还怕虫子？

猛子牵了驼，径直走去，脚下的吧唧缠绵不绝。没法子。路上麻喇喇的，除了踩虫子，已无处落脚。行人相应少了，女人几乎绝迹。她们都是一见虫子就酥了骨头的货，自天降虫子后，都成"坐月子"的婆娘了。万一出门，准带个保镖的娃儿，边拿长杆子，扫荡空中游曳的飞虫；边拿笤帚，在虫海里扫出条鸡肠小道，便飞窜而过，仿佛怕合拢的虫，夹坏了脚。

这世界，疯了。鬼才知道，哪来这么多的虫子？听说，是麻雀少的缘故。麻雀少，是因为喝不到水。没水喝，它们便飞往新疆，也走西口了。走吧。弟弟灵官走了，好些姑娘也走了，像寻水的麻雀一样，去闯世界了。走吧，不信你们能走出命去。

忽觉得有个东西蹿出手去，等惊醒过来，驼已扬尘远去。

"儿驼疯了！"有人叫。

猛子慌了。寻羔的儿驼最怕松缰，没了穿在鼻圈里的细毛绳儿的桎梏，驼就成了发威的狮子。它噙着白沫子，甩着脖子，边跑，边直了声叫，见人就追，就咬，就踢，活似黄煞神。最怕的是，它会把人当成母驼，压上去晃势。你想，八九百斤的身子，压了你，能有啥好果子吃？

"快！大头。"猛子叫。

大头却笑道："怕啥？人家寻羔呢。瞧，那母驼正巴望呢。"

「儿驼疯了！」有人叫。

那儿驼，直溜溜朝大头家母驼窜去

猛子放心了。那儿驼，直溜溜朝大头家母驼窜去。到跟前，边叫，边咬母驼的腿。母驼蹿了几蹿，蹿不脱，就乖乖卧了，由它欺负。

寻了羔后，儿驼才安静了，绵羊般由猛子牵了去。猛子自嘲地笑笑，想，这老天，说你有吧，咋有时瞎了眼？说没有吧，咋啥都造这么好？就说儿驼，又没人教它，也不看黄色录像，咋知道干这个？

3

祁连山里，下来好些贼，溜进沙漠，打狐子打狼，惊动了省上，立成了特大案，派了百十个警察，梳过几次，却连个贼毛也没梳出来。派出所就派孟八爷和猛子去沙漠腹地，探个讯息。派出所催得紧，叫他们今天就出发。

猛子想：要干大事儿了。他晃晃脑袋，拴好驼，进了庄门。老顺正喂兔鹰，他举了兔肉，嘿嘿地叫，兔鹰脑袋一拧，肉就没了。妈和嫂子莹儿正逗侄儿盼盼玩。猛子掏出"进贡"来的沙枣，递给妈。妈拣个黑红的，剥了皮，抠了核，喂给盼盼。

老顺捋捋鹰毛，白猛子一眼，说："你快些收拾，孟八爷催你几遍了。"

莹儿说："进了沙窝，碰上挖獾猪的，要个爪爪儿。听说，娃儿戴了，没毛病子。"猛子说："成哩。若碰不上，等消闲些了，给你挖一个。大沙河的崖头上，我瞅下了一窝。那肉，盼盼吃了，体子比獾猪还结实。"

老顺说："嘴夹紧些。狗急了跳墙哩。南山牧场的报案人，就叫贼割了舌头。"妈白了脸，说："要不，你别去了，叫他们另找人。"

猛子笑道："怕啥？头掉不过碗大个疤。"

正说着，黑羔子爹来了，问猛子："你要去猪肚井？"猛子瞪大眼："怪事，你咋知道？""派出所先找的我，说我放了几十年羊，熟悉。我说，人家孟八爷，才是活地图呢。……见了黑羔子，你告诉他，瘸阿卡又带信来了，催着叫他跟拉姆订婚。有女百家求，人家的门槛，都叫踏折了。叫他别再抡头甩耳钻牛角尖，免得夜长梦多。"

老顺道："牛吃菠菠菜，猪香狗不爱。这事儿，可强求不得。捆绑不成夫妻。……是不是丫头长得丑？"黑羔子爹耸耸鼻头："人家，是南山有名的俊姑娘。你不知道，我那爹爹，嫌沙湾涝池小，怕盛不下他这条大龙，想蹦跶着上天哩。"

老顺笑道："我那小儿子灵官，也一个熊样。像我，驯个鹰，逮个兔子，嚼嘴兔肉，就美个贼死。可他，一念书，就想往大世界溜。那黑羔子，也心比天高呢。"

"可又命比纸薄。"黑羔子爹气呼呼道。

送走黑羔子爹，猛子胡乱吃点东西，就叫那驼王，驮了铺窝食水，叫了孟八爷，前往猪肚井。

沿了村里人打沙米的那条道，东行不久，就会看到跌来荡去的沙丘们，大的似浪，小的像旋涡，都很鲜活，故称沙海。那波峰浪谷，忽高忽低，粗看落差极大，其实不过跌宕而已。再前行，浪起浪伏，渐荡渐高，才算进入大漠腹地。那时，你就会遇到一座沙山，横贯南北，宽达数里，耸立向天，像大写意泼墨画，磅礴出大漠独有的气势，便被称为"山"了。

猛子牧驼时，一到沙山那边，就放了缰，由驼吃去。草远了，你远处吃去。草近了，你近处吃来。你想勾搭母驼恋爱一场也成，你想撒个欢儿痛快一气也成，主人是不管的。好在驼大多安稳，一吃，就是十天半月，挪窝的不多。但有时，也会发现某个驼踪迹全无了。但主人并不急。为啥？有沙山呀。等你上了沙山，四下里望，准会在与天相接的某处发现个黑点。你便下了沙山，追那黑点。看似不远，追去，总得好些天。这一说，你便明白这沙山之高了。

走过这宽达数里，长则不知所终的沙山，就会进入一个"槽"。这"槽"，也叫"麻岗"，长满蒿草，极像绿龙，扭呀扭呀，硬生生在雄突突的大漠上扫出了一抹耀目的绿。

至此，才算过了一道沟。沙漠里有许多这样的麻岗，分别名之为一道沟，二道沟……六道沟。

猪肚井，就在麻岗哩。

波峰浪谷的沙海

麻岗里有水，就有牧人；有牲畜，就有狼狐；有狼狐，就能招来偷猎者。它是大漠蛛网上的一个点，任何地方有飞虫，它都会感受到震动。

4

孟八爷带上了他的老山狗。派出所虽不给狗发工资，他还是带上了它。

老山狗老了。

但老了的老山狗仍是老山狗，心没老，鼻子没老。它一叫，闷雷似滚，村里的狗们就寂了。一狗出声，百狗哑喑。

老山狗的学名叫“藏獒”，但村里人不叫藏獒，只叫老山狗。孟八爷更简单，只叫“狗”。啥名儿，都不如这“狗”字；就像夸人时，啥词儿，都不如“人”字。孟八爷夸人时，老说：“嘿，那是个人呀。”当然，能当住“人”字的不多，孟八爷就问：“你还算个人吗？”——狗最好的名儿，当然是“狗”了。微醉时，孟八爷就大叫：“嘿，我的狗呀！”老山狗就颠颠着跑来。

老山狗嘴头厚，身坯大，牛犊似的，有很长的裙毛，长可盈尺，直垂地面，猛一看，像狮子，有人就叫“狮子狗”。老山狗不喜欢这名儿，它想，狗就是狗，狮子有啥好的？便对叫它“狮子狗”的，理也不理。

老山狗恋主。自南山的瘸阿卡把它从妈的奶头上揪下送给孟八爷，就没换过主。孟八爷豪爽大气，喝点酒，心也能掏出送人。常把老山狗当礼物，也有欣然接受的，可牵了去，肉呀啥的，它望都不望，饿得要断气，只好送还。孟八爷便嘿嘿笑了：“嘿呀，我的狗呀！”狗也搂了他，喉间咕噜着，说：“嘿呀，我的人呀！”

老山狗年轻时，老跟孟八爷演这剧目。

老山狗是公狗，没骟，年轻时，最爱追村里母狗。一追上，就跳上去；一跳上去，就连裆；一连裆，它就惭愧得没了威风。猛子们拿个杆子，从两狗中间穿了，在村里招摇。老人们就笑：“瞧，孟八爷又连裆了。”孟八爷便呵呵地笑。

孟八爷希望它连裆。要骟也容易：按倒了，扎了嘴，用膝盖压了，拿把刀，放火上烧烧，剜出它裆里那一跑就抖个不停的卵蛋，撒点花椒面麻醉一下，缝了，不几日，就好了。一骟，它就不会连裆了。

可孟八爷偏不骟它。他喜欢看那狗雄突突追母狗的劲儿。那劲儿，总能勾起他的回忆。当然，还希望它给村里传些好种，就常问老顺要些兔肉，滋补它的身子。狗吃肉时，孟八爷就眯眯地笑，边拍狗的脊背，边念叨："狗呀狗，你给老子多养些山狗儿子。"狗便在喉间咕噜噜地应：放心，没问题。那话儿，还用说吗？咱哥俩，谁跟谁呀？但这咕噜，和它的阳物一样，总放空炮。

怪就是怪。老见老山狗把母狗追得满沙洼颠，老见娃儿抬了连裆的狗们招摇，老见母狗"做月子"下崽。一群群小狗在人们的期盼中长大了，却成了一条条癞皮的本地狗。它们身上，连一点儿老山狗的神气也没有，于是，有人说孟八爷："哎，老贼。你那狗，莫非是毛旦爹呀？老放空枪。"毛旦爹当过猎人，打了一辈子猎，只见他提过一只沙鸡子。就这，还是它自己撞死在电杆上的。

"啥空枪？"孟八爷笑道，"瞧那架势，水漫金山寺了。这是水土的原因。多好的狗，都串种了。我这狗到藏区，一放骚下种，就是一堆藏獒。信不？人家那是啥地方？到处是藏獒，只那气味，就能把猫儿熏成藏獒。这里，嘿嘿，到处是癞皮狗。多好的狗娃儿，都熏成癞皮狗了……你们忘了，那狼孩儿？"

村里人便笑了。那狼孩儿，都知道。狼叼了人家娃儿，养上几年，猎人救回，却成狼孩儿了，学不会人话，只会狼一样嚎，只会狼一样吃生肉。……只是，他们不信，沙湾养大的，会尽是癞皮狗？那老山狗，刚来时，鞋底大，长呀长的，成藏獒了，咋没见"狼孩儿"成癞皮狗？

癞皮狗就癞皮狗吧，又不都当猎人，要老山狗干啥？癞皮狗就成，看个门儿，出个声儿，惊个贼儿，安个心儿，就这用途。成咧。那老山狗，凶乎乎的，性子上来，把娃儿都能给活吞了。思前想后，还是养癞皮狗稳妥。

只是苦了孟八爷，他睁圆被漠风吹得发红的眼，巴望了十几年，也没从癞皮狗堆里，巴望出小山狗来，只好摸着老山狗唱："老了老了真老了，十八年老了我王宝钏。”老山狗也咕噜着唱。

老了就老了。

老了的老山狗仍是老山狗。当得住“老山狗”这名儿的，不是狗岁数，而是狗心。前次，麻岗闹狼，年轻的狗们都缩在沙洼里咻咻，倒是老了的老山狗怒哮着扑上，惊退了狼。老了就老了。狗老心不老，鼻子更不老。孟八爷就带了它。

5

一到猪肚井，猛子就看到那沙漠里独有的井了：一个水桶，一峰骆驼，一副滑轮，一个水槽，两个汉子，三根立木，一群饮水的羊。那滑轮，安在三木相搭的井架上。滑轮上有绳子，一端水桶，一头骆驼。

一个汉子，吆了骆驼，远远地去，水桶就升上井口。另一汉子接了桶，倾向水泥槽，就围来一群咩咩的羊。

骆驼一来一往，水桶一上一下，羊群你去他来，就成“猪肚井”了。

猪肚井四面沙山。沙山高，沙山大，一山连一山，像冬眠的獾猪一样，一山的嘴咬另一山的屁股，围成环状，中间下旋，能容诸物，形似猪肚，故名。

猪肚井多牧人，也多猎人，多牲畜，也多故事。

孟八爷远远地喊了：“嘿，豁子！”

牵驼人停了，眯了眼，望许久，才扔了缰绳：“哎呀，老贼。你还没死呀？”

“死不了。想死，阎王也不敢收呀。那阎王老贼，可欺软怕硬呀，怕我抢他的位子。嘿，听说你补了豁子？补了好呀，不然，人家亲嘴，还当是含了奶头。不过，豁子叫惯了，怕是改不了口。”

“叫吧，叫啥也成，别叫爹就成。”豁子笑道。他的上唇有补过的痕迹。猛子想到孟八爷说的“亲嘴当含奶头”，笑了。

孟八爷说：“你娘叫我带个话，你带去的羊羔肉收到了，香到脑子里去了。她胃口还好，就是有些气塞。老了，吃一天，就少一天了。你兄弟倒也孝顺，可穷，有孝心，没孝钱，以后，有肉了，多想想你老娘，别花喜鹊尾巴长，娶了媳妇忘了娘。”

“那还用说？……老崽，你不知道？狐子不叫打了，咋还来？”豁子道。

“知道。保护归保护，打归打。那玩意儿，我不打别人打。嘿，才从蛋壳里出来的娃儿也背枪了。这儿，打的人多不？”孟八爷边说，边朝猛子眨眼。

“多得海呀。可多数，连个踪踪子也不会辨，撵上一天，苦个贼死，闻不上个狐屁。倒听说山里来的几个，都是行家，一撵一个，一撵一个。”

孟八爷来了精神：“人呢？”

“谁知道呢。人家是旋风，忽儿这，忽儿那，哪有个定处？不过，隔三间五来这里取水。人家可是快枪呀，新崭崭的。你那把老沙枪早该换了。”

“换啥？老子天生是打猎的，拿个杆子，都能捅下天鹅。拿啥，还不一样。”

一进沙窝，就打听到贼的讯息，猛子很高兴。但他还是装做不感兴趣的样子，四下里打量：有几处栅栏，几间房子，几个窑洞，几串蹄印。井上那汉子也望他们。一峰驼仰了头，伸长脖子，突突地喷唾沫。

“成了，够饮了。”豁子安顿一下，领了孟八爷和猛子，进了家。

在沙窝里，这真是家了：有房，有门，有炕，有锅碗瓢盆，还有女人。一见女人，猛子的眼就亮了，想：“真糟蹋了她。”

“这是我婆姨。”

“知道，知道。上回，和灵官进沙窝，那烧白头老汉说过。”孟八爷一进门，就把枪立在墙角，脱鞋，上炕，往栽毛褥子上一躺。女人吃惊地望孟八爷。豁子道：“这便是孟八爷，救我命的那个。怪不怪？谁想到狐子也吃人，那么大两个，一前一后，忽儿龇牙，忽儿站起，忽儿躺下，牙咬得咯咯响，唬人。不是这老崽，早填狐肚子了。”

“天底下，啥没有呀？人千奇百怪，狐子也一样。有胆大的，有胆小的，有精灵的，有糊涂的，有挨枪的，有成仙的……我看，你这媳妇，怕就是成仙的狐子了，瞧你孤单，来给你做伴儿。”孟八爷燃了火，美美地咂一口烟。

女人笑了，真有种狐媚味。

“都说她是狐狸精。”豁子笑道，“我估摸也是。老觉她忽儿忽儿地要溜走。”

“养个娃儿。人说人没笼头拿纸拴。纸能拴住？女人，只有娃儿才能拴住。养个娃娃，就等于上了绊，她想溜，也溜不了。老顺女人年轻时，心比天高，老闹离婚，死死活活的，一有娃儿，嘿，才顺溜了。”

豁子对女人笑道：“听见没？快给老子生一个。”

“想得美。”女人笑道，“你哪有那本事？放空枪打瞎鸭子成。养娃儿？到下辈子吧。”

“听，这号骚货。”豁子笑道，“不是狐狸精是啥？老子没本事？好，你瞅着瞧。”

“我瞅一年了。”女人鬼鬼地笑。

豁子赶紧岔开话：“上回，黄毛道尔吉来，叫我给你带个话。今年狐子多，伤了好些羊。说是乡长请你呢，叫你传那炒药的法儿，要多少钱也成。”

“要钱不要鼻脸。你不知道，那药，撒出去一片，就死下一堆，比诸葛亮火烧藤甲兵还缺德。别人一枪，只打一只。人家撒百十个药，至少‘闹’几十个。”

吃过晚饭，瞅个空子，孟八爷叫猛子去打派出所配的手机。猛子溜到远处沙丘上，按了号儿，一会儿，噪音就吱哇着涨满耳朵，依稀有人声。猛子不管三乘七，直了嗓子吼，但不知对方听没听清。

6

猛子很渴。几夜了，老这样。

听，那响动又起了。那是喘气和被子的窸窣混合着的怪响。猛子的口一下子干了。孟八爷的呼吸却依然很匀，不显一点异样。

“不像话……有客人哩。”女人喘吁吁道。

“你不是说老子没本事吗？”豁子悄声没气地笑。

猛子皱皱眉头，想，你又不是驴，也不知避人？他怪怪地渴望女人呻吟，却恶心豁子那满足的拌嘴声和湿润的咳嗽。太欺人了，把老子不当人哩。那肆无忌惮的响动，带了嚣张意味，像举盘卤肉，朝饿汉用力拌嘴一样，可恶。

从第二夜起，孟八爷就早早脱衣，靠墙睡了。猛子只好靠了豁子。第二天，他瞅个空，建议孟八爷到别处借宿。孟八爷呵呵笑了，好一阵，才说："别处？你想睡羊圈还是沙窝？这儿，来的人多，信息多。近处牲口都来饮水，啥事都能进他们的耳……可怪，那些家伙，也该补充水了，咋连个毛也不见？"又说，"那豁子，可怜人一个，别计较。"

猛子不想计较，可他的身子却计较。一入夜，猛子就死命想黑色。这是弟弟灵官教的治失眠法儿，想呀想呀，就迷糊了。好容易迷糊过去，豁子却轻易地弄醒了他。一醒，他就受罪了。那被儿的窸窣呀，豁子的喘息呀，女人的呻吟呀，钝锯条一样，在神经上死命地划，划得他要崩溃了。

这个驴撵的豁子，肯定有意这样。他是带着情绪弄那响动的，等于在说："这是老子的女人，老子当然要弄。"于是，他便肆无忌惮地喘粗气，时不时，还用那划桨似的腿蹬猛子，气得猛子牙花子都疼了。

猛子看得出，豁子对他有敌意，冷不防，他就发现豁子阴阴的眼神。这眼神，反衬着女人的眼神。女人的眼神越热，豁子的眼神就越冷。孟八爷说得对，豁子很可怜。每次脱衣服，一看到豁子鸡骨似的身架，猛子就想笑，就也脱了衣，鼓起犟子肉。女人的目光就热水似的泼来。夜里，豁子就弄出很大的响动。这骚鸟。

孟八爷却仿佛浑然不觉。睡了，呼噜声依然大；醒了，说笑声依然响。跟豁子亲兄弟似的，你吹我，我拍你，大块吃肉，小盅喝酒。依孟八爷的性子，也该大碗喝酒的，可这豁子存的酒，就那么有数的几瓶。几下"大碗"光了，连猫尿都没处买，只好小盅了。但盅虽小，叫声却大，"八抬你坐"呀，"禄位高升"呀，"一心敬你"呀，"九九长寿"呀，似猜拳，似吹捧，微醉了，倒下就呼噜。

只是苦了猛子，翻过来，叠过去，在炕上烙饼，任那锯条，在神经上划。从时间上判断，这豁子简直不中用。那声音气势汹汹，却乏韧劲，乍起不久，便讪讪息了，倒把猛子累出一身汗来。夜便忽喇喇压来，还有那静，还有那渴，还有那啥也不是又啥也是的情绪。

猛子于是瞪了眼，望那模糊的夜。月光透过窗上的塑料纸渗进屋里，屋里便隐隐幻幻，模糊出暧昧和尴尬来。那大漠，仿佛庞大的动物，时时扯声怪叫。风大时，沙子也给裹了来，打在窗上，泼水似的。还有牲畜的叫声，野兽瘆怪怪的叫声，一股脑儿往心里泼。那张狐媚脸也变成鸡毛，在心上搔。他想，这婆娘，真不要脸。却又怪怪地觉得这女人能勾他的心。说不清为啥。女人这东西，原本就说不清的，越模糊，越勾心；太清晰了，就不勾心了。

这鬼地方怪，一进来，心就焦躁了，啥都不想，只想女人。行了几日，腿疲了，心却不疲，老哗哗地唤女人。猛子就希望偷猎者中也有个女人，女特务一样，美丽而狰狞，猛子就扑上去，掀翻，压了，像骑烈马一样，颠簸一气，那才过瘾呢。又想，这女贼，该不是豁子女人吧？

那女人果真起身了，在稠糊的夜气中游来，钻入被窝，鲇鱼似的，把他缠得烈火汹汹。他快要虚脱了。忽觉得豁子立在前面，阴了脸，伸出鸡爪似的手，一下下拨他的脑袋。

猛子一下子醒了。嘿，真有人拨他的脑袋哩。

"有几只黄羊饮水哩。"却是女人的声音。抬了头，见女人披了衣服，站在炕下。方知刚才缠他的，是梦里的女人。猛子懊恼了，这婆娘，打搅得不是时候，再迟一点儿，那好事就成了。隐隐幻幻中，女人胸前的两坨肉晃势个不停，又晃出火来，口越加干了。

"啥事？"豁子却问了，声音空洞洞的。

"黄羊。几只黄羊，在槽里饮水呢。"

"叫你在屋里的脸盆里尿。外面的风利，弄不好会伤风。"豁子说。

"屋里？嘻嘻，我尿不出来。"女人笑几声，飘过去，鱼儿似的滑进靠窗的被窝里。

孟八爷的呼噜声涨满屋子。每次喝醉酒，都这样，丢进火里，也烧不断那鼾声。豁子对猛子说："牵了骆驼，鞭杆儿拴笼头上，逼了骆驼，隐了身，

猛子惹狼祸

慢慢靠过去。近了，从骆驼肚子下，给它一枪。”

“这倒是个好法儿。”猛子一骨碌爬起身，穿衣，下炕，顺门缝，定睛一阵，便见月光下，晃几个模糊的点儿。他点了马灯，灯光撑满屋子，见女人用亮亮的眼勾魂，嘴里更干了，就到桶前，舀瓢凉水，一气喝个精光。

猛子装好火药和钢珠，去外面，摸黑解下“驼王”缰绳，把鞭杆绾笼头上。见那黑点儿，仍在水槽处晃，想，那黄羊，贼胆也太大，人不到眼前，它理也不理。也难怪，渴疯了。

豁子的声音传来：“你的腿，要随骆驼前腿。那黄羊，可贼得很，见到你的腿，早一溜风了。”

水泥槽旁边，有许多窑洞，围了栅栏，挡牛羊。要说，那栅栏离水槽近，举了沙枪扣扳机，准会倒下一堆肉。可牧人都不带枪，说是劁猫儿的不骟猪。篡别人的行，缺德哩。

那骆驼，公认的善良，所有的动物都不怕它。它那么温顺，安分，沉默。人便利用了它的善良，隐了枪，带着死神的狞笑，悄悄接近猎物。

月儿寒森森的，星星也瑟缩着。猛子打个寒噤，伏下身子，瞅瞅那几只仿佛也在寒夜里瑟缩的黄羊，用长鞭杆逼了骆驼，叫那墙似的驼身隐了上身，叫那柱子似的前腿隐了下身，斜刺里，移向水泥槽。

怪的是，平素里沉稳大气的“驼王”，却一惊一乍，时不时打个响鼻。你个奶奶的，那黄羊，有啥好怕的？又不是狼——就是狼，不照样叫你吊死在驼峰上？瞧，它又抡头甩耳了。猛子很生气，狠狠抖抖鞭杆，骆驼便顺从了鞭杆的指引，慢腾腾向水槽靠去。

月亮很亮，干冷干冷的亮。那干冷，渗透了枪管儿，渗进猛子握枪的手心，上延到心里了。猛子打个哆嗦。他觉出，骆驼也哆嗦着。真是怪事。驼肉嘣嘣跳着，打响鼻的频率也越来越高。这倒没啥，那响鼻声再大，也是骆驼的响鼻，等于告诉猎物：“别怕，别怕，我是个骆驼。瞧，我可没拿枪呀。”猛子笑了。

只是，越近水槽，骆驼抡头甩耳的幅度越大。传递过来的信息是：这骆驼，显然不想配合身侧这个叫人的东西，利用自己善良的名声，射出不善良的子弹。猛子很恼火，狠狠抖几下鞭杆，撕几下鬃毛。也幸好，老先人发明的法儿管用：用毛绳儿穿了骆驼的鼻圈，否则，这个身大力不亏的家伙，一使性子，能把人气死哩。

骆驼被弄疼了鼻圈，虽打响鼻，虽哆嗦，但脑袋，终究是安稳了，渐渐便近水槽了。猛子伏下身，从驼腿交叉的空隙里，发现那影儿仍在晃，只是从水槽处移向栅栏了。这一来，就很糟糕。因为，牧人就睡在栅栏里，还有羊呀，牛呀，骆驼呀，一开枪，枪子儿难保不朝它们飞。“这骚蛋黄羊。”猛子心里骂。

但他很快想出了对策：再前行，把方向错开，把枪、黄羊、栅栏的一条线，错成枪、黄羊、沙丘的一条线。这下，即使子弹不长眼，也叫它咬沙子去。

越前行，骆驼越不听话。猛子抖戳鞭杆的频率也越来越高，终于将骆驼挟持到目的地了。而后，取了枪，从驼身下瞄了。这时，一股山风吹下，许是把火药味吹过去了。那点儿顿时炸了，飞向远处。有一个迟钝些，还没反应过来，枪就响了。

怪的是，那倒地惨叫的猎物，发出的，却是长嗥。猛子的头皮一下子麻了：这，分明是狼嗥呀。

“狼来了——”猛子骇极的声音，盖了狼嗥，惊醒了沉睡的猪肚井。

7

老山狗黑丸似的弹来。孟八爷提了马灯，跟了狗，颠出一地碎花花的亮光。女人边跑边系衣扣。黄二、红脸、炒面拐棍等牧人，都一股脑儿围了来。

灯下那狼，还在蠕动，看上去不大，还是个崽儿呢。一摊黑红的液体汪在那儿，很扎眼。

老山狗咕噜着，低哮个不停。“操，咋把这祖宗惹下了？”孟八爷跺一下脚。

“包天大祸惹下了。”“这下，可没好果子吃。”“就是。宁惹恶虎，不惹群狼，麻烦得很。”“人家有啥事？屁股一拍走了，遭殃的，是我们。”牧人你一句我一句，就把猛子肚里的火搅起来了。

他当然知道，麻岗里的狼惹不得。不惹，人家也不动你的羊，除非捉不到野物，为了活命，才动牲畜。狼有狼的规矩：人不犯我，我不犯人，人若犯我，我必犯人。惹了它，实在麻烦。可谁又想到是狼崽呢？心里眼里尽是黄羊，一扣扳机，却魔术似的变成狼了。牧人们不怨，猛子怪难受，一听那堆嘲兮兮的话，难受反变成恼火了；见那狼崽儿，已支起前腿，想要逃走，后腿却不听使唤，捞在地上，就咬牙上前，抡了枪托，划个弧。狼崽儿低哼一声，瘫了。

孟八爷喝道：“你打它做啥？”红脸道：“就是。它活着，母狼还有顾忌，不敢咋样。它一死，嘿。”话音没落，又惹出一堆叹息。

孟八爷沉吟道：“那就卖个姓吧。老先人说，掏了狼娃，或是不小心伤了狼娃，卖个姓，有时，也灵验得很。”

猛子说：“咋个卖法？”

豁子说：“我知道。红脸，走，我和你卖去。”就和红脸上了沙丘。不一会，那声音就蛇一样传来。

“哎——，打狼娃的是哪里的人——”

孟八爷也扯了嗓门：“是洪祥人——，城北乡的——，陈儿沟的——”

“那人走了没——”

“走了——，走远了——，回去了——”

“黑胡子舅舅听着——，不是天来——，不是地来——，不是我来——，不是他来——，是洪祥陈儿沟的人来——，有冤的，报冤去——，有命的，讨命去——，可不能糟蹋猪肚井的牲口呀。”

声音一晕晕荡去，被远处的沙山一挡，又传了回来，几荡几回，成无数人声了。那声音浑厚，苍凉，悠远，和大漠一个味儿。

卖了姓，孟八爷又叫女人取来几张黄纸，在狼尸旁化了，叫它好生上路，转个人身。而后，他仰脸朝天，咕噜一阵，念几句猎人行里的咒语，说几句

“迷路封口”之类的话，才把那狼崽儿放沙丘上，叫狼来收尸。人家活要见崽，死要见尸，不然，真要缠死个你了。

8

回到豁子屋里，红脸们的情绪依然低落。虽然卖了姓，但他们对它是否灵验还是怀疑。孟八爷也心中无底。小时候，他和父亲掏狼娃时，也这样卖姓。那时，他指的姓多是仇家，并把弄死的狼崽儿偷埋在仇家的牲口圈里。这样，仇家就遭殃了，自家倒很安稳。但若是不卖姓，就难说了，那狼影儿，或在心上飘，或在眼前晃，爹就叫他化了表纸，补上卖姓手续，再给土地爷供个没头鸡儿，叫他给狗安顿一下，就没事了。但以前捉狼崽儿时，多避了大狼的眼。现在，人家目睹了过程，卖姓是否管用，难说。

但卖姓至少有一点作用：暂时堵了红脸们数落猛子的嘴。猛子懊恼地晃晃脑袋，取过抹布，擦枪托上的狼血。

女人望望猛子，说："要说，这事儿，也怨不得他。我说的是黄羊。每次起夜，都以为是黄羊，谁料想是狼呢。"

"有时是黄羊。"豁子道，"早上起来，尽是黄羊蹄印。有时，也有像狗爪子的，我还以为是狐子呢。"

"要说，狼也该保了。先前，狼一群一群的。有天早晨，我一出窝铺，呀，阴洼里撒麻籽儿似的，到处是狼。现在，稀罕多了。"黄二说。

红脸说："要说也该保，人家狼也讲义气，在老窝方圆十里的羊，人家动都不动。"

"可你惹了它，再看着。"炒面拐棍哭丧了脸。

猛子直梗梗道："我还怕它不成？来一个，打一个，打光了省事。"

"人家是土地爷的狗，你能打光？"红脸说，"你不惹它，还轻易见不着它。一惹，嘿，满山遍野都是狼。人家起群哩，人家直了声，一嚎，千里路上的狼都来哩。别说你一个枪，就算有十个，又能干啥？再说，国家保了，你一打，犯法哩。”

黄二说：“再说，人家撞你的枪口干啥？等你睡了，人家进了羊圈，光喝血，不吃肉，不到早晨，一圈羊都叫它咂死哩。”

炒面拐棍一听，慌张了：“乖乖，活不成哩，真那样，赔都赔不起，我可是个穷汉，连毛也撕不上一盘子，拿啥赔人家？”

女人说：“听说狼怕火，夜里，放一堆火。”

“不中。”孟八爷说，“先前怕，后来，人家不怕咧。有次，我在泡牛嘴碰了个狼，它跟了我，我走它也走，一直追到麦场上。我放了一堆火，可人家理都不理，蹿过火堆，直溜溜撵来。它的眼睛立着，脖子里的毛直扎，嘴咧到耳门了，涎水唰啦啦流。我一看，哟，狼张不开嘴，才知道土地爷给它封口了，不然，我早填狼肚子了。我才知道，人说狼怕火是假的。人家根本不怕火。”

“那……牲口就等着填人家肚子了？”炒面拐棍仍哭丧了脸。

“人家不怕火。”孟八爷说，“可总有怕的。狼是土地爷的狗。谁的狗也是狗。狗最怕啥？绳子。为啥？要吊死它呀。多厉害的狗，你只要捉了拴它的绳子，它就乖乖儿跟你走。它知道它上的是绳路。这尘世上，谁有谁的路儿，猪走刀路，杀它得用刀子；狗走绳路，吊死它得用绳子；狐子啥的，得用枪……各有各的路儿，它当然怕了。信不？多高的墙，人家一蹿，就过去了。你要是在上头拉根绳子，它望都不敢望。”

“这倒是的。”豁子说，“早些年，放牲口的，就用绳子绾个网，狼倒真不敢跳。”

“老先人的法儿，总有它的道理。”孟八爷笑道，“绳子有没？有个三五丈就成。”红脸说：“没有。谁带那么长的绳子。”黄二道：“我有哩。可那绳子，怕不牢实，是牛毛捻的。”

“那才牢实呢。”孟八爷说，“你不听牛毛拧绳扯不断吗？上回，城里开啥运动会，歌儿就是：千万根牛毛拧成绳，我一听就笑了。我估摸写那词儿的，肯定放过牛。”说着，嘿嘿笑了。

9

孟八爷们扯绳子去了，屋里只有猛子、女人和老山狗。老山狗卧在炉旁，把嘴塞到腹下，睡了。

猛子的心情糟透了。原也想帮他们去，又怕听那唠叨，便上了炕，捞过被子，盖了身子，时不时出口横气。

女人忽然笑了："一个大男人，提起裤子就是男子汉，做那副难看的嘴脸干啥？"

这娘们，说话没高没低，那"提起裤子"的话，本是针对偷情者的。猛子却无心调笑。兴冲冲举了枪，想讨个好口彩，却招来了骂，真败兴透了。要是再招来狼祸，那骂名，更背定了。

见猛子不答，女人翻起身，把枕头垫腹下，说："真是的，不就一只狼吗？打了就打了。"

"你不听，人家咋说？"猛子闷声闷气道。

"咋说咋说去，嘴是人家长的。不信狼还真寻了来报仇。就算真寻了来，把一圈羊呀，牛呀，骆驼呀，咬个干净，又有啥？"

"有啥？包天大祸哩。"

女人却笑了："把你玄的。不信这羊呀，牛呀啥的，能活个千年万年。狼祸，也是天灾哩。人家狼，天性就是吃羊吃牛的。"

猛子心里舒服了许多，说："说不定，我天生，就是打狼的。怪不怪，明明是黄羊，一扣扳机，却变成狼了。"

女人吃吃笑了："真该这样想。有些事，猛一想可怕，可细想，也没啥大不了。我刚叫羊毛贩子卖给豁子，嘿，天塌了，真不想活了。后来发现，这地方，也挺好的，没争没抢的，远离了人世的许多纷争，倒像那个桃什么园了。"

"真是买来的？都那么说，我还不信。"猛子吃惊了。

“就是呀，就是那个驼子——脊背上长篮球的那个，一开始，那个恨呀，真想拿把刀，朝那鼓鼓的背上戳一刀，看看能冒出多少坏汁。后来，想通了。人嘛，咋也是一世。豁子丑是丑些，可心实诚，就是那方面差些儿。嘻，我说的是实话。别看他气势汹汹地上来，可一点溜子没有。”女人用很亮的眼睛望猛子。

猛子又渴了。他希望她像梦中那样，飘过来，压了他，浪浪地笑。可女人又转了话题：“你娶媳妇没？”“没。”“那还是童子鸡了？”

猛子笑了。女人却眯了眼，似透过房顶，望到了天空，好一阵，才说：“我可是历经沧桑了。折腾了几年，原指望折腾个好归宿，却叫人骗了来。……我想，这就是命了。就认命吧。”

女人又说：“有钱的，都是蝎虎子，想想，还是这里安稳。要说，这豁子不错，心实诚。我爱也爱了，经也经了，想清静几年了。”

正说话，门忽地开了。豁子裹一股寒风进来，见灯光里相隔了好长距离的猛子和女人，才吁口气。女人笑道：“你咋那副嘴脸？你爱啃的茄莲，以为谁都爱吃？”

“屁。我来取斧头。”豁子在墙角里捣鼓一阵，出去了，刚出门，又进来，对猛子说：“孟八爷叫你帮个手儿。你年轻，上个高啥的，比老年人利索。”

女人笑道：“去吧。省得叫人家心往嗓子眼里提。木头上可落了霜，小心滑下。”

猛子起身，出了门。天已鱼肚色了，反倒冷了许多，下山风很利，把脸蛋刮得死疼。牧人们还在那儿，嘿哈着弄绳子。

猪肚井是沙漠里一个很特殊的所在，一是靠近麻岗，牧人们饮牲口方便；二是地形下凹，相对暖和，避免了风沙的直接冲击；三是有长城和土崖。说不清何年何月，这儿还是耕作的沃土，后来，那沙浪滚滚而来，淹了田，淹了地，淹了房屋，把沃土淹成了荒漠，并一路淹了去，这儿倒成大漠腹地了。

有了那崖，牧人就有了容身之地，掏个洞，铺上草，就能住人。再到麻岗里剁些桦秧子，盘扎成栅栏，三面围崖，就成牲口圈了。这圈，勉强设些障碍，以防牲畜逃散，但用以防狼，连个摆设也算不上。不说别的，只消狼上了崖头，一滚，就能滚到牲口堆里，张了口，龇了牙，吃肉呀，喝血呀，由了它逞凶。

最好的防护武器，就是别惹它。麻岗野物多，野兔啦，獾猪啦，黄羊啦，老鼠啦，跳鼠啦……只要土地爷的狗张口，都赶紧往里钻。狼当然犯不着招惹那些叫“人”的凶残动物，因为一旦惹躁人家，他们总要生些怪法儿来对付你，比如，举个铁棒儿朝你喷火，火里裹些钢珠或铁砂，哪儿碰上，都是血洞儿；再比如，弄些鸡皮，裹些东西，诱你去咬，一咬，嘣，腮帮子不见了；还有的，咬时也不爆，也软和，也香，但一到肚里，便翻江倒海，肠也断了，肝也烂了……索性，不去惹他们。饿了，扑几只瘦弱的黄羊——太壮的撵不上——或是野兔。最不济，也能逮几只塞牙缝的黄老鼠，犯不着跟“人”计较。

这可是祖宗留下的教导呢。

那么，要是人家欺你咋办？那还用说，毫不含糊，干！以血还血，以牙还牙。人若犯我，我必犯人。否则，狼的祖先早羞下供台了。明知“人”备了许多可怕的玩意儿等你，但不怕，毕竟，我们是一群来自北方的狼。

牧人们只好在崖上扯绳子了。

都说这法儿灵。谁知道呢？祖宗用了灵的法儿，子孙不一定灵。时代在进步，狼也在进化。那土地爷的狗，说不准早没狗性了。那绳儿能否唬住人家，谁心里也没底。但祖宗传的法儿，也没太大的本钱，用用也没啥。那就扯吧，崖头上钉了木桩，将牛毛绳儿扯了两道。看着那细细的绳儿，谁的心里都嘀咕：就凭这，能咋了狼？

孟八爷也在嘀咕。但他这样做，与其说是防狼，不如说是为安抚牧人；至少，他也在做补救工作。无论这补救有没有效，他已尽力了，成不成，由天断吧，不是说谋事在人，成事在天吗？

猛子上了栅栏。霜落在横挡的木头上，真有些滑，几次，他差点从上面摔下。他对崖上扯绳子不以为然。因为，狼只要猫了腰，就能钻过来。那绳墙，简直连聋子的耳朵都算不上。倒觉得栅栏上方的绳儿有必要，因为栅栏不高，狼远远一跃，便能蹿过。有了这绳，便多了道障碍，狼一跃，说不准挡在绳上，摔个嘴啃泥呢。

这防护，仅仅是为黄二的羊圈做的，一是那狼崽儿死在羊圈旁，最可能遭狼报复的，便是羊圈；二是别人牧的，多是大牲口，不怕狼。狼一来，那牛们自会屁股对屁股，把那尖利的角对准进犯者。即使偶有攻入圈的，也会叫牛蹄子踩个稀烂。骆驼也不好惹，别看它性子慢，但要是红了眼，口里喷出白沫子，直了声，怪叫着冲来，狼瞧了，尿都吓失禁哩。即使骆驼不小心，叫狼咬了驼峰，也说不准谁胜谁败。驼会沿了沙峰，东拐西扭，忽上忽下，把吊在峰上的狼甩成拨浪鼓槌儿。你想下来，也由不了你。那驼毛和峰里的油脂，会胶了你的牙，你一下口便是死口。你想松口？成哩，等你没气了，自会有人用铁棍儿撬呢。

最叫人担心的，自然是羊圈了。最怕的，不是狼咬死一只，吃个稀里哗啦。不怕你吃，你由了性子吃，一只羊也够你吃的。怕只怕你一口咬了羊脖子，像咂甘蔗汁的孩儿一样，嗞嗞几声，吸干了血；再咬一只，再吸；或者，干脆只咬不吸，不到一个时辰，圈里便齐唰唰卧满羊尸。早上，牧人进圈，甩了鞭，喊了号，羊却死皮赖脸，卧了不起。一看，乖乖，没一个出气的。

最怕这。

黄二于是说："我去弄些砒霜来，撒在羊肉上，'闹'死狼算了。"

"弄那玩意儿干啥？"孟八爷说，"用不得，黄二，千万用不得。打死一个，已经错了。再药人家，那冤气，真没个解开的时候了。……再说，人家鼻子尖，根本不动你的肉。"豁子笑道："你打死的狼狐，不上千，也差不离了，咋忽然发善心了？"

"以前，哈哈。"孟八爷笑道，"只把那狼呀狐呀当仇人，想敲了，乓，就是一个。咋还想到这一'乓'，是造罪呢？"

"你吃斋了吗？"红脸问。

"没。"孟八爷说，"上回，听城里来的说，沙窝里啥都少不得，狐子少了，老鼠就多了，到处打洞，把草皮啥的弄坏了。一刮风，嘿，天不黄才怪呢。

狼更少不得，一少，那黄羊啥的，就闹嚷嚷到处都是，把草呀树呀吃个精光。风一起，沙就忽喇喇流来，埋房子，压庄稼，把人赶得没地方蹲了。”黄二哭丧了脸：“难道，眼睁睁望着它咂死羊不成？这可是几十家的羊呢。一咂死，我可活不成了。”

“不会。”孟八爷嘴上劲大，心里也嘀咕：要是狼真来报复，倒也麻达。

依他以往的脾气，巴不得狼上门闹呢。上一个，乓，一枪；上两个，乓乓，两枪，弄几张狼皮褥子。那玩意儿隔潮，冬天里，最是暖和。现在，不成哩，他明白了那黄风黑风，跟他乓乓的枪声有关哩。国家保了，自有保的理由，就说：“黄二，那砒霜，真撒不得。冤家宜解不宜结。惹恼了狼群，怕连个羊毛也见不着了。再说，要没了狼，起了瘟疫，真没法治呢。”

“这倒是。”黄二说。他也知道，一闹瘟疫，牲口就一群群地死，药物啥的，不顶用。先人们就宰牲，上表，向土地爷祷告。土地爷就派他的狗去撵瘟神。那一群一群的狼便在旷野里长嚎了，瘆怪怪地嚎上几天，瘟疫就没了。怪就是怪。

孟八爷虽没事似的笑，心里却在嘀咕：要是狼真来报复，咋办？

10

回到豁子房里，女人已做好了清汤羊肉。孟八爷和猛子各吃了两大碗。“吃美哉了。”孟八爷抹抹嘴，扔了碗，取了枪，边装火药，边对猛子说：“再不能守株待兔了。今日个，到别处转转。”猛子胡乱哼两声。外边有人喊豁子，豁子就牵骆驼，拿桶，去了井上。不一会儿，那轱辘吱吱响了，响了一阵，哗，一桶水倒槽里了。

女人把碗收了，放进水盆，问孟八爷：“你们是不是找那几个打狐子的？”猛子吃惊地问：“你咋知道？”女人撇撇嘴：“刚来时，你不是打听过吗？那些人，怕是早离开沙窝了。”“为啥？”“你想，附近就这口井。他们没骆驼驮水的话，两天都熬不过去。”

猛子望望孟八爷，说："幸好。那玩意儿杂音大，要真叫了人来，又是个苍蝇撵屁。"

"叫啥人？"女人问。

孟八爷笑道："他岳父。想买几张狐皮哩，叫我们打听。谁有了，给他通个信儿。"

女人笑道："他不是说没媳妇吗？"

"媳妇是没有。"孟八爷笑道，"可岳父有。有了岳父，才能养下女儿。养了女儿，才能给他当媳妇。"

女人猜出他们有事儿瞒着她，就笑道："不问了，你们干啥干啥去。"又说，"近处，再没补水的地方，除了上盐池，那儿有个水窖。他们若没离开沙窝，便去那儿了。"

"愿去哪儿去哪儿，关我们啥事？"孟八爷笑道。

"你们口袋里卖猫哩，演啥戏？"女人笑了。

孟八爷朝猛子眨眨眼："走呀，憋了一早晨，该松活一下眼睛了。顺便，弄个兔子。"说着，不顾女人鬼鬼的笑，出了门，吆吆几声，将老山狗也喊了来，二人一狗，上了沙丘。见那死狼娃，仍在沙丘上，四面并无狼爪印，知那狼们，已被枪声吓破胆，逃之夭夭了。猛子捞过狼崽，到阴洼里，刨开沙子，埋了，说："夜里，先把这皮剥了。"又在沙上撒泡尿，当个记号。

望东去，沙丘渐黄，枯草渐多。行不多久，就是芨芨湖，像个大草甸子，盖在沙海里。湖里有黄毛刷刷作响，将大漠本有的严酷隐了，便多了许多动物。猎人来这里，就是冲这湖来的。时有黄羊，一见人来，倏然而逃，到远处，昂首回眸，观赏来人。老鼠呀，跳鼠呀，沙娃娃呀……触目可见。这些，本是狐狼的天然食物。只是狐狼日渐稀少，食物倒成灾了，把芨芨湖弄得千疮百孔。也许，要不了多久，这芨芨湖就像大沙河一样，只剩个名儿了。

芨芨是生命力最顽强的植物之一，戈壁上常见，一丛一丛的。春天，它摇曳成一抹耀目的绿，秋天就黄了。黄了的芨芨柔韧性好，耐磨，可以编筐，打席子。小时候，猛子就光身睡在芨芨编的席子上，一翻身，身上尽是五花六道的印儿。有时，填在炕中的牛粪也会将炕面子烧红，把席子烧个大洞，猛子就把屁股安洞里，倒也免了被芨芨硌身的难受。后来，羊毛多了，擀了毡，在席子上一放，就舒服个贼死了。

到冬天，湖中芨芨七零八落，放把火，火焰弥天，黑灰遍地。那灰，就权当肥料了。不烧的话，次年便不繁茂。好在那火只烧枝叶，不伤根须，春风一过，芽一抽，湖又绿了。

牧人的牲畜常在芨芨湖放。因芨芨高，能时时隐了矮些的牲畜，便有“天苍苍，野茫茫，风吹草低见牛羊”的味道了。

红脸们围在沙滩上，正看两只公羊角斗。其余的羊呀，牛呀，骆驼呀，都散落到芨芨湖里。羊的吃食习惯是：饿了，才能吃稳。一吃饱，就不安稳，跟了头羊，忽东忽西，成游荡的云了。那头羊多为公羊，头上长角，人称“骚胡”。一群羊中，若有两个以上的骚胡，就有好戏看了。天若变暖，羊若吃饱，骚胡就饱暖思淫欲，老追母羊下种。矛盾随之产生。解决的方式，便是角斗。

红脸们直了嗓子，在一旁喊“加油”。

那两个骚胡相隔数丈，蓄了劲，如劲弓发出的箭，相向弹射，两角相撞，轰然作响，身子在空中合成“人”字。这是一个回合。然后，再不纠缠，倏地分开，各退数丈，蓄了力，再相向弹射撞击。就这样，一回合一回合地斗下去。

骚胡间的较量极有风度，光明正大，是实力的较量，绝不会暗算对方，用尖硬锐利的角去挑对方的腹部。谁的力弱了，就一甩脑袋，甘拜下风，全身而退，决不纠缠。不像狗，咬个血肉模糊，毛片乱飞，不敌对方，仓皇而逃，到远处，还要回过头来，狂吠几声。

“来呀，老骚胡。看骚胡打架。”一个驼子招呼道。

“骚胡们看吧。”孟八爷回敬道。这驼子，便是给豁子带来女人的那个回民。隔段日子，他就到麻岗里来，带些生活用品，或换或买些毛皮，两头取利。

孟八爷本想到盐池上打听讯息，一见驼子，却变了主意。他知道这驼子到处跑，有牲口的地方，都有他的脚印，就给猛子使个眼色，走了过去。

加油！
加油
加油！
加油！
红脸们正看两只公羊角斗，
直着嗓子在喊：
加油！

这相斗的骚胡身架极大，都长个盘盘大角。其形状是角先前探，划个大弧，角梢却朝身后去了。等宰了羊，割下头，剔了肉，略加装饰，挂在墙上，便是极好的饰物。但相斗时，却无丝毫威胁，两只羊，一次次弹射，撞声轰然，很是过瘾。牧人很喜欢这游戏。有时，还在自己群里寻个厉害骚胡，跟别人的骚胡斗上一斗，来赌个烟酒之类。

驼子扔给孟八爷一根纸烟。这里，只有驼子才抽得起纸烟。牧人多抽旱烟。抽旱烟得烟锅儿，烟锅儿中，最好的是黑鹰膀子：弄来黑鹰翅骨，包上华美铜饰，抽不多久，就黑红发亮了。没烟锅的牧人，就用报纸卷莫合烟抽。只有这驼子到了，牧人才能开个洋荤，抽上香烟。所以，时不时地，就有人念叨驼子。

孟八爷接了烟，夹在耳后，却掏出烟锅儿，说："这烟锅儿，还是个打狐子的给我的呢。……听说，国家一保护，皮价上涨，狐子反倒死得更多，连蛋壳里才出来的娃儿也背枪了。"

驼子道："谁说不是呢。听说，山上来的那几个，厉害得很，是狐子的阎罗王，打的皮子，海了。"

"你没见过？"孟八爷有些失望。

"听盐池上的说，前天，还去过他们那儿呢。可能，出沙窝了。听说，他们是打马鹿犯的事，想避几天风。"

孟八爷眯了眼，望一眼撒在湖里的牲畜，不易察觉地叹了口气。

猛子却被角斗的羊吸引了。那黑头子骚胡越战越勇，前扑的力道愈来愈猛，犄角下砸之势也带了拼命的意蕴了。白头子骚胡退缩了，终于转身而逃。黑头子也不追赶，脑袋威风地晃着，像解牛后的庖丁。红脸们哈哈大笑。笑声里，已无狼事带来的忧患了。

猛子想到自己也曾有过的一次类似的决斗，觉得很好笑，想，人和畜生，咋都一个样?

孟八爷却是另一番心思，他从驼子收狐皮想了开去，开始自责。为探消息，为保密，他也假说要买狐皮。你也说买，我也说收，那狐皮，不涨价才怪呢。他想，还是明了心吧，说说自己变化的原因，日久了，天长了，水滴石穿，绳锯木断，那观念就在听者心里扎根了。

红脸捡块石头，放进抛溜子里，抡几下，石头飞向五十米外的一只大老鼠。

“瞧那老鼠，快成精了。”孟八爷说，“这些年，啥怪事都出，黑风啦，老鼠啦。早些年，这麻岗里，一铁锹就能挖个井，现在，瞧，成干滩了。”

炒面拐棍接口道：“听说，天要塌哩。”

“屁。天是一团气，咋塌？上回进村，有人给我一封信，说是王母娘娘写来的，叫我抄二十封，不抄，大祸要临头了。屌！老子一把撕了。老子不信！看那大祸咋个临头？”红脸说。他喜欢犟嘴，一犟嘴，就情绪激动，脸涨得通红，故名红脸。

炭毛子说：“那事儿，不可不信，不可全信。有些祸，你着上才知道。”

红脸道：“哼，该死的娃娃尿朝天。命是天定的，不信撕封信，就把天定的命变了。”

炭毛子笑道：“也有死于非命的呢。”

牧人有两大阵营，以边湾沟为界，红脸在沟南，炭毛子在沟北，两人都好事，喜欢捣弄是非，要是在人里搅不出事儿，也要选两个骚胡来斗斗。方才，骚胡间的大战就是两人策划的。那战一息，红脸就捡了石，投那老鼠。

怪的是，都知道他们有捣弄是非的嗜好——不是毛病，没他们，沙窝就寂寞了——但他们却有很好的“格”。这“格”，相当于“身价”，但又比“身价”复杂，是“身价”、“面子”、“身份”、“位置”、“威信”等许多词的综合体。人一办了不符合身份的事，就“失格”了。

红脸的“格”是牧人中最好的。除了他伶牙俐齿，爱犟嘴，谁都从心底里怯，不敢挡其锋外，还因他当过生产队队长——这几乎等于退休干部了——更因为，他会一手绝技：打抛溜子。

这抛溜子，用两根等同于身高的绳子，一根环状，套腕上，另一根捏在手中，能随时抓放。两绳中间相接处，放块皮子，用来装石头。腕为圆心，绳为半径，一抡，石头划弧，风声呜呜，越划越快，快到极致，松一绳，石头就炮弹似的飞出，将那不安分的牲畜赶了来，将那贼溜溜的野兽赶了去。

牧人多会使抛溜子。这比火枪方便，捡个石头，呜呜抡出，便是武器，又不用花钱。但寻常牧人的抛溜子，只能摔个大致范围，红脸却“神”了：他惊牲口，只打角，叫它左来，打右角；叫它右去，打左角；打野兽则打眼睛。那石子，活似长了眼睛，划个百十步的弧后，就落到红脸嘴里喊出的位置上了，错不过五寸。

这一手，叫红脸在牧人中升了“格”。所以，他说出话来硬怪怪的，“我才不信那狗屁。信上说，要起瘟疫了，要猛兽横行了。谁信？现在哪有猛兽？啥都怕起群，狼起了群，人才怕哩。老鼠呀，蚂蚁呀，别看小，一起群，可不得了。听说，外国的蚂蚁能吃一栋楼呢，乖乖，蚂蚁围倒太行山哩。老鼠一起群，把庄稼都搬到洞里了，人就得饿死。”说到这里，他发现，自己的论据，反倒否定自己的论点了，就赶紧住了口。

孟八爷道：“咋说呢？那传闻，也许有道理，无风不起浪，无针不引线。不说别的，只说那场黑风，连根拔了树。那阵势，老先人也怕没经过哩。听林业上的说，狐子吃老鼠。乱打狐子，老鼠就成精了，铺天盖地，到处打洞，草皮啥的，都叫破坏了。一刮风，沙山就活了。北沙窝里，早年还有人。现在，连鬼都没法住了。”

驼子笑道：“这么说，你也是坏人了？你打的狐子，至少上千了。光我从你手上，就买了不下八百张狐皮。”

“所以，才金盆洗手哩。”

“我正纳闷哩。”驼子笑道，“我说那孟八，打个狐子，跟裤裆里摸老屌一样便利，咋放着票子不要，洗手不干哩？”

“君子爱财，取之有道。”孟八爷说，“国家不禁，自有它不禁的道理，打两个贴贴家用，也没啥。国家禁了，也有它禁的道理，再打，就成罪犯了。你驼子可要小心，贩狐皮犯法哩。”

“是吗？”驼子笑道，“我正想尝尝监狱的滋味哩。”

孟八爷道："驼子，有些事能戏耍，有些事耍不得，不提这法那法，单说良心。我们土涌到脖子里了，可子孙还要活哩。胡干下去，真断子绝孙焦尾巴哩。"驼子的笑没了，想反驳，嘴张了几张，没说出话来。

黄二道："真不知道，这里面，还有大道理。"炒面拐棍也"乖乖"了两声。

孟八爷又说："这理儿，我也才明白。这些年，我老纳闷，以前，大沙河那么多水，柳栋呀，芦苇呀，树呀，里头啥没有？狼了，狐子了，野兔了……真正一个森林王国。现在，除了耐旱的沙娃娃外，至多有几只獾猪娃儿。那水，连饮猫儿的也没了。"

"这倒是。"驼子道，"那时，雀儿头大雪，一下就是一冬天，现在，连雪花儿也稀罕了。我还怨天呢。"

"乖乖，我说呢……"黄二道，"前几天，那几个山里人打了好些狐子。"

孟八爷想说啥，却又咽下了。

驼子道："孟八，你可给老子上了一课。只是，你少说那断子绝孙焦尾巴的话。你明明知道，老子没养下吊把儿的。"孟八爷笑道："那有啥？你那丫头，花儿似的，不比娃子差。"驼子道："丫头？不中。人说养儿防老，没说养丫头防老。"

"防啥老？"孟八爷道，"可了心，好好活几年，死了，进土坑，或填狗肚子，还不是一样？不过，你要是不收狐皮，叫你那伙子也不收，或者，谁收，你给我通个信儿。那我天天给你上高香，给你求儿子，成不？"

"这话，可是你说的？"驼子道。

孟八爷指天道："老天老天遂我的愿，不遂老子跟你干！"众人都笑了，明知孟八爷在说笑，可又觉得他身上有股子气，仿佛真能跟老天较个劲儿。

驼子说："孟八，我可当真了。冲你这话，就算一张挣一千，老子也不收了……只收我答应的那几张，然后，学你，金盆洗手。"

"贼屁！"孟八爷变色了，"你只杀这几人，以后再不杀，就不抵命了？驼子，老子可说一不二。"说着，他取下枪，压上火炮子，瞄了天，扣出搅天的炸响来。

“回去，我给你上长香，三年后，你没个儿子，老子天天拿枪崩天。可你，要是收了一张狐皮，那……你祖坟里埋的是老叫驴。”

驼子说：“成哩，就老叫驴。”又说，“孟八，你可功德大了。这沙窝里的狐皮，我不收，卖的人路儿就窄了。你上香当然好，不上也没啥。真的，我估摸，你说的有道理。”

“我上我上！”孟八爷笑道，“用二尺长的香，给你上。”

孟八爷吁了口气，觉得把憋闷泄了，心头异样轻松。这是他进沙窝后最舒畅的一天。初到猪肚井时，为保密，躲躲闪闪。今天，好个痛快。就是，怕啥呢？大不了，挨上一枪。会水的鱼儿叫浪打死，玩枪的人叫枪崩掉，也算是造化呢。

猛子却没孟八爷这么多的心思，眼前虽热闹，却丝毫引不起他的共振了。他的心又被那只小狼填满了。一个问题，老在心头旋：

“那些老狼，会咋个报复呢？”

11

傍晚，一回到猪肚井，红脸就发现黄犏牛不吃草了，肚子胀成了锅，悬酥酥颤。孟八爷打趣道：“胀死了正好，吃肉。”

红脸哭丧着脸：“这活儿，真不是人干的，风吹日晒，苦个贼死不说，还不给人个安稳。放一头牛，一年收几十块，不小心死了，还得赔。你说，狼啦，豺狗子了，哪个不是要命的？活不成哩。”

孟八爷说：“那牛，肯定吃了带霜的草。用盐呀，醋呀，给牛喝，把肚里的草腌下去，就不胀了。”

“盐有，”女人说，“醋可没有。这鬼地方，吃饭没醋，歇荫凉没树，真不是人蹲的。”豁子皱眉道：“成咧。少说两句，老子多半辈子，不也过来了吗？”女人说：“话总得叫我说呀。”说着，望猛子一眼，鼓鼓嘴，笑了。

“有针管子没？猪打针用的。”孟八爷问。

豁子笑道：“你当猪肚井是凉州城呀？哪有针管子。”“皮管子呢？指头粗的，四五尺长就成。”“好像有。等等，我找找看。”豁子在墙旮旯里翻腾一阵，翻出一截皮管。孟八爷笑了：“成咧，去试试。”出了门。

屋里，只剩下猛子和女人。女人从包袱里翻出块绣鸳鸯的白布，盖在被子上，屋里一下子鲜活了。

“夜里，惊了你吧？”忽然，女人问，不等回答，她又笑了，“那没起色的货，越有人，越那样。没人时，捞也捞不上来。一来人，倒飞上跳下的。谁知道他是个啥心思？是给人夸呢，还是怕我想别的男人？男人这东西，难说得很。”

猛子笑了一下，笑得很蠢。没见过这号婆娘，尽朝痒处戳。怪的是，在沙湾有惊天动地的搞女人名头的猛子，在她面前，却成缩头乌龟了。不过，她说话虽露，却不下流，更无勾引人的味道。

女人见猛子不搭话，偷偷笑了：“人都说，那豁子配不上我，都说鲜花插牛粪上了，你看呢？”

猛子也有同感，想奉承两句，却想到了妈常骂他的那句话，便说：“我看嘛，厕所门上的刺玫花……”

“人不夸了屁股夸。”女人笑着接口，“我估摸，那豁子，配我个过来过去呢。女人嘛，说配不上，任天上的神仙也配不上。说能配，阿猫阿狗都能配。”说着，吃吃笑了。

猛子也想逗两句，却总是心虚：听到这笑声，豁子会咋想？就溜出屋去。听得一声门响，回头一看，女人也笑盈盈出来了。

黄犏牛被拴在栅栏上，脑袋吊得很高，神情茫然，肌肉震颤，口中却吁吁喘气。那肚子，倒真是大。红脸一手揪牛的鼻圈，一手揪牛的下唇，牛便张大了口。豁子扶着牛头。牛角上绑了绳，控在栅栏上，牛头虽有晃动的神，却无晃动的形了。

孟八爷手中的管子伸进牛嘴，小心摸索。

“这管子，得入红肠，进别的道儿没用。会摸的有门道，不会摸的瞎捅一气，反把牛捅坏了。红脸，这法儿，你可不能用，弄不好把气管啥的捅破，反倒麻达。”

红脸却一脸不屑，对这法儿，显是心中没底。

女人倚了栅栏，逍遥地嗑瓜子，时不时，瞟一眼猛子。豁子瞧见了，脸上的几颗麻子都红了：“去！一旁去，碍手碍脚的。”女人笑道：“老娘离你五尺哩，碍你啥手？碍你啥脚？”豁子望一眼孟八爷，晃晃脑袋，却笑了。

孟八爷边小心摸索，边笑道：“谁叫你老夫少妻呢？又当你女人，又当你丫头，疼还疼不过来，还舍得骂？”

“谁说不是呢？”豁子笑道，“这婆娘，是惯坏了。我也正寻个碴儿呢，寻着了，砸碎她的骨头。”说着，认真望一眼女人。

女人笑道：“哟，谁砸谁还难说呢。人不是说少妻是老夫的剐骨刀吗？等哪天，惹恼了我，把你剐成个干骨架子，一屁股压成饼子，扔了喂狼。”

“听，上老子的头哩。”豁子笑道，“女人们，能给好心，不能给好脸，给个好脸，上头上脸哩。”

“谁在乎好心呢？”女人吃吃笑道，“我只在乎好脸。人说，女人爱好听的，男人爱好看的。我却相反，我爱好看的。我想问你要张好脸，可你有吗？”

“听，听，这不要脸的。”豁子笑了，“你再说，我拿把刀子在你脸上画几棵树，看你还嫌我不？”

话音没落，却听得孟八爷说：“着，成了。”果然，一股带泡沫的气顺皮管喷出，发出嗞嗞声。放一阵，孟八爷又捏了管子。“气不能放太快，太快了，牛也受不了。”他捏捏，放放，牛肚子就瘪了。

孟八爷抽了管子，笑道：“也幸好，遇了我，不然，牛死定了。以前不知这法儿时，村里死的牛不知有多少。兽医也没法子，为啥？来不及啊，等兽医的法儿生效了，牛早胀死了。”

红脸一脸感激，嘴里却说：“这老崽，神了。嘿，他除了没操骆驼的本事，啥都会。”

“胡说！”孟八爷笑了，“老子也能操骆驼呢。”

女人吃吃笑了。

12

那狼，果然来了。

老山狗喉间咕噜着，它先发现了狼。猛子抚抚狗头，叫它安静。月光下飘的几星黑点就跳入眼了。按孟八爷的再三叮嘱，他只往枪里装了火药，没装铁砂。这样，那枪跟烧火棍差不多，除能喷些火唬狼外，无丝毫杀伤力了。

孟八爷睡在豁子屋里，一来，黄二的窝铺小，加了猛子，已显局促；二来，分在两处，也好照应。猛子则和红脸们“猫”在一起，在朦胧的睡意和羊圈独有的臭味中，等那可能来复仇的狼。

据说，狼是屠夫投胎的，报复是它的天性。前世里，谁欠了屠夫的，今世里，他就变成狼来索债。今世里你若欠了，狼也不会放过你，它会在幽暗的夜里，凝了绿眼，寻那下口的时机。

这不，它来了。看来，那套“卖姓”把戏，并没瞒过狼去。狼并没到百里外的洪祥乡陈儿沟去讨债。

月牙儿虽不大，但那光，足以叫人看清沙洼里移动的物体。猛子骨子里不怕狼。前夜，刚打死狼娃时，他有些紧张，觉得真闯祸了。但一想到自家“驼王”身上被吊死的狼后，就怨黄二们：“小驴娃放屁自失惊。”

夜很静。刚入夜时，落了几点雨，很快就晴透了。老天也是个溜尻子，肥簸上贴膘，瘦骨上刮肉。该下雨的地方，尽放干屁。不该下雨的地方，却叫你涝个不停。晴透了的天上，有被雨洗过后格外亮了的月牙儿。那月儿，比刚进沙漠时又小了许多。但因了小，似乎更贼亮了。

那黑点儿，往来飘忽，却又悄声没气。猛子估计它们是怕枪。狼是狗的舅舅，狗的鼻子尖，狼也不迟钝，它定然闻到枪里的火药味了。

虽说孟八爷说狼并不怕火，但黄二还是在栅栏旁放了堆麦草。要是狼不顾死活地前扑，点了火，也许能起个惊吓作用。但这时，正刮着旋涡儿风，若点了火，就会把烟卷进羊圈，把人熏成黄老鼠。

除了猛子手里那根烧火棍似的枪外，黄二握把藏刀，红脸拿个桦条——抛溜子用不上，栅栏挡着，石子儿飞不出去。

猛子偷偷带了几颗打黄羊的钢珠。他想，虽说国家保了你，但我也不能绵溜溜躺在地上，叫你喝米汤似的要我的命。他打定主意，狼要是扑来，他就装钢珠。

但那黑影儿仍在飘忽。

猛子急了，吼道："呔！扑又不扑，走又不走，搞啥名堂？"这神气，极像当阳桥上的燕人张翼德。

应和似的，一只狼发出长嗥，显得苍凉，阴森。随后，嗥声一波接一波，有的远，有的近，瘆怪怪往耳孔里钻。

"坏了，崖上也有。"黄二的嗓音都抖了。

果然，头顶也有狼嗥。

猛子吼一声，举了枪，朝天一扣扳机，一股火直蹿天空。惊天动地的一声炸响，压息了瘆怪怪的狼嗥。

许久，又传来一声狼嗥，但已远了许多。

猛子飞快地装了火药，用捅条捅几下，放进一颗钢珠。他心里很紧张。他发现，自己不怕的，是一只狼。对付一只狼，跟对付一条狗差不多，用枪，用棒，都成，赤手空拳也能和它摔上几跤。但这一群狼，妈的！……怕是要填狼肚子了。

老山狗吠叫几声，声音浑厚，如闷雷在滚动。那狼嗥，又远了些。

"怪。哪来的这么多狼呢？"黄二抖了声音，"平日，见不了几只。"

"人家，也是个世界。山里了，内蒙了，麻岗了……平日，谁有谁的地盘。一有事，你串我，我串你，就成群了。"红脸说。

忽然，豁子的门开了，晃出一盏马灯。"猛子，你可别装钢珠子，吓唬吓唬，就成了。"是孟八爷的声音。

猛子叫："快进去！到处是狼，疯蚂蚁似的。"

"没那么玄。"孟八爷呵呵笑了，"几只一叫，那回音荡过来，荡过去，就成几百只了。我听来，八只。放心，你一放枪，人家也不是傻子，不会朝枪口上碰的。”马灯忽地没了，传来重重的关门声。

老山狗喉间咕噜着，卧在栅栏旁。

狼嗥声又响了，听那距离，又远了许多。但那瘆怪怪的感觉，直往心里扎。

13

天刚蒙蒙亮，豁子就套骆驼打水了。每天，有上千只羊候他。方圆几十里，就这一口井。井上，就这一个桶。这桶水，几只渴极了的羯羊一气就能饮个精光。豁子从早上就吆了骆驼，一下下往远处扯那绳。羊倌们就按排好的顺序，你今天，我明天，他后天，接那井中忽上忽下的桶。百十只毛乎乎的脑袋，早扎满水槽了。一桶倒下，嗞嗞几声，就连水珠儿也不见了。

沙漠里的水草越来越少了。水草多的时候，羊饮的水少，这猪肚井老闲着，水倒是汪得很。水草一少，羊就只能嚼些沙秸、刺蓬、黄毛柴、沙米之类。这些比太阳还干燥的草一入腹，羊就烧唤得非喝水不可。怪的是，水草少了，猪肚井的水头也降了。先前，骆驼走不了几步，那水桶就会悠悠晃晃载了亮哗哗的清凉升上井口。现在，豁子已接过三回棕绳。那骆驼，也是口吐白沫呼哧好大一会，才见那井口升上半桶浑浊的液体来。而且，就这，也日渐稀罕了。饮完一群羊，另一群得等好大一阵子。

有时，为保证次日用水，夜里，豁子就提前打出一槽水，但往往被黄羊们喝光了。

也许，要不了多久，这大漠，就难见绿了。

这天，怕要成旱窟窿了。

几百只羊，在轱辘的吱吱声中干燥地咩咩着。豁子那驼，也时不时发出不堪重负的叫。

黄二说，像村里浇水一样，羊饮水，也得一轮挨一轮。一轮，至少得五六天。这意味着，这些羊，五六天才能饮一回水，其他时间，你就干熬着吧。

“撒尿不？”黄二问。

猛子不解。红脸呵呵笑了，他一解裤带，便有几十只羊扑了来，张了大口，把红脸撒出的尿吸个精光，连一滴也没落到地上。

“别浪费。”黄二说。

猛子这才明白了黄二的话。他刚解裤带，那羊头便涌向他了。这时，他才觉出了做人的伟大。他成太阳了，那羊头，是向日葵。他走向东，羊头转向东；走向西，羊头转向西，朵朵葵花向太阳。

猛子解了裤带，猛用力，把尿射上天空。他马上看到一片飞动的嘴巴和贪婪的眼睛。那贪婪，只有饿极的狼才有。更叫他意外的是，拥挤的羊们望同类时，都成狼了。猛子的脊背凉飕飕的，真怕那贪婪的嘴扑了来，把喷头也吞进肚里。

他飞快地系了裤带。尿弄湿了裤裆。

红脸哈哈大笑。

羊们用怨恨的目光冷冷地望猛子，仿佛知道他没有撒尽。猛子忽然怕这群羊了。这感觉，比怕那狼群还强烈。怪！

一个青年牧人忽然叫起来：“咋有狼粪？黄二，你拉的狼粪吗？”

“你爹才拉狼粪。”黄二嘀咕道。

猛子这才从恐惧中挣出。出了栅栏，果然见到一堆怪怪的粪便。这是狼独有的粪便，白色，很黏，没有草末之类，隐约有毛皮。那牧人用鞭杆，一下下拨那粪，拨出许多骨渣来。

猛子抱堆麦草，想引燃那狼粪。他想看看狼烟是不是真像弟弟灵官说的那样直溜溜上天。谁知，麦草燃尽了，狼粪却只是冒气，并不曾燃。红脸说：“别试了，那湿狼粪不着，干狼粪才着。”猛子问：“那烟是不是直溜溜上天了？”红脸笑道：“屁。书上骗人，狼粪一着，和别的粪一样，风一来，烟就贼溜溜精光了。”

孟八爷边系扣子边出了门。他说：“变了。这世道，啥都变了。古人说狼烟，那是古代的狼粪烧的。现在的狼粪，和狗粪差不多了。狼也是一代不如一代

猛子解开裤带，
猛用力
把尿射上天空，
他马上看到
一片飞动的嘴巴
和
贪婪的眼睛

呀。”

豁子远远地说：“就是。这井也怪，早先是井爷爷，水咕咚咕咚冒。现在，成井孙子了，跟瘦狗努屎似的。这天，怕要变了。”

黄二道：“听说，王母娘娘来了封信呢。”

孟八爷笑道：“我才不信那狗屁。你把自己的骆驼拴好，羊圈好，别叫狼吃了，管他天塌不塌。黑羔子——”

“哎。”那青年牧人应道。

“我教你个法儿：把这羊卖了，出去，干个啥，都比这强，你爷爷一辈子，你爹一辈子，到你手里，还是那群羊，也没见挣下座金山，还是这么些干不楞登的毛虫。”

“我也正想呢。”

“还有，你爹叫给你带个话，你的干爹，就是南山的瘸阿卡，又带信来，催你去订婚呢。听说那姑娘，长得跟仙女似的，是不是？”

黑羔子说：“我都活得人不人鬼不鬼的，害人家姑娘干啥？一娶媳妇，这辈子，就拴到土地上了。我还想，趁年轻，出去奔奔呢。”

孟八爷说：“要说，出去奔奔也好。人挪活，树挪死。可你爹的想法也对，养儿引孙，也是大事。不能为了奔前程，绝了人种。你咋奔，还不是为了过好日子？”

黑羔子说：“干大事，就得破釜沉舟。这世上，哪有十全十美的事？图一头，就得舍一头。爹这辈子，他放屁都怕打烂裤裆。明摆的，祖宗的那种活法，不行了。不想法儿，迟早得叫这世界甩出去。”

红脸说：“也就是，那土地，已揽不住个土地了，还这个费那个税的，尽变着法儿榨人。我是活不下去了，才溜进沙窝的。可这里，也不见有个宽些的路路儿。这活路，是越来越窄了。”

黄二却说：“出去，又能干啥？又没文化，又没技术，只有给黑包工头儿打工，苦个贼死，连个钱毛也见不上。现在的包工头子，心都黑了。

红脸道：“就是。还是在沙窝里熬吧，熬到哪天算哪天。能混了，多少混个光阴。混不成了，一把干骨头扔到沙窝里。这天大地大个沙窝，还怕埋不了几块骨头？”

他扭头对黑羔子说：“跑啥？跑到天尽头，命里该吃屎。该着你个撵羊屁股的，给你个卧车坐，怕得痔疮呢。就是这水……唉，要是羊不喝水多好。”

一牧人说：“要说，还是放羊稳当。祖宗到我，放八辈子羊了。虽没发，可也没饿死。我爹说，六〇年，大沙河里的死人一层摞一层，我家却没挨饿。进了沙窝，管你斗天斗地，管你造啥反，那羊奶，把几条命都养了。”

“谝子这话，倒是真的。”孟八爷道，“那时，那些天大的官儿，连屎都喝不上哩。”

“那样活，跟死了有啥区别？”黑羔子冷冷地说。

14

谝子的羊好容易饮了水，井里又没水了。豁子丢下缰绳，取了烟袋，边抽烟，边等水渗出。黑羔子的二百来只羊仍咩咩地叫个不停。那叫声，干燥而乏味，石片似的在心上刮。

“怪惊惊的，这水，说稀罕就稀罕了。去年，水还用不完。”豁子叹道。

“前几年，羊吃的水草多，饮的水就少。现在，芨芨湖都成干河滩了。过几年，你再看看，哼。”黑羔子冷笑几声。

“今年，”黄二道，“哪有新芨芨？都是陈年老芨芨。新的，一出个芽儿，还没成芨芨呢，就叫牲口啃精光了。”

“怕啥？”红脸道，“老天爷又不是吃斋饭的，总得给个活路。”

“咋没给？”孟八爷说，“人家啥都给了，天大个沙漠，你想吃肉，人家给黄羊；想铺褥子，人家造个狼叫你剥皮；饿了有沙米，渴了有猪肚井，啥没有？人不要贪，啥都有。一贪，啥都没了。人的墓坑是自己挖的。……早年，那狐子，一群一群的。那打洞吃草籽的老鼠，想成个精，也没机会，刚成嘴肉，就叫狐子吃了。现在，嘿……打吧，再打下去，天不成个旱窟窿才怪哩。”

红脸呵呵笑道："老公鸡变鸭了，孟八爷变化了。早些年，你是狐子的要命咒子，谁能想到，你能说出这些话。"

"以前糊涂，是挖鸡溏屎的娃娃。现在，明白了，就不能干糊涂事了。再干，算人不？"孟八爷道。

孟八爷把猛子叫远些，说："我得回去一趟，汇报一下。干熬着，也不是回事。那手机，又屁用不顶……还打不通吗？"

"连声音都没啦，可能没电了。"猛子说。

"我估计，那些贼出去了。你先打听着。一有信儿，你来也成，你盯着，叫人来也成。黑羔子的圈在熊卧沟哩。那娃子可靠，能信任，若有个啥事，叫黄二代他放几天羊，叫他骑了骆驼来沙湾，通个信儿。"

"去吧去吧。寻都寻不见，能有个啥事儿？"猛子说。

"不怕一万，就怕万一。"孟八爷又说，"那狼，它嗥了嗥去。夜里它一嗥，你就朝天放一枪。千万不可再伤人家，嗥两天就没事了。不要逼急了人家。"

"逼急了，一颗钢珠子，把啥账都结了。"

"狗屁。你舔过几天干屎渣子？要真惹来狼祸，你那烧火棍，连屁用都不顶，打死一只，扑上十只，三舔两舔的，人就成干骨架了。那玩意儿，你不逼它，它也怕人。逼急了，它们也反哩。狼一反，沙窝的牲灵就遭殃了。你可别惹祸。"又说，"听豁子说，那几人中，有两个是东山口音，一个叫啥鹞子。我顺便把这事告诉公安，叫他们查一下。你别一天睡大头觉，多个耳朵，多个心，别叫人卖了都不知道。"

孟八爷叮嘱一阵，见豁子猴塑塑抽烟等水，就笑道："豁子，这窟窿，还没你婆娘的窟窿水多呢。填了，重打一个。"

豁子笑道："你咋知道我婆姨的水多？那可真没说的，红湖水，浪打浪哩。可你问红脸，那水，他饮不？"

"谁说不饮？"红脸笑道，"老子做梦都想过个湿瘾呢。"

那女人正来门外取干牛粪，远远地应道："成哩。明日个，你拿个和面盆来，省得老娘起夜叫下山风吹一身鸡皮疙瘩。老娘给你满满尿一盆，别说饮，洗你那个扁公鸡头也够了。”

红脸搓搓脑袋，讪讪笑道：“这婆娘，骚到你老公头上了。”

“还骚到你嘴里呢。”女人笑道。豁子们也笑了。

黑羔子催豁子道：“成了，能饮了。弄吧，不管多少，饮几只，算几只。”

豁子懒洋洋起来，牵了骆驼，慢慢地前来。轱辘又吱扭起来。黑羔子牵了桶绳，用力一摆，却没听到他期望的声响。“妈的，还没有。”黑羔子懊恼地说。豁子说：“那桶可没惹你。要不，后晌你来。我不叫别人饮，成不？要饮，叫羊饮个满肚子。”

黑羔子阴了脸，不语。

红脸说：“现在，你泥水了泥水，还能饮一口，过些日子，怕连尿都没有。”

“怕啥？山不转水转，总有活路的。”孟八爷对红脸说，“你的骆驼，我用一下。猛子那驼，叫替换一下豁子的乏骆驼。豁子，你可要给人家喂好，不能塌了膘分。”

豁子说：“放心放心，亏待不了它，草料都是精的。”

孟八爷笑道：“你那乏驼，得好好休养几天，再用，就只有褪皮了。红脸，你放心，饿了老子，也饿不着你的骆驼。前些天，孙媳妇子跳弹着要分家哩，婆婆媳妇子尿不到一个壶里，家里搞得乌烟瘴气，怕是头打烂了头拿草腰子箍哩。”

红脸笑道：“你怕是想啃孙媳妇的肉馒头吧？”

“老了，”孟八爷笑了，“不中用了。二十更更三十夜，四十周周五十月，六十她把裤子脱，我把我的馍馍嚼，不中了。……放心，有了我老崽，骆驼塌不了膘。”

红脸笑道：“我不是愁骆驼，是怕你塌膘哩，多日不见个荤星儿，见了孙媳妇，可别连碗吞了。”

孟八爷捋捋胡须：“老了老了真老了，十八年老了我王宝钏。人一老，就没戏了。好戏，留给你们年轻人吧。”

红脸走向驼群，问：“你是要个脾气坏的利索的，还是要个性子柔的坦些的？”

“要利索些的。一个驼娃子，脾气坏，又能坏个啥样儿？”孟八爷道。

红脸笑道：“好，这可是你说的，屁股摔成八片子，可不能怨我。”说着，他牵过一峰驼来。

孟八爷过去，接过缰绳。按正常骑法，他应边抖缰绳边喊：“跷！跷！”驼便乖乖卧了，由人骑了，驼才一仰一俯地起来。孟八爷却不按这程序，偏要逞能，他牵过驼，走向一个沙丘，人立丘上，眨眼，他已“安”在驼峰里了。

“咋样？”孟八爷笑问。那样子，像眼飞扎毛的公鸡。

“不咋样。”红脸诡秘地笑。

话音未落，骆驼直杠杠叫一声。人们被叫声吓了一跳，却见骆驼已跑了出去，眨眼间，便上了东边沙坡。慌得孟八爷伏了身子，抱了驼峰，惊叫：“红头公鸡，你咋把疯驼给我？”

红脸哈哈大笑：“你不是要个脾气坏的快些的吗？”

原来，这是个疯驼，也就是发情的儿驼。这儿驼，驮了孟八爷，风驰电掣，一转眼，就缩成沙丘上的一个黄点了。孟八爷夸张的惊叫远远传来。

猛子担心地问：“要紧不？”

“要啥紧？”红脸道，“摔下来，正在软乎乎的沙上。那驼好，疯是疯，可不咬人。”

正说着，却见那疯驼又转了回来，仍那么疯跑。孟八爷夸张地吱吱哇哇，做出吓人的架势。但一听那声音，猛子却放心了。

众人大笑。

下那沙坡了。那坡陡，驼猛然屈了前腿，耸了后臀，三颠两颠，孟八爷就给摔出驼峰，黑丸似的，从沙坡上滚下了。

那女人直了声，笑得气都要断了。豁子、红脸、黄二都发出怪鸟枭叫似的笑，连没饮到水灰了脸的黑羔子也笑得忘了自己是谁了。

儿驼踢一路沙子，飞扬而来，到圈前，已是一嘴白沫了。孟八爷从坡底翻起，边揉腰，边哎哟，一瘸一拐而来。

“红头公鸡，老子的骨帽可错了。你个驴撵的，骗老子骑疯驼。也就是我，换个别人，还不叫它颠上天去？”

“打了一辈子狐子，倒叫狐屁熏晕了。那驼，明明正发情，你逞啥能？”豁子笑道。

孟八爷一扭一扭过去，叫女人捶腰。女人笑道：“叫那个猛榔头娃子捶去。”孟八爷笑道：“他那手，驴蹄子一个，一捶，把腰节骨都能砸折。娃的手绵，肉馒头似的，捶几下，还不美死我？”众人大笑。女人笑着伸出手，狠狠捶几下，孟八爷却做出舒服极了的姿势，东扭西扭，乐不可支。

乐一阵，孟八爷叫红脸再选个乖些的。红脸就挑出一个看起来软不拉沓的乏骆驼。孟八爷不要，自己进圈，选了可心的驼，骑了，往沙湾而去。

第　二　章

1

孟八爷到了沙湾，拴了驼，叫孙子花球给喂些拌草——就是把草弄湿，再拌些面——自个儿去了派出所。所长正急得抓耳挠腮呢，一见孟八爷，就叫：“哎呀，天老爷，咋连个声气儿也不通？瞧，头发都急成羊毛了。我还以为你叫人家当肥猪一样，剥了皮，抽了筋，屙进圈了。”孟八爷笑道：“那杀我的刀子，还没造出呢。你那个黑疙瘩，屁用不顶，开始还吱吱哇哇，后来，嘿，连个屁声也没啦。”所长笑道：“可能超出范围了。按说，进沙窝，该用海事卫星电话的。可那租金，一天二百，还不算电话费，只好现捏佛儿现烧香。咋？有消息没？”孟八爷谈了些。

一个陌生汉子道：“真有个叫鹞子的，还是个头儿哩，可不知究竟是哪里人。这家伙，狡猾极了，从不在一个地方待三天以上。等我们接了信，扑过去，人家早疯狗扬尘地溜了。”

孟八爷打量了一下。这汉子，普通穿着，普通长相，肉肉的鼻头，几根黄胡子，衣服袖头还油叽叽的。这号人。一丢进人群，就再也寻不着了。

所长介绍道：“这是局里的。人不可貌相，别看人家邋里邋遢，可是把好手，立过功哩。你叫他老栋得了。”孟八爷暗暗好笑，想：“怪不得你们苍蝇撵屁一场空，这种‘好手’，扫帚一动，就能扫来一骡车。说穿了，不过是撑衣的架子，盛饭的皮袋。”心里虽暗笑，脸上却是不动声色。

所长又道：“你得去一趟南山，你有熟人，打听个事儿啥的，方便。听说，那儿的人都吓破胆了。”老栋道：“谁说不是呢？那个报案的，嘴上挨了一刀，从嘴角裂到耳门，缝了十三针。现在，嘿，一问三不知，油梁压不出个屁来。”所长道：“也不能怪人家。每回，你们都是走走过场，吆喝几声，放几枪，像旋风一样，旋几下，就连个影儿也不见了。遭罪的，还不是人家？”老栋道：“这倒也是。不过，这次可要动真格的，省上立了案，县长亲自挂帅。可老虎吃天，无处下口。”

所长对孟八爷说：“看，情况就这样。你准备一下，明天动身。”

孟八爷告辞出来，肚子里仍在暗笑：“就这种好手？肩膀上扛个谷糠盆子，还当是脑袋呢。”他是向来看不起公家人的。

顺路，孟八爷进了老顺家，见老两口正慌张了脸，给盼盼包扎脚，一问，才知是老鼠咬的。老顺说：“这年头，啥怪事都出，连老鼠都想吃人，要不是发现得快，不定叫啃成啥样呢。”孟八爷说：“要紧不？”莹儿说：“打了几针。大夫说，最怕感染。”孟八爷说：“打针没用，用酒泡，啥药都不如酒。那年，我的大拇指叫松鼠咬了，又黑又肿，大夫说没救了，得锯掉。我不信，泡在酒里，几天就好了。”

莹儿叹息道：“得想个法儿治治老鼠了。”

孟八爷说：“听说，招鹰灭鼠很管用。在大沙河里，栽些叫鹰歇息的木架试试。”猛子妈说：“没用。屋里养了三只鹰，老鼠照样反。”老顺说：“谁说没用。那鹰拴着。不拴的话，老鼠早没命了。”妈说：“牛啥？你放开试试。”老顺说：“一放，人家嗖的一下，就进山了，能待在你这黑旮旯里？”妈耸耸鼻头：“月婆娘放了个米汤屁。”

2

南山是凉州有名的牧场，原始森林多，草场好，自清末后，出了好些大户，种鸦片，淘金，招兵买马，啸吁一气。后来，死的死了，逃的逃了，剩下的，规矩了几十年。再后来，子孙们重操祖业，就在山沟里掘了坑，淘金。一人暴富，万人追逐，你也淘，他也淘，滥砍滥伐，那好牧场，就千疮百孔了。

望着满目疮痍，孟八爷心头很沉重。上次来时，这儿还一片林海呢，才几年，山秃了，草没了，脓疮癞皮，丑陋不堪了。过几年，又不知成啥咋样呢。

老栋看出了他的心事，说："这儿，还是好的。上头，更厉害，连山都翻个儿了。"

"没人管？"

"是县里叫开的，公开卖呢，一个窝子卖好些钱。淘金的，疯蚂蚁似的，到处乱滚。……知道不？你们沙湾，马上也要开金矿呢。"

"杀鸡取卵呀。"

"谁说不是呢？"

谁都叹息，却又齐齐地寂了声。

牧民的房屋都散落在山凹里，倚山而居，门口多有柴棵栽的篱笆，里面圈牲畜。见生人来，羊们便伸出头来，咩咩地打招呼。最扎眼的是山羊，那绺天生的胡须笔直地下垂，就把脸拽成倒三角了。它们装出一脸的深沉和学问，用探究的目光瞅着来人，时不时晃晃脑袋，瞥一眼没见过大世面的绵羊们，一脸的不屑。

篱笆旁，是干牛粪码成的墙子，这便是牧民的燃料了。牧民眼里，牛粪很干净，是雨水洗净后的百草变的，烧起来，还有股青草的清香呢。寺上的喇嘛做火供供佛时，多用牛粪做燃料。

山坡上多马莲，一丛一丛。若在夏里，一开蓝花，很是好看。可现在，秋霜一掠，就一片苍黄了。牧人割了，垛成垛子，待冬雪盖了牧场时，喂牲口。

上了山坡，就能望见瘸阿卡住的山洞。他是孟八爷的干亲家，也是黑羔子的干爹。瘸阿卡有个儿子，多病，叫喇嘛一算，说是得找个煞气大的人"拴"，瘸阿卡就找了孟八爷。可那命里的魔星，还是没镇住。一夜，泥石流从天而降，埋了房屋，埋了牲畜，埋了他那个苦命的儿子，还顺手捎了他的妈。瘸阿卡正好外出，按他的话说，成了“死着剩下的”，就索性退了草场，也不再养牲畜，也不叫村里“五保”，住进了毛爷洞里。

毛爷洞是个天然山洞。早年，有个姓毛的，在这里修行，修成了，在洞旁的山石上，印进几个脚印。据说这下陷的脚印，便是证悟了空性的成就标志。后来，狼占了山洞。再后来，瘸阿卡打死了狼，住进洞里。

自从家被埋了后，瘸阿卡就成了专职猎人，挖阱，下扣子，放药，样样精通，还兼任了天葬师。啥行当，一专职，就容易精。瘸阿卡想打哪个野兽，阎王就赶紧勾哪个的命。但瘸阿卡不贪，日求三餐饭，年求两件衣。需要了，打一个。一顿吃不了，怕坏，就在洞外树上，拉根铁丝，把肉割成条，不放调料，生挂了，风也吹，日也晒，不多日，就成肉干了。这肉干，一敲，嘣嘣响，可酥，掰碎，丢进嘴里，一嚼，有股膻腥味；再嚼，就嚼出野味本有的天然来，越嚼越香，耐嚼得很。

毛爷洞下方，是村里的冬季牧场，按人口分了，以家为单位，钉了水泥桩，绷了铁丝。夏天时，牧人们都在山上的夏季牧场混放，也没个严格界限。一入冬，才在自家的牧场里放牧。牧场大的，养活的牲畜多。先前，为争牧场，老闹纠纷。后来，按家分了，栽了桩，用铁丝圈了，便省事了许多。

离毛爷洞老远，孟八爷就叫：“瘸阿卡！瘸阿卡！”

“谁呀？”随着一个苍老的声音，钻出个干瘪老头来，他尖嘴猴腮，一脸皱纹，很快，就惊乍乍叫了：“哎呀，今早上喜鹊叫，我说来谁呢，才是你老崽。进！进！”孟八爷指指老栋，介绍：“回民，来收皮子。叫老栋。”

洞里很暗，洞顶早被烟熏黑，墙上挂满毛皮、肉干和几副夹脑绳索。地当中，卧一团白的，几人围了它，像孝子们围着快要落气的爹。

孟八爷发现，那白物，竟是只白鹿，惊奇地说：“这辈子，我还没见过白鹿呢。”

“是神鹿。”瘸阿卡递过一碗奶茶，上面漂块酥油，酥油在滚热的茶水里，渐渐化了，荡成亮亮的一层。孟八爷接了，递给老栋：“你可能喝不惯。这可是好东西呀，润肺，提神。”老栋喝了一口，马上又吐出，烫得他直唏哩。“哪有这样喝的？”孟八爷笑道，“要把酥油吹开再喝。”

喝了几口茶，孟八爷才把目光转向地上几人。那老阿妈举个嘛尼轮，一下下转。那穿红袈裟的年轻喇嘛正念经。一个穿藏袍的女孩双手合十，念念有词。

瘸阿卡叹道：“挖了金子，山运败了。要是神鹿一死，鹿运就败了。”

女孩不满地说：“阿卡，你又胡说了，神鹿是不会死的。”

瘸阿卡笑了：“拉姆，这世上，还有不死的东西吗？有生就有死，连那个日头爷，也会死呢。”

“日头爷死不死，我不管。”拉姆道，“可神鹿不能死。”

“死丫头，要是日头爷死了，地上的啥也保不住。就是日头爷不死，地上该死的，终究也得死。瞧，人家连山神的坐骑也敢打，还有啥不敢打的。”瘸阿卡说。

拉姆拉拉老女人的衣袖，说：“阿妈，你不是说念上十万遍嘛尼子，神鹿就好了吗？我都念二十几万了，咋不见好？”

“不是嘛尼子不灵，是你的心不诚。”阿妈边说，边转那嘛尼轮。那轮里装着藏经，转一圈，就等于诵一遍《大藏经》，功德很大。

孟八爷上前，见鹿的腹部，有一个洞，正流血，也流脓，已有腐烂迹象了。鹿腿上，也包着纱布，纱布上渗出血来。喇嘛正擦洗伤口。

“咋成这样了？”孟八爷问。拉姆气呼呼道：“还不是那群坏蛋打的。连山神爷的马也打，还了得。人心真坏了。”喇嘛接口道：“所以，才叫五浊恶世呢。”老栋问：“啥时打的？”

“有半月了。”瘸阿卡道，“半夜里，正睡得迷糊，听到洞外咚的一声，出去一看，是神鹿。枪是后晌响的，听说，还打了好些呢。”

拉姆说：“这神鹿，和别的马鹿不一样，别的成群结队，风一样，忽儿过来，忽儿过去，还跳进牧场，偷吃草呢。这神鹿，高贵着呢，每回出来，都是一个。它静静地来，静静地去，从不眼飞扎毛。瞧，它身上，连一根杂毛也没有。”她抚抚白鹿的脊毛，长长地叹了口气。

老栋道："看样子，没救了。"拉姆说："这可不准胡说。神鹿，是山神爷的马。人家山神爷啥办不到？格拉师父，肯定能救，对不？"格拉说："能救，能救。"拉姆这才得了保证似的笑了。

瘸阿卡说："可它三天三夜不吃不喝了，老是流泪。瞧，又哭了。"

果然，白鹿眼里又涌出大滴的泪来，惹得拉姆也哭了。阿妈的念咒声突地大了，嘛尼轮转得飞快。正清洗伤口的格拉不知所措地望望流泪的鹿，又望望哭泣的拉姆。

拉姆边抽泣，边给白鹿擦泪："不哭。我的神鹿，瞧，格拉正给你治呢。忍一忍，一会儿就好。别怕，有我们呢，瞧，这么多人呢，坏人再也不敢来了。"白鹿用蓄满泪水的大眼望望拉姆，低唤一声。

拉姆破涕为笑："瞧，它听懂我的话了。格拉师父，轻些儿。阿妈，快些念，你一念，它就不太痛了。快些。"

老栋插话："是不是有个叫鹞子的？打鹿的里面。"瘸阿卡道："有个。听说是神枪手，枪不落空。""哪里的人？"

"不知道。谁也不敢打听。凶神恶煞呀，躲还躲不及，谁敢问。那鹞子，还是他们一伙子人赶网时叫的，叫村里人听来的。"说着，瘸阿卡取过糖罐和木匣，抽去盖，内有两格，一格是炒面，一格是一种黄白色的结晶物，是提了酥油的奶子熬成的，叫䊀拉。孟八爷喝几口茶，等茶剩小半碗时，加了糖、炒面和䊀拉，伸出中指戳几下，搅几下，待茶渗入炒面后，拇指扣碗，四指压捏，转几圈，捏成疙瘩，便成糌粑了。孟八爷把糌粑递给老栋，老栋没接，说："你吃，我自己来。"他照猫画虎，却弄得自家裤子上尽是奶茶和炒面。拉姆掩口笑了。

老栋笨手笨脚，吭哧半天，才吃上了因奶茶太多而显得稀软的糌粑。他的下巴上黏糊糊的。格拉破口笑出声来。老阿妈却目不斜视，口诵真言，手摇嘛尼轮。孟八爷笑道："你这哪是吃炒面，是猫儿吃糨糊呀，再放些炒面。"

老栋吭哧道："行了，太多了，吃不上。头回生，二回熟嘛。"

吃过糌粑，又喝了几杯奶茶，格拉已包扎好伤口。那白鹿仍在流泪。拉

白鹿眼里又涌出大量的泪来
惹得拉姆也哭了.

姆抚着白鹿的脖子，柔声安慰："不哭不哭。"瘸阿卡长长地叹口气，自言自语道："莫非，这鹿运真败了？"

老栋问："村里有没有人知道偷猎者的底细？"拉姆说："听土登说，那些人挂络过他。"老栋来了精神："真的？"

阿妈却发话了："丫头家，少多嘴多舌。少说话，威信高，多说话，惹人骂。"老栋道："叫她说。"阿妈边摇嘛尼轮，边说："你也别问她啥，你们风一样来，风一样去，她可是在地户，不说别的，叫人家脸上划一刀，也够丫头受的。"老栋笑道："你摇上多少遍嘛尼轮，又摇不转人家的心。人家扳机一扣，鹿照样没命。"阿妈说："善有善报，恶有恶报。佛菩萨和山神，自会惩罚他们。"老栋道："等他们惩罚时，鹿早已绝种了。"

听老栋口气，似乎对佛菩萨不敬，这是犯忌讳的，孟八爷就说："喝茶喝茶。"老栋却又冒了几句："再说，佛菩萨又不能自个儿惩罚恶人，啥惩罚，还得人来执行。"格拉笑道："这倒是。人间有人间的规则，佛菩萨的赐福或惩罚，也得以人间的方式显现。"

老栋道："也许，我们正是佛菩萨派来惩罚坏人的。"阿妈问："你不是收羊皮的回民吗？"老栋笑道："谁说收羊皮的不能惩罚坏人？路不平众人铲哩。"阿妈不再说话，只把嘛尼轮摇得飞快。

瘸阿卡笑道："好，多几个你这样的人，他们也不敢太放肆。不过，有些年轻人，也想跟他们斗一斗，可人家有枪，人家用黑洞洞的枪口对准你，谁还敢放半个屁渣儿？那些人一走，华都——就是报案的那个——就到乡上要枪。乡上哪有枪？结果咋样？枪没要成，后来倒叫人家割了舌头。若不是华都，乡上县里还不知道呢。人家说，谁报案，要满门抄斩呢。天老爷。"

拉姆插言道："土登有枪，人家就是瞅上他的枪才挂络他的。"阿妈斥道："死丫头，又多嘴。"拉姆吐吐舌头，缩回脖子，不再说话。

屋里渐渐暗了。瘸阿卡说："拉姆，今日个又得捞扯你了，把那些肉煮上。"对孟八爷说："走，跟我去取夹脑。"两人走出洞来。

3

日已转西。日光照着山上的林阔，时不时就看到偷伐后留下的树墩。虽有护林的，但人数不多，林子又大，顾不过来。山坡也老被揭去草皮，裸出黑色的土来。这是私自采矿者所为。到处是沟壑。天若多雨，山洪时发，冲呀冲的，山坡就成泥流了，压房屋，裹牲畜，造出许多噩梦来。

瘸阿卡的夹脑下在丫豁里。所谓“丫豁”，就是两山相接处。丫豁里高高的草疙瘩，多是狼的尿墩。山里的狼和大漠的不一样，它们撒尿，有专门的尿墩。这尿墩，地势较高，多在路口，上有草，很繁茂，但牲口是不碰它的，因为上面有狼的气味，腥气极重。这尿墩，是狼的公厕，从外地来的狼，也多在这儿撒尿，把气味留在上面，就等于人类的注册报到了。

瘸阿卡的夹脑就下在尿墩上。他打猎从不用枪，每到秋上，他就提了夹脑、绳索和扣子，带一口袋炒面，进老山，弄些肉来，晒成肉干，再卖了兽皮，买些粮食用物，打发冬天。后来，听说国家开始保护动物，孟八爷还替他发愁呢，没想到，他仍在操着旧业。

一出门，瘸阿卡问：“老顺家好不？还有黑羔子家？”

“好。”

“那黄毛道尔吉，也几年没见了。他那丫头，不知养没养？每次见面，他就唠叨。其实，活人嘛，一切随缘。有子孙也好，没有也好。人到这世上，像是住店，没必要太计较。你见过他没？”

“见过。他那丫头，还没开怀。黄毛到处找偏方，也没顶用。”

“张五倒是见过，身子骨倒好。听说，日子过得紧巴，精肚子上勒草腰子呢。”

“农民嘛，都这样。”孟八爷说，“哎，老崽，好多动物，国家早保了，你咋还下夹脑？知不知道，犯法哩。”

瘸阿卡笑道：“知道知道。国家保的，我不碰它，我夹狼。”

“狼也保了。”

“国家保狼，是不假，可我们这儿不保。”看到孟八爷不信，他补充一句：“还鼓励呢。牧区都这样。别的保。石羊、青羊、马鹿、香子、跑鹿，旱獭……都保，只狼不保。那狼，吃羊哩，一保，羊就遭殃了。”

“狼吃的，又不单是羊，石羊、青羊、鹿、旱獭、老鼠都是它的食物。打光了狼，那吃草的，起群哩，把草场坏个精光，叫羊吃屌去？”

“这倒是。”瘸阿卡说，“狼最爱吃旱獭，旱獭不蛰，狼不碰牲畜。一蛰了，它没吃的了，才扑牲口。现在，石羊起群了，一群几百，一群几百，忽喇喇过来，忽喇喇过去。旱獭也多，到处打洞，把草场弄了个一塌糊涂。可叫保，没治，谁敢打？一有个风声儿，派出所就扑过来罚款。对狼例外，睁一眼，闭一眼。虽没红头文件，可是口头传达了。狼，能打。”孟八爷叹道：“瞎子领路，不栽崖才怪呢。”

说话间，已到丫豁，高高的尿墩上，空无一物，只有草在晚风里摇曳。孟八爷嗅到一股刺鼻的腥臭。这腥臭，能叫人闭气。草很密，大多苍黄。有的地方却光秃秃的，孟八爷知道，那是狼爪子刨去的。这是狼的又一个习性，边屙粪，边用前爪刨土。尿墩上，狼粪星星点点，也呈白色。

“跟在我后面。小心夹脑！”瘸阿卡提醒道。

孟八爷停下脚步。瘸阿卡快行几步，四下里瞅瞅，叫道：“糟了，叫它溜了。”

那夹脑，已被踩翻，浮土四起，有滚压迹象。孟八爷说：“你咋不钉个桩？”瘸阿卡道：“钉了。瞧，三摇两摇，就摇活了。不过，夹脑上带了拨榔子，它跑不远。”那“拨榔子”，是三尺左右的木棒，拴上铁链子，连在夹脑上，专用来桎梏狼的行动。狼一快走，那木棒就会飞起，或绊或打。

二人四下里瞅，发现夹脑划地的痕迹，就追踪而去。孟八爷常行沙地，少行山路，很快便气喘吁吁。瘸阿卡瘦如猴子，轻捷也如猴子，三蹿四蹿，便超出孟八爷一截。“快！”他催道，“就在前面，有拨榔子呢，它跑不远。你闻，路上还有腥臭呢。”孟八爷翕动鼻翼，却只嗅出树林的一股潮湿味。“你那鼻子，狗一样。”他笑骂。瘸阿卡笑了，像夜鸟在叫。

“那回民，真收羊皮？”瘸阿卡问。“咋？”“我看咋像便衣？上回，也来过几个便衣，也装回民，东打听，西打听，打听了个屁烧灰。谁敢说呀？谁知道是不是贼们装的。那个叫割烂了嘴的，就碰上假警察了。一听说是警察，就瓦罐里倒核桃，啥都说了，话没说完，人家指缝里夹个刀片，一划，嘴就裂到耳门了，差点得了破伤风。看样子，这回民，是个真货。……瞧，我说它跑不远。”

顺瘸阿卡手指，孟八爷看到了山道上狗一样颠着的狼。它口里咬着那个叫“拨榔子”的木棒，见人追来，逃得更快。夹脑夹在它的前右腿上，它虽提起右腿，夹脑却时时触地，捞出很响的铁器声。

孟八爷顺手捡块石头。手里没个东西，总是心虚。

“呔！”瘸阿卡喝一声。

狼猛蹿几步，那提起的前爪也动用了，反倒越加不便，身子也趺趺撞撞了。

瘸阿卡左腿稍短，略有些瘸，却敏捷异常。他猴子似的前蹿，跃到狼后面。狼回头，龇牙，低嗥几声，扑来，但眨眼间，已变成瘸阿卡手下一团蠕动的肉了。孟八爷知道，这是他的拿手戏。瘸阿卡打狼，绝不使枪弄棒，多徒手。那狼扑来时，瘸阿卡便揪了它的天花皮，顺势按下，狼头撞地，差不多就晕了。他徒手活捉过一百多只狼，远近闻名哩。

“来，取夹脑。”瘸阿卡叫。

孟八爷使出气力，开了夹脑。这夹脑，劲道很大，狼腿似已折了。狼边低嗥边刨地，很快，山道上被刨出个深坑。瘸阿卡索性把狼头按进土坑，狼的呻吟沉闷地传出。

等孟八爷取了夹脑，瘸阿卡便一手揪狼的顶皮，一手撕狼腰，举起狼，走向一块山石。

孟八爷忙道：“别摔！”“咋？”瘸阿卡不解。“放了它。”“咋？”“三句两句说不清。你放了它。”

“好。”瘸阿卡把狼轻轻抛出。狼卧在地上，却不敢逃，很是萎靡。瘸阿卡笑道：“瞧，这家伙，远远望去，嘣儿嘎儿，好像很大，像要吞天哩，可一抓住，就成出了白水的驴了。”

“这倒是的。”孟八爷笑了。他也有同感，那狼，自由时，飞扬跋扈，气焰汹汹，一旦被擒，形体就倏然缩小了几倍，那骇人的气势，也烟消云散了。

狼偷望一眼瘸阿卡，又倏地垂下眼睑，不敢再和他对视，很像做了错事的孩子。怪的是，此刻，它虽已自由，却仍伏着，不敢起身。“去吧。”瘸阿卡笑道，“今天你走运，不然，又是半条褥子。”

狼这才缓缓起身，怯怯地后退，怯怯地转身，渗入暮色。

“吃斋了，你？”瘸阿卡问。

“差不多。老崽，我可是发了愿的，再不伤它们了。”

“太阳从西边出来了？”

二人收拾好夹脑，往回走。孟八爷便把他听来的和悟来的道理讲了一番。瘸阿卡似懂非懂，却迎合道：“怪不得。老先人说狼是山神爷的狗，想来有他的道理呢。”

“我们那儿叫土地爷的狗。山神爷，土地爷，一样，都是一方土主。”孟八爷说。

4

早晨，瘸阿卡起得很早，又是供水，又是上香，又是摇那个嘛尼轮，嘴里还咕噜些孟八爷一听就打呵欠的声音。山洞的正堂里挂块黄布，黄布下有个小洞，小洞里有个铜佛。瘸阿卡就朝那铜佛摇嘛尼轮，磕大头，上供，还在洞外的烟供炉里煨了柏枝，撒些炒面，供山神。

孟八爷感到好笑，看他这样子，虔诚极了，可又狩猎杀生。瘸阿卡只在初一、初八、十五日三天不狩猎不杀生，其余时间随缘。有吃的了，多转转嘛尼轮。没吃的了，就把嘛尼轮放到黄布后的洞里，带了夹脑和扣子，去生发养命食。

瘸阿卡忙完早上的功课，才端过一碗面，一碗酥油奶茶。这便是早饭了。“早上舔，中午拌，晚上吃的糊糊面。”这便是瘸阿卡平日的食谱。

“要不要糌拉，吃了不闹肚子。”瘸阿卡问。

“不要。牙口不好，上回那些，囫囵咽了。”

孟八爷用舌头舔一下炒面，喝一口酥油奶茶，说：“我可真不明白，你明明信佛，可又杀生，不矛盾吗？”瘸阿卡笑道：“人就生活在矛盾里。藏人哪个不信佛？可谁也免不了杀生。没法呀，人总得吃饭，几天不吃，人身就没了，还修啥佛？别看这身子肮脏，可是个天大的宝呀，成佛也靠它，做祖也靠它，当然，杀生造业的，也是它。没听说过哪个鬼修成佛的，为啥？那些鬼们，整天受罪，火烧了，刀劈了，忍饥了，挨饿了，哪有修行的闲心？那天人，也就是汉人说的神仙，又叫福烧着了，想啥有啥，乐不可支，谁愿意吃苦修行？要修行，还得用这个臭皮囊。有它麻烦，没它还不行。”

孟八爷问：“按你的说法，杀生究竟有没有罪？”瘸阿卡说：“咋没罪？罪太大了。”“遭不遭报应？”“咋不遭。欲知世上刀兵劫，且听屠门磨刀声。你不见，历史上过些年成，藏人就遭大难，就有人举了刀枪杀来，那就是报应了。杀业是定业，难转得很。我虽然念嘛尼子，心里还是嘀咕，下辈子转个啥呢？唉，光是狼，就杀了百十只了。这笔债，哪辈子才能还清？”说着，瘸阿卡一脸沮丧。

孟八爷笑了：“想那么多干啥？活着时，好好活着。死了，管他变啥变啥。对那个轮回啥的，我不管它。与其患得患失，不如趁活着，好好干些事。这也是积功德呢，比念嘛尼子还管用。”

“这话不假。”瘸阿卡笑道，“这才是真修行呢。黑心人念佛，不如白心人不念佛。我看呀，你下辈子能投个好人家。”

“我不管下辈子，只希望子孙们也能像我们一样，有碗饭吃，别断子绝孙就成。知道不？猪肚井那儿，唐朝时还是马场。后来咋了？沙压了，沙压了七十二座唐营哩，别说住人，养鹰雀都立不住脚了。”

这时，老栋、拉姆和土登进了洞。老栋一脸欣喜。原来，夜里，老栋费了半斤唾沫，才打消了土登的顾虑。土登告诉他，贼们执意要买他的那把枪，说好后天见面。

孟八爷举举炒面碗。老栋摆手道："吃了，也是这。嘿呀，差点把我呛死，舔时一吸气，炒面进气管了。"拉姆笑道："你又不是爬坡的老牛，能那样吸气？"土登却显得心事重重。

拉姆跑到白鹿跟前，抚抚鹿角，问："阿卡，神鹿吃过没？"

"喂了，没吃。"瘸阿卡说，"随缘吧。也许，它知道它的命。有灵性的生灵，知道自己的住世时间。时间到了，绝不赖在世上。"

拉姆嗔道："又胡说了，神鹿不走的。神鹿呀神鹿，多住些年，成不？"

瘸阿卡接口道："就是。再等几年，你就驮了她，当黑羔子的新娘。"拉姆笑道，"这才像话。听阿卡的话，等我，成不？"

"羞不？"瘸阿卡笑道："瞧，现在的姑娘，脸皮多厚。我们那阵，一提结婚，羞死了。瞧她，一提黑羔子，眼睛就笑成鸽粪圈儿了。"拉姆羞红了脸，却说："就笑，就笑。气死你。"她取过一把草，递到白鹿嘴前，说："唉，你该吃些呀，不吃不喝好多天了，流眼泪，也得喝些水。真不知，你的眼泪从哪儿来的？"忽然，她惊叫道："阿卡，神鹿的眼睛咋瓷了？"

孟八爷一看，果然，白鹿眼里没一点光彩，呼吸也变成了蛛丝，似有似无。他知道，这是要落气的征兆。

瘸阿卡"乖乖"几声，吩咐道："土登，快去叫格拉，叫佛爷也来，神鹿……唉，怕是要归位了。"土登应声而去。拉姆哭出声来。

瘸阿卡劝道："丫头，不哭，人家，要归位呢，总不能老叫人家待在人间受罪。人家是神，神有神位。你能见着它，是缘分。……别哭，瞧，你一哭，神鹿难受了。"

果然，白鹿腹部抽搐了几下。拉姆连忙抹去泪，但哽咽，仍从胸腔里迸出。

老栋道："要落气了。"瘸阿卡取过嘛尼轮，边摇，边咕哝，不知是在祈祷，还是在超度。洞里显得很闷。

格拉进来，说："让个地方。"土登跟在后面，扶个胖喇嘛，想来是活佛。

洞里太小，再进不来人。孟八爷拉拉老栋衣袖，说："走，我们到外面。"格拉闪开身子，放他们出去。

活佛一进去。拉姆的哭声又起了。洞里传出浑厚的诵经声。

太阳很高了。阳光穿过淡淡的雾，射来，很是灿烂。一个大好的天里，白鹿却要死了。大好的天并不因白鹿的死而略显阴沉，哪怕它是神鹿。鸟儿在树间鸣啾，听那声调，也很是欢快。这就是世界，死的死，生的生，乐的乐，悲的悲。

经咒声，一浪接一浪，从洞里潮水似的涌出。间或，还夹着金刚铃清脆的声音。土登木了脸，立在洞外。不远处，有几个牧民，有的掐念珠，有的摇嘛尼轮，一脸肃然。远处，尚有人朝这边走来。

孟八爷听到老栋不易察觉的叹息。

人渐渐多了。毛爷洞上方的山坡上，站满了人，他们一脸肃然，都不约而同地诵一种声音。那便是嘛尼子，也叫六字大明咒，也就是汉地那爱吃狗肉的济公念的"嗡嘛呢叭咪吽"。他们送着白鹿，为神鹿祈祷，同时也为自己的未来祈祷。咒声一晕晕荡去，淹了天，淹了地，淹了心。

格拉和瘸阿卡抬出了白鹿。鹿头已经垂下，但眼却没闭。多日的绝食使它瘦骨嶙峋。唯一能显示其神性的，是那纯白的鹿毛和九叉鹿角。

拉姆跟在身后。她强抑着哭声，却抑不住眼泪。

活佛的声音很响，这是训练有素的低沉浑厚的胸音，虽不大，却盖过了所有声音，在人们心头，闷雷似滚。

在咒声中，几个牧民从格拉和瘸阿卡手里接过白鹿，穿过人群，缓缓走向那个掩映在绿树间的寺院。

牧民们也缓缓地跟在后面。嘛尼声滚满山洼。

5

许久，那氛围仍淹着孟八爷，老栋也沉默着。隐约的咒声随风飘来。

“我终于明白了，他们为啥信教。”老栋说，“可以让死亡变得庄严。”

孟八爷不语。

老栋又说：“当然，还可以活得安宁。”

孟八爷叹口气，进了洞。浓浓的檀香味扑面而来。鹿卧过的地上，有块鲜明的印迹。那束草还放在那儿，还有已干的炒面糊。方才，这儿还卧着“神鹿”，现在，啥也没了。才一顿饭工夫，活的就成了死的。浓浓的沧桑涌上心头，他忽然想到自己。别看他正叹神鹿呢，只要一口气接不上，就轮到别人叹自己了。可看到这一点的，有多少人呢？

“你说，命有多长？”孟八爷问。

老栋懵了一下，半晌，才答：“有长的，有短的，不过百年。”

“不对。命不长，只有一口气长。”

老栋笑了：“对。要是今早上，挨呛的那会儿，一口气上不来，就没我了。”

孟八爷叹息道：“那帮打鹿的，咋不明白这道理呢？趁着气没断，好好做些善事，才不枉来这人世一趟。”顿一顿，又说，“其实，我也好不到哪里。早些年，至少有几千条命断在我手里，真鬼迷心窍了。我迷，是我识不了多少字，可那些识文断字定政策的，咋也迷呢？”

老栋应和道：“就是。前些年，把那麻雀，也列入‘四害’，打死的，比那沙漠里的沙子还多。现在，你想找个麻雀，也得拨亮眼珠子寻半天。那虫子，倒铺天盖地了。”

孟八爷闷闷地叹口气，仰脸躺在炕上。

老栋道：“我打了电话，给局里，谈了土登的事，他们要派人来。”“那信儿，究竟实不？”“宁信其有，不信其无。说实话，现在，局里也黑馍馍盖天窗呢，有用的线索不多。有这线索，总比没有好。”

“也倒是。”孟八爷爬起身，从炉上取过茶壶，沏杯奶茶，递给老栋。这茶壶，常在炉上煨着，壶身上还裹了几层棉布，保暖，啥时喝，都有热茶。“要酥油不？”孟八爷问。

“不要，那玩意儿，喝不惯。……按土登的说法，明天他们来。今夜，我们得找个地方潜伏，等他们上门。好不容易逮个线索，可不能断了。我叫土登的爹妈到别人家避避，以防叫逮了做人质。我看了看，土登家附近，倒有潜伏的地方。今夜，趁黑去，免得打草惊蛇。”

正说着，瘸阿卡来了。一进洞，就叫：“好福气，你们真是好福气。我给你们弄了个鹿脖子。”

“白鹿的吗？”孟八爷问。

瘸阿卡道：“乖乖，那是神鹿，快别胡说。佛爷正念经超度呢，说是要用藏药炮制一下，就供在庙上。这是我另外弄的，叫你们尝个鲜。”他舀瓢水，洗那肉。

“不是说，鹿是山神爷的马，打不得吗？这鹿肉，打哪里来？”孟八爷问。

瘸阿卡神秘地笑笑：“这，你就别问了。也就是我，人家才敢拿出来。”

孟八爷震惊了。看来，这牧民中间，也有偷猎者。瞧，瘸阿卡还庆幸他们的好口福呢。孟八爷长长地叹了气，心倏然阴了。

鹿肉果然很香，锅一滚，香味就溢满山洞了。瘸阿卡捞出几块，取过盐碟，说：“来，嫩些香，再煮就老了。”老栋望一眼孟八爷，笑笑，撕了一块，抹点盐，咬了一口，唏哩道：“香，果然香。”瘸阿卡笑道：“你们是贵客。招待贵客，得稀罕物。吃呀，老崽。”他招呼孟八爷。

孟八爷觉得很别扭，总把这肉和白鹿连在一起，总想到白鹿的哭。一想到保鹿的他们要吃鹿肉，就觉得对不起良心了。任是啥，骗也没啥，骗良心，骗自己，就没啥活头了。

“来，这一块。”瘸阿卡递过一块，“这块嫩。这可是大补呀。”

瘸阿卡这一劝，孟八爷有了推辞的理由：“我脏腑热，瞧，”他张开口，“这牙花子，都肿了。上火了，面食一多，就上火。这肉，一吃，脑袋怕都要肿了。”

“这东西，热倒是热。”瘸阿卡这才不劝了，张口撕了一块，腮上的两棱肉飞动起来。

望望老栋的馋相，孟八爷觉得很滑稽。老栋在他心中的位置又低了。他轻叹一声。这辈子，虽没干过啥大事，可有一点，他做到了从不骗自己。这世上，有多少人能坦然地面对自己呢?

“那，你喝些鹿肉汤?”瘸阿卡问。

“不了，汤也热，我喝糊糊面吧。”孟八爷说。他走过去，取个碗，倒了半碗开水，抽开炒面匣，舀一勺，边往开水里撒，边用筷子搅。这便是“糊糊面”。

“加点羊油。”瘸阿卡扔了一节鹿骨，取过一个羊油碗。

孟八爷摇摇头：“不要不要。那味儿，吃不惯。”

“吃点羊肉?”

“不要。这就好。”

“小鬼受不了大祭祀。”瘸阿卡咕哝一声，又从锅里捞出块鹿肉，递给老栋。

孟八爷喝了糊糊面，出了洞。太阳光泼来，暖融融的，身心虽被熨得舒适，但总觉被一种虚假的感觉浸泡了。

从远处的林阔里，隐隐荡来寺院的钟声。

6

下午，老栋的手机响了，局里的人到了。老栋叫他们别上来，免得打草惊蛇。他给孟八爷安顿几句，自个儿下山去接应。

天变了。从老山里漫来的雾渐渐罩了林子，罩了山顶。极目望去，只隐隐看到半山坡。山里变天快，方才还一轮丽日，眨眼就灰蒙蒙了。白白的雾气漫了来，亮亮的晶粒子游动着，扑在脸上，凉唰唰的。

瘸阿卡又去了寺里，回来说，已超度完白鹿了，喇嘛们开始找药，想把白鹿制成标本供起来。寺里有好些这类标本，有某个英雄骑过的马，孟八爷见过，比小毛驴大不了多少；有被某代高僧降伏后成为护法的黑熊。那黑熊，大张着口，还没他的老山狗大呢；还有其他动物，专门辟了一间厢房，安上栅门，供人参观。瘸阿卡说，这白鹿，不比别的动物，地位和护法神差不多。

虽说这神鹿，连自己也保不了，但不能因此贬低它。历史上有许多高僧大德叫人害死了，但仍然受到供奉。神鹿也一样。

由黑熊想到老山狗时，孟八爷想起了猪肚井，不知那儿咋样，有没有新情况。但很快，他就把它从脑中扔出了。因为想没用。没用，就不想它。

那鹿肉带来的阴影也被孟八爷扔出了心。他不能总以自己的标准来要求别人。心的转变需要过程，只能随缘了。但孟八爷添了个见识：举着嘛尼轮，暗中捅刀子的人也不是没有。他想，仅仅明白还不够。明白是慧，还得有戒心，有定力，否则，一切仍是虚的。

听老栋的安排，要在夜里潜伏，孟八爷就吃了些羊肉。他怕那点儿糊糊面提供的热量不够他抵御夜里的寒凉。

黄昏时分，老栋来了。他把牧民打扮的伙伴安顿在远处的一个僻静处，等待夜幕的降临。天空飘来丝丝络络的雨，远的山，近的村子，都罩在水雾之中，一切都虚朦了。孟八爷老觉得在做梦。

老栋说："阿卡，能不能弄些塑料纸？"

瘸阿卡问："塑料纸多。去年，乡上给各家都摊派了，信用社顶来的账。……要那玩意儿干啥？"

"有用。"老栋含糊地答。他端起凉了的茶，咕咚一气，说："这鹿肉真是热。"瘸阿卡说："再渴，也别喝凉水，小心肠子结住。"说完，就出去了。

老栋说："看这鬼天气，一时半时，停不了雨。要不，今晚你别去了。"

孟八爷说："没啥。保着君子来，保着君子去。这点儿雨，不碍事。"

老栋道："方才，我看了地形，有几个路口，一个路口守两个人。除非他们不来，一来，就成坛子里的王八了。"他又安顿了潜伏的注意事项，特别强调了一点：不能吸烟，一怕暴露目标，二怕引发火灾。

不大一会，瘸阿卡寻来了塑料纸，用过的，显得很脏。老栋很高兴，倒盆水，用湿毛巾擦一阵，再剪成相对齐整的几块，折了。

"再吃些羊肉。"瘸阿卡端过锅来，"再热热？"

"不用不用，瞧，还冒气呢。"老栋拿筷子，挑了块相对瘦些的，吃了起来。

瘸阿卡望望孟八爷，问 :“想吃些啥新鲜的？明说，我下个扣子，套一个，尝尝鲜。”孟八爷道 :“不用不用。你可小心哩。现在，可不比以前了。弄不好，可要坐牢。”瘸阿卡笑了 :“瞧，就这把老骨头了，喂狼也罢，蹲监狱也罢，扔了就是……其实，我也心里有个谱呢，啥该捉，啥不该捉。那旱獭，糟害草场，多捉几个，也是保护环境呢。”

“旱獭也保了。”老栋边吃肉，边含糊地说。

“保是保了，可那是害虫呀。狼也是害虫，没它不成，太多也不成。收拾几只，都说该，不然，为啥县里不保狼？”

老栋吧嗒几下嘴 :“那不是我的事。我是嘉峪关的旋风边外的鬼，该我旋的地方，旋一阵，不该我旋的，也不去费那力气。啥保啥不保，有定政策的。”

“土登呢？”孟八爷问。

“跟他们在一起，一为安全，二来也用得着。等逮了那几个毛贼，他也万事大吉了。不吃了，不吃了。”老栋胡乱捞块布，擦擦手。

瘸阿卡指指锅，朝孟八爷扬扬下巴。孟八爷摇摇头。

7

夜幕降下来了。那牛毛细雨却下个不停。天很黑。老栋和孟八爷带了局里派来的，摸黑往设计好的地方去。山里无路，尽是石头，相对平整些的地方，就当路了。就是这所谓的平整处，也布满石头，多牛犊子大，卧在地上，时不时地，就会撞上膝盖。这“路”，显然是走不成车的。平日，运个啥时，或是从冬场往夏场转时，就用牛驮。在牦牛背上搭个架子，放上驮子。这“驮子”，于是成量词了。瘸阿卡的爹，就给寺里供过十“驮子”青稞。

路两侧，或是沟，或是山，或是林阔。老栋早打点好了地势，由他带路，时时便听到他小声的提醒 :“注意，大石头。”或是 :“小心，水沟。”因为几乎伸手不见五指，这提醒，全凭记忆。孟八爷不由暗暗称奇。他发现这脏兮兮一脸蠢相的汉子，也有他过人的地方。

为避免暴露目标，只能摸黑前进，时有人挨撞或摔倒。老栋安排土登跟定孟八爷，充当眼睛和拐杖。土登的叹气声没有断过。显然，他的心病还不轻。因为这一潜伏，等于向那伙人宣告：土登卖了他们。他别想再过安稳日子了。

有了土登的搀扶和提醒，孟八爷没摔跤，但身前身后老响起沉闷的仆地声。孟八爷从电视上看过警察练摔功，倒也不担心他们会摔坏，自己则格外小心，老胳膊老腿了，和石头相撞，讨不到便宜的。土登悄声说："这会儿，村里人早睡了，亮了手电也没啥。再说，那些人还没来呢。"孟八爷悄声说："这是防地理鬼呢。"这"地理鬼"，是指和偷猎者有勾搭的当地人。土登于是寂了，走几步，又说："我知道，你们把我当地理鬼了。"孟八爷刚想解释。老栋却低声斥道："别出声！"

快接近土登家了，老栋停下了。

雨似乎大了，沙沙声四下里传来，已带寒意了。孟八爷的裤子早被草上的雨水弄湿了，上身倒好些，只有些潮。

山里的房屋没川里那么攒，多十里一家，五里一户，星星点点，撒在山洼里。土登家已到山脑了，再上去，就是老山。房前房后的不远处便有林阔，倒是个潜伏的好地方。老栋按设计好的方案，一组一组地领了去，安插在路口上。然后，他和孟八爷土登三人伏在正对土登家门口的那个山洼里。孟八爷知道，他带土登来，不仅仅是防他走漏风声，更主要的，是叫他辨认偷猎者，以防错抓了串门的牧人而打草惊蛇。

老栋递过两片塑料纸，叫他们披了，才着身，雨声骤然大了。雨打塑料比雨打草地更来劲，更刺激了雨的兴头，那牛毛细雨，已变成猪鬃雨了。

四下里黑沉沉的，唯西山上有一线白，若隐若现，似在移动，不知是不是月亮映的。算算，不该有月亮的，那白，就莫名其妙了，也懒得探究，只觉潮湿味很浓，还夹杂着落叶的霉味、草的清香，还有沤麻坑似的恶臭。想到牧民们老在林阔里大小便，孟八爷周身不自在了。他猴塑塑蹲了，极力不去想那脏，心里却仍是别扭，便不由得怀念起大漠来……还是大漠好呀，那么干净，那么浩瀚，你睡，卧，哪怕像老叫驴一样打滚，也别怕沾上一星半点的秽物。这儿，身心叫泥浆浸透了。鬼天气，偏在这时下雨，莫非是哭那死去的神鹿？

嗓子又痒了——严格地说不叫痒，叫啥来着？对了，馋。每当烟瘾犯了，就有这感觉。真想美美地来一口，美美地吸了，叫那奇妙的气体在肺里旋个七七四十九圈，渗入八万四千个毛孔。他打个呵欠，揉揉鼻头，想，这念头，还是少动的好，越想越难受。老栋早安顿了，不许吸烟，那就不吸它。不信你个馋虫，能咬了老子的屌？哎哟，比咬屌还难受，真是受罪耶。

土登动动身子，塑料纸哗哗响了。他嘀咕道："这鬼天气。"

老栋悄声问："塑料纸会不会反光？"

孟八爷一看，真的，有隐隐约约的白呢。不过，人不拿手电照，倒没啥，要是手电一扫，肯定扎眼。老栋悄声说："取了取了，铺上。好容易有个线索，别断了。"土登嘀咕道："大雨夜的，谁拿手电照你呀？"话虽这么说，他还是取了。

取下塑料，铺地上，孟八爷顺势趴下。这下，他不怕感觉中的脏了，而且，蹲久了，腰背都酸疼，一趴下，顿时轻省了。土登也趴了。老栋说："我去给他们说一下。"就摸黑过去，不多时，便传来沉闷的滚动声，渐渐往山下去了，可能是老栋不小心踩下了石头。

土登悄声嘀咕："小驴娃放屁自失惊。这会儿，人家睡得尻子里没脉呢，谁来观察你的塑料纸。"

孟八爷深有同感，想迎合两句，又觉不该背后议论人，就没搭言。

没了塑料纸的遮挡，雨肆无忌惮地泼，衣服很快湿透了，黏得皮肤很难受。而且，凉意越来越浓，渐渐渗往心里。不一会，塑料纸上也汪了水，这样，前心后背都没一点干处了。

孟八爷担心自己究竟能支持多久。

土登悄声问："你说，他们会不会知道是我说的？"

孟八爷想，这话，还用问吗？秃头上的虱子明摆着，但还是悄声安慰道："不一定。不过，你别害怕，没事不找事，有事不怕事。头掉了，不过碗大个疤。"

“我是担心爹妈。”土登叹口气，“……都是那枪惹的祸。”

“啥枪？”

一提枪，土登来了精神，说：“差不多顶个快枪呢，也用子弹，是青海那边过来的，他们自己造的，可不比半自动差，花了一千呢。他们给两千，我有些舍不得。”

“那可是犯法的。”

“所以我才怕呢。后晌，我已交给老栋了，再立个功，赎个罪，总不会坐牢吧？”

“可能不会……别说了，他快来了，又要唠叨。”

8

孟八爷快要冻僵了。

那雨，狠命地泼。三人都卧在泥浆里，泥水在身下汪洋着，汪洋出奇异的寒凉。那风雨，也泼进心里了。

老栋叫孟八爷盯着点，他和土登眯盹一会，以防在不该眯盹时眯盹。想来，真困极了，在泥泞里，他们竟发出轻微的鼾声。

孟八爷遵嘱盯着那隐在远处夜色里的土登家门。什么都看不见，这盯，纯属扯淡，但扯淡的盯也是盯，该尽的人力总要尽的。谋事在人，成事在天。那就盯吧。但那寒，并不因盯而稍许淡些，反倒一晕晕荡来，荡出牙齿的得得声。

也许快凌晨了，下山风很猛，在松树林阔里嗷嗷叫。嗷嗷声激活了暴雨的疯狂，那水鞭，就一拨一拨，撒泼似的抽来。倒是不疼，许是身子木了，心也木了，偶尔，反有睡在热炕上的幻觉。这幻觉一出现，风雨就远了，泥泞也远了，近的是梦。孟八爷马上摇摇脑袋，把自己从温暖的梦中，摇回冰冷的现实。

按老栋的说法，“盯”是十分必要的。许多时候，他们整月整月地“盯”

一个似乎不相干的人。那人老干不相干的事，但可能在某一天的某一刻，他会干那“相干”的事。错过那一刻，他就逍遥法外了。在漫长的“盯”中，一些毒枭由嫌疑人成为罪犯。……也许，他说得有道理。但问题是，雨夜模糊了一切。那房屋，也成隐约的影儿了，即使进去人，也不一定会发现。老栋说：“会的，他们要是进屋，一定会先照亮。”

这倒是的。

那股潮湿的沤麻味又扑来了，孟八爷懒得理它，此刻，已顾不得干净了。虽说他进山前就加了毛衣毛裤，但叫泥水一浸，比裸身强不到哪里，真没治了。此刻，自己定然和村里的泥母猪一个模样，可泥母猪滚在烈日下的泥水里，是享受，自己却在受罪。

记得，松涛寺的那个叫吴乃旦的和尚说过，受罪就是消业。自己杀了一辈子生，造了几十年杀业，该受受罪消消业了。而且，这受罪，还不是单纯的受罪，是为了保那些鹿。那业，想来会消得更快……心中因此舒服了些，却又不觉笑了，想，我咋也和瘸阿卡一个样了？业是啥，是老子的胡子，想剪了，剪了；想烧了，烧掉；想留了，留它几个月，它能把老子坠入地狱？

老栋醒了，说：“你也眯盹一阵。天快亮了。天一亮，可马虎不得，眯盹一会，就好受些。”

“你眯盹吧。这鬼天，往死里冻人哩，前心后心都结冰了。”

“眯一眯，好受些。”

孟八爷就遵嘱闭了眼，把山风暴雨，关到心外，再瞎了心智，想那炕，很快便眯盹了。

9

孟八爷被一阵奇怪的声音惊醒了。那怪声一响，他立马就睁了眼，才发现，那竟是自己的咳嗽。

“吭！吭！”声音很大，连风雨声都盖了，在山沟里荡出老远。

“吁——”老栋轻声制止。

可有几条虫儿在气管里搔，孟八爷由不了自己，那连珠炮似的声响，一串串炸出。

“瞧，一眯盹，伤风了。”趁咳嗽间隙，孟八爷埋怨道。话音没落，又觉鼻头痒了，刚要用手捂，喷嚏声已在山沟里炸起。

土登偷偷笑了。

老栋埋怨道：“算了算了，你回去吧。你这怪声一冒，啥都吓跑了。回去吧，认得路不？”

“坚持吧，坚持吧。”孟八爷用手捂住嘴巴，但那喷嚏，还是从指缝里迸出。

“快点！”老栋催道。

孟八爷只好爬起。身子已硬了，活动了一阵，才能重新支配脚。天亮了些，雨却没小，衣服上的泥泞变成浑水，流了下去。孟八爷觉得鼻腔里也有雨流下，冲得他连连打喷嚏。

“快点！”老栋又催道。

孟八爷慢慢顺下山坡，摸下山去。路旁的沟里炸雷般响着水声。记得来时，水还不大，下了半夜雨，山水也肥了。他怕自己不小心踩空，滚下山沟，就成水鬼了。这一紧张，倒把喷嚏吓跑了。

老栋打发土登摸来，牵了他的手。摸索许久，才把他领到通往毛爷洞的路口。土登悄声说：“山神保你呢。这罪，真不是人受的。唉，真熬不住了，没办法。”说罢，又摸了回去。土登这一说，孟八爷才发现，不知何时，心里竟轻松了。这罪，真不是人受的。寒冷，泥泞，腰酸背疼，污浊不堪……使他从心底里怕了。心头却倏然升起对老栋们的敬意。他可以溜走，不受这罪，但老栋们，却蝎虎子挨鞭子，得死撑。孟八爷于是原谅了老栋的吃鹿肉。他想，就凭人家心甘情愿受这份罪，你山神爷也该主动为他们供只鹿来。要不是为保你的马，人家正搂了媳妇滚热被窝呢。

土登领过那段他不熟悉的路，上山就容易了。他常上毛爷洞，路熟，哪儿有沟，哪儿有坎，心中有数。山道上有股水流，冲了泥泞，路上反倒不滑了。

孟八爷就索性踩了水路上去。

一摇栅栏，瘸阿卡就划亮火柴，点了灯，开了门。“哎呀，老崽，成水鬼了。”

“冻死了，冻死了。”孟八爷哆嗦着。

“我也没睡实落。正想你咋熬呢？其实，根本没必要，人家不会夜里来，或者，你们早五更去也成。脱了裤子放屁，多了一道手续。这罪，活该受。”瘸阿卡折把柴条，引燃牛粪。

“谁说不是呢。”孟八爷哆嗦着，想脱去湿衣服，手臂却硬了，半晌也不能如愿，“不过，他们怕地理鬼报信，这倒有可能，一惊动，就麻烦了。再说，贼们也可能趁黑摸了来。”

“也倒是。脱了，脱了，都脱了。”瘸阿卡往燃烧的柴里丢块干牛粪，过来，帮孟八爷脱衣服，“裤子也脱了，那老屌，又不能当钱儿肉卖，我不稀罕。”三下两下地，孟八爷就赤条条了。他立在当地，很响地打着喷嚏。瘸阿卡拍拍他很有弹性的臀部，赞道：“这体子，还顶个老叫驴呢。”孟八爷懒得和他打趣，捞个枕巾，胡乱擦几下，钻入被窝。“冻死了，冻死了。”他哆嗦着，又是一串咳嗽。

“伤风了。我给你熬些姜汤。”瘸阿卡捣鼓一阵，取个锅，加了水，放在牛粪火上，说：“要说，警察那碗饭，也真不好吃。”

“就是。那真是受罪，泥乎乎的，又冷又脏，卧一夜，真不是人受的。”孟八爷打个寒噤，又说，“以前，我还看不惯他们呢。看来，没他们，还真不成。”

“一物降一物呢。那帮人，就怕他们，至于平头百姓，人家才不往眼里放呢，想动刀子，就动，凶神恶煞似的。”锅里的水嗞嗞起来。瘸阿卡又开始捣弄，“给你弄块红糖，美美灌肚子姜汤，蒙了驴头，出身臭汗，啥风寒也驱了。你不是脏腑热吗，能不能吃姜？”

“能，能。”孟八爷哆嗦着嘴唇应道。那脏腑热，是不吃鹿肉找的借口。其实，他肚里不但不热，还时不时咕噜，像是要闹肚子。瞧，那症候，越来越明显了。

孟八爷翻起身，也懒得穿衣，捞过瘸阿卡的一个棉袍，披了，说：“你不说脏腑热，倒还罢了。一说，倒咯咛咯咛疼了。”

瘸阿卡边用羊皮做的“皮老鼠”往炉里兜风，边说：“头疼了，脑热了，肚子疼了屎憋了。去，洞口上洼里有堆灰。”

孟八爷从老栋带来的包里摸些卫生纸，拖鞋出了洞。那雨，又大了，成暴雨了。下山风也利得邪乎，仿佛已不是风，成汹涌的洪水了。孟八爷简直立不稳脚了，想：“这阵候，老栋们咋熬呀？”他有点后怕，若不是咳嗽，此刻，他也卧在泥水中遭雨泼呢。他祷告道：“山神爷，保佑他们抓住恶人吧。这罪，真不是人受的。”

天地连成了一块，到处是黑，到处是风声，到处在泼水。那风，也许是穿过林阔的缘故，带着尖利的啸音，很是可怖。记忆中，似乎没遭过这号雨呢。他胡乱找个地方，解了手，进了洞，又钻入被窝，想：“要是不咳嗽，这会儿，不知成啥样儿了。”

牛粪柔和的火焰，溢出炉外，只看那火焰，心就暖了。孟八爷趴在被窝里，既为自己庆幸，又为老栋们担忧。看来，谁都怕苦，好汉也罢，懦夫也罢，都怕苦，但怕归怕，做归做，怕中做，才不失为一条汉子。他想，那老栋们，也算好汉呢。

瘸阿卡端了锅，姜汤倒入碗中，端了过来。孟八爷接了，边吹，边慢慢地喝。很快，胃里的温暖荡向全身，虽时不时爆出一串咳嗽，但冷，分明是驱散了。“要是他们也来碗姜汤多好。”他想。

“拉姆，”瘸阿卡道，“瞅上黑羔子了，情愿得很。可那娃子，嘿，书念愚了，尽是些古怪想法。你见了，劝劝他，活人了世嘛，较那么真干啥？有女百家求，想娶拉姆的，踏折门槛了。可别叫人抢了去。”

孟八爷道：“那娃子，倒很对我的脾胃。活人嘛，既要有盛饭的肚子，也要有想事的心。……有去痛片没有？肚子才好了些，头咋也疼了？”

“去痛片没有。有一口黑货哩，你抽不？”

一听有鸦片烟，孟八爷一骨碌爬起来，“听说，那玩意儿治咳嗽最利索，拿来，快拿来！”瘸阿卡拿过罐头瓶来，取出个小指粗细的黑棒，再用报纸卷个纸卷儿，递给孟八爷，叫他吸，自己则烧红火钳，烫那“黑货”。一股白烟腾起，孟八爷嗞嗞地吸着。

“松活了没？”瘸阿卡问。

“松活了，立马松活了。那黑货，你留下没用，给我算了。”瘸阿卡笑骂：“给你点颜色，你往大红里染哩。”说归说，却递过黑棒儿。

孟八爷喝了姜汤，不冷了；吸了黑货，不咳嗽了，睡意趁机袭来了。洞外泼水声虽响得骇人，他还是睡着了。

10

孟八爷一觉醒来，天已大亮。他浑身是汗，觉得被子很重，一看，原来压了几张狼皮。瘸阿卡坐在地上，正抖那叫“皮老鼠”的扇风器皿，忽闪忽闪，抖出一串串火焰，见他醒来，笑道：“你可真睡得尻子里没脉了，也没听见你咳嗽。”瘸阿卡这一说，孟八爷又仿佛被提醒似的，咳了几声。瘸阿卡笑了。

“雨停了没？”孟八爷问。

“没。可小多了。”

顺洞口望去，天仍灰蒙着，雨不再泼了，但仍在密织。风停了，树们静静站着。

“没来人吗？”孟八爷问。

“没。”瘸阿卡取过衣服。他已用牛粪火烘干了孟八爷的内衣，只有毛衣和毛裤还在炉前的凳子上搭着。孟八爷摸摸内衣口袋，那硬硬的棒儿还在。瘸阿卡笑道：“你以为我是你呀，把狗送人，送了三百遍，最终还在自己手里。”

“那是狗的事。好狗，也择主人哩。”孟八爷边说，边开始穿衣。姜汤真好，他几乎觉不出啥明显症状了，只有嗓子似乎肿了，一咽唾沫，就疼。

“他们咋吃饭？”瘸阿卡问。

“老栋说带了饼干。”

“可不喝热汤咋成？你都冻成这样，他们，也是肉身子。你们，嘿，听个音音儿，跟个风风儿，跟风跑死马呢。”

“有风跟总比没风好。以前，他们蚱蚱虫哭妈妈，两眼抹黑呢。现在，好好歹歹，总算见着个踪踪子了。”说着，孟八爷下了炕，伸个懒腰，活动几下，捞过棉袍，披了。

瘸阿卡端过热热的清汤羊肉，孟八爷接了，也没有洗脸漱口，就吃起来。他是真饿了。

瘸阿卡吞吞吐吐地说：“有个事儿，我想了一夜。……我估摸，打鹿的里头，有张五。上回，他来过我这儿，问过些事儿，我没在意，他问啥，我就抖搂啥。可第二天，西山脑里的鹿就叫人赶了网。听说，光马鹿就捉了几十只，还有香子、跑鹿子、石羊。听一个放羊娃说，赶网那天，喊山的，是个老汉，东山口音。我问啥模样，他说的，跟张五很像。”

孟八爷沉吟道：“这，可不是闹着玩的，不要胡说。……不过，要真是他的话，生灵就遭殃了。他那活儿，干得不比你我差。”

“但愿不是他。”瘸阿卡不再说啥。

孟八爷心里却嘀咕了：在山里打鹿，背个枪，瞎撞，也能碰几个。可在沙窝里打狐子，不会辨踪，连个狐毛也见不着。听猪肚井的说，那些人打狐子，跟自家裤裆里捉虱子一样顺溜，自然是行家了。屈指数数，方圆几百里内的老猎人中，会辨踪的，不过“三个半”。“三个”是孟八、张五、瘸阿卡；那“半个”，是道尔吉，虽也会辨踪，但不精，对夜踪、亮踪、五更踪分不太清，只能弄来药，见踪就撒，虽“闹”的动物不少，但只能算“半个”猎人。……莫非，那“裤裆里捉虱子一样顺溜”的，真是张五？

孟八爷叹口气，却又说服自己似的摇摇头：“不会，不会。”他端起碗，发现肉汤已凉了，就过去，倒进锅里，重舀一碗。

“但愿不是他。”瘸阿卡叹息道，“馋了，偷偷摸摸弄个来，尝个稀罕，也成哩。那赶网的事，老祖宗都不叫干，是断子绝孙的勾当。一赶，一座山就跟刮了毛似的干净。就算公家不管，山神爷也不饶他。……穿吧，衣服干了。穿上，去寺里。”

11

这寺，和汉地的不一样，除大经堂外，那房屋，多倚山而建。墙用石头垒成，顶棚搭以木头。每天早上，喇嘛们都上大经堂集体诵经。其他时间，多在自己房里，或修炼，或干别的。

经堂里放着佛像，和一些叫不上名字的稀罕物件。地上是一长溜的坐垫，坐着一长溜的喇嘛，戴着鸡冠似的法帽，正为白鹿诵经。佛前的桌上，有一长溜的酥油灯。一个大锅似的灯盏里，装满了酥油，鸡毛似的灯苗儿忽悠着。

瘸阿卡说，昨夜，鹿身子已用藏红花、盐巴和檀香料混熬的药水清洗过了。这是从内向外的清洗。鹿的脏腑已被取出。这需要技术，不动刀子，不拉口子，还要取了脏腑，清洗一番。格拉是这方面的行家。

经堂里，除了经声的嗡嗡，还时不时响起海螺声、牛角声、死人腿骨声和其他怪声，很快，孟八爷脑中也嗡嗡了。怪的是，身心却被一种奇异的安祥腌透了，他从心底里感到很舒坦。

经堂里还有不少牧民，摇着嘛尼轮，蠕动着嘴唇，想来在求菩萨。孟八爷想："菩萨是啥？菩萨就是在泥水里爬的那些人。"他合掌祷告："求菩萨，叫老栋们早些得手吧。那罪，真不是人受的。"

格拉端来一盆糊状物，溢出浓浓的药香。几个牧民围了白鹿，一个抱身子，一个提脖子，一个掰嘴。格拉用一个槽状长勺把糊状物顺入白鹿腹腔。孟八爷估计是防腐药物，不防腐的话，鹿几天就臭了。神鹿的尸身子，也是尸身子。任是啥的尸身子，该臭时还得臭。

听得拉姆哭出了声。在这庄严的诵经声里，哭声显得很不谐调。阿妈撕了她一下，斥道："哭啥？念。"

走出经堂，见不少牧民，背着装牛粪的背斗，往一间小屋走去。那小屋，石砌而成，不大，四面燃了牛粪，没火焰，但有缕缕的烟和白白的灰。一个老阿妈仍在一块块往上面垒牛粪。

“做啥呢？”孟八爷问瘸阿卡，却见他正虔诚地祈祷呢。瘸阿卡一虔诚，就骤然陌生了，那虔诚的皮囊里，想来藏了些他莫名其妙的神秘稀奇。

他捞捞瘸阿卡的衣袖，指着小屋，问：“那牛粪火，做啥？”

“往干里烘鹿呢。你不见，正往神鹿体内装药哩，装了，放进去，烘上十几天，水分就没了，就能放个百十年，不坏。”

“烧熟了？”

“不是烧熟，是烘干。等会儿，要给白鹿裹布，裹上，吸水分，再放到火屋里烘。那屋里的温度不很高，但经常那样热，地上还有吸潮的石灰。过些日子，鹿肉里的水没了，那药里的水也没了，再给打扮一下，那神鹿，就跟活的一样了。”

“那肠肚子，扔了没？能吃呀，可不要糟蹋了。”孟八爷话一出口，连自己也奇怪了，咋突地又想到吃了？也难怪，毕竟挨过饿的。那鹿的肠肚，在他眼里，是稀罕吃食，糟蹋吃的，遭罪哩。他想，要是他们不要的话，就叫瘸阿卡要了来，洗净，做成杂碎，热热地吃一碗，大补呢。毕竟是吃食，扔了总是可惜。

“胡说啥？有罪过哩。”瘸阿卡埋怨道。

孟八爷道：“扔了，更有罪过，那可是补品。”“谁扔了？要供佛哩。”“佛也吃肉？”

“有吃的，有不吃的。那金刚亥母，最爱吃动物内脏。”

这说法，孟八爷信，沙湾就有个金刚亥母洞，早些年，屠汉们老带了猪下水去上供。就想：成哩，供人也成，供佛也成，只要不糟蹋就成。

不知何时，雨早停了。经堂上方的天空里多出点亮晕来。孟八爷发现，那竟是日头爷。一进寺院，他就转了向，分不清东南西北了。问瘸阿卡，才知日头爷溜西面去了。想来，他起床那会儿，差不多晌午了。

那么，老栋们是否得手呢？

12

从寺里回来，仍没见老栋回来。那日头亮晕，又不见了。天又毛了过来，停了几个时辰的雨又淅沥了。白雾从后山里漫来，漫过林子，漫过村子，涨满山沟。天地又混沌成一团了。

孟八爷喝了瘸阿卡熬的百合汤后，嗓子不疼了，除了鼻子不通气外，其他症状消失了。吃了糌粑，喝了奶茶后，他又担忧地望外面浓雾弥漫的天空。雨虽不大，但这种雨是“啰唆雨”，一下，就是好长时间。不像过雨，来时一阵子，去也一阵子。这种“啰唆雨”，最能渗衣服，若再叫它淋一夜，可真够老栋们受的。

瘸阿卡为老栋们煮了一锅羊肉，煮得很烂，成褪骨肉了。这种肉好消化，还加了许多姜。从寺里回来后，时不时地，他就煨到火上。

“拉姆问我，土登到哪里去了，一天没见人，会不会有啥危险？我编了个谎。……那些人想是没来，白等了一天一夜。瞧，这雨，又是一夜啰唆。”瘸阿卡自言自语道。

“要不要去看看？”孟八爷提议道。

“成哩。走，我们假装到人家借东西，巡一转。你把那袍子披上，反正，贼们是外路人，也不知道你是假冒伪劣产品……你穿这袍子，真毛驴配金鞍了。”说完，先笑了。

因心里塞满对老栋们的牵扯，孟八爷无心接话茬儿，穿了袍子，先出洞。瘸阿卡又往炉里添些牛粪，才出来。

雾很大了，稍远些，就不清晰，那林阔，成一抹暗晕了，远处的山，全被隐没了。山道上多泥泞，为避免滑倒，两人踩了流水走。因水流冲去泥泞，穿个雨鞋，行来，反比没水处好走。山路上有些从寺里回家的牧民，多是老年人，或摇嘛尼轮，或捻念珠。这儿的规矩是，若是谁四十岁后仍忙于俗务，朋友和亲属就赠给他个嘛尼轮，提醒他，时间不多了，抓紧修行吧，失了人身，万劫不复呢。瘸阿卡说，经上讲了，汪洋大海里漂个木圈，一个乌龟百年探一次头，转个人身，比乌龟脑袋探进木圈还难呢。

那泥泞的山道上，竟有个磕大头的女人，在泥里，或是水中，她时而五体投地，时而双手合十高举过顶，一身一脸的泥水。瘸阿卡说，她发了愿，每天都磕大头来去寺院，风雨无阻。前几年，她还拜过几处圣地，五台山，拉萨……几千里地，一拜一磕地过了去。人生，就在这一拜一磕中升华了。

土登家仍在雨中静默。不知为啥，别处都浓雾弥漫了，这院落却相对清晰。那圈牲畜的栅栏、牛粪墙、柴垛和屋后嘛尼旗杆都隐约可见。从外相上，看不出，这院落，正被人监视着。

"行了吧，别前去了。"孟八爷说。他瞅瞅潜伏处，一切都静默着，山凝在雾里，树木恍惚了，连那水声，也叫雾隐约成幻觉了。从直觉上看，那丫豁处，便是他度过的泥泞之夜的所在。此刻想来，还有些后怕，要是他一天一夜地卧在泥水里，不知成啥样了。

瘸阿卡嘀咕道："那院子，一看，就没站人。""咋？""瞧，圈里没牲口。你去瞧，谁家的圈里没羊？这大雨连天的，谁家都没出圈。那羊，都圈着哩。"

这一说，提醒了孟八爷。老栋怕叫对方抓了人质，才把土登父母安排到别处，那牲畜，想来也跟他们迁了。这一来，安全问题解决了，可那院落，也相应变味了。……就是，没牲畜，没给牲畜添草的人，没串门的，这阵候，只要贼们也潜在暗处，一观察，就能发现异常。

"还有烟。"瘸阿卡补充道。

孟八爷明白，这烟，是指炊烟，因为烧牛粪或柴，做饭时免不了冒烟。那烟，能明白地显示出"家"的气息。少了它们，便荒无人烟了。这，老栋咋没想到呢？看来，他们并不熟悉藏区生活。

"算了。"瘸阿卡道，"苍蝇落到屁上了。人家，只要在暗处瞅一阵，就不会往陷阱里跳。别说下雨人家不来，就是来了，也不进。人家是啥？是惊了枪的狐子。"

13

夜里，雨没停，反渐渐大了。孟八爷们吃过晚饭，闲谝一阵，忽听有人摇门。一开，见一泥人。仔细打量，却是老栋。

“进。进。快进！”瘸阿卡道。

“冻死了！这鬼天气。”老栋一进来，就往炉前凑。瘸阿卡提了壶，给他沏杯热茶。老栋没接，却捂了胸口，皱了脸，张开嘴，牛涎水似的液体流出嘴角，地上很快汪了一摊。

“喝杯热茶，快。”瘸阿卡递过茶杯。

老栋接了，边嘘气，边喝，好一阵，才缓过气来。“瞧这胃，太不争气。老毛病了。”说着，伸了手，贪婪地放火上烤。

“他们呢？”孟八爷问。

“还在老地方。”老栋一见火，却连下巴也抖了。

“人来没？”

“来个毛，连个鬼影也没进。……只进过一个，想来是找土登的，土登说是本村人……这鬼天气。”

“算了，叫他们回来吧，别等了。”孟八爷谈了瘸阿卡说的那几个疑点。老栋直了眼，说：“你咋不早说？”

“早说？你也防贼似的防我呢。”瘸阿卡笑笑，“喝，喝杯热茶。算了，叫他们别受罪了。”

老栋贪婪地喝一阵热茶，才说：“不行，问过局里，叫再等三天。三天后，若再不来，就不等了，公开抓捕。”

“三天？”孟八爷瞪大眼睛，“都成冰棍了。”

老栋笑笑：“不要紧，都是年轻人，屁股里有三把火哩。”又对孟八爷说：“我和你先去沙窝，局里来电话叫，说是有新情况。别人，蝎虎子挨鞭子吧，尽了人力，成败由天。有啥吃的没？”

瘸阿卡热了羊肉，老栋美美地吃了两碗，身子才不再哆嗦。瘸阿卡把剩下的羊肉装进暖壶，又拌了些糌粑和开水。老栋带了，趁黑摸回去。

雨又泼水似的下了，水声涨满山谷。

孟八爷却挂牵起猪肚井来，想，那儿，会有啥情况？

第　三　章

1

孟八爷一出沙窝，豁子女人就想吃黄羊肉。

猛子说："成哩。人嘴难张，驴嘴难翻。你既然张了嘴，我就去寻一下，看能不能碰上。"豁子说："寻啥呀？那荒草湖里就有。不过，人坏了，黄羊也奸了，一见人影儿，就一溜风不见了。也难打。"猛子说："有就能打下。"

猛子用的是砂枪。枪管用细细的无缝钢管，一头是枪口，另一头焊个鹤嘴，中有小洞，以迎撞针，撞针撞火炮，引发膛里火药，喷出铁砂。

打狐子等小动物时，枪里装铁砂。那铁砂，也好制：找个秃芨芨扫帚头，在熔化的铁水里一蘸，快速捞出，烧去一截芨芨，滚下无数铁砂，模样儿匀称，不炸膛，还打不坏狐皮。

火药也自制，用谁都知道的法儿：一份硫黄，两份硝，三份木炭，放锅里炒匀。炒时，得掌握火候。火候不到，药无威力，多哑炮。炒得太过，火焰腾起，燃了胡子，燃了眉毛，甚至烧了屋子。猛子用的火药是孟八爷炒的，格外有劲道。猛子估计他另有窍门，问了几回，孟八爷只是嘿嘿。

猛子取过砂枪，装了火药，装个架子车的钢珠子，带了女人，去打黄羊。

黄羊并不黄。那毛色，显得麻楚楚的，其毛尖为灰色，毛根为白色，风吹毛动，灰白相映交错，便麻楚楚了。猛一看，跟沙一色，瞅不太清的。

人为财死，鸟为食亡，黄羊也为食亡。黄羊需吃草，草多处便有猎人；黄羊得饮水，有水处就有枪口；说黄羊比狐子好打，就因了这。打狐子，若不会辨踪，连根狐毛也见不着。打黄羊，只需寻个有草有水处，悄悄潜了，等那轻捷射来的点儿凝在水边或草中时，举枪瞄了它，轻轻扣扳机。

那么，枪声中倒下的，定然是一堆肉了？

未必。

一枪致命的神枪手毕竟不多，于是，黄羊倏然抬头，那蹄子，开始轻捷地点地，点几下，就是老长一截路，不一会，就踪迹全无了。当然，你可以沿了那血迹，去寻。它的速度虽快，血却无法在瞬间再生，流呀流的，便干了。只是，这话说来简单，做来却不易。“狐颠颠，人三天”，黄羊一颠颠，说不准人得行几天了？总之，那过程是惊人地惨烈。哪怕你打穿了黄羊肚子，打出了肠子；再哪怕，那轻捷的蹄儿踩下一截又一截的肠子，那速度，仍飞快。后来，肠碎了，血尽了，黄羊大眼瞪天，力尽而死。

黄羊还有个习性：一有动静，便迅速占领制高点，占领之后，先要观察瞬息，再决定下一步行动。这时，猎人便静候在最高的沙尖上，伸出枪口，等那马上就要在蓝天白云下显现的图案。

猛子这次用的，就是这法儿。

离了猪肚井，行不多久，他们便看到一个巨大的柴棵湾。秋霜一掠，柴棵就黄苍苍灰糊糊的。黄灰的柴棵里撒些麻楚楚的黄羊，跟白毡上趴个灰虱子一样，看不太清的。要是把那眼光洒水似的喷出，而后，静心凝神，片刻，便发现那黄灰的世界里有一点动了。这便是黄羊。

黄羊极警觉，吃几口草，便长伸脖儿，仰了头，东瞅西瞅。有时，贼溜溜摸来的猎人就落入眼了。

猛子瞅中一个很高的沙丘，对女人说：“我在那儿。你去惊一下。”说完，就爬向那个沙山。女人则绕着沙山爬向另一侧，爬一阵，瞅瞅，估计猛子到位置了，才起身，那边吃草边伸脖观望的黄羊便发现了她。

哗——，黄羊的反应是惊人的快。那柴棵，像是倏然沸腾了。

一团灰云飘上沙山，驻足观察，凝成图案。

枪响了。

2

猛子背了黄羊，回到猪肚井。女人很高兴，崇拜地望猛子，猛子就绷了脸由她崇拜。豁子一向粗糙，根本觉不出拿腔作态的猛子的心理，几下，就开剥了黄羊。

“哟，这么瘦！”女人惊诧诧说。

猛子笑了：“黄羊生开剥时，哪有胖的？这肉，看起来瘦，等你煮熟了看。这儿，”他拍拍黄羊肋条，“膘一层肉一层，香死个你。”

女人问：“听说，黄羊是一对一对的，打下一只，另一只不跑，它们死都要死在一起。真这样？”

豁子道：“那话儿，谁信呢？你老是信这些没影子的事。”

女人说：“谁又问你来？”脸转向猛子，“是不？”

猛子说：“这倒是真的。若真是一对夫妻，打死一只，另一只，死也不跑的。可也不一定，有时打下一只，别的全溜了，难道死的是光棍寡妇？”

女人说：“有时，一只死了，另一只也得活……窝窝囊囊，也得活。”

豁子却发了火：“你有完没完？……瞧去，肉烂了没？”

女人望一眼豁子，笑笑，就到锅边，用筷子一下下戳：“烂了。”

“那就捞来吃！”豁子的口气硬怪怪的，忽地笑了，解释似的说：“我不爱听死呀死的，不吉利。”

肉果然很香，煮前显得很瘦的肋条上，倏然长出了厚厚的肉层，红一层，白一层，咬一口，满嘴流油，却又不腻，比家羊肉好吃多了。

女人却只拣些脆骨，咬得啪啪响。

吃过黄羊肉，见女人和豁子都阴了脸不语。猛子觉出，他们之间，定有些扯不清的事，也不好问，闷一阵，就去找黑羔子。

黑羔子的圈虽在熊卧沟，平日放牧时，却是哪里有草，去哪里，并没个绝对定处。沙窝里放牧与草原上不同，草原上的草场是有主儿的，你家这儿，我家那儿，钉个桩呀，牵根绳呀，不敢乱来。沙窝里却是哪里有草，一窝蜂围了去，腿快的嘴快的，多吃些，多长些膘；腿慢嘴慢的，就啃些陈年沙秸，也能养命。

黑羔子和别的牧人不同，他总是若有所思地翻本破书。红脸们说笑时，有种透亮的感觉，那心仿佛也哗哗地泛光。黑羔子却老似蒙了层纱，望那羊群时，和望沙丘一个样儿，脸上很少透出喜悦来。

黑羔子的羊群是沙窝里最大的一群。他太爷给地主放羊，挣了十二只，后来变成了一百多只，买了地，成了富农，挨了斗，受了罪，腿一伸，手一摊，就断气了。他爷爷接了羊鞭，给生产队放了一辈子羊，老死在沙窝里。责任田后，他爹便进了沙窝，一窝，就是十几年，零星的十几只羊，变成二百来只了。爹老了，又挨上他了。

猛子喜欢黑羔子，说不准为啥，但喜欢和他在一起。黑羔子说，他不想放羊了，想卖了羊，去外面闯闯，可爹不允许。说这话时，黑羔子眯了眼望远处，声音轻飘飘的："放几辈子了，也没放出个啥名堂。"又说，"老子可不想这样活了。"

黑羔子说，就屁大个芨芨湖，你也啃，我也啃，能啃多久？那井，也那样儿，瘦狗努屎似的，一成干窟窿，羊还不渴死？他的声音仍轻飘飘的。

猛子的心却重了。

他这才发现，上次来时，芨芨湖骗了他，那没烧完的几丛陈年老芨芨，给了他"风吹草低见牛羊"的感觉。其实，这"湖"已成戈壁滩了，虽也有芨芨，但只是这儿一丛，那儿一墩，大部分地方，已沙化了。

红脸们又嬉闹了，又在挑逗各自羊群里的骚胡进行角斗了。猛子懒得去凑热闹，把那拿来的破袄子铺了，坐在上面。

忽然，黑羔子说："羊比狼坏，你信不？"

猛子不明白他说啥，茫然地望他。

黑点子
眯眼望向远方
说
“羊比狼坏，你信不”

黑羔子眼里闪出很亮的光："羊比狼坏，真的，我可是亲眼见的。小时候，这儿，哎呀，挖一锨就是井，芨芨草漫山遍野，到处是沙包。沙米呀，梭梭呀，刺蓬呀，黄毛柴呀，把这里的沙都缝住了，沙子想飞，也飞不了。后来，来了羊，啃呀啃呀，把草皮啃了，把桦秧子也啃了。日久天长，沙包就变成了沙丘，芨芨湖也成这样了。所以，羊比狼坏。"

黑羔子眯了眼，望老远的地方，许久。漠风吹来，几缕头发在黑羔子脸上一拂一拂的。忽然，他又说："知道不，狼是土地爷的狗。"

"都那么说。"

"为啥？"

猛子张张口，却答不出为啥。老先人都那么说，却谁也没想过"为啥"。

"因为，"黑羔子一字一顿地说，"因为，没有狼，土地爷也是个沙。"

猛子愕然，这是啥道理？

"羊吃草，把草皮啃了，把沙包啃了，把湖啃了，把树皮啃了，最后，把土地啃成沙漠了，土地爷不成个沙才怪哩。土地爷就派了他的狗——也就是狼，去吃羊。谁坏土地爷的事，狼就吃谁。黄羊坏事，吃黄羊。老鼠坏事，吃老鼠……要没狼，土地爷早死了。"

猛子这才明白了孟八爷说的那些话。

"我要是狼，第一个，就吃了我这几百只羊。"黑羔子咬了牙，铁青了脸，一字一字地说。

"真的。"黑羔子不望愕然的猛子，"我恨羊。我手里，这羊不知毁多少沙包了。我是眼睁睁看着芨芨湖变成戈壁滩的。羊是土地爷身上的虱子和臭虫，要养活它们，得用血。

"我说羊比狼坏。"他说，"还因为，羊是披了羊皮的狼。这更可怕，那恶是隐蔽的。环境一恶，它们也恶，而且，骨子里比狼更恶。"

猛子想起了清晨羊抢尿时的那种刻毒地埋怨他的眼睛，有些信黑羔子的话了。只是，他的话，仍给人大白天见鬼的感觉。

"走，看看去。"黑羔子吐口唾沫，带猛子去红脸们跟前。

那两个骚胡牴斗正酣，远远地，向对方弹射了去，把那角砸得山响。

“瞧，那眼睛，明明是狼的嘛。”黑羔子说。

果然，那骚胡，正刻毒地盯着对方，眼睛寒森森的，和狼眼，没啥两样了。一股凉风，顺脊梁上蹿。

“要是有尖牙，要是有利爪，此刻，早把同伴撕成碎片了。信不？”黑羔子淡淡地说。

红脸大声道：“黑羔子，你又发疯了。羊就是羊。你老说羊比狼坏，你敢跟狼睡觉吗？”

黑羔子说：“好好坏坏，标准是啥？是心。羊长了狼的心，就是狼。”

“屁。屁。”牧人们哄笑。

黑羔子望一眼猛子，淡淡一笑，一语不发，走到光坦处，躺了，看天。猛子脑中又成糨糊状了，忽儿觉得黑羔子的话有道理，忽儿又觉得红脸的话也对。看一阵牴战的骚胡，见那势，仍是老一套，后退，前扑，弹起，相撞……看一阵，便没趣了。就过去，和黑羔子并排躺了，看天上一大朵一大朵的云。

这沙漠的天，似乎比别处蓝，也许是黄沙映衬，也许是没有污染，也许是潮气稀少，总之是异样地蓝，蓝出一种空灵来。云在这蓝上表演着，忽翻滚，忽奔跑，忽雕塑，倒也有趣。

忽听得黑羔子说：“那骚胡，是狼。不牴战的绵羊，也一样。任何一只羊，它既是羊又是狼。吃饱了喝足了，就是羊。渴极了，饿极了，就成狼了。”猛子听了，仍似懂非懂。

“咩咩——”黑羔子叫。这是牧人唤羊的口令。

听到叫声，几百只羊向他涌来。那是一团啸卷而来的云，强壮的跑在前面，瘦弱的穷追不舍，倒似逃命了。又见黑羔子正解裤带。猛子明白了，羊们这番疯跑，是冲了尿来的。像他早晨经历的那样，该有一番疯狂争夺了。果然，羊眼里都射出饿极的狼才有的光。那光，喷向自己的同类，仿佛说：“你们都死吧！这尿，是我的！”猛子相信，若是羊有手，若是手中有利刃，此刻，定然是一场血肉横飞的大战。片刻间，定会有数以百计的同类横尸当地。其目的，仅仅是为争夺黑羔子膀胱里的那点可怜的尿。

为了一点利益，善良的羊也会露出狼性。抑或是，羊本来就是另一种狼？

黑羔子大笑着，用力将那甘霖射洒出去。

“你们争吧！抢吧！露出本来的嘴脸吧！披了羊皮的狼们！”

在黑羔子的叫喊中，羊群疯狂涌动。猛子头晕目眩了，自己已成小舟，颠簸在羊头和狼眼的海里。远处的羊群仍飞奔而来，那疯狂样儿，分明是饿疯了又嗅到肉腥味的狼。

黑羔子仍在叫喊，眼里泛出红光，口中刻毒地咒骂。猛子这才信了他的话：他恨羊。

绵羊们边长伸着舌头承接甘露，边阴阴地瞅黑羔子裆部。那心思，再明白不过了。它们想杀鸡取蛋，想把那喷水的玩意儿也吞下肚去。

“小心！”猛子大叫。

“没啥。”黑羔子抖出一片亮点，“我知道它们想咬我的屌。上次，差点叫那黑头子骚胡咬掉半截。咬吧！反正，这玩意儿也没用。叫你咬！叫你咬！”身子一弓一弓，向羊们冲去。羊却后退了，那神情，似在说：你叫老子咬，老子偏不咬！

黑羔子抖出最后几星亮点，又一脚脚踢身边的羊，声音实腾腾的，显然是用了全力。谝子远远地喊："呔！你个驴撵的，踢你个人的羊，老子没说的，可别踢我们的。烧疯上来了。"

“你才有烧疯呢。”黑羔子边踢边叫，“瞧，人家也恨你哩，恨不得咬你的肉哩。”果然，那些羊阴阴地望一阵黑羔子，又掉过脑袋望猛子。猛子心里寒森森的。这哪是羊眼？明明是狼眼嘛。

近处，羊们带着阴阴的眼神散去了。远处的羊，仍跑过来。后来，也散去了。牴战的骚胡早不见了。那尿，是最好的息战剂。这时，红脸们的嬉笑才渐渐传来。他们虽然习惯了黑羔子的疯劲，但还是一次次把他作为谈资。

他们对黑羔子的评价只有三个字："烧山羊。"

那山羊，一生下，就吊个长胡须，仿佛很有学问。其性子，又最不安分；

若有了烧疯，更叫人忍俊不禁了：明明“烧”——一个融和了傻、疯、笨等多种意味的方言词——却又一副学者样；调皮不安分，却带了傻样；好像有理性，却分明疯了……便是“烧山羊”了。

黑羔子却淡淡笑道：“究竟谁有烧疯？”仍那样仰脸躺了，闭了眼。

3

忽听得一人惊呼：“豺狗子——”

猛子循声望去，见一头牛疯了似的乱跑，屁股上吊一个猫大的东西。他知道，这便是豺狗子了。豺狗子是牛的天敌，猫在草中，等牛屙粪，等牛一扎尾巴，它便弹射到牛屁股上，扯那牛大肠吃。

那牛负痛，直了声惨叫着，向远处。

红脸边吼骂，边捡石头。抛溜子抡几下，石子飞出，却远远落在牛后。“你跑啥？挨刀货！”红脸气急败坏。

“你叫它咬一下大肠试试。”黑羔子翻起身，冷冷地说。

红脸又捡块石头，放入皮囊，呜呜划几圈，石子嗖地飞出，直溜溜朝牛屁股上的黑球飞去。

牛却迸然倒地。石子又打空了。

那豺狗子扯了大肠，喝米汤似的往肚里吞。又一块石头呼啸而来，打在它的屁股上。它这才丢下美餐，惨叫而去，很快便不见影儿了。

“操，又一个完蛋了。”红脸喘吁吁道。

那牛直了声叫，一节红红的肠子被掳出体外，血肉模糊。那样子，眼见是活不成了，却不会马上就死，惨叫声瘆怪怪的，叫人夹不住尿。

“杀了它。”黄二说。他递过一把藏刀。

红脸的脸色很难看，他恶狠狠瞪一眼黄二。

牛眼里，滚下大颗大颗的泪。牛腿在地上划动，划出几条土沟来。血汹涌着喷溅开来。尤其那惨叫，成风中的石头了，咕噜噜的，在心上滚。

“别叫它受孽障了。”黄二叫。

红脸这才接了藏刀，走过去，朝牛的喉咙处捅了一刀，又狠命握了刀，来回地锯。一股血扑了出来，染红了红脸的手。牛叫却渐渐息了。血渗入芨芨湖里开始沙化的戈壁，发出嗞嗞声。

几只羊扑过来，伏下身，饮那牛血。

“也好。羊喝了牛血也长膘哩。”黄二说。他拉着红脸，后退几步，挪开地方，叫羊去饮血。

几十只羊，扑过来了。

几百只羊，扑过来了。瞬息间，把牛尸盖了个严实。

黑羔子道：“瞧，这哪是羊？明明是狼嘛。”

“你夹嘴。”谝子说，“与其渗到地里，不如叫羊吃上，长些膘分。”

“好，好。”黑羔子冷笑。

猛子的头又晕了。那毛团，一疙瘩一疙瘩疯挤着，仿佛在脑中翻滚，又似在神经里攒动。再看，怕要疯了，他就抬头望天。天却仍那么蓝，日头爷焦炸炸的，热倏地袭来，把身心涨满了。

羊们都拼命地挤，羊群就成浪了，忽然涌过去，忽然挤过来，头却大多不见，显然是都长伸了脑袋，去咂那血。咂不着的，吸两口潮湿的腥气也好。

红脸却在骂：“豺狗子，我操你先人……”

“人家也得活。”黑羔子冷冷地说，“人家也不能喝风屙屁。人家也要活。人家也是条命。”

炒面拐棍嘀咕道：“这倒是的。”

“是个屁。”红脸唾沫乱迸，“它为啥不吃你们的羊？一头牛呀……”

“我倒希望它吃呢。”黑羔子冷冷地说，“全吃了倒好。这羊，成黑色的咒子了。几辈子了，都活不上个好人。全吃光了，倒好。”

黄二望望猛子，说：“那豺狗子，说不准，是给那小狼报仇的。豺狼，豺狼，人家是亲家。”

谝子说：“对，师公子不吃牛肉，在鼓上出气。人身上报不了仇，就在牛身上报。”

黑羔子冷笑道："那是两类动物，跟狐子和狗一样，是两类。”牧人们才不再说话。

羊群仍在挤，所有的羊都涌来了。羊也跟人一样，爱凑热闹。这一来，好大一片云便在湖里涌动。那情形，倒也壮观。只是不能想它们在作甚，一想这群羊正在抢饮牛血，猛子心里就不由得发紧了。

牧人们却笑着，一脸春风。那牛血，总比水呀草呀有营养。他们的羊，定能突然间长些膘分了。虽说这膘分终究会塌，但长些总比不长好。看羊们饮血，显是要比看骚胡牴战有意义。只有红脸，虽是个爽快大气的性子，但毕竟损失太大，便骂骂咧咧个不停。

黑羔子却眯了眼冷笑，时而望望羊群，时而望望牧人。

许久，黑羔子问："那牛，要不要了？”

黄二不解："咋？”

“不要了，叫羊吃去。”

“要呀。”红脸叫道，“把肉给家里送去。老子们也美美熬一锅。今天老子请客。”

黑羔子笑道："怕是叫羊吃光了。”

“羊咋吃肉？”红脸疑惑地问。忽然，他明白了，那点儿血，咋能喝这么长时间？于是，他抢了鞭子，抽那羊，一团团羊毛，随炸响飞起。羊却不顾，只管前挤。

“快，别把皮撕坏了。”红脸急了，“那皮，值百十块呢。”他一下下踢羊，羊却由了他踢，纹丝不动。红脸回过头来，吼："你们望啥笑声？”

谝子们才收了笑，也举了鞭子，抽出炸响和毛团。黑羔子则复仇似的，将身边的羊一只只举起，扔向远处。羊爬起后，阴阴地望一眼黑羔子，才愤愤而去。红脸也学黑羔子，把羊一只只扔出，仿佛那羊是豺狗子。几只羊被摔折了腿。这倒不要紧，找根棍儿，用绳子逼在腿上，几天就好了。

好容易撕开个口儿，渐渐驱散了羊。那牛仍被几十只羊盖着。黑羔子不再努力，只红脸一下下扔。好一会，听得红脸一声惊叫。

那牛，几乎只剩下骨架了。

猛子身子发热，心却哆嗦。真不敢相信，羊会吃肉。喝血的羊，他见过。自家宰猪宰羊时，羊就翕动了鼻子，去舔那血。但从来没见过羊吃肉。现在，它们竟然吃了。而且，片刻工夫，就把牛啃成了骨架。

“我说，羊比狼坏。”黑羔子说。

红脸脸黑了，要是剥了皮，卖了肉，他还有个上千块，现在，皮没了，肉也只有骨架上连的那些了。而羊们，嘴上沾满了血，仍在四周环视，意犹未尽地瞅那堆血淋淋的骨头。

“操你们的妈。”红脸抡起鞭子，疯了似的，朝羊们抽去。鞭梢虽不炸响，却带了风声，撕下团团羊毛。

“小心眼睛。”炒面拐棍叫道。

羊身上有毛，抽几下没啥，怕的是鞭梢裹在眼睛上，那眼珠就瘪了。羊似乎也知道这些，红脸的鞭子才抽十几下，便纷纷散了。

羊们逃出十几步，又驻足观望。它们的下巴上沾了血，目光阴冷，很有些可怖意蕴。而且，那几千只羊并没散去，而是形成了一个大圈，阴阴地瞅中间的牧人。那样子，很像成千上万的清兵举了矛，围住几个钦犯。仿佛，只要头羊一发令，它们就会扑上来，把牧人也啃成骨架。

猛子心里一阵哆嗦。

黑羔子吼：“做啥哩？也想吃老子们？”

羊儿似乎听懂了黑羔子的话，对视一阵，才讪讪地散了。

猛子这才感到了焦炸炸的太阳。

4

夜里，豁子女人洗了牛骨，煮了一锅。红脸、黄二、炒面拐棍、谝子、黑羔子等人都聚到豁子屋里。女人穿了个桃红背心，鲜活出十足的风流。

羊吃肉成了他们的话题。不到一顿饭工夫，羊便把牛啃成骨架，都觉不可思议。黑羔子却说："我早就发现，羊比狼更坏。狼是明的坏，好对付。羊是暗的坏。老人们说披了羊皮的狼，其实是说羊。"

"瞧，又来了。"谝子笑道。

"我可是有些信了。"红脸道，"那牛，常和羊们在一个湖里吃草，不是远亲，也是近邻。它们咋下得了口？想想，也瘆怪怪的。"

"瘆怪啥哩？这世道，人都吃人哩，羊咋不能吃牛？"谝子说。

"就是。就是。"黄二们应和道。炒面拐棍只是笑笑。

"世道变了。"女人边往灶里入火，边笑道，"羊也吃牛了，人也吃人了。也好，多吃几个，叫我们常啃些骨头。不过，肉吃多了也不好，心里老骚烘烘的。"

"骚货。"豁子笑骂，"你一张嘴，就一股骚味。"

"老了，豁子。你老了，不中了，心强力不强，人家怕连个干瘾也过不了了。"谝子笑道。

红脸笑道："嘿，豁子，你要是有二十年前的劲道多好。……要不要把你那档子事抖搂出来？"

"屁，屁。"豁子笑道。

女人却笑了："知道，不就是老在羊身上放骚吗？"

"叫你嚼舌。"豁子过去，笑着在女人屁股上狠狠一巴掌。

黑羔子却突地冒出怪声："我估摸，那豺狗子，也是土地爷的狗。"

"又犯烧疯了。"黄二嘀咕道。

"为啥？"黑羔子说，"人说豺狼豺狼。狼是土地爷的狗，豺定然也是。那牛也老啃草皮，你也啃，我也啃，千牛万牛一起啃，土地爷就成个沙了；才派了豺来，专掏那牛的肠子。狼吃羊，豺狗子吃牛。"

"屁，屁。"谝子道，"照你的说法，羊也是土地爷的狗了。今天，羊不是也吃了牛吗？那么人呢，人吃羊吃牛，也成土地爷的狗了？屁话。"

"就是就是。"一屋哄笑。

黑羔子又拧起眉头了，拧了半天，也没拧出一句话来，便一仰身子，躺在炕上。

“越说你烧疯，你还越疯了。”谝子笑骂。

猛子望一眼黑羔子，见他大瞪了眼，却一眼茫然，以为是谝子的话刺痛了他，就说：“他说的，也有道理。我看今天的羊，和狼没啥两样。那豺狗子，才咬断一截肠子，羊却连血带肉地吞。”

“这倒是。”红脸怒道，“好好一张皮子，叫它们吞进肚了。不然，驼子不给一百五，还由了他？”

“二百哩。”豁子笑道：“牛皮又涨了。”

“天爷爷哎——”红脸半真半假地叫唤，“二百票老爷哩，心疼烂了。”

豁子又笑道：“还有一副下水哩。那下水，我可是愿出五十的。”

“我的牛下水哎——”红脸又叫。

“还有牛肉哩。”豁子又说，“一斤五块，少说也有个二百斤。”

“我的牛肉哎——”红脸在豁子身上猛拍一把，“行了，行了。你想要老子的命？”

女人笑道：“去呀，一头碰到女人裤裆里，碰死去。”

红脸便扑上前去，把女人摁灶火门上，拧了脑袋，一下下撞她胸脯。女人咯咯笑着。豁子也笑得十分开心。猛子很奇怪：这豁子，自己才望女人几眼，就惹来他眼里的刀子。这红脸，摁了他女人，撞那堆胸肉，他反倒开心地笑。

闹一阵，红脸才饶了女人，意犹未尽地回到炕沿上。女人夸张地喘几口气，暧昧地呻吟几声，嗲声嗲气道：“你弄疼老娘了……”又吃吃笑道：“叫你一头碰死在裤裆里，谁又叫你撞胸脯来？”

“裤裆就裤裆。”红脸作势欲扑。女人早从灶火里抽出一棵燃柴，对准他了。

“行了，行了。”豁子笑道，“老子的女人，叫你稍微闹活一下就成咧，你还上瘾了？”牧人们于是大笑，笑出一屋开心来。

那牛，岁数轻，肉嫩，不一会儿，就煮烂了。女人取了脸盆，捞出一块块挂筋带肉的牛骨，带香的蒸气便涨满屋子。这女人，看似懒散，倒是个过日子的料，有人一出沙窝，她总要带买些日用品，花椒胡椒等调料倒也齐备，那肉味，就十分的香了。红脸们吃出一头汗来，把脸上的积尘冲了，面光便鲜活了许多。女人也是满面红光，时不时逗几句乐子，或吃吃地笑。那笑，多用气音，回肠荡气。猛子心里痒痒的，真想搂了她，把那痒痒的感觉喷出去。

黑羔子边吃肉，边若有所思。突然，说："就是。人也吃牛吃羊，人也是土地爷的狗。"

红脸道："你吃吧。土地爷的尿是个泥棒棒儿。"

女人笑了，忍了几忍，才没把口中的肉喷出去。"你吃过？"她问。

"你才吃呢。不过，豁子的也是个泥棒儿，风呀沙呀，一层层落，长年不洗个澡，早成泥棒棒儿了。"红脸笑道。

"谁说人家不洗，人家天天洗。"谝子道。

"谁说不是呢？"女人吃吃笑了。

红脸把骨头扔给老山狗，对女人说："你猜个谜语，猜着了，剩下的牛骨头全归你。猜不着，你把豁子的酒全贡献出来，叫老子们美美喝一顿。"

"你少打老子的主意。"豁子道，"那点儿酒，还不够老子几口抿的。"

女人却道："成哩。看你能吐出个啥象牙。"

红脸道："半虚空中一条沟，一年四季水长流，不见牛羊来饮水，只见和尚来洗头。说好了，只猜一次，错了就拿酒。"

谝子们哈哈大笑，显然，他们知道谜底。

女人也笑了："这有啥？比这更难的，老娘也猜得出……是你的嘴。"

"错啦。豁子，拿酒来……她猜错了。是你女人的水门。"谝子嚷道。

"咋？"女人瞪大眼睛，"咋错了？"一指红脸，"他的嘴不是在半虚空？一年四季没水？涎水啦，唾沫啦，哪断过？谁见牛羊饮过水？那光秃秃的筷头子倒是一进一出的。"

"哈哈哈哈。"炒面拐棍首先喷出满嘴的肉末儿来。黄二、谝子歪在炕上，差点笑背气去。黑羔子也笑了。那红脸，想给女人难堪，叫她猜得出，也不好意思说出，哪知女人聪明至极，反把他调侃了一顿。

红脸讪讪地搓搓头皮，求救似的望豁子。豁子哈哈大笑，女人的机智给他长了脸，很叫他开心。“拿来，把那三瓶半全拿来。红头公鸡，这可是老子几年的存货。喝归喝，谁出沙窝，得给老子还回来，加上利息，一瓶还两瓶。”豁子说。

“成哩，成哩。”红脸们应道。

“炖热，炖滚。”豁子指使女人，“那冷酒喝不得。喝冷酒，使官钱，有病在后。眼下没啥，等你上个年纪，那手就抖个不停。那官钱——就是公款，也不敢胡花，只图眼前痛快，事发了，可了不得。”

“行了，行了。”女人笑道，“那话，你一喝酒就说，都一千遍了。”女人小心地把盛了酒的茶缸伸进灶膛，很快，响起嗞嗞声。

说话间，灶里喷出一股火来。女人惊慌失措了。“别急，别急，用枕巾捂。”豁子道。猛子取过枕巾，扑过去，把枕巾捂在腾着蓝焰的茶缸上。

火熄了。女人感激地望望猛子。猛子觉得自己的肘部触着了一坨软软的肉，口里忽地渴了。女人却起了身，取过酒具，沏了酒，给了豁子。

豁子好酒，一见酒，他脸上的那几颗白麻子就发亮了。他爱过“庄”，每个人处喝几盅，一轮下来，就很多了。豁子吃了满肚子肉，酒又不多，他便想多喝些，斗了一轮又一轮。

在男人的猜拳声中，女人盛了牛肉汤，端了上来。人多碗少，你喝一碗后，我再喝，谁都喝了满满一碗肉汤。

猛子应了豁子几“庄”。这豁子一喝酒，便英雄气十足，拳又划得好，把猛子杀了个片甲不留。猛子多喝了几十盅。几“庄”过去，酒便涌上头来，猛子就挪到靠窗位置，头朝里睡了。

5

猛子醒来时，酒场早罢了。他异常清醒，酒喝得恰到好处时，就这样。那牛肉汤进了膀胱，憋醒了他。他摸索着下了炕，胡乱踩双鞋，走出屋外。

他觉得老山狗也跟出来了，想，这藏獒，毕竟不是笨狗，还知道护主呢。

风很利。一出门，冷风就水一样泼来。月牙儿不见了。星星像灶火里锅底下燃了的锅煤子那样哗哗哗闪个不停。一声怪叫隐约传来，听不清是风声，还是野兽的叫。黄二们的圈也隐入夜色了。猛子想到了打死的狼娃，想，那叫，该不是狼吧？听说，狼要报复的，想过去找黄二们，却懒得动。等那膀胱瘪了，他打个寒噤，摸进屋里。

屋里塞满了豁子的呼噜，却觉得老山狗的喉间咕噜一阵，箭一样扎入夜里了。猛子也懒得叫它。

豁子的呼噜是喝醉了酒的人独有的呼噜，肆无忌惮，又酣畅淋漓。猛子辨出，那呼噜，正在以往自己睡的地方，心突突跳了。他记起，昨夜自己是挨了窗睡的。那地方，本是女人的。因为他睡的地方正设酒场，就窝在这里了。

心快要跳出腔子了。那女人，在啥地方呢？猛子费力地睁大眼睛，努力辨认，却一眼模糊。但那窗，隐约有亮色，就脱了鞋，上了炕，头往里睡了。

觉得身边动了动，一摸，是一只光着的脚丫子，心越加哗闪。这脚，软，胖，绵。豁子们不会有这样的脚。那脚也由了他摸，似动非动。

夜气变稠了，凝成了胶状。猛子死命吸气，但仍是缺氧。怕女人叫唤，也怕万一不是女人，猛子不敢肆无忌惮地摸，只装作不经意地，摸了几下。那脚却缩了回去。女人说了几句梦话。

是女人。猛子的嗓子唰的一下，成了干皮。

装作翻身，猛子用脚去碰女人。哪知，心往前伸，脚却不动。猛子便咬了牙，大了胆，用力伸腿，觉得距离很长。那不大的炕竟有老长的距离？怪。

豁子说了句梦话，听不清内容。猛子惊出一身冷汗。那好不容易伸出一截的脚又收回来了。

呼——，那脚却又伸来了。

这脚，此刻在猛子心里，比啥都美：比双福女人的奶子，比莹儿的脸蛋，比这女人浑圆的屁股，都美。猛子便想抱了它，像啃猪蹄那样吞。虽然在黑中，他还是能“看”出这浑圆的，美丽的，肉乎乎的玉足。猛子辨出，睡前，女人洗了脚。那柔软、细腻和温柔的气息，把心都腌透了。

猛子把输到腿上的精力收回，叉开手指，慢慢地向他想象中的玉足盖去，一毫米，又一毫米，觉得快触到毫毛时，又心虚地缩回了手。

猛子懊恼地咬咬牙。他有些恨自己，但又觉得奇怪：自己又不是第一次碰女人，咋这样患得患失？更怪的是，这种伸伸缩缩的感觉，竟比爬上双福女人身子横冲直撞时还要奇妙。怪。

豁子嘴里吧嗒一声。这次，猛子没惊吓。

但这一来，倒把猛子的犹豫惊跑了。他索性将过程省略了，把手轻轻盖上去。那脚痉挛了一下，便平静了。

一股幸福的暖流从脚上发出，沿了手臂，向心涌来，很快便激荡了全身，奇怪的渴再次袭来。一横心，猛子捏捏脚。脚却没任何反应。

这是艰难的第一步，有无回应，并不重要，他索性抱了脚，一下下吻。但脚的反应是：时而，痉挛一下；时而，再痉挛一下。那情形，仿佛是下意识的。莫非，女人仍在梦中？

猛子索性抠那脚心。脚痉挛几次，却倏地收回了。

猛子懊恼极了。真是热屁股溻到冷炕上了，自己激动半晌，人家却在梦中。怪的是，一懊恼，胆子又大了。为增加敏感程度，他脱了袜子，把腿一伸，就到女人被窝里了。猛子觉出，女人是穿了内衣睡的，下身是线裤。

猛子大胆地把脚丫子伸到女人的大腿根，用拇指一下下搔。女人却夹紧了腿，转过身去，发出几声梦呓。

脚却再次伸来。

猛子却不局限于吻脚了。他的手探入她那很松的裤口，一寸寸上移，边移，边轻轻揉捏，一直探到大腿处。那腿却夹得很紧，猛子不敢硬撑。

猛子很疑惑：这骚鸟，究竟是真睡，还是假睡？咋无一点大的反应？他触的许多地方，是双福女人的开关，一触，就能触出呻吟。这女人，却是个火热的死尸。哪怕你多少回应一下，老子就扑上去，吃了你。

一横心，猛子将盖在身上的皮袄扯了，翻起身，头朝炕沿，和女人并头睡了。血在轰鸣。也不管豁子的鼾声了，他所做的，只是屏了息，不使自己发出太大的喘息。

而后，他开始搬女人。那身子很轻，手指一牵，就转向牵的方向了。猛子轻轻褪下女人的线裤，轻轻解了女人的内衣扣子，将那硕大的奶子裸露了出来，又轻轻地脱了自己的衣服，轻轻地把身子盖向女人。

他觉得，大水淹没了他。

自始至终，女人没有醒来。

6

凌晨时分，猛子醒来了。他发现，女人衣服整齐，睡在身旁。自己也是。他便怀疑夜里的事了。莫非是梦？以前，老做这号梦。猛子也懒得追究。睡意袭来，又迷糊过去。恍惚中，觉得豁子起夜了，觉得一道亮光扫来，觉得豁子吁了一口气，觉得……自己又真正掉进“睡”里了。

后来，是黄二惊醒了他。猛一听那声音，倒像是狼嚎呢，但真是黄二。

“羊叫狼吆跑了。”黄二拖着哭声。

豁子一骨碌起了身：“真的？”

“都不见了。那圈门，大开着，一只也没了。”

猛子也一骨碌起了身，他发现豁子打量他的衣服，感到好笑。

女人却说：“也不一定，圈门没扣好，羊跑出去了。小驴娃放屁自失惊。”说着，又笑了。那笑声，和昨夜一个样儿。猛子差点证实夜里的事是梦了。

“扣好了。黑羔子们一走，我就用皮绳绾好圈门。一睡下，尻子里就没脉了。醒来，圈空了，皮绳也不见了。”

女人笑嘻嘻推推猛子：“起呀，少爷，起来寻羊去。好吃难克化，吃了人家的东西，就得给人家跑腿。”那口气，竟是娘对儿子的。猛子不敢望女人，下了炕，一见地上的水盆，他就相信，夜里的一切，是真的。因为盆里泡着女人的线裤。记得，他“盖”上女人身子前，把那褪下的线裤，塞女人屁股下了。

红脸的声音传来："我到东洼里寻。他到北洼里了。你到黑羔子圈上看看。"

"顺蹄印找。"豁子道。

"早五更风大，啥印儿都刮没了。"黄二道。

女人笑道："别急，先喝碗牛骨头汤。那羊，既叫狼吆了，也迟了，先顾了身子再说。"说着，端上几碗热气腾腾的汤，又把那肉块热热，泡了几块馍。

豁子诧异道："哪来的馍？"

"早上才扯的，死面饼子。"女人笑道，"吃这汤，死面饼子好。发面饼子，一泡，就跟老汉嚼过的一样。……多吃几碗，这牛骨头汤补身子，啥亏损也能补。"女人眼望黄二，猛子却听出了她话里的话。

"补啥呀？"黄二哭丧了脸，"要是叫狼吆了泡子，老子不活了。"说着，把自己碗里的馍呀，肉呀，全拨给猛子，胡乱喝了几口汤。

猛子和豁子美美地吃了两碗，才跟黄二出来了，转过沙洼，他碰上了老山狗。

7

跟着老山狗，在一个沙洼下，找到了黄二的羊。那羊，挤成一团，仍在抖。太阳出来了，沙洼暖和了许多，但羊仍抖个不停。黑头子骚胡死在那里，没有血迹，但谁都看出，那是被狼咂干了血才死的。

黄二黄了脸，他很是后怕。按说，羊群叫狼吆了，或咂或咬，很少有活的。要真叫咂死了，他就活不成了。他和黑羔子不一样。黑羔子放自家的羊。他放的，大部分是别人的。他仅仅是个羊倌，替别人放上一年，收些辛苦钱。若叫狼咂死，他只好往绳圈里伸头了。但幸好，狼只咬死了一只。只是那后怕，咋也抹不去，口里虽"乖乖"，魂儿却飘出窍外。

"怪。"豁子道，"按说，叫狼吆了，哪有活的？"

黄二白了脸：“祖宗显灵哩。”

猛子知道咋回事了。记得，他起夜撒尿时，老山狗跑夜里去了。莫非，是它赶跑了狼？但又疑惑：这狗，老成瞌睡包了，白昼都呼呼噜噜，狼会怕它？

猛子一说，豁子大叫：“对了。就是这狗的功劳。这羊，叫狼吆了，才咂死一只，就叫狗撵跑了。”

这时，老山狗又卧了，把嘴头塞到身下，像是睡了。

猛子疑惑道：“狗这么老。”

“再老，也是藏獒，只那气味，狼也怕呢。”豁子指指狗，朝黄二笑道，“这就是你的祖宗，好好慰劳一下。”

黄二说：“我也正奇怪呢。前些年，叫狼吆了，哪次不咬个七零八落？你一说，就对了。孟八爷这狗，早年，不知吃了多少狼心哩。只那气味，狼一闻，头就疼咧。”

“就是。”豁子道，“那狼呀啥的，会闻气，知道哪是厉害猎人，哪是软包蛋。”

好容易，黄二才从后怕中出来。他背了死羊，赶那羊群，赶了几赶，羊才渐渐散开来。黄二吆了，上了沙坡，向猪肚井走来。老山狗瞌睡颠盹地远远跟了。

猛子掩掩衣襟，毕竟深秋了。太阳像悬了清涕抱了膀子的老光棍一样，显出冷清和穷酸来。北风刮来，虽没裹沙粒，但很是凛冽，刺在脸上，像针扎。想想夜里的所为，他感到好笑。那女人，明明没睡，为啥死尸似的任他揉搓呢？想想昼间那样浪的女人，夜里却出乎意料地规矩，真叫人好笑。她是怕叫豁子听见呢，还是怕羞？猛子晃晃脑袋，管他呢。女人这东西，最是莫名其妙。一个女人，是一种莫名其妙；十个，十种；百个，百种……管他呢，不管咋莫名其妙，实质总是一样。

豁子兴奋地和黄二寒暄。看那样子，夜里的酒兴还在延续。猛子感到好笑，想：“老子给你戴绿帽子了。”想到豁子曾阴阴地望他的眼神，他很是开心。

8

猪肚井里，几个牧人正等豁子。那羊，闹嚷嚷的，咩咩叫。豁子道："坏了，咋又这么多？那井，瘦狗努屎一样，半天挤不出一摊。以后，怕是连人也没喝的了。该换个活法了……上回，驼子叫给他代收羊毛，一斤给我抽两毛，我嫌麻烦。看来，麻烦也得干呀。靠这井，怕是连女人也养活不了。"谝子笑道："猪肚井干了，你婆姨的井可水汪呢，怕啥？瞧，谁来了？"

豁子抬头，大声道："哎呀，是鹞子，有人想买狐皮哩。"悄悄对猛子说，"上回，打狐子的，就是他们。"

猛子的头里嗡的一声。乖乖，正找时，连个屁影儿也不见。孟八爷刚回去，人家却找上门来咧。却发现，那鹞子，精瘦，一身土灰色，像平常牧人。猛子才吁口气。

"卖了，早卖了。上回二十张，叫驼子卖广州去了。"

炭毛子道："怪。广州那地方，火炉一个，光个膀子都出一身贼汗，买狐皮干啥？"

"物以稀为贵。"豁子笑道，"你说那金子，有啥用？吃又吃不得，穿又穿不得。打个耳环，把耳朵坠得死疼；戴个项链，跟驴戴笼头一样。可人为了那玩意儿要拼命。还不是因为稀少嘛。"

"这倒是。"炭毛子道，"听说，广州人买了，里面塞上棉花，嵌两个玻璃眼珠，看稀罕呢。"

谝子抗议道："行了，行了。少磨牙了，羊都渴死了。"

"你急啥？"豁子笑道，"昨天，黑羔子的羊还没喝上水。"

"人家不来了。"谝子道，"过来时，我叫他。他说，他的羊变成狼咧，吃了肉咧，喝了血咧，叫多渴两天。嘿嘿，以前，你们叫他烧山羊，我还不信。我说，灵丝丝一个人，咋叫烧……"

"现在总信了？"豁子笑道。谝子嘿嘿两声。

“羔！羔！”几个牧人用鞭子使劲抽羊，边抽，边吆喝叫羊分群的命令，可没起作用，那席卷而来的羊，反把牧人也裹向井口了。

却听到那女人嘎嘎笑了。猛子掉头，见女人穿了桃红夹袄，已站到井旁的那堆沙石上看稀罕场面。

“你笑个屁。”豁子骂一声女人，又扭头对牧人说：“谁叫你们一齐赶来？”

“我估摸着，总能剩些。哪怕叫羊抿一抿也成。羔！羔！”一人解释。

“屁，屁。”豁子涨红脸，“牛蹄窝大个井，蚂蚁尿多点的水，狼多肉少，能剩个毛？”

鹞子双手交抱，悠闲地看疯挤的羊，低了头说：“还是我们自在。想干了，出来；不想干了，睡几天大头觉。”猛子才发现鹞子身旁还蹲了一人，是个老汉。老汉沙了嗓门，说：“你也自在不到哪里，现在，啥都保了，弄不好叫丢进去，后半辈子就打发了。”鹞子说：“沙窝这么大，就那么几个黄狗子警察，头三不知脑四，能干个啥？”老汉说：“贼不犯，是遭数儿少。”

羊群缩小了，意味着羊与羊挤一块了。羊虽无多少力气，可千百只羊一齐用力，力道就非同小可了。那几个牧人，成漂在海中的树叶了，忽而悠过来，忽而荡过去。“羔！”“羔！”他们叫。口令虽声嘶力竭，但被羊干燥的咩咩声淹了。女人的笑声却很是扎耳。这骚鸟，显是不知道这阵势会有啥后果。

猛子想起“蚂蚁围倒太行山”的俗语，这阵势，真有那味儿了。若是井能抬的话，早叫羊抢跑了。豁子已给羊挤到井边。骆驼被围在更远处。豁子不敢打水。因为水一哗啦，那渴极的羊会疯的。

“赶开！赶开！今个不放水。”豁子声嘶力竭地叫。

“真放不得了。一放，怕出事。”炭毛子喘吁吁道。

一只羊已跳上井台，又上来一只。很快，井台上站满了羊。豁子扔下纤绳，手扳井台，以防被羊挤下井去。

扑通。一只羊掉下井了。

扑通。又一只。

扑通一阵后，就再也没有了声响，显是井中的水并不多。

谝子们边狂叫，边疯魔似的抡鞭子。一团团羊毛在空中飞舞，却遏制不住前涌的羊群。看那样子，井填不满，涌动也停不了。一个年轻牧人哇哇大哭了。“我日你们的妈。”他边叫边骂。

谁都看出这灾难了。几条鞭子啪啪着，鞭影如网，密密交织。但羊们也被大势裹挟，身不由己了。女人惊乍乍的厉叫隐隐传来。

啪！一声爆响。羊群惊了似的一凝。猛子听出，那是枪声，很脆，是快枪声。砂枪是沉闷的。

又是两声。

羊群开始后退。牧人的鞭子这才起作用了，羊团被渐渐撕开。

炭毛子叫：“谝子，你先赶了走。”

谝子叫：“井里有我的一只。”

“滚！”炭毛子发怒了，“你先走。死的，老子给你背去。”

“羔！羔！”谝子边吆喝，边扬鞭子。一只只羊，被慢慢分离出来，向谝子聚拢来。谝子快快地点一遍，“差五只哩。我差五只哩。”

炭毛子叫：“你先赶到那边的洼里。”

“我的，毛上染了红胭脂。”

“知道，知道。”

谝子赶羊去了。

也照样，又分走两群。那些羊，各群有各群的记号：有的染红，有的染蓝，有的染黑，即使乱了，也好找。

这时，人们才松了口气，才寻那枪声的来源。不用说，是鹞子放的枪。此刻，他还把那几个黄灿灿的铜弹壳一抛一接地舞弄呢。女人下了沙石堆，向鹞子要了弹壳，好奇地瞅。叫猛子吃惊的是，他用的竟是半自动步枪。用它打猎，准头高，射程远，又能连发。只要枪法好，落入眼的猎物，难有逃出手的。

“鹞子，没你的话，今日个，井都叫羊填了。”豁子边擦头上的汗，边说。

“咋谢呢？”鹞子微微笑道。

炭毛子说："等会儿，打捞上来，给你个羔子。"

"又能吃黄焖羊肉了。"鹞子微微笑了。

这井，跟村里打的不一样。村里是新式打法：用机器钻头，一下下冲，冲个几十丈深的窟窿，下上水泥圈，就成井了。但这种打法，有个前提：地层得硬，不然，打到半截，轰，井塌了，钻头也埋了。猪肚井这儿，地软，多沙，钻头冲井法根本不成。只能先制些水泥圈，挖一截，放个圈。人在井底里挖，圈在上面放。井口安个轱辘，放个纤绳，一头连骆驼，一头系筐。人吆骆驼，绳捞筐子，运出泥土，下个几十米，就成井了。这井的好处是，水不汪了，就下到井底，再挖几米，安了圈。圈上有些钢筋做的梯，上下倒方便。

豁子朝下望去，见那羊，已填了不少，有的还在惊骇地叫，就用绳拴了桶，搁轱辘上，叫那炭毛子，来去地吆骆驼。自己下了井，揪起羊，扔桶中。本该提水的桶，却提出一只只咩咩惊叫的羊来。

提出了二十几只活的，后面的，身子就湿淋淋的，早没气了。上一只死羊，牧人的脸便阴沉一分，随骆驼一次次的往来，井口已白白一堆了。等豁子捞完最后一只上来，一数，也是二十几只。这些羊，倒是满了愿死的，肚子胀得老高，自然饮足了水。

炭毛子阴沉了脸，一语不发，走过去，将染了红、蓝、黑各色的诸一分了。死的一分就开，活的却又挤成一团。炭毛子挑只染了黑的，捞过去，丢在鹞子跟前："这是去年的羔子，肉嫩，我的。"又大声问，"豁子，给你只羊，顶水费。要不？"

"不要！"豁子钢牙铁口地说。

"你个驴撵的，落井下石哩。"炭毛子瞪一眼豁子。

豁子呵呵笑了："你个炭毛子老贼，不想想，那点儿水费，能干个啥？总不能光了身子吃肉吧。再说，红脸的牛叫豺狗子抽了肠子，牛肉骨头都啃不完。我要了，也是个糟蹋。干脆，弄个骆驼，驮出去，叫家里人吃去。那羊，伙了放几天。"炭毛子苦了脸，牙缝里抽着气，"蝎骇骇的，二十几只哩，驮也得几个骆驼。"

“攒劲些的，两个就够了。”豁子道，“红脸的那个公驼，驮个几只不成问题。开剥好，一驮子就驮出去了。你几只？”

“八只。”炭毛子道，“谝子六只，犏牛九只。也好，几群伙上，叫犏牛放几天。我和谝子开剥。弄不好，一天过去，全臭了。”

9

打出井里的水，炭毛子饮了活羊，赶走了。死羊却没带，说是等一会来剥。

豁子先剥了炭毛子给鹞子的那只，剁成拳头大的块儿，叫女人黄焖了。猛子这才明白女人为啥有这么好的膘分。也难怪，老吃肉，却不干活，自然就丰腴了。那羊脂，仿佛把女人的肌肤也渗透了，看去，竟腻腻地白，不像常待沙窝的。豁子却相反，身子干胡萝卜一样瘪，倒是爱兴奋，如吃了羊肉没处放骚的公狗。

那鹞子，眼里只有那老汉。此外，他轻易不望人。有时，也望猛子，也望女人，也望豁子，都和望羊一样，无明显异样。倒是望老山狗时，他眼里闪了一星火，咦了一声。老汉说："藏獒，地道的，可惜老了。"

“老了也是藏獒。”豁子道。他讲了狼吆羊的事。“没它的话，黄二那羊，全脸胡子吹火，全燎了。”

“当然，单那藏獒味儿，也叫狼头疼。英雄老了，仍是英雄。虎老了，虎威还在。”老汉道。

老山狗喉间咕噜一声，仿佛对这个知音说谢谢。

“哪儿的？”老汉问猛子。

该不该告诉呢？猛子多了个心眼儿，想胡乱编个地方。那女人却接口了："沙湾的。"猛子就想，告诉也没啥。头掉不过碗大个疤。

“做啥来了？”

“打猎，也打狐子。”女人又说了。

“打到没？”

女人吃吃笑了："打到个毛，连狐屁也没闻到。"

老汉呵呵笑了："那狐子，能轻易叫人打下？人家通灵呢。嘿，一保护，谁也背枪……"顿一顿，又问，"你们沙湾，有个姓孟的？"

"孟八爷？"女人又多嘴了。

"对，孟八。早年，名头可响呢。东沙窝的孟八，一提，谁都知道。身子骨结实不？"老头问。

女人吃吃笑了："人家，还是个老小伙子里，嘻，骑了个疯的公驼，叫颠下沙坡。"

"人呢？"

"才出去。"

"也打狐子？"

"嗯。"

猛子恨女人多嘴，就狠嘟嘟说："别驴屄里闷芨芨，现闷现编了。你知道啥？"女人这才觉出了啥，绷绷脸，瞪猛子一眼，不说话了。

"怪？"老汉怪怪地望猛子，"那孟八，打个狐子，跟裤裆里捉虱子一样顺溜，咋打不上个狐子毛？"

"没打呢。"猛子讪笑道，"当然，打的话，早几十个了。"

"噢，你们是撒活眼睛来了。"老汉身子后仰，靠上被窝，不再问啥。鹞子望老汉一眼，老头却闭了眼。

女人又说话了。这回，她脸朝鹞子，问："你咋起这外号？"

鹞子不答。老头笑了："人家翻山上树，跟鹞子一样哩。"脸又转向猛子，"那孟八，可会'分手八快'哩，那是套好拳法。年轻时，比个武啥的，谁也不如他。老了，还闹不？"

猛子道："闹。摔个跤啥的，谁也不如他，六十几了，还和小伙子摔跤。"

"这孟八，是条汉子，头能掉，架子可不塌。现在，怕是变了吧？他和官儿啥的，喝酒不？"

"喝。"猛子见老汉望他，解释道，"队上一来人，队长大头就叫他陪，孟八爷酒量大，喝死酒，丢个一斤，还不醉。”

“这倒是真的。”豁子说道，“我的酒量，也算好的，拳又红。可拳好，不如人家肚儿大，喝到半夜，那老崽反喝成个叫驴了，我却头三不知脑四了。”

豁子一提醉，猛子就想到夜里的事了，心哗闪了几下，望女人。哪知，女人也正偷着望他。两眼一碰，女人抿嘴一笑，脸红了。

“和乡上的喝不？……嘿，乡上的干部呀，派出所的呀，都成酒鬼了，走到哪儿，喝到哪儿，也只有孟八那样的酒量，才能抵挡一阵。”老汉眼望豁子。豁子显出深有同感的神色，但又因对方没夸自己的酒量而有些遗憾。老汉又补充了一句，“还有你，海量呀。”

“哪里，哪里。”豁子笑了。

猛子这才明白了老汉问话的用意，就说：“人家孟八爷，一见官儿，就吐唾沫。现在的官儿，都成饿殍疯虱子了。孟八爷一提，裤裆都胀成皮球了。”最后这句话，本来形容光棍汉想女人，此刻用来，倒也贴切。

“这倒是。”老汉又仰了身子，靠被儿上，“那孟八，我知道，有骨头，有脑髓，是条汉子，最讲义气了。”说最后一句话时，老头望一眼鹞子。鹞子却面无表情。

猛子对鹞子说：“你那枪，是把好枪。打黄羊，快枪最好。”鹞子冷冷地哼一声。

老汉取过步枪，拉开膛，看一眼，递给猛子。“这枪，当然比砂枪好使。我也想买，可没钱，只好用砂枪了。两种枪，各有各的好法，砂枪准头不好，可铁砂子多，喷出去，一大片，打个鸟，一打几十只。这枪，准头好，可一次打一个子儿。打大的，快枪好。打小的，砂枪好。”

猛子接过，一下下擦：“这枪当然好。我也想买一把，哪儿卖？”

老汉忍不住笑了。鹞子冷冷地说：“外国。”

猛子知道他在说笑。见他们不说，就知趣地不再问。老汉取过猛子的砂枪。要说，这也是把好砂枪，紫檀木枪托，无缝钢管的枪管，枪托黑红，枪杆油黑发亮。

老汉抬起了头，问："这枪，是瞎仙的？"猛子奇怪了："你咋知道？""巴掌大个地方，咋不知？这是瞎仙他爹跟西番子买的呢。我用的这把，也是西番子造的。那老崽，死得早，娃子的灯，又叫枪崩灭了，也孽障。也许是报应吧，会水的鱼儿叫浪打死。玩枪的，好些人就死在枪上。孟八的爹，就是叫孟八走了火崩掉的。那打黄羊的钢珠儿，直溜溜钻进老汉的印堂。怪不怪？一个小娃儿，没枪高，可无意间一扣扳机，子弹就长了眼睛。……谁都知道杀生害命不好，可不杀你，我咋活？"

鹞子说："就是。打个狐子，就犯法了。那些贪官，一贪，就是千万亿的，为啥不多逮些？杀掉一层，国家就好了。"

女人又插话了："孟八爷说，那黑风黄风，就是打狐子多了，才那样。没狐子了，老鼠就多，把草皮都弄坏了，就治不住沙了。"

"这倒是。"那老汉显得很累，闭了眼。

鹞子却眯了眼，问猛子："你究竟干啥来了？"

"他吗？"女人吃吃笑了，"打狼。前夜里，就打了一只。那大狼就疯了，把羊吆了去。"

豁子笑道："把黄二吓坏了。"

"那狼皮……也值钱。"老汉又睁了眼，"狼也保了，和狐子一样。"

"狼皮比狐皮还值钱些。"鹞子说。他不易察觉地吁了口气。

10

吃过黄焖羊肉，老头和鹞子都睡了。豁子想喝酒，可酒在昨夜喝光了。他有些后悔昨夜的大方。原指望孟八爷驮些酒来，他才把那酒加了利息赊出去。谁料肉一下肚，酒虫子就反了，弄得他很是难受。

猛子有些憋，一来，他是个急性子，风风火火好过，肚里一有事，面上又露不得，总是受罪；二来，离家几天了，算算不过几日，想来却老长一段日子，免不了有思乡情绪；三来，这老头和鹞子说不准为啥，竟有种逼人的东西，叫他很不痛快。在沙湾，他也算杆“枪”了，但只能算“砂枪”，和鹞子这种“快枪”一比，竟自惭形秽了。他觉得这两人是个大货色，见过大世面的。

门外的炭毛子喊豁子出去帮忙开剥死羊。床上的鹞子们打着呼噜。女人收拾地上的羊骨头，弓下腰，那前胸又晃势了。猛子倏然渴了，偷望一眼鹞子，那张睡了也阴沉的脸把他的兴全败了。“憋”又袭来，便想出去。路过女人时，竟自然地在女人胸前摸了一把。女人笑了一下，很欢快似的。

出门，见炭毛子已将开剥好的羊，吊在黄二羊圈的栅栏上。那羊裸了身子，赤条条很是长大。因为没放血，肉有些红，肉丝上有黑红的淤血。

豁子正剥另一只，技术很是熟练：先用刀，在羊腿上开个小口，用筷子捅捅，嘴对小口，狠狠吹气。吹几下，豁子的脸就红了。豁子的脸越红，羊肚儿就鼓得越大，很快就鼓成圆球了。这意味着，皮肉已经分离；再剖开胸皮，一手撕羊皮，一拳捣羊肉，十几下后，羊皮就被豁子脱了。再吊了羊，开胸，剖出肚肠，倒了羊粪。

根据毛上染色，豁子分开肚肠，以防混了。羊头也一样分了类。一个时辰前，它们还你争我抢，此刻却在沙上乱滚，命就是这样脆弱。猛子突然想到了死去的哥哥憨头，但他极力挣出那想。他和弟弟灵官不一样。灵官老爱往下想，越想，心越憋，烦恼越多，越想往大地方溜。他则不去想，想啥哩？今日有酒今日醉，不管明天喝凉水。前世呀，后世呀，也一样不去追究。若真有三世因果，前世不是猛子，后世也不是猛子，只现在是猛子。他就把现在的猛子照顾好，过去的，滚蛋；将来的，也滚蛋。何况，那来世啥的，猛子总是疑惑，若不是谁都“来世来世”地叫，猛子简直就不信有啥来世。当然，谁都说有，猛子也懒得去说无，那有呀无呀，仿佛是别人的事。

羊头一个个滚在地上，形态各异：有嘴咬沙地的，有大眼瞪天的，有仇恨同类的，都没闭眼。羊和猪不一样。猪死前死命地叫，死后眼却闭了，仿佛挣扎了一番，没挣出命运，就认命了。而羊，你拿刀锯它的脖子时，它也不出声，可死后，眼却不闭。但猛子懒得管它，那闭了的或是不闭的眼珠，一煮熟，都瓷瓷地香。猛子爱吃眼珠子。

豁子们吭哧吭哧，忙活一阵，七八只羊便被脱了衣服，赤条在栅栏上。那场面，很是壮观，也有些滑稽。空气里弥漫着肚粪臭。猛子便乏味了，想回房里，又不想见鹞子那张脸；忽“看”到鹞子正摸女人奶子。女人浪笑，鹞子也在浪笑。女人的浪笑很容易想出，甚至不用想，她时时就在脑中浪笑。鹞子却浪笑不起来，咋想，也想不出，索性就不想了。一转身，却见女人袅娜而来。一见那夹袄的桃红，猛子的身子又烧烘烘了。

女人显然习惯了豁子这一手，并不吃惊，仍是斜了眼，懒洋洋望。一片片瓜子皮从她嘴里飞出。这姿势，是女人最好看也最抓人的姿势。女人就尽兴地卖弄。时不时，随了豁子的动作，吃吃笑。

“真看不出，你脱羊的衣服，比脱女人的还快。”女人笑道。

“当然。”豁子笑了，“女人那东西，自个儿会脱，你不用招呼，她一进被窝，就赤条条了。”

“不见得吧。”女人拉长了声音。而后，斜了眼望猛子。

猛子便想起夜里情形，渴倏然袭来，某个部位仿佛湿了，腿也软了，身子奇怪地乏了。他很奇怪。女人这简单的一句话，竟有如此力量？正奇怪，女人却笑了起来。那笑，像风中的石头过戈壁一样在心上滚，渴感欲炽。听得女人问：“有没有脱女人衣服比给羊脱衣服更快的人？”

炭毛子却接口了：“你少骚情人行不行？”豁子笑道：“你个炭毛子驴，连这话也听不得了？想当初，到九条岭驮炭，哪儿没个相好的？一脸盆炭，就能换个女人。”

“这倒是。”炭毛子笑了，“那还是贵的呢。凉州城还有更贱的呢，进了流水巷，屄比馍馍贱。知道不？”

“还有白送的呢。”女人笑了，“啥也不要，白搭了身子，白搭了心，只不过叫人家费些力气，信不？”

“这骚货，越说越来了。”豁子笑骂。

“小心哩。”炭毛子道，“你这婆娘，明明是吃人虎，把人活吞了，你还舒服得哼儿叽儿呢。那腰里悬的，是把杀人刀呢。”

豁子正吹那羊皮，顾不上接口。女人却笑了：“谁说不是呢？刚来时，他还是个‘长大白’公猪哩。现在，成空壳郎猴儿了。”

豁子一下子没气了，手指女人，半晌，才笑出声来：“听，听。这骚货，老子，嘿！老子……给你些厉害瞧瞧。”

“该，该。”女人笑道，“不然，叫人接了后手，那啥帽儿，可戴定了。”豁子阴了脸，望女人一眼，却又对炭毛子说：“黄二说，谁送羊的话，给他的那只也捎上。”

世上竟有这样的婆娘？言语上浪到极致了，可夜里那时，却又规矩得悄声没气。猛子突然发现，跟这女人一比，自己真是个童子鸡了。她一颦一笑一说话，都像拿鸡毛在自己心上搔。

妖精。猛子骂。心却晃势个不停，渴。

见豁子又把嘴凑向羊腿，女人趁机乜斜了猛子一眼。猛子一身燥热，喘不过气来，潮热突地涌上小腹，又倏地泄了，便觉得大腿上有黏湿流下，浑身的精气也流了个精光，每个毛孔都透出异样的乏。

热一泄，诱惑才消失，反倒厌腻女人的笑了。那乏却愈加浓了，就回到豁子屋里。那一老一少已经醒了，正在擦枪。炕上，摆着一排黄灿灿的子弹。猛子很渴，但记得双福女人说过：干了那事，不能喝凉水。自己虽没干事，却“跑马”了，想来，也喝不得凉水，就忍了渴，爬上炕，在窗户那儿躺了，盖了皮袄，迷糊过去。

11

猛子醒来时，已是焦炸炸的后晌。屋里无一人。他觉得乏消退了，就出了门。豁子正拾掇那堆肚粪，见猛子出来，吩咐道：“饿了，热热锅里的牛骨头汤，泡了馍吃去。”

“不饿。他们呢？”

“打狐子去了。谝子和犏牛驮了羊肉出沙窝了，炭毛子怕一人看不住羊，叫婆娘去帮一把。”

猛子说：“我去换。”就回屋，取了枪。见炕上有个黄灿灿的铜弹壳，捡了，摸摸，手感极好，就装到上衣口袋里。才出门，又怕叫鹞子知道了小瞧自己，就掏出弹壳，扔到炕上。

日头爷焦光四射，猛子却仍在恍惚，觉得睡觉前的那事儿很怪。忽想起双福女人讲过一个故事：有个男人偷看人家夫妻亲热，心里一急，“跑马”了，却从此当不成男人了。……心里又紧张了，就借撒尿试验一下，倒也气势汹汹，才放心了。

芨芨湖里正热闹呢。

那女人正骑着炒面拐棍耀武扬威。牧人们哄笑着喊“加油”。黑羔子躺在光坦处翻一本破书。这些牧人中，身体最弱的是炒面拐棍。骚胡间的大战看多了，也乏味，红脸就想个怪主意，激炒面拐棍，说他摔跤定然摔不过女人。炒面拐棍不敢应答。红脸又激女人，说她要是摔赢对方，下回出沙窝，一定给她买个汗褂儿，的确良的，要啥颜色也成。

“当真？”女人兴头上来了。

“当然，红口白牙。”红脸说。

“你划一下。”女人说。

红脸就伸出食指，在嘴上垂直划了一道。这是牧人间最重的誓约，比赌啥咒都顶用，其含意是：若食言，这嘴，就成女人的生殖器了。

女人就开始了挑衅，在红脸们的嗥嗥乱叫中，炒面拐棍只好应战。谁知，这婆娘果真骁勇异常，几回合过去，就骑在炒面拐棍身上，似泰山压顶。炒面拐棍憋红了脸，翻了几翻，那女人却连屁股都不动一下。红脸们笑得直不起腰。炭毛子手指红脸，却笑得说不出话来。猛子也笑了。女人起了身，炒面拐棍这才爬起，红了脸，到远处，伏下身，呜呜哭了。因为，他叫女人骻了尿骚，对男人来说，这是最大的羞辱了。

红脸们笑得精神大振。许久了，没比这更开心的事了。

黑羔子却没笑，只远远地朝猛子招手。猛子过去，并排儿躺下。黑羔子却又不说话了，猛子也不问，任红脸们笑去。怪的是，经上午那么一“跑马”，连女人声也厌了，就闭了眼，品那耳旁呼呼吹过的风。却听得黑羔子问：“黄二的羊，真叫狼吆了？”

“嗯。”猛子没睁眼。

“狼真怕藏獒？狼为啥不吆我的羊？”

猛子奇怪黑羔子的问了，就侧了身望他。黑羔子却眯了眼，望羊，许久，慢悠悠说：“几辈子了。这些活爹爹，害了几辈子人，又来害我了。将来，还要害儿子，孙子……也不知我命里有没有儿子呢，我觉得我是个断后的命。”他突地起了身，“我真是恨羊。人家也知道我恨它，老怪怪地望我。你说，那牛，豺狗子才是抽肠子呢，人家却连肉都要吞。老想杀了它们，出去，寻个像样的路数。现在，魇住了似的，明知是梦魇，可摆不脱……”

猛子似懂非懂，却劝：“活人嘛……”

黑羔子声音大了：“这算啥活人？活人，活个啥？盼头。你说，这有啥盼头？水一天天干了，草一天天少了，羊一天天变了，变成狼了……不，它们本来就是狼，比狼更坏。没盼头了，这是梦魇。嘿，得挣出来。”

女人笑了一阵，走过来，坐下，怪怪地望猛子：“那会儿，你咋了？脸煞白煞白的。”

黑羔子见女人打断他的话，很不高兴，呼地起身，过去，叫过黄二，不知说了些啥。

猛子皱皱眉头，不知咋的，他有些腻女人。那一泄，把全身的热情都泄没了。他不想说话，便闭了眼。

“你为啥没问我叫啥？”女人问。

猛子从来不想知道这种事儿，但还是懒洋洋问：“啥？”

女人笑了：“以前，我叫女女；后来，爱穿红，妈就叫我红红；再后来，又成‘豁子女人’了。”说着，吃吃笑了。

红脸远远地叫：“你说归说，可骚情不得。不然，我叫豁子打折你的腿。”

“正骚情呢，馋死个你。”女人应一声，又道，“其实，那豁子，倒是个好人，比那驼子地道。那驼子，贩羊毛，也贩人，我就是他贩来的。不过，我也正想找个安静地方。这地方好，没争没斗的，还有肉吃，就是有些憋，没个说话的。”

又说：“那鹞子，可是个厉害人，老给人阴沉沉的感觉。不过，那人不好色，是真不好。上回喝酒，也挨了睡过，碰都不碰人，死了似的，连呼吸声也没有……不像有些偷鸡摸狗的。”女人吃吃笑了。

猛子望女人一眼，说：“对不起啦。”女人对鹞子的评价比自己高，他心里不舒服了。

“啥对不起？”“夜里。”“啥夜里？”

女人似乎茫然不解猛子的“对不起”。猛子大羞。他有些信女人是真睡了，或者，干脆就是个梦。

黑羔子过来了，说：“我换了圈。”“啥？”猛子不解。黑羔子重重地说：“换了圈，和黄二。”“为啥？”“不为啥？”黑羔子长出一口气，仰脸躺了，望那白云。

又听得黄二问：“黑羔子，你那门牢实不？”

“牢实，牢实。”黑羔子狠嘟嘟道，“比你的老屌还牢实。老屌不掉，门也不坏。”

“那我就放心了。”黄二道。

“放心个啥呀？”红脸笑道，“你那老屌，叫老猫一口就咬了。那门，怕是屁都能打开。”

黄二又问黑羔子：“真的？”

黑羔子忽地起身：“不放心，柱子上有铁丝哩，多扎几道。”

黄二吁口气，说：“你可小心。那狼，还惦记着呢。”

女人又笑了，望望红脸，又望望黄二，想说啥，却把肚里的话化成更厉害的笑了。望着笑成一团的女人，黄二很慌乱。

12

夜里，黑羔子叫猛子和他住在一起。猛子疑惑的是，那狼已盯死了黄二的羊圈——小狼毕竟死在这儿——黑羔子为啥要和黄二换圈呢？猛子想，也许，黑羔子想和他聊天。

这羊圈，栅栏圈成，一边靠崖。崖上掏个洞，铺上麦草，睡人。羊就在洞外的栅栏内挤成一团。这“挤成一团”是羊的习惯。除了吃草时散开外，羊在许多时候挤成一团：抢水时挤成一团，刮风时挤成一团，下雨时挤成一团。最叫人无法理解的是，天最热的时候，羊也是挤成一团。天越闷热，羊越挤。

猛子去豁子那里取皮袄。豁子说麦草沾到毛上，不好取，叫他抱床被子来。猛子说：“有被儿哩。”就出来了。

他是以取皮袄为名探鹞子们的，却发现，他们没回来。本来想叫黑羔子去报信，却见他心事重重，而鹞子们又是水上浮萍，飘来飘去，就想，还是探明底细再说吧。他估计，他们有窝铺，探明窝铺所在，再去报信也不迟。

入夜，却淅沥起雨来。羊越加挤成一团，时不时咩咩地叫。

洞里很难闻。旱烟味、脚汗味、体臭味、羊粪味、雨落羊圈后腾起的潮湿味……多种味儿，混合成十分难闻的味儿。猛子简直受不了。

黄二那床破被儿，棉絮疙里疙瘩，被里又千百年没洗过似的油硬。猛子便和衣滚了。黑羔子也没脱衣，只大瞪了眼，望那被炊烟熏黑的洞顶，时不时地，长叹一口气。猛子知道他“烧”气犯了，也不去管他。

忽听得栅栏响，探出头去，见女人抱床被子。猛子出去。女人说：“落雨了，夜凉，豁子叫拿这个来……”趁猛子接被子的当儿，女人在他手上狠狠拧了一下。那意味，似乎是埋怨他睡了羊圈。

“可看好门，别再叫狼吆跑了。”她在猛子脸上亲了一口，笑着去了。

雨大了，夜幕比往日降得早了，天很快朦胧成一块。那雨，本该有沙沙声的，却叫沙子吸了声去。恍惚中，见羊们高昂了脑袋接雨。猛子想，这雨来的也是时候。

黑羔子就了油灯，翻他带来的几本破书，看得出，他有心事，翻书时，也显得百无聊赖。

“又咋了？”猛子问。

黑羔子没答，却起了身，出了洞，脚步儿踢蹋一阵，身子凝了，脸朝天，似在吁气。好久，他问：“那藏獒呢？”

“早睡了。”猛子说，“那是个瞌睡包，在火炉边卧了扯呼噜呢。”

黑羔子又长吁一口气，才进了洞，话却多起来：“你说，人活个啥呢？”

“想那么多干啥？”猛子笑道，“活一天是两半日子。人是个混世虫。”

“真混吗？爹说，人活一世古来稀，就为吃穿娶个妻。然后呢，然后就死了。死了，就啥也没了，连影儿也没了，跟没来一样。”

猛子笑了：“你想那么多干啥？你吃也吃了，喝也喝了，经也经了。还做啥哩？”

“经啥哩？早上，赶羊出去，咩——，咩——，后晌，赶羊进来，咩——，咩——，每天这样。活个百年，跟活个一天一样……不，跟没活一样。一辈子就这样打发了。以前，还以为羊善良呢，也成，侍候一群善良的动物，也心甘。后来……嘿，明明……是狼啊。”

“不想放了，就别放了。”猛子笑道，“活人咋能叫尿憋死？”

“说得简单。这羊，是咒子哩，跟定你，摆也摆不脱。跟了几辈子人了，倒连盼头也跟没了。信不？要不了多久，羊就吃人咧。”

“又胡说了。”猛子想骂他“烧山羊”，忍了几忍，才把三个字咽下肚去。

黑羔子却又自言自语了：“就是。活人咋能叫尿憋死呢？”他捞过被子，不说话了。

猛子觉得有困意袭来，也懒得去逗他，不觉间，眼皮合一块儿，心也合一块儿了。

不知过了多久，猛子听出异样的响动来……觉得黑羔子又起了身，出去了……栅栏响了，觉得黑羔子往外赶羊，就想，他是想叫羊多舔些雨吧，就又迷糊了。

醒来，天已大亮。黑羔子正发出香甜的鼾声。雨还在淋漓。这天，是最好的睡懒觉的天，就出去撒尿。一出洞口，却觉得有些变化了。那“变化”忽悠一阵，才清晰了——

羊群不见了。

“呔！快起！羊又叫狼吆跑了！”猛子推推黑羔子。黑羔子睁了眼，迷迷糊糊说：“吆了吆去。”又睡了。猛子用力推几把，没推醒黑羔子，却听到不远处有咩咩声，出栅栏一看，那羊群，正在打井时挖出的沙石那儿，挤成一团呢。猛子感到奇怪的是：栅栏明明是扣了的，羊咋出去了？

忽然，他明白了：黑羔子赶出了羊，打里扣了门。

转过身，见黑羔子也大瞪了眼。马上，他又冷笑了。

“狼都嫌你们哩。”

猛子这才明白了黑羔子为啥和黄二换圈。

第　四　章

1

中午时分，鹞子们回到猪肚井。两人都很疲惫，但收获颇丰：老头背了一张狐皮，鹞子背了三张狼皮，一张大的，两张小的。猛子虽大概理解了狐狼和环境的关系，但那观点还没融入血液。所以，见到那皮子，不由得算起账来，结果令他大为惊讶，想："这营生，也能捞不少钱哩。"

猛子看出，那两张小狼皮实在太小，打它简直是糟蹋行情，鹞子却很是兴奋，一改往日阴沉，炫耀起来："这母狼，可狡猾啦。一见我们过来，就来了个一溜风。你快，能快过枪？一枪，就打中肚囊了，肠子虽没出来，血却是尿尿一样……"

老头接口道："人家引你的注意力呢。"他取出个鼻烟葫芦，往手心里倒些黄色粉末，用右拇指挑了，放鼻孔上，一吸，响响地打个喷嚏。

"我当然知道。"鹞子道，"那狼窝，明明就在芨芨墩那儿。可我，先结果了你再说。"

女人被这传奇吸引了，大瞪着眼，时不时惊愕几声。猛子很是反感。

"它没扑过来咬你？"女人问。

鹞子哈哈两声："我还盼它扑过来呢。"他拍拍半自动步枪，"这是快枪，又不是那号装砂子的烧火棍，能连发的。"

女人望一眼猛子，吃吃笑了。

猛子皱皱眉头。他很反感鹞子的语气，更讨厌他那“烧火棍”的比喻，脱口说：“用快枪，猪也能打下狼，用烧火棍打一只，才算猎人呢。”

鹞子哈哈笑道：“烧火棍？哄哄女人行，怕是连狼毛也吹不下呀。”

老汉道：“话往好里说。我拿的，也是烧火棍。”

“谁又说你呢？”鹞子道，“我是说举了烧火棍骗女人的那种货。”

女人又笑了。

猛子觉得一股血冲向头顶。他跳下炕沿：“你屁往好里放！”

“咋？”鹞子瞟了他一眼，“想单挑？”

“呸！”猛子啐道，“怕你？怕你老子是兔子养的。”

“算了，算了。”老头劝道。豁子过去，按按猛子肩膀，猛子就势坐炕沿上。说实话，打起来，他心里没底。对方那股阴阴的味道，更叫他发怵，但他口里却不认输，“人家孟八爷，拿个烧火棍，能枪打飞鸟呢。你算啥？”

“当然，当然。”老头笑道。

“那砂枪。”鹞子撇撇嘴，“一喷，一大片铁砂，别说打一只鸟，百只也没啥。这枪，独子儿，稍偏一下，就错到天上了。”

“算了，说啥？人家孟八，那是没说的。”老汉道。

女人却瞟一眼鹞子：“后来呢？”

鹞子望一眼猛子，大度地哈哈几声。“后来，就追，追了四五十里，打死了它。”他抖抖那张大狼皮，“回来，又顺便收拾了它们。”他又抖抖那两张小狼皮。皮上还有血迹，没干。这皮，不久前还穿在狼身上，现在，叫人脱下来了。

女人夸张地叫几声。

豁子却道：“小狼不该打，还没成皮子呢，糟蹋了。”

“我数落他一路呢。”老头道，“不打才出世的，是老先人的规矩。”

“啥规矩，还不是人定的？”鹞子笑道，“这母狼，你朝我使诡计，我就顺竿竿儿收拾你。要说，它要是不顾娃儿的活，早溜跑了。可它怕我们发现狼窝，故意露面，调虎离山。它还当这是砂枪呢，打不了多远。一挨枪，你想跑，也跑不了多远，血流干了，不死还由了你？上回，有人专要张小狼皮，要做个皮大衣领子，价也不低，就顺便拾了个跌果。”

老头道：“狼有状元之才呢，知道跟你玩心机。”

猛子见女人用崇拜的眼神望鹞子，心里别扭极了，就提枪出来。他很想到那个埋小狼的地方，挖出狼尸，扔到鹞子面前，叫他看自己“烧火棍”吹下的狼，却又厌恶女人的神态，就上了沙坡，长吁一口气。

雨停了。太阳出来了。天空水洗似的干净。沙岭上的潮气在阳光下哗哗哗闪着，一晕一晕，向家的方向荡去。离家几天了，猛子很想家，尤其想那山芋米拌面。连吃了几天肉，肚里总不滋润，要是能灌上一肚子山芋米拌面，当然是最惬意的事。

鹞子的得意，很令他讨厌。女人的眼神，更是别扭。真不想到豁子家去了，便在沙坡上坐了，望那后晌的落日。

天空很是灿烂，叫那雨水洗过的透亮晴空一衬，日头爷简直爽极了。但猛子却懒得欣赏。他不像弟弟灵官，老叫月亮呀，风呀，太阳呀，弄得诗兴大发。猛子对天空的感觉是两个词：“晴”或是“阴”。对太阳，是“热”还是“不热”。对风，是“大”或“小”。此外，他懒得把心思用到区别那些没意思的细微变化上。所以，瞅一阵太阳下的沙洼，便觉无聊了，想去芨芨湖玩。

想芨芨湖，就想到黑羔子。一想黑羔子，就想到孟八爷安顿的事了。孟八爷安顿过：若鹞子们来了，叫黑羔子报信，叫他自个儿盯着。昨天，怕那些家伙不来，或是来又溜了。今天，他们又来了。看那乏驴劲儿，说不准得休息两天。叫黑羔子骑了骆驼，出沙漠，报个信，就能逮住他们。……若是把人叫来，鹞子们又走了呢？……走了就走了。人家是长腿的，老子又不能拿裤带拴了他们。至少，叫派出所的知道，老子们到沙漠也做了事呢，可不是来吃白饭的。

到了芨芨湖，不见往日热闹，牧人们东一个，西一个，散了，熬太阳下山呢。红脸抡个抛溜子，时不时，飞出一块石头，打到一个走得太远的老牛角上。

黄二翻了破皮袄捉虱子，一见那架势，猛子身上也痒酥酥了。夜里倒忘这茬儿了，不知有多少虱子，从黄二的被窝里，搬家到他身上呢。

黑羔子却一下下踢石子，那石子，一个个飞出，飞向羊群。因没准头，羊也不管，由了他踢去。猛子走近，听得他自言自语："挨刀货，狼都不吃哩。天生的挨刀货不成？老子迟早要宰了你们。"听到脚步声，回头，见是猛子，却面无表情。

猛子将孟八爷安顿的事儿告诉了他。黑羔子初无热情，表情麻木，一听鹞子打了狼和狐子，就同意了。猛子催他快去，说："放心，羊我给你看。"黑羔子却说："我有啥不放心的？还巴不得叫狼吆走呢。"

"不会，不会。"猛子笑道，"狼一闻火药味儿，早溜远了。"

黑羔子安顿炒面拐棍帮猛子把羊赶回圈。黄二问："圈还换吗？"黑羔子说："换。我那儿，人家不熟悉。"黄二笑了。看得出，他很满意黑羔子的羊圈。

黑羔子又问红脸借骆驼。红脸问做啥，黑羔子大声说："回家取药，病犯了。"

"啥病？"

"人不知。"黑羔子气呼呼道。

这"人不知"是牧人常用的一句骂人话，还有后半句，叫黑羔子压舌头下了，说全了，就是："人不知，狗来问。"

"不借！还牛了你？"红脸大声说。

黑羔子却径自走过去，牵了一峰骆驼，取开绕在脖里的缰绳。一纵身，楔入驼峰，用缰绳头，抽几下骆驼屁股，骆驼便颠颠着跑了。红脸没挡，只说："哟，这王八蛋，倒成他的驼了。"

"人家急呀。"炒面拐棍慢悠悠地说，"人家月经来咧，急着回家取纸呢。"

牧人们大笑。

2

太阳悬山时，猛子们赶了羊回圈。牧人们一个个分开了，羊也随牧人分群了。黄二和黑羔子的两群羊费了些事。人换圈了，羊却不知道人的主意，自顾朝以前的老圈而去。猛子说不用换圈了，叫炒面拐棍把黄二的羊赶回猪肚井。自己则赶了黑羔子的羊跟黄二去熊卧沟认圈。黄二却执意不肯，说他跟黑羔子商量好的事，猛子无权变更。猛子知道黄二叫狼吓破了胆，就不再强求，但分群时却不卖力。他想等羊自己分群后各回各圈，黄二也没法子。

哪知，黄二很有办法：他解下腰间的草绳，系到头羊角上，硬拉它出群，叫炒面拐棍牵了去，口中不停地喊“羔！羔！”一群羊就分成两群了。黄二拉了自己的头羊，往熊卧沟而去。

炒面拐棍精细，怕黄二伙了黑羔子的羊去，又数了一遍，才牵了头羊，前往猪肚井。

圈了羊，天已黑了。红脸喊猛子去自己圈里，他放的是骆驼和牛，和炒面拐棍常合群放牧，也好有个照应。猛子看不惯鹞子的嚣张样子，不想去豁子屋里。三人点了灯，切点牛肉，拌了顿牛肉拌面汤。

红脸说：“我就爱吃这‘癞蛤蟆钻紫泥’。”

“我也是。”炒面拐棍接口道，“舒服。穷命耶，大鱼大肉，反而不舒坦。”

这“癞蛤蟆钻紫泥”，是牧人们对拌面汤泡馍馍的戏称。

这圈，也用栅栏圈定，在崖上掏个洞。红脸的洞，比黄二的大些，也高些。红脸在壁上钉个木橛，挂了马灯，洞中就亮堂了。

借了灯光，猛子才发现，红脸的洞，开在一段古城墙上，问：“这庄墙，也是放牲灵打的？”

“啥？”红脸笑了，“这是长城呀，就是秦始皇打的，孟姜女哭的那个。先前，这儿可多啦。后来，叫沙埋的埋了拆的拆了，就稀罕了。”

“这儿？打长城，有啥用？”猛子问。

“这儿，先前可不是沙漠，是湖，是朝廷的马场，朝廷还驻兵呢。你不听那地方，前营，后营，邓马营……这个营，那个营的。老人们说，沙压了七十二座唐营呢。那马场，是专为朝廷养马的。三国时吕布骑的赤兔马就是凉州产的。那时叫西凉，可厉害呢。凉州大马，横行天下呢。”红脸唾沫乱迸。

猛子吃惊了。看不出，这红脸，侉侉势势，还知道这么多事，就说：“看不出，你学问大着哪。”

“啥学问？”红脸笑了，“磨道里听了个驴叫声。我听黑羔子说的。这些，他的那些破书上有。以前，他有好多书，后来，叫羊偷吃了。嘿，他的头发都可惜没了。谁能想到，羊会偷书呢？”

猛子笑了。他上学时的书也叫羊吃了，不是羊偷的，是他扔出去叫羊吃的，就说：“我一见书，就打呵欠哩。”

忽听到女人声：“咋不吃饭去呀？想叫老娘端来不成？”话音未落，她已进洞了。

“吃了吃了。”猛子道。想到她望鹞子的眼神，他皱皱眉头。

“真吃咧，癞蛤蟆钻紫泥。”红脸道。炒面拐棍却闪出门外，显然，他还没忘叫女人当马骑的耻辱。

“来吧，她吃不了你。”红脸笑道。

女人吃吃笑了：“你们不是常说‘娶来的媳妇买来的驴，任我打来任我骑’吗？你们能骑女人，为啥我不能骑你们呢？”红脸挤眉弄眼地说：“谁说不能？你一骑，叫倒浇羊油，书上叫‘倒淋蜡烛’。”

猛子听不懂红脸的话，却见女人笑了，就装作听懂了，也笑了。

红脸却问猛子：“你叫浇过没？”

猛子自然不甘心叫人轻看，大大咧咧地说：“常浇，常浇。”

女人破口大笑。炒面拐棍的笑声也从洞外传来。红脸却忍了笑，问：“叫谁浇？是贼女人，还是你嫂子？”

女人笑得直不起腰来。猛子这才觉出自己说错话了，却索性一猛性子说下去：“多啦，多啦。”这下，红脸也笑了。三人都笑得喘不过气来。猛子不知他们笑啥，便也笑了，气势却比他们都弱。

女人忍了笑，对猛子说："今黑里，你和他们窝一夜吧。"

"知道知道。"猛子皱皱眉头。

女人说："那被子，不够。"猛子想起，昨夜女人抱来的被子还在黄二洞里，就出了洞，脑中却哗哗着那夜的镜头，只是他自己换成鹞子了，心绪大恶。他取了被子，狠狠塞给女人，一语不发，又去了红脸洞里。

"瞧，瞧，小心把腰闪折。"女人笑。

回到灯地里，猛子心里还是疙里疙瘩。红脸笑问："咋？摸了一把，叫人家臭了一顿？"猛子冷笑道："那种乱人尿巴子，谁稀罕？"炒面拐棍却说："可别乱嚼舌头，人家浪是嘴浪，可没见人家做过啥。"红脸说："就是。没听谁得过手。"猛子心道："谁说没有，我也得手了呢。"心却因二人的辩护轻松了些，问："真的？"

红脸笑道："暗的，不知道。明的，真没有。"

"啥暗的明的？"炒面拐棍道，"若要人不知，除非己莫为。若有暗的，早成明的了。"

"这倒是。"红脸说，"不过，这婆娘，可能看上鹞了了，老望他。"

"真的？"猛子心一抽，想，今夜，叫他得手了。

"不过。"红脸却说，"鹞子看不上她。上回，鹞子来，夜里我去撒尿，见女人在屋外的黑地里缠了他，给他说啥。鹞子说，你把老子看成啥人了？张五爷把豁子当朋友，他也就是老子的朋友。女人还说了些啥，没听清。鹞子喝一声，滚开！女人就哭着跑了。"

炒面拐棍接口道："别的，不好说。在不贪色这一点上，那鹞子，真是条汉子。"

猛子却急急地问："张五爷？那老头叫张五爷？"

"不知道。"红脸说，"没听鹞子叫过他，只听鹞子那么说过，张五爷究竟是谁，我也不知道。"

猛子想起，孟八爷说过，"东山的张五，沙窝的孟八。"他怀疑那老头就是张五。这老头虽带着笑，一点儿也不眼飞毛扎，但身上却很怪地有种摄人的威严，叫人轻视不得。不过，老头既不愿暴露身份，自己也不好打听。露了馅儿，怕惹祸上身呢。但听到鹞子曾呵斥过女人，心中的疙瘩倏地没了。

既知道了鹞子不贪女色，猛子便觉得自己待鹞子的态度不够大气，心里有了歉意。但他还是不能接受他那嚣张劲儿。尤其是，他把砂枪叫“烧火棍”，猛子一想，气就不打一处来。

忽然，猛子想到了他打死后埋下的小狼。下午，听鹞子说，小狼皮能做皮大衣领子，他还想回村时剥了它呢。此刻，却有一种冲动：把小狼也给了鹞子，叫他剥皮去。不为别的，只为敬他是条汉子。想到这里，猛子浑身燥热，告辞出去，在阴洼里摸索半天，找到埋狼的地方，手插入沙，揪了毛皮，捞出，嗅嗅；还好，一则时令已到深秋，二则埋在阴洼，倒无臭味。他拎了小狼，到豁子门口，踢开门，见老头和豁子正在灯下喧谈，鹞子则倚在被上，闭目养神。一见鹞子从骨子里渗出的傲气，猛子又有些气他了。他把狼尸扔在地上，说：“烧火棍打的，送给你们。”

“来，来。坐。”老汉招呼道。

猛子不敢对老头无礼，只说：“我也没用，送给你们。”就出来了。

“逞能咧。”身后，传来女人的笑。

3

出门后，猛子径直去了黄二圈里。他拴好门，躺在床上，觉得自己做了一件很英雄的事，血沸腾着，把睡意赶得一干二净。红脸们的话等于向他保证了鹞子和女人之间不会发生故事，他的心情很是轻松，就把那夜的情景一幕幕重播了品味。不知过了多久，忽听到女人的叫门声。

开了门，女人进来，一进门，她就悄声说：“规矩些，人家跟着哩。”果然，听到豁子在不远处咳嗽。猛子惊出一身冷汗：要不是女人提醒，他早就拥了女人，说出“驴”话了。

哼，这豁子。

女人把一个东西扔进圈里，说："这狼，天生是吃羊的。今日个还个债，叫羊也尝尝狼肉味。羊吃牛肉哩，狼肉也会吃的。埋了，糟蹋了。"说着，塞给猛子一张硬纸，"那老头给的，一百块票老爷哩。他说那皮子虽小，可值这个价，他不能占你的便宜。……你挣钱，却叫老娘给你剥皮。"猛子坚决不要，说："我说了，是送他的。"女人就收回了手，嬉笑道："你不要？我要。见钱不抓是傻瓜。"又悄悄伸过嘴来，对了猛子耳朵，说："也该着你孝敬一下老娘了。"顺势在他脸蛋上亲一下，风一样笑着去了。

踢踏声和豁子的咳嗽声远了，猛子还立在那儿。那老头，在他心里倏地高大了。怪，他竟然无法把老头和"罪犯"联系在一起。一想到黑羔子会叫了人来抓他，心里有一丝歉疚了。

一阵潮湿的咀嚼声传来。猛子知道羊在吃狼肉，又想起黑羔子说的那些话来，想，这世道，莫非真变了？羊吃肉咧。也难怪，牧人和牲畜渐渐多了，沙漠里本来就稀罕的草更稀罕咧。羊啃一天，只多是个半饱儿，加上渴，难怪会饮那牛血。一饮血，性子就变了，一变，就敢吃肉了。但一想到它们正大嚼狼肉，心上总是别扭，想，这婆娘，亏她想出这法儿。也对，埋了，就糟蹋了，叫羊吃了，多少添些膘分。狼吃羊，怕是有千万辈了，也该着羊吃一回狼了。那话叫啥来着？对，一报还一报。

但那潮湿的咀嚼声，听来总是别扭，猛子就进了洞，躺在铺上。忽又想起黄二在芨芨湖里捉虱子的镜头，心里又痒酥酥了，觉得身上有许多肉乎乎的小东西在跑，伸手入衣，摸索一阵，也没摸出啥来。

咩——，咩——，羊们意犹未尽地叫。方才的美食，想来把腹内的馋虫逗醒了，它们还想索要呢。

猛子晃晃脑袋，笑了，心想，没啦，那狼肉，可是稀罕物，老子还没尝过呢。现在，只有老子的老屌了，吃不吃？却又想起他撒尿时羊怪怪的贪婪的眼神来，不由打个寒噤。此刻，若真将那养儿引孙的物件递出，定然也成羊的美食了。往下一想，猛子就哆嗦了：它们能吃牛，能吃狼，便能吃人，它们会

不会趁我熟睡吃了我？想想，心就怯阴阴了。明知羊吃个大活人不那么容易，但又觉得不是没这可能。那么大的牛，不一会儿，就成骨架了，人定然也会。

这下，黑暗里就有了许多羊眼，正贪婪地望他。渐渐地，羊眼变成狼眼，闪着绿幽幽的光。他不由得打个哆嗦，却又感到好笑。一个大活人，也怕叫羊吃掉？笑话。嘿嘿。猛子被这想法惹笑了，又想，若是把婴儿放羊圈里，可就难说了。自己毕竟不是婴儿，但怪怪地，那疙里疙瘩，总消不了。羊眼，时不时就成狼眼了，在四下的黑里环视。

猛子出了洞，那潮湿的声响没了。羊却围向他，仿佛说：再给些，再给些。猛子忽地厌恶了，起一腿，在最前面的羊身上猛踏一脚，那软软的活物便萎倒了。其他羊，才知趣地散了。

夜很黑。豁子屋里的灯也熄了。天上不见星星，定然是有云了。风袭来，吹来很腥的味道。猛子摸索着，用皮条系好栅栏门，但这皮条不太保险，狼一咬，就断了，但估计没有铁丝，若有的话，黄二早用了，就胡乱绑了些，推拉几下，倒也结实，便回洞了。

躺在铺上，那羊眼又成狼眼了，密密麻麻，在夜中阴阴地瞅他。猛子摸来砂枪，那眼睛才消失，睡意开始袭来。但又觉得这样轻易地睡去，有些对不起黑羔子，还应该在睡前做一件事。啥事？啥事也成。想呀想呀，又想到狼了。前夜，黄二的羊叫狼吆了去。昨夜，安稳。今夜，狼会不会骚扰呢？想来不会。不过，说不准。狼最怕啥？火药味。听说，上风里站了猎人，下风里狼一闻火药味，就溜之大吉了。

对，弄点火药味。

猛子摸索出火炮儿，压在已装好火药的枪上，枪口朝天，一扣扳机，嗵——，一股火直蹿夜空。听得羊群一阵骚乱。

远处的门响了一下。“咋？有狼吗？”这是豁子的声音。

“没有。我惊动一下狼。”猛子说。

“犯神经病哩。才迷糊，叫你吓一跳。”豁子咕哝道。门又响了一下。

随了枪声，浓浓的火药味便罩住羊圈了。猛子这才放心地睡去，但他没脱衣服。

4

那羊，果然来吃他了。

一只羊，长两只狼眼。二百多只羊，就是四五百只狼眼。那狼眼，嵌在夜幕里，放出磷火一样蓝幽幽的光。光里，伸来一只只狼嘴——那羊嘴也变成狼嘴了——嘴里伸出长长的舌头，流出涎液，在猛子身上一下下舔。舔一下，就喝米汤似的吞下肉去……

猛子惊叫一声，就醒了。

狼眼睛和狼嘴倏地消失了，黑一下子压来，那膀胱又肿胀如球了。他撩起被窝，去了洞外。

恍惚中，觉得几只黑影从前边过。

他一下子激灵过来："妈呀，狼——"

还好，一大片隐隐的白色仍在圈里，没被吆了去。但他已惊出了一身冷汗，那狼，若是扑来，一口咬了他喉咙，怕早没命了。他赶紧回洞，摸了枪，从枕下摸出火炮子，安在枪机上，枪口朝天。他想为自己壮个胆儿。一扣扳机，响声很大，却只是火炮儿声，才记起，昨夜开枪后，忘了装火药。

但够了，那静夜里很大的火炮儿声，已把怯惊跑了。

"也许是眼花了呢。"他想。又定睛一看，那一片白，仍好好地在那儿，不由得笑了，自言自语道："我还当来了狼呢，吓一跳。"

遥遥地，一个声音传来，瘆怪怪的，不是狼嚎，又是啥？

而且，他发现：那栅栏门，分明是大开了的。他连声也不敢出了。一出声，怕惊破了自己的胆。

冷汗冒了一身。

猛子哆嗦着手，取出火药袋，往枪杆里装药。几次，他觉得撒地上了，但终于装好了，用捅条捅瓷实，压上火炮子，才觉得心实落了些。幸好，羊还在，他吁口气。

提枪过去，那羊群却不骚动，是悄声没气的异样。他踢踢一只，不见动静；再踢一只，再踢一只……伏下身，见那羊，不是立或卧的，而是躺的。

那羊，莫非叫狼咂了血？

猛子的头一下子大了。"豁子！豁子！！"他厉厉地叫，声音早不像人的了。这"豁子"，他一向私下里叫，面里则省略了称谓。此刻，也顾不了许多。

"红脸！红脸！"猛子又叫。他差点要哭了。

"炒面拐棍！驴日的，都死了？"一急，猛子叫的尽是外号。

"咋了？"却是那老头的声音。

"狼来了。"猛子拖了哭声，"羊全死了。"

听得老头叫："起！起！"

门一开，老山狗抢先扑来，喉间发出闷雷似的咕噜。很快，它入夜里了。

随后，老头和鹞子提了马灯赶来。猛子眼里已淤满泪了，一见人来，就嚎啕大哭。"活不成咧。日他妈，活不成咧。"猛子边嚎哭，边念叨。

"别哭，看看再说。"老汉举了灯，进了圈。这时，才听到豁子和红脸们的声音。

"我估摸，它们要报复哩。"老头嘀咕道，"没想到，这么快。"

鹞子咬牙切齿地说："要报复，冲老子来，咬人家的羊干啥？"

"夹嘴！"老头道。他提了灯看一阵，叹口气。

红脸进来，惊叫："都死啦，嘿，这黑羔子，这下称心了。"

"你少说风凉话。"鹞子斥道。

"啥风凉话？"红脸反驳，"人家早不想放羊啦，可他老子硬叫放。黑羔子老说，迟早要宰了它们。"

"说是那么说……"炒面拐棍说了个半句子话，又"乖乖"叫了几声，走过去，捞死羊，捞一个，"乖乖"一声。"乖乖"了一阵，说："哟，还有活的哩。"

"多少？"猛子问。

炒面拐棍一五一十地数了一阵："一百八十六只。二百三十五，减掉一百八十六只。乖乖，四十九只完蛋了。"

鹞子说："狼咂了血就醉了，跑不太远。我去收拾？"

"黑灯瞎火的，你知道它是往东？还是往西？"老头道。

猛子又哭了。他粗粗地算算，这些羊，少说也值几千块，天大的数字。黑羔子要他赔的话，他连皮带肉也剐不了几斤。家里又叫大哥憨头的病弄了个元气大伤，想都不敢想哩。

"一个大男人，哭啥？"却是女人的声音，"天塌了，有高个子顶。哭啥？"

"就是。咂的叫咂了，哭也哭不活。"红脸也劝。

女人不合时宜地说："这几日，热闹透咧。羊吃牛，羊吃狼，狼又吃羊。"

"啥羊吃狼？"老头不解。

"夜里，这些羊一股脑儿把那狼肉吃了。"女人说。

"那狼肉？……夜里那只？……不是叫你们埋远些吗？"老头说。

"埋了，就糟蹋了。这羊，吃肉哩，就给它们了，添些膘分。"女人表功似的说。

"要命的咒子在这里哪。"老汉叫一声，"怪不得，人家报仇哩。这狼，不结仇的话，饿极了，也只是咬死一只。它吃不了多少肉，一次，消化不了几两，吞上一肚子，也是找个地方吐下，埋了，慢慢地吃。不结仇，人家不咂血的，怪不得……我还当鹞子惹的祸呢。"

"不是他是谁？"猛子住了哭声，"他不打人家的小狼，人家能寻了来？"

鹞子冷笑："寻了来，咋不找我，又找你了？"

猛子疑惑了。也许，真是女人惹祸了，把小狼扔到圈里，羊吃了肉，都沾狼肉味儿了。狼就寻了那味儿，来报仇。

"女人不知道，你也不知道吗？"老头对豁子说，"怕她撒懒，才叫你跟了。你干啥去了？"

豁子支吾一阵，才说："人懵了比懵。真把这茬儿忘了。"

这老汉，三问两问，就问到豁子头上了，倒把鹞子打狼的责任推了个干净。

猛子气呼呼说："你们要是不打狼，人家狼寻啥仇？"

"话往好里说。"鹞子道。

老汉却嘿嘿笑了："他打狼不假，你那个'烧火棍'喷下的，也不是绵羊呀。究竟来寻谁的仇，难说得很呀。"

这老汉，可是个厉害角色，三"嘿嘿"，两"嘿嘿"，就把猛子的身子也染黑了。这也倒是真的。这仇，也说不准是朝了谁来的。

"怪不得，黄二换了羊圈。"豁子不合时宜地接了口。

"就是。"老头顺坡下驴，"人家心知肚明嘛。"

猛子不去辩解，由老头去推卸责任。但他却认定是鹞子招来了狼祸。他打的那个，是误伤，而且，狼已经一命抵一命，咂死了那只骚胡。他甚至把他以前认定的老山狗的功劳也一笔抹杀了，认定自己和狼已结清了账。要不是鹞子打狼，他想，狼不会来报复。

他愁的是，咋向黑羔子交待？

5

那白唰唰躺了一地的羊尸，任谁见了，脑中都喀噌噌地响。

太阳出来了，照着大漠，照着牧人，照着羊圈，照着那几十只死羊。炒面拐棍翻了瓷白的眼珠望天。红脸的脸白戕戕的。那女人，知道自己做错了事，洋娃娃似的乖。鹞子的脸很冷。老汉的笑很假。豁子打发了一群羊后，蹲在井台上，举了烟锅，许久，却不去咂，就这样凝着。

猛子对鹞子充满了仇恨，时不时瞪他一眼。

东沙丘上，有一堆白色的狼粪。南沙坡上，也有。这是狼要疯狂报复的信号。

狼若要报复，目的便仅仅是报复：不为吃肉，不为饮血，只为咬死牲灵。那时的狼，叫饿狼。为了灵活地行动，它不会饱食，也不会像往常那样，让自己的肚子装满肉，到某个地点，吐下，埋了，再在日后的许多天里，按土地爷给定的量，去吃。

复仇的狼最有智慧，它可以躲过枪口，避开陷阱，跟你斗智。在夜色的掩护下，你连它的影子也可能看不到。它那双蓝幽幽的眸子却冷冷地瞅定了你，找机会。这猪肚井，怕是没个安宁了。

鹞子却说："没啥，来一个，打一个，省得我找它。"

"放屁！"猛子低哮一声。他奇怪地不怕鹞子了，只想把腹里的那股气，朝鹞子身上泼。按妈的说法，猛子的横气上来了。

"你再说！"鹞子早就发现了猛子对他的敌意，早想教训他了，就把枪扔给老头。

"别胡来！"老头斥道。

鹞子笑道："我不会伤他。"又对猛子冷笑道，"你的皮胀了？"

"我日你妈，老子怕了你？"猛子端了砂枪，对准鹞子。

老头笑道："别动枪，玩个玩意儿，摔个跤，成哩，别使家伙。"看来，他是赞同叫鹞子教训猛子的。他发现，牧人们都对他们侧目了，不敲敲山，猫都成虎了。

"老子怕了你？"猛子取下火炮子，随手一抛，把枪扔给红脸，扑向鹞子。

一交手，猛子才明白对方为啥叫鹞子。那身手，真是惊人的敏捷。在村里摔跤，猛子也是把好手，可在鹞子面前，却老虎吃天，无处下口了，使了几招，不见那鹞子咋动，自己却已飞起，远远地落到沙上。

猛子觉得血都涌上头了。他不顾一切地扑上，倒下；扑上，倒下……他甚至看不出鹞子咋动作，就觉得沙子打脸了。

摔了几跤，猛子才清醒了些，发现这猛扑，反叫对方借了力，就叉个骑马蹲裆势。小时候，孟八爷老叫他蹲这个。后来，他蹲了，叫人拔腰，谁也拔不起。这一来，鹞子吃力了。

鹞子手劲很大，指头钢筋似的，但猛子胳膊上犟子肉多，一鼓劲，就不太疼了。鹞子扭了几扭，脸都憋红了，猛子却纹丝不动。听得老头说："这娃儿，下盘倒稳。”

“猛子，加油！”女人喊。

鹞子虽赢了几跤，这下却失面子了。他左右扭了几下，扭不动，就前后使力了。这马步，左右摇，似撼山，前后却易破。猛子忽地想起了放鹰时老见的兔儿蹬鹰，趁鹞子用力前推时，借了力，用力一拉，身子后仰，躺在地上，同时右脚蹬鹞子裆部，把他踹出老远。

鹞子显然没提防这一手。他的力，猛子的力，二力相合，劲道奇大。等他明白过来，肩部已着地。

“好个兔儿蹬鹰。”老头说。

红脸们鼓掌喝彩。女人脸上也鲜活出笑意。

鹞子显然摔得很重，好一阵才爬起。他脸色惨白，牙缝里抽气，解了衣服，手伸进去，一下下按。

“这骨头怕是断了。”他说。

人们围了上去，倒也没发现啥异样。老头拧眉一阵，对猛子说：“你可好，把人家的琵琶骨掼断了。《封神榜》上，捉了那会邪法的，就用铁丝穿这骨头，天大的本事也使不出了。”

鹞子一身冷汗，却对白了脸的猛子说：“放心，不怪你。老子伤了，老子治，不叫你花钱。”

猛子正盘算得出多少药费呢，听他这话，放心了；又觉得自己不够男儿气，说：“疼叫你挨了，药钱我出。”回头望女人。女人明白他的意思，摸出那一百块钱，笑道：“物归原主。”猛子接了，递给鹞子。

“算了。”鹞子笑道，“你都掐屎算命哩。再说，这是我自己寻的，不怪你。”

猛子很是过意不去。这时，他眼里的鹞子，又是条好汉了，就把钱又给了女人。女人说：“见钱不抓是傻瓜。”又拿了，见豁子怪怪地望她，解释道：“就是夜里那狼皮的，他不要，我要。”豁子才笑了。

老头说：“这伤，耽搁不得，接得早，好得快。不然，一肿，也不好接骨……还不知咋个麻烦呢。”猛子说：“就是。早些进城，早些接去。”

老头和鹞子去豁子屋里收拾了一下。红脸要牵驼送一截，鹞子没反对，老头却执意不肯。他一人背了皮子，背了枪。鹞子空着身子，出了猪肚井。

望着斜了肩膀，远远而去的鹞子背影，猛子很是内疚。

6

鹞子们一离去，牧人们又望着一地的羊尸发呆。猛子说，快些剥了皮，取了肚肠，把肉运出去，叫黑羔子多少变两个钱。炒面拐棍却说，一剥皮，万一黑羔子不信是狼咬的咋办？“他会不会搭我们呢？”这一说，赞同猛子主意的豁子们也不说话了。

谁都怕被人搭。你弄坏个小东西，人家要大价钱，你不给还不行，这叫“搭”。猛子为黑羔子着想，炒面拐棍们却想明哲保身：是狼咬死的，又不是老子们弄死的。你一开剥，说不清咧。他要是诬赖你杀了他的羊，叫你赔，而且，只叫你赔他原来的羊。你出多少钱，也买不来人家的活羊，就只好由了他搭。

这事，倒发生过，炭毛子就搭过炒面拐棍。这一说，谁也不敢开剥了。豁子取出的剥羊工具，也放回去了。

太阳已经老高了。要不了多久，沙漠就热了。一热，那肚粪味儿进了肉，肉也就臭了。别说吃，闻一下，肠子都能吐出来。

猛子打定主意：开剥。黑羔子既然叫他看羊圈，他就得负责。不知不觉间，他给黑羔子赔的念头没了，心立马松活了。那是红脸的一句话的功劳：“是狼咬死的，又不是你弄死的，叫狼赔去。”

就是。

但不赔，却能叫人家少些损失。那皮肉，总能变几个钱，卖好些，本钱能出来。猛子就请豁子帮忙。豁子却说：“我可不敢。人家要搭我咋办？”炒面拐棍说：“就是。上回，炭毛子那羊，明明是胀死的。他不在，我好心好意替他开剥了，变了几个钱。他回来，倒问我要他原来的羊。原来的羊，皮剥了，肉卖了，哪里找去？给钱也不要，只要原来的羊。赔一只，比他的大，你的母羊，我赔个羯羊，总成吧？可不行。两只？不行。三只？不行。四只？不行。五只？才行了，白溜溜叫他搽了一顿。”红脸笑道：“谁叫你多管闲事来着？臭了叫它臭去。自己勤扫门前雪，不管门外驴踢锅。这年头，谁管谁呀？”

这一说，猛子的屁股松了：就是，狼咬死的，又不是我咬死的。一开剥，你浑身是嘴，也说不清咧。

炒面拐棍慢溜溜说：“要说，这羊，该鹞子赔，他惹了狼祸，狼才咬羊，他不赔谁赔？这也是老规矩：谁惹了狼，那狼惹的祸，谁赔。”豁子道：“就是。那年，烧白头的儿子捉了狼娃儿，招了狼祸，赔了大半呢。”红脸道：“啥大半？全赔咧。另一半是人工，给人家白放了一年羊。”

猛子这才明白，那老汉为啥那么快地离去，明里说去接骨，暗里，想是怕牧人们拿这老规矩套他哩。

红脸对猛子说：“你不该放他们去。那骨头，根本没断，人家明明想溜，找的借口。惹了狼祸，死了那么多羊，一拍屁股就溜走，世上哪有这种事儿？”炒面拐棍说：“就是。按规矩，你卸他的皮子，扣他的枪，他连个屁都不敢放。那枪，怕也值百十只羊哩。”这一说，猛子又懊恼了，想：真不该放他们走。

女人却噗嗤一笑，说：“架打完了，才出拳。事后的诸葛亮，谁不会当？”猛子心里腾起一股气来：“就是。你们早干啥来？老子咋知道这狗屁规矩？你们咋不挡？”

“我们？”炒面拐棍慢溜溜道，“人家黑羔子又没把权交给我们，狼又没咬我们的牲口。一挡，人家问，你是打哪个裤裆里溜出来的？凭啥挡老子？我们连个屁都不敢放。”红脸说：“就是。我们是嘉峪关的旋风，边外的鬼哩。我们一挡，叫人家一顿疯耳光把牙涮掉，我们连口血唾沫都不敢吐。名不正，言不顺，师出无名哩。”

“没那金刚钻，别揽破家伙。连老规矩都不懂，接啥茬儿呢？人家黑羔子要在，那鹞子的枪，不做主哩。”炒面拐棍的声音慢溜溜的，听来却最为刺耳。

“你现在截他的枪，他也没治。”红脸道，“我估摸，那枪，来路不正。为啥？

民兵的枪早没了，他哪来的快枪？问他要持枪证，他肯定没有。”

猛子气急，道：“被窝里的屁，你们放啥哩？有本事，当着人家的面说，门背后的飞脚，踢啥？”

女人笑了，腰都笑弯了。

炒面拐棍却慢悠悠说：“要说，也真是屁呢。黑羔子来了，人家自会交代。我们，放我们的牲口去。”

女人笑了好一阵，才说：“好，好。既然人家惹了狼祸，狼又不咬大牲口，当然跟你们无关了。”

“谁说不咬？那年，我一头母驼的峰子都叫狼啃光了。”红脸道。

炒面拐棍这才“乖乖”了一句，说：“就是。人家一去，屁股上的屎可得我们擦。狼可找我们哩。”

“就是。”豁子笑道，“那狼，可找你们算账哩。”

“截去！截去！”红脸道。

“快去呀，人还没走远哩。”女人笑道。

红脸吼得紧，脚却原地不动。炒面拐棍话也没了，显是怕女人点他的将。

猛子哈哈大笑，骂：“一群嘴硬尻子松的货。”

炒面拐棍嘀咕道：“你去呀？”

猛子脖子一梗，声音很大地说：“老子凭啥去？”一屁股坐到沙堆上。

7

日头爷升半天了，红脸们赶上牲口走了。

几次，猛子冲动地提了刀，却终于没敢开剥羊。那豁子，也是谨小慎微，怕被人搭去那一个鸡蛋的家当。

女人说：“瞧，瞧，小心，卵泡子掉下去摔碎哩。放心开剥，不信他黑羔子搭死老娘。”她一把从猛子手里夺下了刀。

豁子道：“人家要真搭，老子可不管。”女人道：“谁叫你管呢？人家真搭，老娘就跟了去，给他黑羔子当妈也成，当婆姨也成。明摆的，开剥了，多少能变几个钱。臭了，就糟蹋了。一个个，看起来是男人，可哪有个卵蛋？”

猛子脸红了。女人那话，拿芨芨在他脸上抽呢，就走过去，帮女人开剥起羊来。

可是，羊已硬了。

这羊，热身子好开剥：在蹄上剔个口，吹进气，皮肉就分开了。劈胸剖开，一手捞皮，一手捣肉，几下，就能扯了皮。一冷一硬，气就吹不进去，肉和皮就贴在一起，得一刀刀割，稍不留意，就把羊皮弄烂了。猛子和女人吭哧半天，才剥了半张羊皮。

女人擦擦头上的汗，对豁子说：“你看老娘的洋相，是不是？以前，你也有几分刚气呢，咋成缩头乌龟了？”

一听那“乌龟”二字，猛子便想起夜里“盖”过女人，笑了。女人显然明白猛子为啥笑，就取笑豁子：“不说你乌龟，你都乌龟了；越说你乌龟，你还越乌龟了。”猛子大笑。

豁子笑道：“老子要真成了乌龟，非杀了你不可。”

女人道：“老娘想叫你乌龟的话，你剐都不怕，别说杀。你铡刀断了老娘的头，血身子也叫你乌龟哩。”

豁子笑道：“真没了头，谁愿奸尸呢？”

女人笑道：“没头鬼就喜欢没头的女人。你不奸，他就有奸的。有的人，就喜欢女人像尸体一样不动，由他折腾呢。”问猛子，“你信不信？”猛子笑而不言。

“不过，”女人笑道，“那号人，比乌龟也好不到哪里，也是个没起色的货。”

豁子一帮手，进展就快了些，但和热剥时相比，仍显慢。约摸一个时辰，才开剥了五只羊。

猛子就盼黑羔子快些来，多几只手，就多剥几只。

心却忽地蹦了一下。马上，他一脸沮丧：黑羔子喊人去了，喊了人来，鹞子们却已走了。

"操。"他咕嚅一声，晃晃脑袋。狼一来，羊一死，倒把正事儿忘了。即使黑羔子喊了人来，也是个"屁打狐子"，白出身臭汗而已。

女人发现了他的异样，抬眼望他。经过几天的接触，猛子发现女人很美，一见这张脸，心里就热乎乎了，就笑笑；心里却在怨自己：要不是摔坏鹞子，黑羔子带了人来，趁他们睡觉，来个瓮中捉鳖多好。又想：不摔坏，他们也会溜。按炒面拐棍的说法，老规矩在那儿摆着，他们也怕承担损失哩——终究也溜了。一想，心里反倒轻松了。溜就溜吧，腿在人家身上长着，老子的心尽到了，叫你们白跑一趟，也怨不得我。

"咋？老道爷梦表哩。"女人取笑。

猛子听说，老道爷坐法台，往天上送表时，元神上天了，法台上只是个肉身儿，女人借以比喻他出神，倒也贴切，便说："我盼黑羔子哩。他一来，人手多些，剥得快些。"豁子喘吁吁道："这羊，一冷就不好剥。瞧，都硬了。"

三人头碰头，剥到日头爷偏西，才剥了十只羊。望着白花花躺了一地的羊尸，猛子的脑袋也大了。

8

太阳悬山子的时候，红脸和炒面拐棍就赶着牲口上圈了。因猛子忙着开剥死羊，狼口里剩下的那些羊就在羊圈里圈着，饿得咩咩叫。这红脸们，说话虽嘲呵呵的难听，心却好，来时，抱了一些干草，丢到圈里，把羊叫声塞住了。

胡乱吃口饭，红脸们便到豁子房里，见他们已开剥了十几只羊，便不再说啥，也取了刀子，捞了羊开剥。只是夜里干活不如白天，时不时地，就把羊皮弄破了。豁子一再安顿，慢了慢些，皮子一定得剥囫囵。因为肉搁不住，一臭，就得扔。羊皮却不然，盖在干沙上，不多久，皮就干了，等那驼子来，一出手就是钱。这一说，炒面拐棍把眼睛都挨到羊皮上了，刀也动得越发谨慎。

红脸叹道："这下，黑羔子爹的心上插刀子哩。人家想出去蹦跶。可那老崽，硬要把他拴在这毛虫上。明摆的，这也没个啥奔头。”炒面拐棍说：“种庄稼没奔头，放羊也没奔头，奔头在哪里呢？一想，心也灰了。”红脸道：“就是。草少了，井干了，庄稼也大片大片地死了。今年，怪怪地，有了个虫儿，叫啥吸浆虫，麦子刚有个面气儿，人家就钻进去，把浆咂干了，像那贪官一样。可又不好杀，药打了一遍又一遍，那虫儿，嘿，旺骚得很呢。”炒面拐棍说：“还有这个费那个税呢。力气白出，还得往地里贴钱呢。要是这沙窝再不养人，咋活呢？”

看这屋里的气氛很是沉闷，女人就打趣道：“豁子，别的人，我不管，你可得把我安顿好，伸腿前，存个十万八万的，叫老娘养老。不然，你可留不住我，迟早也叫人拐走了。”说着，朝猛子做个鬼脸。

“十万八万算啥？老子死时，把金条子给你留下。”

“你那金条，值个六七块，切成片儿，当钱儿肉卖去，老娘可不稀罕。”女人笑道。

红脸笑道：“这话，欺人呢，把你当叫驴了。驴煮了，切成片儿，像麻钱，才叫钱儿肉呢。豁子，揍她。”

女人吃吃笑了：“真要是驴……的倒好了。他呀，平滩上一个秃桩儿，怕连六七块也值不了。”

豁子讪笑道：“看来，你的皮鞭瘾犯了。”

“老娘等着呢。”女人笑。

猛子很奇怪，看这豁子，真没个叫女人图的，要钱没钱，要人才没人才。她图啥呢？

女人这一搅，就把那沉闷的气氛搅活了。红脸和炒面拐棍已开剥了一只羊，剖开腔子，掏出肚子，到外面倒了肚粪，把下水扔在门口。老山狗卧在门里呼噜，看这样子，可真不中用了。多厉害的动物，一老，就显出败相了。这老藏獒，粗一看，连狸猫儿的欢势也没了。

“瞭着些。”红脸拍拍老山狗的头，安顿道：“那狼来了，出个声。”

猛子一听，又惊出汗来：光顾了剥死羊，把活羊又忘了。他丢下刀子，用袖子擦擦汗，胡乱洗把手，提了枪，去羊圈。

羊圈门拴得好好儿的，羊正吃红脸们弄来的草呢。真难为他们了。这草不知哪儿弄的，捡起一看，原来是玉米秆子。这是一些羊倌从家里带来搁在羊圈上的，一来挡雨，二来以备在雨天出不了门时喂羊，却叫红脸们顺手牵羊来了。又听得炒面拐棍喊："来吧，没事。今日个，狼封口。"猛子又到炒面拐棍圈里，抱些草来，扔给羊。

进了豁子屋，炒面拐棍解释道："昨日狼打卦，今日狼封口。农历二十六咧，没事，就是它来，牙巴骨也是硬的，张不开口。"红脸笑道："黑羔子是个半本子烂闲书，却记不住日子。你不翻书，识不了几个字，倒把日子记了个清。"炒面拐棍道："他心里有杂物，把日子都挤跑了。我心里只有日子，老算熬过这一天，能弄几个眼睛珠子血汗钱，当然记了个清。"

女人问："那狼，真封口？"

"当然啊，"红脸道，"土地爷要不管，那狼天天咬，天天吃，牲灵们还能有活路？一个月里，就封它九天的口。它肚子饿成空皮袋，涎水吊上三尺长，可牙巴骨硬，张不开口，也没治。"

"人家能饿下？"炒面拐棍道，"三六九，狼封口。二五八，狼打卦。封口的前一天，人家一打卦，就知道哪个方向能弄到吃的，也饿不了肚子。""就是。一个大些的老鼠，就够它一天的养命食。"豁子道。

猛子却不放心，在装好火药的枪里安上火炮儿，出了屋，朝天开一枪，一股火直蹿天空。他却想到了鹞子的快枪，想，自己要有支快枪多好；又想到黑羔子喊来的人，会扑空，烦恼又起了。但一泡尿撒完，烦恼就没了，便给老山狗安顿几句，进了屋。

从清凉的空气里一入屋，就受不了扑鼻的腥气了。叫狼砸了血的那些羊，肉就白些。只咬没咂血的那些，肉色就黑红。这些黑红的肉，吃时不太鲜，腥味也重，肉汤不好喝，但碰上外行，也能充宰的卖掉。连后晌剥的，已剥了十八只了。羊皮扔在沙地上，肉提出去，吊在羊圈的栅栏上。

猛子吩咐女人卸下半只羊，剁成碎块，煮了，既然黑羔子把"印把子"

交给了他，他就敢行使这权力。豁子说：“就是。这黑羔子，老子给你剥羊，你连顿手抓羊肉也不给吃，你不是人！”女人边剁肉边笑道：“你叫啥哩？人家黑羔子又没说不叫你吃。老娘给你煮。你给老娘吃结实些，别一抖，就散了架。”红脸们都笑了。

望着女人鲜活的笑脸，猛子想不通：这婆娘，跟了这豁子，图啥？

9

又剥了几只，夜深了，手抓羊肉也熟了，男人们便洗了手，抓起羊肉疙瘩，吭哧吭哧地啃。因为煮的时间短，肉不太烂。豁子边啃边怨女人捞得早了，红脸们却说正好。猛子也觉正好，有啃头。太烂了，一入口，绵绵的，不过瘾。但女人还是把大部分肉又拣进锅里，入了火重煮。

沙漠里没煤，柴却多，不远处的沙洼里就有陈年老黄毛柴，有的都长成树了，那枝丫，东扭西扭，刺向天空，拿把开山斧劈半天，就能用好些日子。还有牛粪啥的，都是好烧的。豁子就用灶火，盘个土台，中空，上安锅，下入火，烟洞从炕里旋了几圈才出去。所以，一烧火做饭，炕也就烫了。有了烫炕，就有家的味道了；再有了女人，就是地道的家了。凉州人对家的概念是：“三亩薄田一头牛，老婆孩子热炕头。”豁子没牛，却有骆驼；没田，却有井；老婆热炕头也有，只差孩子了。不知为啥，这女人却不开怀。豁子每夜都要勤奋地下种，可就是没收获。这是他的心病。孩子是女人的绊，一有了，她想飞，都飞不了。豁子把拴住女人的希望，寄托在将来出生的娃儿身上。

这些，是吃完羊肉回羊圈的路上，红脸告诉猛子的。猛子这才明白，豁子为啥有人没人夜里都要弄出响动。

“你问过女人没？她图豁子的啥？”猛子问。

“问过。”红脸打个嗝，“她说啥也不图，只图个清静。”

“她说她吃饱喝足，啥也不想，也不争，也不斗，活一天是两半日子，舒坦。”红脸道。

就这样。

倒也是。外面的世界啥也不缺，就缺清静。相较于外面的争呀，斗呀，嚷呀，闹呀，费呀，税呀……这儿真成世外桃源了。春天里，黄的是沙，绿的是草，白的是羊群。到秋天，色彩单调了，黄毛柴呀，梭梭呀，驼驼刺呀，沙米呀，都成沙的颜色了。连那狼，也灰楚楚了，丢到沙上，不仔细分辨，还当成沙旋儿了。白天是太阳，夜里是星星。常拜访的客人，便是风了。这客人，亲热得紧，一来，就弄出满天的叫，扬起满天的沙子染你，恨不得把你也变成沙子。初来时，不甚习惯。久了，没它，反倒寂寞。在这儿，只要心不贪，不清静也由不了你。

那舒坦，比清静更受用了：吃块黄羊肉，舒坦；睡个懒觉，舒坦；叫热沙熨熨脊背，舒坦；看那骚胡牴仗，自个儿嘿儿呵儿笑，舒坦；晒在热太阳下，翻开皮袄，捉里面叫虱子的小动物，它跑你追，东躲西藏，狐子再狡猾也逃不过好猎手，终究叫你逮个正着，两指甲一合，啪的一声，毙了它，舒坦；帮虱子计划生育，二齿相合，咬那衣缝，叫"虮子"的虱卵便吧唧吧唧了，好不快哉，舒坦；用土块垒了垒子，捡来黄毛柴，烧出袅袅腾空的烟来，把垒子熏成个红灯笼，丢进几个山芋，不一会，再取出来，敲时嘣嘣响，看时黄灿灿，吃时喷鼻香，也舒坦……这舒坦，多着呢。若是去了贪心，来这儿随遇而安，倒真是舒坦哩。黑羔子你个苕包，还颠个脸，图啥哩？人本来就是混世虫，当一天和尚撞一天钟，活一天是两半日子，你还要个啥"盼头"呢？

猛子的"盼头"是有个快枪。没快枪，砂枪也行；没砂枪，夹脑也行；没夹脑，弹弓也行……有枪了，枪打个黄羊；没枪了，夹脑夹个兔子；没兔子了，弹弓打个麻雀儿。把麻雀儿连毛丢进火里，不一会，就成个黑蛋儿了，那黑的是毛，剥去，就是个精了身子的黄灿灿香喷喷的麻雀儿。小心些，取出肠肚儿，扔了；把肉放嘴里嚼，再嚼，嚼。对，有一点燎毛味儿，但只是一点儿，多的是那香。再嚼，嚼，越嚼越香，香就钻进脑子里了……也舒坦。

除了枪，猛子还"盼"个女人，这概念更模糊了。当然，不能像爹说的那样，揭起尾巴是个母的就成。最好能胖些儿，浪些儿，奶子翘些儿，屁股肥些儿，身子骨结实些儿，脑子简单些儿，脸蛋平顺些儿，就成。双福女人那样的，脑子太好，怕降不住。月儿那样的，行是行，可那丫头心比天高，嫁过来老是怨天尤人，把老公贬得连驴粪蛋儿也不如了，也累。这豁子女人，浪也浪，那些“些儿”也有，可懒散。女人一懒散，地里活老公干。女人，还是勤快些儿好。对了，谝子那家伙，说啥来着？炕上的荡妇，炕下的贞妇，厨房的佣妇，地里的农妇。好像，就是这。

不过，少一个“些儿”成不？成。少两个呢？成。全没有成不？也成。实在没有珊瑚树，就来一棵红柳墩。吃不上蟠桃，来一捧烂杏子也成。没啥，女人嘛，生个儿，养个女，做个饭，缝个衣。接下来，就是松个腰节骨，等啥时腰节骨胀唤了，解开裤带，在女人身上松活一下。就这样。

猛子胡乱想一阵，便不去想了。……怪，咋破天荒地想了这么多？女人一个“清静”，一个“舒坦”，倒惹出他一大堆胡思乱想来了。

那黑，漆成一团了，摸摸门，皮条仍在。这是他从柱子上挂的羊鞭上解的。昨夜用的皮条，不知弄哪儿去了，也许叫狼当“干肉”嚼了。难说。那皮条，本是牛身上的一部分，嚼嚼，也能往肚里吞。红军过草地时，不也煮了皮带吃吗？却又想起，这皮条，是拴不住栅栏门的。这门，挡君子不挡小人，一脚，就能踏开。这皮条，也拴人不拴狼，人狼和平共处了，你尊我，我敬你，你疼我，我爱你，不拴皮条，人家也不望你的羊。但你要是惹了它，它要是泼上命跟你闹，这皮条，连个屁用也不顶。还是到豁子屋子找根铁丝吧，虽说“三六九，狼封口”，但还是小心些好。

推开门，见女人正铺炕。猛子说明来意，豁子下炕，从柱子上取下一盘铁丝，三扭两扭，弄下一截，给了猛子。女人却问：“习惯不？那圈里冷。不习惯的话，屋里睡来。”豁子也说：“就是。今日个狼封口，没事。我在沙窝里待二十年了，没听过封了口的狼咬羊的。”屋里暖烘烘的，猛子差点要留下了，但一想昨夜的事，心又怵了，说：“还是到羊圈里睡吧，睡人和不睡人，总不一样。”豁子说这倒是。猛子就回去了，用铁丝扎了栅栏，进了洞，装了火药和钢珠，压了火炮子。他打定主意：今夜，狼要是来，先要了它的命再说。

进了洞，也懒得再想啥，肚里填了肉，身子骨就乏，不觉间迷糊过去。

一只狼款款而来，肥大的肚子快捞地上了。那涎液，吊了一尺。狼嘴一咧，嘴角就到耳门了，突地一张口，便能塞进个篮球。猛子想：不是说狼封口吗，那嘴，咋张成灶火门了？正疑惑间，那狼打个滚，变成女人，推那栅栏，咣！咣！

那声音，一声比一声大，猛子就醒了。第一个念头是："狼来了。"一骨碌翻起身，摸了枪，正要扑去，却多了个心眼，怕狼守在洞口，一口咬断他喉咙，就枪杆前探，手扣扳机，慢慢前去。

栅栏仍在响，一个黑影搭在上面，使劲摇栅门。猛子可不管"保"不"保"了，都欺到门上来了，还了得。正要扣扳机，却听到女人声："你死了吗？"

猛子吓一跳，那扳机，差一点扣动呢。"你是谁？"他问。

女人吃吃笑道："是你妈。"猛子想到了梦："你是狼变的？""你妈才变狼呢。"猛子不觉笑了，三扭两扭，解开绾门的铁丝，一把搂了女人，那两团肉一下溻胸上了，火忽地腾起，把枪倚了，搂了女人，进洞，摁在铺上，扯下裤子。

女人由了他折腾，渐渐被荡出呻吟。

忽听到，豁子远远吼道："死了吗？"

猛子凝了。女人先屏息，声音远远传了去："死猪一样哩。"猛子一急，草草了事。

"你个挨枪货。"女人低声道。

猛子笑道："你才是挨枪货呢，差点叫当狼崩了，刚躲了火枪，又挨了老枪。"

女人吃吃低笑几声，说："快去，黑羔子们来了。"

猛子快快地收拾一下，搂女人出栅门，再胡乱绾几下门。女人大声说："我还以为你死了呢。""也就呀，睡得尻子里没脉了，叫老狼叼了，也不知道。""老狼咋会叼你这号货色？"两人大声表演着，进了豁子屋门。

豁子显然把发生的一切都介绍了。孟八爷阴沉着脸。黑羔子反倒安慰："没事，正好，我早不想放呢，可爹硬叫放。这骚羊，成黑色咒子了，捆了几辈子了。跟劳改，有啥两样？”屋里还有三人，一副收羊皮的回民打扮，猛子估计是警察装的。

豁子狠狠白女人一眼：“我还以为叫狼叼了呢。”

女人嗔道：“叫你去，你四个蹄儿蹬住不动弹。人家睡成个死猪，差点把老娘当狼给崩掉。”

“枪都举了，刚要扣扳机，她说话了。哎呀，惊出一身冷汗。”猛子道。忽然，他发现女人头发上有根麦草，这是躺在地铺上沾的。又看看身上，倒没异样，心里仍不由得慌了。

“你还打狼？”孟八爷冷冷问道。那三人，也扫了猛子一眼。“没，没。”猛子觉得那三人的目光很冷，不由慌张了，说，“吓唬一下，吓唬一下。”孟八爷口气很硬地说：“娃子，话给你说到头里。糊涂时吃屎，还说得过去。明白了再吃屎，就不是人了。”“知道，知道。”猛子心虚地望望女人头上的草。豁子也脸色大恶，恶狠狠望女人。猛子想，幸好有人哩，不然，豁子要扯下女人裤子检查哩，一检查，人赃俱在，你有一百张嘴，也支吾不出个道道来。

黑羔子叹了口气，恍惚了眼，不一会，就溢出泪了。孟八爷劝道：“这事儿，谁遇上，也倒霉，想开些。”

黑羔子带了哭声，道：“我不是难过这个……早想杀了，可爹不让。真有些恨他，叫我坐五年牢了。这沙窝，是个天大地大的牢房哩……还剩多少？”这一问，才把豁子的目光从女人头发上拉回了。“多呢。咬了四十九只。”豁子道。

“为啥不全咬死？全咬死，倒便当。”黑羔子眼里冒出了火，那蓄满的水渐渐被火烧了。他又恢复了以前的冷漠。

在猛子目光的提示下，女人发现了头上的麦草。她大方地取下麦草，对豁子说：“看看，我衣服脏了没？我不去，你硬叫去。一进圈里，就是一跤，差点连腰都闪折了。”

那老成的“回民”笑了一下。豁子眼里的恶才没了，笑道：“是一个狗吃屎吧？”女人笑道：“你才吃呢。我是先跌屁股后跌腰，最后跌的头发梢。”她把那根麦草扔到豁子脸上。

那“回民”又一声笑。猛子想，这“回民”，好利的眼睛。

“我估摸，他们有窝铺，不然，伤了锁子骨，走不出去。”孟八爷说。

黑羔子叫女人煮羊肉。猛子忽然想到那老头说的一些话，便把孟八爷叫到门外。

天已麻亮了，能隐隐幻幻地看到不远处的沙丘。早晨的风格外清冽，像溅了水的芨芨往脸上抽。离豁子家有段距离后，猛子问：“你和张五关系咋样？”“哪儿的？有好几个哩，高沟，龙王庙……都认识。”“东山。”“那张五呀，炒面捏的熟人呢。你忘了？东山的张五，沙窝的孟八，南山的瘸阿卡，内蒙的黄毛，这是前些年公认的‘三个半猎人’——那黄毛道尔吉，用药‘闹’，只给算半个猎人。咋？”

猛子吞吞吐吐地说：“我估摸，那老头，是张五。”

“啥样儿？”

猛子说了老头形貌，孟八爷沉吟道：“有点像。”又问，“他吸不吸鼻烟？”“吸呀。他有个鼻烟葫芦儿，墨绿色的。”

“那就是了。”孟八爷道，“那还是我送他的呢。他脖子里是不是挂一串珠子？玛瑙呀，珊瑚呀之类？”

“这倒没见。他们一来，我就到羊圈里睡了，没见他脱过衣服。”

“这儿，”孟八爷指指腮部，“是不是有个痣，有几根毛？”

“有。”猛子说，“我还专门留意了呢。”

“那就是了。”孟八爷取出烟锅，蹲在地上，手抖着，装了烟，打了几次火，都叫风吹灭了。许久，才说：“瘸阿卡也说过，我还不信……这可麻烦了……我也正思谋呢。几十几十打狐子的，得会辨踪呀。……这就对了，人家张五，当然……怪不得。”

“你放心，我不乱说。”猛子说。

孟八爷自言自语道：“那老崽，还迷着哩……也难怪，我也才醒呢。”

“放心，我不乱说。”猛子道。

“屁话。”孟八爷忽地起身，“两码事，知道不？朋友是朋友，可你犯罪哩。对得起你，我就对不起狐子哩。对不起狐子，就对不起子孙哩。我的朋友也打，张五的朋友也打，朋友串朋友，天下人全成朋友了。都来打，过不了多久，沙窝里连狐毛狼毛也没啦。他张五坐了班房子，老子给他送饭。”就撇下猛子，进了屋，说：“老栋，你出来一下。”

10

“回民”既探明了底细，吃了羊肉，喝几盅孟八爷带来的酒，带了吃食和水，就出了沙漠。豁子和女人也知道了他们是警察扮的，倒没吃惊，都说：该，要保，就实心实意地保，不要尽放空炮，倒把狐皮狼皮的价保上去了。那样，就不叫保，叫催命了。

孟八爷把红脸和炒面拐棍也喊了来，说：“今日个，你们也得下苦了。这羊，再不开剥，就臭了。”

黑羔子却说：“不剥了，一把火点了省心，眼不见，心不烦。”说着，他低下头，寻见豁子盛煤油的塑料拉子，提了就出门。

豁子一把夺下：“没这，你叫老子瞎蹲不成？剥！没说的。肉臭了，皮也值几个。”

黑羔子松了手，过去，躺在炕上，许久不语。

“那……”红脸沉吟道，“也好，那牲灵，叫它们饿一天。我们，吃劲剥一天。”

“饿啥？”孟八爷道，“赶到芨芨湖里，叫别人瞭一下，后晌黑了，再赶回来。”

“这还差不离。”炒面拐棍吁口气，和红脸一同去赶牲口。孟八爷吩咐猛子将黑羔子的羊也赶了去。

“那羊……”黑羔子道，“剩的那些，不知有没有人买？没人买，也宰了。

反正，我一见羊，头就疼了。……狼祖宗呀，你要咬，就一下子咬个精光，像风刮了一样干净。你丢下些死羊，剩下些活羊，骚情人哩。”

豁子笑道："你爹，指望你靠羊发财哩……”

“发，发。”黑羔子烦躁地嚷道，“几辈子了，没见发上个毛，倒当了几辈子囚徒。明摆的，没盼头了。这牲灵，比草多了，连草根都叫刨吃了。还有水，以后，你这井，怕是连饮猫儿的也没了。”

这一说，豁子脸上的笑没了，心虚地望一眼女人，大声说："那井，该淘了，等明年春上……”

女人笑着抢了口："你也用不着心虚。老娘跟你，也不是看上你的井。井里没水了，就收皮子。那驼子，不是挂络你几次吗？”孟八爷道："要说，收皮子，也是个好营生。转个手卖了，一张上剥五块钱，养个命，没啥问题。”

“剥五块？剥一块，也够养喉咙了。”豁子脸上有光了。

黑羔子冷笑道："收皮子？收啥皮子？水都没了，羊喝屌？羊都没了，收屌皮？”

这一说，豁子又慌张了，偷眼望一眼女人。女人却笑了："老天爷不干绝事。我不信，活人能叫尿憋死。井干了，皮子没了，还有别的营生。谁又一棵树上吊死哩？”“这倒是。”孟八爷笑道，“天无绝人之路。”

豁子感激地望一眼女人，笑了。

这时，门外又有人叫豁子，跟着是一群羊叫声。豁子苦了脸道："这井，越来越不争气了。”就出去了。

孟八爷取了刀子，和女人开始剥羊。这羊，越来越难剥了，肉和皮连得更紧。孟八爷吭哧了一头汗，才剥了一只。黑羔子却仰脸躺在炕上，木了脸。

门外响起了水的哗啦声和羊疯狂的咩咩声。

女人道："井越来越靠不住了，把初一的水，饮到十五了。一家家往后推，把人家的气也推上来了。”

听得门外有人说："豁子，这井，连你女人的井也不如了。该淘了。”

“挨刀货。”女人笑骂。

“就淘，就淘。”豁子道。

啪！啪！几声疯狂的鞭响，显是那等候的羊儿又不安分了，想乱群了。

孟八爷道：“这豁子，心可好，你可别起了外心。……起呀，起来剥。”他这是在叫黑羔子。黑羔子起了身，说：“这玩意儿，我一见就恶心。这辈子，我最讨厌啥？羊。”

“咋不生外心？豁子的心又当不了饭。”女人笑道。

“这羊，我是死也不放了。”黑羔子自言自语，“每天上床前，我就咒，死吧，死吧，不要再见到它们……”

“挡嘴的饭能吃，挡嘴的话可说不得。那豁子，惊弓之鸟哩。你要是有个风吹草动，人家可敢动刀子。”

“……可不死。老牛不死，稀屎不断。最恶心那样儿，却又得天天侍候它们。早知道它们是啥本性了，可又假装出一副驯顺样儿，咋看都恶心。”

“巴不得他拿刀子捅我呢，最好在睡梦里。正做好梦的时候，那刀子一下就插准心脏。嘻嘻，话虽这么说，还是活着好呀。喝碗肉汤吃块肉，躺在沙坡上，看星星，望月亮的，舒坦。”

忽听门外一人说：“咋？豁子，又没了？豁子，你得生发着叫羊饮个满肚子呀，真瘦狗努屄了。”

“老子咋生发？老子又不能努出水来饮你。成了，养命就成，饮得太饱，还不是变尿了。”

咣！桶子落井台上的声音。

一阵骂声，一阵羊叫声，一阵骚乱，半晌，才远去。

豁子进来：“瞧，每天都这样。嘿，要说这井，也不争气，一昼夜，渗不了几桶，还越来越少。要不了多久，怕真是个干窟窿呢。”

女人作忧愁状：“看来，我得另找个路数儿了。这冰山，迟早要化的，靠不住呀。”话音未落，却笑了。

豁子没接女人的话茬，却对黑羔子说：“你去了，顺便看看我老娘，放下一只羊，钱顶水费。兄弟也精肚子上勒草腰子呢，没钱割肉，老娘怕早就馋了。一辈子了，她就爱吃个嘴，可命穷，馋啥不见啥。叫兄弟煮烂些，妈没牙了，硬了嚼不动。”

女人笑道：“该。你不能有了小娘，忘了老娘。”

黑羔子说：“顶啥水费？送你一只，不要钱。”

太阳已一白杨树高了，那砭骨的寒凉消失了。孟八爷们就到外面的日头底下开剥死羊。猛子们也回来了，还借了几把藏刀。

几人忙活到中午，才把死羊开剥完了。赤条条红不郎灿的羊挂满栅栏，羊皮也铺了一地。牧人们帮黑羔子把羊肉和皮子装了几个垛子。黑羔子借了几峰骆驼，猛子吆了自家“驼王”，两人驮了皮肉垛子，出了沙窝。

第五章

1

一到村口，就见有一群人在嚷嚷，猛子还以为吵架呢。一听，原来是老鼠成了精，把地里的黄豆全偷光了。村里人种黄豆，原为生个豆芽儿吃。听说黄豆营养高，吃不起肉时，吃些黄豆，也能补身子，却叫那老鼠偷了去。奶奶的。

“只剩下豆荚儿了。开始，还没发现，一摸，哟，籽儿不见了。细瞧，哟，都没籽儿。我一说，别人才注意到。这老鼠，也知道营养哩，专偷黄豆。”这是大头女人会兰子的声音。

“谁说的？苞谷也偷。你瞧去，秆上的苞谷囫囵的不多。”凤香说。

“嘿，不怕人了。那天，我去地里，哎呀，一个大老鼠正望我，比猫还大，嘴一鼓一鼓的，怕是个鼠王呢。我吼了几声，它理也不理，黑溜溜的眼睛直望我，好像在笑。”会兰子说。

“人家是看上你了，叫你给它当老婆呢。”毛旦嬉皮笑脸地说，见猛子过来，他又叫：“哎呀，猛子，你才来，你妈的鼻子也拧偏了，好容易省个钱，抓个鸡娃，一天几个，一天几个，叫老鼠偷吃了。要说，这该孟八爷赔，他当初要是不打狐子，老鼠想起群，也没那个门道。”

猛子道：“风刮倒了赖天爷哩。不过，狐子吃老鼠凶，倒不假。哎，你们吃肉不？那黄豆，咋说也是个黄豆，营养再高，能高过羊肉？瞧。”他指指骆驼上的驮子，人们才发现，上面驮的，是羊。

“咋，闹瘟疫了？”凤香问。

“啥瘟疫？”猛子大声说，“叫狼咬的。狼咬的没啥，又没病，营养一点也不少。”毛旦说：“听说，狼咬了的羊肉不香，狼把啥精气都咂尽了。”猛子道：“狗屁。我们吃过，香个贼死。”

“谁的，这羊？”毛旦问。

黑羔子懒洋洋答：“我的。”毛旦惊叫：“哎呀，你爹可褪你的皮哩，叫你放羊，又没叫你去喂狼。”说着，他怪声怪气唱了起来：

日落西——山——羊上圈——

黑羔子绵——羊——叫狼吃上——

人们都笑。会兰子问黑羔子：“你这肉，咋个卖法？”黑羔子无精打采地说：“没想过呢。”猛子接口道：“便宜，别人的羊肉一斤五块，这，一斤四块。”毛旦哟一声，说：“你羞先人去吧。这羊肉，白给我，还嫌腥呢。”猛子道：“你想买，也不给你卖。你嘛，出门前，拿个猪尿脬擦擦嘴，就说吃过肉了，谁也不能剖开你肚子。”毛旦跳了起来：“猛子，你公鸡鸽，看人太皮薄。老子偏要吃，黑羔子，要粮食不？三斤换一斤。”猛子叫：“八斤。就这，都成四块钱的肉了，再少，白扔了似的。”几人嚷道：“八斤太贵。你这肉，咋能和人家活宰的比？”“就是。狼涎水都流上了，想想，都发呕哩。”“六斤成不成？六斤了，我买几斤。肚里早没油水了，饭吃饱了，仍觉饿。”黑羔子长长舒口气：“就七斤吧，少了，爹要得噎食病了。”猛子嚷道：“成了，七斤。就这，才是三块几的肉，便宜死了。”

毛旦叫道：“取，取，取下一只。谁和我分？几家子吃一只，太多了，要变味。”凤香和几个女人报了斤数，黑羔子解开驮子，取下一只羊，给了毛旦，叫他去称个数儿，几人分去。

到了黑羔子家门口，猛子怕黑羔子爹骂，没敢进庄门，就在门口卸了驮子，也要了一只羊，牵了“驼王”回家，才到门口，就听到妈的骂声，他以为爹妈又在吵架。进了门，却见妈拧了脑袋，朝墙角的一个洞发威。猛子想到毛旦说的话，明白妈在声讨老鼠呢。果然，洞口有一堆鸡毛。

见猛子来，妈才停止了一串串刻毒的咒骂，解释道：“八只了。你馋了，捞一只就成了，捞了一只，又一只。老娘牙缝里省了钱，才买几个鸡娃，是叫你塞牙缝的？”

老顺接口道：“几个毛虫，算啥？人家把我的皮袄也弄烂了。那皮袄，孟八爷瞅的日子长了，我舍不得给。冬上出门，暖和死了……可还不是叫人家弄去垫了窝。”

猛子放下羊，说：“旧的不去，新的不来，弄烂了，再缝一个，不就几张羊皮嘛。”

嫂子莹儿正在屋里逗弄娃娃，接口道：“连盼盼的脚指头也咬哩，皮袄算啥？”

“好些没？”一提盼盼，妈就一脸慌张了。莹儿说：“长开了。那黑的，没了。”

“乖乖，”妈说，“吓坏了，几十年了，谁听说过老鼠这样厉害？这哪是老鼠，明明是吃人精嘛。”

老顺道：“人说是打了狐子才这样。狗屁。这是天年。就说这老鼠起群，是狐子少了。那毛毛虫又是啥原因？狐子又不吃毛毛虫，可虫子，照样铺天盖地。明明是天年嘛，天要杀人了。”猛子道：“啥天年？那虫子多，是人打麻雀的原因。现在，哪见个麻雀影儿？听说，麻雀也叫国家保了，再不保，也绝种了。啥孽，还不是人造的？天造孽，尤可说；人造孽，不可活。”这两句，孟八爷说过，他就现蒸热卖了。老顺不再说啥，却望猛子，那吃惊的眼神，仿佛在说：“哟，你也会放几个文屁了？”

妈说：“我也不管人呀天的。可总得想个法儿，不再叫老鼠偷鸡娃。”莹儿接口道：“听妈的话，盼盼的脚指头没鸡娃重要。”妈笑了：“对，还有盼盼。怪惊惊地，咬娃儿的脚指头。开始，谁也没在意，就包了。谁知，第二天肿了，变黑了……吓坏了，又是打针，又是吃药，总算好了。”老顺道：“咋又成大夫的功劳了？那脚指头，若不是酒泡，谁知成啥样儿呢？现在，我是不信针呀药呀的。现在，除了妈妈外，啥都是假的。”妈问：“爹也假了？”老顺说：“当然，那当儿子的，谁知道是不是老子下的种？”莹儿红了脸，抿嘴一笑。

猛子笑道：“怪不得。我老觉得，我不是爹养的。谁家的老子那样骂人？”妈嗔道：“越说越不上串儿了，没大没小的。”

老顺发现那话题竟扯到自己头上了，心虚地望一眼老伴，不敢再说。

妈对猛子说：“不管咋说，你得把这几个老鼠收拾掉。你爹，谝大话如溜四海，钻炕洞捞不出来，连个老鼠也收拾不了。把兔鹰拴到鸡篓旁，叫看鸡娃。谁知，那兔鹰，一见鸡娃，就是个饿虎扑食。又弄了个夹脑，却夹了个屁烧灰。”老顺道：“人家不上夹脑，我有啥办法？”妈道：“你除了夹脑夹脑，再没别的法儿？那夹脑，夹几次，就不灵了，人家又不像你，愣头一个，老中人的圈套。”老顺明白她指的是自己年轻时干过的几桩糊涂事，就心虚地不再吱声。

猛子说：“弄个铁猫儿试试，北柱家有。”那铁猫儿，是用铁丝盘成的笼子，留一门，内放诱饵，老鼠进去，一吃诱饵，便带动机关，关了笼口。妈说：“试了，捉了两个小老鼠，可人家再也不进了。人家奸着哩，哪像你爹，吃了一回亏，又吃一回，连吃了三回，还不长见识。”老顺火了：“你有个完没完？”妈说：“你也知道羞哩？当初，你做啥来着？瞧，你倒有理了？”老顺气呼呼一甩袖子，走了。

莹儿在屋里笑出声来。

猛子说：“行了行了，几十年了，就这话题，狗拉羊肠子。”他拧了眉，想捉老鼠的法儿。他跟孟八爷学过几手，那招法，本是对付狼的，但改个头换个面，想来也能对付老鼠。妈说：“你好好想，我去做饭。那老贼，正事上没一点溜子，连个老鼠也对付不了。”

“行了行了，你又来了。”猛子皱眉道。

终于，猛子想了几个法儿。吃过晚饭，就付诸实践了。

第一个法儿：在洞口，斜立个石头，顶个木棍儿，拴上细绳，放上诱饵。

老鼠一吃诱饵，棍儿脱出，石头倒下，压死老鼠。小时候，猛子用类似法儿压过麻雀。

对这法儿，老顺很不以为然。他说："人家，连夹脑都不踩，铁猫儿都不进，能到悬酥酥的石头下吃东西？羞先人去吧。"妈却说："也不一定。夹脑啥的，人家经过了。这石压，可没见过。"又说，"你少说风凉话，你有本事，捉几只看看。"老顺说："按我的法儿，早捉住了。"妈笑道："你猜，他说的是啥法儿？他叫挖洞。等挖出老鼠，房墙也挖倒了。"老顺说："也不一定。我叫你挖老鼠洞，谁又叫你挖墙呢？"妈道："洞在墙底下，不挖墙，咋挖洞？"老顺说："我是出主意的。能不能干，得看你的本事。"妈道："这话，跟月婆娘放了个米汤屁一样，没一点味道。"

另一法儿，是在老鼠洞口，放个小口瓶子，内装老鼠爱吃的葫芦籽儿和油饼。按猛子的解释，这瓶细，老鼠只能进去，却出不来。这法儿，童话书上有过：一个狐狸，贪吃坛中食物，进去，吃饱后，却再也出不来了。对这法儿，老顺耸耸鼻头，冷笑道："聪明，聪明，不说人家进不进，就算进去了，人家能进去，就能出来。"猛子说："不一定。一吃东西，腰就粗了。再者，瓶子细，它也掉不过头。"老顺说："人家不会请个小老鼠把好吃的弄出来吃？"猛子说："见到好吃的，大的能叫小的先进？"妈道："就是。一有好吃的，哪次不是你先吃？"老顺笑道："好办法呀！我看你的爹爹，真是太聪明了。"语气尖刻至极，使猛子也怀疑自己是不是真愚蠢透顶了。

对第三个办法，老顺倒没说啥。那法儿，是将鸡篓子放高处，下放水盆，盆沿与地面间担一块板，用纸盖了盆，上放诱饵，老鼠去咬鸡娃，或吃诱饵，都会上纸，扑通一声，不进盆才怪呢。

这法儿，是猛子把捉狼用的陷阱变通了。

拾掇停当，煮了羊肉，一家人才上炕睡觉。莹儿仍在隔壁屋里哄娃儿，柔气十足的声音，鸡毛似的在心上搔，猛子又想豁子女人了。

老顺割些羊肉，放水中揉捏一阵，挤去血水，喂过兔鹰，问："那黑羔子，死了多少羊？"猛子说："四十九只。"老顺说："那老贼，头想成蒜锤儿大，想在沙窝里挖个金疙瘩。这下，气傻了。”妈说：“你望啥笑声？穷日子过怕了，谁不想挖个金疙瘩？可命里没有，你挣死也白挣。要说，那黑羔子也可怜，想念大学，可老子不供，往沙窝里撵他。”老顺冷笑道：“念了书，又能做个啥？灵官，念了十几年，念出个啥名堂？心念高了，不愿捋牛尾巴了，可又没本事。不如当初不念，还能实心在地里苦。”妈说：“你苦了一辈子，又有个啥名堂？”

猛子道：“就是。祖宗当了几辈子驴，也没见当来个啥成色。”猛子以为爹要发作。谁知，爹只是叹口气，显是也认同了他的话。老顺道：“我还想把羊群引大了，再到沙窝里去放呢。看来，也靠不住了。这土地，靠不住了。这沙窝，要再靠不住，日子真没法过了。……就看灵官了，能不能混个人样儿回来。”妈说：“会的。那娃儿，自小要强，混不上人样儿，他不会进门。”老顺说：“屁话。混成了，来，光个宗，耀个祖。混不成，也来。土里刨食，不也养活了几百代祖宗？回来，娶个妻，养个儿，再供他念书。人家愚公都能移山呢，不信子子孙孙供下去，会出不来个读书种子？”

妈说：“就是。盼盼那娃儿，可伶俐着呢。那天，我举几样东西，他啥都不抓，只抓水笔。”老顺却说：“抓水笔有啥用？那玩意儿，准吃？准穿？”老伴嗔道：“瞧你，才说了话，又反了，那你说抓啥好？”老顺笑道：“水笔呀。可只抓一种不成，另一手，还得抓个锨把。”老伴笑道：“越说越离谱了，那鸡蛋大的娃儿，能抓动锨把？”老顺却道：“真的，抓了那两样，才可靠。一个混肚子，一个奔前程。你和我，只能算半边人。”

妈笑道：“没我半边人，能养下囫囵人？我去架个火。”说完，她爬起身，去了厨房。

羊肉味游丝样来，钻入老顺鼻孔。

“把血沫子舀掉。”老顺吼。

2

妈睡下不久，忽听扑通一声，她估计是老鼠掉水盆里了，提个马灯，出去一看，果见一巨鼠在盆里扑腾。她毛骨悚然，大叫："快来呀，大老鼠。"叫了几声，才叫断父子俩的呼噜。

老顺们穿了衣服，到院里水盆前，见那老鼠，竟在水中游泳，它边吹气，边巡游，想爬上盆壁。猛子道："妈，取火钳来，打死它。"妈说："打死？太便宜它了。八只鸡娃，肯定是它捞的，一般老鼠没那么大力气。那娃儿的脚趾，也肯定是它咬的。"老顺笑道："啥错，都成它的了？我瞧，它的命，比我好不到哪里。我顶了一辈子缸，这下，轮到它了。"那"顶缸"，是别人干了坏事，却叫自己承担的意思。妈知道他在说自己老埋怨他，就笑道："莫非，偷鸡娃的，不是它，是你？"却见那鼠大动，弹出水面，尾巴猛甩，水溅起，吓三人一跳。

猛子道："烧它，倒上汽油，点着，看它害人不。"妈说："这法儿好，解恨。"老顺啐道："好个屁。人家背了火，进屋，钻草垛，你这点儿燎毛家当，禁得住火烧？"猛子吐吐舌头。妈说："可也不能便宜了它。不说别的，光我这几天为鸡娃搭的眼泪，也该着它受点罪。"

老鼠觉出了不妙，在水中乱窜一气，盆中水旋涡似的转，水面因之高了。幸好，只有半盆水，若再满些，它也许会趁了水势跃出去。

老顺说："我有个办法，逮了它，屁股眼里塞些黄豆，放了它。""不成不成。"妈摇头。老顺道："听我说完，那黄豆，会发涨，涨呀涨呀，就把肛门堵了，它疼得发疯。"猛子接口道："疼极了，就会咬别的老鼠。孟八爷说过这法儿。"说着，他伸出手，瞄了鼠，揪住它头皮，一提起，尖叫就涨满院子。老鼠尾巴猛甩，弄出一天水珠。

"哎呀，比狸猫儿还重。"猛子叫。

"快，快，瘆怪怪的。"妈打个寒噤，哆嗦了身子叫，却不知要叫猛子快啥，是快甩死呢，还是快放了？

老顺抓来半把黄豆，叫猛子桎梏了鼠身，捻了黄豆，塞进老鼠肛门。那鼠大叫，疯狂挣扎。

"别的小老鼠，塞一粒就成了，它拉也拉不下来。这老鼠，肛门松垮垮的，多塞几颗，还得缝住，不然，一泡稀屎，啥都拉了。"老顺边塞黄豆，边说。

“瘆怪怪的。”妈打个哆嗦，“弄死算了。你那法儿，一听，就叫人身上起鸡皮疙瘩。”猛子也说：“就是。给它个利索死算了。”老顺说：“叫它帮我灭鼠呢。你们懂个啥？”边说，边进屋去寻针线。妈使个眼色，叫猛子弄死算了。猛子瞅瞅屋里，却不敢。妈伸出手，又不敢往老鼠身上碰。

“来，”老顺出了门，“一两针就成，叫它别拉出黄豆就成。”说着，他揪住老鼠肛门，缝了几针。老鼠被弄疼了，扭动着身子厉叫。

“行了，行了。”妈打个哆嗦。

猛子放了老鼠。那鼠不相信似的，四下里望望，才逃回洞里。

猛子道：“那儿，还有一只。”过去，搬开石头，见一只半大老鼠已死，黏黏的肠子被石头压出体外。

“恶心。”妈打个哆嗦，用陌生的目光望着老顺，说：“几十年了，还没想到，你的心这么恶。”

“放屁。”老顺怒了，“你忽而怨我没本事灭鼠，忽而嫌我恶。老子不管了。你的那些贼妈妈叫老鼠咬光，也别再怪老子。”

妈不再出声，那寒噤，却一个接一个地打。

那个瓶里却不见老鼠，葫芦籽儿和油饼好好儿放着。

3

早晨，吃羊肉。因煮了一夜，口感极好，老顺吃得满头大汗，满嘴流油，一脸惬意。妈却因夜里的寒噤，胃口大缩，只喝了点肉汤。

吃结实，猛子就去黑羔子家，来时说好的，要帮他去卖羊肉。黑羔子家院里很静，也不见他一脸阴沉的爹。喊了几声，黑羔子才出来。他一脸木然，走路时竟有些瘸，行动也很是迟缓。“病了？”猛子问。黑羔子摇摇头，牵出骆驼，驮了几只羊，说：“走吧。”

村里人都知道黑羔子家的事了，有人远远地望。猛子想，肯定有望笑声的，因黑羔子家底殷实，他爹又心气极高，言语间不让人，得罪了不少人。

有人巴不得他水拉火烧呢，好容易盼来大快人心的事，肯定有笑得合不拢口的。黑羔子也明白这一点，他不想在村里丢人现眼，就拉了骆驼，到外村去卖。

忽听一人喊："黑羔子，过来！过来！"扭头，是村组长大头。

牵驼过去，大头指指羊，说："这几只，我全要了，你得给我帮个忙。"黑羔子说："你要这么多干啥？天还热着，几天就臭了。"大头笑道："我哪有那么大的嘴，乡上来人呢。杀也成，买你的也成，反正得几只。叫狼咬的，别的没啥，就是血沫多，水滚了，叫女人多舀几次就成。"猛子问："叫我们帮你的啥忙？"大头笑道："没啥大事，只一点点小事。我那黄豆，好些叫老鼠搬洞里了，女人挖了一个洞，有几升呢。地里还有几个鼠洞，我顾不上挖，女人又唠叨个不停，你们去顶当一下，塞住那婆娘的嘴……这羊肉，可说好了，一斤肉六斤麦子。别人是零买的，我是整拿的，要便宜些。再说，羊毛出在羊身上，要多了，还不是往你们身上摊。"黑羔子嗯一声，牵驼过去，把羊卸在大头家。猛子对大头说："说好，只帮半天。那羊肉，再搁不得了。"大头说："就那几个老鼠洞，啥时挖完，就完工。"

两人拿了锹，到地里，见许多人都在挖鼠洞。那鼠洞，触目皆是，硕大的洞旁，是一堆堆浮土。时不时地，就响起惊乍乍的声音，一群人忽而过去，忽而过来，撵老鼠。

秋霜已掠，万物都恹了。玉米叶黄了，山芋秧萎了，树叶被秋风卷了，一片萧瑟。大头女人会兰子正在自家地里吭哧着挖鼠洞。

"后门堵了没？"猛子问。

"啥后门？"会兰子直起身，捶捶腰，擦擦头上的汗。这女人，啥都圆鼓鼓的，很能吃苦，也能挨打，老叫大头揍得嗷嗷叫。

"老鼠的后门啊。"猛子道，"那老鼠，有前门，还有好几个后门。不堵住，你这儿挖，它那儿溜，挖半天，你连鼠毛也见不着。"

"怪不得。上回那个，挖出几升黄豆，可没见老鼠。"

"早溜了，这跟大头捉你的奸一样，他前门来，人家早从后门溜了。"

会兰子狠狠揪猛子一下："叫你嚼舌。"

黑羔子却面无表情。一见那模样，猛子就觉得天阴了。

"你来看看，后门在哪儿？"会兰子说。

猛子弯腰凝神，四下里瞅半天，才发现后门。这后门，和前门不一样，前门堆新土，一扫眼就能发现。后门则很隐蔽，那模样，和地里本有的裂缝和水眼差不多，很容易被忽略。猛子挖一锨土，正要堵，一肥大老鼠却已溜出。猛子一锨土砸去，却砸了个空，急叫："快来，黑羔子。"边叫，边用铁锹拍，因情急心乱，屡屡拍空。

会兰子举锨跑来，反倒碍了猛子手脚。老鼠趁机溜进洞里。

"瞧你，"猛子怨，"不是你干扰，它还钻沟子哩。"

会兰子喘吁吁道："哎呀，这老鼠，咋这么大？一见，心都慌了。……你们干啥来了？"猛子笑道："大头叫我们帮他干活呢。该他干的啥活，我们都干。"会兰子白他一眼："他不会叫你上老娘的床吧？"猛子道："这要看你了。"

会兰子道："他肯定买了你们的羊，乡上来人呢。黑羔子，昨晚，你挨了不少打吧？只听见牛鞭响，咋没听见你叫？你爹，性子太暴。不就是些羊吗？人重要，还是羊重要？"

黑羔子淡淡地说："当然羊重要。"他走过去，捡起会兰子准备装黄豆的纤维袋，向不远处的沙漠走去。这几年，沙漠又前移了，埋了不少地，仍继续蔓延。沙漠与地的界限已不明显，沙旁是地，地边是沙，沙前移，地就后退，已上了好几家的房，把人也撵向别处了。黑羔子装了半袋沙，过来，手捏袋口，把沙注入洞里。老鼠的前门后门都叫他封了。

猛子道："这是个好法儿，老鼠一逃，就叫沙填死了。"

黑羔子倒完，又背来一袋，往返几次，才把那明显的鼠洞堵住。

会兰子说："咋没想到这法儿？……坏了，那沙子直溜溜下去，掺黄豆里了。"

黑羔子说："那有啥？用筛子一筛，沙子就全漏了。"说着，扔了袋子，取过锨，挖起来。因有干沙引路，他自管前挖，倒也不怕叫鼠绷了洞挖错方向。不多时，就挖到老窝了。老鼠才露面，黑羔子抡锨拍去，拍出黏黏的肠子。

会兰子叫："恶心。黑羔子，你拍轻些成不？那肠子和血，把黄豆都弄脏了，你叫老娘咋生豆芽子？"猛子笑道："那血，和老鼠肚粪，比啥肥料都好，生出的豆芽子又长又胖，你吃了，也能变成大头。"会兰子嗔道："你一说，我都发呕了。这黄豆，我不生豆芽子了，卖了算了。"黑羔子说："那我就多拍几下。"又使劲拍几锨，老鼠成血糊糊的一摊了。

会兰子一把夺过铁锨："你少恶心人，成不？心里有气，朝你爹撒去，老鼠又没惹你。"黑羔子说："爹又不是老鼠，拍不得。不然，早拍了。"说着，他长长地叹口气。

猛子朝四周喊道："快来看，这法儿，挖老鼠最好。"几人围了来，见黄豆、沙子和血糊糊的老鼠混在一起，都恶心地皱眉，但这沙填鼠洞法还是不错，他们都照猫画虎了。

"你行哩，化学脑子。"猛子拍黑羔子一把，却见他龇牙抽气。

"咋了？"猛子问。黑羔子不答。会兰子却说："你问啥？夜黑里，叫他爹给了顿皮鞭炒肉。我看看，重不？"就要揭黑羔子衣襟。黑羔子躲一阵，恼了，说："你再缠人，我就脱了裤子，叫你看个够。"会兰子这才罢了，口中却不饶人："脱裤子怕啥？老娘是大炮底下轰过的，啥阵势没见过？谁在乎你个童子鸡。"又说，"听大头说，你有媳妇了？南山的，瘸阿卡介绍的，叫拉姆，人很漂亮，对不？"

黑羔子大声说："你有个完没有？再欺负人，我可走哩。不就买了几只羊吗？我去取了，扔河里去。"会兰子见黑羔子真恼了，才不再逼问。她委屈地嘀咕："咋是欺负人呢？"

因为沙填鼠洞，挖起来快多了，也用不着追打老鼠。大部分老鼠被沙填死，虽高了效率，却少了刺激，猛子有些不过瘾。

但会兰子很是高兴，因为装黄豆的袋子渐渐满了。

4

给大头帮完忙，猛子和黑羔子各回各家吃饭。

正吃午饭，忽听院里吱吱声大作，出门一看，几只老鼠正仓皇逃。那大老鼠凶悍异常，穷追不舍，追上一只，一口叼了。小老鼠扭动肢体，惨叫几声，便死了。

老顺很是兴奋："瞧，咋样？它正咬自己的儿子呢。我说那法儿好，还不信。……呔！你美美地咬，多咬几只，省得老子动手。"大老鼠仿佛听懂了，越加凶悍，几只小老鼠很快毙命了。

莹儿抱着娃儿，打个哆嗦，不忍再看，就进了小屋，关了门。猛子妈虽打寒噤，却舍不得放过这稀罕场面。

大老鼠咬死几只老鼠后，仍狂跳不止，想来是肛门里的黄豆早已发涨，涨得它失去理智了。老顺得意地嘿嘿几声，走过去，捡起一只死老鼠，伸给拴在架上的兔鹰。兔鹰爪撕嘴啄，几下就吞了老鼠。

忽然，猛子大叫："爹，小心！"

巨鼠已向老顺扑来，那形神，哪是老鼠，明明一只怒狮。老顺骇极，边退边叫。那鼠獠牙外露，叫声刺天，很是凶悍。老顺见势不妙，索性转身，鼠奔逃了。巨鼠紧追不舍，状极狰狞。

看到爹少有的狼狈相，猛子大笑。妈嗔道："你笑啥？快救你爹。"老顺也边逃边骂："你个无义种，老子饶不了你。快！老子跑不动了。"猛子以为他骂老鼠呢，听到后来，才知道是骂自己。

莹儿抱了盼盼，隔窗子看，又是好笑，又是惊惧。

猛子四下里瞅瞅，捞过铁锹，正要追过去拍老鼠，老顺已情急智生，跳上支在院里的木床上。那鼠身躯肥大，状虽凶悍，却弱于弹跳，只疯狗一样朝老顺龇牙咆哮。

老顺看那鼠奈何不了自己，才放下心来，边喘息，边激老鼠："你上呀？你有本事，咬了老子的屌。上呀，上呀。"

老鼠也吱吱大叫，仿佛说："下来，有本事你下来。"

猛子见爹无危险，也坐山观虎斗。这场面，并不多见，比看武侠片过瘾多了，就拄了锹，不去参战。

妈和莹儿都笑弯了腰。

忽然，那鼠狂跳起来，不朝老顺咆哮，却扭头咬起自己的尾部来，它边厉叫，边狂跳，边咬。老顺又吼叫几声，鼠却不顾。

妈说："猛子，给它一锹吧，孽障死了。"老顺却说："老祸害，这么好的戏，你不看？……不能打，叫它咬别的老鼠去。"

巨鼠狂跳一阵，没头苍蝇似的在院里转了几圈，又进洞了。

院里顿时静了。谁都觉出那静的挤压。猛子这才发现，自己的脊梁里出汗了。

老顺抹把汗："好悬，叫它咬一下，了得。"妈说："咬一下？你要是落到人家手里，不把你啃成个骨架，人家能饶你？也只有你这黑心肝人，才能想出这号法儿。"

老顺笑道："我在为死到它口里的鸡娃报仇呢。"

一阵很大的吱吱声从洞里传来。猛子妈打个哆嗦，忙进了厨房。莹儿也苍白了脸。

院里倏然静了。

谁都觉出了那静的挤压。老顺巴望着鼠洞，希望从里面钻出巨鼠来，但终于，鼠毛也没探出一根。

伸了几次脖子，老顺失望了。他讪讪地笑道："莫非，真叫它咬光了？"妈打着一个个寒噤，时不时，哆嗦一下。猛子觉得一种奇怪的静压向心头。他觉出无趣了。

鹰却不知趣地咕咕着，仿佛说："再来一个。再来一个。"老顺恶狠狠瞪它一眼。鹰倒也识相，一缩脑袋，萎靡了。

妈打个寒噤，咕噜道："这号黑心肝……"

老顺没再发威，只心虚地四下里望，仿佛想找点啥，却发现，谁的脸上也写满了无聊，就趿拉着鞋子，进了北屋，躺在炕上，吁气。

那静，或者说死寂，却在院里繁衍。院落怪怪地变了。日头爷白孤孤的，很是诡秘。破旧的院落，剥脱的墙皮，几个东倒西歪的葵花秆，一地鸡粪，打着寒噤的妈……都白戗戗地静，有种无趣的枯燥，仿佛梦中的景象，仅仅是徒具了形，那神魂，却没了。

这感觉，很怪。

妈木着脸，咕嚅道："也怪你们，不该那么贪嘴……"

猛子听出，妈在怨老鼠，那语气，跟骂淘气的儿子一样。猛子想，也许，妈眼里，那老鼠，不该死的，只想骂几声，叫它悔改了就成。一定是这样。他想，妈也许把老鼠当家中成员了。一定是。

猛子进了北屋，见爹望了梁发呆。忽然，爹问："你说，究竟有没个天？说没有吧，咋啥都造这么好？说有吧，咋有时像瞎了眼？"猛子说："管他有没有。反正，不该缝老鼠屁门。几个大男人，欺负小老鼠，咋说，都算不上仗义。"老顺不语，许久，却问："你说，老鼠这么坏，天为啥造它？"猛子说："造了它，总有用。没老鼠，狼吃啥？没狼，靠啥撵瘟神？那年，牛羊死成了雪地，啥药也不起作用，还不是狼排了队，长嚎三天，才撵走了瘟神。再说，谁也是命。天叫它活，就有个叫活的理由。"又说，"要是你叫人缝了屁眼，会咋样？"

爹不应，只长伸了腿吁气。

半晌，妈木了脸进来，燃了香，合掌祷告。猛子听不清她念叨啥，却晓得那内容。

5

庄门外传来黑羔子的喊声，猛子扔下铁锹，出去了。

两人牵驼驮羊，去了外村。一路上，老见肥大的老鼠蹒跚而来，见人不惊，就顺手打死几只。

猛子说："肉得抓紧卖，一变味，就没人要了。"黑羔子说："就剩这几只了。爹卖了些，村里人取了些，亲戚们送了些。明天，你就忙你的去。"猛子说："我也没啥忙的。想叫爹给你赔几只羊，可又张不开口。"黑羔子说："算了，我一个人担了，没提你，大不了挨些打。你一说，反倒事儿多了。……这日子，我一天也不想熬了，梦里，老杀羊。"猛子说："熬吧。再也没个啥好干的。这年头，城里人都下岗，何况你乡里人。"黑羔子说："这跟等死，有啥两样？从生命这头，能瞭到那头。我是过去的爹，爹是未来的我。一辈子叫那咒子魇了，醒都醒不过来。幸好，我读了些书。……昨夜，爹又烧了书。成哩，你前脚烧，我后脚买。……也许，他烧得对，我的心就是叫书教野的。糊糊涂涂过了去，也就过了。"

猛子笑道："我一见书，就头疼。头一挨枕头，就扯呼噜。想那么多干啥？想是白想。"

黑羔子叹口气："是白想。爹叫我娶媳妇呢，就是南山的那个，小小儿说过话，也没订婚。我知道，爹想拴住我，娶个媳妇套了个罐，生个娃娃上了个绊。一娶媳妇，这辈子就定局了。"

猛子道："胡说。毛旦没娶女人，反倒连人样也没了。娶！不娶干啥？早娶媳妇早受福，早养儿子早得计。不娶干啥？"

黑羔子摇摇头，不再说话。

见路旁有一群人，猛子大叫："卖肉了！"

一人笑道："我们的肉都多得吃不完，不信？等会儿你瞧。"

猛子见一沟水蜿蜒而来，问："怪，你们这是干啥？淤冬水，不到时候。浇秋禾，又不见秋禾。"那人道："浇老鼠。哎——"他朝那边喊一声："水进口子了，准备好。"猛子明白，他们在淹老鼠呢，想来，这儿也有了鼠灾。

水进了地，向北漫去，几人举了锨，等老鼠出现。水流很快，很快到中间了。忽然，猛子发现，地皮儿动了。一团云似的东西蠕蠕而动，细瞧，却是无数老鼠在逃。那几人抡锨猛拍，却阻不住汹涌的鼠流。那团乌云似的东西飘向沙洼。

“打死了几只？”那人问。

“五六十只了。”

“成了成了，至少撵走了。你说，怪不怪，这玩意，比那年闹蝗的蚂蚱还多。”说着，那人对猛子笑道：“瞧，我的肉不少吧。”

黑羔子冷笑道：“人家是长腿的，你撵，它就走，你不撵，它就来。”

“不撵了？你的意思。”那人问。

“撵没用，得消灭了它。”黑羔子喧了灌沙挖洞法。那人却打个哈欠，转了话题：“这老鼠，能不能吃？若能吃，做成罐头，卖。”猛子笑道：“咋不能吃？人家猫儿照样吃。不过，你一吃，就说不准得鼠疫。”那人笑道：“鼠疫怕啥？我还想得艾滋病呢，可那病，穷汉想得，还得不上呢。那是风流病，要是和画上的那种俊女人睡一次，得上也值。”

黑羔子却说：“南方人，也吃老鼠呢，听说是没长毛的精肚子老鼠，一盘儿，好几百呢。”另一人说：“瞎老鼠能吃。人家只吃草根，又不见太阳，干净得很。听说，南方人吃的就是瞎老鼠。”黑羔子说：“没鼠疫的话，都能吃，一鼠顶三鸡呢。”

“那我用这百来只鸡，换你的羊肉成不成？”那汉子指着一堆死老鼠，笑道。

猛子看他们不像买肉的，就牵了驼走。黑羔子还想说啥，见猛子已走了，才慢慢跟了来。

6

两人先给豁子妈送去了羊，又花了三个小时，才处理完羊肉，换回了几袋麦子。猛子很高兴，黑羔子却闷闷不乐。猛子想，这就是读书和不读书的不同了，要是读书读出烦恼来，那书，还是不读的好。

一进门，就听见爹又在院里咋呼：“我咋能眼花？我眼睛睁得明突突的，真是一地老鼠，没一万，也有八千，齐唰唰作揖呢。”猛子一问，爹说，方才，他躺在书房炕上，忽见一地老鼠，都举了前爪，给他作揖。“开始，我还以为是眼花了呢，眨眨眼，那老鼠仍在。以为是做梦，揪揪腮帮子，很疼，也不是梦呀？嘿，那老鼠，没一万，也有八千。魂都吓掉了。”

妈笑道：“做梦了。”

老顺道：“你老妖，才白日做梦呢……明明是真的，我觉得那大老鼠是鼠王，它们来求情呢，就说：‘哎，你们先去，叫它来，我抽了针线。’它们仍不走。我又说：‘我再不打你们总成吧？’也不走。我吓坏了，跪在炕上，乓乓乓，磕三个响头，说：‘你们饶了我吧。我再不打你们，给你们上供，成不？就用油拨拉，多放些清油，成不？’它们才走了。”

“我咋没听见？”妈笑道，“我咋连个声气儿也没听见？”

“你在厨房里哩，就是你拉风匣那阵。”老顺脸都白了，“快，去弄油拨拉。你想，一地老鼠，朝你作揖，一想，瘆怪怪的，头皮都麻了。”

望着老顺认真的神色，妈似乎信了。猛子知道父亲不会编这类白话，想来，他说的是真的，一想那场面，脊背上就凉飕飕的。

“那我真去做了。”妈又瞅瞅老顺，“该不是你想吃油拨拉吧？”

老顺怒道：“老子值个油拨拉？想吃，老子会直说，编白话干啥？”

妈这才忙颠颠去了厨房，切些甜菜，做起油拨拉。那油拨拉，做来也简单，清油炝好锅，倒上甜菜疙瘩，加上水，放上面，叫温火慢慢儿咕嘟去，等面熟了，“拨拉”着拌好，泼上滚热的清油，就成所谓的“油拨拉”了。据说，老鼠最爱吃的，就是这油拨拉。在靠山芋米拌面填肚囊的日子里，这油拨拉，当然是最好的吃食了。

做好油拨拉，天已黑了。因老顺老用瘆怪怪的语气说那瘆怪怪的内容，院里也弥漫了一种瘆怪怪的氛围。猛子说：“爹，也许是幻觉。大老鼠的那阵追，刺激了你的脑子。”

“狗屁。刺激啥？几十年了，老子啥没经过？一个老鼠，能刺激了老子？那事儿，明明是真的。”老顺说。

猛子举了蜡烛，端着油拨拉，老顺则拿了黄纸和香，走到鼠洞前，献了油拨拉，献了灯，燃了香。老顺跪了，点燃黄纸，虔诚了心，说："老鼠大王，大仙神灵，鼠神爷爷，鼠神奶奶，我冒犯了你们。现在，我还愿来了。今后，我再不打你，你也别叫你的兵娃儿给我作揖，我当不起，折寿哩。想吃了，你就出来吃几嘴。要是你不咬我，我就把缝在你屁门上的线抽了。"

传来莹儿的笑。猛子一扭头，见她正抱了娃儿，看这一幕。猛子这才觉出了好笑。几个小时前，爹那么理直气壮地惩罚巨鼠，现在，又给它下跪了，想笑，又不敢笑。可一想爹说的场面，心头仍掠过一股凉风。

妈瞪莹儿一眼，也跪了。她祷告的内容是叫家里平安。自打哥哥憨头死后，妈便成了惊弓之鸟，一有风吹草动，她的魂儿先飞了。

猛子说："那它以后吃鸡娃咋办？"

妈说："不就一个毛虫吗？你吃了，叫你吃去；想留了，给我留几只；不想留了，吃光也没啥。"说完，却掉过头来，对猛子说："去，叫北柱给我绾个铁丝笼子。"

猛子忍不住笑了："一有铁丝笼子，人家想吃，也吃不上了。"妈嗔道："人家仙家，想吃，笼子也挡不住。我是挡老鼠的。"

7

半夜里，拴在庄门外的猪死命地叫，声音尖锐刺耳，直扎尿道。老顺一骨碌翻起："老婆子，起！老鼠吃猪啦。"先披上衣，取过手电，扑出庄门。身后，传来老伴喊猛子的声音。

夜很黑。风凉水似的泼来，老顺打个寒噤。他拢拢衣襟，手电的光柱一扫，却见一狗，咬了猪耳，往后拽。拴猪绳系在树上，猪无法随了狗去。两下里拽，猪只好惨叫了。

谁家的狗这么大胆？老顺很奇怪。"呔！"他喝一声。那狗却不松口，含糊地低哮一声。老顺这才发现，它不是笨狗，是狼狗。那耳朵竖起，身躯十分肥大。老顺捡块石头，砸过去。狗被砸疼了，松了口，朝老顺龇龇牙。

“狼！小心！那是狼！”身后，传来猛子变了味的叫。

一阵酥麻，蹿上老顺头皮。他打个哆嗦，稳了手电光，罩住狼头。狼是夜眼，手电一灭，人就瞎了，它却能一下子扑上，咬断你的喉咙。用光罩了它，它就看不到人了。老顺有经验。年轻时，他老和狼打交道。

狼用那双发着绿光的眼睛扫视了一下，才缓缓走了。粗大的尾巴夹在屁槽里。狼一点也不慌张。狼进了村见了人，看起来都不慌张。有多少人，它也会按自个的走法，缓缓走了去。没人时，才疯狗似的扬尘而去。

“狗烧——，狗烧——”老顺扯长了嗓门。

早些年，村里常来狼。这样一叫，全村的狗就起群了，一窝蜂扑来狂吠，把入侵者赶出。这口令，狼也懂，它的步子于是快了。在光柱照射下，它急急地没入夜了。

第 六 章

1

这一场风依然很猛。黄尘满天，黄沙满天。那尘似凝在天幕上。那沙怪啸着疯，山就活了，在不易察觉的蠕蠕里，埋了田，埋了地，埋了人烟。

灰儿已经习惯了这风。先前，它和父母在草原上，后来，就移到大漠里了。大漠好，这个孤寂的世界里，有人，但少；有枪，也少。不像别处，时不时，就会有一声爆响，就会倒下一个伙伴。它当然不知道，人类在很长一段时间里，订了一种叫“法律”的东西，把它的同类，划归到必须消灭的行列里，杀它们的人，是英雄哩。英雄们骑了马，举了枪，乒儿乓儿，给灰儿造出了一段噩梦。

记得那时，草原上多吃草的野生动物，灰儿们打食容易，很少动牲畜。至多，出来几只偷嘴的败类，咂几口血。那祸，就是败类们闯的。

真是噩梦呢。一想，灰儿的心就抖了。狼尸像地里的麦捆子一样摆着，瘆怪怪可怖。灰儿想不通，它很想问人：不错，那败类，是咂了你几只羊，可你算过没？我们收拾了多少破坏草场的坏蛋呀。有了好草场，还怕养不出损失的几只牲口？

不想了。灰儿晃晃脑袋。跟那“人”，没啥好计较的。

英雄多了，草原就热闹了，黄羊呀，青羊呀，老鼠呀，旱獭呀，就死命地生孩子，死命吃草，把翠绿吃成焦黄，把那草原，也吃成沙漠了。

但灰儿没想到，这个叫沙漠的地方，也会有枪声。那个死寂的夜里，突突地爆起一声充满火药味的巨响时，灰儿的天就塌了。那个可爱的孩子，忽然被一种叫“死”的怪物抱走了。

灰儿不知道死是啥。那是说不出感觉的可怕，是网一样坚韧的恐惧，是陷阱似的黑洞。那声巨响之前，它首先逃出了黑洞，还有丈夫，还有两个娃儿。

娃儿们大了，到了熟悉生存环境、学习本领的时候了。每夜，它都领它们外出，教些招数，捕些猎物。它叮嘱孩儿，不能去伤害一种长着两条腿的直立动物。那是最可怕的动物，惹了，会有麻烦。这动物，还牧了些四条腿的动物，也惹不得。相反，还要保护自己窝旁方圆十里内的生灵们。因为，别的狼家族也可能会潜来，惹祸，栽赃。

灰儿教孩子捕猎的，是那些无主的生灵，比如黄羊，比如旱獭，比如羚羊，比如马鹿……还有老鼠。吃这些，天经地义。但是，就像两脚动物里也有罪犯一样，狼家族里也有作奸犯科的坏蛋，会一个老鼠坏了一锅汤。灰儿们只好将它逐出群去，逐出自己的势力范围，以免它干坏事，惹恼那种叫“人”的动物。

它们世世代代都遵循着一个规则：“人不犯我，我不犯人；人若犯我，我必犯人。”

这规则好。灰儿不希望人犯它，灰儿也不想犯人。灰儿只想养大自己的娃儿。以前，灰儿养了几窝。天却不作美，老下雨。娃儿就出一种水豆豆，娃儿不知道叫麻疹，但麻疹却知道娃儿，就没一个活的。这一窝，还好，活了三个。只遗憾，一个粘了眼皮，该睁的时候没睁开，成瞎狼了。这病，和那水豆豆一样，是狼的天敌病。一生下，娃儿都粘了眼皮，母亲就边祈祷，边用那带了倒钩的舌头舔。舔开了，就是好狼。舔不开，就是瞎狼。

瞎瞎就是只瞎狼，那眼皮，长一块了。灰儿心里，就叫它瞎瞎。

这名儿难听，但实在。狼是最实在的动物，不像人，总美化丑，比如，把死叫升天，把耍流氓叫风流。见了异性，明明想上床，还要说些莫名其妙的话。狼不，灰儿想公狼了，就长长地嗥一声，音调儿温柔些，缠绵些，意思是：我想公狼了，谁来和我游窝？这“游窝”，就同人类的“性交”了。不多时，就会有公狼寻了来，和它游窝。瘸狼就是寻了来的。常听公狼也那样嗥叫，灰儿想了，也会循声而去，“游”上它一“窝”。灰儿从没想过写啥情书呀。明明心里黑了，嘴上还白得发亮。这一招，狼最讨厌。

瞎瞎就瞎瞎。

瞎瞎这名儿好，实在。灰儿爱起实在的名字，比如丈夫，就叫瘸狼。瘸就瘸呀，你本来就瘸，说不瘸，又不能把你短了的腿说长。当然，先前它叫狼王。灰儿不喜欢这名儿。明明是自吹自擂发高烧，可丈夫喜欢。你喜欢就叫你几声，叫你当回“王”，权当做回美梦吧。人类因为梦想而伟大，狼却相反。因这梦想，多数是贪。一贪，就坏事了，比如这“狼王”，一“王”了，老和别的公狼打架。虽说你力大，猛，可老欺负弱的，就“王”了？明明是发高烧嘛。一发烧，就出事，某夜，它竟游到羊圈门口，中了夹脑，咬断了半截腿，才脱了身。

活该！

灰儿从此叫它瘸狼。丈夫发烧是丈夫的事。要是妻子也跟着发烧，不出事才怪呢。瘸狼就瘸狼。

灰儿可没发过烧。丈夫“王”时，叫它当“后”。屁。老娘还不是那种浅碟子货。老娘眼没瞎，不能叫“瞎瞎”。腿没瘸，不能叫“瘸狼”。可老娘也有自己的特点，比如毛色。虽说狼的毛色随顺环境——春天，草芽儿一发，狼也绿潮潮；秋天，庄稼黄了，狼也黄苍苍；冬天，漠黄草白，狼也灰楚楚——可跟别的狼比，老娘的毛色多灰，就叫“灰儿”吧。灰儿好，实在。不像那“王”呀“后”呀，一听，就是个浅碟子自封的。

灰儿是贤妻良母，公认的善良，公认的冷静。比如，“狼王”变成“瘸狼”后，又气又急。狗急了，就跳墙。狼急了，就扑火。那火，不是寻常的火，而是枪里喷出的火。你朝它开枪，它不躲，反倒朝你扑来，你一枪打死它，它一口也咬死你，同归于尽。那瘸狼，真有扑火的心了，想去拼命。灰儿就劝：哟，是你自个儿不安分，没安好心，怪人家干啥？人家又没说，来呀，王，这儿有夹脑哩。瘸狼就气哼哼道，行了行了，少说两句成不成？屌都聒麻了。老子当王那阵，你嘴夹得比水门还紧，生怕老子一脚蹬了你，跟那些美丽的母狼游窝。现在，老子瘸了，你就整天唠叨个不停，老子不去还不成？就没去。

灰儿想，还是叫“瘸狼”好。叫“王”那阵，啥话都听不进去。它比谁都聪明。人家一声，顶你一万声。你嘴才张，人家一句话就把你噎死了。现在瘸了，脑子不烧了，心里也有些空处了，也能听进些话了。狼虽是那个狼，名头儿一变，就大变样了。

所以，灰儿给娃儿起名时尽量实在些。小的，叫瞎瞎；大的，叫大壮；二的，叫二壮。那瞎瞎，若不瞎，就叫小壮。可瞎了，就不壮了，叫瞎瞎吧。瘸狼虽瘸了，心却不死，偏叫娃儿大王二王。你叫你的“王”去，老娘叫老娘的“壮”。娃儿，壮了最好。那“王”，有啥好呢？啥“王”，都不如“壮”娃儿好。

其实，瘸狼说归说，也没真想去寻事。那事儿，它也知道是活该。算了，一锤打个肚儿里疼，自认倒霉。瘸狼也怕惹恼两脚动物，叫人家跟了踪来，乓乓几枪，把自己一家子收拾了。有时想想，这两脚动物，真是可恶。有本事，你徒了手来，跟老子摔个三五百跤。赢了，老子服你。可偏偏举个烧火棍，老子们还没反应呢，就叫你喷火咬了。老子惹不起，可躲得起。石头大了转着走。见了你，远远地避了，总成吧？

2

灰儿最疼瞎瞎，就像“人”的母亲最疼残废儿子一样。灰儿在瞎瞎身上用的心最多。大壮二壮，眼贼，饿了，一口就咬住奶头。瞎瞎却要摸索半天，还常叼住已叫大壮二壮吮成空皮袋的。灰儿就把大壮二壮扔到一边，叫瞎瞎吃独食。瞎瞎吮奶头时很温柔，怕弄疼妈妈。那抽丝似的快感令灰儿产生了异样的温柔。不像壮们，狼吞虎咽，才长出的奶牙老咬得灰儿疼。瞎瞎好。

灰儿最疼瞎瞎，就像"人"的母親最疼残废儿子一样。

还是我的瞎瞎好。妈疼瞎瞎，瞎瞎也疼妈。闲时，灰儿就常舔瞎瞎的眼睛。明知，这眼皮已长住了。年龄越大，长得越牢，可还是要舔。开不开是天的事，舔不舔是妈的心。尽了妈的心，就随它瞎眼的天吧。

瞎瞎弱，壮们老欺负它。大壮二壮已学会了各种招式，扑，咬，撕，吞……瞎瞎却只学会了走和吮。灰儿知道，要没有同伴照顾，瞎瞎很难生存。要是瘸狼和自己死了，瞎瞎可能活不了多久。除非，壮们也像父母一样待瞎瞎。灰儿就常教它们，但它们还小，不懂事，常骗瞎瞎上沙坡，一拱，瞎瞎就滚到沙洼里了。第一次，瞎瞎嚎哭，灰儿就教训了大壮二壮，口衔了，头一抡，把它们扔出老远；第二次，瞎瞎惊叫，灰儿就一头，又一头，把大壮二壮顶出老远；第三次，瞎瞎却笑了。瞎瞎的笑也像嚎，可里面透出的意思不一样，两脚动物有多少种话，瞎瞎就有多少种嚎。

瞎瞎渐渐习惯了沙漠生活，能上坡下洼，行走也快了。瞎瞎的听觉格外好，能听出百米外黄羊的轻微脚步，能听声辨出远处老鼠的大小。瞎瞎的嗅觉也好，在天空还晴朗无比的时候，它就能嗅出次日的雨来，还能嗅出茫茫黄沙之中哪儿走过兔子，哪儿走过黄羊，哪儿有狐子出没。这一点，壮们自愧不如。只有瘸狼才可以媲美。瘸狼当初为“王”时，除身大力猛外，嗅觉最为灵敏，啥危险也能嗅出，因而得到了狼家族的一贯尊重。后来，瘸了。一头更猛的狼叫“王”了。瘸狼就只在心里不安分地“王”几次，过把干瘾。看来，瞎瞎继承了瘸狼的嗅觉天分。

为增强瞎瞎的体质，灰儿常带它外出。凭着超群的听觉和嗅觉，瞎瞎偶尔也能扑只黄老鼠。灰儿很高兴，就也教它些本领。瞎瞎学时很艰难。除了那些与生俱来的本能外，别的，因为没法模仿，它学得很慢。灰儿也不急，瘸狼和自己还是壮年，有的是时间教它。功到自然成。

在那个悬着月牙儿的夜里，灰儿又带着娃儿上路了。这次，是带了娃儿去熟悉水源。这种亮亮的、凉凉的液体，是越来越少了。干渴已成为狼摆脱不了的噩梦。幸好有动物，幸好动物有血，幸好它们时时能捕到有血的动物。咂那血，就成为狼最美的享受。所有动物中，羊的血最好喝。那种带着浓浓膻腥味的液体，叫灰儿们能感受到那种幸福的眩晕和迷醉。瘸狼老嚷唤着要去吆几只羊来。不成哟，那祸儿，能不惹，还是不惹的好。不是还有黄羊吗？虽说那血，没绵羊血那么过瘾。虽说黄羊蹄儿轻捷，逮起来费劲，常常是追个贼死也拔不到一根毛，但邀了同伙，想个法儿，时不时地，也能逮一只。当然，一只黄羊的血，总解不了奇异的渴，但养命总可以吧。

痛快地喝不到羊血，能痛快地喝一肚子水也成。可那液体，也稀罕了。那个沙洼里，那个有两脚动物住的地方，有个水槽。槽里，时不时地，就有备用的水。现在，也稀罕了。灰儿去过几次，几次有水，几次干干儿的。这儿，是附近唯一有水的地方。灰儿就带了瞎瞎们，来熟悉地形。

瞎瞎最早听到了移来的脚步声，用爪子示意妈妈。灰儿也示意它：那是骆驼。骆驼是沙漠里最善良的动物，但惹了它，也很是可怕。瘸狼就尝过那可怕，还是它当“王”发烧的时候，带了几只狼，去袭击骆驼。骆驼口一张，浓浓的咸咸的胃液就糊了瘸狼一脸，叫灰儿恶心了好久。灰儿告诉瞎瞎，那是骆驼，别怕它，也别惹它。但记住，那是一种善良至极的动物。

灰儿想不到，善良至极的动物下，会伸出一个不善良的枪口。

3

这一场大风来得很凶，沙子都蹿天上去了。时不时地，顶上就嗖地飞过一绺沙子，像箭，不知飞哪儿去了。散的，更多。风婆子的口袋里放出多少风，风里就能带多少沙子。一粒粒沙子都成疯蚂蚁了，乱，打到皮毛上，隐隐作痛呢。脸上更不用说，叫沙鞭一抽，简直是死疼了。虽说灰儿已习惯了这风天，但还是希望天晴。天晴了，动物们才出来。灰儿们才能捕到食，喝到血，才有了安全的果腹感。风一起，动物们不知躲哪儿去了。味儿呀，踪儿呀，也全没了，灰儿们就吃些储下的肉。

储肉时，灰儿们有自己独特的储法。它们不捞死动物，而是饱饱地吞了肉，由自己皮囊似的肚腹带了来，到窝旁，刨个小坑，吐出，用沙盖了，鼓个小堆。要是打不到食，饿极了，才吃几嘴。狼知道维持自己的体能需要多少肉。在这种风天里，它们不多吃，几嘴就够了。

灰儿吃了几嘴肉，出了洞。

外面，已黄沙满天了。各种声音乱叫，像千万个野人在狂欢，一听，毛骨悚然呢。灰儿怕，但怕归怕，仍一头扎进风沙里了。因为，风里有个声音在长长地嚎，分明是瞎瞎的声音呀！这些天，老这样。明明知道瞎瞎死了。那声爆响后，瞎瞎痛苦的扭动老在眼前晃，却老听到瞎瞎的嚎。它不信瞎瞎死了。那么可爱的瞎瞎，那么憨势势胖乎乎的瞎瞎怎么会死？灰儿不相信。枪响后瞎瞎的那声嚎叫老在心头响，那是瞎瞎在叫妈妈。一想，灰儿的心就烂了。夜里，它便到旷野里嚎。那声音，悲凉，悠长，把天地都戳通了，表达着一个母亲的悲哀。老觉得，瞎瞎会憨憨地飘来，在它腹下滚，寻找属于自己的奶头。那奶头，它不叫壮们吃，只给瞎瞎留着。可那老胀着的奶头，老提醒它：瞎瞎死了。

瞎瞎真死了吗？那憨憨的瞎瞎真死了吗？死是啥？死就是永远见不着瞎瞎了？若是这样，瞎瞎没死。瞎瞎老在眼前晃呢。每天夜里，瞎瞎就来了，见了妈，长长地嚎。灰儿也嚎，就醒了。醒了，瞎瞎仍在耳旁嚎，在心里嚎，在风沙里嚎。

瞧，此刻，那瞎瞎，正瑟缩在风沙里，嗷嗷地哭呢。

灰儿长嚎一声，朝瞎瞎奔去。那嚎，能撕裂天空，可一出口，就叫风沙带走了，连个音丝儿也没留下。

沙泼水似的打来，风一直灌进胸腔。耳旁仍在怪响，这怪响，淹了天，淹了地，但淹不了心，也淹不了心里的瞎瞎。淹不了就好，灰儿不怕风，不怕沙，只怕心里的瞎瞎突地没了。一没了，瞎瞎就真死了。

那个可怖的夜后，灰儿坚决地不叫丈夫和壮们再去那个枪响的地方。灰儿不是兔子。兔子听了枪响，逃出，过一会，还会回来看看是不是真有枪。当然有枪，猎人正举了枪，瞄你呢。灰儿也不是黄羊。黄羊死了同伴，总要东嗅嗅，西嗅嗅，不忍离去，结果，就永远陪同伴了。灰儿不。灰儿知道，习性，是要命的咒子。

灰儿坚决地带丈夫和壮们逃出那个沙洼，坚决地不叫它们学黄羊和兔子。而且，灰儿理性上认定：瞎瞎死了。那股火，直溜溜钻进了瞎瞎胸口。

灰儿长嚎一声。噩梦呀。风沙像噩梦，但总有醒的时候。瞎瞎呢？风沙息了时，有瞎瞎不？太阳明了时，有瞎瞎不？这沙子全飞了，这大漠消失了，有瞎瞎不？没了。瞎瞎没了。瞎瞎，我的瞎瞎。这噩梦，醒不了了。

太阳在风沙里缩成个白点了，不亮，冷冷清清地悬在风沙上面，仿佛颤着，仿佛就要被风沙吹熄了。想来已到黄昏。天上有翻滚的黄烟，正搅拌似的滚，滚过来，便是更烈的风了。那风，会裹了沙，把天淹了，把那个亮点也吹熄。但灰儿却不怕，明知道瞎瞎死了，却总觉得瞎瞎在某个所在瑟缩着叫妈妈。前者是理智，后者是感情。后者总能战胜前者。

那黄云滚来了，近了，近了。一拨儿沙子打来，劲道奇猛，裹了灰儿身子。灰儿便不由自主地滚下阳洼了。风卷沙流，像泄洪，流下阳洼，差点淹了灰儿。

灰儿一骨碌翻起身，抖抖毛，抖去毛中的沙子。明知那是白抖，才抖去，又落了，还是抖抖。它真怕流沙埋了自己呢。这事儿，也出现过。某次大风里，流沙埋了另一个狼家族的洞穴，把八只狼埋成干肉了。灰儿很害怕。

它顺了风，蹿上一个阴洼。阴洼里沙上流，阳洼里沙下流，顺阴洼上，就不会被沙埋了。上了阴洼，灰儿连眼睛也睁不开了。这时，天空怕连空气都没了，全是沙子了。这鬼天气，真是少见。灰儿头朝南，背了风，叫沙鞭抽自己脊背去。那儿毛多，耐打，耐磨。不像面部，许多地方没毛，叫风沙拧成的鞭儿抽不了多久，便血糊糊了。

背了风，才睁开眼。灰儿便看到滚滚黄沙朝南去了，遮天盖日的。去了哪儿？不知道。但可以肯定的是，去了人住的地方，把那儿的人烟挤了，繁殖出通天彻地的黄沙来。

但没了人烟是人的事，灰儿懒得去管。灰儿只管瞎瞎。只要心里有瞎瞎，只要风里有瞎瞎的长嚎，只要瞎瞎在满天飞沙的某个所在瑟缩，灰儿泼了命，也要去寻。

风到了最猛的时候，仿佛已无风了，只有疯的沙子。灰儿见到了一具干尸，看样子，是狐狸。沙漠里常有这类干尸，皮呀，肉呀，骨呀，都干了，虫儿也没吃它。不像草原上，那动物尸体，很快就腐了，上面趴满白生生的虫儿。不过，现在的草原也沙化了，成了一绺山，一绺沙，一绺戈壁，一绺似有草似无草的土地，动物一死，很快就被吸成了干尸，你想生虫，也生不了。

灰儿喜欢原来的草原。草茂盛了，动物多了，灰儿也犯不着去招惹人。只有在实在打不到食，快要饿死的时候，才去袭击一次家畜。但人总是愚蠢，瞎猫盯个死老鼠，总拿这一次当百次，不是乒儿乓儿用喷火的棍儿咬，就是下夹脑，放毒药，灰儿们只好进沙窝了。

灰儿到哪儿都成。在适应环境上，灰儿们是世界冠军呢。雪山也成，森林也成，沼泽也成，大漠也成，雨雪也成，风沙也成，灰儿们总能设法活下来。瞧，这风沙里，那两脚动物，连个屁影儿也不见，灰儿却仍在寻觅呢。

瞎瞎又叫了。一听这声音，灰儿便不怕变成干尸了。苦命的瞎瞎，莫哭，妈不是正找你吗？灰儿长嚎一声，却进了一嘴沙子。那泼水似的入口的沙子，怕是填喉管里去了。

眯了眼，留条细细的缝儿，叫睫毛挡了沙，望去，仍黄黄一片，是茫茫的黄，彻天彻地的黄。那北边天上，风沙还浓浓地滚呢，滚着浓烟，滚着褐黄，滚着死亡的气息和死神的狞笑。看来，这风，一时半时地，停不了。停不了，由它去。灰儿想嚎，却硬将嚎声咽了，仄了身，逆了风，费力地跑起来。它已顺风跑了许久，再跑，就到天边了。逆风一跑，沙打在鼻脸上，死疼。明知道，这风沙绞成的鞭子，抽不了几下，就能抽去脸上的毛，抽出血来，但也顾不了它。

那呻吟，又在风里游曳了，很弱，很轻。这是几天来耳中心中老响的呻吟，是受了委屈的瞎瞎独有的哆声。瞎瞎哆起来多鼻音，哼哼咛咛，像羽毛在心上搔。不像大壮二壮，多用喉音，跟那瘸狼一个腔调。还是我的瞎瞎好。瞎瞎的好是与生俱来的，还是个小毛团的时候，灰儿就觉得与瞎瞎有种贴心贴肺的默契。瞎瞎，我的瞎瞎。灰儿的心抽搐着，仍眯了眼，仍留了细细的缝，仍用睫毛挡了沙粒，望去。那黄沙滚滚的不远处，果然有个大柴棵。瞎瞎，正在下面长声地叫呢。

瞎瞎，我的瞎瞎。灰儿扑过去，强劲的风后拽它身子。沙鞭越加凶猛地抽打。它鼻腔酸了，像要流泪，说不清是沙抽的，还是激动所致。

憋了气，用足劲，逆风去。瞎瞎近了。瞎瞎笑了。瞎瞎叫妈妈了。瞎瞎扑了出来。

灰儿这才发现，那“瞎瞎”，原来是一只硕大的灰兔。

灰兔惊叫几声，逆风跑去，速度并不快，几下就能扑倒它，但灰儿却失了魂似的，呆痴了。灰兔在风沙中一下下跳着，远去了。

“看在瞎瞎面上，饶了你吧。”

灰兔消失了许久，灰儿才回过神来。这时，它才感到一阵奇异的饿，想来腹内的那点儿肉早没了。灰儿头晕眼花了。

4

那声枪响后的某夜，灰儿和瘸狼又到了那个沙洼。那夜没风，很黑。虽然黑不黑对灰儿们来说无所谓，但灰儿还是希望夜黑些好。灰儿们有夜眼，夜里视物，如同白昼。那两脚动物却不然。天黑了，他们就是瞎子，举了那喷火的棍儿，也没个准头。灰儿安顿了大壮二壮，带了瘸狼，去那洼地。

说那“带”字，是因为瘸狼身懒，不想去。灰儿硬叫它去。天下的公的都不长心，瘸狼也不例外。瞎瞎死了，它竟没事似的，照吃，照睡。瘸狼很少像灰儿那样嚎瞎瞎，但却有颗复仇的心，不仅仅为瞎瞎，还为自己。那“瘸”，是印在心头的耻辱，是无法痊愈的伤口。灰儿知道，受过伤的狼都这样，格外凶残。

进了那沙洼，瘸狼嗅出，瞎瞎死了。瘸狼嗅不出一点活瞎瞎的气息，便认定它死了。那夜，瘸狼还嗅出无火药味，无夹脑独有的铁腥味，无危险的气息。前两者，灰儿也能嗅出。嗅那气息，却是瘸狼的本事。那是一种超群的直感。

那夜无杀气。

灰儿用了很大的气力，才忍住了时时想喷出的长嚎。瘸狼一断定瞎瞎死了，灰儿就想嚎，想发出那撕裂天空的长嚎，来哭瞎瞎。当然，它更想报仇。一想到可怜的瞎瞎，它就想毁灭一切。

瘸狼咬断了栅栏上的皮带，吆出了羊。它用牙齿咬了头羊的耳朵，用尾巴使劲赶它。那羊就没命地跑。灰儿到圈里一唬，一群羊就跟头羊跑了。

那夜很静，没有人声。羊蹄沙沙似雨声。沙地好，若在硬地上，那几百只蹄儿，能弄出好大的声响呢。沙地上，就只有沙沙了。夜又吸了沙沙声，几十步外，连个音丝儿也听不见了。

那头羊好大。好大的身坯，好长的角，怪不得是头羊。和同类牴起仗来，定然很厉害，可狼一吆，就成乖孩子了。这只能证明羊是欺软怕硬的动物。灰儿不管这些。灰儿只想为瞎瞎报仇。那么好的瞎瞎，叫人砰的一下，就再也见不着了。灰儿好伤心。灰儿也想叫两脚动物伤心。

到另一个沙洼，瘸狼扑倒了头羊，咬了它喉管，许久不动。灰儿知道它在咂血。灰儿也爱咂血，也爱咂那腥腥的、腻腻的、滑滑的血。那血过瘾，咂一阵，就有种醺醺的醉意了。羊们都挤成一团，缩在沙洼里，看头羊四蹄的抽动。那蹄儿，初时还蹬得凶，蹬起一股股黄沙。渐渐地，慢了，一下，又一下，停了。

羊蹄的蠕动，叫灰儿想起了瞎瞎。瞎瞎没蹄儿，可有爪儿。枪响后，那爪儿，也这样一下下抽。于是，灰儿的心也抽了。它低嚎一声。

瘸狼吸了满肚子的羊血，便醉了。它过足了瘾似的吧咂着嘴，喉间咕噜一声，示意灰儿也咂。

一个黑丸，忽然射来，裹一股杀气。灰儿嗅出，来的，是人类养的狗中最可怕的那种。

灰儿不怕寻常的狗。对那些占了人势才吠个不停的玩意儿，灰儿不屑理它。以前，灰儿老和它们相遇。远远扑来时，它们气势汹汹，吞天吐地。一近，声也低了，速也低了，气也没了。灰儿唬一声，它们便哀叫着，躲出老远。再扑，再吠，再由气势汹汹到退避三舍。老这样。灰儿也懒得唬它了。

但灰儿却怕这种裹带了杀气的狗。这狗高，大，胖，猛。它身大，能和老虎摔跤；力猛，敢和黑熊缠斗，而且势重力沉，招招直指要害，很是可怖。

那黑影近了，看得出，它脖中还带了卡子，那牛皮上的铁钉隐隐可见。这样，它可以攻你咽喉，你却难袭它要害。灰儿们是直脖子，转动不灵。狗却灵敏，那一口利齿，能朝各个方向出击，便占了大便宜。

灰儿的父亲，就伤在这类狗的手中。那狗，疯了似的追来，与父亲并齐了，边跑，边拧了脖子，用卡子一下下扎，扎出许多冒血的洞儿。后来，洞儿化脓，腐烂，把父亲烂死了。

听得那狗低哮一声，闷雷似的。灰儿忽然怯了。那瘸狼，也无往常的跋扈了。

这狗，明显带着逼人的杀气。

杀气是啥？不知道。但灰儿能感觉到。同是人，猎人有杀气，牧人没有。在黑压压一群人中，灰儿一下就能觉出谁是猎人。猎人可以隐了枪，隐了凶相，但隐不了杀气。有时，杀气会告诉狼的直觉：快跑，猎人来了。

这狗的杀气，比寻常猎人的都重。那样子，仿佛是沙漠之王呢，望两只狼，竟似望两只兔子。灰儿明明知道，它和瘸狼斗一只狗，败的可能性不大。可怪的是，偏偏无斗志。

那狗也不扑来。它蹲立着，只在喉间咕噜，仿佛说："去吧，别再伤羊，老子就饶了你。"那样子，分明不把对手放在眼里。灰儿心虚了。它看到了隐在它后面的人。一想到幼小的壮们，它越加心虚，就拱拱瘸狼，示意它撤退。灰儿不知道，瘸狼早想溜了，饮了一肚子羊血，它醉了，没一点气力了，一离开沙洼，瘸狼就步儿蹒跚了。

怪的是，那杀气，一直渗灰儿心里了。它甚至想，算了，一羊抵一狼，一命还一命，就此算了吧。不然，惹恼那两脚畜生，又伤害大壮二壮呢。

若不是又一个狼家族遭受了灭顶之灾，灰儿也许真"算了"。

在公狼豁耳朵的长嚎声里，灰儿们赶了去。这是规矩。那长嚎，是呼唤同类的讯号。若闻声不去，便成不齿于狼类的狗屎堆了。这豁耳朵，也是匹厉害的狼，那缺耳，是争王位时，叫瘸狼咬的。但它并没记仇，有事了，就长嚎；听到呼唤，也去接应。公狼是真正的大丈夫哩，恩怨一挥手，不像两脚动物，面里是是是，背后动刀子。

灰儿们闻声赶到时，豁耳朵仍在一个血肉模糊的肉体前长嚎。这肉体，曾是它的妻子，后来，叫人剥了皮，就成赤条条的肉了。另一处，还有两个小的。瘸狼们很快便吞了那三团曾是生命的肉。吞了好，自己的腹肚，是亲人最好的棺材。在胃液的帮助下，死者就和自己融为一体，永不分离。高贵的狼尸，岂能叫其他动物吞食？

又一笔血债。

复仇是必然的。

灰儿知道，复仇是最好的保护。这也是祖宗传下的规矩，人不犯你，你就守了戒，封了口，不动他的牲畜。人若伤了你，你必须狠狠还击，叫那两脚动物从灵魂深处战栗。血债，要用血来偿。只有这样，他们才不敢轻易惹你。

那夜，豁耳朵公狼循着妻子和孩子皮毛上的熟悉气味，来到了灰儿熟悉的那个沙洼。瘸狼和灰儿远远尾随了。它们不敢太近。那喷火的棍儿，它们是领教过的。它们不敢进攻。它们只能偷袭。

夜很静。风的蠕动温柔极了。灰儿有些紧张。在这一点儿，它不如瘸狼。瘸狼经的阵仗多，心硬，胆儿壮。灰儿却总是怯。虽说那怯，时时叫复仇欲望淹了，但淹了的怯仍是怯，心因之虚了。

一进沙洼，灰儿就闻出一股浓烈的火药味。它差点要退缩了。那是它最怕的味儿。但瘸狼却辨出，这是熟火药味，就是放枪后的火药味，而不是生火药味。这味儿，只意味着开过枪，而不是有枪候它们。瘸狼示意它，别怕。但它们掉远了些，叫豁耳朵打头阵。即使有枪瞄着，先中的，也是豁耳朵。

豁耳朵在稠糊的夜色里游了过去，游向羊圈，开了圈门。遥遥地，灰儿听到忽棱棱的声音，这是羊惊了。灰儿知道，豁耳朵在扑羊。这时，羊的习惯仍是挤成一团，一团云似的，滚过来，滚过去。扑不散它，狼不好下口。最先死的，便是那个被扑出群的。这羊一死，别的就吓破胆了，就不太费力了。

那羊惊的声音，远远听来，依然很大，像无数鸟儿在飞，怕是要惊醒牧人了。灰儿心跳得凶，驻足竖耳。若有动静，它立马就会逃出老远。这不是不讲义气或是胆小，而是生存智慧，犯不着无谓的牺牲。在凶残狡猾的两脚动物面前，任何疏忽，都可能送命。命只有一次，失去了，永不再来。一想到命，灰儿的心抽了一下。它的命，只有一次。瞎瞎的命，也一次，失去了，就像消散的云烟，再也找不回来了。瞎瞎，我的瞎瞎，你还没活出个名堂呢。

一种熟悉的气味袭来，灰儿马上燥热了。这是瞎瞎独有的气味。大壮，二壮，瞎瞎，各有各的性子，也各有各的味儿。瞎瞎的味儿最浓。自那个恐怖之夜后，那味儿时不时就飘进灰儿鼻腔。不，不是鼻腔，是心里。初时，灰儿一阵激动，就去寻。后来才发现，那是虚味儿，不是实味儿。虚味儿印在心里，不经意间，才能闻到，再细嗅，却没了。

可这次，是实味儿，再嗅，仍有。几次后，灰儿断定，那是实味儿。

那味儿，从羊圈方向飘来。

羊圈里已静了，没有鸟飞声了。豁耳朵肯定逮了一只，正咂血。别的羊，便睁了瓷白的眼，木木地看，身子不易觉察地抖。羊的意志，就这样被摧毁了。然后，它们就不会像开始那样挣扎了。

灰儿扑进羊圈。瞎瞎的味儿越加浓烈，地上有，羊身上有，羊嘴里有。但有的只是味儿，并没瞎瞎。灰儿于是认定，羊吃了瞎瞎。

一串长嚎差点迸出灰儿口腔了。它用了很大的劲才咽下了它。瞎瞎，我苦命的瞎瞎。眼泪蒙了灰儿的眼。若不是怕惊醒猎人和牧人，它会用嚎声撕裂天空的。

瘸狼扑入羊圈，开始了疯狂的杀戮。显然，它也发现，瞎瞎，正葬在羊们的腹里。

这是真正的杀戮。不是猎杀，是杀戮。杀戮，为复仇。猎杀，为生存。后者，猎到果腹者就成咧。前者，要叫仇家感到灵魂深处的剧痛。

瘸狼一口血也不咂，它咬断一个喉管，扔一旁；再咬，再扔。瞬息间，白白的一地羊尸了。豁耳朵也不再咂血，也开始了疯狂的杀戮。前日，两脚动物杀了它的妻儿。此刻，它报仇来了。

灰儿的心却被浓浓的泪淹了，想长嚎，出不得声。它就在心里嚎，心在嚎声里抽搐。身子很软，像饮足了羊血一样。

许久，灰儿才回过神来。地上，已白茫茫一片羊尸了。剩下的那些，挤在一起。它们已被吓呆了，不再跑动，只本能地伸了脖子，随你咬吧。

洞里忽然有了动静。

瘸狼第一个出羊圈，逃之夭夭了。它当然知道，那棍儿喷出的火，比它的腿快，稍迟些，就不会有机会了。豁耳朵随后逃出。灰儿怔了一怔，也出圈去。

老远，灰儿才听到狼嚎似的人叫。

5

闲风怕日落。日头爷从山顶滑到西边时，风住了。风沙没了，空中仍有纤尘，蔽了天，把一切弄模糊了。这是风后独有的天气。那蔽日的黄，好多天才散。除非来一场雨，只片刻，便能洗出遍天的明净来。

灰儿逮只老鼠，吃了，压压饥。灰儿不喜欢老鼠的肉味。那味，怪怪的，说不清是土味，还是啥味，倒胃口，老叫灰儿想起老鼠的不洗澡来。只有在逮不到黄羊，或石羊，或青羊时，灰儿才吃老鼠。逮个大些的，闭眼吃了，压饥。瘸狼可不，见了老鼠，一口一只，腹内怕成鼠窝了。瘸狼食量大，老嚷饿，不像灰儿，几嘴肉，就够一天的花销。灰儿喜欢吃黄羊肉。那肉，精，嫩，想想，都流口水。当然，比黄羊肉好吃的，是那羊血，不是野羊，是牧人的羊。野羊老跑，消尽了脂肪。牧人的羊血里，多脂，膻膻的，滑滑的，糊糊的，想想都醉，别说饮了。

灰儿流口水了。一想羊血，就这样。它拌几下嘴，磕几下牙，长嚎一声。因为风息了，嚎声了个远。

夜渐渐来了。灰儿喜欢夜，但也不怕昼。它不像狐子，一见太阳，头就疼，可仍喜欢夜。夜好，夜里静，好多东西都在夜里活动，狐子呀，旱獭呀，老鼠呀——想到老鼠，灰儿的心里阴了一下。对这东西，它咋也喜欢不起来。那丑丑的样子，那土腥腥的肉，那怪怪的气味，总叫灰儿别扭。不过，大壮二壮喜欢。这一点上，它们也像瘸狼。它们就是在扑老鼠时学会了捕猎。想到“捕猎”，灰儿笑了。灰儿的笑是喉间的咕噜，很低……那也算捕猎？那肉乎乎的小玩意儿，跑不快，又没尖牙利爪，一爪拍去，就翻白眼了。不像黄羊，会跑。那跑，又是怎样的快呀！那蹄儿，仿佛踩的不是沙，而是弹簧，嗖——，一大截，比风还快。它还会用后蹄踢。一次，灰儿叫那蹄儿扫了一下，就是一道血口。若叫踢腹上，还不破膛？还有羚羊，那跑，怕是比黄羊还快哩，尤其那角，刺刀似的，追急了，扭了头，那角就嗖地刺来了。豁耳朵的那只母狼，就叫羚羊破过膛，悬乎乎死掉。……这才叫捕猎呢。大壮二壮的逮老鼠，只能叫“玩”。

玩也好。虽说大壮二壮多瘸狼的坏毛病，可总是娘肚里掉下的，十指连心哩。哪个也扯灰儿的心肺。爱玩了，就玩去，就当你们捕猎，总成吧？

想到大壮二壮，灰儿又想起瞎瞎。一想瞎瞎，心又抽搐了。这瞎瞎，成灰儿心上的伤口了，稍一碰，就钻心地疼，就觉得天也灰了。即便是黄尘满天，灰儿也觉得天灰了。那灰，腌透心了，它就觉得没活头了。怪，没瞎瞎，还有大壮二壮呢，为啥就没活头了？不知道。反正真觉得没意思活了。

灰儿又长嚎一声。

空气潮了，气流凉了。灰儿望望天空，天上有一疙瘩一疙瘩的黑云。天虽黑，灰儿却能辨出比天更黑的云来。而且，那是积雨云，怕是要下雨了。对瞎瞎的思念，迟钝了灰儿的直感。那风沙一搅，更把心头的清明搅没了。要不然，灰儿能提前知道何时下雨的。那雨，若测来大了，就多打点食。若小了，也不必打乱规律了。不过，那雨呀雪呀，灰儿以前并不惧。一生了那些要债鬼娃儿，灰儿就得多留心：窝要安在高处，别叫雨淹了；要选干燥处，太湿了，会惹来麻疹。

狐子也怕麻疹，一下雨，母狐就会给老天爷磕头，求它少下些雨。下多了，娃儿就叫麻疹出死了。灰儿见过几个磕头的狐儿，但没进攻，一来，它正饱着；二来，嫌那肉臭；三则，它也希望天少下点雨。那么，你磕头吧，应了，也好；不应，老娘也不给你工钱。

灰儿从不拜天。它不是不信它，而是不怕它。它只是嚎，伸长了脖子，口朝了天，用声音长长地刺了去，不多久，天就裂了，就露出笑眯眯的日头爷来。不过，有时，嚎声也刺不破厚脸的天，它总是板个脸，不露个笑脸儿，或是刺疼了，天的泪就淋漓个不停。那雨下呀，下呀，再下呀，狼娃儿就会出一种红豆豆。灰儿的几窝孩子，就是叫红豆豆出死的。所以，它才格外疼瞎瞎。

瞎瞎，我的瞎瞎。

这瞎瞎，成心上的刺了，不经意撞一下，心就哆嗦。

6

那雨，终究是落了，先有把亮亮的刀子在天上利利地划一下，一团云就炸了。那声音，好大，灰儿觉得地皮儿都动了。它打个哆嗦，一溜风往窝里去了。那雨点儿，却也撵来了。蹄瓣儿大的雨点儿，稀稀地落。

没了风，行来，就不费力了。不多久，就到洞口。大壮二壮守在洞口，望外面。 见灰儿，就欢快地迎了来，用头在它身下咕噜。灰儿这才觉出奶子很胀。怪。行了这么长路，咋没觉出奶子的胀来？莫非，那风沙进脑子了？

一种轻松的被吮吸的快感从奶头荡向全身。灰儿感到了母亲才有的那种幸福的眩晕。大壮二壮虽会捕食了，却爱咂妈的奶头。它们这时的吮吸，已不是为了充饥，而是一种撒娇方式。灰儿很是幸福，就进了洞，半眯了眼，任大壮二壮咂去。在风沙里折腾了许久，它有些累了，不觉间便迷糊了。

不知过了多久，一声炸雷，把灰儿惊醒了。洞外，已是瓢泼大雨了。闪电时时撕开夜，把彻天彻地的水帘照给人看。沙上都汪水了。那沙，虽也渗得快，但挡不了水的泼。沙面上尽是水泡儿。

瘸狼也伏在洞口，看那雨。洞口在一个崖头上。这洞里，住过獾猪，后来，瘸狼请它们住进了肚子。这地方好，高，避风，但北面的沙岭正在移来，一寸寸，一尺尺，迟早会淹了崖头。灰儿们必须在它到来之前，再找个新窝。

崖上有水珠儿落下，滴在毛皮上，灰儿闻到一股土腥味。这味儿，加上孩子们的味儿，自己和瘸狼的味儿，还有黄羊的碎毛片味儿，还有一些乱七八糟的味儿，构成了“家”的味儿。平日，一进窝，灰儿就暖融融了。可今日，总觉少了种味儿，总叫它心神不宁。想了许久，才记起，窝里缺的，是瞎瞎的味儿。

瞎瞎，我的瞎瞎。

雨噼里啪啦地叫。瘸狼低嗥一声，听不出是赞叹还是惊奇。这是个没心肝的家伙，瞎瞎死了，却像没事一样。听说，公狼都这样？不见得。那豁耳朵就比瘸狼有情义些，老婆孩子叫人剥了皮，它那阵长嚎，连天都叫嚎裂了呢。对了，这雨，莫非就是裂了的天漏下来的？

灰儿望望洞外。那雨，一时半时地，怕停不了。停不了就停不了吧。那天，瘸狼带了一肚子肉来，吐出，埋在洞旁的沙里，少些吃，能吃几顿的，饿不死。

可灰儿却总是心神不宁。

7

那股熟悉的味儿又从心里冒出了。是瞎瞎的。又是虚味儿。这味儿，不经意间，就从心里溢出了。一着意，却不见了。老这样。以前，瘸狼“王”时，从不光顾灰儿。灰儿寂寞时，也和一个公狼游过窝。那狼臭，几个月了，那臭味时时飘进心里。虽是虚的，可一嗅见，身子就腾地热了，就想再游它一窝。瞎瞎这味儿也一样，只是另一种刺激，一袭来，灰儿的心就噎了，虽是个虚味儿，噎却是实的。

瞎瞎，我的瞎瞎。

雨斜织着，意味着起风了。风声一大，沙洼里就呶呶了，像千百只狼在嚎。经了一天风沙，心和耳朵都叫那风呀沙呀填满了，聒噪得有些烦。这雨中的风声一起，灰儿就恼怒地站起来。这时，瞎瞎那熟悉的气味再次袭来。同时，它听到了风雨中瞎瞎的嚎哭。

那是瞎瞎独有的嚎哭。有时独自玩，离窝稍远点，迷了路，瞎瞎就那么无助地嚎，边呻吟，边倾诉，边扯长了嗓门，幽幽地嚎。灰儿最怕听瞎瞎的嚎，一听，心就碎了。瞎瞎，我的瞎瞎。

灰儿一头扎进了风雨里。听得瘸狼惊愕地嚎叫了一声。

滚！你个没心肝的瘸货。

风雨扑面打来。那雨点密，大，是典型的暴雨。灰儿的皮毛很快湿了，但灰儿不怕，相较于风沙，雨好受多了。

瞎瞎仍在前方呻吟，在倾诉般幽幽地哭。一道闪电劈来，照亮前方的水帘。那风雨，密密地织了，把天和地扯在一处了。那水帘一直远去，远去，远到天边了。或是没有了远处，把远近也像天地那样扯一起了。听得见瞎瞎的嚎，也嗅得出瞎瞎的味儿——怪？这味儿仿佛实了，一耸鼻，就扑鼻地浓——可是看不到瞎瞎。瞎瞎叫水淹了。瞎瞎在雨里无助地哭呢。瞎瞎缩在某个所在哭妈妈呢。一定是这样。灰儿鼻腔酸了，热热的液体涌出眼眶，和雨水交织在一起。

灰儿朝有瞎瞎的所在死命窜去。瞎儿在哪儿？哪儿都有瞎瞎，灰儿就哪儿也去。叫那电闪吧，叫那雨泼吧，叫那风叫吧，灰儿心里有瞎瞎，就啥也不怕。瞎瞎，别怕，瞧，妈来了。

一团红红的火球从云里落下，在大漠上滚来滚去，发出震耳的轰鸣和刺鼻的怪味。这火球，不多见，骇死人哩。灰儿驻足了，心跳得凶。怪，它总怕那怪怪的火。说不清这乱跑的火是啥，但可以肯定的是，它若滚了来，定能烧了自己毛皮，把身子炸成碎片。可别炸着瞎瞎呀，你个坏火。你是啥？是雷神爷的眼珠子吗？还是啥？啥了啥去，别烧了瞎瞎就成。不，不是烧了，是惊了……惊了也不成。

最怕瞎瞎惊，白昼里惊了，夜里就不安稳，梦中时不时惊叫。那叫很利，一下子就把灰儿刺醒。瘸狼也叫刺醒了。瘸狼耳尖，一有动静，就醒了。一醒，臭嘴里就咕哝，仿佛，瞎瞎不是他亲生的。不过，亲生不亲生，灰儿也不知道。生瞎瞎前，和灰儿游窝的，也不是瘸狼一个。灰儿于是容忍了瘸狼对瞎瞎半夜惊叫的恶声恶气，但疼瞎瞎的心并不稍减。

那火球，在沙漠里疯魔地滚着，也响着，声音和雷一样。莫非，这就是雷了，还发出一种怪味。这味儿，以前灰儿闻过。有个同类，见团鸡肉，一咬，砰，炸了，就发出这怪味。据说这火球，在大漠里乱滚时，在殛一种精灵，比如，成精的狐子呀，狼呀，还有别的妖怪。灰儿不知道妖怪是啥，只知道自己没成精。此刻，它仅仅是个母亲，是个在暴风雨中寻觅孩子的母亲。这天雷，总不能殛母亲吧？

瞎瞎——瞎瞎——

那火球，滚出浓浓的硫黄味后，不见了。雨泼得更凶，仿佛，天下的，已不是雨了，而是在泼水。这水，更因风的劲吹而激射了，打在脸上，很疼。灰儿有些冷了，心更冷。四周是很黑的夜。除了时不时撕扯天空的闪电外，夜凝成一块了，很像死。一想死，灰儿就哆嗦了。瞎瞎，莫非真掉进这样的黑里了？那我就找吧，把这黑，每一寸都摸过，不信还找不到你。灰儿长嚎一声，嚎声才出口，就叫暴风雨泼进沙里。

那嚎，泼了就泼息吧。泼不息的，是灰儿的心。灰儿努力地四下里搜寻。脸迎了雨时，眼就火辣辣疼，照出的，仍是模糊。那雨，织成帘子，把啥都模糊了。看来，只有靠嗅觉了。用力嗅嗅，又发现瞎瞎味儿没了，只嗅出潮湿的气息。但瞎瞎的呜咽，仍在心头响着，那就循了这声音找吧。

循了心头的声音，灰儿在雨里走着。雨似激流，行来，很是费劲。这不怕，怕的是耳旁的呜咽，忽而在前，忽而在后，忽而在左，忽而在右，叫灰儿无所适从了。那闪电，也许久不亮。风倒更激了，啾啾啾，怪叫着。

灰儿萎倒在地，哭了。这次的嚎哭声，可把风雨声盖了。它厉厉地刺入黑黑的苍穹。

8

暴风雨是早五更息的。

灰儿奔了一夜，寻了一夜，嚎了一夜。当那个红红的太阳悬上沙岭时，灰儿心头的风雨也息了。它接受了一个现实：瞎瞎死了。这死，不是掉到黑暗里，而是，永远没有了。怪的是，灰儿的心头却异常平静。

云没了，天空很明净。昨日的风卷起的满天沙尘叫雨泼进地面了。天的蓝，和灰儿心里的平静成一体了。

大漠灰灰的，不似以往那么焦黄。那日头，红得像喷火的枪口。瞎瞎就是叫那样的枪口喷死的。灰儿很平静。

几只黄羊从远处来，一见灰儿，斜刺里惊了。灰儿也懒得追，腹内固然很饿。昨天吃的老鼠叫一夜的寻觅消尽了，很饿。灰儿仍懒得去追黄羊。它不想打破那平静。

立在高高的沙山上，望那葬埋了瞎瞎生命的沙洼。那沙洼很小，几间灰灰的房子，几个灰灰的人，几群灰灰的牲口，给了灰儿灰灰的心。

牛群出了栅栏。羊群也出了，还有其他大牲口。牧人们很响地说笑。灰儿却很平静，它冷冷地听那说笑，冷冷地看那说笑的人。而后，它款款地走向最高的山坡，拉了一泡白色的夹带着毛皮和骨渣的狼粪，长嚎一声，告诉牧人们：这是我的地盘，两脚畜生们，你们滚吧！

在牧人的惊叫中，灰儿款款离去。太阳里，灰儿成一道剪影了。

此后的灰儿，仅仅是一个复仇的母亲。

灰儿长嚎一声，
那嚎声撕裂长空
此后的灰儿
仅仅是个复仇的母親

第　七　章

1

灰儿幽灵一样，出了狼窝，飘向大漠。自那个暴风雨之夜后，它不再捕野生的黄羊了。它们并没害死自己的孩子。它的仇敌是两脚动物。是他们，叫自己永远见不着瞎瞎了。

它常来那个夺走了瞎瞎的沙洼，长夜哀嚎，而不去攻击。那幽愤的嚎声时时划破夜空，在牧人心头锯来锯去。

它仿佛不是为哭瞎瞎，而是在宣泄积蓄了千年的悲愤。

天上又有月牙儿了，细细的。夜也日渐寒了，风时时吼叫，刺骨。灰儿的叫却更冷，阴阴地，厉厉地，冷不防，就从寒夜里刺出了。

怪的是，自瞎瞎死后，灰儿多了许多东西：冷静，凶残，还有超人的嗅觉和直感。这后二者，连瘸狼也吃惊了。

灰儿却不叫大壮和二壮充当复仇者的角色。它们还小。它们是灰儿的未来。灰儿常教它们一些祖宗传下的规矩，比如，只教它们捕猎野生动物，不许碰两脚动物豢养的畜类。它怕它们小小儿就种下将来惹大祸的因。多深的怨仇，终究得了结。使狼类繁衍生存下去的唯一途径是：与人类和平共处。

但灰儿的复仇念头却泯灭不了。毕竟，人害了它的瞎瞎，也害了它的朋友和孩子。按狼的规矩，复仇也是必需的。狼类，毕竟不是叫人揉来捏去的糌粑，到了显示自己尊严时候，必须尽兴地显示出来。

灰儿也不叫瘸狼和豁耳朵跟自己一块儿行动，而是分头出击。一则，目标小，灵活，叫人防不胜防；二来，万一某方遭了暗算，也还有复仇的本钱。当然，还因为，灰儿喜欢单独行动。它不喜欢喧闹。它喜欢夜行在大漠里的那种静谧，那份孤独，那种“天地皆睡我独醒”的冷漠。

灰儿并不进攻那个沙洼里的牧人。那儿有枪，那儿死过几十只羊，防范定然很严，还会有夹脑之类的暗算。瘸狼的前腿就是中了夹脑后咬断的。灰儿知道，那是个十分讨厌的东西，不小心踩了，走一步，跌一跤，你就不能再轻松地来去了。若是夹脑上再拴了铁丝，一端系在铁桩上，那你只有束手待毙了。除非，你像瘸狼那样咬断被夹的部分，才不会在乱棍下毙命。

灰儿亲眼目睹过一个中了夹脑的同类的死亡。那公狼，一遭暗算，就死命嚎出求救的讯息。灰儿和一些同伴就去了，但嚎声同时也惊醒了两脚动物他们举着棍棒赶来。在落雨一样的棍棒下，公狼哀嚎着，渐渐寂静了。灰儿的印象中，那是黑色的寂静，一直印到它生命深处了。后来，一想到死，就想到那黑色的寂静。

灰儿还见过两脚动物的其他勾当。死的同类多了，灰儿也渐渐聪明了。

灰儿首先选中的，是那些散牧的大牲口，比如牛马。这儿的牧人有两类：一类，多牧羊，捎带几个大牲口，他们有圈。一入夜，牲口就入圈了。虽然这所谓的圈，仅仅是围了些栅栏。另一类，牧一群大牲口，不设圈，就在沙窝里散牧，由它们随了性子吃去。过一段时间，拢了来，清点一下，留下怀了羔的，集中伺候。其余的，仍打散了去，好在打了耳记啥的，也混不了。

这夜，灰儿进攻的，就是这种散牧的。瘸狼去了另一个沙洼。豁耳朵则凭了超群的嗅觉，循着沾在一个人身上的瞎瞎的熟悉的气味，摸向一个村庄。豁耳朵的搜索，是那人离去的当夜完成的。因为一经风雨，就难辨气味了。

2

灰儿首先选中了卧在沙洼里的一群牛。进攻这种力大角长的动物，虽有危险，但更危险的是，叫人类算计出你的进攻地点而设伏。无法预测的危险是最大的危险。

灰儿曾跟父母袭击过大牲口，有些经验。在人类的习惯思维里，狼是羊的天敌，对牛呀马呀，多力不从心。灰儿偏偏就选中了牛。人类不是爱炫耀自己的无所不能吗？狼也爱。

沙洼里很静。一切都很模糊。灰儿悄悄摸了过去。那是个避风的沙湾。牛和人一样，熟睡了，叫贼风吹了，也会不舒服，所以，牛歇息时，便选背风面南的沙洼，蜷了腿，静静卧了，似坐禅的老僧一样闭了目。许久的和平麻醉了牛的警觉。它们都入睡了，觉不出袭来的危险。但它们仍有大漠中露宿的经验，大牛在外，小牛在内。灰儿当然愿意袭击小牛，一是肉嫩，二是容易得手。

灰儿巡了一圈，见小牛都卧在中间，便放弃了攻击小牛的打算。它瞅中地形，选中一头母牛，轻轻地靠近，朝那致命的咽喉部位，狠狠咬去。

母牛负疼，惨叫一声，突地起身，径奔而去。灰儿下了死口，边咬，边用力咂。一股咸咸的液体顺喉管入腹了。

母牛也许是突然受疼而失惊，也许是想摔下灰儿，才直了声惨叫着飞奔。风声在耳旁呼呼，但灰儿极力保持着平衡，用后爪撕住牛的两肋，附身于牛的身侧。这样，牛血尽仆倒时，灰儿便不会被牛压在身下。

灰儿的这种咬法只适用于偷袭，对方不防，一招得手。若是牛醒着，则不可用。因为，你腾空前扑时，等待你的，可能是尖硬的牛角。

灰儿咂一阵血，觉得牛的奔速慢了，就用力咬断喉咙，由牛慢慢死去。它不敢咂太多的血，入腹的血过多，就醉了。醉时，连走路都嫌费力，何况攻击猎物。

它回身，又袭击另一头了。这就叫复仇，不为生存，只为泄恨。

牛们却已布好了阵：牛角朝外，成一圆圈。无论哪面，而对狼的，都是锋利的角。而最弱的部位，如屁股、肚腩全都隐了。

这阵势，灰儿先前见过，并不紧张。

破牛阵的法儿很简单：打乱对方阵脚。打乱阵脚的方法，不过夺其魂，惊其胆，趁其隙而已。

灰儿于是开始了唬：耸身，龇牙，前扑，发声。要领是：耸身龇牙，尽可夸张，耸身如弓，抖毛似箭；龇牙，嘴角可裂至耳门；发声低沉，非嚎非叫，充满威胁；前扑，则要有分寸，既要叫对方觉得你在真心实意地进攻，以达到威胁的目的，又不能叫人家防守的角，挑破你进攻的面门，见角一来，后弹躲避。

灰儿唬了一次又一次，牛阵却稳如泰山。

灰儿边唬，边沿了牛阵转圈，寻找最弱的那位。这牛阵，一旦夺其魂魄，缺口打开，不用猛攻，牛就四散逃命了。这世上，最厉害的武器，不是利齿尖牙，而是众志成城。

牛们鼻中喷气，眼似铜铃，肌肉紧张，不敢稍怠。灰儿知道，这紧张不是好事，似那弦，紧呀紧呀，终有断的时候。于是，它唬声越凶，转速愈快。

牛们紧张到了极点。

灰儿发现了最弱的那个。那是个公牛，显是没经过这类阵仗，眼中发出了恐怖的光。瞧，它的身子已发抖了。灰儿知道，这便是缺口。

灰儿后退几步，连跃几下，借一个沙丘，高高弹起，朝这公牛冲去。一眨眼，已从公牛上空，弹入牛阵里了。这是破牛阵的最好法子。要求是弹得高，准，迅雷不及掩耳。但危险也大，若是正面那牛镇静有经验，待灰儿耸身之时，前扑，角挑，则灰儿就有危险了。

牛群轰然而散。仿佛，它们好容易才等到这个逃跑的理由，便迫不及待地炸散了。牛最怕的，是被狼咬了大肠。

这下，牛便无任何抵抗意志了。

灰儿紧追那公牛。这牛逃得很快。灰儿不怕。牛擅长的不是跑，跑不多久，便气喘吁吁了。灰儿只是舒张了身子，边放松边追。

近了，近了，灰儿已与公牛并排了。

这时，那喉管咬不得了。一则，跑动中的公牛会拧过脑袋，用角挑来；二来，要是一击不中，就会落入公牛蹄下，被踩伤或踩死。

这时，灰儿进攻的，是牛的另一个致命部位：肚膈。这地方，位于后大腿侧，近乳处。这儿皮薄，无肋条保护，腾空一跃，咬去，便是一个大洞。顺了这洞，灰儿就可以抽出肚肠，吞下肚去。

是夜，灰儿咬死了七头牛。

3

从狼嗥声中，孟八爷听出，它们要复仇了。

按祖宗的说法，猎人身上有杀气，到哪儿，哪儿的狼就知道。这是天性。打猎，是猎人找狼。若是狼寻上门来，扯了嗓门嗥，就等于挑衅了。若再在猎人住处附近拉一堆狼粪，就简直是欺人了。

果然，清晨，扁头来找孟八爷，说是昨夜，狼咬死了七头牛。

孟八爷和豁子喝了一夜酒，才起床。豁子很高兴，因为女人没来红，怕是有喜了，就请一个出沙窝的牧人带来一箱酒。一入夜，便和孟八爷划拳喝酒。

扁头哭丧着脸，说："看踪踪了，不是一只狼干的。我们商量了，请你收拾它，要多少钱也成。"孟八爷说："不成哟，你又不是不知道，狼是保了的，再打，犯法哩。"扁头皱了眉，气狠狠道："你说这国家，怪惊惊，保啥狼？狼天生就是吃牲口的。你保它，就没我们的活路了。我想不通。"

"想不通？"孟八爷笑道，"人家保，自有人家的道理。听林业上的说，外国……哪个国家忘了，把狼打了个精光，嘿，吃草的成精了，不几年，就把草原啃成沙滩了。无奈法，又进口了狼，才慢慢好了。这天地，是个环儿，一环套一环，叫啥生物链，缺哪环都不成。前些年，国家法律上叫打狼，打只狼，成英雄咧，奖这个，奖那个，把草原奖成沙漠了。”

扁头牙缝里抽着气。

孟八爷又说：“人家天，把啥都造好了。人顺它就成了。可人偏要逞能，说啥人定胜天。嘿，你胜，胜吧，大大地胜吧！败的是谁？还是人。你不胜天，天也是天。你胜了天，天也是天。人把自己的肉煎炒了吃，还香呀香呀地叫。像麻雀，天造它，总有它的道理，可要当‘四害’打。打得好，打得妙，打得麻雀哇哇叫。可谁治虫儿？瞧现在，那虫子，铺天盖地。人由了性子，发了命令，麻雀死了个亿万，最终受害的，还不是百姓？……为啥总爱瞎折腾呢？”

女人吃吃笑了。这婆娘，连着吃了许多天肉，脸上油光水亮了。她笑道：“看不出，你还一套一套的。听说，你也是打狼英雄呢。”

孟八爷笑道：“谁说不是呢？我粗粗算了一下，死在我手里的狼，怕有好几百了。那时，国家叫打，就打。哪儿的人请我，就去，乒儿乒儿地收拾。当然，药‘闹’死的多。”

“啥药？”女人问。

“闭气散。那药厉害，一咬破药丸，立马就闭了气。有一夜，药死了八只狼呢。现在想来，造罪呀。”

豁子道：“啥罪？那时，国家叫打，自有它的道理，那就打。现在，不叫打了，也有它的道理。”

孟八爷叹了口气：“说是那么说，可一想，心里总是不顺溜。”就对扁头说，“你先去，我想个法儿，反正，打是打不得了。”

扁头唉声叹气地走了。

吃过早饭，孟八爷开始收拾豁子的破夹脑。过去，这是牧人常备之物，一见狼的踪踪子，就会下在圈门口。后来，狼少了，躲到人见不到的地方去了。这夹脑，也就用它不着了。

夹脑做来简单：两个半圆铁圈，一个弹簧，一根细绳，一根签子，如法组合，便成了。在弹簧的作用下，铁圈“夹”的力道很大。用时，用力撑开铁圈，用签子“逼”了。签一端为拴诱饵的竹筒凹处所挡，挖开沙地，放上夹脑，盖上沙土，撒点羊粪，印几个牲畜蹄印。那猎物一吃诱饵，带动机关，铁圈挟风，直夹其脑，故称“夹脑”。当然，也不仅仅是夹“脑”，像狼，夹的多是腿。

夹脑有多种：夹老鼠，用粗铁丝做圈；夹狼，用钢筋做圈。那半圆，径约尺余，上了弹簧，力道奇大。撑开时，得两人用力。狼一旦被夹，除咬断腿外，很难逃脱。

孟八爷很快拾掇好夹脑。他想活捉了狼，送往凉州公园，叫人观赏去。

“来，试一下。”孟八爷拍拍手上的灰，招呼豁子。

两人用了很大的劲才撑开夹脑，孟八爷用签子逼了。这签子，一端拴绳子，连在铁圈轴处。签子压展铁圈，另一端挑竹筒凹处，便是“逼”了。

“太老了，太老了。”豁子道。他的意思是签子入凹处太深了。一老，机关不易启动。

孟八爷轻轻挪挪。

“还老，还老。”豁子叫，“太老了，叫人家踩了，也没事。好久不用，那地方不滑顺。一老，越加焊死了。”

“不老，不老。”孟八爷道，“我抹了羊油呢。”

“老，老。”豁子强辩道，“这夹脑，下得好的，就这么一吹，啪——，机关就动了。”说着，他上前，弯腰，做个吹的动作。

“啪！”谁知，这一吹，机关真启动了，铁圈猛合，夹住了豁子鼻头。豁子疼得大叫，他捧着夹脑，在地上转起了圈子。孟八爷忍俊不禁，哈哈大笑。女人闻声扑出屋外，也笑得直不起腰。

“快，快！快些呀！”豁子叫。

孟八爷边笑边上前分那夹脑。因为铁圈间放不进手，无法使力，分不开夹脑。女人忍了笑，上前帮忙，也无济于事。

“撬！快，取火钳。”豁子叫。

女人咯咯笑着，进屋取来火钳，一端用力，塞入圈缝，一撬，豁子才取出了鼻头。那鼻头，被夹成个肉蛋儿，悬酥酥颤。豁子“妈妈老子”地叫。孟八爷笑得前仰后合，胡须抖个不停。女人则捧了肚子，边笑，边在炕上打滚。

4

秋凉了，大漠失去了盛夏时的焦黄。天地间灰蒙蒙的，柴棵、臭蓬、梭梭们，都被秋霜杀去了生机。

在一个沙旋里，孟八爷找到了扁头。他正舞个血手，和红脸们开剥牛。沙洼里弥漫着浓浓的血腥味和肚粪臭。红脸和谝子正开剥一头牛。红脸咬了刀背，一手撕牛皮，一拳狠捣皮肉相连处，捣出瘆人的嘶嘶声。刀背上的血沾在红脸脸上，那原本就红的脸更红了，半是汗洗的，半是血染的，分外狰狞。

牛头已被割下，嘴啃沙地，眼瞪蓝天，口腔和鼻腔里尚有挣扎时流出的白沫，刀口处又猩红刺目。因为不是活杀放血，肉便血一样红。这牛皮，好几处烂了。想来那狼，取了牛的性命仍不解恨，还狂撕乱扯了一气呢。这牛皮，卖不上好价了。

一见孟八爷，扁头就叫："瞧，这是糟蹋哩！你吃了，好生逮一头，十天半月，慢慢儿吃去。可不，咬死一大片。"

“人家报仇哩。”孟八爷道。

“报仇？我又没打狼儿子，凭啥咬我的牛？”

“你的牛？狼眼里，这是人的牛。那账，是算在人身上的。白狼咬了你的牛，你不是连黑狼也恨吗？人家也一样，把人的账，都算一块儿了。”

红脸取下口里咬的刀子，硬怪怪地说："依我看，把那狼，通通消灭了才是正理。保啥？三保两保，把羊呀，牛呀，大小牲畜都保进狼肚子了。"

“以前，人家咋不碰你？啥祸，还不是人惹的？”孟八爷边搭讪，边上了沙丘，在一块没被人践踏过的地方，找到了狼踪：梅花状的爪印，比他以前见过的大。他由此推断，这只狼身大力猛，异常凶狠。

不远处，一片狼藉。纷乱的蹄印和奔跑时被踢飞的沙，显示出夜战的残酷。几株黄毛柴被践踏了。枝上挂着一团团毛。这是牛毛。狼毛粗硬，牛毛细柔，柴棵上只有牛毛，却不见狼毛，似是这牛被追急了，慌不择路，闯入柴棵；或是牛有意引诱了狼，往那柴棵里冲去，牛身高皮厚，不怕被柴棵戳坏。狼则不然，那纷乱的柴枝一旦扎了眼，它就再也躲不开致命的牛角了。这狼显然很狡猾，早有防备，没近柴棵，便斜刺里向一旁，再伺机攻击。那牛，咬一嘴白沫，睁了铜铃似的眼，鼻孔大张，呼呼喷气，凶猛而笨拙地横冲直撞。那是怎样的威风和愚蠢啊！狼则带了狡黠的笑，弹跳，撕咬，轻捷而凶残。听，那搅天的杀声还在响呢。

一串纷乱的蹄印射向另一个沙洼，又一头牛倒在那里。血渗入沙洼，一片黑红。一大截肠子蠕蠕在牛的肚腷之外。看得出，这牛疯了似的奔，也疯了似的吼，其状骇人。狼却不怕，由它吼奔去，自己则攀了牛身，咬开肚腷，吞那肚肠。吞几下，估计其命难保了，才一跃而下，由了牛奔突倒地。

可怕的复仇。

孟八爷眯了眼，长吁一口气。这惨状，他先前也见过。那时，毛旦爹掏了几只狼娃，母狼先是彻夜地嚎，嚎声瘆人，求人放了它的孩子。后来，狼娃儿死了，母狼就复仇了，把生产队的牛羊咬了个一塌糊涂。对付这狼，成了当时的政治任务。孟八爷就伏在母狼必经的途中，乓地一枪，结了账。

稍远的一头，死状更惨。这是头健壮的公牛。死前，它定然凭了那尖硬的角，和狼纠斗了一番。沙地被踢搅得一塌糊涂，连踪都迷了。按说，一头健壮的公牛，斗一只狼，问题不大。除了搏斗时必需的技术外，最关键的，是胆要壮。狼有利齿，牛有尖角，狼灵活，牛力大，各有所长。只要牛胆壮，单个的狼，对付一头牛，很难取胜。但若是胆虚，掉头一逃，就等于放下武器，把致命处让给敌人，自然免不了一死。这公牛，有斗力，却无斗心，虽有一番纠斗，终究心虚，叫狼咬伤了几处，便把斗志也咬没了。不过，死的七头牛中，只有这头，叫狼费心费力，也属难得了。

5

孟八爷和牧人商议一番，定的策略是：除有坚固圈的外，其余牲口，全赶往猪肚井。夜里，除专人值夜外，还在狼必经的路上下了夹脑。孟八爷强调：若夹了狼，千万不可乱棍打死，只擒了，送往城里公园。

孟八爷又修好了几个夹脑。这几个，因用得久，弹簧力道没豁子的那个大，但夹个狼腿没啥问题。美中不足的是，在浮沙中，钉不了桩，没法固定，有可能叫狼带了夹脑逃去。但也不要紧，一则，带了夹脑的狼逃不快；二来，夹脑捞在沙上，会有醒目的痕迹，一路追去，便能俘虏猎物。

羊一上圈，孟八爷就选了几处狼喜欢走的地方下了夹脑。在沙漠里下夹脑比村里容易，村里地皮儿硬，先得用铲或镐挖个坑，夹脑多大，坑也多大，安好机关，铺在坑里，上盖浮土，撒些牲畜粪便。沙漠里无须刨坑，只用沙盖了夹脑，再折个死羊蹄儿，在上面印些乱乱的蹄印儿，撒些羊粪即成。

猪肚井一下子热闹了。羊咩咩声，牛哞哞声，和骆驼沉重不堪的叫声此起彼伏，交织成一曲壮美的旋律。牧人们兴奋地说笑，仿佛那“狼反了”，带给他们的，不是忧患，而是刺激。

豁子女人是个人来疯。人一多，便越加鲜活了，脸上流溢着光彩，打媚眼，说疯话，逗得人心痒难忍。待去迎合，她反倒一脸正经了。

红脸在滩上拣来一堆圆石。打抛溜子是他的绝技，只要狼来，抡开抛溜子，那石便长了眼睛。当然，他是想一石毙命的。他可不管国家保不保的，狼吃牲口，他就打狼，天经地义。

黄二也赶来了羊，黑羔子那圈，狼用力一扑，就会散架。好几年不闹狼祸了。当初修圈时，也仅仅是想圈了羊，不叫夜里乱跑，原不指望防狼的，住到里面，总是心虚。再说，那儿离猪肚井还有段路程。若狼寻了去，他孤身一人，别说护羊，怕是自己也要垫狼肚子呢。猪肚井人多，天塌下来，有高个子顶哩，怕啥？昨夜，听说狼咬了扁头的牛，黄二的舌头都吓干了。

谝子舞着桦条，前抡后劈，甩出一天的呜呜声来。那架势，比打虎的武松还威风，逗得女人咯咯咯乱颤。若是此刻狼来，谝子会一手叉腰，一手指狼，怒斥其罪状，其架势，吞天吐地呢。但千万别朝下看。因为，那尿水，正从他鞋里溢出，把一大片沙都浸湿了。这便是谝子，谝大话如溜四海，钻炕洞捞不出来。

炒面拐棍则拉张吊死鬼脸。因为，一些不守规矩的牲畜，老偷他的草。他抡了桦条，劈头盖脸地抽，但一些厚脸的牲口仍瞅他不备时，叼一嘴草。

6

夜降临了。

在中间那块巨大的空地上，牲畜们按牧人的设计卧了：羊卧里面，挤成一团。这既是羊的习性，也是防备狼的最佳阵容。因为狼吃羊时，跟鹞子吃鸽子一样，先须从群中吆出一个，才好下口。若是挤在一起，狼就头疼了。羊外面是大牲口，摆成散兵线。牛是角朝外，屁股朝里。骆驼则卧着。骆驼一旦卧了，狼不好下口。它最厉害的是唾沫和胃液，喷到狼身上，狼就会出瘙，得一种很像牛皮癣的皮肤病，很痒，越搔越痒，越痒越搔，搔烂皮肤，感染了，就死了。骆驼跟牛一样，最软弱的是肚膈，若是驼慌张而逃，狼便斜刺里蹿上，一口，就能开了肚膈，扯出肠子来。

孟八爷装好了枪。他只装火药，没装铁砂。这样，枪的作用便只是惊吓了。炒面拐棍把几个纤维袋子拆开，缝成一块，若狼踩了夹脑，便把它抛过去，蒙头盖脑活捉了，再用铁丝扎住它的嘴，连夜送往城里。

汉子们分成两班：炭毛子们值前半夜，红脸们值后半夜，轮流睡觉。豁子的房子小，除孟八爷外，还能夹一个人，谝子便抢先占了。

埋下夹脑，旨在活捉狼，所以，不许放篝火。值夜者只能在僻静处卧了，圆睁了眼，穿过夜幕，窥那动静。好在牧人都有皮袄，两人合在一处，铺一个，盖一个，也能御寒。

夜渐渐深了，沙窝变成了凉窖。炭毛子们磕起了牙巴骨。皮袄虽能隔寒，却不能像被子那样把身子盖严实，盖到的地方不冷，盖不到的地方，就煞冰煞冰的。加上两个合盖一个，皮毛拢不了身，时时有风钻入，牙就打战了。

孟八爷叫炭毛子们睡去，由他值一阵，有动静了，打一枪。他老了，瞌睡轻。炭毛子便留下两个皮袄，进了圈。孟八爷找个隐蔽些的沙洼，刨平沙，把小皮袄铺了，坐在上面，把大皮袄裹在身上，身子立马暖和了。

忽觉得，一人值夜，没个照应，若狼偷袭，便有危险，就往枪里装些铁砂，用捅条捅捅，再加些火药，捅瓷实些，仍用纸团塞了枪口，上了火炮子，搁膝上，想，法律上也讲正当防卫呢，若狼叫我垫它肚子的话，先给它一枪。靠近了，瞄了腿扣扳机。距离太远，那火药铁砂喷去，车轱辘大呢。放近些，就能指哪儿打哪儿。

风不易察觉地吹来，仿佛无数的冰舌，在裸露的肌肤上蠕蠕地舔。孟八爷铺一个皮袄，老僧打坐似的散盘了腿，裹紧身上的皮袄，风进不来，热出不去，身子就暖和了。这时，屁股不能直接坐沙上。这大漠，会通过你着沙的肌肤，偷走你的体热，你先发木，再发硬，再发笑，最后就成青紫的尸体了。大漠里老有这种尸体。上回，一个大学生进沙窝考察，就冻死在里面。白昼的暖和骗了他。他穿得单薄，啥也没带，就死了。这里的昼夜温差是惊人的大。热时，人称“晒驴湾”，能把活蹦乱跳的叫驴晒成干肉；冷时，是冰窖，穿了皮袄，抱了火炉，仍打颤。这里，比较好的御寒物是牲畜的皮毛，如驼毛制的栽毛褥子，如羊皮做的皮袄。寻常衣物，是挡不住砭骨寒流的。

月牙儿寒森森的，在夜的寒凉里瑟缩。一切都模糊了，模糊出神秘，模糊出博大，模糊出一种说不出的意蕴。以前，沙漠在孟八爷眼里，跟抽了几十年的烟锅子一样，每个图案，每点暗晕，每丝纹路，都了如指掌。现在，沙漠却奇怪地陌生了。他发现，自己熟悉的，仅仅是表层，而深层还隐了一种说不清道不明的东西。比如那年，瘟神发了威，羊尸成雪地了，啥药也不顶用。后来，还是用老祖宗传下的法儿：焚表，上香，祷告，请土地神派狗来撵瘟神。几天后，狼便排了队，仰了头，朝天嗥，嗥呀嗥呀，瘟疫就没了。……说不清，啥都说不清。总之，天造啥，总有它的道理。人顺天，天就顺人。人逆天，天也逆人。

可红脸说：你那道理，也对。可眼下，它填得饱肚子吗？

红脸跟他算过账，土地已不养人了，仅仅是靠种地，就该扎喉咙了。要想活下去，一是榨取土地，夏禾收了种秋禾，一年几茬，地力衰竭，土地板结，害虫时生；二是进沙漠放牧，以贴补土地的亏损。而沙漠，早沉重不堪了。

一个问题，常在孟八爷心头晃：出路在哪里？

从黑羔子身上，他看到了年轻时的自己。那时，他也爱想些怪怪的问题。他知道，刨土吃，仅仅是养命而已。祖宗在刨土，子孙仍在刨，刨了千年，也没刨出个啥起色。他就想另走条道儿。趁着年轻，他跑遍了中国西部，成了有名的猎人。作为猎人，他成功了，打枪、挖陷阱、放药、下扣子……样样精通。他惦记的野兽，等于叫阎王勾了命。甘肃、宁夏、青海、内蒙古……哪儿有狼灾狐祸，都来请他。他吃香的，喝辣的，风里来，雨里去，任风卷着大胡子，倒也潇洒了几十年。看来，他没白活。可家乡，仍那么贫穷落后。他的存在价值，仅仅是在乡亲们穷急了时，打几只狐子救救急。他的努力，仅仅是换了个职业，并没闯出一条路来。

所谓路，就是他走了，还会有千万人沿了走。仅仅是一人走的，不叫路。他也想带些徒弟，把一身本事传授了，可又能咋样？心术正的不多。那“贪”字，把良心都淹了，学了本事，也仅仅是添些杀生的罪孽而已。就算有心地好的，学成另一个孟八爷，又能咋样？

有人说，那就走出去吧。双福走出去了。灵官走出去了。许多人走出去了。那又怎样？走出千百个，这儿仍是老样子。变化的，仅仅是多了些漂泊在异乡的孤魂而已。

路在哪里？

7

忽听到一阵骂。

牧人们以为狼踩了夹脑，带了器具，一窝蜂扑出。

那骂声，却是豁子发出的："畜生！一看，老子就知道你不是好货。老子的女人，是你乱摸的？"

谝子辩解道："这么黑，老子咋知道那是你女人？"

"放屁。女人挨窗子睡，瞎子也能看见那亮光。"

"老子不是瞎子，当然看不见。"

却听得女人笑道："算了，算了，又没摸到哪里。人家才摸，你就醒了。"

"老子要是睡着了，人家不就占便宜了？"

女人吃吃笑道："睡着了？当然说不准了。我咋知道是人家？男人，都一个样。"

炭毛子打着哈哈，"算了，豁子，拔了萝卜，有窝窝儿在，你在乎啥？"

"就是。"红脸笑道，"我看，这地，你也种得费劲，叫人家撒些种子，你收成不就得了。"

"放屁。老子早下种了。"豁子的怒气息了些。

"下了也是个豁子。"炭毛子尖刻地说，"叫人家补上一脚，嘴上就平顺了。"

红脸却道："真下种了？那就动不得。一怀了驹，再盖一'脚'，反倒冲掉了。"

"话往好里说。"女人道，"老娘可不是草驴。"

孟八爷过去，斥几声，炭毛子们才缩回原处。谝子叫豁子从屋里赶出，见了孟八爷，讪讪地笑着解释："起完夜，黑咕隆咚的，钻错被窝了。"孟八爷忍了笑，在他屁股上踢了一脚："睡不着，值夜去。"谝子嬉笑着去了。听得炭毛子又一阵取笑，许久，才寂。

孟八爷安排好值夜的，进了屋。豁子笑道：“这孙蛋，一看就不是好货。睡下，就喧荤段子，和这个如何，和那个咋样。我估摸他没安好心，假装打呼噜。果然，他假装撒尿，一进来，就钻错被窝了。”又问女人，“摸了没？”

女人笑道：“我咋知道？老娘睡得跟死猪一样。你一叫，我还以为狼来了呢。”

“骚货，你好生这样。”豁子笑道，“叫老子捉了，不把你丢到井里，老子不算人。”

孟八爷忍了笑，胡乱哼两句。却听得屋里还有呼噜声，一看，原来是那只狗，便岔开话题：“哟，人值夜，你倒睡了个香。去，值夜去。”老山狗醒了，打个呵欠，颤巍巍出去了。孟八爷却又“吆吆”两声，叫回了它，“睡去吧。老了，啥东西老了也不成。当年，它可是狗里的赵子龙呢。狼群里，能杀个七出六进。现在，成瞌睡包了。”狗喉间咕噜了两声，算是回答，仍卧了，扯起呼噜。

豁子鼻孔里仍喷粗气，女人低了声吃吃笑。孟八爷倚了枪，没脱衣，倒炕上睡了，安顿道：“警醒些，听到动静，叫一声。”豁子却道：“真没见过这号苍蝇，活人眼里下蛆哩。”

孟八爷不应，闭了眼，迷糊了。

8

天亮了，一夜无事。那夹脑，还好好儿埋在那儿。孟八爷巡了巡，周围沙坡上，连个踪也没有。他怕夹了出圈的牲畜，就用桦条，挑动机关，取了夹脑。

虽说没逮了狼，可也没损失牲口，牧人们很高兴。看来，集中起来值班，倒是个有效的法儿。他们胡乱吃点干粮，喝点开水，三三两两，赶牲畜出圈了。

今日，该黄二的羊饮水了，为防止再出现抢水事件，等牧人们赶了牲畜离去，豁子才套了骆驼。刚打了十几个半桶，就没水了，勉勉强强，叫羊润了润喉咙。黄二道："豁子，我可说好的，这水费，不能按羊收，得按桶收。"豁子道："成哩成哩。这井，越说越邪了。按说，快立冬了，该水旺了。你先去，我今日个再淘一下，淘好了，再给你补。"黄二赶了羊走了。

太阳渐渐高了，日光又照亮沙洼。孟八爷胡乱吃了一点。才一夜，孟八爷却觉得过了好久。沙洼里到处是粪：牛粪、马粪、骆驼粪、羊粪，把原本就不洁的空地弄得脏兮兮的。女人穿个桃红夹袄出来，提个铲儿，捡了牛粪，往自家墙上打，牛粪黏，便粘到墙上了。这墙上，层层叠叠，有厚厚的一层牛粪了。豁子这屋，并不是土木结构，而是用木桩钉成墙，上面打上厚厚的牛粪，便成屋墙了。那屋顶，也不用上房泥，只担了桦条，再铺几块牛毛毡，便构成所谓的屋了。倒也简单。

这屋是圆形的，多大的风，狠劲地吹来，也会顺了外弧消去大力。这种以柴棍和牛粪当墙的屋子，若造成方形，大风一到，就七零八落了。除非，你用结实的土坯和长柴泥，四梁八柱地正经盖了，才可能长久。但这种盖法，费用很是惊人，光运那土坯，得几十匹骆驼跑上个百十趟，远不如就地取材的柴棵和牛粪方便。

牛粪是牧人最好的燃料。那柴棵，虽旺，但忽喇喇燃一阵，便败了。牛粪则不然，耐烧。冬天里，炕上放个火盆，丢几块牛粪，能燃好长时间，而且无烟。那马粪和骆驼粪就次一些，但也能当燃料。女人只捡些囫囵的粪便。叫牲畜踩碎的那些，便由了它们，陪伴沙土去。

孟八爷想到了谝子夜里的闹剧，想取笑女人几句，想想，有做大不正之嫌，便把玩笑咽肚里了。那豁子却边收拾淘井器具，边说："那谝子，看起来人模人样的，却干那号驴事。"女人笑道："男人，哪个都一样，吃着碗里的，还望着锅里的呢。何况，人家饿殍疯虱子一个。"

孟八爷哈哈笑了，道："再别提了。你不见那谝子，清早晨起来，脸还红不朗灿呢，只差钻老鼠窟窿了。也说不准真是睡梦颠盹的，钻错被窝呢。"

"人家清醒着呢。"女人笑道，"先伸了手，在胸膛上揉了一把，才上炕的。"

"骚货，你不是睡成死猪吗？他摸，你咋不叫唤？"豁子涨红脸了。

“一叫，不把你吵醒了？”看到豁子的恼样，女人大笑。豁子这才看出女人逗他，就用皮绳，抽了她屁股一下。

豁子道：“孟八爷，今日个，不求别人了，就麻烦你吧。等筐上来，帮她倒一下。这井，非淘不可了，再不淘，冬天可难过了。”说着，他戴了柳条帽，提个柳筐，到那井上。三人抬个新水泥圈，安井圈上。豁子先顺下了井桶，又提了铁锹，沿圈上的钢筋梯下了井。不一会，便听到铁锹往桶内拍水的声音。

“捞！”豁子叫。

女人就牵着骆驼，沿那平时打水时走的道，远远地去了。等那晃着浑水的水桶上来时，孟八爷提了，倒进水槽。

清尽了井底的水，女人用柳筐换了水桶，下到井底。碜牙的铁锹铲石声闷闷地传来。

一个人牵着骆驼，远远地走了来。近了，一看，是那收羊皮的驼子。女人脸上显出几分恼怒。孟八爷知她恨他卖过自己，待要劝，女人却春风了脸，远远地招呼：“驼子，还没死呀？”

这婆娘不简单。孟八爷想。

“死不了呀。老牛不死，稀屎不断呀。”驼子远远地应了，“怀了没？再不开怀，我叫沙湾魏没手子的儿马给你配一脚。别人不知道，我还不知道吗？你是个无底洞。”

“断后根。”女人低低地骂，却高高笑几声，“你也好不到哪里，别看你背上有斗大的疙瘩，老娘肚里怀你这样十个八个不成问题。”

“捞！”井里传来豁子闷闷的斥声。从语气上，孟八爷断定豁子对驼子有些敌意。也许，驼子先沾过女人。

驼子哈哈笑了，道：“可小心，要是你真怀了十个八个驼子，那豁子可饶不了你。”

女人吐吐舌头，本想占对方便宜，却反叫驼子占了去。正要反击，豁子却在井里吼了：“骚货，捞！”女人才吆了骆驼，远远地走了。

那装满沙石的筐上了井口。孟八爷用力一捞，筐就到井圈上了。那沙石，湿漉漉的，很重。一人是无法搬到不远处的沙石堆上的。女人放下缰绳，过来，和孟八爷提了筐，倒去沙石。

驼子这才认出孟八爷来，吃惊道：“咋是你？知道不，那鹞子，放出风来，要你的命呢。要不是有人通风，他就叫警察逮了。……听说他兄弟叫逮了。人家可到处放风呢。”

“为啥？”孟八爷暗暗吃惊，却装糊涂。

“别瞒了。人家把啥都买通了，你提供了啥信息，人家都知道了。现在，有了钱，啥打听不出来啊？……你还是躲躲的好。”

“没抓住？”

“抓啥呀？有人通风报信呢，抓了个屁烧灰。”

一阵酥麻，从腰部荡向孟八爷遍身。这是愤怒所致。他天性豁达，很少生气，但这下，却觉两肾通了电似的，遍体便酥麻了。“咋能这样？”他气得发抖。

“咋不能这样？”驼子打着哈哈道。

“倒了没？放筐！”豁子在井里吼。

女人把筐放到井里，又把骆驼从远处吆来，轱辘吱咛着，筐又缓缓地下到井里。铁锹铲石声再次传来。

孟八爷却倏地蹲在井台上，眯了眼，望远处，许久。

9

驼子收了女人翻出的几张皮子，捆上驼背，又去找别的牧人。近来死的牲畜多，驼背上有高高的一叠皮子。沙窝里进不来车，驼子先得用骆驼把散处的皮毛收了，送往公路旁一家院里集中，再由车运往城里。临近冬天了，牧人不再剪羊毛，驼子便只收皮子。收一张，付个三五十元块不等。运进城，再售给一个叫“马回民”的，利润很是可观。

驼子也是个沙漠通，干这一行，十几年了，哪儿有沟，哪儿有坎，哪儿牧的啥牲畜，他心里都有数。除了羊皮、羊毛和其他牲畜皮外，驼子还做些顺水生意，豁子媳妇就是他顺手带来的。驼子将大漠夸成了仙境，等她进来，才知实情，却由不得她了。开始，女人死死活活地闹，还逃过几次，差点变成干尸。后来习惯了，觉得这地方有外面没有的那份宁静，豁子待她也不错，牧人们也众星捧月似的待她，便把那外逃之心压了。

驼子认识许多牧人，也认识许多猎人，他有门路，却无毛皮。牧人猎人们有毛皮，却无门路，两方一合作，相得益彰了。

望着远去的驼子，孟八爷很是沉重。很显然，那个群体里，出了出卖良心的人。心头那根很有力的弦嘣地断了，身子奇异地乏。他硬撑着帮女人抬了几筐泥石，却再也坚持不住了，趁扁头来借东西的机会，叫他帮个忙，自个儿却抽了身，到豁子屋里，上炕躺了。

那“靠山”，竟如此不结实，较量才开始，就叫对方一脚踹了个大洞，迸出朽碴来。这一来，问题就严重了，对方有恃无恐，会越加疯狂。

那放出风来的威胁，孟八爷倒不怕。年轻时，就有个不怕死的名声，老了，更不会叫死唬住。孟八爷担忧的是，那“保”，仅仅是保高了售价，招来的，是被保者更可怕的灾难。心头，奇异地沉重。

突然，孟八爷想到了老栋。别人不敢说，至少，老栋是可靠的，就笑了，想，咋背不住个烫面条儿呢？驼子几句话，就把心搅乱了，不信他鹞子，能一手遮了天去。他回忆着那叮嘱过他，关照过他，也感谢过他的面孔，觉得底气又足了。

也好，人家既然知道了底细，自己也不用再躲闪了，索性明刀明枪地干。怕啥？头掉了，不过碗大个疤。

他起身出了门，看到亮晃晃的日头爷，不觉好笑，一个屁大的事，咋觉得天塌了？不就是出了个松尻子货嘛？羊里，有糟拐子羊，马里，有害群的马，人里头，也一样。别看都长了七个窟窿，看起来差不多，可天地间差别最大的，就是人了。出几个松尻子货，不奇怪。多干净的沙洼里，也会有几个苍蝇。

真白活几十年了。孟八爷自嘲地笑笑，忽觉得自己忘了件重要的事。究竟啥事，却一时想不起来。那感觉，游丝一样，荡呀荡呀，他拧眉许久，才突然捉住了它。

原来，他忘了倒出昨夜枪里装好的铁砂。

值夜时，怕垫狼肚子，装了火药子弹，早晨却忘取了。这当然是大事，危险不说，更代表了他的心：那装好子弹的枪口，说啥也不能对着被保者了。

他进了屋，倒出火药和铁砂，认真地分开，装入各自的袋中，才觉得心上的重石消失了。

他奇怪了。先前，他打死母兽，再打哀嚎的子女时，都不眨眼。现在，仿佛脱了胎，换了骨，不是先前的孟八了。不是说江山易改本性难移吗？咋自个儿明明换了个人？当然，人没换，仅仅是换了心。但心一换，人也整个地换了。只是这换心难，糊涂了几十年，到老才明白了。明白了就好，不然，活着不是明白人，死了也是糊涂鬼。不能糊涂了生，再糊涂死。

可这明白，是多么不容易呀？还有多少人，正糊涂呢。

法律的保是必要的，但更重要的，是如何叫人明白。

孟八爷把枪倚在墙上，出了屋。那扁头，早不耐烦了，正东张西望呢。

女人远远地喊："孟八爷，你腰来腿不来，跌倒起不来。再滑皮，晚饭可不给你吃。你怕啥？见了鹞子，你老羊皮换他张羔子皮，还占便宜呢。倒是那松尻子货叫人恶心。不过，那号人，也见不了太阳。那号人，只配在阴沟里蹲着，怕啥？"

孟八爷吃惊了。这婆娘，真不简单，却笑道："谁怕他们了，没听说邪能压了正的。"

见孟八爷过来，扁头趁机溜了。女人笑骂："滑驴。饮羊时，嫌水少，叫你们出点力，就跟瘦狗努……那个似的。"

10

那狼，终于来了。

好大一只狼，肥，壮，威风凛凛，粗大的尾巴夹在屁股下，走得缓慢而自信。孟八爷认出，这是只母狼。

这夜，方圆十里的牧人都到猪肚井了。昨夜，留在圈里的牧人受了一夜惊吓，听他们说，狼就在圈外嗥，嗥声悠长可怖，一波未息，一波又起，一浪推一浪，推了一夜，怕是有千百匹狼呢。孟八爷知道是回音的缘故，只微微一笑。但牧人们却吓破了胆，死活不敢再蹲圈了，半后晌，就赶了牲口，浩荡而来。

猪肚井骤然局促了。

孟八爷仍在狼可能出没的地方下了夹脑，叫别的牧人备好器械，别脱衣服，听到动静，立马赶来。自己则在进猪肚井的豁口处，和红脸铺盖了皮袄守候。这儿是路，布满了牲口蹄印和粪便。狼和人一样，走的也是路。狼会以为，有蹄印和粪便的路最安全，至少没下夹脑——可偏偏就在这儿下了。

月亮阴阴地白，沙洼里阴森而模糊。记得，进沙窝时有月亮，后来没了，后来又有了。快一个月了吧？这一月，看来虽短，却似经历了一劫。

一月间，心换了，人也换了。物非，人亦非，恍然如梦。一夜是小梦，一月是中梦，人生是大梦，啥都在梦中恍惚。

那狼，也恍惚在梦中。它踩了月色，款款而来，蠕蠕沙浪上便多了一串梅花。孟八爷听到红脸很粗的呼吸，知道他紧张了。孟八爷也紧张了。不是因为怕，而是那狼，直溜溜去了下夹脑的所在。

听说，狼眼会采光，将周围的光采了来，一入夜，再放出去，就成绿莹莹的两盏灯了。以前，有许多次，孟八爷就瞄了那灯扣扳机。那时，他会先找个食场——就是有死去动物的地方，野兽会来寻食——潜伏了，等那绿幽幽的灯出现。老远，他就能看到移来的灯，磷火似的飘忽而来。近了，近了，一直近到枪的准星上，他便扣动扳机，灭了它。

那绿灯款款移来，渐渐移出了狼模糊的雄壮的身躯。这距离，已经危险了，幸好，风从狼那边吹来，把人气吹屁股后去了。

红脸握个很粗的桦条，狼若扑来，先迎头给它一下再说。孟八爷的枪里装了火药，没装铁砂，这样，连惊吓作用也起不到了。惊吓，需要距离，远远地放一枪，狼会遁去。近了，它就会扑火，你枪里的火才喷出，它也咬了你喉咙。狼下的是死口，一旦咬住，再不松口，除非你成了尸体。

孟八爷打定主意，要是狼张口扑来，他便把枪管捅进它张开的口里去。这需要冷静、准确，还需要来自冥冥之中的帮助。若是他命里该遭狼口的话，有天大的本事也是枉然。据说，先造死，后造生，在生你之前，一切早定了，该死到狼口里的，死不到狗嘴里，该死在床上的，死不到地下。随缘吧。

绿灯停住了。孟八爷甚至听到了狼咻咻的吸气声。狼距下夹脑处只有七八米远了。忽然，狼腹贴沙地，匍匐过去，其神其形，如临大敌。孟八爷明白，它嗅到啥味儿了。夹脑上有铁腥味，狼能嗅得出来。下夹脑之前，他先用羊油涂了一遍，不知盖没盖了那铁腥味。

狼伏了身，轻轻爬过去。近了，近了，它已到那个埋夹脑的地方了。它凝了似的伏在那里，许久。而后，再匍匐着退回原处。立一阵，才款款没入月色里了。

“好狡猾。”红脸嘀咕道。

两人起身，打亮手电，到那所在。那夹脑耳子，已被狼刨出沙外。旁边，是一堆白色的狼粪。

狼用自己的方式，嘲弄了人类的所谓智慧。

第八章

1

老顺托了兔鹰，去大沙河，想惊出兔子来。村子周围有许多柴棵和崖头，里面常有野兔。每天吃过晚饭，老顺便托了鹰，边消食，边拿个棍儿拨拉柴棵。有时，里面就会弹出个灰丸，三弹两弹，就到远处了。老顺手一抖，那鹰就笔直地射了去，射出满沙洼的野兔叫声。

正是捕鹰季节，大沙河里有好些网。网中间，有放鸡的，有放鸽子的，想诱鹰入网。大头损失了几只鸡，却连个鹰毛也没逮住。老顺当然知道毛病在哪里，但教会徒弟，饿死师傅，只好嘿嘿。毛旦虽网了个鹰，但不会解疙瘩扣儿，三解两解，倒弄坏了鹰毛，把个雄突突野性十足的鹰弄成可怜兮兮的毛虫了。这鹰，即使揉好，也损了威风，翅膀兜不住气，三撵两撵，野兔早不见了。即使侥幸撵上，也降不住兔子，反倒给捞到地上，捞出一地的狼狈来。

一群人正在网前叽喳，老顺以为又网住了鹰。近前，却发现是几个外国人。老顺眼里的外国人一个样儿，鹰钩鼻子，脸上脖子里尽是毛。老顺在凉州城里见过几回。但沙湾，却是第一次来外国人。

一群围观的娃儿正拍了手唱——

美国高鼻子，
吃了中国面皮子，
辣子呛了一鼻子，
跑到河边洗鼻子，
癞蛤蟆钻了一鼻子，
进了医院看鼻子，
医生说要割鼻子，
哎哟我的美国高鼻子。

老顺笑了。那些外国人并不知道娃儿们正唱他们，依旧咿里哇啦地说话。一个陌生的中国人正点头。

村组长大头一扭头，看见老顺了，道：“正说他呢，他来了……老顺，这下，你可发财了。人家买鹰呢，一只给两千。”

“兔鹰？”

“不是兔鹰是啥？卖你的老屌，人家又不要。”大头朝那些人说，“这老汉，可是掇鹰专家呢。”那中国人朝外国人哇啦几声。外国人便过来了。

老顺心里打起了小九九。他想把一只伤鹰出售。那鹰，叫兔子蹬了一下，蹬破了胆，一见兔子，就缩成一团，吱吱咛咛，成可怜虫了，不如卖了；却又觉得骗人家不对，遂问：“蹬了的要不？”翻译问：“啥蹬了的？”“叫兔子蹬了一下。”

“死没死？”

“活得急里冒跳呢。只是……只是……日后不捉兔子了。”老顺边说，边心虚地窥翻译。翻译咕噜一阵，又问：“能飞不？”“当然能。”毛旦接口道：“啥都能，能吃，能飞，就是不一定捉兔子。”

谁知，那高鼻子却机器人一样，生硬地说起了中国话：“要，要，给一样的价。”边说，边伸出手来，去摸老顺手上的鹰。鹰尖锐地叫起来，扇着翅膀，东躲西躲，却没啄击。老顺很奇怪，这鹰，莫非也认出他是外国人，不敢发威？

谁知，那鹰突然扇翅几下，朝那只毛手啄去。那人没提防，疼得甩了几下膀子。

“这只，我买了。”那人边生硬地说，边掏出一个皮夹子，数了一叠钱，“两千。”

老顺头一下子大了。乖乖，真是新崭崭百元一张的票老爷。那声音，脆响。老顺觉得在做梦，一抬头，日头爷却明晃晃朝他笑呢。听得娃儿们叫：“哟——，顺爷发财了，顺爷发财了。”又见毛旦讪讪地笑。那笑，明显带有忌妒味道。大头却接了钱，数数，塞给老顺：“拿着，见钱不抓是傻瓜。”老顺做梦一样，捉了。

“噢，顺爷发财了。”娃儿们叫。

老顺脸红了。挼半辈子鹰了，还没卖过一只呢。倒是送过几只。关系好的，一见，就说：“老崽，嘴里淡出鸟了，给我务息个鹰。”有时，他就说：“成哩。”就给挼一只，放几回，等鹰的性子稳定了，就送过去。谁又计较过啥呢？现在，一只毛虫，就要人家两千票老爷。这不是和骗人一样吗？老顺脸上火一样烧。大头却笑道：“这算啥？人家一转手，一本万利呢。”

“就是。”那外国人也生硬地说，边说，边解开一个袋子，取出一个亮亮的东西，一捣鼓，竟成个鸟笼了，叫老顺把鹰放了进去。

许久了，老顺仍似在梦中。时不时地，他偷偷掐掐大腿，觉出疼了，就相信是真的。不掐了，又恍然如梦了。那新崭崭的票老爷把心淹了，不能叫他明净地思维。

毛旦说：“顺爸，可要请客呀。”

“当然，当然。”老顺机械地说，却担心，“他们，会不会反悔？”看到那几个外国人在高兴地笑，便想：“说不准，他们真一本万利呢。”心遂安了，又说：“家里还有鹰哩。”

“人家不急。”大头笑道，“人家住几天哩。住在我们家。”

老顺朝外国人笨拙地摆摆手，学了那电视上的人，做个“再见”的姿势，口中也不自觉地“拜拜”了一声。

见鬼了。他想，这钱一多，就把人“烧”出病了。

那几人大笑起来。大头说：“人家又不是美国人，人家在巴基斯坦。”老顺只记住了“巴基”二字，竟当成“疤鸡”了。他想，还有叫这名字的？这“疤鸡”买兔鹰，越加成“疤鸡”了。那鹰嘴，一鸽一个疤。

转过墙角，老顺松开了攥紧的手。那钱，早叫汗水溻湿了。老顺四下里望望，抽出一张，对着日头看，水印倒也清晰。又照了几张，认定是真钱，才取出个脏兮兮皱巴巴的手绢，包了，放进最里面的衣袋里。

2

大头院里，黑压压尽是人。有几个远处来的，也带了鹰来，髭毛郎当的。“疤鸡”们没看上。老顺认出，那是老鹰，就是去年或前年挼的鹰，不是当年鹰。玩这号鹰的人，不会捉鹰，不会挼鹰，向熟人要一个，捉个兔子解解馋，到春上也舍不得放，又没啥好喂的，就成这样了。这鹰，可以说是废物了：捉兔子，没鹰的威风本事，放回山里，也过不了冬，寒流一到，命就尽了。人家“疤鸡”花几千块，当然要当年鹰，而且要毛片无损，雄风犹在的。那几人显然不甘心，一次次问。翻译都有些不耐烦了，一脸厌恶。

老顺又带来了家里的两只鹰，一进门，“疤鸡”的眼又放光了。老顺因此认定：“疤鸡”能挣大钱。那眼神，跟贪财鬼见到金子没啥两样。

“卖不？”翻译问。

“当然卖呀。”大头替老顺答了。老顺只嘿嘿两声。他不想太张扬，因为好些人眼里，已露出“见不得叫花子端定碗”的目光了，尤其那几个老鹰的主儿。

高些的“疤鸡”利索地解了袋子，利索地装好笼儿，利索地笼了鹰，利索地数了钱。老顺盯着那只长了黑毛的手，心里默数翻动得哗哗直响的票子。等那手伸过来，他马上接了，一张张捻，数了几遍。

这时，老顺不再有做梦的感觉了。而且，他认定，“疤鸡”们能赚大利。千里做官只为财。人家“疤鸡”，万里买鹰，没赚头，谁愿干？这一想，就后悔自己没多要价。因为买卖的规矩是：漫天要价，就地还钱。你要个五千，他出个两千。两头各让几步，也有三千多。三只鹰，就多卖三千多块。乖乖，一年庄稼两年苦，才混个肚儿圆。三千，可不是小数目呀。他偷眼望“疤鸡”，见他们叽里咕噜谈得正欢，心里越加后悔。

但一看那老鹰主儿灰溜溜的样子，老顺又笑了。往前瞭，不如人。往后瞭，人不如。以前，不知给人送了多少鹰呢，谁又见个钱毛来？人心不足蛇吞象呢。再说，咋能和人家“疤鸡”比？人家是老外，“疤鸡”挣得多，是人家的本事。人比人，活不成，驴比骡子驮不成。成了成了，够了够了。抓不住鹰连个钱毛也换不来的人多着呢。他们不也得活吗？老顺晃晃脑袋。

老顺把那叠已攥出水来的钱装进内衣。这次，他没掏那手绢，因为里面有两千多块钱。掏出来放这些，就把那些也暴露了。富不可外露。四下里，贼勾勾有多少眼睛呢？难保里面没有不学好的红眼贼娃子。手绢里的钱，早该放家里的。可家里，也没个保险地方。寻常，老顺把钱放在毡底下，或是鞋子里，时时变。一次最多也不过放个百十块，大多时候是人等钱，不是钱等人。所以，哪儿放钱，不是个大问题。现在，天上掉下个金元宝，突然有了这么多钱，老顺倒有些发愁了。

那做梦的感觉又出现了。看到胸前鼓鼓的地方，就明白是真的。一觉出脑袋闷闷地涨，又恍然如梦了。却不敢四下里望，此时，他是明星，定然有几十双眼睛盯着他呢，心也不自在了，往边上移了几步，觉得走路也不像往常了。往常，他觉不出走路，反倒走了几十年。今日，一觉出走路，却发现胳膊不像胳膊，腿不像腿了。该甩的不甩，该迈的不迈，配合也不和谐。想来，成电视上的机器人了，怕叫人笑掉大牙哩。

却没笑声。

老顺诧异地费劲地抬起头，却发现人们并没望他，都把视线集中到“疤鸡”们身上了。“疤鸡”们正整理那个怪怪的旅行包。里面，有各种花花绿绿的玩意儿。还有一些塑料袋，装了黄苍苍油晔晔的肉。那肉没膘分，也看不出是牛肉羊肉还是猪肉。但那颜色，和老顺最爱吃的卤猪蹄一样，定然很香。

这次，老顺想，一定多买几个卤猪蹄，美美吃一顿。几十年了，没好好过一次瘾。有时，他也泼出命来去买他一个，可狼多肉少的，娃儿们你一块，我一块，进老顺口的，不过是几块蹄筋。这次，多买几个，吃个满肚子。这一想，老顺嘴里满是口水，他赶紧咽了。

高些的“疤鸡”取出一袋新鲜牛肉，用一把怪模怪样的刀切成条儿，揭开笼上小口。肉才进，就叫鹰吸入肚里了。老顺大惊。因为掇鹰的最忌讳喂鲜红的肉。这肉，喂不了几次，鹰就有了膘分。一有膘分，性子就野，一放，准飞得不见影儿了。即使要喂牛肉，也要在水中泡几天，泡去血水后，才能喂鹰。他把这些告诉给翻译。

“鹰肥了，上不了兔子。”最后，老顺补充道。

那翻译才咕噜几句，“疤鸡”们就大笑起来。老顺不知他们笑啥。那翻译也笑了，笑一阵，才解释道：“他们，又不抓兔子。”

不抓兔子？那，他们做啥呢？用这么多钱，买个毛虫，看样儿又没啥样儿，就问：“不抓兔子，抓啥？”

“玩啊。”翻译轻松地说，看到老顺疑惑，又解释道：“那儿，王宫里的人，就爱玩这个。瞧，这外表，多威武。国外不是兴养宠物吗？别的国家养狗呀猫呀，巴基斯坦人爱养鹰。”

噢，老顺明白了。毛旦却笑道：“这外国人，怪不叽叽的，偏要养个鹰。钱多了，多养个小妞儿也成，养啥鹰？”院里人这才笑起来。

别看大头院里人多，挤成一团了，可大多悄声没气的。村里人都这样。平时粗声大气，一有外人，便哑巴了。按孟八爷的话说是“撕不上台盘”。毛旦开了个头，村里人才敢叽咕了：“这老外，怕比双福有钱。”“双福算啥？人家老外，连凉州城也能买下。”“不一定。外国也有穷得夹不住屁的。”“这抓鹰，倒是个来钱的路儿。”“就是，我也生发个网。多弄几只，见钱不抓是傻瓜。苦上一年，也不过混个肚儿圆。抓一只，一疙瘩票老爷到手了。”

村里人这一叽咕，倒把老顺叽咕醒了：就是，趁“疤鸡”还在，再下回网，说不准还能网个鹰呢。就回家，喊几声猛子，却无人应，就取下网，仔细看看，把几个破处重绾了，取过架子，扯了网，提个鸡，往大沙河走去。

路上人很多。女人们一见老顺，就扯长了嗓门喊："哟，顺爸，发财啦。""成财神爷的卵子儿了。""瞧，眼睛都笑成鸽粪圈儿了。""睡不着觉了吧？顺爸。""可小心哩。钱多了，就生事，别见个一掐出水的嫩葫芦，就想啃。"

老顺慢悠悠说："发啥？人都穷得尻子里拉二胡，夹不住屁哩。"

凤香说："哟，肥猪也哼哼，瘦猪也哼哼。你叫啥穷？钱在你兜里揣着哩，我们又抢不来。"

凤香不经意的一句话，却叫老顺暗自吃惊：她咋知道我怀揣了钱呢？可别叫人抢了去。一抬头，见到明晃晃的日头爷，心遂安了，就说："啥呀，窟窿早开大了。那点儿钱，能干个啥呀？补都补不住。憨头住院的债还没还清呢。"一提死去的憨头，女人们的话不那么野了。老顺快行几步。

深秋的大沙河显得很空旷。树叶儿早给虫吃了，枝条阡陌交织，刺向空中，在风中摇出寂寥来。草已叫秋霜掠白，跟土沙融为一体。"河"字也徒有虚名，连个水珠也见不到了。倒是沙洼刺目，叫人这儿一挖，那儿一舀，一片狼藉。人倒是挺多，还添了好些网。老顺一看，不禁失笑。他们显然听说"疤鸡"们高价收鹰，才来凑热闹碰运气的。但那架势，又分明是外行：北柱是张陈年破网，线绳儿都泛黄了，早焐得不结实了，鹰一挣，怕要变成灰了；毛旦是不知从哪儿弄来的渔网，扯来十分颀长，捞鱼儿或能碰条瞎鱼，捉鹰，是地道的"屁打狐子"；花球的，倒是地道的网，是老顺那年绾给孟八爷的，但网的插法不对，网有三面，应插成三角形，还应注意角度。这角度，是能叫鹰飞下吃鸡而又不能顺利飞走的角度。这是个学问，要熟悉鹰的习性，考虑它如何俯冲，吃了诱饵后咋飞走，都必须有精密的算计。要精巧地设计角度，叫鹰无论咋飞，双翅都会叫网粘住。粘住后，鹰要奋力挣扎。这时，要看网了，网好，鹰越挣，粘得越硬。那丝丝络络纵横交织的绳儿，每一道，都成捆鹰的绳索了——而河里插的网们，无一个合格，难怪老顺发笑了。

更可笑的是，这群人插了网，拴了当诱饵的鸡后，都不愿离去，怕落网的鹰叫别人偷去。老顺的牙都要笑掉了：那鹰，一见人，就远远地飞了，能一头扎入人伙吃你的鸡？

见老顺来，人们都围了来。北柱说：“顺爸，天下的饭不能叫你一人吃尽，给我们也留一口。你可不能吃独食。虽说劁猫儿的不骟猪，可那票老爷，谁看了心能不晃势？”老顺笑道：“好，好。祁连山里的鹰多着哩。瞧，黑压压旋着哩，可就是不进你的网。有啥法子？”毛旦说：“瞎子的嘴里，也能掉个油馓环环儿哩。不信，我捉不下鹰。”北柱道：“就是。瞎驴也能碰个草垛哩。”

“捉去，捉去。”老顺笑了。他改变了主意：这网，他不下了。一来，这阵候，根本捉不了鹰。鹰虽在天空盘旋，但只有在河里无人时，才敢一头扎下去吃鸡。二来，他多了个心眼，怕这群混世虫也照猫画虎，学会插网捉鹰的法儿。寻常，他们也常见，但那是无心的。现在，谁都留意了，他就得留一手了。

北柱笑道：“早知这些老外来收鹰，拜顺爸为师，弄他个百十只。这次，嘿，财发大了。”老顺笑道：“那财，你以为是空来的呀？天下整车整车往家里拉票老爷的多着呢，你咋穷得叮叮咣咣？为啥？命穷啊。命穷了，你挣断膀筋，也见不上个钱毛。命富了，你走路也能叫金疙瘩绊倒。那是你自个儿修的。你修了，财神爷才能给。”

“哟，顺爸。”毛旦怪声怪气道，“听你的话，好像你是十世修行的金禅子呀？几十年了，谁又见你修桥铺路来？不知你积了啥德，这次修下个金疙瘩来？”“谁说没？”老顺哈哈笑道，“要不是老子放鹰，野兔都成精了，比老鼠还多。一夜间，就把庄稼糟蹋个精光，你嘴里不饿出干屎臭才怪呢。”

北柱长哟一声：“顺爸，听你的口气，你倒成菩萨了。啥时给你修个庙，上个香火呀？”“啥时也成。”老顺欢欢地应。

北柱道：“羞先人去吧。知道不？那老外，弄了鹰，想干啥？

“养呀，像城里人养狗一样。”

“哼，人家贩毒。昨夜，那翻译喝醉了酒，说：‘这点钱算啥？只要带过去一包白面，百只的本钱也够了。你们放心抓去，有多少，要多少’。”

“啥白面？”

“海洛因呀。”

老顺的脑袋倏地大了。

3

老顺失魂落魄地回到家，阴了脸，沉默许久，忽然发问："那白面，咋回事？"他没望人，也没称谓，但猛子知道是问他，就问："啥白面？""叫海啥因的，毒品。""海洛因？"

"对，就这个。听说吸了，了不得。究竟是啥个样儿？你详细说说。"

猛子很诧异：爹为啥问这个？但他还是根据自己听到的，或是杂志上看到的，一一说了。

最叫猛子忘不了的，是几幅宣传画。一个女演员，特别年轻，特别漂亮，受不了毒瘾，切腕自杀了。一想那脸蛋，猛子心就哗闪。村里最漂亮的月儿跟她比，也是母鸡比凤凰。那女演员笑着，很灿烂。当时，猛子想："你与其自杀，给我当女人算了。当个临时的贼女人也行。哪怕，叫我亲一下也行。"可死了，猛子很是可惜。还有一个女人，吸毒后，生下个怪相娃儿，无鼻头，脸上只有两个洞。

老顺不望猛子，只啪啪地抽烟。猛子谈完，许久，才听爹很苍老地说道："你去睡吧。"猛子就出去了。

老顺却不睡，烙饼似的，在炕上翻来掉去。不时地，长叹一口气。老伴很诧异，问了几次，老顺不答。老伴笑道："叫花子留不住隔夜食。有了几个钱，烧唤得睡不着了？"老顺不答，长出一口气。

老伴笑道："爹喧过个故事：有个财主，整天吊个脸，发愁。给他推磨的长工，却整天唱歌，神仙一样快乐。财主女人说：'怪，他咋那样高兴？'财主说：'穷欢乐，穷欢乐，穷了才欢乐。有了钱，就不欢乐了。'女人不信。财主就在磨坊里扔了个元宝。果然，长工不唱歌了。为啥？他老想，咋把元宝带出去？咋花掉？咋不叫人发现？整天拧个眉头。财主对女人说：'瞧，一有钱，就这样。'就要回了元宝。这下，长工又欢乐了，整天唱歌。我看，你就是那个长工。”

这下，老顺发话了，“那，就扔了那元宝。”

老伴以为他说笑，道：“舍得，就扔吧。”

老顺一骨碌起身，说：“知道不？那些‘疤鸡’，买了鹰，做啥？贩白面……就是那海啥……洛因的。还说是王宫里的人喜欢呢，骗人。听说，海关上查得紧，毒品过不了境。后来，把鸽子驯好，带白面，可老叫猛禽吃了，损失大，才用鹰的。鹰当然好，驯好了，力气大，带的多，又不怕叫别的鸟吃掉，比啥都安全。”“贩啥贩啥的，与你何干？”“咋没干？我捉了鹰，卖给人贩毒，不成帮凶了？”“你又没贩，管他。”

老顺寂了许久，又说：“你说，活人活个啥？活个心。帮人害人，心不安呢。不如死了。那元宝，我可想扔呢。”

老伴这才明白老顺为啥在炕上烙饼了，忙说：“不行不行。猛子的媳妇还没个边儿呢。有了这几个钱，总松活一些。”这一说，老顺又寂了。

这些，他都想过。下午，一听毛旦们说那话，他就冲动了，想去还了钱，要回鹰来。他在电视上看过个片儿，专讲毒品害处的，把个好好的人折腾得那么恶心。可一想到老伴说的这些，心就灰了。他算计过，猛子的媳妇，至少得花两万多块，得一家人扎紧喉咙十年，才能凑够。若再有个三灾八难，那点儿家当，一风就吹光了。卖鹰时，他很是高兴。因为，这又是个来钱路儿。他是驯鹰行家，捉只鹰，差不多是探囊取物，多卖几只，啥问题都解决了。可谁知，“疤鸡”们买了鹰，竟是去干坏事的。听说，那边驯鹰，也用白面，叫鹰上瘾。一上瘾，别说你是肉身子，精钢也软哩。不听话，还由了你？这法儿，比老顺的“挼”还管用。

乖乖。老顺当时就出了身冷汗。

老顺翻了身。老了，肉少了，骨头也酥了，稍微压一阵，身子就麻了。看来，地里活，是苦不动了。就算豁上这把老骨头，拼死拼活，又能苦个啥眉眼？苦一辈子了，连个穷根也没挖断。

记得，年轻时，一腔热血，战天斗地，指望跑步进共产主义。谁知，跑了几十年，犟子肉跑没了，娃娃脸跑成了沙枣树皮，除了跑下几个“要债鬼爹爹”，并没跑出心里的指望来。后来，连那“指望”，也无影无踪了。

老顺叹口气。真没盼头了。大儿子憨头死了，落下一屁股两肋巴的债。小儿子灵官，虽是老两口活下去的指望，可一直无个准信。这猛子，只有吃饭的肚子，全无想事的心。乡上村上的费呀税呀又越来越多，大驮子，小驮子，都往老顺身上压。不知别人如何，反正，老顺的骨头酥了，再压就散架了。所以，卖了鹰，他是多么高兴啊！听了北柱那一说，又是多么沮丧。

“不管咋说，我思谋过了，”老顺开口了，“缺德事，我不干。大不了穷死。穷死了，我也是个干净鬼。害了那鹰，又害人，牲口都不如哩。”

老伴不应，似已睡了。许久，一声轻微的叹息。

老顺又说：“再说，那缺德钱，也不经花。你不见，那电视上的贪官，贪个千万百万，不信，能富过三代去。有来的路儿，就有去的路儿。像那筛子，进水容易，水里一放，满筛子水。一提，又空了。百眼眼儿来的，百眼眼儿里去。那缺德钱，来时一疙瘩，去时，也是一疙瘩。吃个药呀，打个针呀，挨一刀呀，弄不好，就人财两空了。”

老伴长叹一声，道：“行了行了。少说些吧，你干啥了干去。少说那混账话。憨头打针吃药，动手术……难道也是我们贪了？”老顺知道老伴被说动了，又说：“其实，那鹰，要好好用，一年也能挣几千块。一年，好些能捉三百只兔子。一只兔子十块，就是三千。我捉，叫猛子和他的那些贼爹爹朋友到城里卖，不信还弄不来几千块钱？”

老伴笑了：“行了行了。这账，你算一辈子了，也没见弄来啥钱。”

老顺嘿嘿两声：“钱有啥用？吃呀，穿呀，对不？你吃了兔肉，一样，一样呀。活人嘛，抱个金山，也累得慌。还不如我当个穷汉，喊秦腔乱弹开心。”

但嘴上轻松，心却沉重。毕竟，是一叠实实在在的厚厚的票子呀，良心呀，道德呀，总不如票子实在。于是，老顺想了许多理由为自己开脱，比如：北柱骗人呀，“自己勤扫门前雪，管他门外驴踢锅”呀，“下不为例”呀……

但最后，还是祖宗的教诫占了上风。那教诫，其实只有一句话：“缺德事干不得。”

可惜归可惜，沉重归沉重。老顺想，那鹰，一定要换回来的。

4

老顺老了许多。仅仅一夜，眼泡下面就添了许多皱褶。摸着那叠厚厚的钱，心忽而白了，忽而黑了，忽然高尚了，忽然卑劣了，像鏊板上的饼，翻腾了一夜，就把眼泡儿弄皱了。

早晨的天却异样灿烂，蓝的是天，白的是云，亮羞羞的是太阳。还有那风，微微的，吹在脸上，很爽。吸一口，胸内也透明了。老顺感到异样轻松。他已打定主意：穷了穷些，苦了苦些，活个干净人，不使那昧心黑钱。

那海洛因，听说，比鸦片烟更坏。鸦片烟就够坏了，他老子就抽，把个好大的家业抽穷了。有时，半夜三更，父亲一打哈欠，就打发幼小的顺娃子去十里外的铺子里买鸦片烟。一夜，在一个沙洼里，他与狼遇了。月光下，狼睁了绿绿的眼，贪婪地望这口嫩肉。顺娃子突地跪下，边磕头，边祷告：“狼爷爷，瞧，我瘦，你别吃我。你吃了我，就是吃两个人。老爹爹还在屋里等我呢。我一死，他也活不成。再说，我也没有几两肉。明日个，你到羊群里，瞅个肥肥嫩嫩的大羯羊，美美地吃去。”这是祖宗传下的法儿：见了狼，别跑，跪下，祷告一阵，再求土地爷保，就能活命。一跑，脚就踏阴司里了。那狼开始蹲着，听了祷告，却突地站起，前行了一步。顺娃子脱下皮褂子，扯了两个袖子，张开，若狼前扑，就把皮褂子蒙在狼头上，和它拼。不知是祷告的作用，还是狼正好饱着。狼只是像斗鸡那样髭了髭毛，张开口，“咔咔咔”，磕了三下牙，转身走了。顺娃子唾沫都吓干了，跑回家，就成一摊泥了。爹却接过烟，烫了，嗞嗞地吸。后来的老顺，一想鸦片烟，就想到“咔咔咔”磕牙的狼。咋能叫比鸦片烟更恶的“白面”去害人？

可票老爷是沉甸甸的，家境的局促是活生生的，自己的是非标准是明朗朗的，心里的风雨才啸叫了一夜。

老顺揣了钱，朝大头家走去。地上湿漉漉的。半夜里，虽下了雨，却不见积水。走在上面，格外滋润。老顺既然想通了，心境便异样地好。那好的感觉，是沉甸后的倏然轻松带来的。

凤香和几个女人正在路上议论。老顺怕她们说出难听的话，想快快地绕过去。

谁知，凤香却张臂挡了老顺，道："顺爸，你可是财神爷的卵子儿，福蛋蛋了。""屁。屁。"老顺懒得纠缠，斜刺里一蹿，绕过凤香。"顺爸，以后，我们张嘴时，可别推三推四的。……哎呀，那些外国人真有钱。"凤香的声音追来。

"飞财不福命穷人。人家有，那是人家的。"老顺还了一句。他想，眼热人家做啥？人家外国人有，那是人家苦的。你一天头龇个毛包，谝闲传，捣闲话，不干正事，元宝又不会自己从天上掉下来。忽觉自己说错了话：那话儿，本意是说自己。若错解了，倒像是骂凤香命穷。果然，凤香已酸声酸气了："像你那样命福的，全沙湾有几个？才有了钱，顺爸的心就变了。为富不仁哩。"

进了大头庄门，老顺仍觉得脸上火辣辣的。"疤鸡"带来的新鲜味没了，院里没前几天那么多人。一个"疤鸡"正喂兔鹰，他捻条牛肉，顺进笼里，兔鹰脖子一探，肉就没了。另一个"疤鸡"通过翻译，问大头捉鹰之法。大头照猫画虎地说着，声音很大，口气干脆利落，倒似行家。

见老顺进来，大头眨眨眼，不好意思了，说："人家，才是行家哩。我，不过是鹦鹉学舌。"

老顺却不理，把那钱包儿取出，给了"疤鸡"。"咋？"大头不解。

"这鹰，我不卖了！"老顺干脆地说。"为啥？""不为啥？我不使昧心钱。"

大头笑了："北柱胡说哩，你别信。人家开玩笑哩。真是那儿的大官儿买了当玩物。"

那喂鹰的"疤鸡"阴阴地瞅翻译。翻译慌乱地叽咕。老顺由此断定：那说法不假。

"不行，不行。"翻译过来，把钱包儿塞给老顺，"定好了的，反悔不得。"

老顺不语，把钱包儿放翻译脚下："我可是钱边儿也没动。你数数。"他走过去，提了笼子，好一阵子，才找到门儿。一开笼子门，他才发现鹰脚上的绳子没了。自己来得急，没戴皮毛套，但也顾不了许多，伸手入笼。这黄鹰，正是叫兔子蹬破了胆的那只，只缩了身子咕咕叫，却没啄老顺。

"疤鸡"们目瞪口呆。翻译叽里咕噜解释着。"疤鸡"们阴阴地望一眼翻译，又望老顺。

老顺环视院里，找个破纤维袋子，把黄鹰放进袋里。他照例去捉另外两只，却叫鹰狠狠啄了几下。老顺甩甩手，抽几口气，提起笼子，取开笼口，把鹰倒进袋子，提了出门。身后的叽里咕噜声突地大了，似吵架。

老顺心头，一阵轻松。

那只叫野兔蹬废的黄鹰，因叫"疤鸡"们喂了带血的生牛肉，野性就活了，他准备再喂几天后放了它。另两只，还要捉兔子。一来，少叫兔子糟害庄稼；二来，叫嘴里添些肉腥味；三来，他想捉些兔子，叫猛子和他的那些活爹爹朋友到城里试一下，看能不能卖得动。猛子的媳妇，是羊头上的毛，迟早得燎。

一想猛子媳妇，老顺心里又毛了。

5

夜里，丢了几头猪，硬地皮上，有几个隐隐约约的猪蹄印。早晨，下山风利，把浮沙上的蹄印吹没了，硬地上的却隐约可见。那蹄印，断断续续，往沙窝去了。猛子带人搜索蹄印，一路寻去，在一个沙豁陷处，找到了血肉模糊的猪。猪内脏不见了，带着毛皮的猪肉东一块，西一片，四下里扔。旁边，有一堆粪便，白白的，有骨渣，有毛片。

猛子的脑袋一下子大了，那是狼粪呀。

为了惊吓狼，一入夜，猛子们就在村东的路口上放了一堆火，村里人也围了来，热闹地说笑，等于告诉狼："老子们不怕你。"但这些"老子们"，是仗了火才不怕狼的。想来，总是心虚。

花球弄了很多黄毛柴扔火头上，火焰就蹿上天了。女人们脸上涂抹着火光，一脸兴奋，仿佛她们不是为了防狼，而是在举行篝火晚会呢。

猛子妈从家里拿来山芋，扔火中，不一会就熟了。她拍拍山芋上的灰，你一块，我一块，分了吃。浓香的山芋味弥漫开来。

火焰呼呼地舔着夜幕，也舔着人们的心。自分了责任田后，战天斗地的大场面不见了，都守着几亩薄田，几头牲畜，各干各的，除了娶嫁呀，发丧呀，当家户族吆五喝六地热闹一番，平时真成单干了。这狼一闹，反把人心拢了来，随篝火呼呼了。

男人们自发地分了工，轮流值夜，时而，打一枪惊惊狼，叫它们少到村里来骚扰。今晚由花球和北柱值夜，猛子安顿几句，便回家，住进羊圈。

羊圈在后院里，是个露天的大圈子，七八尺高的墙，泥个小屋，盘个炕，能住人。一闹狼，猛子和老顺就住在小屋里，俩人备了结实的木棒。

老顺早睡了。那鼾声，闷雷似的轰隆。他除了听凉州贤孝外，很少凑热闹，入夜不久，便上炕迷糊。为了省电，他连电视也不叫看了。

猛子轻轻脱了鞋，上炕，和衣躺了。羊粪味飘了进来。马灯拧得很小，豆大的灯苗儿，映出蛋大的一团光，屋里反比外面暗了。猛子没有睡意，茫然地望那隐在夜里的顶棚。

一声狼嚎遥遥传来。

这声音，初听吓人，久听便木了，猛子懒得在乎它，却想到了猪肚井，不知孟八爷咋样了？那儿的狼，定然闹得比村里凶。这儿人多势众，又有院墙。闹狼前，村人还在庄门外拴牲口。现在，一入夜，都把牲口弄院里去了，狼想发威，也不那么方便。不像猪肚井，大多露宿，即使有所谓的圈，也无高墙，狼出入似平地，加上小狼又死在那儿，想来闹翻天了。

又一声狼嚎传来，猛子听出，似乎在狼舌头湾。那儿距村不足二里，时不时地，就能碰到狼，故名。

猛子想，这狼，定是冲自己来的，自己身上，定然带了小狼的味儿。记得小时候，国家号召打狼，孟八爷们就去掏狼窝，掏来几只狼崽，放在村里的井房里，人端了枪，在房上候着。不多时，狼就循了味儿来，曳一路嚎声。它先在村外嚎，声音悠长而阴森，厉厉地刺破寂寂的夜。慢慢地，它便摸进村里，鬼影一样，飘向井房。孟八爷就举了枪，乒儿乓儿，打出个英雄的名头来。这狼，想来也一样，自己沾了小狼味儿，它就循了味儿来。只是，它们披了盔甲，是国家给披的，这比啥都厉害。谁惹了它，坐牢不说，只那款，就罚你个贼死。这一想，猛子就羡慕孟八爷了，那是个出英雄的时代。现在，英雄也成狗熊了，真生不逢时呢。

忽发现屋外有两团绿光，幽幽地晃，仿佛两盏灯笼。那灯笼，飘呀飘呀，猛子便也飘了起来，飘到一个漆黑的沙洼里。那漆黑，真稠，仿佛墨打的糨糊，把猛子浆住了。那绿灯笼却飘了来，原来，是一只巨大的狼，山一样大，张个血口，一下，就把他吞腹里了。那狼胃一下下蠕动，似风中狂抖的帆，把身子都弄疼了。

"起！起！"原来，是老顺在推他。

猛子一下子醒了。老顺道："去看看，是不是有狼。羊咋忽棱棱忽棱棱地惊呢？"猛子拧亮马灯，出去。月亮白孤孤的，羊挤成一团。猛子四下里望望，连个狼影儿也没有，就进去了，咕囔道："狼屁也没有。"

"怪。"老顺仍是醒后那种空洞洞的声音，"没狼？羊咋惊呢？忽棱棱过去，忽棱棱过来，好几趟子了。"他起了身，接过马灯，出去，巡一转，又进来了，说："怪。没狼，你惊个啥呢？"

老顺上了炕，说："那狼吃羊，先得吆出一个，不然，挤成一团，它无法下口。一吆，羊就忽棱棱过来，忽棱棱过去，惊个不停。听，又惊了。"

果然，门外传来羊群惊跑的声音，忽棱棱，忽棱棱，响个不停。老顺一骨碌起了身："快起！没狼，我头朝下走路。"猛子捞过棍子，给父亲个短的，自家拿个长的。老顺拧亮马灯，出了门。羊却又寂了，挤成一团。老顺举了灯，四下里望，真连个狼影儿也没有。猛子正要进屋，却听父亲惊叫："哎呀！你还藏了个好。"顺父亲手指，猛子望去，果见一个黑影，贴了墙壁，人立一样，隐在墙角里，不细瞅，真发现不了。那狼见已被发现，就乓地倒下，不等老顺棒子落下，它一骨碌翻起，踩了羊背，跃上圈墙，瞬息便不见了。

老顺扔了棒子，哈哈笑道："狡猾。这东西，真有状元之才哩。"对猛子说："你们值啥夜呢？没用，你们十个，也玩不过人家一个。去，别丢人现眼了。"

猛子这才回过神来。他的舌头都吓干了。这么近，狼若是扑来，一下就能咬断喉管。他咕嘟道："妈的，差点填狼肚子。"

"屁。"老顺道，"人家才不吃你，叫土地爷封了口呢。除非，你前世里欠它的命债，这辈子就进狼口。不该死的，它也张不开口……去吧，叫值夜的回去吧，顶不了事，白受冻。你知道人家打哪儿下口？"

6

猛子提了枪，向村口走去。他也正想透透气儿呢，那羊粪味儿，毕竟不是麝香，早把心熏闷了。夜风吹来，带了深秋特有的寒凉。猛子打个寒噤。月儿虽不很亮，却足以照见大路和院落。近的树木，远的沙丘，都模糊了。村东的树梢上仍有火光。想到方才的事，猛子感到好笑，才发现这值夜，真是扯淡。原以为，那狼见了篝火，会远远躲开，谁料它竟绕进村里，继续干它喜欢干的勾当。怪的是，它为啥单单蹿进猛子家的后院？莫非，它也知道，这就是那个"凶手"的家？日怪。

夜很深了，说不清几点。猛子裹裹衣襟，捏枪的手有些凉，也懒得戴手套。这回，他是上了弹药的，一把火药，几十颗散弹。不怕一万，就怕万一，万一遇了狼，与其填狼肚子，不如给它一下。那蹲监狱罚款啥的，也顾不了它，命比啥都重要。虽说狼的命也是命，但那是狼的事。

地上有很厚的溏土，踩上去，有黏糊感，想来已染白裤脚了，也懒得管它，叫它染去。此刻，猛子心里还盛不下它们呢。说不清是吸了太多的羊粪味，还是别有缘故，他有些胸闷，而且闷出火来了。火是常有的，闷却少见。先前，他可从不知啥叫闷的，那时，饿了吃，渴了饮。有火了，找个女人泄一下，倒头便睡，翻身就起。现在，人大了，心大了，倒有闷了。猛子这才发现，这闷不是叫羊粪熏的，而是从心底渗出的，定是哪根神经出了问题，才拽出闷来。

总想找个地方，泄了这闷。

忽然，想到了北柱女人凤香。北柱和花球正值夜，女人定是闲了半床被子。他早想给北柱戴绿帽子了，因为，在莹儿和哥哥憨头结婚那天，北柱闹洞房最凶，乱啃乱摸，还说了不少流氓话。

于是，他拐到北柱家，用力砸门。

“谁呀？”传来凤香睡梦颠盹的声音。

“打狼的。”猛子粗声干嗓地学北柱。

不一会，门吱扭开了。凤香蓬松了头发，披了衣，见是猛子，咕哝道：“我以为是那贼砍头的呢。”

“看一看。那狼，可进了我家的圈了，把羊差点咬死。”猛子嗓门很干，词不达意。

“那你看去。”凤香打个呵欠，关了庄门。听到关门声，猛子的心晃了一下。

凤香进了屋，取出手电。猛子接过，在各处胡乱照照，又进了书房。看到堆在炕上的那床零乱的被子，猛子的嗓门冒火了。“北柱，可怪不得我，谁叫你先起歹心呢？”他偷偷望一眼凤香。

哪知，凤香也正偷眼窥他，猛子便慌乱地闪过目光。凤香吃吃笑了：“咋？我是狼？吃人哩？”见猛子赤面垂首，又说：“我可真叫狼舔过。”猛子不信。凤香说：“真的。在十岁那年。哎呀，我还以为是狗呢……身上还有伤疤呢。”猛子问：“在哪里？”“在胸膛上。”“谁信呢？”“不信？我给你看。”凤香便将上衣敞开，露出雪白的胸脯。凤香认真地给他指那几个若有若无的所谓牙痕。“还有硬核呢。不信？你摸。”猛子便取下枪机上的火炮子，把枪倚在墙上，一把捏住奶子，才一揉，凤香便呻吟起来。

凤香推开猛子，出去，扣了庄门，又进来，脸上泛出一层异样的光。猛子的身心早给那火引燃了，不等她走近，就一把捞过，按在炕上，扯了下衣。

凤香很会叫，浪声浪气，一韵三叹，且随猛子的动作颤出不同的节奏。

这使猛子感到一种异样的刺激。忽然，凤香大叫起来，眼珠上翻，面孔扭曲。猛子吃了一惊，却听得凤香喘息着叫："上天了。上天了。"他才松了口气。

凤香呻吟道："他不行。我才知道他不行。猴急，几下就没事了。"

猛子得意地看着她瘫软的裸露的下身，整理着自己的衣裤。"好吗？"他问。"好。明儿个，我给你皮鞋上绣个花。"凤香起了身，咬猛子几下，捞过卫生纸，擦擦下身，穿了裤子。

"我看你咋在皮鞋上绣花？"猛子笑道。

"咋不能？"凤香笑了。她拽拽衣服下摆，出去，开了庄门。

调笑一阵，猛子才提了枪，告辞出门。他快意地想："北柱，你个驴捧的，老子可报仇了。"

7

拐过墙角，上了大路，忽见前面有两团绿光，跟梦中的一样，眨眨眼，绿光却近了。隐隐的月光里，还能看出一个长晃晃的狼身子。猛子吓了一跳。"妈呀，真是狼。"端了枪，朝绿光，扣动扳机。哪知，只响起轻微的金属撞击声。

"糟了，忘了装火炮子。"方才搁枪时，他习惯性地取下火炮子，却忘了再装。那时不取是大忌，此时不装也是大忌。

那绿光却已扑来。猛子闻到一股扑面的腥臭，下意识用枪托一挡，黑影蹿了过去。借此机会，他取出炮盒，刚打开，绿光又扑来了。他来不及挡，一扭身，到一棵树后。狼扑空了。那盒中的火炮子也抖了个精光。

"天哪。"猛子的身子倏然麻胀了，"该着填狼肚子了。"他暗暗叫苦。那绿光转过来了，两次扑空，狼不再前扑，却磕起牙巴骨，磕出一阵瘆怪怪的声音。声音湿浃浃的，分明流着涎液。

猛子反倒镇定了，想："大不了偿你一命，打了你一个，赔你一条命。可也不能伸了脖子由你咬。老子豁出去了！"

月亮钻出云层，狼身子就映在月光中了。那模样，很像北柱养过的狼狗，只是，狼狗不这样瘆怪怪地磕牙，可那狂吠，也不比磕牙弱势多少。一次，它扑向猛子，猛子就揪了它的顶皮，捡块砖头，打下几颗狗牙。这一比，猛子越加镇定了。

那狼磕牙一阵，又开始低哮，它时而弓身，时而塌腰，脖中的毛斗鸡似的髭开，嗓里滚出含混的威胁声。这越发像狗了。孟八爷的那条老山狗就这样。猛子长吁一口气。

“呔！”他吼叫一声。

狼低哮几声，并不后退。它兜起圈子，寻找进攻机会。猛子发现，这是只瘸狼。他知道，这种狼大多中过夹脑，自残逃生，十分凶残，很是难斗。他又紧张了。他发现自己犯了个大错误，把像狗的狼当成狗了。这很危险。那狗，至多咬伤你。这狼，却是要你的命的，它一招得手，就下死口，你很难在狼口中挣出。猛子又冒出了冷汗。

那狼边磕牙，边低哮，边兜圈子。猛子用枪口指着狼，它若扑上，便把枪管戳进狼嘴。

那狼却不扑，只是转圈，仿佛，它也猜出了对方心思。

转几圈，猛子就晕头转向了。小时候，他就这样转圈，风车似的，转呀转呀，转一阵，就倒地，品那天旋地转的味道……这样转下去，难保不填狼肚子。于是，他举了枪，前蹿，戳那狼口，狼便后退。他一后退，狼又前。就这样，双方对峙多时。

猛子冷汗淋漓。他的精神高度紧张，似绷得过紧的弦，仿佛稍一弹拨，便要断了。这是场消耗战。坚持就是胜利。

狼又斜刺里扑来，猛子一退，却被土坯绊倒了，溏土溅起，迷了眼睛。他不及起身，风已扑来，遂下意识收缩双腿，使出他摔跤时惯用的兔儿蹬鹰。脚才蹬到狼腹，风已从头顶掠过。

这一失足，使猛子失去了信心。他一骨碌爬起，疯子似的乱叫，发出比狼嚎更难听的声音。好在眼睛还依稀可以辨物，他边冒怪声，边抓起溏土，向狼打去。一股股纤尘扑向狼。狼被这一招镇住了，后退几步。

他这才想起孟八爷说过，狼是土地爷的狗，万一遇上，手中又无武器的话，就扬土，匆忙间忘了，无意间却使了这招。他喘几口气，拄了枪，把左脚立起，自后向前，用力划弧，一团团溏土，向狼飞去。素日这招，是对付村里女人的，见哪位穿得阔，瞅了背影，射出土弹，炸她屁股，此刻用来，倒也顺手。

狼又后退几步，仍不想离去。猛子知道，自己这招，唬不了多久。

他冷汗淋漓。

果然，狼发现，那飞来之物只会唬人，便又逼上来龇牙，但它仍顾忌这一团团飞来的土，叫它打着了，虽不疼，却能迷了眼睛。若真叫迷了眼，再抖威风，也是瞎抖了。可惜猛子这招，准头很差，加上狼眼功极好，竟将飞来之物一一避了。

猛子边扬土，边在衣袋里摸索，他想摸出个火炮子。

狼已扑了上来。

猛子怕再叫土坯绊倒，不敢大进大退，只朝旁边一跳。他知道狼是直脖子，转不得身。待那黑影一掠，就举起枪托，用力砸去。黑影却早过去了，枪托砸在地上，只听咔嚓一声，想来折了。

狼又转过身来，这回，它不再远远地扑，而是一味缠斗，只一口，便将猛子的前襟撕了。夜风扑向肌肤，泼水似的凉。

猛子骇极，边大叫，边用枪杆乱打，这枪，真成烧火棍了。有几下，显是打疼狼了，但狼并不后退。狼爪很利，很快，衣服前襟被撕成碎片。

猛子已不能理性思维，只将枪管抡得风转，打中打不中，也顾不上管了。因为紧张，也因为连续用力，他已气喘吁吁，只觉得自己被裹在一团腥臭的旋风里，身前身后，到处是狼。说不清是狼牙还是狼爪，在他身上撕开了一条条伤口，有液体流下，却觉不出疼。

到处是狼口，到处是狼眼，到处是腥臭的气，猛子头晕目眩。因为狼太近，那枪管已不称手，只有挡架之功了。那狼口却捷敏异常。……瞧，它又扑来了，差点咬住他的胳膊。猛子躲过了狼口，枪管却叫狼叼去了。

待狼再次人立似的上蹿时，猛子一横心，掐住了狼脖子。手中是圆滚滚的狼肉，里面涌动着野性的力量……他甚至无法抵御这力量了，它向他压来，涌来，挤来，仿佛要把自己压成肉饼。这时，他才发现，狼的力量竟是异乎寻常的大，超出同等身架的狗好几倍。若是个身单力弱的人，早叫它扑倒了。

那野性的力又排山倒海似的涌来，猛子不由得后退。他小心地挪着脚步，以防再次被绊倒……忽觉得，脊背靠到一棵树上，便索性倚了树，把推力变成掐力，一下下收缩双手。

忽然，胳膊一阵剧痛，两个衣袖已被狼的前爪撕开。那狼爪疯狂地搔，胳膊上一阵火辣，想来那肉，已叫搔光了。猛子不敢松手，咬了牙，一下下吸气，手随着吸气渐渐用力。这是孟八爷教给他的使力法儿，以气运力，每吸一口气，就多一道力。

汗已湿透全身。狼眼里，发出可怕的绿光，像深井，有股强大的吸力，似要把他吸入，消解得无影无踪。绿光里有贪婪，有愤怒，有意外的不甘心的愤怒，有复仇的火焰。硕大的狼口黑黝黝的，喷着潮湿的又腥又臭的气。长长的舌头伸出口外，像吊死鬼那样，嘴角也扯向耳门了，涎液顺嘴角流下。猛子手里黏黏的，说不清是狼的涎液，还是自己胳膊上流下的血。

狼爪仍在疯动，胳膊上阵阵火辣和剧痛。他差点要松手了。他觉得左手已使不上力了。他想，可别抓断了筋……还好，无力的感觉很快消失。拇指下有跳动的脉搏，这是狼的大血管。坚持住，要不了多久，狼就会因大脑缺血而死亡。

一个声音远远传来："谁在叫？有狼吗？"猛子听出，是值夜的北柱的声音。

"快来！有狼。"猛子叫。

"等等，我叫花球。"一阵跑动声。不一会，两道手电飞奔而来。

忽觉得，狼身子突地重了，手不由一沉，觉得有个东西在腹部重重地一击。一阵撕肠破肚的疼，猛子不由得松了手。那狼突地倒地，打个滚，一溜烟去了。一股纤尘扑入鼻中。

猛子喘着气，浑身发软，萎在地上。那两道手电射来，照出了一个水人，泥人，血人，或是鬼。狼最后一击，是腾起身子，用后腿蹬的。猛子的毛衣已被撕成两半，外衣和衬衣也成碎片了。腹部，是几道猩红的血口。若不是衣服消了力道，只那最后一击，便叫他开膛破肚了。

北柱和花球都“乖乖”着，把舌头咂得山响。

猛子瘫在地上，虚脱了似的，站不起来。两人上前架了几次，提起来是一条，放下去是一堆，便叫他躺了，打了手电，察他的伤口：胳膊上血肉模糊，脖中有爪痕，腹部倒不甚重。北柱说：“花球，快去请陈肉头，别得了破伤风。”花球前跑几步，复又回来，说：“我可不敢，若撞上狼，咋办？”北柱说：“成。先架他回家再说。”

猛子叫他们寻枪。那枪，只剩下钢管了，枪托已碎。枪机啥的，也不知到啥地方了，显是已不能用。一百多块票老爷哩。猛子有些可惜。

“听好长时间了。花球说是鬼叫……不过，从没听见人那样叫过。”北柱说。猛子苦笑几声。这时，他才有些后悔和凤香的那事了。能穿朋友衣，不可戏朋友妻。猛子觉得自己不是人，他已原谅了北柱对莹儿有过的邪念。若不是他和花球，自己怕是真垫狼肚子了。

瘫一阵，猛子才有了些力气。那些打飞的扳机弹簧们也顾不上找了。北柱和花球扶了猛子，朝老顺家走去。

狼舌头湾那里，传来一声不甘心的狼嚎。

8

猛子的伤好得很快。伤本来就不重，都是叫狼爪子抓的外伤，消了毒，包扎了，很快便结痂了。倒是后怕延续了很长时间，老觉得有双绿绿的狼眼窥视自己。撒尿时，他也是东张西望，老怕那狼趁机扑来，咬断他的喉咙。至于梦，更叫狼填满了。梦里他已死过多次。他的肉，他的骨，无数次变成狼口里的涎液。灵魂也像村里娃儿用麦秆儿吹的肥皂泡一样，忽悠在暗夜里。

追逐灵魂的，是成灾的蚂蚱似的无数只狼眼。一道道绿光，摄去了精气，精神便极度疲乏了。

那夜，王秃子家的三只羊也叫狼咬死了。秃子一家原指望它们能多引几只羊，剪了毛，换来油盐酱醋。这是个不太奢侈的梦，却叫狼几口就咬断了。秃子女人失声断气地嚎哭，声音比狼嚎更大，搅得猛子心神不宁。因为他知道，这狼祸，是自己惹来的。他打算过些日子，求父母把那双绵羊羔子送给她。

连日来，村里还死了几头猪，几只羊。那忧患，越加难以除去了，老觉得有剑悬在头上，不知何时落下。

村里普遍的问题是院墙太矮，狼一耸身，就能蹿过。狼要是真撒野的话，就成长坂坡上的赵子龙了。记得孟八爷说过，狼最怕绳子，要是在院墙上二尺高处再扯一道绳子，狼就不敢跳了，村里人如法做了，倒没再听说过狼进院子的事。

猛子身上的伤痛好多了，但身上的肉老是跳，右眼皮也嘣嘣个不停。“左眼跳财，右眼跳祸。”想来不是啥好事。又觉得这跳，许是应在孟八爷身上，那儿，真不知闹成个啥样了？

第　九　章

1

狼反了。

除了聚集在猪肚井的外，那些仗着有圈的牲畜们，都给狼咬了个七零八落。散牧的更不用说，时不时，就能在沙洼里发现牲畜尸体。部分牧人已赶着牲口出沙窝了，那阵势，像打了败仗后迁移的部落，有种“风萧萧兮易水寒”的味道呢。

那狼，越来越聪明了。孟八爷很是头疼。

一夜，红脸瞒了孟八爷，弄了老鼠药，塞进肥腻的羊肉里，放在狼惯走的道上。次日清晨，却在猪肚井东边的沙梁上发现了羊肉。旁边，还有堆白色的狼粪。

明知那夹脑，相较于狼的狡猾，已近似自欺了。但一入夜，还是下了。那夹脑耳子，常被狼扒出沙外，嘲笑它的主人。

猪肚井成了粪的世界。井虽淘了，但出的水并不见多，常有渴极的牲畜栽到井里，但牧人懒得剥皮了，捞出，往沙洼里一扔便是。虽到深秋了，恶臭仍一阵阵旋来。粪臭、腐肉臭、牲畜的汗臭……把猪肚井罩成了一口巨大的臭锅。

牧人们叫苦连天。

他们很晚才出去，太阳老高就回来，都带来了灶具，牲口一入猪肚井，他们就掏坑做饭。近处的黄毛柴烧光了，就从豁子的屋墙上抠下干牛粪当烧柴，把屋壁弄得千疮百孔，好几处还开了天窗。一夜，女人在灯下脱衣服时，就听到外面有贼嘎嘎的笑。从此，她脱衣，先得灭了灯。

自那夜，谝子不留神钻进女人被窝叫豁子浇了瓢狗血后，豁子房内谢绝牧人。他已打定主意改行了，以前赖井为生，以后，兼当羊皮贩子。近日，因狼的帮助，他收获颇丰，只捡那沙洼里叫狼咂了血的，或是捡掉到井里捞出后主人手懒而扔掉的羊，就剥了厚厚一叠皮子。另外，一些牧人等不及驼子来，也把死羊皮卖给豁子，豁子只付一半的钱，另一半，待处理了再说。到后来，皮子越来越多，豁子连那一半也付不起了，就只记个数儿，等处理了再结账。好在豁子人缘好，又有那么旺骚的女人帮凑，谁都一摆手，说“成哩”。

却无人考虑水的问题。这井，迟早要干的。那水线，已到百米以下。先前，一弯腰，就能舀一勺水。后来，一节节深，深，再深，深到骆驼要走老长一截路，才能捞出半桶水来。至于将来，谁也不去想。听说，远处有个火车小站上供水，供一水槽，千万只羊抢饮。去得早些，多候些时辰，也能抢来一口半口的，但那是听说的事；又听说，内蒙古草原有“海子”，可惜是咸水。那些“听说”，总是遥不可及的。于是，大家齐齐叹气，都说：“今日有酒今日醉，管他明日喝凉水。”

眼前，先顾了狼再说。

2

半夜里，忽听得沙梁路口处有兽在叫，叫声凄厉瘆人。孟八爷一骨碌爬起来，提了马灯，出了门。月高很亮，虽不圆，但很亮。沙漠里，最好的便是月亮了，那么晶亮，把个糊里糊涂的大漠之夜照清明了。听说，凉州八景里，就有个叫“平沙夜月”的，但也是听说而已。

叫声已息了。值夜的早扑过去了，不知是个啥兽，但肯定不是狼，倒有点像人呢。因狼和人一样，也有走路的习惯，那路口上，就下了最有劲的夹脑。任是啥，挨了这一下，也够它受的。

马灯照着了一张扭曲的脸。腿上的夹脑，早给值夜的取了，脸上的扭曲却取不了。一人正弯着腰，揉那人的腿。很眼熟。眼熟的不是形体，而是味道。这是猎人独有的感觉。

那人也转过身来。是张五。

张五微微怔了一下，便笑了："怪不得，这夹脑下的邪。是你这个老贼呀，还没死？"

"早哩，早哩。"孟八爷笑道。虽想起那局里的松尻子货，把骨头脑髓都卖了，心却坦然了。怕啥？老子又没干丢底典脸辱没祖宗的事。怕啥？听得张五向那汉子介绍："鹞子，孟八爷。东沙窝的孟八。"

那张扭曲的脸突地白了。他的目光很冷。怪。灯影恍惚里，孟八爷竟捕捉到对方眼里那一闪即逝的东西。

"折了没？"孟八爷问。

"没。倒是打了个血肉模糊。"张五打着哈哈，捞起一包东西。孟八爷看清了，是卷住的几张狐皮和两杆枪，一杆步枪，一杆砂枪。张五笑道："看啥？老娘干的旧营生。听说，你金盆洗手了？哈哈，吃素不？还该念经呢。死在你枪下或叫你药死的狐子，总上千了？该超度超度了。"

"早该超度了。"孟八爷也打个哈哈，"现在才知道，我也是罪人哩。"

"不说这个。"张五摆摆手，"那道理，我懂。知道不？这几只，是那边的乡长请我打的，每只，都背了几十条羊命。叫我收拾了，一院子磕头的。"

"就是。"黄二说，"这狼，可害苦我们了，你老人家发发慈悲吧。"

"就是。"几个人应和道。

孟八爷狠狠咳嗽一声。

"哈，真人不露相，露相不真人呀。"张五一指孟八爷，"他，才是狼的要命咒子呀。"

黄二们都听孟八爷讲过大道理，没说话。

“走，进屋。”豁子道。几人搀了挨夹的鹞子，走下沙洼。

3

那鹞子，总冷冷地扫视孟八爷，眼里有明显的敌意。他已经恢复正常了。马灯下，他小腿上的伤口猩红刺目。那夹脑，真是好劲道，够他受的。但这，仅仅是外伤，止了血，包几下，不碍大事。

女人一脸欢快，为鹞子清洗完伤口，又开始做饭。显然，鹞子是受她欢迎的客人之一。其程度，和猛子不相上下。她可不管是偷猎的，还是反偷猎的，在她眼里，一样。

因为还没数九，狐子的针毛还没长上来，那几张皮子毛色不好，属于沙皮，卖不了好价钱。孟八爷信张五的话：这狐子，是人请他们打的。

沿这大沙漠穿过去，就到内蒙古了。那儿有山，有水，有草场，牧人就将羊散打出去，也不用专人放牧，由它们尽性子吃去。每到十一月，将羊拢来，数数，“隔”出怀羔的母羊，圈了喂养。其余的，仍散打出去。好在都打了耳记，或在耳上剪个三角，或穿个红线，或做别的记号，都不会认错的。满山遍野，尽是没人牧的羊。狐子就躲在大石头缝里，等羊路过，一跃而出，叼上羊喉咙，然后咂血，撕扯肠子，吃肉。狼不吃回头食，狐却不然，它的食量不大，一次，吃不了多少肉。一只羊，狐子能吃个十大半月。

张五说：“那黄毛道尔吉，下了好些药，下多少，全叫野喜鹊子偷去埋了，那狐子，反倒碰不上药，无奈法，才请的我。……他叫我给你带个话，有时间了，叫你给他再炒些药。他自己没弄成，白浪费了一坨儿药。……也可怜，有一家，下了三十一只羔子，三十只叫狐子吃了。”说完，他意味深长地望孟八爷一眼。

孟八爷明白他话里的话：“我这是为民除害哩。”便说：“那麻雀，也吃麦子呢。那年，全国除‘四害’，把麻雀打了个精光，虫子却铺天盖地了。麻雀虽也吃粮食，可吃的虫子更多。狐子也一样，吃羊的，是个别，多数狐子吃老鼠……今年，老鼠可成精了。”

张五哈哈大笑：“这道理，我懂。不谈这个，不谈这个。”

鹞子却一言不发，只用那冷眼，时时扫孟八爷。红脸进来，在鹞子耳旁嘀咕。孟八爷知道，他在求鹞子收拾狼，他咳嗽一声。红脸觉出了，走了出去。鹞子阴沉着脸，看不出心绪。

门外，一堆声音齐齐地滚来：“张五爷，收拾了狼吧——，张五爷，收拾了狼吧——”一听，便知道有人在指挥。

“听，听。他们可是……”张五大笑。

一种奇怪的情绪涌上孟八爷心头。他长吁一声，想说啥，心却灰了。这是个悖论，一句两句，说不清，打也罢，保也罢，都为了生存，前者为了眼前，后者为了久远，简单地否定哪一个，似乎都不对。但他是理解牧人的，土里刨食，已养不了命，才向沙窝伸手的。但延续到沙窝的梦，又能维持多久？

牧人的哀求声仍齐齐响着。孟八爷眼望天花板，把更长的欷歔咽进肚里。

4

吃过女人做的拌面汤，张五惬意地抽起烟来。鹞子仍阴了脸扫视孟八爷。孟八爷却似没看见，把那大道理又说了一番。张五边听边笑。鹞子脸上却时时鼓起肉棱儿。豁子则打着哈哈，稀泥墁光墙。外面，则时不时地，传来一声：“张五爷，救救我们吧。”惹得女人咯咯笑。

张五吸过鼻烟，打趣似的道：“那沙，逼来了，我们躲躲。风大了，我们避避。可那个蝎虎子乱收费，到哪儿，也躲不开。八兄，我也知道，大书房炕上比沙窝里舒坦呀。还知道，我一把干骨头了，再跑，就成破头野鬼了。可不跑，先得扎了喉咙。我说八兄，你是条汉子，能不能先管管那些官儿们，别再乱收费了，多少给条活路？”

孟八爷笑道：“开啥玩笑，我哪有这等本事。”

张五长长地噢一声，不再言语。孟八爷却品出了他语气中的嘲讽意味。

这一点，他也深有同感。以前，逼急了，他便提枪进沙窝，问这天大地大的银行要钱。现在，一洗手，手头立马紧扎了。

张五慢悠悠说："还有，那些腐败，八兄能不能管管？老百姓都说，党是个好党，可叫那些腐败分子抹了黑。八兄枪法好，把那些腐败分子，一枪一个，崩了，既维护了党的纯洁，也为百姓出口恶气。"

女人笑出声来。豁子也犯傻似的哈哈几声。张五却不笑，自顾抽烟。孟八爷听出了弦外之音，脸有些发烧，伶牙俐齿几十年了，叫张五几句话就打哑了。真是窝囊。

只听鹞子冷冷说道："这世上，有几个窦二墩？倒是那松尻子黄三太，出了一个又一个。"

孟八爷脸上着火了。

张五又说："啥道理，我也懂。这风呀沙呀，都和打狐子有关，影响千秋万代哩。我懂，我都懂。但那千秋万代，是很遥远的事。现在，还得活呀。用长柴泥墁了嘴，或索性吃老鼠药，当个破头野鬼，总是不甘心呀。你说是不是？八兄。"

孟八爷的喉结动了一下。

张五又说："听说，美国老拿人权欺负别国，人权先不谈，先得有生存权呀，先得想个法儿，活下去。知道不？光咱村，就有几十条光棍，他们都要断子绝孙哩。千秋万代，很对。可眼前，先得活下去。"说着，他打个哈欠。

又一个声音传来："张五爷，救救我们。"这是谝子的公鸭嗓音。

张五笑了："听，大道理，他们也懂，可能顶饭吃吗？那狼，那狐子，吃一只羊，就损失百十块。这损失，是看得见摸得着的。那边……"他朝东扬扬下巴，"打一只狼奖一千五，老百姓奖。你国家保，可人家不保。人家的乡长给我算过账，五年来，我收拾的狼和狐子，叫他们少损失五千只羊呢。在那里，我是英雄呢。开会时，乡长公开说：'那张老汉来了，要好好招待。发展畜牧业，得欢迎人家来。'我不带一把水，一把面，就能住个一年半载，顿顿吃手抓羊肉。信不？"

孟八爷当然信，这待遇，他也受过。可他也知道，张五说的那儿，是沙漠化最厉害的地区，草山秃头了，草原成沙漠了。

“这回，是他们请的我。”张五指指那几张狐皮，“可这，够判几年了。八兄，你说，我究竟是罪犯，还是英雄？”

“罪犯！”孟八爷干脆地说，“以前，我也是。信不？你说的那儿，几十年后，就没人烟了，畜牧业也罢，农业也罢，都叫沙埋了。”

张五木了半晌，嗒然若丧：“这倒是。”

5

牧人们涌了进来，打头的是红脸和炭毛子。一进来，他们就用绳子捆了孟八爷。

“你别见怪，孟八爷。”炭毛子笑道，“我们可是受够了。谁保，叫他们保去。老子们，先得保了牲口，一家大小，还指望它们呢。再消耗，就要喝西北风了。只好委屈你了，等收拾了那畜生，再请你喝酒，给你赔罪。”

“畜生！”孟八爷双眼充血，头发呀，胡须呀，都给体内的气鼓荡起来了。

“由你骂，由你骂。”黄二嚅嚅道。他给张五跪下。红脸、谝子们都跪下了。屋外，还有齐齐的声音：“救救我们吧，张五爷。”

张五哈哈笑了。他捋捋胡须，望孟八爷一眼：“瞧，哪儿，都这样。那些警察见了，会咋想呢？”

鹞子狠狠啐一口，冷冷地望孟八爷，脸上的肉棱一显即隐。

“他的兄弟，瘫了。”张五解释道，“上回抓的。我和他，差一点点。”

“那松尻子货，老子饶不了。老子羔子皮，换他张老羊皮。”鹞子的声音很冷。

孟八爷脑中嗡的一声：“咋瘫的？”

“打的。”

“谁？”

“还能是谁？”

孟八爷倒抽一口冷气。这事儿，他听说过。他们不是有“靠山”吗？咋瘫了？一想到一个年轻人瘫了，心不由得沉重了。

“张五爷，救救我们吧。”“就是。一枪敲了那狼。”“糟害了多少牲口，数也数不清了。”红脸们说。屋外的声音也乱糟糟的，情绪很是激动。

张五却解开了孟八爷身上的绳子，说：“我要打狼，谁也挡不住，捆不捆都一样。”

望着跪了一地的牧人，孟八爷哭笑不得。他烦躁地摆摆手，“打去打去。老子也回家……吃饱了撑的。吃了苦，受了罪，费了脑子，反叫你们当猪捆了。”

张五哈哈大笑。那鹞子仍是不笑。张五笑道：“可说实话，那狼，可不是一只，打一只，会有百只来报仇。”

“那就来一只打一只。”谝子道。他边说，边偷望豁子女人。女人却正望鹞子呢。

“我哪能守在这儿呢？人家，正抓我们呢。”张五哈哈笑着，却笑出了泪花。他用手抹了泪。“一叫逮住，这辈子出不来了。知道不？按官家掌握的数儿，几十个大案也够了。上次，叫人家把家底都搜了。”又对孟八爷说，“你……可真害苦了我……不说了……我知道，你没私心，是条汉子。可说清楚，我打狐子，不是为民除害。我没那么高的风格，我仅仅是想活命。几个媳妇，都是靠狐皮换的。”

鹞子又扫了孟八爷一眼。

张五朝牧人们扬扬脑袋，问孟八爷：“你说，这事儿，我管呢，还是不管？”孟八爷道：“按规矩办吧。这些，都算我踩的踪踪儿，你别插手了。若看中这几张狼皮，我赔你。成不？”

“不行！”红脸嚷道，“再耽搁，牲口都光光了。”

张五对红脸说：“人家八兄，可有日天的本事呢。这事儿，我不管了。鹞子，你也别管。这是规矩。人家踩了的踪踪子，我们不抢。”他又对牧人说：“冤家宜解不宜结。我们打起来，容易。可我们不能守一辈子。那东西，打一只，来十只，人家千里路上来吊孝呢。闹下去，这地方连人也站不住了。知道不？现在，新疆呀，内蒙呀，都闹狼灾了。”

“我们的牲口，叫吃光不成？”红脸怒冲冲问。

“放心，我会生个法儿。”孟八爷道。

“若有法子，你早生了。”谝子也气呼呼道。他倏地起身，走了。牧人们也骂骂咧咧走了。

孟八爷很是羞赧。

6

瞅个机会，张五示意孟八爷出去。外面很冷。凌晨了，清冷的下山风吹来，干冷干冷的。牧人们仍在骂骂咧咧，内容很是刺耳。尤其那炭毛子，不干不净，缠夹不清，说了好些混账话。

张五笑了：“听，人家咋说？也难怪。谁都指望在沙窝里挖个金元宝呢，却叫狼咬了个屁烧灰。”

孟八爷很奇怪张五的态度。他以为他会恨自己。有时，自责的情绪也会袭来。但他这“卖友”，不是为了“求荣”，他是无私的，心因之坦然了。但他坚信，张五会恨他的。但这次遇面，张五倒跟以前一样。

“我可是恨死你了，”张五道，“前些日子。现在不恨了。你知道为啥？”不等孟八爷回答，他又说：“因为，我也活不了多久。”

孟八爷吃了一惊：“咋？”

“吃饭时噎，我估计是食道癌。胃也不好，有时，吃上就吐，可能活不长了。在死前，还得给小儿子娶个媳妇，把债还清，腿一伸，哈哈，就脱孽了。”张五夸张地笑几声，听来，却似猫头鹰在叫。

“快死的人了，犯不着再恨啥人。”张五笑道，“何况，你也有你的道理。”

孟八爷心头噎噎的，很难受，想说啥，又不知该说些啥，便长叹一口气。

“这辈子，没交几个朋友。你，是最好的一个哩。那几个徒弟，想找你算账，叫我喝住了。到阴间，我还想交你这个朋友呢。你可要快些来，我可是寂寞得紧。”说着，张五干笑几声。

孟八爷仰天长叹，又木了许久，才说：“那狼吐下的肉，专治噎食病，你试试。”

“吃过几两，也没顶用。”

“以前，可有吃好的。要常吃，多找些，当饭那样吃。老先人传的法儿，总有他的道理。”

“算了。”张五叹息道，“治好，也没用。听说，打五六只马鹿或狐子，就是大案。我至少够判个十年八年了，那牢，还是不坐的好，早死早脱孽。下辈子，变成狐子，叫人家打，再还人家百十辈子的命债……幸好，我没教儿子打枪。那几个爹爹，想学，我没教，我说你们安分些活吧。要是学了，这会儿，也正叫追得飞上跳下呢。”

孟八爷想说：正邪全在于心，与本事没关系，心正了，本事就正了。可没说，因为这道理，张五也懂。

“我的，全教那鹞子了，”张五道，“还有几个……想想，真有些后悔。那鹞子，人实诚，可心狠，老嚷嚷着要报仇。有我在，他不敢做啥的，背了我，说不准。他兄弟可真瘫了，也是个好小伙子，也算我害了他……你可要小心些。”

“活了几十岁，”孟八爷道，“也没个啥怕的了。伤生害命一辈子了，挨刀子和挨枪子，也是造化。”

第 十 章

1

次日，猛子和黑羔子来到猪肚井。猛子的胳膊上还扎着纱布。孟八爷听说了老顺不卖鹰的事，赞道："那老崽，大事不糊涂。"又听说村里也闹起了狼灾，欷歔不已。

对狼祸，孟八爷已想好对治的法儿：用药"闹"。因为用枪，不保险，一股火喷出去，死活就难说了。用夹脑，早叫狼识破了，谁也抹不去铁腥味，也无法叫狼的鼻子瞎掉。想来想去，用药，成功的可能性大些。以前，他用过那药，无味，一"闹"一个准。那时，下一次药，几个小丸儿，能"闹"好几只狼。后来，嫌那法儿太损，又不过瘾，才改用枪的。

听张五说，内蒙古的黄毛道尔吉从外地弄了药来，瞎炒，糟蹋了一坨，还剩几坨。孟八爷就想去，要一坨来，炒制好，放在狼必经的路口上，狼一咬，啪，就闭气了，叫人立马捆了，往它鼻中喷水，解了药性，送往凉州公园，叫人们观赏去。

牧人们听了，都不好说啥。因为有孟八爷在，张五死活不接这个活。这是规矩。那踪儿，孟八爷先踩了，去抢，不义气。

安顿一番后，孟八爷备足了水，备足了干粮，留下了枪，自个儿带个桦条，借了红脸的骆驼，出了猪肚井，往内蒙古方向走去。行不多久，一点黑星撵了来，是老山狗。本想带它去，又觉得猪肚井更需要它，就唬一声，撵它回去。老山狗驻足了，凝在沙丘上，目送着走向茫茫沙海的主人。

骆驼口吐白沫，打着响鼻，几星涶沫，溅在孟八爷脸上。他也懒得去擦，只管捉了那驼毛缰绳，一路行去。行了一阵，兴致大增，脖子一扬，唱起来了——

尕老汉哩吗哟——哟——
七十七哩吗哟——哟——
再加上四岁咦尔呀尔哟——
八十一哩吗哟——哟——

唱到兴处，骆驼也直梗梗叫一声，仿佛说："好呀，再来一个。"孟八爷呵呵笑了。

他拍拍骆驼脖子，也不去骑它。若不太累的话，他轻易不骑骆驼。这驼不是坐骑，而是伴儿，行沙路，太寂寞了，有个伴儿好。这是个公驼，身坯儿好，正是青春好年华呢。孟八爷也想起自己的青春好年华了，兴致大增，一扬脖，又唱起来——

墙头上蹲着个鹦哥儿，
鹦哥儿没有个尾巴。
你给我先做个烟包儿，
我给你买一块手帕。

通往内蒙古的沙山很高，直刺天空，只一道岭，就够翻半天了。沙上多蠕蠕细浪，很是精致，仿佛由巧夺天工的手工笔细描了的。小的纹，大的旋，再大的浪，一晕晕荡去，线条很是飘逸。常见动物行过的踪迹：这细蠕蠕的爪印儿，是一种叫"瞎蹦子"的老鼠儿的。这家伙，小眼睛，短爪子，尾巴只有寸把长，可最是嘴馋。以前，常把孟八爷撒下的“闹”狐子的药偷偷搬进洞去。有时，它也忍不住馋，就去咬药丸儿，才咬针尖大个眼儿，便伏在药丸上，死了。……这蹄印，是青羊的。那是黄羊的。那是石羊的。青羊个儿大，差不多有驴大呢。黄羊个儿小，和石羊差不了多少，都跑得比风快。这石羊，多在石岗上跑。偶尔，也会到沙窝里来。那可是个跳高冠军呀，悬酥酥的一个崖，人家一蹦，就上去了。

这梅花状的爪印，便是狐子和狼的了。狐子的小，和猫爪印差不离，看去，是一溜直线，很少拐弯。那大些的，像狗爪印的，便是狼的了。狼是自由的动物，它没有狐子那么多的讲究，直哩，横哩，斜哩，想咋走，就咋走。

那沙山，直插天空，高到云里了，怪不得叫“沙漠的珠穆朗玛峰”呢。那山脊，刀削似的利，一刃高过一刃，就把天割成一个个块儿了。天空是惊人的蓝，水洗了似的清新，把人的脏腑洗透明了，也把那本是灰色的沙衬黄了。站在沙山上，眯了眼，任思绪和眼游去，神没了，形没了，只觉磅礴的大气融了自己，那天呀地呀，也融入心了。

沙山虽高，牵了驼，沿了阴洼，碎步儿走去，也不嫌多累。孟八爷走惯了。寻常人进沙窝，先得塌膘，经过了苦，熬过了累，瘦了几圈，脂肪少了，精肉多了，叫塌膘。塌了膘的人，才能走远路。孟八爷老进沙窝。那膘，在二十来岁就塌了，在沙山上行，和平地没啥两样了。

沙洼里有各种植物，黄蒿，毛条，桦秧子，梭梭柴，拐枣柴……叫秋霜一掠，都跟沙一色了。记得上回，土秃子叫他进沙窝时，一定要带些拐枣柴来。把那红色的拐枣，锯成一寸方圆的坨坨儿，放水熬了，当茶喝，能治肝炎的。王秃子那婆娘，得肝炎多年了，没钱治，只有拖了。出去时，一定给她弄些拐枣。

翻过几道沙山，太阳已悬到西山顶上。孟八爷选个露宿的所在，把骆驼拴到一墩柴上，叫它自个儿吃去。因为要远行，孟八爷没带皮袄，穿得也不厚。走路时，仍嫌热，汗水溻湿了衣服。可一停下，风一吹，就寒森森了。趁着天色尚亮，孟八爷捡了足够的柴。为了防寒，防野兽，篝火是少不了的。等黑夜涨潮似的漫过来时，孟八爷点燃了篝火。

就着火光，他吃点馍，喝点水。在火旁刨个沙槽，往槽里拨些火籽儿，叫它慢慢儿煨去，心里却不由自主地想到了张五。那老栋们谈到的“罪犯”，仿佛是青面獠牙的怪物，他们哪能想到，这也是个可爱的老头儿呢，只是心还没转过弯来。也许真为生活所迫，可不管咋说，不该……可活不长了。明知活不长了，该好好歇息一下，却仍往沙窝里钻。听那语气，得了病，值得高兴呢。……你当然，没几天好活了。可鹞子们，才活人呢，路还长着呢，真叫他们猫颠狗蹿一辈子不成？贼不犯是遭数儿少，逮住是迟早的事……他后悔没劝劝张五。明知张五也不是不懂那道理，但还是觉得自己没尽到责任。当时，他真叫张五一连串的发问打晕了。怪，一辈子了，从没那样窘过……自己是不是真有些管闲事了？可这一切，连着自己的喉咙呢，算闲事吗？

篝火呼呼燃着，烧去了大漠的死寂。无风。有月亮。月亮上有个晕圈。那是“风圈儿”，明天肯定有风。这些年，老刮风。不刮风的日子，倒稀罕了。若是风沙大，就会影响行程，好在水多——他专门挑了个大塑料拉子，食物也够吃，倒没啥可怕的。若有枪，当然更好，打个兔子，烧了，吃来，有另一种风味呢。

孟八爷抽阵烟，叫烟进入每一个毛孔，熏出惬意来。他斜了身，倚了沙，眯了眼，坦了心，任那篝火烤去，把舒坦烤进每一个细胞。这是沙漠旅人最惬意的时刻。行了一天沙路，流了半身臭汗，身乏了，心疲了，就啥也不想，由那火烤吧。这世上，还有比这更舒坦的享受吗？

孟八爷很少想啥。自他发现想啥都没用的时候，就不想了。脑中总是空着。空了就空了。他只是干好手头的事。别的，随缘吧。不该争的，不去争；不该愁的，懒得愁；车到了，路就开了。万事万物，自有它的道儿，人算不如天算，那就不算了。但手头的事，必须做好。该他做的，就尽力子做去。吃啥饭，干啥事，得尽心尽力。成了，哈哈一声。不成了，也哈哈一声，都往脑后一抛，再叫心空了去。

所以，翻了几道山，孟八爷觉得并没翻。那脚儿，由了它走去，上坡也罢，下洼也罢，只是脚在行动，心却不留痕迹地在虚空里扫。

火小了。孟八爷睁了眼，丢几根柴，牵来骆驼，拉到柴堆旁，喊声“跷”，骆驼便跪在沙上。孟八爷用缰绳把它蜷了的膝盖扎住，以防它趁人熟睡时溜到远处，再用脚把那堆干柴拱到骆驼头前，由它吃那些毛枝儿。他往旁边挪挪，挪出骆驼翻身时压不着自己的距离，再拨些火籽儿入槽，叫它往热里煨沙；仍眯了眼，把心也投进火里，叫它随火焰熊熊去。待睡意袭来时，就用桦条搅搅槽中烫沙，和衣滚入槽中。没等沙中的热蠕动上来，他已打起了呼噜。

2

半夜里，孟八爷醒了。深秋大漠的夜晚是冰窖，火籽煨出的那点儿热早没了。彻骨的寒凉穿透了衣服，一下下唤他，就醒了。

一睁眼，便看到月亮和那个巨大的晕圈。明日的风沙，想来挺大的。星星却很弱小，似亮欲熄。身旁的空气凝住了，这说明，露宿的地方背风。旅人身上有汗，汗眼洞开，若是当风露宿，会生大病。先前，村里常有叫“神风”掠了的人，猫个腰，拐个腿，手似鸡爪，口歪嘴斜，重的就瘫了，据说多是身热时不注意避风所至。所以，远行人露宿，先要择地。孟八爷选的，就是极好的地方。近旁，有个巨大的柴棵。柴棵下，有窝。这儿母兔待过，生过小兔。这地方，贼风进不来。许多时候，动物比人更有生存智慧。

风虽侵不了身，寒却袭来了。孟八爷就爬起身。骆驼已侧身躺了。初卧时，它是跪的。等跪得过久，它便会斜躺了，放松一下。若是人没经验，挨得过近，睡梦中就会叫骆驼压住，很是危险。孟八爷觉得腰有些硬，就使劲捶几下……老了。他想，先前，在冰地上睡一夜，一起身，腰身仍如才睡时活泛。现在，老了。他边捶边晃晃腰身，捡几根毛柴，用打火机点了，再次燃起篝火。

远处，传来一声狼嚎，还有“呱嗒嗒，呱嗒嗒”的声音，很像旱獭的叫。

孟八爷也不去管它。夜行，他啥都不怕，鬼也不怕，狼也不怕。村里的狗，多厉害的狗，一见他过来，就缩了身，抖个不停，还发出含糊的可怜的呜呜声。齐神婆说这是杀气所致，也许是真的。他与生俱来地带了杀气，任啥动物，嗅到那气，都会胆寒的。

篝火燃起来了，暖意又扑向身子。骆驼给惊醒了，又恢复了跪状。孟八爷添些柴，叫火尽量烧旺些，侧身在火边睡了。靠火的脊背暖烘烘的，胸腹却叫夜气浸得透凉，只能忽而烤烤胸腹，忽而暖暖脊背，胡乱迷糊一阵，却再也睡不实落了。

迷糊中，听得骆驼突突地打起响鼻，睁眼一看，不远处有两个绿绿的灯泡。那样儿，一看就是狼。篝火只剩下火籽了，有几根没干透的柴在冒烟。孟八爷又丢了几根毛枝儿，吹几口，一股烟后，火苗儿腾起了。那两盏绿灯远了些。

心很静，并没因狼而晃荡。和狼打几十年交道了，太熟悉这土地爷的狗了。即使没火，即使手中无枪，即使在空旷无人处，即使狼扑来，他也不怕。对付狼，他有太多的法儿。比如，用桦条打它的腰，待它扑来，瞅中了，只一下，保管它瘫了半个身子；比如，用沙扬，抓了沙，扬去，填它的眼睛，任它多利的牙多凶的爪，瞎了眼，也难动老子一根毫毛；再比如，等它扑时，把桦条插进它大张的嘴，把它的心肝肺肠都搅个稀烂……法儿可多了。任谁，都可以跟它斗几个回合。要诀只有一点，别慌。许多遭遇了狼的，自己先吓破了胆。胆一破，等于就把喉咙伸狼口里了。当然，以上的法儿对付不了群狼。但一般情况下，狼多了不抬羊，更不攻击人。除非，你自不量力，去招惹它们。

一声幽咽的狼嚎传来。那嚎声，仿佛积淀了千年的怨愤。也许，真是冤呢。千年了，都把狼当成敌人，都想斩尽杀绝，却不知它是土地爷的狗。

孟八爷往火中添把柴，侧身卧在火旁。他听得出，那狼真是在嚎。嚎声里，并无进攻的意味，却像村妇哭丧，悠长了声，咿咿呜呜，边嚎边诉。那嚎，是为诉伴奏的。真邪门了。骆驼却如临大敌，时不时突突几声。它在威胁狼呢，等于说：你来，我要啐你，叫你出瘟，烂了你身子。

孟八爷时不时添几把柴，就在那狼嚎和骆驼的突突声里，看到了东方的亮色。

3

远远的，一声威胁的枪响。几峰骆驼踢一路飞沙，追上来了。

是鹞子们。

夜里没刮大风，孟八爷的踪明显地留在沙山间。鹞子们沿了踪，打着骆驼，径直追来。

鹞子骑在骆驼上，端了枪，一语不发。怕孟八爷有武器，他举枪恭候。另外四人，却下了骆驼，慢慢围来。孟八爷冷冷地望着。时至中午了，沙洼里无一丝儿风。他的心奇怪地静，活了几十岁了，值得叫他怕的，也不多了，但他却不想束手就擒。他扔下缰绳，举起桦条。这桦条直溜，滑顺，使起来倒也称手，稍一抡，就满沙洼呜呜声。

四人齐齐后退，吃惊地互相望望。

鹞子冷冷一笑，突地，打一枪，子弹呼啸着，从孟八爷头上过。

大胡子笑道："你这两手，吓老鸹还成。"他前走一步。孟八爷抖抖桦条，喝道："你再往前走，老子拨灭你的灯。""拨灯"是行话，就是弄瞎他的眼睛。

"弄瞎了，你养活我。我正愁活不下去呢，正好，你给找个吃饭路数儿。"大胡子说。四人又慢慢围了上来。孟八爷一抡桦条，舞个棍花。呜呜声又阻住了他们。

"这老贼会拳脚。"一个矮子说。

"拳棒手怕的大力气。一抱子抱住……"大胡子说，"喂，我看你扔了那家伙，老子们不伤你，只弄几个光阴。再招摇，惹怒我们，可要你的命哩。"

孟八爷冷笑道："穷汉身上弄光阴？羞你的先人去吧。有本事，找那些贪官弄去，欺负老百姓算啥本事？"

矮子道："你有本事，告那贪官去，踢穷汉的饭碗，算啥本事？"大胡子笑了："老贼，你以为老子是打劫的？蛇钻的窟窿，蛇知道。老子们，可是算总账来了。"

孟八爷哈哈笑道："算啥账？老子还没做过昧心事呢。信不？你敢动老子，老子就敢打烂你的狗头。"

"成哩。"大胡子前走一步，"我支给你打，行不？这脑袋，经不住一下，打烂了，你得抵命。"

孟八爷后退了。他知道对方想走近他，一抱子抱住。但要真往脑袋上来一桦条，他也下不了手。

"你打，你打。"大胡子拧出头来。孟八爷步步后退，碰在黄毛柴上。趁他分心之机，大胡子抢住了桦条。

孟八爷双臂较劲，把他像拨浪鼓一样甩来甩去。大胡子吼道："吃屎货，等啥？"三人一拥而上，捉胳膊抢腿，却仍被甩得东倒西歪。"快，勒绳子。"大胡子叫。一个腾出手，取出绳子，绕到孟八爷的脖子里，一勒，他的身子就软了。几人摁了，捆了手脚。

大胡子笑道："这老贼，力气真不小。人少了，还真降不住。"

"畜生。"孟八爷骂道。他双眼充血，那眼睛珠子，似要从眼眶里迸出了。

鹞子却凝在骆驼上。骆驼也回过头来，凝望这边。乍一看，很好的一道剪影。

鹞子冷冷地说："孟八爷，看在五爷份上，以前的账就算了啦。但今后，别坏我们的事儿，成不？劁猫儿的不骟猪，你安分一些，当你的猎人也成，当你的农民也成，别和那喝血贼们掺和，成不？天下有多少不平事，你能管过来？那么多腐败，你能反过来？我们为了活命，杀几个动物贴补一下，你为啥总纠缠不休呢？"

孟八爷笑道："叫我别管？成哩。能不能再等几年？"

"为啥？"

"几年后，我就进土坑了。想管，也没法管。"

鹞子冷冷一笑，一扬手，一道刺目的光闪过，沙上多了柄刀子。"挑了他的脚筋。"他说。

孟八爷觉得一股气蹿上脊梁。他说："鹞子，欺负老汉，你连个畜生也

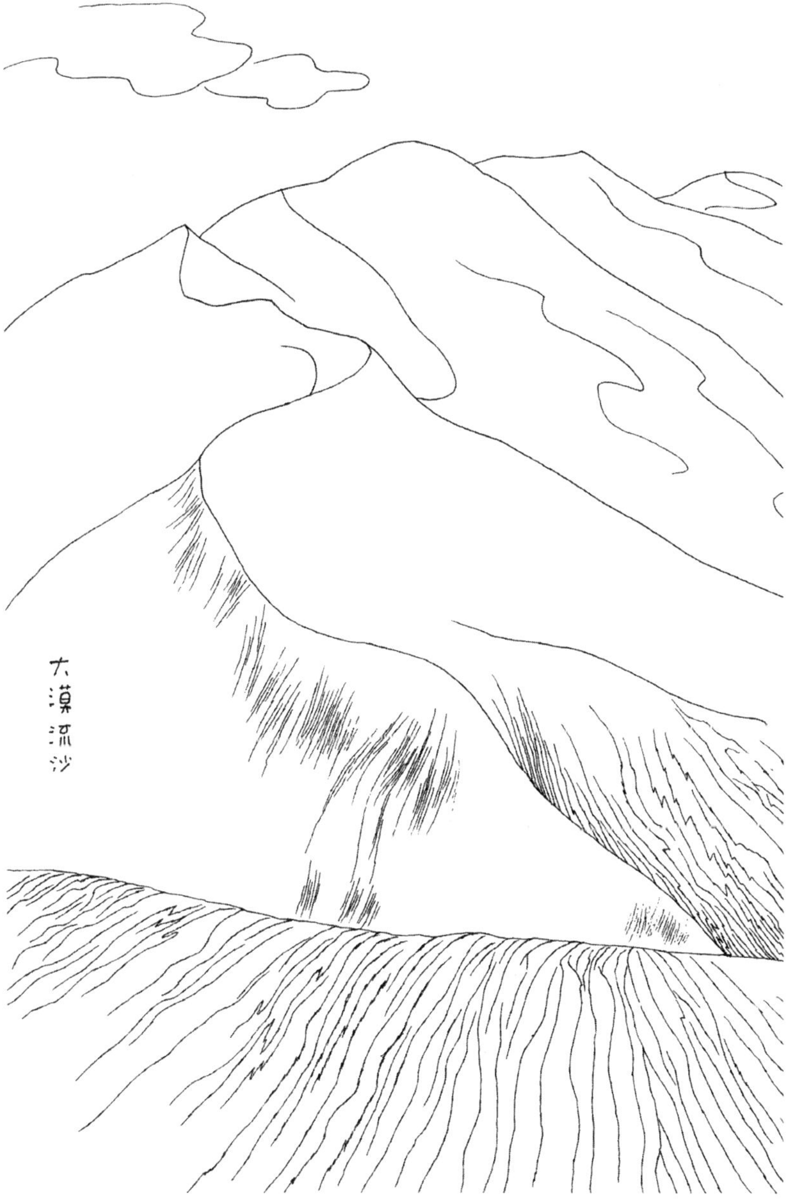
大漠流沙

不如。有本事，你和老子单挑，输了，老子自己了断。”

矮子却笑道：“你个松尻子货，想得倒美，叫你尝尝叫沙窝干烤的味儿呢。那时，你才知道土地爷的屎是个泥棒棒儿。”说着，他捡了刀。大胡子却挡了他，说：“我来。那活儿，我可是行家呢，一挑一个准。”抢了刀，走近来，捏捏孟八爷的左脚，用力一挑。孟八爷一声惨叫。那人却朝他挤挤眼，用力揪他一下。孟八爷明白他手下留情了。那刀锋，偏了，割的是小腿肚子，并没有挑脚筋。这疼，他虽能忍住，却仍是直了声，夸张地惨叫，骂些很野的粗话。

大胡子擦擦刀上的血，大声说：“成了，由天断吧。你没粮没水，爬不出去，就当个沙窝里的旋风吧。这是你自己寻的，别怪我们。”

鹞子冷冷一笑，说：“看在五爷面上，那账，就这么结了。死了，也该你当个冤魂。活着，日后嘴头紧些，少当松尻子货。”

“呸！”孟八爷圆睁眼睛。胡须在风里抖着。

五人牵着驮了孟八爷的水和馍馍的骆驼，一溜烟去了。孟八爷吼道：“有种的，你一枪崩了我。”

“想得倒美。”大胡子笑道。

那些人走远了。沙洼里很闷，太阳发出嗡嗡的声音。孟八爷听到了血管的跳动和刀口处一跳一跳的痛楚。那血，已流入鞋中，脚黏稀稀地难受。

想来那大胡子，还偷偷在捆他手腕的绳子上割了一刀，稍一挣，绳子就开了。孟八爷解开绑腿的绳子，卷起裤腿。那伤口不很深，但仍在流血。还好，若真叫挑了脚筋，在沙漠里，非变成干尸不可。只是这刀伤也糟糕，若再流血，也出不了沙窝。最怕的，还是感染。这儿没针没药，一成破伤风，也只有一死了。

孟八爷摸出打火机，从衣襟上解下那个银胡梳子，放火上烧。不一会，银梳就红了。孟八爷咬了牙，把烧红的银梳按在刀口上。一股焦臭伴着嗞嗞声弥漫开来。烫了几次，孟八爷就一身的汗了。

这也是老先人传的法子，可止血，可防感染。等刀口上的猩红完全变成焦黄时，他撕下一绺衬衣，扎了伤口，仰脸躺在沙上。这阵疼，已把他疼乏了。

很渴。嗓子起干皮了。没了食物，没了水，没了坐骑，受了伤，这在大漠深处意味着什么？孟八爷懒得去想。他擦擦汗，知道鹞子是借沙漠之手来要他的命。直接杀人，或是干渴而死，在定刑时，显然不一样。鹞子也许是顾忌了这，但也许是不叫他轻而易举地死去，想叫他在临死前，再经一番大漠的折磨和蹂躏……若真叫挑断了脚筋，那只有死了。就现在，能否活着出去，依然是个未知数。

4

下午，起风了，月晕的预言实现了。初时，风不很大，侧了风，行来倒也不甚费力。孟八爷捡了块被野兽撕碎的牲口毛皮，裹扎在桦条上，当拐棍。棍头的面积一大，就能借力了。那左腿，虽没被挑断筋，却仍有种撕裂的疼，使不了大力。孟八爷就将前行的任务交给右腿，左腿只用以支撑身体的平衡，一捞一捞地前行。那包扎处，依然有血渗出。好在不多时，便结了痂，也不用担心会血尽而死。

风大了。风一大，沙就活了。北风从左侧吹来，时不时掀他一下，行来很是吃力。他算算路程，大约走了一半，返回或是前行，距离差不多，就索性前行吧，这路，不会伸长，挪一寸，就会少一寸。只是没水，没食物，尤其是前者，真要命。但也不去想它，困难那玩意儿，越想它，它在心头的分量就越重，渐渐就压垮了意志。一猛心走吧，到啥程度，算啥程度。

沙子开始在脸上抽了。孟八爷脱下羊皮坎肩，蒙了脸，只留个小缝儿看路，由沙子噼啪去。其实，这路，也没啥看的，到处是沙，沿了沙脊走就成。风虽大，沙虽多，太阳却现出隐隐的亮晕，也不会迷路。只是这伤腿使不得重力，一捞一捞，行不多久，腰身就酸疼了。他就背风坐了，歇一会。

风越猛了。没了遮挡的风，扯起肆虐的沙鞭，抽打着一切活物。移动的风沙，像飞动的砂轮一样，能把裸露的皮肤打磨得血肉模糊，能打碎衣服，打烂皮肤，打去所有生的气息。

若是有骆驼，叫它卧了，挡了风，挡了沙，人在侧面的港湾里蛰伏，会安全许多。沙子泼打在驼毛上，滑下，像涨潮的水一样，能渐渐埋了驼身。驼就一下下抖着，浮着，从浮沙里游出来。沙涨驼高。这沙海，想淹那沙漠之舟？休想。

但此刻，骆驼带给孟八爷的，只有欷歔。……但愿能活着出去，生法子给红脸赔骆驼。死倒不怕，亏欠别人的，总是心不安。

这时，北方天空上，又出现了一个怪物，初如黑熊，大似山岳，张着大口，开始吞天，天空液体似的流入它口中。孟八爷知道，这便是沙暴。很快，它就能吞了天，吞了地，吞了一切。上回那沙暴，填了几千亩地，刮折了几百棵树，刮飞了几千只羊。这回的，看样子，也不弱呢。

几尺厚的浮沙流来了。那沙流，上坡，下洼，沿了地势，水一样漫来，极像涨潮时推来的浪。沙子互相撞击，轰轰隆隆，仿佛千百架飞机在叫，天摇地动呢。不亲历，你真想不到，这世上，竟会有马达一样轰鸣的沙流。

孟八爷游目四顾，看到了几丛巨大的梭梭柴。这梭梭，是在下方的一个沙洼里。看沙暴的阵候，要大猛一阵呢，先躲躲再说。他懒得一步步下沙坡了，就握住装烟锅和打火机——这比生命还金贵呢——的口袋，一蜷身，团了身子，滚下沙洼。待更粗更猛的沙鞭抽来时，他已猫在梭梭下了。

孟八爷仍将羊皮坎肩顶在头上，尽量将身子缩成一团。这样，就可以减少沙鞭的抽打面积。

若是有皮袄就好了，翻穿了，毛朝外，任沙鞭抽去，抽个千年万年也成。动物的皮毛是天生叫风沙抽的。人做的衣服，多结实，也经不了几下，很快就会叫沙鞭打毛，打烂，打成缕缕布丝儿，叫风抢了去。好在还有羊皮坎肩，面积虽小，用得巧了，也能顶大用，加上梭梭柴的缓冲，就减了沙鞭的许多力道。

那怪物，吞一阵天后，就原子弹一样爆炸，瞬间便充斥了天空。千万条金蛇在天空乱舞。沙子啸叫着自天而降，到处是鬼影，到处是沙鞭，到处是怪啸。太阳不见了。大漠不见了。天地不见了。一切都不见了。

孟八爷粗粗估算一下，那流沙，一时半时，还埋不了梭梭；就驼一样卧了，伏下身，头顶坎肩，摆出一副坦然受刑的架势，由你老天爷的沙鞭抽吧。你有你抽的能耐，我有我受的法儿。

也懒得去看天了。沙暴的表演，不看也知道：风沙拧成箭，密密地射；或是再猛些，把沙丘卷上半空，打散了，暴雨似的泼下。此外，你还能玩个啥花样？索性闭了眼，由你表演吧，身子则一下下抖着，抖去沙子，像骆驼那样，永远地浮在沙上。许多人，不懂这法儿，不等明白过来，便被埋入沙漠，变成干尸了。

充斥天地的怪啸淹没了心。那是死亡的声音：沙的移动声、碰撞声、啸叫声，黄龙的呶呶声、魔鬼的狞笑声、天空的破碎声、大地的吱吁声、沙打羊皮声、柴棵摇曳声……各种声演奏着一个主题：死亡。

这乐曲，会把死亡带到它权力范围内的任何所在。它会压了田，压了地，压了庄稼，压了村落，压了绿色，压了希望……最后，压了心。

孟八爷抖落着掠过柴棵想掩埋自己的沙，“水”涨船高，他也成沙漠之舟了。听了一辈子“死亡”之声，它已吓不了自己。由你抽吧，由你叫吧，你多凶，也吹不熄太阳。有了那悬在空中的隐隐的亮点儿，就能活。

5

太阳才悬上沙山，风就小了。闲风怕日落。仿佛那风，是朝太阳发威的，一没了太阳，风沙也懒得显示自己的强大了。

孟八爷爬起身。那沙山沙洼，已叫风沙重塑了一遍，大变样了，梭梭柴倏然矮了，好长的一截叫流沙埋了。若不是孟八爷效法骆驼，此刻，正在黄泉路上蹦跶呢。

那羊皮坎肩，叫沙打毛了。衣服的好几处，变得丝丝绺绺。记得一个乞丐唱过：“那绫罗绸缎，我穿它干啥？穿丝丝挂绺绺风流潇洒。”现在，孟八爷也风流潇洒了。他笑着晃晃脑袋，再仔细看看，还好，裤子囫囵着。这就成。幸好有羊皮坎肩，不然，那脑袋，怕也给抽成血葫芦了。

外衣的脊背叫沙打烂了，用来网鱼儿，说不准还能起点作用，当衣服穿，就不称职了。没啥，衣服本就是往烂里穿的，烂了就烂了。

腿倒是不太疼了，血也没再流。这就好。他扯几截被风打现成的绷带，像“八路”那样打个裹腿，试着活动一下，还好，比刮风前好多了。

风一住，天就晴了。那风，想来把云也刮精光了。一入夜，星星就出来了。那是晴透了的天。这沙漠，像川剧的变脸，一眨眼，就另一个样子。有了那勺子形的北斗星，就不会迷路了。孟八爷决定赶夜路。

只是，肚里空了，那肠子呀，心呀，都给无形的绳儿吊起了。整个胸腹，有种说不出的难受。这难受荡呀荡呀，就荡向全身，把精力也荡了个精光。还渴得厉害，嘴唇起了干皮，舌头成了干肉，动来，很是费力。若照镜子，那嘴，定然是个干干的黑洞。若是有水，尽兴地牛饮一番，比当神仙还快乐。但这念头，还是不动的好。一动，每个毛孔都叫起渴来，但也用不着怕，膀胱里还贮了些水。渴极了，用一点，一时半时，还成不了干尸。

孟八爷穿了坎肩，也穿了丝丝缕缕的“潇洒衣”，拄了棍子，沿了沙脊，一步步挪去，挪一阵，歇一会，歇一会，再挪一阵……好在月亮没被风沙吹落，它脖里也不再挂那晕圈，预示着明天是一个好天。

因风后浮沙多，脚时时下陷，很是吃力。那伤腿，也一晕晕疼了，但还能走。若是真叫挑断脚筋，就只有爬了。孟八爷很感激那个大胡子，他为啥手下留情呢？这甚至算得上救命了。

渴。饿。那渴饿，汇成旋风，在心里荡来荡去，把骨头都荡酥了。身子这辆破车，没汽油了，踢零哐啷，发出破烂的声音。他是挨过饿的，耐饿的本事比常人强。六〇年那次，他都肿了，眼里老冒金花，气丝儿就要断了。他挣扎着起来，一枪打死个乌鸦，才救了命。人说乌鸦吃死人，吃不得。吃死人怕啥？总比饿死强，此刻，能有块乌鸦肉也成。那肉，带点儿酸味，不好吃。但此刻想来，那是怎样的美味啊！早知道会被抢去，就把那些馍馍都吃了，把那些水都喝了。这念头，很荒唐，但这是多么奢侈的荒唐呀。

夜风吹来，凉飕飕的。这凉，虽不能消解渴意，但品来，仍很亲切。这便是夜行的好处了。孟八爷仰脸向天，连吸几口，叫凉意充入体内，抵挡渴去；抵不了渴，就冲那燥去；冲不了燥，就在腔子里荡去。但那饿，却实在太逼人了，前心都贴到后背了。他发现，自己做错了一件事，没趁天亮，摘些酸刺果儿充饥。那酸酸的甜甜的果儿，此刻想来，真是享受呢。口舌因之而润泽了些。老糊涂了。他埋怨自己。

但马上，他便想起：沿了这道，直通了去，有片很大的沙枣林。那沙枣，虽不像老顺家的那样有很厚的肉头，但充饥没问题。而且，沙枣很繁密，随便一捋，就是一大把。而且，记忆中的沙枣林阔，离这儿并不远。

孟八爷加快了步子。

6

摸黑吃了一捧沙枣，又捋了一堆，脱下贴肉的汗褂儿，把沙枣兜了，就当不了饿死鬼了。只是这沙枣涩，吃几个，嗓中便越加燥得难受，舌上也有了一层厚厚的沙状物。饿虽消解了，渴却愈加汹涌，把心也腌了。

倚了沙枣林，迷糊片刻，天就亮了。

这林阔，还是农业社时栽的呢。那时节，爱战个天呀，斗个地呀，汉蒙人民团结起来，在沙漠里留个“宏图”呀。别的“宏图”，都没了，只这沙枣林，留了下来。这树，耐旱，根扎得深，叶上又有沙状的粒儿，能保水分，就活了下来。还因了它们的活，许多沙丘死了，梭梭呀，冰草呀，沙米呀，酸刺呀，趁机占领了沙丘。

天亮了。

孟八爷掏出个塑料袋儿，上了沙丘。夜里晴透了，早晨的冰草上就结了霜。孟八爷用指甲刮几下，用嘴唇抿抿那亮亮的粉状物，一抹冰凉的水感就沁入灵魂里了。这法儿，还是张五教的呢。一叶冰草上，刮下的霜花，一化，就有一粒水豆儿。这水豆儿，虽小，但总是水豆儿。一个水豆儿，两个水豆儿，三个水豆儿……几十个水豆儿，就能润润嘴唇。在远离海子的沙洼里，除了天下雨雪，能捕捉水的，只有这法儿了。

抿一阵，嘴唇润多了。孟八爷又往塑料袋里刮霜花。他不敢敷衍，因为，太阳一出来，连这点儿水汽也没了，多动作几次，袋里的水豆儿就多几粒。等烈日当空时，这点儿水，几乎等于命呢。

刮了一阵，塑料袋里的水豆儿多了，一个，两个……渐次滑下，就在袋角里汇成了一大滴水。这是水，是真正的晶莹透亮的水，是此时此地唯一的水。水，这词儿，一想，就有不少清凉呢。他认真而快速地刮着，一不小心，叫冰草割破了手指，血一下渗出，又一下干了。那血液，想来也稠糊到极致了。

太阳渐渐高了。冰草上的那点儿清凉没了。孟八爷住了手。袋中，已汪水了。那水，充其量只能用滴计算。但此刻，是灵魂的安慰呢。他在衣服上揪个线头儿，扎了袋口。他扎得很慢，很紧。不然，那滴晶亮，很快就会被大漠抢个精光。

孟八爷又在酸刺上摘了些酸刺果儿。这果儿色红，不大，味酸，一入口，口就润泽了。有了它的陪伴，能多吃些沙枣。

包好沙枣和酸刺果儿，觉得渴仍在啸卷，不由得眼馋那草了，就顺手揪一把躲在柴棵下没被霜杀死的青草，团了，放口中嚼，嚼一阵，先有潮意，渐渐，竟有绿汁了。他很是惊喜。这法儿，似乎比刮霜粒还管用，只是，他又得退化为食草动物了。食草就食草吧，为了生存，也顾不上名分了。

嚼阵草，又开始上路。腹里填了点东西，腿脚又有些力气了，伤腿也不似昨日那么疼，除了时不时因脚的突然下陷撕扯一下外，疼感钝多了。脑中却仍是平静，不像发生过啥事。骆驼叫人抢了，那是过去的事，回去后，生法儿给红脸赔一个；食物和水叫人抢了，那也是过去的事，此刻，又有了法儿；挨了一刀，也过去了，过不了几天，伤口就会长好，也犯不着去骂天骂地。只是可怜鹞子们，心迷了，瞅不清路，前面是个深崖，还以为是条大路，一猛性子撒野呢。那张五，迷了一生，瞎师傅教了一帮盲徒弟，执迷不悟，想来，总是可怜。

腹里有沙枣压饥，不很饿了，渴却更加猛烈。随着日头的升高，嘴唇披了铠甲，稍一动，就裂开口儿，渗出血来。喉管更似烧红的铁管，直直地插进腹里，熏出满嘴的铁腥味来。头也异样地闷胀，轰轰地啸叫，仿佛脑中有团大火，正伴了巨锣的轰鸣燃烧。渴成了脉搏，在每个毛孔里跳跃。

孟八爷取出塑料袋，用舌蘸蘸水，抿抿嘴唇。这水，已不能叫水了，是药，敷在被干渴灼伤的嘴唇上，叫那水的气息去疗伤。是的，只那气息，就是天大的安慰呢。

风吹来，干燥得像沙舌在舔，只几下，就将抿在唇上的水意抢走了。嘴唇更干了，伸出舌头抿抿，仿佛触着了沙枣树皮。眼很黏，体内的缺水已影响到眼球的转动。孟八爷在眼角里一抠，抠下一团痂状的眼屎。这玩意儿，嘴唇上也有。初为泥状，没来得及擦，就被干风吹成了铠甲。鼻腔成石灰窖了，在冒火。

庆幸的是，时令已到深秋，毒太阳凉了许多，若在盛夏，早中暑了。也幸好，孟八爷熟悉地形。那地貌虽时时在变，但熟悉的感觉变不了。猎人有猎人的感觉，不然，这深秋的大漠，也是天大的坟墓呢。要是大风弥天，迷了路径，或是跟了迷魂鬼，叫鬼打了墙，在沙窝里兜几天圈子，更会成游荡的孤魂了。这鹞子，好个歹毒。

乱想一阵，倒也seriousness低挡了一阵渴。

7

孟八爷登上了一座沙山，眼睛一亮：好大的沙山群呀。那沙山，高耸入云，磅礴出逼人的气势，却又削瘦似刀，成一把通天彻地的利刃了。瞧，它飞动着，已割透了地，正在割天呢。群山因之蠕动了，你牵我，我扯你，沙山连沙壑，沙壑孕沙窝，沙峭倚沙壁，沙刃割沙海，神奇万分呢。那张着大口吞天的，是沙壑；那打着旋涡儿一晕晕荡的，是沙窝；那跌宕起伏似风中黄绸的，是沙坡；那直上直下如刀削的，是沙壁；还有那沙旋，沙纹，沙浪，沙包……好个神奇的大漠迷宫。

日头爷又“烧”了。早烧阴，晚烧晴，明日，沙窝又会成“晒驴湾”了。烧出的血光中，沙山一跌一荡，啸卷而去。色彩也一抹一晕，洇渗开来，由红而黄，由黄而褐，由褐而灰，渐渐与天边的模糊合一了。大的沙岭，雄奇出瑰丽，磅礴出气韵，跌宕出壮美。小的沙丘，则轻柔似水波，如将熟的麦浪，荡呀荡的，把阴柔，渲染到极致了。纹路，是那么的精细而流畅，仿佛仙女衣裙上被风拂起的皱褶，赋飘逸之形，挟出尘之气，一晕晕荡去，荡向天边，荡向永恒。

那面巨大的镜子，便是海子。水鸟披了霞光，此起彼伏，鸟鸣啾啾，甘霖似的洒进心里。这海子里的水，虽咸得发苦，入不得口，却在这焦躁的荒漠间，孕出了一抹奇异的清凉。

多烈的风，多猛的沙，洪水似的扑来，能淹了田，淹了地，埋了村庄，埋了人烟，却为啥埋不了海子呢？不知道。那老天，既造了它，就得给个生存的理由。

孟八爷就在海子旁歇息了。漠风从海子上吹来，带了腥味，带了咸味，带了鸟鸣，带了潮意，带了清凉，带了风中翻飞的鸟影……那是野鸭。那是斑鸡子。那是沙鸡子……好大的一群沙鸡子呀。这骚鸟，飞起来，拧个脑袋，猛扇翅膀，比箭还快呢，时不时，就叫电杆碰碎脑袋。要是在这海子边，铺上网，用沙盖了，等那沙鸡子近了来，一起网，就能罩下百十只。放火上烧了，香个贼死。凉州城里，就有卖沙鸡子的，生的，一块钱一个；熟的，三块一个。常见那些俊男靓女，哼哼咛咛买了，咬个满嘴流油呢。

这海子，真像海了，风一吹，那蓝蓝的波就涌来，淹了焦渴，淹了落寞，把心也腌绿了。听说，这海子深，沙山有多高，海子就有多深；听说，这“海子”，是大海的儿子，母子间，有通道呢，这儿扑进个骆驼，就会从东海里冒出。当然，这都是听说，但听说的，就是真的。不信？你可以一头扎下去探个究竟呀。

当然是真的。

一有了海子，沙漠顿时清凉了。这水，虽不能喝，但那绿——那是怎样深的绿呀！——却沁入心底了。还有那风。那是海子里独有的风，潮湿，清凉，吸几口，心就润泽了。孟八爷贪婪地吸着潮湿的绿色的风，那焦渴，暂时溜远了。

听祖先说，这儿，有个“神海子”。你若困在沙漠里，你就闭了眼，合了掌，静了心，息了杂念，向观音菩萨祈祷。瞧，那“神海子”就出现了，你就一步步向它走去。别怕，那平坦的路，会伸向一个神奇的所在，那儿有水，有馒头，有肉，有你需要的一切，你尽可以慢慢享用，解了饿，消了渴，再顺原路出来。但一回头，却又一眼黄沙了。

这，便是“神海子”。

这“神海子”，别说进，只念想一下，就能带来吉祥。信不?

不信？瞧，孟八爷的眼睛突地亮了：沙丘上，有一串羊的蹄印。

有羊，附近便有牧人。

8

这是一种形似蒙古包，但又是土木结构的房子，圆形，拱顶，能消解了风的大力，才能相对久远地生存。

孟八爷已走出沙漠，到草原了。说是草原，却仍是一绺戈壁，一绺石山，一绺草地。那草地，粗看去，并无草，但羊们在上面啃呀啃呀，就能养命。这儿的牧人很是逍遥，只给羊打个耳记，就散打出去，由了羊吃去，几个月，拢了来，清个数。若少了，渐次里问去：“哎，见我的三十只羊来没？”见了的，说见了；没见的，说没见；若真少了，定是叫狼呀狐呀吃了。

人是不偷的。

但那草地，是日渐窄了；那戈壁，是日渐宽了；那石山，是日渐焦了；却没人问，没人考虑。牧人们最爱的，是饮酒，一有卖酒的车来，就卸下几十箱，骑了马，到你家，到他家，喝个昏天暗地。他们最欢迎客人。最不欢迎狼和狐子，一见狐狼踪儿，就要请人来收拾。国家保是国家的事。老子们?

哼，发展畜牧业，先得把害虫灭掉。

只是，那沙，一绺绺侵了来。那草原，一块块褪了去。海子一个个干涸了。羊一群群繁殖着，再星星似的打散了，用那尖利的牙齿，啃呀啃呀，把草尖掠了，把草皮揭了，把草根吞了。这土地爷，就千疮百孔了。

孟八爷游目四顾，欷歔不已。

……还是先找些吃的吧。这欷歔，等填饱了肚子再发。他走向那房子。

房门上有锁吊，但无锁，横个柴棍儿，便是锁了。别担心会丢东西，这儿有狼，有狐子，可没贼。孟八爷抽开柴棍儿，进了屋。

屋里没人。屋里有锅，有碗，有炕，有铺盖，有许多东西，可没人，想来找朋友喝酒去了。那黄毛道尔吉，一次买二十箱酒，至多喝两个星期。不喝酒，真想不出别个更好的娱乐了。羊在外面吃着，长着，生着。人在里面喝着，笑着，闹着。天下，有比这更乐的事儿吗？

一进屋，孟八爷就有些支持不住了。他先找到水桶，舀一勺，小口地喝一点。渴极的人，热极的人，一次不敢喝太多，那渴极的胃，会炸的。等它适应了，才能惊喜地接纳更多的水。喝了几小口，孟八爷放下勺子，找吃的。这没啥。任何一个旅人，都可走进牧人家找吃的。人生来，就是要吃饭的，饿了，就吃。但屋里的东西，不能拿，一拿，就是小人了。今生，没人看得起你。

孟八爷只在抽匣里找到一堆“老蛋子”，这是晒干的奶子，很硬。孟八爷嚼不动，又找，才发现了面，发现了菜。一见它们，胃猛地蠕动起来，很是难受。孟八爷咬牙忍了，和面，生火，炝锅，做了一锅揪面片子。这是几天来见到的唯一的真正的食物啊，只那样子，就叫人心醉了。孟八爷轻轻地舀了一碗，轻轻地端了，轻轻地喝几口，又忍住贪心，放下碗。他若是几口吞下一碗，立马就会死去。六〇年，有位朋友，饿极了，猛吃了一碗饭，就胀死了。那胃，怕只有拳头大了，要慢慢适应，才能恢复功能，吃得太急，会炸裂。孟八爷抽几口烟，吃几口饭，用一个多小时，才吃了那碗饭。然后，他把剩下的饭装进塑料袋里。他还得走半天路，才能到黄毛家。

出门前，他掏出五块钱，放在桌上。炕上，有一叠十块的票子，是主人的，约有百十块，他没有碰。而且，他知道，那毡沿儿下，是蒙人的银行，家中的所有现钱都在那里呢。

孟八爷抓了把面，撒在门内，踩上去，印了两个脚印。这是他的身份证。然后，他出了门，仍把那柴棍儿横在锁吊上……

9

行了老大阵子，才又见了几个蒙古包，仍不见人。伤口仍在疼，但精神好多了。人是铁，饭是钢呀，就那么一点面片儿，就能叫他这辆缺油的破车再哐啷起来，劲道还很足呢。孟八爷自嘲地笑笑。

忽听得身后有喊声。孟八爷驻足，扭头，见两驼飞一样追来。他想：糟了，那鹞子，想斩尽杀绝呢。他四下里望望，没一个人，尽是一望无际的已不是草原的草原。这鬼地方，连帐篷都是十里一个，五里一个……正着急呢，却觉那声音怪熟悉，就疑惑地瞅那渐渐变大的黄点，却见凹峰上凸出的人竟然是猛子和豁子女人。

"这两个猞猁，跑这里干啥来了？"他嘀咕。却听得女人高声叫："孟八爷，你还活着呀？我们以为，你早成干尸了。"

孟八爷不高兴了。来时，他给猛子安顿好，他才放心地出来。他们一来，牧人又会攒赶鹞子们去打狼。"你们干啥来了？"他问。

"收尸呀。"女人笑道，"原以为，会见个干尸。哪知，你还是命大……哎呀，好大的风沙呀，若没骆驼，我们早成干尸了……哎呀，衣服咋成那样？丝丝缕缕的？咋？伤好了？"

"你们咋知道？"孟八爷诧异了。

"有人报信了。"女人笑道。她的脸骤然粗糙了，满面尘土。"有人在门缝里塞了信，我一看，哎呀，就告诉了张五爷。他就骂鹞子，就赶紧打发我们来了，紧撵慢撵，没撵上。水可带得多。"她拍拍身后的塑料拉子，"喝不？"

"不喝。你们来了，他们打狼哩。"

“走了，走了。”女人说，“张五爷骂得好凶，他气坏了，一吃就吐。第二天，就走了。脸黄缥缥的，看那样子，不是啥好病。他说，你若活着，叫你去看他，他没几天日子过了。若死了，他就给你做伴儿……就走了。有个大胡子想来，可五爷不放心，叫我们来。”

猛子说：“那风沙一起，我就想，完了完了，埋都埋了。别说不受伤，就是好人，也成干尸了。我们，也悬了又悬叫沙埋掉，若没骆驼，早完蛋了。”说着，他“跷跷”地叫几声，骆驼就乖乖卧了。猛子下来，对孟八爷说：“来，你骑上。”孟八爷过去，上了驼。他吁口气，说：“这腿，早不是我的了。”问女人，“那豁子，咋放你出来？”

“他呀。”女人笑道，“一听你出事，就催我来。他脱不开身。那井，又不见水了，他正喊人淘呢。要说，那豁子，大事不糊涂。”孟八爷说：“就凭这点，你也该给他生个娃儿。”

“早怀了。”猛子说，“不知是不是他的。”

女人笑道：“咋不是他的？不是他的，也得是他的。”

猛子边笑，边抖缰绳叫骆驼起立，一仰一俯间，孟八爷十分惬意。那沙路，真走怕了，腿都不像自己的了。

三人边喧边行，约摸半个时辰，才见到人，黑压压的，围在一个帐篷前。有哭声隐隐传来。孟八爷说：“噢，原来在发丧呀。怪不得，不见个人影。这儿，一家有事，百家帮忙……怪，又不大像发丧。”

女人驱赶了驼，颠儿颠儿，跑前面去了。孟八爷笑道：“想不到，这婆娘还敢骑骆驼。”猛子笑道：“人家连炒面拐棍都敢骑，骆驼算啥？”他喧了她和炒面拐棍摔跤的事，孟八爷大笑。

女人已到帐篷前，叫驼卧了，下来，头伸进人群，却又马上退出，迎着孟八爷跑来。

“咋？”孟八爷见她脸色煞白，问。

“吓死了，吓死了。”女人喘息道，“一地死人，尽是娃娃，龇牙咧嘴。”

人群里，有几个女人尖声地嚎。

到跟前，孟八爷下了驼，挤进人群，一看，呀，怪不得女人害怕，连他也觉得脊背上凉飕飕了。那帐篷地上，横七竖八，躺满了死娃娃。那娃儿，约摸十岁，头大大的，眼珠暴出，脸色青紫，形状各异：有嘴衔淤泥的，有大眼瞪天的，有张齿咬地的……他数了数，竟有十二个。一个女人跪在旁边，扑打着地，大张着口，却发不出声音。另几个，虽不碰头抢地，哭声却骇人地利。

孟八爷的头倏地大了。这么多死娃娃，还是第一次见。一打听，才知道是学生，放学回家时，叫黑风刮进了海子。

“行了行了，事情已发生了。”一黄胡子老人劝，“哭也没用。”

孟八爷过去，扯一下黄胡子的衣袖。那人转身，叫道：“咋是你呀？哎呀，咋这副孬样？叫沙抽的？你说，该死的不死，不该死的，却一死一堆。”孟八爷望一眼嚎哭的女人们，说：“老崽，说怪话，得分个场合。”黄胡子就出来了。

“嘿，莎仁老说天要塌，天要塌，我不信。瞧，还真塌了，一场风，几千只羊没了，连个羊毛也没了。怪，卷哪儿去了，落进海子，也有个影儿哩。有几个大人也不见了，生不见人，死不见尸，谁知是不是进海子了？”黄胡子说。

孟八爷给女人和猛子介绍：“这是道尔吉大爷。”

“啥大爷，叫黄毛就成。这儿，一提黄毛，谁都知道。那道尔吉，知道的却不多。”他望望猛子，又望望女人，问：“你们识书，懂法，这老师，坐牢不？刮风时，他不该放学的。”

女人笑道：“我们懂啥法？”猛子却大不咧咧地说：“不坐不坐，人家又没把娃儿扔进海子，又没把老天爷的风口袋解开，凭啥坐牢？”

道尔吉指指那些嚎哭的女人：“可她们，硬要叫老师赔人。这老师，差点也跳海子了。”他走过去，对一个垂头丧气的汉子说：“我问了，人家懂法，没事儿，你心往宽里放。”

女人揪猛子一下：“你猪鼻子里插大葱，装啥大象？你要是懂法，猪都成法官了。”猛子一梗脖子：“谁说我不懂？杀人偿命，欠债还钱。这些人，是天杀的，要赔，叫天赔去。”

几个女人转过身来，仇恨地望猛子。一个男人问：“谁的裤裆烂了，掉出这么个物件？那话，你再说。”孟八爷劝道：“算了算了，他不懂事。”朝猛子喝一声：“你夹嘴！”那人却已抽出刀子，说：“我都没活头了，你还说这种嘲兮兮的话。”

道尔吉上前，劝道：“算了算了，人家是客人……瞧，这就是我常说的孟八爷。那年，他一夜，就‘闹’死了五十三个狐子。若不是他，牲口就遭殃了。”那人朝孟八爷望一眼，才收起刀子。

孟八爷大羞。这黄毛，哪壶不开提哪壶，那事儿，想都羞于想了，这风沙，或许就跟那“闹”狐子有关呢，却听得黄毛说：“他留的那些药，我也‘闹’了百十只呢。前后算算，也保了几千只羊呢。”

孟八爷摆摆手，脸发烧了。那羞，是从心底里溢出的。“罪人哩。”他想。一扭头，却见豁子女人正笑吟吟望他，想是她也觉出了孟八爷的难堪。果然，她发话了：“人家，早金盆洗手了。见了狐子，怕要叫干爹了。”

“洗啥手？我不信，狗能改了吃屎。”道尔吉叫道，“乡长，我说的那孟八爷，就是他。瞧，用不着我找，他送货上门了。”

一个汉子走来，跟孟八爷握握手，说：“我早叫他找你呢。那狐子，越来越凶了。狼倒是不多，狐子多，今年……哎，小王，去年多少？叫狐子咬死的？”

一人说：“四千五。”

“听，四千五呢……今年，粗粗算一下，不比这个少。我们也请了些人，打了一阵，稍好些，可除不了根。听黄……那个道尔吉说，你会弄药，我说好事，弄个万儿八千，撒出去，要除，把它除个干净，为发展畜牧业做个贡献。哟，他们来了。”乡长说。

一辆车远远地来了。

孟八爷诧异地问：“狐子早保了，你们不知道？”

乡长打个哈哈：“是保了。狼也保了，旱獭也保了，只有人没保，可人也得活。发展畜牧业，就得消灭害虫。这也保，那也保，都成扎喉咙的绳子了。所以，要欢迎猎人来，像那人……啥来着？”

“张五。”道尔吉接口道。

“对，就是他。那张老汉来，要欢迎，那是功臣，几年来，人家少少儿也保了几千只羊了。”

那小车已到近前。

乡长说：“你不走吧？夜里我去找你……瞧，电视台的来了。那法儿，传下来，我奖你。另外，还可以奖你拾发菜。挖甘草也成。别人不成。我给草原站说一下，你成。要是他们抢你的，给我说，我去要。”

小车门开了，出来个扛摄像机的，乡长就过去了：“哎哟，我等半天了。惨呀，真是惨，粗粗算了算，损失至少几百万。”边说，边和车上下来的人握手。

道尔吉悄悄说：“听说，要给中央报告，要救灾物资哩……才走了一群记者。瞧，又来了。咋？你看哩，还是走哩？”

孟八爷早想走了，不亲耳听，真不信那话是从乡长口里说出的。他震惊了。那南山牧场，仅仅不保护狼。这儿，却是公开鼓励犯罪了。一个干部，应该是造福一方的带头人，目光竟如此短浅。

“走吧。”他说。猛子和女人却想看热闹。孟八爷叮嘱几句，指指方位，叫他们随后赶来，才拉了骆驼，跟了道尔吉回去。

10

走了一阵，见路边有几道深沟，像伤口一样扎眼。几人正在甩个膀子流汗。孟八爷知道这是在挖甘草，听说利很大，但因破坏草原，早被禁止了。刚要问，却听黄毛说：“瞧，这就是给张五爷奖的，人家是功臣。你要传了那法儿，也能拾发菜挖甘草哩。瞧，你的头多大。草原站贼溜溜盯着，除了书记乡长的亲戚，哪个敢顶风头？可你，人家开恩咧。要说，那法儿也该传了。那狐子，贼溜溜躲在石缝里，见羊过来，一口，就咬断喉咙。一个狐子，一年几十只羊；

十个，几百只；百个，几千只。你想，损失多大。”

孟八爷说：“你那算法不对。一个狐子，一月能吃几只羊，不假。可人家吃多少老鼠呀？咋不见人家的功，尽说人家的过。”

“这倒是。”道尔吉道，“那老鼠，倒真是成精了，到处跑，闹嚷嚷的。……你上回炒的药，还剩几颗了。生药倒有，我试着炒，成黑疙瘩了，斧头都砸不烂。嘿，那气味，可真受不了，老打喷嚏，鼻血都打出来了。看来没诀窍，还真不行。”

孟八爷呵呵大笑：“没呛死你，算是万幸了。”他看那挖出的甘草，呀，竟有几长丈的，直径半尺粗细，只是芯子已焐掉了。一焐，就卖不了好价。他问：“哎，你们是张五爷的啥？”

“儿子。”一个说。

孟八爷望望那人，果然面熟。十年前，张五带他到沙湾来过，就问：“二愣子，认得我不？”二愣子道：“烧了灰，也认得出。没你，爹能叫人家撵得到处乱钻？哎，老贼，再孬，也是几十年的好友吧，你咋能卖了他？你图啥哩？”

孟八爷脸腾地烧了。那事儿，大义也罢，啥也罢，想来，总是别扭。尤其在今日个，叫晚辈这样一数落，他只差往地缝里钻了。

道尔吉说：“二愣子，你咋这样说话？没大没小的。”

二愣子打个哈哈：“我可是把他当大的，可你问人家，咋尽干往沟底里钻的营生？知道不，爹就是叫他出卖的。没他，谁知道张五是个萝卜，还是棵白菜？”又说，“开始，爹还以为是瘸阿卡卖他的呢。他是死也不会想到会是孟八爷。从我们挖鸡溏屎时，就听爹夸孟八爷是条好汉，嘿嘿，真是好汉，比那黄三太还义气。”

孟八爷想说：“若要人不知，除非己莫为。”但脸烧得很凶，竟连一句话也说不出了。他索性扭头就走。二愣子哈哈大笑：“你也见不了人了？你记住，爹的病就是叫你气的。鹞子的兄弟，也废在你手里，咋没见官家给你个驴粪官儿？”

孟八爷想，这账，咋尽往我身上背？明知道二愣子说的是歪理，可不知为何，竟觉自己真干了见不得人的事。道尔吉追来，问："真的？"孟八爷鼻腔里哼一声，道："天下那么多挨枪的，我没干啥，他们照样往地狱里涌。人为啥不撵你，不撵我？自己不捂住心口子想想，怪别人做啥？"话虽这么说，胸口却似堵着黏物，闷闷的，极不舒服。这辈子，还没这么难堪过呢。

道尔吉不再问啥，却闷闷不乐了。突然，他说："乡长叫我'闹'个鹰，他爹想做个烟锅子。那也是保的，你可别乱说。"

孟八爷大怒："呸！你咋把老子当松尻子货了？那张五，知道不，是罪人呢。除了狐子，马鹿也打，还赶网。老子也是罪人，老子明白了，才赎罪。他，活着不是明白人，死了也是个糊涂鬼。"

道尔吉说："那话，看咋说。你去过他家没？水洗一样的穷。以前，我还以为瘸阿卡穷，可谁知，跟张五比，竟然是一个天上，一个地下。张五说，再有个活路儿，他也不干这营生。……他就不叫儿子干这个。他说，有罪了，叫他自个儿背，叫娃儿们活个安闲人。"

孟八爷吃惊了，问："真那么穷？"

"真穷。那儿的人，都穷。你想，土地挂在半山坡，有雨就收，没雨就丢，天却连个湿屁也少放，能不穷？"

孟八爷叹了口气。这些，他真不知道。虽和张五交往多年，但因交通不便，那所谓交往，也仅仅是张五常来看他，他还没去过张五家呢。

道尔吉家门口，停一汽车，几人正从羊圈里往车上装羊粪。一股麻味扑来，熏得孟八爷眼睛都麻了。骆驼也叫了一声。道尔吉说："装是装，可说好的那个价，角角儿也不少。你问问别人，少了一百人家卖不？我，才九十，真便宜死你们了。"

一人笑道："行了，你拔根汗毛，比我的腰节骨还粗呢，还在乎那点儿。"

道尔吉笑道："你一转手，不知又挣多少。行了，不和你磨牙了。"

拴好骆驼，才进门，孟八爷就催："赶紧上奶茶，多调些糖和酥油。起黑风那阵，肺都浆住了。瞧，一提酥油奶茶，涎水都下来了。"

道尔吉笑了："莎仁，快些，人家渴死了。"

"来了来了。"莎仁欢欢地进来，打个招呼，沏了奶茶，问："孟八爷，茶里加了山桃仁呢，喝得惯不？"

"那更好。"孟八爷笑道，"莎仁，你这儿，别的，也没啥可想的。这茶，真香到脑子里了。"莎仁笑道："那你多喝些。"道尔吉道："爱喝了，给你装些。今年山桃没去年多。雨水少了，这还是去年的呢。"

"别尔格呢？"孟八爷问，"他喝酒，仍那么凶？"他问的，是道尔吉的女婿。这儿的风俗是，女儿养活父母。

"早走了。"莎仁笑道，"老喝酒，也不是回事。活人，得往远里看。可他，醉生梦死……我可没撵他，他自己走的。他嫌我唠叨。"

道尔吉笑道："现在站的是巴特尔，也喝酒，可刹车好，一到点儿上，就踩了刹车，谁激也不喝。"

"好，好。"孟八爷沉吟道。他没再问啥，想，也好，投缘了，就是一家，牲口啥的，也合了；不投缘了，就分开，啥也分开，也懒得结呀离呀的，倒也干脆。

道尔吉道："喝，喝。"孟八爷喝了几口。因加了山桃仁，奶茶别有风味。

这儿多山桃，一到春天，山桃树一开花，满山沟红成一片。秋天一成熟，人就摘了山桃，剥去肉，扔了，只留下桃仁，炒了，熬茶，很好喝。莎仁又添了茶。那茶，现喝现添，但不能一次喝尽。一喝尽，就等于你不想喝了，人家也不添了。

道尔吉家很殷实，冬场有砖房，夏场有帐篷，还有几百只羊，几十头牛，几十峰骆驼，和几头驴。这驴，纯粹是为了观赏，就像城里人养宠物一样。他们从不使唤驴。那驴，便悠来荡去，消闲极了。要是你形容辛苦用"驴一样苦"的话，人家就会笑："驴苦啥？驴一样舒服吧？"

莎仁叹道："老天爷收人哩。这些年，死的尽是年轻人，尽是凶死，杀人的，吸毒的，上吊的，投河的……得的病，也尽是怪病。瞧这回，又尽是娃娃。"

11

莎仁的丈夫巴特尔长了副粗相，却又害羞。女人一望，他就脸红。猛子和女人跟了他，去草场抓羊。道尔吉安顿：弄个嫩些的，吃全羊。

这草场，少树，少草，多石。那石头，大的成山了，小的也有房子大。那羊，就星星点点撒在石间，远看去，很小。巴特尔指着石间的一堆皮毛说："瞧，那就是狐子吃的。那东西坏，平时藏在石头缝里，你又抓不住，羊一过来，它就扑来了。上回，张五爷来，收拾了几个，才安稳些了。"猛子望去，这所谓的草地，已泛出沙石，成戈壁滩了，就说："这儿，几年后，怕也站不住人了。瞧，都沙化了。"

巴特尔说："谁说不是呢？我来那阵，一家才一二百羊。现在，千儿的都有。地方没大，羊却多了几倍，草场背不住了，就变了。那沙子，也慢慢移来了。不过，管他，这不是我管的事，活一天算一天吧。别人能活，我也能活。瞧，那个，就是淹死娃儿的海子。学校在那边，娃儿一过来，就卷进去了。其实，不跑也没啥。蹲下，黑风一过，再走。可他们乱跑，就被卷进海子了。"

顺巴特尔手指，猛子看到了海子。那海子，约有百十米方圆，四面尽是白白的盐碱，中间倒有几丛芦苇，就说："还挺大呢。"

"大啥？"巴特尔说，"这个，以前大得很，有这么几十个大，鸭了，鹅了，沙鸡子了，啥都有。现在，瞧，巴掌大一汪水了。那边……"他指指北边，"那边……"他又指指东边，"几个海子都干了。"

女人道："我们那井里也快没水了，一没水，就站不住人了。有海子好，羊渴了，自个儿跑来饮水，也不用打井了。"

巴特尔不望女人，答："海子是咸水，羊不喝，还得打井……咩——，咩——"他叫。一群羊围来了。"这是我的。"他说，"我来时带的，有二百多只，他们也二百多只。虽伙了放，我一叫，围来的肯定是我的。"

女人吃惊了："你们不是一家人？"

巴特尔抓过一只羊，捏捏脊背，又放了，说："现在是一家，以后就说不准了。我们这儿，是姑娘养活父母。他们说先站三年，再说吧。"他瞅中一只半大羊羔，一把揪来，"就这只吧，瞧，这角，还没长全呢，嫩。"他左手抓羊的前蹄，右手捏后蹄，扛肩上。围的羊都咩咩地叫，仿佛说："扛我吧，扛我吧。"女人捣猛子一下："听，人家叫你也扛呢。"巴特尔回过头说："就是，你也扛一个。"猛子白女人一眼："你能吃多少？"女人吃吃笑了："叫你扛，又没说叫你杀。扛一阵，放了它。你咋尽往邪路上想？"

回到家，巴特尔在羊角上拴个绳子，挂在庄门门框上。羊这才觉出了不妙，四蹄乱蹬，咩咩直叫。巴特尔提来一壶凉水，朝它大张的口里灌。羊甩甩脑袋，不叫了。莎仁过来，掰开羊嘴。巴特尔把那壶水灌了下去。

女人说："咋？往死里淹呀？"

莎仁笑了："冲它肚里的粪呢。这样干净些。"不一会，听得羊肚里咕咕一阵，羊粪飞泻而出，先是蛋蛋儿，后成稀的了。巴特尔取把刀来，在羊肚上割一刀，把手伸入刀口，去捏羊的心脏。羊这才停止扭动，翻出白眼仁儿。

猛子说："没见过这样杀羊的。"

巴特尔说："这样杀的，肉香。"

太阳快落山了，下山风很利，干冷干冷的。不知是风的缘故，还是可怜那羊，女人打个哆嗦。莎仁说："你进屋吧。这活儿，是男人干的。你进屋喝茶去。"女人笑道："男人心硬，那活儿，看看都哆嗦，别说干了。"又打个哆嗦，进屋了。

见女人进来，孟八爷举着一个瓶盖大小的白坨儿说："瞧，就这药。为它，差点搭上老命。"女人过来，哟一声："就这么点呀？一只狼吃几个，才能'闹'死？"孟八爷破口笑了："得吃饱。""人家要是不吃呢？"孟八爷朝道尔吉眨眨眼，说："拿个棍儿朝下捅。"女人笑了："我不信。人家咬你咋办？"孟八爷夸张地做个怪相："绑住呀。把爪子绑住，把嘴也扎住。"

道尔吉笑道："别逗她了。"他递来个小东西，"瞧，就这药。你别碰。

那白坨儿，能做这样几百颗呢。只这一颗，就能‘闹’死狼。一咬，啪，就死了。”

女人说：“骗人。就这么一点点？”

孟八爷笑道：“就这一点，还用不了呢。狼死了，药还在呢。那药末，一扑进鼻子，就闭气了，不然，为啥叫闭气散。”

道尔吉说：“乡长叫‘闹’个黑鹰，做烟锅儿，我下了药，不知‘闹’下没？明个叫巴特尔瞭去。老八，那法儿，不教我也成，给我做些药，成不？”

孟八爷打个哈哈，不置可否。

12

夜里，吃全羊，就是把那羊，剥了皮，扒了下水，洗尽，囫囵放入大锅，搁火上煮。道尔吉请来乡长和几个爱喝酒的，陪孟八爷。

锅支在地当中，火焰上冒，帐篷很热。人们围了锅，胡乱说些话。趁这机会，孟八爷就对乡长讲那道理。乡长微笑着听，等他讲完，问：“完了没？”“完了。”乡长笑道：“我来补充几点。”他就从生态环境讲起，讲了保护环境的意义、必要性、面临的严峻形势，以及应该采取的措施，把孟八爷听了个目瞪口呆。他这才发现，自己肚里的那点玩意儿，连墨水都算不上，他不解地问：“那你们这儿，为啥……”

“为了眼前利益，就这，没别的。”乡长说，“子孙是子孙的事。人家上头问我要数字，我完不成，这顶乌纱帽就得由别人来戴。还有，几百号人，还得我发工资，谁都张着嘴，得吃饭呀。所以，明知道杀鸡取蛋，还得杀；明知道草原超载百分之三百了，还得超；明知杀狐杀狼破坏生态，还得破坏。人家要的，是看得见摸得着的，我就得拿出来。知道有个乡党委书记不？就是给国务院写信的那个，就是说‘农民真苦，农村真穷’的那个，咋了？叫人家一脚踢了。到了深圳，当了啥总经理，还叫人家追上去一脚踢了饭碗。就这样，谁都顺流跑，没事。你要是一掉头，不头破血流，才怪呢。你猜，我是学啥的？学草原的。该我知道的，我都知道。没用，不为啥。别的乡大力发展牧畜业，我也得跟上发展；别的乡杀狐子杀狼，我也得杀。就现在，还年年损失几千只羊呢。一保，别乡的食肉动物都来吃我的大户，还叫我们活不？啥都需要个大气候，大气候变了，我才能变。当然，反过来，我们谁都不变，大气候也变不了。不过，我们也在想办法，既能保护环境，又能发展畜牧业。最近，正搞圈养试点呢……”

“来，来，喝酒。”道尔吉说。

巴特尔一脚蹲，一脚跪，端着一小碗酒，敬给孟八爷。孟八爷接了，一仰而尽。猛子也照样儿喝了。女人以为不喝没礼貌，也喝了。巴特尔又敬乡长和其他人，都一一喝了。

乡长说：“莎仁，来，给客人们唱歌。”

莎仁大方地过来，站在孟八爷面前，唱起祝酒歌。她的嗓音很细很甜，是不带修饰的天然嗓音。一曲唱完，孟八爷饮了那酒。莎仁又给其他人敬，一首歌一碗酒，都喝了。两碗酒下肚，豁子女人的脸红了。

孟八爷对她说：“你别太老实，人家敬，你随量喝。喝不了，就端一下，再还给人家。你鼻烟葫芦子进烧房，不是盛酒的器皿，逞啥能？”女人笑道：“我还以为敬的必须喝呢。”孟八爷笑道：“没那规矩。瞧，你再喝，就成狗厨子了。”“狗厨子”的意思是会呕吐，一吐，狗就吃那呕吐物。众人笑了。

乡长问女人：“你叫啥名字？别处，不问也成。这儿，没名没姓的，我们可没这规矩。”猛子笑道：“她呀，忽而女女，忽而红红，忽而豁子女人，究竟叫啥，自己也说不清。”女人说：“一个名字，认啥真？天名字，地名字，百年后还是没名字。除了福大的外，一茬一茬的人，名字比身子烂得快。”乡长笑道：“倒也是。”

锅中水开了。莎仁拿个勺子，撇去上面的血沫子，说：“成了，开始吧。”她给每人摆把刀子，还有盐、蒜等。

孟八爷笑道：“按规矩，我该动第一刀呀。”就取刀，在羊的前架胯上割下一块肉，递给道尔吉。道尔吉说：“乡长来。”乡长说：“这儿没乡长。你岁数大，你先来。”道尔吉就接了吃。

女人说：“再煮煮，还有血水哩。”孟八爷说：“人家就这吃法。”

孟八爷割了第一刀后，人们才纷纷动刀。女人却没见过这吃法，拿了刀，不知所措。孟八爷给她割了一块。道尔吉站起来，吭哧一阵，把掀膀骨弄下，剔下肉，叫在场的男人们分吃了。这是规矩，掀膀骨是男人的，尾巴是女人的，在场的人都要吃到。莎仁割下羊尾巴，给女人割一块。女人嫌肥，皱起眉头。孟八爷说：“快吃，这才是破不得的规矩。”女人只好吃了。

道尔吉用刀子把掀膀骨剐尽，放在桌下。别的骨头，都放桌上，羊头朝哪面，骨头也朝哪面，顺顺地排列，很是齐整。孟八爷演示一番，女人却用不惯刀子，便索性拿了骨头啃，惹得几人笑了。猛子倒学得快，边吃，边瞅别人，不一会，就吃得很干净了。

孟八爷边吃边问：“那掀膀骨，现在有人烧不？”

“有呀。”道尔吉说，“上回，我外出，叫丫头看羊，下起了风搅雪，三十只羊没了，寻了二十几天，连个影儿也没见。没治了，叫喇嘛烧掀膀骨，一烧，他说，哎呀，朝北走，明天就能寻着。我就走，走了三十里地，到马家沟，才寻着了。嘿，危险呢，幸好叫人收下了，再往前走，就到煤矿了，到工人们手里，你连个毛也得不着，全叫人家吃了。”乡长说：“上回，王县长没当县长那阵，也请人烧。一烧，说没问题，还真当上了。我不信，可也许有它的道理。”

吃了一阵，又开始敬酒，来的人竟然都会唱歌。孟八爷也乘兴唱了几段凉州小调。后来，猛子也扯起牦牛嗓门，吼了几句，惹得人们大笑。约摸到半夜时分，才散了酒场。道尔吉拿过木棍，放炕上，男睡一边，女睡另一边，倒也相安无事。

13

猛子肚子有些疼，起了几次夜。他怀疑那羊肉不很熟，但别人却好好儿的，尤其那乡长，睡得死猪一样。虽是同村人，但离得较远，酒一喝高，主人就不叫走了。巴特尔看时憨实，却是个鬼精灵，猛子每次起夜，他都醒。他给猛子拌了糌粑，把釉拉多放了些。猛子吃了，也没管大用。

天麻亮时，道尔吉打发巴特尔去食场，看他昨日下的药。这食场，是指死了牲口的地方。因为有的水里，生虫子，人畜饮了，得肝包虫。患病牲畜死了，肉吃不得，就扔了，叫狼狐们吃去。那扔尸处，便叫食场。怪的是，很少听说狼狐得肝包虫。天底下的事，一物降一物，许是狼狐们的身上，有种克虫子的东西吧。

孟八爷对猛子说："你也起，跟巴特尔去看看，若'闹'下，帮他拿回来……哎，黄毛，鹰可保了，叫人逮住，吃不了的兜着走。"乡长却打个呵欠，道："是我叫'闹'的。王县长的老爹想要个黑鹰膀子。人老了，就是奴，整条的红塔山搁下发霉，却不抽。啃那鹰骨头干啥？"道尔吉笑道："牛吃菠菠菜，猪香狗不爱。那纸烟，抽起来甜兮兮的，哪有旱烟渣子过瘾？"

孟八爷道："黄毛，打发他去，我可是有私心的，若'闹'下，见者有份，得给我个膀子。"道尔吉道："下回吧。这回，狼多肉少呢。"孟八爷道："还有下回？行了行了，你个黄毛贼，有没个完？那药，我可再不给你炒了，省得你伤生害命。"

乡长道："不给药成哩，可那法儿，得传传。瞧，那石洼里尽是碎羊皮，都是叫狐子扯的。我答应你带几个人挖甘草。那张五，立功了，人家的儿子挖甘草，抓头发菜，谁都没意见。到哪家，吃哪家，连烟火都用不着动。"

孟八爷道："我没那福分。有了，我吃稠些。没有了，我喝清些。那法儿，还是烂到我肚里吧。你可别介意，你想，做个万儿八千颗药，撒出去，那死的，跟蚂蚁似的。老天爷也不容我呢。"

乡长道："老天是啥？是老百姓。你问问他们，那狐子坏不？问十个，有十一个说坏……要不，你开个价，多少钱也成。"

孟八爷摆摆手："不成不成。你可不能缠我，一缠，吃的东西都顺脊梁骨下去了，好吃难克化呀。"道尔吉这才打个圆场："这老崽，固执得很，叫他回去想想。”乡长顺坡下驴，说："成哩，啥时想明白了，啥时来。一万块钱以内，我做得了主。要不？带五六个人挖甘草也成。你别小看那挖甘草，一年，随便弄个万儿八千。”道尔吉笑着对猛子说："你要好好跟他学哩，这老崽，屁股上戳一扫帚，百眼眼儿开呢。”乡长道："千眼眼儿开了，沤烂到肚子里有啥用？”孟八爷道："瞧，你又来了。”乡长笑了。

巴特尔问："还是那食场？”道尔吉嗯一声。豁子女人滚了衣服睡，一听猛子们要出去，早一骨碌爬起了。道尔吉说："你睡你的，起来也没啥干的。”孟八爷笑道："人家爱热闹处卖母猪肉，心里早猫娃儿抓了。”女人笑道："我这母猪肉，想给你卖，可惜你老了。”乡长道："老啥？人老心不老。”孟八爷笑道："心不老也没用。没那个金刚钻，就不揽瓷器活了。”

巴特尔带了猛子和女人，沿一个沟豁，朝食场走去。天空白孤孤的，风时不时吼几声，一吸气，五脏六腑都凉透了。这地方，因为风大，比猪肚井冷多了，尤其是早晚，一出来，身上的那点儿热就叫风卷跑了。等巴特尔走远点，女人悄悄对猛子说："你倒好，我还以为你过来呢。”猛子说："那么多人。你咋这样没羞没臊的？”女人嘟嘟嘴："你不听，都睡成死猪了。”"啥死猪？那巴特尔，比鬼还精灵。”

巴特尔转过头来，问："你们喧啥？”女人说："我们喧，要是'闹'个狼，又'闹'不死，朝我们扑来咋办？”

巴特尔笑了："不会，那药，一咬就死了，又不往肚里吃。'闹'狼的药，羊油裹了就成。'闹'鹰的药，得包肉。不包肉，鹰望都不望。”

女人问："你们这儿，有没啥忌讳？”巴特尔说："没见你犯啥忌讳。昨天，他，”他指指猛子，"倒是犯了点忌，坐灶火门上烤火。男人不能在那儿坐，冷了，再给你架盆火也成。你不瞧，男左女右，那灶火，在左边哩。再就是，你别拍人的肩膀。那肩膀上，是神蹲的地方。”猛子却诧异了：巴特尔说的两点，他似乎没做过呀？

正说着，过来一个老汉，见巴特尔，惊诧道："哎哟，不知谁撒了药，把一个驴'闹'下了，黑黑的一堆，我没敢往眼前去……”巴特尔叫道："怪事，那药包了肉。驴咋吃肉了？”说完，大了步子，一冲一冲地走了。猛子和女人小跑起来，才勉强跟上。远远地，果见一堆黑的卧在那里，看样子真是头黑驴。

却听得巴特尔说："啥驴？那老汉，活了几十年，连驴和鹰都分不清。”猛子一听，一溜风跑了去。女人边哎哟，边喘息，只有跑姿，并无跑速。

果然是黑鹰，翅膀大展着，盖了好大一块地面。“瞧，这药，还在嘴里呢。”巴特尔说。果然，那鹰口中含了块肉，隐约可见白色蜡丸。女人喘吁吁扑来，说："我看看。”巴特尔说："别看了。吸入鼻子，你也没气了。”

女人说："这儿，风这么利。哎呀，我可跑了一身汗，这一停，怕要感冒。”巴特尔便脱下外衣，披给女人。女人朝猛子恶意地一笑。猛子也没介意。

巴特尔说："有时，鹰也抓羊呢，半大羊羔子，抓起就飞了。”他从裤袋里取个牛毛绳，把鹰翅收拢了，捆住，扛了，说："走，回去褪皮。”

忽见一个黑影扑了下来，巴特尔没提防，一个趔趄，倒在地上。猛子惊叫："小心，黑鹰。”女人已吓白了脸，倒在巴特尔身旁。鹰翅掠风，呼啸而过。原来，这是死者配偶，守在不远处，伺机报仇。他们只顾拾掇鹰，却没顾上看天空。

黑鹰呜地旋起，飞上天空，旋几转，再次栽下。巴特尔已经爬起，见鹰冲下，斜刺里一跳，鹰翅打在石头上，唰唰地响。“你们朝那头跑。”巴特尔边叫，边朝石头多处跑去。猛子一把扯起女人，四下里一瞅，选块房子大的石头，仓皇逃去。

鹰扑向巴特尔，鹰翅掠风，向他扇去。巴特尔连滚带爬，扎进石头堆里。猛子和女人也扑入石头缝里了。这儿安全些，那掠风的大翅膀扇不进来。要是叫它扇中，可真够受的。

黑鹰又俯冲几次，打得石头乱响，但奈何不了巴特尔。它似乎灰心了，不再俯冲，飞向远处。猛子和女人吁了口气，出了石缝，却听得巴特尔叫："进去！进去！”

原来，那鹰又飞来了。这回，它没冲向巴特尔，也许，它发现那人不好对付。女人见那鹰竟冲向自己，尖叫起来。

“头缩进去！”巴特尔叫。

猛子扯过女人，缩在石缝的凹处，却不见动静。正疑惑，一块石头自天而降，砸得石屑四溅。一点石片迸到猛子肩上，死疼死疼的。原来，鹰见翅打不能奏效，已换了招数，它抱了石头，像飞机投弹一样，往下扔。猛子惊出一身冷汗，若不是石头上有个凹处，叫这一投命中，非死即伤。女人哆嗦着道：“这可咋办呀？”话未落，第二次袭击又到。这回，石头落到巨石上方，砸出巨响。

听得巴特尔叫一声，碎石随那叫声飞来，想是他正在投石打鹰，想把它吸引过去。他的目的，很快达到了。鹰落在远处，捡个石头，起飞，向巴特尔俯冲。

猛子和女人头探出石缝，见那鹰极大，翅膀一展，约有一丈。平日见天上飞的鹰，很小，没想到，竟是这般的大。巴特尔缩回身子。石头落了下去，又是一声巨响。看那石头，并不很大，落下来，却劲道奇大，碎石飞溅。

女人哆嗦道：“看这阵候，出不去了。”猛子道：“怕啥？一会儿，它就没劲了。它也是肉身子。”女人说：“没见过这么大的鹰。”

猛子说：“这大啥？那天葬场的鹰，比这大多了，连骨头都咔嚓咔嚓吃了。”

“出来吧，鹰飞了。”巴特尔叫。

猛子出来，见那鹰已在空中缩成个黑点，问：“它会不会再来？”巴特尔气喘吁吁，脸上有一缕血。他说：“可能不来了，它没力气了。你想，那么大石头。”女人说：“你受伤了，瞧，流血呢。”巴特尔擦擦，说：“不要紧，碎石头崩的，好险。要是它开始不用膀子打，偷偷往头上丢个石头，脑浆早出来了。东河里的张嫂，才掏个鹰娃儿，就挨了一石头，腿砸折了……还好，没受伤。”

女人惊魂未定，望望远处，见那鹰并没飞来，才喘口气，说：“快些走。闹不好，人家叫帮手去了。”巴特尔说：“没见过这号鹰。母鹰护鹰娃儿才这样厉害。平常的，一个死了，另一个早飞了。”女人说：“人家这才是忠于爱情。”问猛子，“我若叫人杀了，你咋样？”猛子说：“有公安局呢。我能干啥？我杀了人，得抵命。”女人一顿足：“你连句假话也不会说吗？哪怕是假的。男人喜欢好看的，女人喜欢好听的。”猛子笑道：“怪事，说假话，不是骗你吗？”女人说：“女人就喜欢被骗。要是能骗得叫她开心，那才是本事呢。”

“那本事，我没有。”说着，猛子扛了死鹰，觉得比一只羊重些，毛下圆乎乎的，似乎很肥。几人交换着，背了几次，才到家。乡长早回去了，还有几人，仍打呼噜。

一见黑鹰，孟八爷心绪很复杂。喜的是有个黑鹰膀子了：把那鹰翅上的骨头，叫铜匠两头包了，抽一年半载的旱烟，就黑红黑红的亮，还能显出鹰娃儿图案；但这“闹”黑鹰，总是悖自己的心。更何况，药还是他炒的呢，也等于谋杀了。

道尔吉说：“这鹰皮，我剥不好，要是中间一拉个口儿，就不值钱了。”孟八爷说：“开个小口儿，直接褪，像脱裤子那样。别的动物，都从嘴上开口，一拽，就下来了。鹰的嘴小，得在屁股上开口。”道尔吉笑道：“怪不得。好几张皮子，叫我糟蹋了。褪囫囵了，拿到阿右旗，八十块钱。一剥坏，人家才给八块钱。”

孟八爷说：“老崽，听我的话，别下药了，积点儿阴德。”莎仁说：“我也这样劝，他就是不听。”一听这话，道尔吉阴了脸。他没儿子，只有莎仁一个。莎仁先后和两个男人过了几年，却没生养。孟八爷一说，他首先想到这事，就气呼呼说：“谁说我缺阴德了？我又没喝人的血。那些贪官，才缺阴德哩。”孟八爷笑了：“瞧你，谁也没说你缺阴德，是叫你再多积些。”道尔吉说：“照你的说法，你就是缺德鬼了。死在你手下的，算不过数来了。”

“所以，我才赎罪呢。”孟八爷笑道，“老崽，那两坨儿生药，也给我算了，省得你出事。”道尔吉说：“你吃着碗里的，想着锅里的。成了，就这，你的脸，都比屁股大呢。你去随便问问，我给过谁个药星儿？”

巴特尔指指鹰屁眼，问：“就这儿开刀吗？”

孟八爷说：“嗯，就那儿，不要太大，能褪下皮就成。”

道尔吉悄声说：“你打听一下，哪儿有治不生养的方子？你说，这丫头，查时没病，谁也没病，可就是不生。不管娃子丫头，生一个就成。”孟八爷道：

“沙湾那金刚亥母洞，可灵得很。有个屠汉，女人不生养，一算命，说他杀生太多，叫他到亥母洞发个愿，忏悔一下，不再杀生，还把那用了几辈子的刀子供在洞里。头年四月八发愿，第二年四月八就抱上孙子了，灵得很。”

这一说，道尔吉动心了，说：“那我也去发个愿。”孟八爷道：“你别急，想好了再发。愿发了，可得守，一不守，罪就大了。”道尔吉道：“这有啥难的？杀生啥的，又没瘾……哎，我这里不杀生，吃屌？又不像你们汉地。”孟八爷说：“那就发个不杀野生的愿就成。家养的，是天生吃肉的。野生的，是老天爷的，不该你杀。”“这还差不离。成哩，这事儿。你老崽，一辈子玩枪，把枪当命了，都成哩。我又没瘾，咋不成？”

孟八爷偷偷笑了。那屠夫的事，是他现编的，想来，这便是对症下药了。

巴特尔已把鹰皮褪到膀子处了，露出了肥大的鹰屁股，黄乎乎的，尽是油。孟八爷过去，指点几下。很快，一张皮就褪下来了，铺在地上，好大一块。

道尔吉道：“把油撕下，点灯。上回没撕，煮了一锅，黄乎乎一层，白白糟蹋了。”巴特尔指抠膘层，扯下白白的一块。

孟八爷笑道：“老崽，谁说鹰油能点灯？你点，点着了，你掐了我的头尿尿去。若点不着，那坨儿生药可得给我。”道尔吉笑道：“头想成蒜锤儿了。你输了，我又不能真取你的头。我输了，药就不做主了。莎仁，拿个碗来，搓个捻子，我不信鹰油不着。”

巴特尔开始取鹰膀子上的骨头。

莎仁拿来了碗和棉花搓的捻子，说：“人家好好的，在天上飞，又没碍谁的路。平白无故，叫人要了命。世上最坏的，其实是人。”道尔吉说：“啥平白无故？谁叫它长那么好的膀子？”莎仁说：“膀子好，那是人家的。鹰也瞅上了你的眼珠子，问你要，你给不？”

“给。给。你也叫它弄些药来，药了我，挖了眼珠去。”道尔吉边说笑，边用打火机化了鹰油，浸了捻子，点了半天，果然不着。“怪了，同样是油，咋不着？”

“人家偏不着。”莎仁取笑道，“人家天生是天上飞的，又不是生来给你点灯的。”孟八爷笑道：“莎仁，就凭你这点儿善念，会心想事成的。”莎仁说：“我也没想啥。是我的，不求也来。不是我的，求也白搭。别人的，给我，我也不要。”

巴特尔剔下了鹰翅骨，问孟八爷：“你要几骨？”孟八爷说：“二骨吧。头骨太粗，三骨太细，二骨正好。”

“你自己挑。”巴特尔递过三根骨头。那最粗的，拇指粗。最细的，小指粗。另一根，中指粗。孟八爷选根二骨。

道尔吉道：“上月，我的几只羊羔，就叫黑鹰抓了。你抓我的羔子，我抓你，两下扯平……你说的那事，可是真的？老八？”孟八爷说：“我胡子一大把，骗你干啥？”心里却想：“胡子是胡子，嘴是嘴，嘴骗你，胡子可没骗你。”道尔吉道：“那我就去沙湾，求那个金刚……啥的。莎仁，你收拾一下。”

莎仁笑了：“你急啥？命里若有终须有，命里没有不强求。该有的时候，就有了。”道尔吉道：“你当然不急，我可急得没头发了。那事儿，该信还得信，死马当活马医。”莎仁嗔道：“我好好一个大活人，咋成死马了？”道尔吉忙说：“活马，活马，我的莎仁是活马。”莎仁笑了。

巴特尔问：“这肉，扔哩？吃哩？”道尔吉说：“当然吃。你不吃，我吃。有几个老崽也爱吃，肉肥得很，和鸡肉差不多，可比鸡肉肥。”孟八爷笑道：“它可吃死人哩。”道尔吉说：“狗吃屎，你不也吃狗肉？……你那话儿，若是实的，这回，就跟你们去得了。”孟八爷说：“愿一发，哪儿都一样。这回，我可忙得很，陪不了你。”道尔吉道：“你忙你的去，我去找老顺。”

孟八爷说：“到那儿，心要诚哩，不发愿不行。”

“发！发！”道尔吉道，“除了叫我封口不吃东西，别的啥愿也发。”

吃过清汤羊肉，孟八爷们装了吃食，装了水，揣几个胡萝卜，找几截蜡，又给王秃子女人带了些拐枣柴。道尔吉备了两峰骆驼，一峰他骑，另一峰孟八爷骑。四人乘了四驼，出了家门。

路过一个山沟时，见几人正烧那些被淹死的娃娃。因为无风，十二股烟冉冉腾起，又散落下来，弥漫了整个山谷，那阵候，又像刮黑风呢。

第十一章

1

把孟八爷送到猪肚井后，道尔吉骑一驼，牵一驼，径直去了沙湾。

孟八爷取出那坨儿药，牧人们却一脸木然。因为那黑风，把几百只羊卷没了影儿，倒把狼祸带来的疼卷木了。黑羔子损失最大，丢了五十多只，他懒得去寻。豁子兴致倒很高，刮黑风前，驼子来过，把他的那些皮子收了，他算了算，这一次挣的，差不多能抵半年的水费。

孟八爷用姜窝儿踏面了药，叫女人把炉子弄旺，备足干牛粪，就赶出了所有的人。因为炒药是诀窍，不能叫外人看。孟八爷拧眉半晌，却叫回猛子，叫他跪下。

"娃子，立个誓：绝不能见利忘义，绝不能传给别人，绝不能胡乱放药。我就把制法说给你。我老了，不定哪一天，就蹬腿了。带进棺材，总是心不甘。那张五，要是会制药，这狼和狐子，就没活路了。这法儿太损。狐子最凶那年，我一夜就'闹'死了五十三只狐子。前前后后，有千十狐子死在我的药下了。后来，知道这法儿损阴德，才不用了。可这法儿，总得留下呀，带进棺材，怕猎神爷要降罪呢。立吧，立个毒誓。"

猛子听了，一脸肃然，跪下了："若……啥来着？""见利忘义，传给别人，胡乱放药。""对，若这样，见利忘义，传给别人，胡乱放药……叫我天打雷劈，得大背疮，断子绝孙，生下娃子没屁眼，祖坟里埋的是老叫驴。”孟八爷笑了，叫他舀盆凉水来，放在炉旁，把锅搁炉上，把药倒锅里，叫猛子炒。

“快些炒。再快些，再快……对了，就这样。千万不能停，一停，药就成黑疙瘩了，砸都砸不烂。黄毛糟蹋的那坨儿，就是炒得太慢。我投了师，废了不少药，才学会这窍门……再快些。对。这法儿，别看简单，却是猎人行里最损的。一坨儿药，制个几百颗，撒出去，就死几百个生灵。好人学了，是个法儿。恶人学了，损阴德呢。诸葛亮火烧藤甲兵，损了他十二年阳寿，干这个，怕也差不离。”

扑鼻的呛味，从灼热的锅里扑出，呛得猛子连打喷嚏。孟八爷笑道：“快，鼻子里吸些水。”他替换了猛子，炒起来。猛子忙吸了些水。一股清凉进入鼻中，马上就解了那奇异的呛。孟八爷边炒，边也吸了水。

红脸鬼鬼祟祟，推门进来。他也想探听些诀窍，哪知一进门，就连打喷嚏，赶忙退出。孟八爷呵呵大笑。

孟八爷压低了声音，说：“这药，便叫七步散，也叫闭气散。那野兽，一咬破，立马就闭气了，人也一样。就用那点儿灰，”他用筷子戳戳锅底，“这药灰，等炒好，装了丸，一咬破，药嘣地扑起，进入啥的鼻子，啥就闭气了。可一见水，立马又解了。所以，下药时，不能下在有雪的地方，野兽一吃雪，啥事都没了。”说着，他手掬水，用鼻吸了一下。猛子也照猫画虎，吸了水。

猛子不知道世上还有这法儿。先前，总以为用枪，三天两天的，追个狐子，乒地一枪，就是打猎了。可和这一比，简直是牛毛比大树。

猛子见孟八爷恍惚了眼，忙接过筷子，炒了起来，那盐末似的药，已渗出水了。却听得孟八爷感叹道：“我是罪人，那提倡的，是不是罪人？”他自嘲地晃晃脑袋，“法儿并无好坏，好坏全在人心。比如，这法儿，也能‘闹’老鼠……现在，老鼠都成精了，老见那孽畜，晃个长长的身子，见人也不怕。以后，别说草皮草根，连庄稼也会给抢个精光。以后，就用这法儿‘闹’老鼠。”

两人边吸水，边炒，边往炉中加干牛粪，约一个多时辰，药里渗出的水渐渐没了。锅里是白面一样的粉状物，哗哗地闪着金光。“瞧，娃子，这就成了，一炒出金花花儿就成了。这药，一咬破，腾地就扑进鼻子了。”孟八爷端了锅。

门开了，女人进来找东西，一进门，就是一连串的喷嚏，打得直不起腰来。孟八爷也不去管她，由她打去。女人边打喷嚏，边在一个芨芨编的小筐里捣鼓几下，又逃出去了。听得她惊诧诧说："怪。那药也认人哩，他们好好儿的，却直往老娘的鼻子里扑，呛死人哩。”孟八爷顽童似的大笑。

孟八爷洗了手，把黄毛家带来的胡萝卜，切成筷头粗寸把长的棒儿，一一蘸了融化的蜡汁，放入干净碗中。待蜡凝了，拔下蜡管儿，用小指甲挑些药末，顺进蜡管，靠近燃烛，轻轻捻着，封了口儿。

“这就成了，包了羊油，野兽一咬，就没气了。”孟八爷举了药，欣赏似的瞅一阵，又说，“记住，先得洗手。不然，汗味呀，烟味呀，带进去。狼一闻就逃了，绝不咬的。”

孟八爷边示范，边叫猛子洗了手，也照他的样子做。好大一会，才做成几百颗药。最后十颗，孟八爷往蜡管里呵些潮气。“一呵气，药就不太暴了。闹狼时，就用这几个。要是药太干了，等你们赶到，狼已经死了。”

2

黄昏时分，牧人都回到猪肚井。孟八爷叫黄二仍把羊赶到黑羔子以前的圈里。他估计狼暂时不敢袭击猪肚井：一是人多势众，二来牲口都摆了阵势，三是有孟八爷。按他的说法，他杀气大，狼一嗅，就不会来了。对后一种说法，谁都怀疑。因为，狼的好几次光顾，孟八爷也在场，狼似乎不怕他的杀气。而且，谁都怀疑他究竟有没有杀气。倒觉那鹞子有杀气，托了快枪，乒乓几下，那杀气，就溢满沙洼了。

黄二却扭扭捏捏，不愿去。黑羔子说："不去我去。”孟八爷就用干净的塑料袋装三颗呵过气的药，给了猛子，叫他抖在圈门口，不可用手拿。然后，备好水，备好钳子铁丝，在门缝里盯着外面。一见狼倒下，先摁住狼，往它口鼻里倒水。趁药性还起作用，飞快地用铁丝扎了狼嘴狼爪，抬了来。

孟八爷着意叮嘱了几点：一、及时倒水，迟了，狼就死了；二、快些扎铁丝，药性一过，人就降不住狼了；三、千万不能睡觉。他料定，狼会袭击单个的羊圈。这几天，牲灵们都到猪肚井了，狼无处下口，早心如火燎了。而且，今夜正是阴历十七。"一四七，狼觅食。"今夜逢七，狼要打食的。

按老先人说法，土地爷给他的狗定了许多规矩，比如："三六九，狼封口。"一个月里，阴历初三、初六、初九、十三、十六、十九、二十三、二十六、二十九，狼叫土地爷封了口。这九天里，狼的牙巴骨就硬了，无论多饿，它也张不开口。小时候，孟八爷在滩上放羊，一只狼进了羊群，他吓得大叫。爹说："不要紧。今日个，狼封了口呢。"一看，果然。那狼牙虽咬得咯巴巴响，涎水瀑布似的流，嘴角扯向耳门，却张不开口。这时，你不可伤它，只说："黑胡子舅舅，你走吧，今日个封口哩。"它便走了。狼封口时，你若伤了它，开了口后，它要把你掀个天翻地覆哩。

每逢二五八，也是九天：阴历初二、初五、初八、十二、十五、十八、二十二、二十五、二十八。娃儿们就到大沙河里看"狼打卦"。那时，黄羊青羊们云一样飘来，在大沙河里饮了水，又风一样卷了去。狼呢，就躲在柳墩里，贼溜溜睁了眼。娃儿们于是喊："二五八，狼打卦。"那狼一听，人一样立起，放松，身子倒向哪方，它就向哪方一溜烟扑去。就像古代将军出兵前演奇门一样，狼觅食前，也要卜测方向，它倒的方向，定然有该死的黄羊。

"一四七"的九天里，狼一定会觅食。这一套，是祖先传下来的。看似无科学根据，可也不是无稽之谈。

孟八爷叫炒面拐棍也跟了去。他话少，却是牧人中最精细的人，有他在场，不会误事。孟八爷也向他叮嘱了一遍，才打发三人，赶了羊，带了水、铁丝和手电去了。

3

好大个月亮，把沙洼照成白昼了，远的沙岭，能看清轮廓，近的连纹路层次也历历在目。牲口们按以前的阵势卧了。牧人们轮流值夜。孟八爷在四面的沙丘上撒了他呵过气的药。这几个沙丘，狼屙过粪，狼从哪面来，都能闻到羊油味儿。牧人们备了水和铁丝。孟八爷将皮袄裹在身上，伏在沙洼里。他准备打个通夜，又叫值夜的多备了盛水的器皿，以防跑时洒了水，来不及救援，伤了狼的性命。

孟八爷把其余的药装入塑料袋，用女人的针线盒儿盛了，揣到怀里。红脸想偷，叫孟八爷臭骂了一顿。那药，谁都不能给，一颗，是一条命。他准备带回去后“闹”老鼠，选些大洞，丢进去，一颗药就闹一窝。你闻了，乓，跌倒；它闻了，乒，也跌倒；都闻了，都跌倒。这比一般的老鼠药管用，也安全。寻常药“闹”死的老鼠，猫吃了，死；狗吃了，死；狐子吃了，也死。这药不，它只是闭气，不进腹，一咬破，粉末扑鼻，气就闭了。肉中无毒，还可以吃，又不污染环境，算得上“绿色毒品”呢，可若叫歹人弄了去，就说不准咋个作孽了。

孟八爷按按药盒儿，想，等这些用完后，去说服黄毛，叫他把卖这药的地方告诉他，多买些，多炒些，多“闹”些老鼠。他还要算账呢，自己“闹”死了千十只狐子，一只狐子吃多少老鼠，千十只能吃多少？自己进棺材前，也得收拾那么多老鼠，才算弥补了自己的过错。

幸好，那年，没把制药的法儿说给张五。张五要是会了，再传给鹞子们，嘿，一想，头皮都发麻。猛子虽是个愣头，可心实。原指望，他弟弟灵官能接自己的饭碗，可自己有心，人家无意，人家想往大世界奔呢。看来，得靠猛子了。全沙湾，总得有个懂行的猎人呀。打猎，得内行，这保护，也得内行呀。外行人，黑馍馍盖天窗，你想保护，也是老虎吃天，无从下口呢。

红脸捣捣他：“瞧，狼。”

果然，两盏绿灯，晶出夜幕，立体感极强。渐渐，渗出了狼身。那狼，四下里瞅瞅，上了沙丘。在这沙丘上，它多次用狼粪炫耀狼类的骄傲和强大。它上得很慢。孟八爷仿佛看到它翕动的鼻翼。显然，它在嗅，嗅这儿是否有夹脑独有的铁腥味，是否有火药味，是否有陷阱味。没有。它才款款地上了沙丘，静静地立了。

沙丘很高，狼侧立了，高昂了头，像嵌在夜里的图腾。静。静。静。许久。这是开枪的最好角度，瞄了，扣扳机，一条火龙喷过去，那图腾，就会惨叫着扭动。过去，孟八爷无数次地这样做。

按先人的说法，此刻，狼在望月呢。狐子也会望月，也会拜月。会望月的狼是有灵性的狼，它也在修行。据说，它这样望呀，修呀，下辈子，就能转个人身……可转个人身有啥好？转个狼，还有人保，转个人，谁保你？

望一阵月，狼才垂下脑袋。看样子，它嗅到了羊油的腥味。果然，它一路嗅了去，在那放药的所在，低了头。很快，它缓缓地倒了。

“快！”孟八爷从红脸手里抢过水拉子，扑了上去。

狼仍在扭动，扭动。这便是孟八爷呵气的缘故了，不然，此刻倒下的，便是尸体。那呵出的气弄潮了药末，狼咬破蜡管，扑入它鼻中的药，只有一丁点儿。这一丁点儿，能闭了它大半的气，能叫它无力挣扎而束手就擒。

但这狼，却非寻常的狼，等孟八爷赶到时，它已起了身，趔趄着身子，隐入月色了。

手电下，那破了的药丸旁，是一堆狼粪和一摊尿。

这狼，用仅剩的一点力，努出了屎尿。它只将嘴拱入湿沙，便立马解了药性。

好个狼。孟八爷喝彩了。这种狼，他以前也见过。它们凭着与生俱来的那种直观的智慧，便能挽救了自己性命。它这一去，它的同伙，便不再着这种暗算了。孟八爷不由得暗暗叫苦。

4

猛子那边却得手了。

半夜里，猛子背来一只狼。狼嘴叫铁丝扎了。狼爪子上包着帆布，两只两只扎在一起。猛子哼哟嘿哟，扛出一身臭汗。

猛子把狼扔在沙地上。炭毛子扑上去，踢了狼几脚。狼鼻中低沉地咆哮着，眼里发出幽绿的凶狠的光，涎液顺嘴角流出，渗湿了一片沙滩。这狼的耳朵上有个豁口。这类有残疾的狼，最是凶狠。

孟八爷喝住炭毛子，冷笑道："羞先人哩。这时，你要啥威风？你厉害？老子解开铁丝，叫它和你斗几个回合。敢不？"

炭毛子讪讪笑了："哟，它吃了我们多少牲口，挨几脚，还委屈了它？"

"人家生来就是吃肉的。不吃，叫饿死不成？"孟八爷又用脚拱拱狼肚皮，对狼说，"不过，你也太不像话了，想吃了，你背一只，慢慢儿吃去。咬啥哩？你知道你糟蹋了多少牲口？"狼含糊地低哮一声，似在辩解。

女人挤进人群，提了马灯，照照狼，浪声浪气道："哟，这就是狼呀，我瞧，还不如那只老山狗凶呢。这眼珠，倒好玩，绿幽幽的，像宝石。"边说，边凑近了瞧。冷不防，狼腾起，女人才惊叫着躲，狼口已撞到她脸上了。女人扔了马灯，瘫倒在地。

谝子说："瞧，这可是公狼呀。"他上前，在狼的胯下捏捏，说，"真是公狼。怪，这狼，咋也好色？见个清俊些的，扑上就亲嘴。"牧人大笑。

"嘿！"猛子道，"差一点叫它逃了，一泼水，人家就一骨碌爬起来，好容易才扎了嘴。瞧，叫人家抓了一爪子。"果然，他的胳膊上有几道猩红的划痕。还有些黑的伤疤，是那天夜里叫狼抓后结的痂。

孟八爷对猛子和黑羔子说："你们连夜驮了它，去凉州公园。上回，他们找过我。他们正好没狼，送一只，先观赏着，争取再给弄只母的，养几只狼崽子。这可耽搁不得，这铁丝，不解吧，饿死了它。一解开，它可吃人哩。另外，你们瞧，若时间宽裕，去一趟南山，叫瘸阿卡给套几只香子。公园也叫我弄几只，说几次了，上回事儿多，忘了。……人家说好给奖金，那数儿，够赔红脸被抢去的骆驼了。"又对红脸说："放心，迟了你的时间，迟不了你的钱。"红脸笑道："我有啥不放心的？实在没钱，把那炒药的法儿传我也成。"孟八爷笑道："这可不成。黄毛那儿的乡长，出一万，我都没卖。那法儿，比金子还贵呢。"

说着，他牵峰驼来，可骆驼一见狼，就打响鼻，死活不驮，只好牵回。又叫豁子找个纤维袋，装了狼，另牵一峰驼来，才驮了。那袋子，却蠕动个不停，传出很粗的出气声和含糊的低哮，弄得骆驼一惊一乍。孟八爷用绳子把袋子捆在驼峰里，叫猛子和黑羔子各骑一驼，备了棍棒，连夜出了沙窝，把狼送到凉州公园。公园领导很高兴，请他们美美地吃了一顿。猛子问："那香子，还要不？"公园头儿说："咋不要，求之不得呢。快些弄来，给你们发奖金，和那狼一并算账。"黑羔子就叫公园开个证明，说是若叫人逮住，也好有个交代。

猛子回了家。听爹说，村里又来了些外国人，不仅仅是买鹰，还带了网，要抓鹰呢。

第 十 二 章

1

因为老鼠闹得凶，老顺在大沙河栽了许多鹰墩，供兔鹰歇息。兔鹰爱吃的，除兔子外，还有老鼠。老祖宗手里，也招鹰灭鼠呢。哪知，鼠没灭成，反招来了许多“疤鸡”。老顺心里堵得慌。

村里人都来看稀罕。外国人稀罕，外国人捉鹰，更稀罕。人虽多，却没噪声，也没人唱那个“美国高鼻子”的歌儿，大家都叫“疤鸡”手中的漂亮网架吸引了。看那外观，真是漂亮，想来是铝合金制的，和沙一色，比老顺那木棍网架好看多了。那网丝儿，也很细，若有若无，却不知是啥做的。

毛旦说：“顺爸，人说劁猫儿的不骟猪，人家可不，瞧，要篡你的行了。”老顺嗓里发噎，但还是打个哈哈：“篡吧，那兔鹰，又不是我养的，谁有本事谁捉。”北柱问：“顺爸，你瞧这洋鬼子的新鲜玩意儿管不管用？”老顺噎噎地说：“不知道。我只知道老先人传下的管用。”

“疤鸡”们天女散花似的插了网，中间拴个鸽子。老顺知道，用鸡也罢，用鸽子也罢，并不重要，重要的是网的角度。“疤鸡”们显然也知道这，正拿个半圆的东西比划，调整着网的角度。老顺一看，却放心了。因为，那角度，跟老先人传的差太多。照这样子，别说捉鹰，连鹰毛也扯不下一根。他长长地吁口气。

毛旦笑道：“顺爸，你可别怪我们，人家雇我看网呢，一天十块，叫人不到网跟前来。”他抡抡手中的桦条，说，“吃人的饭，忠人的事。等人家清了场子，谁来，谁挨石头。”

老顺很想说：“我们的地盘，还由不了我们了？滚！滚出去！”可又怕别人说他心窄、霸道。人会说：“瞧，同行真是冤家呀。”

猛子说：“哟，你个毛旦，吃里扒外当汉奸呀？”毛旦笑道：“我不当成哩，你给我一天十块钱。冬上的煤还没一把呢。去年，差点成冻死鬼。今年，长脖雁叫得欢，又是个冻死驴的天，你叫我挨冻呀？”猛子说：“麦秸放多些，炕填烫些，冷啥？”毛旦说：“又叫我在炕上烙饼呀？暖暖前心，再暖暖后背，底下火烧，上头冰盖，那叫受罪……北柱，你的嘴叫驴踢了吗？”

北柱这才笑道：“人家也请了我呢，先付钱。”他掏出新崭崭的票子，弹出一声脆响，喊，“我不干了，谁要。”四下里，马上泼来一片声音：“我要！我要！”北柱笑道：“顺爸，瞧，这是个抢手营生呢。”又伸了脖子，喊一声，“屁烧灰。你们想干，我还不给呢。”话音没落，招来一堆骂声：“北柱，你耍老子们？”“北柱，你个驴操的，咋说话不算话？”“北柱，你拉的屎你能吃上吗？”后来，一人喊：“北柱是汉奸！”百人应：“北柱是汉奸！”“打倒汉奸！”“打倒汉奸！”竟似电影中的场面了。北柱笑道：“骂啥？你们想当，还当不上呢。”又取出那钱，弹几下，说，“我可真不干了，谁干？”因上回受骗，都不敢应声，却听到一阵咽唾沫的声音。

猛子骂：“北柱，这可是沙湾的地盘，你牛啥？不信你也到巴基斯坦？”老顺接着道：“那兔鹰，可是中国的，叫人乱抓，可不行。”毛旦说：“顺爸，你又不是太平洋上的警察，管得倒宽。人家是乡上同意的，交了钱的。人家弄几个，搞科学研究哩。人家，有批文哩。”

猛子问：“真的？”北柱说：“当然是真的，是大头跑擦的，给乡上交了五千块钱，就批了。”毛旦说：“五千？那是明的，还有暗的呢？”老顺说：“谁批的也不行！这鹰，是国家保了的。就是国家不保，也不行。知道不？鹰和狐子一样，主要吃老鼠，祖宗还招鹰灭鼠呢。咋能叫人乱抓？”

毛旦嘲讽道：“哟，顺爸，你是个乡长还是个村长？你连个组长也不是，口气倒比市长大。人家批，是人家有那个权，你着啥急？”

这几句，把老顺气得够呛。他抖着嘴唇，半天，抖不出一句话来。猛子劝道：“这孙蛋，有奶便是娘，你跟他计较啥？再说，瞧他们也捉不住根鹰毛。”老顺吁口气。

“疤鸡”们布好几十张网，取出个录音机似的东西，一按按钮，就响起一阵奇怪的声音，似鸟鸣，似啸声，又似鹰叫。老顺只熟悉其中的一种，就是雌鹰勾引雄鹰时发的那种。

那翻译朝毛旦嘀咕几句，毛旦就开始抡桦条，边抡边叫：“回！各回各家，人家要工作了！”有了“工作”的毛旦格外卖力，六亲不认。老顺不等他来驱赶，叫猛子留下，去了大头家，叫出大头，悄声问：“乡上真同意了？”大头笑道：“有啥不同意的？人家是外宾。闹好些，人家到这儿来投资，就成引进外资了。这是好事儿呀。我可给他们说了，这儿野兔多，叫他们引些资来，建个兔肉罐头厂啥的，肯定赢利。还有老鼠，听说，一鼠顶三鸡呢，南方人就爱吃老鼠……你可别坏大事。”

老顺心里灰塌塌的，却想：“不信那法儿，真能逮了兔鹰。若能，老先人早用了。”这一想，心里轻松了。

出得门外，心又悬空了。毕竟，“疤鸡”是外国人。他眼里，外国人几乎不是人了，跟《西游记》上的妖怪差不多，保不定也会干些出乎他意料之外的事儿。

2

老顺回到家，心里仍不踏实，就带了鹰，边挼弄，边去大沙河。挼鹰是苦活，得每天挼，一撒懒，鹰就生了。

毛旦像起兴的叫驴一样，格外欢势。那劲道，能值一百块钱哩。老顺知趣地退到地坡上。那距离，既不影响毛旦“工作”，又能观察河中动静。

几个老汉陆续来了。北柱爹说：“那老外，真势。昨夜，乡长都敬酒咧。”

花球爹说："人家当然势。人家到北京，中央领导也请吃饭呢。"北柱爹说："好日子，叫人家过尽了。信不？人家国外，顿顿饧面拉条子。"花球爹说："饧面拉条子算啥？人家顿顿羊肉香头子。"

老顺不由失笑了。他捋捋鹰毛，耸耸鼻头，说："你们真是土地爷的卵子，土蛋。人家'疤鸡'们，顿顿牛肉疙瘩，信不？不定，还是红烧的。"老顺这一说，老汉们不由得啧啧了。花球爹说："怪不得人家人高马大，顿顿红烧牛肉疙瘩，癞皮狗也能喂成狼，老母羊也能喂成骚胡。"北柱爹也说："怪不得。"几人啧啧一阵。

忽听娃儿们叫："鹰来了！鹰来了！"

老顺一望，果见几只鹰自远处飞来。那匣儿发出的声音隐隐可闻。鹰飞到头顶，只是盘旋，并不下落。远处，尚有黑点移来。不多时，大沙河上空就有几十只鹰。老顺明白了，那匣儿发出的声响有诱惑力。

毛旦们很卖力，把河里闲杂人等一起赶出，免得惊动兔鹰。河床里空荡荡的，除了那匣子隐隐的叫外，还有老顺很猛的心跳。

几只鹰越旋越低，试探几次，不知是经不住乱跳的鸽子的引诱，还是抵御不了怪声的迷惑，竟栽了下来。怪的是，明明那网不合角度，鹰一落入，网竟合拢了，笼子似的圈了鹰。鹰乱飞一气，见无法逃脱，才安心吃起鸽子来。

"有机关。"老顺叫。他看出，那网，不是寻常的网，是有机关的那种。其性质，跟村里人捉老鼠的"铁猫儿"差不多，鹰一入内，带动机关，有进无出。只是"疤鸡"们这网，机关更为巧妙，加上那网丝若有若无，空中飞行的鹰，见下去的"同行"在大嚼鸽子，并无危险，竟纷纷下栽，很快，约有一半的网里落了鹰。

"好呀！"毛旦大叫。

老顺头皮发麻。这"疤鸡"们，虽不用老先人的法儿，可捉起兔鹰，竟比老先人传的法儿厉害百倍。老先人那法儿，是瞎猫儿碰死老鼠，十天半月，才碰上一只。"疤鸡"们则用了怪匣儿，那匣儿一呼叫，便有成群的鹰来报到。

隐在远处的"疤鸡"们也欢呼起来。

老顺嗓门很干，恍然似在梦中，揪揪大腿，有痛感，可不揪，又觉如梦了。见人们都向河里跑去，便也晃晃脑袋，梦游似的跟了去。拳上的鹰掉下来，在空中乱扇翅膀，老顺恍惚里抡几下，把鹰抡到拳上。

到跟前，见那网，也不似自己的棉绒网，一动，就把鹰翅粘了，非得行家解。“疤鸡”那网，粘时齐心，即使网合拢不及，凭那丝绒，也能桎梏了鹰；取也齐心，机关一按，嘣的一声，网就齐唰唰下了鹰身，还原为一张新网，很是利索。“疤鸡”们使来，竟似要魔术。

“疤鸡”们取过不锈钢笼子，戴着皮手套，一一装了鹰。鹰拼死挣扎，但“疤鸡”的手套，虽比老顺的薄，竟似要坚韧十倍，任鹰抓啄，浑若无事。那曳风的翅膀，扇起一地尘土。

一个“疤鸡”认出了老顺，指指他手上的鹰，生硬地说：“不——要——”又叽里咕噜说了一通，“疤鸡”们大笑。

老顺涨红了脸。他明白，对方在嘲弄自己，脑中嗡嗡响了。毛旦喊：“顺爸，瞧，离了狗粪，也种辣子呀。”这毛旦，叫人家十块钱，就把灵魂卖了，也懒得和他唠叨。那张脸却不知趣地凑了来，老顺啐了一口，扭头就走。

“哟，顺爸生气了。劁猫儿的偏骟猪呢，气死你。”毛旦的嬉笑随后追来。

气呼呼走一阵，老顺的脚步渐渐慢了，想，怪，这是谁家的地方，你“疤鸡”们，凭啥耀武扬威？想狠狠去训斥一番，又怕自己人单力薄，反叫对方奚落，就想回家叫猛子，却碰上去金刚亥母洞发愿回来的黄毛道尔吉。

道尔吉一听，也恼了，说：“怪事。吃屎的反把拉屎的拿住了。他们是哪儿来的旋风，竟到这儿毛搔人来了。他们算啥？走，评个理去。”老顺说：“听说，乡上批准了。先打听看，若是没批，好说。若真批了，再想个法儿。”两人去村里铺子里给乡上打个电话。对方答，有这事儿，人家交了钱，弄几只回去，搞科学研究。

“狗屁。”老顺扔下话筒，说，“人家一下网，几十几十地捉，搞啥研究。听说，他们用来贩毒哩。”道尔吉拧着眉头说：“那黑鹰，倒是保了。这兔鹰，不知保了没。若没保，乡上批了，没治；若保了，省上批了也不行。”就打

114，查了号码，问城里公安局：兔鹰保了没？对方说不知道。问哪里知道？答："我咋知道哪里知道？"又问了法院，也不知道。老顺说："谁也不问了，问市长。市长若不知道，我就操他的妈。"查了号，一拨，有人接，没说不知道，只说查一下。老顺却一头汗了，说话时，舌上有了裹脚布，半天才说清来龙去脉。对方问了回的电话号码，叫他等一会。放下电话，老顺擦擦头上的汗，问道尔吉："真是市长？"道尔吉说："管他，反正是头儿。"

等了一会，电话叮呤呤响了。道尔吉接起，老顺附身上去。那人的声音很大，先谢谢他。道尔吉挤挤眼睛，老顺也笑了。那人说，兔鹰是国家保护动物。你们设法拖住对方，别叫跑了，我马上派人去。两人一头汗了。道尔吉说："听那口气，真是个官儿，他谢你呢。"老顺顽童似的哈哈笑了。

老顺说："拖啥？人家肯定得住几天，上次来，住了好几天呢。听说，办的是旅游护照。"道尔吉说："不走当然好。不过，还是盯住点。"二人就去了大沙河，顺路，老顺要了个能投石的抛溜子，叫道尔吉缠在腰里。

河床里又没人了，那网仍在。四下里瞅，见"疤鸡"们躲在崖头下，贼溜溜注视河床。天空盘旋的鹰渐渐增多。怪匣儿不停地支吾，鹰就不停地飞来。

道尔吉说："这洋人，真邪乎。他们那儿，肯定没兔鹰，为啥能造出对付兔鹰的玩意儿？"老顺说："人家是科学家。"道尔吉说："这科学家，是不是跟魔术师一样，想变啥，就能变出啥？"老顺说："不是变。人家搞研究，研究啥的精啥，就像孟八爷研究狐子，我研究兔鹰一样。"道尔吉说："那你就是兔鹰科学家了？怪，老先人研究多少辈子了，咋连那匣儿也造不出？"老顺说："人家是化学脑子。"

正说着，又有几只兔鹰俯冲下来，入网了。传染了似的，盘旋观望的鹰们也纷纷俯冲下来。那网真好，鹰一入网，它就悄声没气地合拢了。老顺虽看过一次，仍觉心惊肉跳，道尔吉更是目瞪口呆。"乖乖，哪见过这号捉鹰的？照这样，要不了几天，兔鹰就叫捉尽了。"老顺说："那匣儿怪，一发声，远近的鹰就来了。"

"疤鸡"们又出来捉鹰。

3

忽然，大头女人会兰子急匆匆赶来，朝那翻译咕哝几句，翻译四下里望望，又叽里咕噜一阵。这下，“疤鸡”们手忙脚乱了。

老顺说：“定是铺子里那松尻子货说了啥。走，我们到跟前去，他们要跑的话，我们就挡住。”道尔吉道：“人家人高马大，我们两个，叫人家一胳膊就抡倒了。”老顺说：“我先去叫人，你先缠住他们。”

老顺慌慌张张往村里跑，到路口，见猛子过来，说：“快去叫人，那些‘疤鸡’，要跑呢。”猛子不解：“啥‘疤鸡’？”老顺说：“就是偷鹰的外国贼。市长说了，他们是违法的，要派人来，叫我们缠住他。逮住了，有奖金。”老顺竟神使鬼差地说出“奖金”来。猛子一听，扭头跑去。老顺在路口的柴垛上抽根棒子，跑往大沙河。

“疤鸡”们仍手忙脚乱地装鹰，道尔吉不动声色地站在西边。这样，他们逃往公路的路就堵了，他们就是想跑，也只能往村里跑。

见老顺举着棍儿过来，“疤鸡”们大惊。翻译说：“你做啥？这可是乡上批了的，破坏了引进外资，由你赔。”

老顺说：“引你的妈妈去吧，把鹰放下！”他举了棒子，一喝，那些人怔住了。一人正对着手中的黑东西咦里哇啦，老顺知道他在打手机，说不准有车在哪儿藏着。要是车　来，凭两个老汉，可真挡不住了，回头望望路口，却空无一人。老顺骂猛子：“这畜生，干啥事，都磨蹭。”

趁老顺回头，毛旦扑上，一把夺过棍子，往膝盖上一磕，棍子断为两截。毛旦笑嘻嘻说：“顺爸，打人犯法哩。你吃肉，也叫人家喝口汤。”老顺骂：“毛旦，你个吃里扒外的狗。你知道不，这兔鹰，国家保护哩。”毛旦嬉笑道：“哟，别人一抓，就保护。你抓了多少，就不保护？”老顺说：“我抓，是捉兔子，又不伤害。”毛旦说：“人家也不伤害。人家，还喂牛肉哩。我可是亲眼见来。”

老顺见“疤鸡”开始往大提包里装笼子。远远地，有辆客货车过来了，想是早候在僻静处接应的，而猛子，仍不见影儿。他懒得和毛旦磨牙，上前，几个耳光，打晕毛旦。他边打边骂："你个里通外国的贼，城里的警察就到了，连你一起抓了，你才知道厉害。"那翻译一听，又叽里咕噜一阵，"疤鸡"们便撇下没来得及装的笼子，提了大包，向车跑去。老顺扑上，抱住一条大腿，一捞，那人倒了。

道尔吉把石头装入抛溜子皮囊，抡了，边呜呜地划圈，边吼："再跑，我可发飞石了。""疤鸡"们不知那是啥新式武器，互相瞅瞅，不敢再动。

被老顺拽倒的"疤鸡"是个大胡子，一脸凶相，倒在地上，边挣扎，边用另一只自由的脚，狠狠踹老顺。老顺觉得骨头给踹折了，但还是不丢手。

毛旦见那人打老顺，捡块石头，过来。老顺以为他要打自己，刚要呵斥，那石头，已落到"疤鸡"身上了。

毛旦骂："你个驴日的，还打人哩。你再打，再打，老子砸折你的腿。"又捡块石头，高高举起。"疤鸡"虽不懂他的话，却明白他的意思，不敢再踹老顺，躺在地上，直喘粗气。他的裤腿已叫老顺扯烂，露出毛乎乎的腿来，十分滑稽。

那车，不敢前来，远远地打喇叭。

北柱跑来，问："顺爸，啥事？"老顺说："城里市长说了，他们是坏人，谁抓了，给谁钱。"

北柱见老顺已抓了一个"坏人"，信了，也朝一个"疤鸡"扑去。那人一闪，一勾拳，打中北柱下巴。北柱惨叫一声，滚入沙洼。

道尔吉喝："叫你打人。"手一松，抛溜子里的石头飞出，在沙地上砸了个坑。"疤鸡"这才明白这新武器原来是这等威力，边叫，边乱跑。道尔吉装块石头，呜呜一抡，石头飞出，砸向一人屁股。石头劲道虽大，那人却没倒下。道尔吉来不及再装石头，索性也学老顺，去扑后面一人的腿。那人对中国老人的这一招早有防备，就势把手中提包塞来，撞倒道尔吉。

"抱腿！抱腿！"老顺吼。

被抱住腿的"疤鸡"已疯了，索性拖了老顺跑。北柱抹一把脸上的血，也去追。因提着大提包，“疤鸡”们跑不快。北柱很快追上，但挨的那一拳实在太厉害，把他的胆揍破了，对方一晃拳头，他就倒退几步。

道尔吉却紧追不舍，毛旦也边吼边叫，势如疯虎。

忽然，几片花纸飞来。毛旦叫：“哎呀，票老爷呀。”他不去追了，猫了腰，去追逐风中飘忽的钞票。北柱也转了身。老顺叫：“毛旦，你个牲口，快抱腿。”毛旦却不管，仍兔子似的跳跃着追去。北柱却扭过了头，又追“疤鸡”。

那些“疤鸡”，已渐渐接近车了。被老顺抱住腿的“疤鸡”急了，也掏出一把新崭崭的钱，朝老顺晃晃。老顺啐了一口。

路口上，猛子和黑羔子带人举着榔头杈把冲了过来。老顺一看，竟是些女人，不由大急，叫：“这愣头，叫女人来干啥？”

“疤鸡”却更急，见钱打动不了老顺，就装了钱，抡起大巴掌，朝老顺脸上猛扇。老顺眼冒金花，倒不觉太疼，扇了几下，扇木了，更不痛了。只是眼中的金花儿，哗哗地闪，他怕扇糊涂了脑子，就低了头，朝“疤鸡”的毛腿上咬了一口，咬出一声猪叫。

道尔吉和北柱已追上“疤鸡”，那几人见势不妙，索性抛下提包。这一来，他们人高马大的优势顿时显出，三下两下，就把对手甩下一截。

毛旦却仍在风中跳舞。那些花纸越飘越远，毛旦也越跳越远。

“打坏蛋！打坏蛋！”几个娃儿在地坡上叫。

老顺已被那“疤鸡”扇得满脸血污，咬了那一口后，他很想下个死口，咬住不放，“疤鸡”却揪了他头发，用力一掀，老顺就不由得松了口。

“疤鸡”们终于上车了，车子疯了似的叫。黑羔子们也不远了。大胡子“疤鸡”不再用巴掌，而是抡了拳头，朝老顺下巴处猛揍。老顺看过电视上的拳击，知道那儿有根神经，一挨揍，就瘫了，忙埋下脑袋，脑中的金花却哗哗地冒着，耳中也轰轰，脑袋木木的，一个东西狠命敲脑袋，却不疼。忽然，他想起老两口打架时老伴对他用过的一招，偷眼一瞅，见那毛腿上头，有团肉在忽闪，就腾出左手，狠狠捏去。

“疤鸡”腾身，倒地惨叫。老顺并不松手，用力抓捏，那手感很恶心，但他仍是捏。他在对付骚胡时也用过这法儿，把那卵蛋捏绵了，骚胡就变成羯羊了。

猛子已扑到近前，一下下踢那“疤鸡”。女人们也抡了杈把，泼水似的揍。老顺骂：“骚货！骚货！咋打老子？”女人们一听，就扔下杈，扑上去，使出对付男人的一招，脸上鼓起肉棱，一下下揪，揪得“疤鸡”杀猪般叫。

小车一溜风跑了。

4

战果十分辉煌：逮了一个“疤鸡”，缴获了三十四个笼子，三十张网，二十八只兔鹰。老顺龇牙咧嘴，躺在地上叫唤。这会儿，他才觉出叫揍散了架，那疼也汹涌而来。那“疤鸡”，满面血污，皮肤裸露处，尽是青疙瘩，想来是女人们金刚指功的功劳。但他很是硬朗，咬了牙，阴阴地望人，不发一点呻吟。

那城里警察，仍不见影儿。

女人们很喜欢装鹰的笼子，那笼儿亮晶晶的，用来养鸡娃，肯定称心。老顺却牵挂那发声的匣儿，到处找，不见，估计被“疤鸡”带走了，算算，还少了六个笼子，六只兔鹰。

最欢天喜地的，当然是毛旦，他边蘸唾沫，边数拾来的票老爷。

猛子骂：“毛旦，你要钱不要鼻脸。”毛旦嬉笑道：“见钱不拾是傻瓜。你问你爹，我也立了功呢。要不是我那一石头，这会儿，他正在黄泉路上蹦跶呢。”老顺却龇了牙哎哟，方才的英雄气早没了，显出一副癞皮狗相。

猛子怨：“你叫啥？也不能忍着点。”老顺说：“老子的骨头都叫揍折了，还不让我叫？”他朝道尔吉绕绕手，“你来，摸摸我的骨头，折了没？”道尔吉摸摸，骨头没折，倒是那脸上的青肿，十分可怕。猛子上前，揍“疤鸡”几拳。“疤鸡”硬朗地挺着，一声不吭。

“打啥？”老顺喝道，“人家是俘虏。三大纪律八项注意，你懂不懂？”女人们笑了，都围了瞅笼子。笼里的鹰扑扇着翅膀，弄得她们一惊一乍。老顺呻唤几声，叫："把鹰放了，放了！那笼儿，养鸡去。天知道，警察来了，会不会把鹰也弄了去。放了！放了！"道尔吉说："就是。放了，先斩后奏，等人家来，就不好说啥了。"

女人们拧着脑袋，胡乱捣鼓起笼子来。

老顺又叫："凤香，你的别放。那红鹰，可是个好鹰，捉兔子，肯定是把好手。"凤香说："鹰给你，笼子可得归我。"

"归你，归你。"老顺的脸青肿出狰狞来，凤香不敢多望。

女人们捣鼓一阵，却开不了笼子。老顺爬起，却又歪倒呻吟，边呻吟，边叫："拿来，哎哟，就这样。哎哟，这是机关。哎哟，聪明人造的，哎哟，得，哎哟，聪明人开。"他开过这笼子，手一扭，一抖，一个灰鹰蹿上天空。

村里又有人围了来，纷纷拿那笼子。老顺叫猛子和道尔吉把笼子收一处，码起来，统一看管，别叫人乱动。女人们抢夺一阵，看老顺恼了，才松了手。

老顺说："没功劳的，不能动。"

一个女人嚷道："谁说我没功劳？"她一指"疤鸡"，"那脸上的青印，就是我揪的。"另一个说："我也揪了，不信问他。"一时，女人声大作，都围了"疤鸡"，叫他证明自己的功劳。"疤鸡"以为她们又要施金刚指功，一脸惊惧。

"叫啥？"猛子吼，"黑羔子，来了几个女人？"黑羔子数了一阵，说："十三个。"猛子说："一人一个。排队！排队！"女人们就排成长长一队，猛子放一只鹰，发一个笼子。一个个黑点蹿上天空。猛子问黑羔子："你要几个？"黑羔子说："我不要。"

"我可得五个。"老顺叫，"瞧，我的脑袋都成血葫芦了。"猛子说："该，给你五个。"放了鹰，码过五个笼子。

"哟，顺爸发财了。"女人们叫。北柱说："我三个，瞧，这下巴，怕都碎了。"猛子说："三个不成，两个。"也放了鹰，扔两个给他。猛子说："我的兵都一人一个，我带她们来，也大小算个官儿。可不能比北柱少。"就取过三个笼子。

凤香说："哟，猛子占便宜了。"

道尔吉说："应该！应该！人家是领导……你们说，我该拿几个？"

“四个。”北柱说。

“四个太多，三个吧。”道尔吉说，“我没挨多少打，就三个。”取过三个笼子，码一处。

围的人渐渐多了，尚有八个笼子，一个装红鹰，七个折叠着。毛旦说：“还有我呢？”猛子瞪一眼毛旦，还没发话，北柱就骂了：“你还有脸要？”毛旦说：“咋没脸？我那一石头也是功劳。”老顺说：“给一个，给一个。”猛子说：“不给！这号货，一见钱，就不顾别人了，你拾的那些钱，不定买多少笼子哩。”北柱吼：“拿出钱来，分！”毛旦却猴子似的蹿出，到远处，才说：“分老子的屌哩。”

北柱爹道：“我给了抛溜子，算不算功劳？”道尔吉把抛溜子扔给他，笑道：“算，给他一个。”

毛旦在远处喊：“叼呀，剩下的，谁叼上是谁的。”

这一哄，早就眼热稀罕物的人就涌了来，抢剩下的笼子。那无数只大手抓来，齐用力，笼子被扯散了架。先抓到手者恼了，认为后抓者坏自己的事，又去抓对方的肉，对方还以颜色。渐渐，混乱成一场大战了。

“叼呀！叼呀！谁叼上，是谁的！”毛旦仍在吼。

猛子大骂：“畜生！畜生！”但场面越加纷乱。混乱中，竟有人去抢分给老顺的笼子。这一下，提醒了众人，谁也抢，把老顺的也扯成碎条了。“呔！呔！”老顺边护红鹰，边吼。

后面的人继续涌来。一人扯了嗓门叫：“踢掉！踢掉！谁也别拿。”于是，一只只脚又踩向搁在地上的笼子。老顺守护不及，那红鹰，竟也叫踩成肉泥了。分到笼子者这才觉出了不妙，放弃了再抢的念头，赶紧外溜，好容易到外面，才发现，自己手里剩的，仅仅是笼子提手。那笼子，早不见了。

毛旦吼：“还有网哩。”这一叫，提醒了人们，又乱哄哄扑向网。这次，已不是抢了，因知道谁也抢不到，就索性破坏了它。我得不到，谁也别得到。人心齐，泰山移，一张张网，也散架了。只是那网丝很是牢实，扯也扯不破，分又分不开，有人掏出打火机，点燃了它。一时，大沙河里到处是火苗，到处是哄叫，到处是欢呼。

“畜生！畜生！”猛子顿足大骂。老顺歪着身子，边呻唤，边收拾散在地上的碎片。

乱成一团旋风了。有功的谩骂，没功的哄笑，大沙河里好热闹。渐渐地，烟消云散。在场者大多抢到了一截战利品，虽没个囫囵笼子，但那亮晶晶滑鱼似的钢条儿，也怪讨人喜欢呢。

忽然，老顺叫：“‘疤鸡’呢？”

才发现，那“疤鸡”，早飞了。猛子和道尔吉带几人往公路那边追。许多人四下里搜寻，都没见。

飞了就飞了吧。那“疤鸡”，连毛撕不了一盘子，瞧那样子，没啥大油水。可到了黄昏时分，城里的警察一来，才知道，那“疤鸡”，重要呢，逮了他，就能扯出一串“疤鸡”来。

一群牲口。老顺骂，不知是骂“疤鸡”，还是骂村里人。

5

老顺被猛子背回家中。那剧痛，才渐渐醒了，开始围攻他。除了青紫肿胀的脸，身上也是瘀青斑斑，尤其是气眼处挨了一脚，每一呼吸，都叫他龇牙咧嘴。

老伴又好气又好笑，骂：“你逞啥能？你以为你是啥鸟？明理的，说你是保护兔鹰。不明理的，还骂你狗咬耗子，多管闲事。”她安顿莹儿，别叫娃儿看见，免得他做噩梦。

老顺抽一阵气，呻唤几声，道：“啥闲事？你不管，我不管，那兔鹰，叫他捉光不成？那匣儿，明明装了魔鬼，一叫，兔鹰就醉醺醺栽进网来。”又说：“哎，老婆子，你那招式，可真管用。一逮住那玩意儿，他就倒地叫唤了。”“啥招式？”“嘿，再是啥招式？就是你那叫骚胡变成羯羊的招式。吃一堑，长一智。那年，我差点叫你骗掉。那‘疤鸡’，估计跟太监差不离了。不过，我只使了八分力，若使上十分，他早变成死羊了。”老伴骂：“老不正经。”

老伴倒些酒来，燃了，蘸了酒火，擦老顺伤处。一搓，他就叫；一住手，他又叫搓。老伴索性不去管他，由他哎哟，自顾蘸了火，在那青瘀处划弧。

老顺裸露处伤痕累累，惨不忍睹，尤其那面部，着实骇人，眼睛瘀青，肿胀，只剩个缝儿了；脸蛋又肿得老高，青桔桔泛着亮光；下巴上有几个青包，包上拽几线猩红的血丝。这形象，该呻吟才是，可他却时不时丢几句怪话。看得出，虽挨了打，他的心绪却不坏。

老伴最可惜那几个不锈钢笼子，笼了鸡娃，最是安全。猛子一说，她的气就不打一处来：“咋尽是这号人？冲锋陷阵没几个人，争夺战利品尽是家儿。你为啥不管？”她瞪猛子一眼。

“哎呀，那会儿，”猛子说，“都挤成一疙瘩疯蚂蚁了，没叫挤死，就算万幸。倒是便宜了那老外，逮了他，叫他出医药费、挨打费、误工费，好算歹算，也能算个百十块，倒叫跑了。”

老顺对老伴说：“你轻些搓，蹄子咋那么重？……怪，那‘疤鸡’，插翅飞了不成？”问猛子，“真没上公路？”猛子道：“没。公路口有几个等车的，等好一阵了，说是连个屁也没见。”

“怪了，怪了。哎哟，轻些。”老顺又抽几口气，“那‘疤鸡’，可别溜进沙窝。溜进沙窝，迷了路，非渴死不可。”猛子道：“管他，人家揍你时，也不惜你。要真进了沙窝，渴死白渴死。”老顺说：“谁也是命，打了叫人家打几下。人家也有老婆娃儿，死了，老婆娃儿伤心呢。你该到沙窝里寻一寻。”老伴嗔道：“你歇歇闲心吧。人家就是进了沙窝，也在边边角角里躲一阵，天一黑，就出去了。会进里头？又不是精神病。”老顺一想，也对，不再催猛子去寻。

用酒火洗过，老顺长伸四腿，躺在炕上，想那场面，竟后怕了。胆小怕事一辈子了，放屁都怕打烂裤裆，哪来的那份勇气？细想“疤鸡”的凶蛮，不由连抽冷气。怪，当时，咋觉不出怕来？

道尔吉进来，说：“洋人搁在大头家的东西，都叫没收了。警察们又撵去了，逮住逮不住，难说。说是要报材料上去，表彰。”

“该。”老顺说，“人家表彰，叫人家表。那奖状啥的，我也不稀罕，给我奖几个医药费。瞧这样子，一出门，人还以为包青天又出世了。”

老伴道：“要说，叫人家揍几下也好。一辈子了，都是他揍人，也尝尝叫人揍的滋味。那滋味，好受不？”老顺笑道：“好受好受，过瘾得很。怪不得你爱犟嘴，三天不挨揍，皮就胀了。”

忽见毛旦探入脑袋，见无外人，才溜进来。猛子说：“说实话，那票老爷，捡了多少？”毛旦心虚地扫一眼门口，才说：“全叫风卷了，我才撵了一张。一看，哎呀，三角的角票儿。”猛子说：“狗屁。国家给你一人造了三角的？”毛旦笑了：“说错了，是四角的。”老顺斥道：“你捡多少，老子不问。有良心了，给学校捐几个，叫给娃儿们买些书。”毛旦急道：“哪里呀，那风，忽的一下子，把啥也卷上天了。”老顺道：“老子挨揍，你得好处。小心，你小鬼受不住大祭祀。钱一多，就烧住了，不出事，也由不了你。”

毛旦胡乱支吾两声，转转眼珠，忍了几忍。道尔吉看出他要说啥，却说：“你快出去，我们正研究大事呢。”毛旦说：“啥大事，比那洋鬼子还大？……天的爷爷，我可惹下祸了。”“啥祸？”“那洋鬼子……怕是要死了。他跑我家去了。嘿，这会儿，怕要放命了。”毛旦扭曲了脸。

老顺冷笑道：“我明白了。趁了乱，你把他领跑了。你个吃里扒外的贼，人家给了你啥好处？”毛旦叫道：“啥好处？一去，开始还哆嗦，不一会就说起胡话。那老屌，肿成棒槌了。”老顺笑道：“这话我信。我那几下，够他受的。”毛旦叫：“你还笑啥？快去看看。真要死了，怕有人说我谋财害命呢。”老顺说：“活该。谁叫你起歹心来着？嘿嘿，谁也想不到，这毛旦，还有这号心思。”

老顺挣扎着起身，跟猛子道尔吉到毛旦家，见那“瘟鸡”，躺在炕上，一脸赤红，正在呼哧。毛旦一撩被子，那肿胀的“棒槌”，就跳入众人眼里。老顺一惊，想，他要是死了，怕是要承担责任呢。又想，怕啥？他也往死里整人，我这是正当防卫呢。

猛子问：“大夫看了没？”毛旦哎哟一声，说：“我哪敢呀？人知道了，还以为是我带回家的。”猛子冷笑道：“你毛旦，名扬天下哩，是人家洋人来拜访你的……快，去叫大夫。”毛旦说：“我叫归叫，你们可别当是我带回家的。”

忽然，那“疤鸡”呻吟起来，叽里咕噜，说了一通，见老顺们听不懂，就挣扎着起身，往外走。毛旦叫：“你往哪里走？再折腾，小命送阴司里了。”“疤鸡”指指裆部，众人才知他要撒尿。老顺叫毛旦和猛子扶了他，去厕所。

忽听毛旦叫：“顺爸，你可惹祸了。这老屌，不中用了，一滴尿也不出。”老顺出去，见“疤鸡”一脸痛苦。猛子说：“这可麻达，活人真叫尿憋死了。”毛旦叫：“谁惹的祸，谁担责任。顺爸，你得给生个法儿。”老顺说：“我有啥法儿？这‘疤鸡’，也太不中用。那年，我伤的，比这还重，可啥事也不误。”见猛子不好意思了，老顺换了话题：“用酒搓搓，说不准管用。”

几人扶“疤鸡”进屋，放炕上。毛旦家没酒，猛子一溜风从家里取来，倒入碗中，点着，谁都望老顺。老顺只好蘸了火，搓那肿处。“疤鸡”呻吟着。老顺道：“你叫啥？忍着点，老子长这么大，还第一次给人挼老屌呢。”毛旦笑道：“木匠戴枷，自作自受。你干的好事，得你来受用。”

搓一阵，叫毛旦拿盆来，“疤鸡”努出一脸痛苦，仍不见尿出。老顺长叹道：“早知这么麻烦，那会儿，少使点劲。”猛子说：“算了，叫大夫带个导尿管来。”老顺不再努力，露出一脸苦笑。

忙活到次日清晨，“疤鸡”才撒了尿，退了烧，进了食。老顺说：“自己的老子，还没这么侍候过呢。”大夫陈肉头算了药费，三百多块，老顺毛旦各摊一百多。老顺叫猛子别给妈说，省得她心疼，又给城里公安局打了电话，叫他们来带人。那边传过话来，别处几个，也逮了，说报上也登了这事。

“你们可不能枪毙人家。”老顺吼。

那人笑了：“哪能呢，至多，遣送出境。”老顺想：“这还差不多，要是叫枪毙了，白花几百块钱。”

第十三章

1

警察一带走那“疤鸡”，猛子就和黑羔子去了南山，因公园要办野生资源展览，等着用香子。

猛子第一次到南山，一切都觉得新鲜。黑羔子却常来。瘸阿卡是他的干爹，小时候，他常来干爹家玩，熟悉这儿的一切。

“吃，吃些干肉。”瘸阿卡取过几块干肉。黑羔子最爱吃这，咬一块，腮帮子飞动。猛子却吃不惯，瘸阿卡就给他拌了碗炒面。

“吃呀，老顺好不？跌绊了几十年，才把你们拉扯大了，不容易呀。那年，我去时，你还小呢。”瘸阿卡比划一下，“才这么高，嘴上老是黑灰，你妈说，你老偷了面，吃火烧。”

猛子笑了。小时候，他老饿，常偷些面，用水和了，串到火钳上，放在麦秸火上烤。一见他嘴上有黑灰，妈就打他。记得那年，瘸阿卡带着女人娃儿到沙湾，在他家住过几日。那女人，瘦瘦的，斜眼。那娃儿，头大大的，脖子细细的，像个铜钟，猛子一碰，他就哭叫，一哭叫，那女人就瞪了斜斜的眼望他。现在，他们都成骨头了。早知道他们这么快成骨头，猛子会好好待那娃儿。想来，谁都迟早成骨头的，趁没成骨头时，和和睦睦地处一场。成了骨头，想好好处，也没法处了。

黑羔子狠狠地嚼干肉，仿佛跟肉有仇。瘸阿卡爱怜地望着他，也下意识地动着嘴，忘了替猛子续奶茶。

“那拉姆，知道你来，怕高兴坏了。上回，孟八爷来，她就想跟上去沙湾，不巧，白鹿死了，叫丫头搭了不少眼泪。”瘸阿卡说。

“上回潜伏，抓了人没？”猛子问。

“抓了个屁打狐子。这老天爷，我说他发神经了，该下的时候，老放干屁；不该下的时候，老扯屄声掉尿水。那几天，天泼水似的下，警察都成了泥猴儿，三天哪，想想，都泥里水里地趴着。听说回去，都输了液。”

“贼没来？”猛子问。

“连个贼毛也没见。……喝茶，放些酥油？”

猛子说：“不了，奶茶就好。天生是个穷命，吃不惯酥油。”

黑羔子拍拍手，推开瘸阿卡递来的干肉：“行了。小鬼受不住大祭祀呀。吃这，牙上没功夫不成，嚼几块，多攒劲的牙，也没劲了。干爹，公园叫给他们捉个香子，他们发奖金。孟八爷借了红脸的骆驼，叫贼抢了，得生个法儿赔。”

“成哩成哩。”瘸阿卡笑道，“老娘干下的旧营生。吃过饭，我去下个扣子。你别急，我打发人叫拉姆去了。那丫头，老打听你，我的耳朵都磨出茧了。阿哥是灵宝如意丹，阿妹是吃药的病汉。”

黑羔子皱皱眉头：“干爹，你可别瞎忙。我一直当她是妹子。”“妹子好呀，那歌儿咋唱来着，‘我和你今年咱俩是兄妹，我和你明年睡一个炕头。’顺得很。”“我可真没那心思儿。”“咋？人家拉姆，花儿一朵，配不上你？”“也不是。我还小呢。”“小啥？别人这么大时，早睡到新媳妇怀里了。”

瘸阿卡边做饭，边咕嚅道：“你知道拉姆啥意思？天女。有多少人巴红了眼睛，可她，嘿，就瞅下了你这墩臭蓬。牛吃菠菠菜，猪香狗不爱。你爱的我不爱，老狗爱的稀屎胎。瓜里头挑瓜，临完了挑个苦瓜。要是你抓不住拉姆，只好弄个猪不吃的茄莲了。”黑羔子和猛子互相望一眼，忍住笑，由他去唠叨。

正说着，拉姆风风火火地进来了，一进来，就望着黑羔子笑，脸通红，眼里蹿着火苗儿。黑羔子也红了脸，低头望脚尖。望一阵，拉姆说："前天夜里，我梦见你了，你骑个骆驼，却像个驴一样跑，怪不？明明是骆驼，却毛驴子那样尥蹄子，三颠两颠，也没把你颠下来。过来，我瞧瞧你，瘦了没？"说着，她一把捞过黑羔子，捏腮帮子，揪下巴。"哟，瘦了，真瘦了一圈呢，也黑了。上回来，还獾猪娃儿哩。"黑羔子东躲西躲，也没躲过拉姆的手。"成咧，成咧。"他悄声埋怨。

"掉过去，叫我瞧瞧。"拉姆把黑羔子拨转了身，说："个儿倒高了些。"她拍拍黑羔子的脊梁，又说："你该厉害些吃，再这样，可降不住我。现在长大了，再不能叫我当马骑了。"猛子哈哈大笑。

黑羔子恼了，瞪拉姆一眼："行了行了，少说几句，也噎不死你。我看你前世里，是老鸹，整天呱呱个不停。"

"才不哩。"拉姆笑道，"佛爷说，我是百灵鸟转世。百灵鸟，懂不懂？哪像你这个憨哥哥，没嘴葫芦一个。"黑羔子挣开身去，阴了脸，一声不吭。

拉姆笑道："怪不得，今早上系错了扣子。我说要来人，该到路口上迎。阿妈说，迎着的是拾大粪的。嘻嘻。"拉姆笑着，从衣袋里掏出小吃，往黑羔子嘴里塞。黑羔子扭了几扭，挣不脱，张嘴接了。拉姆递向猛子，猛子笑着张开了口。瘸阿卡说："咋不给我？"拉姆笑道："你的牙不行，糟蹋了好东西。"瘸阿卡说："你可小心，我可给黑羔子瞅了个天仙一样的丫头。"拉姆虎了脸，"你敢？"瘸阿卡做个鬼脸："咋不敢？人家也相中了，两厢情愿呀。"拉姆嗔道："你再说，我可拔你的胡子。"

拉姆冲猛子一笑，说："阿卡，你瞅中的那个，给他算了，别看他愣头愣脑，心眼儿看来还实诚。"黑羔子忍不住笑了。猛子很窘，想："真没见过这号丫头，没羞没臊的。"

瘸阿卡笑道："这话，可是你说的。我给黑羔子瞅中的，就是你。你咋把自己介绍给别人？"拉姆吐吐舌头，说："那就算了。"她对猛子说："不要紧，你别灰心，我给你找个更好的，保管你打不了光棍。"猛子大声说："打啥光棍？跟我的漂亮丫头一火车哩。”拉姆信了，望望瘸阿卡，问：“真的？”瘸阿卡笑道：“当然，别以为离了狗粪就不种辣子了。”拉姆问：“你钱多？”猛子拍拍胸脯：“穷光蛋，穷得尻子里拉二胡哩。”拉姆不解，问瘸阿卡：“拉啥二胡？”黑羔子笑了，说：“你问啥？他是说穷得夹不住屁。”拉姆越发不解了。她死活不明白，那穷，和夹屁有啥关系？

望着拉姆的疑惑样子，三人大笑。拉姆又问猛子：“你爹当官？”猛子笑道：“当驴粪官。”这驴粪官，拉姆懂，意思是拾驴粪的官，便问：“那，她们是疯子呀？”猛子不解：“谁们？”拉姆认真地说：“你不是说，跟你的丫头有一火车吗，凭啥？她们？”

“问啥？”黑羔子忍住笑，“人家开玩笑。”

拉姆笑了：“要真有一火车，你们家的院子肯定大，至少有八个牲口圈那么大，才能盛得下。”瘸阿卡笑道：“这丫头，越说越不上串儿了。”

猛子羞红了脸，怔了半晌，才想出个反驳的理由：“咋？没钱没权就没人爱了？”拉姆笑道：“听说你们汉人丫头不是爱钱就是爱权，至少，也要图个人样儿。瞧你也没个啥人样儿，人家定是图钱图权了。”瘸阿卡嗔道：“咋没人样？人家一个壮壮实实的汉子，到你眼里，咋没人样了？”拉姆笑道：“我瞧着，是这样。”她安慰猛子道，“没啥，你也用不着灰心丧气。反正，走到街上，警察又不罚款。”猛子不解：“罚啥款？”拉姆笑道：“影响市容呀。”

猛子明知她在开玩笑，心里还是嘀咕了：莫非，我真长得难看？他平生第一次怀疑起自己的长相来。听得瘸阿卡问：“拉姆，你瞅上黑羔子，图他的啥？钱还是权？”拉姆笑道：“图人。”瘸阿卡取笑道：“我看他也不咋的，站没站相，坐没坐相，整天拧个眉头，一副蔫疲相。”拉姆笑道：“我就爱他这蔫疲相。哪像他，”她下巴朝猛子扬扬，“叽里咕噜的，一看，就不是个好东西。”黑羔子搓搓头皮，笑了。

猛子想刺刺她，就说：“你喜欢人家，可你问问，人家喜欢你不？人家早有了。比你好一千倍呢。”拉姆认真地望一眼黑羔子：“真的？”

猛子尖刻地说：“哪有假的。人家生米成熟饭了，丫头成婆娘了。那娃儿，都快要生了。”拉姆眼里倏地汪了泪，话里也带了哭音：“黑羔子，真的？”

瘸阿卡笑了：“人家哄你呢。黑羔子可说了，海枯石烂，心就给你拉姆了。”拉姆这才破涕为笑。

拉姆咬着嘴唇，望着黑羔子，说：“憨哥，我可记着你的话哩。你要变心，我就死。”黑羔子慌乱地说：“我说……说过啥呀？拉姆，你可不能说白话。乱说，嘴上可要生口疮的。”拉姆说：“咋没说？你说过，要娶我的。”黑羔子涨红了脸：“瞧，又胡说了。我啥时说过？”“咋没有？你……你说过，你当姑爹爹，叫我当姑妈妈，你忘了？”“啥时候？”黑羔子问。拉姆说：“就是……山塌的那年。”瘸阿卡破口笑了，“那是啥年成的事呀？那年，你有没有十岁？”拉姆道：“咋没有？我都十一了。”

黑羔子搓搓头皮，咕哝道：“那是玩姑妈妈时说的话。”猛子笑了。小时候，他也老玩姑妈妈游戏，就笑着唱起那口歌儿：“喜鹊喜鹊嘎嘎嘎，明个来个姑妈妈，姑妈姑妈你坐下，你的丫头十七八，我的娃子核桃大，求天求地给我吧……我前前后后，也娶了不下一百个姑妈妈了，不算。”黑羔子嘀咕道：“就是嘛。”拉姆说：“咋不算？他可是真的。”瘸阿卡笑道：“算，算。黑羔子，你也是吊把儿的，又没叫人取了卵蛋，说话要算话。”拉姆听了，掩饰不住一脸的喜悦，笑了。

2

吃过饭，瘸阿卡领着三人，去下扣子。一路上，拉姆兴致很高。她拉着黑羔子的手，唱起山歌来。黑羔子显得难为情，挣几下，挣不脱，就涨出一脸的红来。

天气很好。那日光，金黄色的，灿烂极了。天也水一样蓝，仿佛能掬一把天空，用来洗脸。空气更是惊人的清漓，深吸几次，五脏六腑就透亮了。秋霜虽打黄了百草，但那秋天独有的爽，却渗入空气了。阳光、微风和一份极好的心情，伴着拉姆纯天然的旋律，在森林里游曳。

进了森林，瘸阿卡寻一种叫“痒桩子”的柴棵。因为，天一下雨，公香子尾部就发痒，得找个柴棵，用那尾巴，不停地拨打柴棵蹭痒。这柴棵，就叫“痒桩子”，特点是光滑，离地面一米左右处油叽叽的。

猛子问：“香子是不是鹿？”

瘸阿卡说：“不是鹿，香子也叫麝，它的肚脐会生成麝香。肚脐上有一团一寸方圆的肉，剥开，像羊皮的肚膈儿，叫引皮。剥开引皮，就有香。香有好几种呢，籽儿香，像羊粪蛋子，还有的像丸药，最好；有些像麸皮，叫麸皮香；像面糊糊儿的，叫面香。把香放温火上烤干，就能卖。现在，可值钱了，一个最少卖一千五。前些年，我就是靠捉香子卖香，才活下来的。现在，不叫捉了。不到实实在在扎住手的时候，我也不捉它。”

拉姆说：“就是，再不能杀生了。佛爷说，你这辈子杀了人家，人家下辈子就杀你……你挣啥？安静些。”最后一句，是说黑羔子的。他想挣出她的手。

瘸阿卡笑道：“我早准备好了，等它下辈子杀我呢。……这香子，要说也该死，这天大地大的森林，为啥单在一棵柴上蹭痒。要是乱蹭，人连它的毛也捉不住。谁的痒桩子谁用，不乱来，比贞节烈女还认真呢。那蹭痒的地方，黑明黑明的，没个千万次的摩擦，不会那样。只要找到痒桩子，它就死定了。你说，这样死心眼的东西，该不该死？”

“不该。”拉姆说，“死心眼也不该。它也只有一条命。瞧你，佛爷劝过你多少次了，还这样。”

瘸阿卡说：“叫我慢慢戒成不成？我是吃这碗饭的，一下子断了烟火，叫我喝风呀？”拉姆说：“我养你。你想吃肉了，我背羊肉；想吃素了，我背炒面。成不？”

黑羔子冷笑道：“羊的命就不是命了？”拉姆语塞了，急出泪来，却不知如何应答，那捉黑羔子的手也下意识松了。

“我有个法儿。”黑羔子淡淡地说。

“啥法儿？”拉姆急急地问。黑羔子一笑：“出家。”拉姆说：“尼姑也吃肉呀？”黑羔子说：“藏区的尼姑吃肉，汉地的尼姑却连个荤星儿也不沾。我在汉地给你找个尼姑庵。”拉姆拧了眉头，立在那儿，半晌，才喊道：“原来，你是变着法儿要甩我，没门。”猛子也嘿嘿笑了。黑羔子却没笑。他眯了眼，望一眼远山，慢溜溜地说：“你不出家？那就认命吧。只要你吃过一嘴肉，就不能像审判官一样审别人。这世上，谁也不比别人干净。”

拉姆急出了眼泪。她不明白，这个她自小就熟悉的阿哥，咋忽然陌生了。

“我倒是想出家，可这世上，真有净土吗？那披了袈裟的，能比别人干净多少？”黑羔子说。

拉姆已哭出声来。

瘸阿卡急了：“又咋了？瞧你，忽而笑，忽而哭的，谁敢娶你？”拉姆跺跺脚：“你不听，他要当和尚了。”

猛子笑道：“他才不呢。他满肚子牢骚，进了哪个寺院，寺院便成牢骚坑了。”

黑羔子淡淡地说：“放心，我不进寺院，我啥都不当。可我知道，我是个断子绝孙的命。”

“又胡说了。”拉姆哭道。

“真的。”黑羔子大声说，“瞧，现在满世界干的，哪个不是断子绝孙的事？祖宗抢光了我们的饭，我们又抢子孙的了。子孙没吃的了，不断子绝孙才怪呢。我最恨啥？最恨祖宗。我可从来不给那群鸟人上坟。知道不，先前，我们那儿，是朝廷马场，是他们吃成了沙窝。他们是一群不负责任的鸟人。”说着，他蹲在那里，呼哧呼哧，出起了粗气。

瘸阿卡说：“哟，几年不见，你咋跟烧山羊一样了？”

猛子破口大笑，“知道不，猪肚井的人叫他啥？也是烧山羊。黑羔子，那绰号，你背定了。”

黑羔子也不觉笑了，脸上的凝重淡了。

猛子对黑羔子说：“你那堆破书，叫你爹烧好了，再不烧，你就疯了。”他又安慰拉姆，“你别在意，他就那个样，冷不丁的，就毛搔人，跟破头野鬼一样。”

谁知，拉姆却冲猛子发起火来：“你咋这样说话？我喜欢他这样。人家才配称男子汉。你，才是毛搔人的破……啥呢。”说着过去，把手伸给黑羔子。黑羔子捉了，站起身来，冲她笑。

“一对神经病。”瘸阿卡嘀咕道。

3

痒桩子找到了。在一片翠绿和苍黄中，那棍儿，很容易被眼睛忽略，但瘸阿卡一眼就发现了它。

那是一截桦条，笔直，油黑，很像用了多年的铁锹把。猛子摸摸，腻腻地滑。那上面，仿佛裹了层肉皮儿。

“瞧，它就这样。”瘸阿卡掉转身子，背对桦条，屁股左右扭着，一副乐不可支的模样。“我估摸，这蹭痒，怕也有瘾哩，像吸鸦片一样。时候一到，不来那么一阵，就心神不宁。……瞧，扣子这样下。”

他取出铲子，在痒桩子前，挖个坑，方圆五寸，深也约五寸。“这坑，挖在香子蹭痒时踩脚的地方。”他探入羊皮袋，取出一截木头，门字形，说：“这叫门槛子。把那桦木，放在火上，边烤边煣，就成这样了。”他取出钉锤，几下，把门槛子钉进凹坑边上。

黑羔子对猛子说：“来，我和你弯这桦条。”那桦条，弹性很好，两人使了吃奶的力，才弄弯了它。

“小心。”瘸阿克折去梢部的毛枝儿，提醒道，“扎西的门牙就是叫它打掉的。”

两人用力，把桦条顶端压到门槛子里，松开手，桦条没反弹起来。瘸阿卡说：“太老了，再嫩些。”黑羔子轻轻地抽抽桦条。“好，成了。”瘸阿卡取出扣子。这扣子，是用麻绳儿绾成的，一环套一环，环环相扣。“瞧，这是活的。”瘸阿卡抖抖扣子，“只要套住，它咋拧也拧不断。”问黑羔子，“你忘了下不？”

“没忘。”黑羔子接过扣子，绾个“捋蹄扣”，又折些树枝，担在门槛上，再把“捋蹄扣”铺上面，撒些柴草，伪装得跟四下里一样，再把扣子的另一头，拴在桦条顶端，以防香子带了扣子逃跑。瘸阿卡取个塑料袋，捏了撮兽毛，撒在上面。“成了。香子一踩，扣子就套蹄子上了，门槛子一塌，桦条腾地就起来了。劲候大的，能把香子倒提空中。”黑羔子说：“这桦条弹性好，别说香子。提人也没问题。”

猛子问：“痒桩子跟前不长桦条咋办？”瘸阿卡说：“来时带一个，插进地里，效果一样。”

拉姆却叫道：“瞧，那鹰，捉兔子呢！”三人望去，果见一鹰正追一兔。瘸阿卡说：“那是只老兔子，鹰要吃亏。”话音未落，兔子倏地弹起，弹向一个细些的桦条。桦条弯下了，兔子打秋千似的晃个不停。

眨眼间，鹰已俯冲下来。待鹰快到跟前时，兔子松了爪子，桦条弹起。鹰厉叫几声，鹰毛四飞。它歪歪扭扭，飞了一阵，好容易才控制住平衡，但它舍不得这快要到口的肉，又盘旋了。兔子又弹向桦条，打起秋千。鹰再也不敢俯冲，旋一阵，飞走了。

几人大笑。拉姆笑道：“这兔子，聪明极了，好个可爱。”她跑上前去，兔子松了桦条，逃没影儿了。

4

次日，吃过早饭，瘸阿卡叫黑羔子们去看扣子。猛子说：“干脆，我们顺便再下几个扣子。”瘸阿卡笑道：“那痒桩子，可不容易找，得多跑路，多留神，不然，谁都下，香子早绝迹了。”说着，他递过羊皮袋，说：“也成。你们找找看。里面，啥都有。需要啥，自个儿找。”两人接了袋子，出了毛爷洞，向山上走去。

猛子问：“叫不叫拉姆？”黑羔子说：“不叫。”猛子感到奇怪，那拉姆，虽不像城里女娃那样细皮嫩肉，可耐看，越看越俊。尤其那腰腿，是常行山路的女娃独有的，很有力，闹将起来，想来很过瘾。可黑羔子咋视而不见呢？莫非，他有啥毛病？

“拉姆看书不？”猛子问。

“她呀，”黑羔子说，“一见书，就打呵欠。”

“我也是。”猛子笑了，“看来，我和她，才是天生的一对呀。”

黑羔子懒洋洋地说：“那你娶了她，我给你撺赶一下。要不？你要就要，反正我不要。”

“为啥？”猛子想说：“你不要，我就要。”但他咽了几咽，才将这话咽下。

“不为啥。心满了，没地方放她了。我估计，我是个短命鬼，就不害人家了。”

这黑羔子，又是“断子绝孙”，又是“短命鬼”，啥不祥话都往嘴外溜。猛子劝道：“我妈说，嘴里有毒呢，不该说的，不要乱说。”

黑羔子说：“真的，我没乱说。有时，憋极了，真想拿把刀，朝心上插。瞧，真这么一插，不就短命了？再说，我也懒得养儿引孙。我都活得土头土脸，活不出个人样，养了娃儿，也和猪没啥两样。与其养几头猪，不如轻省些活。”

猛子道：“你乱想啥？闭了眼，稀里糊涂，就是一辈子。”

“瞧，这就是猪了。人是啥？人是高级动物。高级在哪里？高级在长脑子，长了脑子，就要想。不想，不如投生个猪，吃了睡，睡了吃，糊涂了生糊涂死，也用不着弯腰低头地流臭汗。”

猛子道：“你真邪了。瞎仙说，看书也能中邪，看进去，出不来，就邪了。我看，你就叫书念愚了。”

“也许是吧。”黑羔子懒洋洋道。

忽听有人喊，回头，拉姆已远远追来。黑羔子苦笑道：“瞧，死神催住脚巴骨了。这下，越发连个清静也没啦。”猛子却很高兴。他发现，自己简直有些“爱”这女娃了。她一离开，心就空了。

“想甩我，没门。”拉姆涨红着脸，喘吁吁道。她很自然地牵了黑羔子的手，黑羔子皱皱眉头，也没有挣脱。

“你猜，我做了个啥梦？”拉姆灿烂了脸，问黑羔子。

“啥梦也是梦。”黑羔子冷冷地说。

猛子想：“这黑羔子，真是个没情趣的，冷人心哩。”拉姆却不管黑羔子的态度，笑道：“梦见我结婚呀。你猜和谁？”

“男人。”黑羔子说。

“当然是男人。嘿，是你，你红光满面，望着我笑。我心里，跟喝了蜜一样。”拉姆一脸兴奋。

黑羔子却冷冷地说：“这梦可不好，梦是反的，梦里结婚，实际就是永远结不了婚；梦里我红光满面，也许我得大病呢；梦里你喝了蜜，实际你会喝苦水。”

拉姆白了脸：“真的？”

“当然是真的。”

猛子却道：“别信他。我妈说：好梦坏梦，全凭圆梦人的口风。全凭第一个圆梦的，他说吉就吉，他说凶就凶。”

拉姆说：“糟了，我第一个就是给他说的。”她一跺脚，对黑羔子撅撅嘴，“怪你，把个好梦说坏了。”

黑羔子淡淡地说：“好梦也是梦，坏梦也是梦，活人更是梦。一场大梦，在乎它干啥？”

拉姆笑了：“就是。坏梦也没啥，大不了一死。我若死了，就天葬，喂那神鹰，叫它们别再吃小鸟们。不过，最怕的，倒不是死，而是你娶别人……你咋不望我？你瞧我，今日个俊不？”

猛子才发现，拉姆换了一套很艳的藏服，上面坠些玛瑙。黑羔子说：“哟，俊多啦。”拉姆很高兴：“阿妈也这样说。她夸我是仙女下凡。哥，你见过仙女吗？”黑羔子说：“我见过个小脚仙女，一走路，就唱哼哼歌，你比它俊多了。”“真的。”拉姆高兴地跳了起来。猛子笑道：“他说的是猪。”拉姆拍猛子一把：“叫你胡说。”

忽听前面一阵兽叫。拉姆一听，说是下扣子的那儿。“套住了。”三人叫着，齐向那地方跑去。跑一阵，兽叫却变成人声了。转过一个小丘，果见一人被倒吊了。几个人手忙脚乱，解那扣子。

“快，用刀子。”被吊的那人叫。

一个抽出刀子，一划，吊的人摔在地上。那人长个大胡子，正揉着脚脖子，“妈的，瞧，勒进肉里了。”问猛子：“这扣子，你们下的？”

拉姆强先答了：“是呀。香子呢？”大胡子笑道：“老子就是香子。”

听得远远传来一声：“好了没？”

大胡子长长地应一声：“没哩，等一下。”他转过头，问拉姆：“你们咋敢下扣子？”拉姆说：“这是我们的牧场，想下就下。”

“好，好。”大胡子笑了，吁口气，对另外几人说，“你们去，你去九号，你去十号，我这儿。”那几人走了。

大胡子道：“你们敢下扣子，就敢赶网了？敢不？敢了，就合作。按规矩，见者有份。”

黑羔子望望大胡子，又望望猛子，嘴角动了一下。拉姆却叫了：“上回赶网的，也是你们？”“上回？不是。”大胡子道。

“缺德哩。佛爷说，这种做法，缺德哩。”拉姆脸上急出了汗珠。

猛子忽然明白了，这便是偷猎者。心嗵嗵地擂他胸膛。

大胡子笑道：“不愿意？也好，不强求了。只委屈你们一下，跟我们待一阵，只待一阵阵。”

黑羔子说：“我们还下扣子哩。”他抖抖羊皮袋。猛子明白，他想脱身去报信。

大胡子笑了：“不去了。香子，我给你，赔一个……不，两个。索性三个吧，一人赔一个，成不？可你们得听话。老子们做好了一锅饭，你们别往里面掺沙子。”说着，他的目光变了，刀子一样。

猛子还想斗一斗呢，他很想在拉姆面前卖弄一番，自己练过武，估计眼前这人，他能对付，加上黑羔子，把握更大。他四下里看看，方才那几人，已不见影儿了。

大胡子冷笑道：“啥心思也别动了，对你没好处。老子可不想杀人。”他往腰里一摸，摸出把手枪来。猛子认出，是自造的，叫独角兽，心不由怦怦直跳。“再说，四下里，都是我们的人。等会儿，你就知道，连野兽都跑不出去。”大胡子说。拉姆愤怒地瞪着他。

“好了没？”远处，传来一声。“好了。”大胡子吼。

“好了”声四下里响着。看来，大胡子没骗人，发声的，至少有十几人。猛子想：“幸好，没轻举妄动。”

“开始了。”从山脑里，传来一阵锣声。

猛子觉得刮起了风。怪的是，树枝没动，那风的感觉，却很浓。

“一号——”远远地传来喊声。听那声音，似在另一个山头上。

又一个地方响起锣声和喊声。风感愈炽。

“缺德。”拉姆涨红了脸叫。

“夹嘴！”那人很凶地吼。拉姆不敢再叫，眼里的火却一直朝大胡子喷。那人警觉地留意着猛子们。不知何时，他的手中也多了个锣，拿枪的手提了锣，一手举着槌。

远山上那人，每叫一个号，便响起相应的锣声和叫喊。猛子明白了，这就是孟八爷讲过的赶山：另一山上，立着一人，看野兽走向，野兽逃向哪儿，就喊哪儿的号，被喊者便敲锣呐喊，惊野兽回头。十几号人摆成瓶状，把野兽赶往瓶口。可那没人吼叫的瓶口，却可能是悬崖。听孟八爷说，早年闹饥荒时，他赶死过几十只黄羊，救过百十号命哩。

“十一号——”喊声又远远传来。

似刮过一阵劲风，森林倏然动了。兽群奔突而来，打头的是石羊，还有马鹿，跑鹿子，香子……总之，这座山里有啥，那群里就有啥了。被赶过山的森林，跟篦过的一样干净。

咣！大胡子的锣响了。他的叫，也不像人声。

兽群吃惊，又一阵风卷向别处。

喊声和锣声此起彼伏，风声也随之啸卷。拉姆泪流满面。

不知过了多久，那喊声从喊号变成“收网”了。猛子知道，野兽们已被赶往预定地点了。大胡子用枪指指猛子们："跟我走！"猛子知道抗拒无用，闹不好，还会挨一枪，就朝黑羔子使个眼色。"走前面！"大胡子喝道。

野兽们全部入网了。和赶山不同的是：这赶网，不朝悬崖上赶，而是在瓶口处，绷一张大网，那网眼，刚好能探进一个动物脑袋。野兽的习性是只进不退，头一入网，身子越加前扑，就越套越紧了。

猛子看出，那网很大，几十米宽的山口，都被封锁。几乎每个网眼里都探出个野兽脑袋。那马鹿，因为角长，脑袋虽没入网，前扑的劲道却丝毫不减。还有些动物，无网可入，索性钻入同伙和异类的腹下。

大屠杀开始了。天地间，充满了野兽们惶恐之极的叫。

大胡子们从后面开始，在每个动物的要害处捅一刀，就走向另一个。受伤的动物仍在前挣，血开始还汪着，一摊一摊，渐渐变成了小溪。

拉姆大哭。她扑上前，搂住一个马鹿的脖子。

一个矮个儿笑道："急啥？等收拾了它们，再侍候你。"

猛子身子发紧，头皮也麻了，仿佛在梦中，但那顺林缝泄下的日光又明白地提醒着眼前的罪恶。黑羔子满面泪水，他咬烂了自己嘴唇，那血，已流到下巴了。拉姆无助地哭泣。

一个个野兽倒地了，眼睛大多没闭。几人把它们装入袋子，另几人往不远处的牦牛身上驮。

不知过了多久，那网才渐渐显出网样儿来。网眼里，还有一匹狼，仍使劲蹬着后爪，想逃出厄运。地面已被它蹬出个大坑。矮个儿狞笑着过去，白光一闪，狼的后爪便停了。它瘫软了身子，不再挣扎，终于认命了。

一切都静了。

只剩下拉姆搂的马鹿了。拉姆已把它的角从网中取出。鹿眼里满是惶恐。拉姆哭着，鹿也哭着。一切都静了。哭声很刺耳。

大胡子道："算了，留下吧。"

矮个儿叫："咋？这可是八叉鹿呀，你不要我要。"他举着刀子，过去。

拉姆哭声突地大了，她抱着鹿脖子，用身子挡住鹿身。矮个儿揪了她头发，只一掀，就把她掀倒在地。拉姆哭叫着，连滚带爬，扑到鹿身上。

“算了！算了！”大胡子叫。

矮个儿笑道：“丫头，你自己掂量，要么杀它，要么，你陪我玩一玩。多少天没放骚了，心里干焦干焦的。知道不，这也是缘分，人家盯紧了五爷，阿哥才能来这儿。以后，你想我，怕也没这机会。”大胡子喝道：“闲屁少放。”

矮个儿嬉笑道：“你不用害臊。拔了萝卜，有窝窝儿在呢。答应的话，你就抱紧马鹿，别松手。不答应，就松手放了它，叫它挨刀子来。”

拉姆紧紧抱着鹿，哭道：“你杀了我吧，杀了我吧。”

矮个儿打个哈哈：“瞧，人家自愿呢。成哩，姑娘，拔了萝卜，有窝窝儿在呢，你缺不了啥。哎，你们想不？”他问同伙。

一个说：“算了。你不瞧，她身上，血丝糊拉的。”

矮个儿笑道：“脱了衣裳，肯定是个白嫩身子。红萝卜的胳膊，白萝卜的腿。”他把刀子插进鞘里，一把捞过拉姆。拉姆哭叫着，朝他脸上抓一把，抓出了几道血痕。矮个儿手一挡，拦腰抱起拉姆，走向林中。另一人上前，从拉姆手中，扯下鹿来，踢一脚，“去吧，老子们说话算数，算你命大。”那鹿却木了似的站着。许久，才慢慢走远，没入林中。

拉姆边挣扎，边哭叫。

黑羔子闷哼一声，捡起块石头，砸过去。“老子拼了！”他边叫，边捡起石头乱砸。有几人被砸中，捂了屁股，猴子似的跳。另几人围了过来，举着刀子。

大胡子喝道：“不要伤人！”显然，他也怕闹出人命。

趁黑羔子弯腰又捡石头的当儿，一人上前，踏倒他。几人扑来，疯了似的踢。黑羔子在地上滚来滚去。沉闷的声音，一下下响起。

猛子吼一声，才冲出几步，就叫大胡子一脚踢翻。猛子再扑上。大胡子用枪把，狠狠砸来。猛子嘴上一阵剧痛。大胡子又一脚，就把猛子踩地上了。看来，这是个拳把式。

黑羔子仍在滚动。大胡子叫：“行了行了，别闹出人命。”那几人才意犹未尽地过来了。

忽然，矮个儿一声惨叫。原来，拉姆抽出了他的刀子，在他腿上捅了一下。“日你妈！”矮个儿骂一声，拔出刀，朝拉姆扎去。

“别乱来！”大胡子大叫。但刀子已捅入拉姆胸部。拉姆瞪大了眼。

黑羔子趺趺撞撞，向拉姆扑去。矮个儿见那刀子，正插在拉姆胸上，也直了眼。他拔出刀，捂了腿，后退几步，倚在树上。“吃屎货！”大胡子骂。

黑羔子直了声叫：“拉姆！拉姆！我娶你。拉姆，你可不能死呀！拉姆，我娶你，我娶你，我的拉姆！”拉姆笑了。她的脸惨白极了，却显得异常美丽。

猛子也扑了过去，跪在拉姆面前，慌乱地问：“拉姆，疼不？拉姆，疼不？”

“……对不起，”拉姆惨然笑着，对猛子说：“我爱开玩笑，别生气。其实，你很俊……”又用力捏黑羔子的手，“憨哥，你可答应了，要娶我的。”她不由得呻吟起来。血仍不停地冒。

“我娶你，我娶你。”黑羔子哭叫，边哭边撕下衣襟，去堵那冒血的洞。拉姆呻吟道：“哥，别……疼……”

听拉姆叫疼，黑羔子就扔下布，直了声嚎。血疯狂地从那洞中喷出。拉姆呻吟几声，喘息道：“看来，我不行了……下辈子，下辈子吧……下辈子，你可一定娶我呀……可别再赖账。”黑羔子哭叫：“拉姆，你不能死，不能死。我娶你。你不是答应过要嫁我吗？”但拉姆的脸越加惨白，渐渐，她头一扭，无声无息了。

猛子大哭。黑羔子哭着爬起，朝那些人扑去，还没到跟前，就被踢倒。为防他纠缠，几人上前，把他绑在树上。黑羔子边挣扎，边直了声嚎。

大胡子骂道：“吃屎货。谁叫你动人，鹞子咋安顿来着？畜生！”

矮个儿扭曲着脸，呻吟道：“人家先杀我的。”

大胡子啐他一口，喝道：“快些！等啥？人命都出了，还等啥？”他捞过三个香子，两个死的，一个伤的，扔给猛子，“说好给你们的。”猛子却嚎着望拉姆。拉姆的脸很白，宁静出十分的美丽。

林中，只剩下嚎哭声了。

5

猛子和黑羔子边嚎哭，边背拉姆回家。那三个香子，他们没拿。受伤的香子也终于死了。死就死吧，拉姆不也死了吗？人一死，啥都没意义了。

一场噩梦。来时，他们是说说笑笑的三人。去时，成悲悲凄凄的两人了。另一个的笑声还在林中，生命却去了一个未知的所在。没人知道它在何方，一个简简单单的“死”字，竟然就带走了可爱的拉姆。

黑羔子哭得失声断气。她活着时，他不在乎她。他老是用所谓的理想排斥她，现在，她走了，梦一样越飘越远，永不回来了。为什么许多东西在失去时，才觉出它的珍贵？……拉姆，我的拉姆，我生生世世的妻。

黑羔子用头去撞那一棵棵树，伴那沉闷的撞声的，是狼嚎似的哭。

日头爷亮晃晃的，亮出种虚假来。那罪恶的风仿佛仍在啸卷，惨叫仍充斥着时空，腥气仍淹没着天地……还有哭声，也溢满天了。

猛子抹把泪，背了拉姆，一步步挪，老觉那鲜活的身子仍发出鲜活的笑，却又叫黑羔子兽叫似的嚎拽回现实。

背上黏黏的，猛子知道，那是血，那是美丽的拉姆的血。那黏，总在提醒他，拉姆死了。他经历过哥哥憨头的死，现在，又是一次。每经历一次死亡，他就成熟一次。……可那么美丽的拉姆，也会死吗？一想，他就不由得放声嚎哭。

走不了多远，猛子就筋疲力尽了。他倚了树，大口喘气。山风卷来，仿佛有成群的野兽在跑。黑羔子抹把泪，把嚎咽进肚里，过来，背起拉姆，摇摇晃晃，一步步挪。

猛子直了身子，四下里望望。除了树，除了唰唰的风，啥人也没有。不是有护林的吗？他们死光了？看那阵势，护林的也不敢来，睁只眼闭只眼吧，这兽们，又不是自己的。那锣声，村里人也定然听到了，定然也知道那声响意味着什么。那么，都明哲保身吧，连山神也明哲保身呢……究竟有没个山神爷？还是他瞎了眼？

猛子梦游似的走着。风扑来，汗身子一下凉了，却仍似在梦里。赶网的场面恍惚了，野兽的惨叫恍惚了，拉姆的死恍惚了，一切都恍惚了。

黑羔子坐下了。他息了哭，息了泪，脸上脏兮兮的，显出奇异的宁静。拉姆躺在身边，脸色很白，那是瘆人的青白。但猛子不害怕。听妈说，生前修为好的人死后不害怕。业障重的，煞气大，人一见，头发就立扎了。他不怕拉姆，说明拉姆修为好。那么，为啥好人命不长，恶人却活得急里冒跳？

黑羔子平静地说："你去叫人吧，我陪陪拉姆。"

猛子想，就是，凭他们两人，带不回拉姆了，就说："你可别乱想啥。"

"放心，我不死。"黑羔子显得很累，眼里又恢复了以往的冷漠和忧郁。他扶起拉姆，叫她偎在自己怀里。

拉姆笑了，很响的一声。猛子诧异地望望，却只有风声。

6

拉姆"坐"在地上，她生前念经时，就这样双趺跏坐。她裸了身子，裹个白氆氇，再裹个陀罗尼被，黄色，印满怪模怪样的咒。这是瘸阿卡从拉萨带来的，亡灵盖了，不堕恶道。

按规矩，死者不能躺在炕上，怕她贪恋热被窝，影响生死大事。人就是叫贪心扯到苦海里的，贪吃，贪睡，贪财，贪色……那贪心一起，就解脱不了，就去不了极乐世界，就会在六道苦海里轮转。为叫拉姆不生贪心，就在院里铺层土坯，铺个薄褥，拉姆就坐在褥子上。等拉姆上路后，土坯就会被扔到路口，褥子也会被烧掉。

已诵了三天经，阿妈仍时时哭晕。她虽摇了大半辈子嘛尼轮，但那定力，仍挡不了潮水般涌来的悲痛。

村里的哭声也潮水般涌，拉姆嘴甜手勤，人们都喜欢她。可她并没因别人喜欢而免了死。死是个天大地大的网，不管你有天大的权势，成海的金钱，或是万人的喜欢，也顶不了事。人家只要瞅中你，你就跑不了。这道理，谁都懂，他们常听佛爷讲那“诸行无常”，明白啥都是无常的。所以，哭一阵，就不哭了。有的，因更明白了无常，把那嘛尼轮转得更快；有的，把对拉姆的思念化成了仇恨，他们到乡上要枪。要是有枪，就能和偷猎者拼个鱼死网破了。当然是乘兴而去，败兴而归。那期盼的枪，仍静静地待在虚幻的期盼里。

只有阿妈老绽出哭声，但也每每被诵咒声淹了。

格拉带了六个喇嘛，很吃劲地诵经。在村里人眼里，拉姆属于凶死。凶死是不吉的，意味着死者前世业重，这就需要喇嘛替她诵经忏悔。诵得好，她才会有个好归宿。

黑羔子再没哭过，他的眼窝深枯枯的。他对喇嘛念经之类的事，不感兴趣。除了呆坐，他只做一件事：往门口的那个陶罐里丢柏枝。那柏枝冒着烟，煨着那些供品。供品有三类：三荤是肉血脂，三素是乳酪酥。这是给拉姆吃的。

瘸阿卡骤然老了，瘦了，行在山路上，风一吹，似要飞了去。他把拉姆的死归罪到自己身上。若不是他下了扣子，她就不会去送命。他在自责里嚎哭着，就瘦了。

派出所的来过了，看了现场，看了死者，拍了照片，问了情况，又走了。他们的来和他们的去，没搅乱拉姆家的一切程序。按规矩，尸体要停放三天。因为这三天里，拉姆的灵魂还在沉睡。三天后，灵魂一醒，才会离开肉体，进入中阴身阶段。这中阴身，最多四十九天，一过，就投胎转世了。修为好的，就能在中阴身阶段选择自己的归宿。为帮助中阴身的拉姆，阿妈请活佛打了卦，活佛说：天葬吧。

村里人也希望这样。因为，天葬是最好的葬礼。肉体从这里消失，灵魂从那里新生。那里，有乐无苦，心想事成，叫啥极乐世界。

据活佛说，所有布施里，最大的布施，是身布施。释迦牟尼佛在过去无数生里，就身施过无数次。最有名的故事是“舍身饲虎”和“割肉喂鹰”。前者为了救快死的老虎，把自个儿送入虎口；后者为救鸽子，割肉给追逐鸽子的鹰。那天葬，就是用自己已无用的身子，去喂那强大的神鹰。喂饱它们后，它们就不吞食比自己更弱小的众生了。听活佛说，拉姆说，她喜欢天葬，究竟是她死前说，还是在死后说，佛爷没细讲。猛子记得，拉姆走的那天，她也说过那话。

那就天葬吧。

7

瘸阿卡很早就叫醒了猛子和黑羔子。猛子正和拉姆玩呢，一睁眼，却记起拉姆死了。不知是他死了和拉姆玩，还是拉姆活了跟他玩？看来，那生死界限，也并不太严格。

今天，他们要送拉姆上路了。

拉姆家准备好了一切：糌粑、釉拉、酥油和纸钱，等猛子们来时，他们已把东西驮在牛背上。拉姆也用白布裹好，上面，印了怪怪的咒文。格拉和扎西，正把拉姆往牛背上放。天葬台在里山，路远，得用牛驮。

格拉一次次提醒：不要哭，不要哭，但阿妈还是抽泣。格拉说："哭不得。你再哭，拉姆一留恋，就走不了啦。"这一说，阿妈才把哽咽咽进胸腔。

拉姆一出门，几人就抱了拉姆铺过的土坯和褥子出来。村人也跟着。到路口，格拉挡住了他们。这也是规矩，亲人上不得天葬台。因为，一看到他们，亡灵就会因贪恋而影响解脱。

听到噼噼啪啪的声音，猛子回头一看，那些人正在扔土坯。火也燃起来了。拉姆生前用过的东西，全部以火焚的方式送还了她。

天麻乎乎的，不很亮，虽有薄雾，但山道还能隐约看清。瘸阿卡牵一头牛在前，扎西牵另一头在后。格拉和一个年轻喇嘛跟在后面。猛子仍觉得自己在做梦，那牛蹄声脚步声，也雾一样虚朦。耳旁，老响着拉姆的笑。

瘸阿卡是司葬者，火葬、天葬、土葬掘坑、给死者穿寿衣，都少不了他。这行当，和刽子手一样，没人抢的。

按规矩，生人和亲人都不能去天葬场。天葬场是圣地，生人会带去邪祟，但猛子和黑羔子似已不是生人。黑羔子不知算不算亲人，若算，他是去不得的，但瘸阿卡没说啥。

格拉的咒声隐隐传来。远处，传来几声怪叫。猛子知道，那是寺里的长喇叭发出的。

山路越来越难走，斗大的石头到处都是。那所谓路，仅仅是石间有些尚能容足的空地。好在天渐渐亮了，空了身子，仔细一些，也不会摔跤。猛子倒担心那负了驮子的牦牛，它们东摇西晃，像要摔跤，却终于过了石头河滩，开始上山。

天葬场在山脑，相对平坦。远远地，就见嘛尼旗，在晨风里唰唰。四周有绳，绳上有布片，布片上有经文，在风里舞蹈着。还有几块大石，刻着怪字。格拉们的念经声隐约传来。

那天葬台，隐约在晨光中，竟是块平坦的大石头。四下里，到处是头发、布片、锈刀、捆尸绳……按规矩，这儿用过的东西，不能带回家，就扔了。那气氛，很是阴森，叫人毛骨悚然呢。

瘸阿卡忙碌一阵，燃起柏枝。烟雾腾起，渐飘渐远。

“嗷——”瘸阿卡叫。这是呼唤神鹰的信号。黑云渐渐飘来。翅膀掠风声，满山洼响。猛子知道，拉姆正完成着佛教中最高的施舍。那神鹰，日食八斤肉以上。因了拉姆的施身，许多弱小动物，延长了生命。

忽听到拉姆的笑，很灿烂的一声。猛子吃惊地四下里望，黑羔子也诧异地寻。再细听，却啥也没了，只有诵经声，鹰叫声，风声。

柏枝味飘来。这香味很独特，和谐了诵经声。闭了眼，听这声，嗅这味，渐渐就忘了身在何处，心也没了。

美丽的拉姆从世上消失了。那美丽的肉体，原是地、水、火、风的组合，该散时，也就散了。另一个拉姆却活着，在猛子心头忽闪，想来，这就是所谓的精神了。那饲虎的身和喂鹰的肉早不见了。那故事却在。那精神，也随这故事传了下来，传给一个个活着的人。

黑羔子站起来，醉酒一样，走向崖旁，凝在那儿，晨风掠起他的头发，火一样暴燃。

瘸阿卡扬扬下巴。猛子过去，对黑羔子说："这儿，可哭不得。"他想，拉姆眼里，黑羔子定然是亲人了。拉姆会不会因留恋而解脱不了？难说，老觉得拉姆站在旁边，笑吟吟望他。

黑羔子转过身来，没有泪水，一脸淡然。他说："拉姆呢？这下，可没拉姆了。我也一样，你也一样，终究就没了。啥都是空的。"说着，他摇摇晃晃站起，摇摇晃晃走向格拉，突地，却哈哈大笑了。那笑声，瘆怪怪回荡在远山上，又荡了回来，一波一波，渐渐远去。

格拉念完经，笑吟吟望黑羔子。

黑羔子望着格拉，问："这世上，啥都是假的。对不？"

格拉不答，仍笑吟吟望他。

黑羔子笑问："没事了？"

格拉说："还能有啥事？"

扎西不解地望望他们，又望望瘸阿卡。瘸阿卡说："别管他们。来，洗手。"扎西提来暖壶，取了塞儿，奶茶淋成一线。瘸阿卡洗了手，说："来，吃糌粑。"他捞过糌粑袋，抓出一把，扔出，说："这是佛菩萨的。"几个乌鸦飞来啄食。"这是山神的。"他又扔出一把。"这是拉姆的。""这是其他鬼神的。"他又扔了两把，才往自己嘴里塞了一把。

格拉们也吃了些。黑羔子吃得最多，他卸了重担似的轻松。

"别再到拉姆家去。这是规矩，你们一去，她也跟去了。下山时，别回头，一回头，她以为你们想她，就跟来了。"瘸阿卡吩咐道。

格拉说："夜里，佛爷要做诛法火供呢。想看不？"猛子问："做啥用的？"格拉说："降魔的。几十年了，第一次做。"猛子问："好看不？""好看。"

下山时，猛子的右眼皮疯狂地跳了几十下。按妈的说法："左眼跳财，右眼跳祸。"他想，又会出啥事儿呢？

他很担心孟八爷。

第十四章

1

这天，孟八爷正和豁子收拾骆驼器皿，一人来找他，自称是张五的小儿子。从他的眉宇间，孟八爷找到了他小时候的迹象。张五养了三个儿子，大虎子，二愣子，三转儿。他便是三转儿。

三转儿说："爹快不行了，想见见你。"孟八爷诧异道："怪，上回来，身子骨还结实呢。究竟啥病？""吃下就吐，已七八天了。""是不是食道癌？""不是。是胃下垂，到晚期了，那食管坠得太细了。"孟八爷说："那胃下垂，不是啥大病呀？"三转儿说："还有结石啥的，反正麻烦。爹说，你能去，就早些去。去迟了，他就到另一世了。"那表情，很是麻木，谈爹的生死，竟跟谈驴呀马呀没啥两样。

孟八爷很沉重，开始收拾东西。女人却叫出了他，悄声问："你真去呀？""咋？""那人，怕是鹞子派来的吧？"孟八爷笑道："不会。我见过他，那模样儿，大形势像。"女人说："防人之心不可无。那鹞子，可啥事也能干出。"孟八爷说："要真是张五打发来的，不去，也对不起他。临死的人了，见个面，人之常情。"女人道："你去，也要瞅明白了再去，别黑馍馍盖天窗，钻进人家的套子。"

三转儿出了门，说："爹怕你不信，叫我拿了这个呢。"递过那个玛瑙鼻烟葫芦。这是孟八爷拿狐皮跟驼子换的。后来，见张五喜欢，就送给他了。

一见鼻烟葫芦，浓浓的沧桑感扑面而来。送它时，他和张五还是壮汉，一见面，都夸耀些能显示自己男人风采的事儿。孟八爷自豪的是，夜里扛个梯子，去几十里外的凉州城，和相好幽会后，还能在天亮前赶回，参加公社的"大兵团"平田整地。张五则能用生殖器挑起十八斤重的弯木，在社场里转三圈。现在，他们老了，张五要走了，而自己，也是土涌到脖里了。人上五十，夜夜防死，说不准哪天，腿一蹬，就到阴司里了。猛然想来，这辈子，只稍稍在世上绕了一圈，就从青年绕成老年了。这人生，跟没来没啥两样……不，比没来更糟糕。不来，还少造些杀业。

这生命，究竟有啥意义？

孟八爷轻叹一口气。近来，老想这问题。真想不出到这人世上来一遭的理由。一茬茬的先人死了，一茬茬的后人也将死去，留在世上的，仅仅是些"业"，此外，便是个巨大的虚无了。多像演戏呀，闹嚷嚷地来了，闹嚷嚷地去了，那戏台，终究会空荡荡的。

三转儿说："爹说了，能行的话，给他生发些黑货。他痛得厉害，一阵子痛上来，牛吼一样。"孟八爷摸摸内衣，那鸦片棒儿还在。那是瘸阿卡给他的。

2

给豁子安顿一番后，孟八爷们出了沙窝，坐半天的车，走半天山路，便到了张五所在的乡。这儿到处是山。那山，光秃秃的，没一根树木。听说，张五的父亲那辈，这儿也是牧场，很是富庶。穷急了，孟八爷的父辈们，也到这儿来，手背朝地，求爷爷告奶奶，讨口饭吃。后来，开山种地，滥砍滥伐，山秃了，草光了，气候干燥了，那黑松沟，只剩个名儿了。

这黑松沟的穷，也是有名的："黑松沟，黑松沟，十种九不收，尸骨当柴火，老鸹嗑石头。”这后两句，是说没烧的，也没吃的。后来，烧的问题解决了，因为，随便在山上掏个洞，就能弄出煤来，虽是烟煤，臭气熏天，但那火焰儿，还能把饭熏熟。只是，常用这煤，女人们都得了气管炎，一出气，嗓里就吱吱地拉二胡。

和尚山上，便是村里人所谓的地了。春天，撒上籽后，就看老天爷的脸色了。要是老天爷开恩，在适当时节，放几个潮屁，给点雨，就能混个肚儿圆。若是天不喷些潮气儿，苗就成干草了，牲口倒是很喜欢的。但那雨，也不可太大。前些天，雨稍大了些，村里的大半土地就叫洪水裹去了。那泥流，直泻而下，埋房屋，压庄稼，在山道上，冲下深达数丈的沟，常有夜行人栽下去，或死或残。

沟旁的羊肠小道，便是路了。不下雨时，路上能行车，或是驴拉架子车，或是三轮子农用车，大些的车，很难过去。进城时，先得步行，或是乘那两种车，在时而怪石时而陷坑的山道上颠几个小时，到达一个相对平坦些的公路。那儿，每天清晨，有一趟过路车进城。也正是因为这，孟八爷才没到张五家来过。一提，张五就说：“那鬼地方，去啥？肠子都能颠出来。”

三转儿说：“今年夏田又晒了，一把也没收。”孟八爷说：“今年有雨呀？”三转儿说：“该下时不下。晒成干草后，下也没用。就看秋禾咋样，再不给点雨，就喝西北风了。三年了，都这样。天要杀人了。好多人，都走西口了。那地，就扔了。扔了也好，下了种，撒了化肥，却收把草。没意思。”

山道上，有几个农民在望天。山坡上的地里，有一个农民，牵匹马，正在踏灰。那飞奔的马蹄儿，印在地里，地就瓷实了，用锨裁成方块，码成墙子，留个火口，喂上柴和煤，那土就燃了。燃若干天后，就成灰了，打碎，撒地里，当肥料。这是祖宗用的法儿，后来不用了，用化肥；再后来，买不起化肥了，就仍用祖传的法儿。

“三转儿，你爹缓没缓？”一个老汉问。

“没哩。”三转儿答，“可能，就在这几天。”

“你爹缓了，你可没大树了。”另一个说。

若是天不喷些潮氣，苗就成干草了，
牲口倒是很喜欢的

三转儿叹口气："再说吧，活一天，算一天，总不能叫我们也缓去。"

孟八爷明白，那"缓"，就是"死"的意思。这儿，人死了，不说死，叫"缓"，是歇息的意思。只要你活着，就得牛一样苦。只有死时，才能缓，索性，就把死叫"缓"了。从这个字眼上，就能看出农民劳作的辛苦。只要活着，你别想缓，按老顺的话说，"老牛不死，稀屎不断"，"没个卸磨的时候"。祖宗不是说"勤俭持家"吗？他们"勤"了，除了缓外，总在劳作；也"俭"，连那长了黑毛的馍，也舍不得扔掉，为啥仍是穷呢？那勤俭，咋连个生存都维持不了？

"大不了，也走西口去。"三转儿说，"总得活下去。"

红眼老汉道："走哪儿也没用。走上三年捞条棍，守上三年背不动。水生子也回来了，他说新疆也不好过，你想，麻雀都走西口哩。火车上，尽是麻雀，一打一堆，乖乖，何况人。哪儿也一样，都不好过。还是守祖宗本分吧。三百六十行，庄稼人为王。"三转儿说："啥？再守，连屁都夹不住了。"

"跟你爹学那一手呀。学上一手，混个肚儿圆没问题。"红眼老汉说。

三转儿淡淡地说："人家不教……就算人家教，我也不学。鹞子们，叫人家撵得往老鼠洞里钻。我可是头一落枕头，就能扯呼噜。再说，学成爹那样，又咋样？折腾了一辈子，也没挖断穷根。也不是啥要命的病，可没钱，天叫他缓，他不缓，也由不了他。"

红眼老汉道："也倒是，命里有五升，强如起五更。跑到天边，也逃不过命去。……哎，三转儿，你的煤窑里，叫我背些。"

"成哩。"三转儿说，"可别碰那柱子。上回，往下掉煤呢。一碰，怕就塌了。"

听着他们的议论，孟八爷很沉重。就是，他也折腾了一辈子，那穷，仍影子似的跟在身后。莫非，这真是命？莫非，这一方水土养的人是一种命？怪事。

三转儿给孟八爷解释："我挖了一个月，挖了个煤窑，烧煤是不愁了。不然，连烟火都没法动了。……成哩，只要你猪哩狗哩问一下，背多少也成哩。可我不同意，他也不敢动。"他的语气竟得意了。

孟八爷发现，这娃儿，比张五差远了。做一点小事就得意，能有个啥好脏腑?

转过山嘴子，再走一截泥泞晒干后很是难走的路，见几个人家，背山而居，房舍低矮，土眉土样。门前，有几个土眉土样的人正在谈喧。见三转儿过来，一个说："三转儿，就差你家的了。你可是同意求雨的。"三转儿道："没问题。迟了你的时间，迟不了你的钱。这几天，我精肚子上勒草腰儿呢。"

三转儿解释道："那是会长们，要求雨哩，一人收五块……哎，四爷，雨啥时求？"那会长道："明日个。"

再往前走，顺水流冲开的槽子上山，就是张五家了。三转儿大声说："爹，孟八爷来了。"却听不到回音。院里有五间房，都矮。看那样子，住几十年了，破旧不堪。一个年轻媳妇出来，打个招呼。几个娃儿看戏一样看来人。

进了北屋，孟八爷把几块砖茶放桌上，睁眼瞅许久，才见炕上有一堆被窝，被窝里露出个干骨似的胳膊，一个小小的脑袋，仿佛木乃伊，眼窝里却有光。"你来了？"那人发出声音。竟是张五。孟八爷吃惊了。上回见他时，还是条汉子呢，不到十天，竟成这样了。

张五想起身，但有起的念想，却无起的气力了。三转儿上前，扶他起来。一架包着黄皮的骷髅就出现了。那肋条，已历历可数，肚皮也贴到脊背上了。最扎眼的是腿，那两条干骨，甚至不能叫腿了。"瞧，这样子。"张五笑道，声音很是微弱。

孟八爷不知说啥好，他吃惊地望一下屋里。虽然路上做好了心理准备，他还是吃惊了。这房子，十分低矮，立起，手一伸，就够着梁了。檩子被烟熏成漆黑，油油的，泛着亮光。两扇破旧的门扇大开着，因为一关门，屋里就看不清人了。面南的墙上，有个尺把方圆的窗，竖里横里交叉些木条，粘上纸，便是唯一的窗户。地上是一个火炉，一个破旧的柜，一条木凳，一个箱子。炕上，几床破旧被窝，张五盖了一床，铺了一床。靠窗，坐个头发蓬乱的老婆子。这是张五的女人，打过招呼，那女人再没说话，她把所有气力都用到呼吸上了，嗓子里捞出难听的咝咝声。

才坐了，张五又呻吟起来。孟八爷说："睡下，睡下。"他托住张五的背，扶他躺下。

"你跌绊了一辈子，跌绊了个啥？"孟八爷问。这是他一进屋就萦在心里的问号。原以为，以张五的本事，会是当地富户，没想到，竟是这样子。

张五吃力地说："跌绊来的，都进肚子了。不是我跌绊，他们能活？就这，小的，任务还没完成呢。……那东西，找到没？"

孟八爷明白他问鸦片烟，就取出来。张五一见，眼里露出很亮的光，说："来，松活一下，好好儿喧喧。"三转儿卷个纸筒儿，张五接了，一头放嘴上，一头放鸦片上。三转儿拿烧红的火钳一烫，腾起一股白烟。张五深吸一口，呛出一串咳嗽。

"少少烫。"老女人说。她嫌儿子一下烫得太多，浪费了。

张五又吸几口，说："立马松活了……这是真货。前天，找了些，不冒烟。你哪儿弄的？得好些钱吧。"孟八爷说："瘸阿卡的。""我还不知道他有黑货。"

"没了。就这些，还是我厚着老脸赖的。"

张五精神了些，他说："叫你来，是安顿个事儿，一来，小心鹞子们。我一死，他们啥事都干得出。近来，也叫撵急了，家也不敢回。你小心些。再一个，那药，你有没？就那个闭气散。这罪，我实在受不住了，死罪好受，这活罪，可受不住了，叫我早死早脱孽。"

孟八爷怀里，正揣着那药呢，却说："早没了。你胡想啥？这病，又不是治不好。"

张五说："我的阵势，我知道。好不了，杀了一辈子生，该着这么个报应。还不知地狱的账，咋个算法？"

老女人过来，边吃力地呼吸，边伸出手，从张五手里抠出那块鸦片，说："这东西，嗞——，还是我收着，嗞——，痛了，嗞——，用——，想寻无常，嗞——，没门，嗞——"看来，她是怕张五吞了鸦片自杀。张五狠狠望女人一眼，又吃力地说："还有，这小娃子，你能帮了，帮一下；帮不了，叫他打光棍去。"

孟八爷没敢答应。他知道，这儿媳妇贵，没两万娶不进家，而自己，也没几两油可熬了，不像前几年，提个枪，进沙窝，乒乓一阵，就有钱了。现在，他也穷得夹不住屁了，这次来的车费茶叶钱，还是向豁子借的呢。至于红脸的骆驼，更成了心病。那所谓的奖金，能否指望，难说。他不能向张五打空枪夸海口。

张五也明白这一点，闭了眼，许久，才说："你瞧，有合适的了，给介绍一个，能过日子就成。这些日子，拼了老命，也给生发了些钱，看病花了些，还剩几千，再借些，或许就够了。这是命换的。用动物的命，用老子的命。他们来过，公安局的。见我这口气，也喘不了多久，就没为难我。"

三转儿说："人家，等鹞子们上钩呢，老见收皮子的回民。我瞧那个铸铝锅的，也不地道。"

张五说："别人的事少掺合，莫往法网里钻。人家来了，抓也罢，啥也罢，你少掺合，也少给鹞子们通风报信，听天由命吧。""知道知道。"三转儿说。

张五疲惫地闭了眼。孟八爷叫出三转儿，问："说实话，是不是癌症？"三转儿说："查了，不是。""为啥不治？""问了，得动手术，得一万多。""家里有多少钱？""没啦。""你爹不是说还有几千吗？""叫公安局罚了。你别告诉爹，不给，他们就要抓人。爹苦了一辈子，死在狱里，就成破头野鬼了。交了钱，才没抓。后来，才发现，他们没抓爹，是想钓鹞子们。"孟八爷叹了口气。

三转儿又说："瞧，连止痛针也没钱打。赊了几针，人家就不赊了。再说，一般针也不顶事，除非杜冷丁，那针不好买……倒有私卖的，一支十块，哪有钱？"

又说："就是公安局不罚，那点儿钱也不够住院。爹说六十的人了，能动手术，他也不动了，留个囫囵身子吧。他怕闹不好，人财两空。"

孟八爷说："我回去想个法儿，你们弟兄们也商量一下，凑些钱，治！那病，又不是要命的病，一动手术，就好。二愣子他们，没来？"

三转儿叹口气："给挖甘草的带过信，不知为啥，他没来。……迟了，大夫说，那体子，一开刀，就下不了手术台。”孟八爷心里一阵阵发冷。那病，本不是个要命病，但终究，会要了张五的命。穷汉，得不起病了。

“瞧，牲口也卖了。”三转儿指指山坡上掏的牲口圈，里面空荡荡的。“我也不是没尽力。心尽了，力也尽了，光这十几天，就花了千几。我还愁着咋发丧呢。”

“老大呢？”孟八爷问。

“逃计划生育去了。瞧，这都是他的丫头。”孟八爷望那几个娃儿。娃儿们一脸垢甲，也望他。孟八爷想，穷了，你就少生些娃儿，越生越穷，越穷越生，养上一窝吃饭的口，却又没只挣钱的手。不穷？怪事。

孟八爷朝厨房扬扬下巴：“那是二愣子的？”

三转儿嗯一声，说：“这是第二个。第一个是盖天病。”

这盖天病，孟八爷听说过，开始，是同不得房，到后来，女人下身里就出指头粗的蛆，出些日子，女人就死了。他说：“听说那病，杀个乌鸡，就能引出病来。有个女人，偷了只乌鸡，鸡主儿找上门来，她赶紧把鸡塞进被窝。人一走，嘿，那下身里的虫子全叫吸引出来了……没试试？”

“试过，没用。花了好些钱，还是死了。”

“人穷了，得的病也怪。”孟八爷感叹道。

“谁说不是呢。”三转儿说，“这是第二个，姐姐换的。”

孟八爷于是想到了那个头大大的、脖子细细的黄头发丫头。那年，她和她妈到沙湾混光阴时，在他家住了两个月，在老顺家住了两个月。那丫头，老在学校门口旋。孟八爷给校长说了说，叫她进了教室，旁听了三个月。“你姐，书念了没？”孟八爷问。三转儿说：“娃子都当睁眼瞎哩，丫头片子，念啥书？”

3

那女人把饭端上炕桌，孟八爷就上了炕。张五已睡着了，疼了许多天，想来疼乏了，一麻了些，就睡了。老女人边用劲嗞嗞，边劝孟八爷：“吃，吃，也没个调饭的。这儿，可不比你们坝里，吃啥有啥。”孟八爷指指浆水菜，说：“这就好。”说完，夹一筷入口，却突地皱眉，痉挛似的坚持片刻，还是吐在炕沿下。“这菜，早坏了，吃不成了。”他说。

女人说：“就这，也不多了。去年的，白化了。”这“白化”，是指菜上有了白花花的一层霉物。听说，这是致癌物。凉州是癌症高发区，跟吃这白化的浆水菜有关。

“迁就点吧。”三转儿说，“这儿，吃饭没醋，歇荫凉没树。能有这浆水菜吃，就不错了。”

孟八爷口壮，嗓门粗，平时从不挑食，但还是咽不下这调了坏浆水菜的饭了，勉强吃了一碗，就用碗在炕沿上剐一下，几块土进了碗，那女人就没再舀。

张五醒来了，吃力地劝：“吃，多吃些。”孟八爷拍拍肚皮：“饱了。”他掉头对三转儿说：“你该生发些好吃食，叫你爹吃。”三转儿说：“生发来呀。前几天，我还弄了几袋方便面呢。”张五说：“行了，我知道这命，长不了，就不乱花钱了，反正是个死。”孟八爷心里说：“正因为活不了几天，才该吃好些。”

张五对三转儿说：“那猪，可别卖。我死了，别的办不到，把那猪杀了，好好弄碗烩菜。客人远路上来，不要叫人家饿肚子。”三转儿说：“我知道。你放心，我不乱花钱。那道爷，只请一个。”张五喘几口气，说：“请啥道爷，没意思，捞出去，埋了就成。那棺木子，算了，卷个席巴子，埋了就成。死了死了，一死百了。那道爷也算了，花圈也算了，叫客人吃好些，多放些肉，豆腐也多些，还有粉条子。”

孟八爷很难受，想安慰张五，却想不出一句合适的话。

张五吃力地呼吸一阵，说：“二愣子，再别带信了。我估摸，挖到好甘草了。那玩意，一有，就是一大片，不然，早回来了。”“就是。”孟八爷喧了自己在内蒙古见到二愣子的事。不过，没提二愣子骂他的话。

“怪不得。”张五说，“他来了，叫给我坟上烧张纸就成。那虎子，有消息没？”三转儿说：“在新疆哩。女人正肚子大呢，可能也来不下。”张五顿了顿，说：“来不下算了，又不能屙金尿银。那路费，好大一疙瘩钱呢，弄不好叫乡上逮了去，更麻烦。”

那年轻女人又端来些面糊糊，张五挣扎着喝了一口，好容易咽下去，却呕了。三转儿早有准备，用脸盆接了。张五摆摆手，女人就端了面糊糊出去了。张五喘了阵气，说：“瞧，就这样，喝水也吐，啥时候熬到落气？”孟八爷想说：“快得很。这阵势，耐不了几天。”话一出口，却变了：“你胡想啥？你狗大的岁数，还早呢。”张五说：“黄泉路上无老少。行了，平六十了，比我爹，多活了十三岁，也不算短命夭折了。”说着，又呻吟起来。他闭了眼，咬了牙，想忍住呻吟，却只忍了片刻。老女人问：“吸不？”张五嗯一声。女人爬来，烧了火钳。张五口对纸筒，白烟一出，就被他吸入肺里。

吸几口，张五又说：“老八，你说，这活人，有个啥意思？”孟八爷说没意思。他很想说一番道理，劝劝张五，却终于发现，还是那“没意思”三个字合适。他说：“你要个啥意思呢？苦尝了，甜尝了，生了，死了，就是这意思。说有意思，意思大得很。这天地，没人，就没用了。说没意思，就没意思，谁也免不了一死。听说，那日头爷也有寿命呢，命尽了，轰隆一声，完了，啥都完了。地球也一样，你也啃，他也啃，祖宗啃了儿孙啃，总有啃完的一天。”见张五早已闭眼，就说：“归根结底，还是没意思。”情绪竟是异常低落。

孟八爷发现，一正视死亡，情绪就自个儿低落了，就觉得这辈子白活了，没活出个人样来。若重活一次，他会活出另一个样子，可现在，老了，土涌到脖子里了，不定哪一天，就成阎王殿下的鬼了，总有些不甘心。

4

次日一大早，门外鞭炮大响。孟八爷醒了，问三转儿啥事。答：“祭龙王呢，热闹得很。”孟八爷早想出去换换空气了。夜里，张五又吐了几次，孟八爷老觉得张五吐出的空气涨满了屋子。虽是朋友，这念想却令他不畅，就穿衣，下炕，胡乱吃点馍。三转儿安顿嫂子照看爹，就陪着孟八爷，出了庄门。

山道上满是人。因祈雨是大事，附近村里人也来了，局促的山道更显局促。有几人拿红被面，有人抱个宝瓶，去龙王庙。听三转儿介绍，这龙王，本是山水冲下的一棵皂角树根，顺水漂来，到黑松沟，停下来。有人看它形象，宛若老人，就稍加修葺，供了。以前，求了几次，竟有应验，便为它盖个简单房子，叫庙了。

孟八爷进去，见龙王身上已披了红，前面，还供了鸡羊猪。香大把燃着，浓烟涨满屋子，有磕头者，有祷告者，有分配事宜者，乱哄哄的。院里，有几人扛把椅子。三转儿说，那是龙王的轿子。等会儿，要抬了龙王，到天涝坝里去求雨呢。

会长四爷领几个女人过来，有人挡了，不叫女人进庙门。女人就羞怯怯候在门旁。三转儿说，这庙，忌年轻女人，六十岁以上的，就不忌了，因为她们绝了经，不怕她们冲了龙王爷。

一个穿得很阔的年轻人说："这么个破树根，有啥好祭的？"话音没落，便招来满天唾星。那人躲避，却失足摔下台阶，爬起来，已骨折了。

"该，报应，谁叫你乱说来着？"四爷说。

年轻人从一人手里借个锨，拄了，一瘸一拐而去。这一下，谁都不敢嬉皮笑脸了，都一脸肃穆。

龙王被请了出来，放入"轿"中，鞭炮声中，几人抬了，向山上走去。那几个女人羞涩了脸，跟在身后。再后面，一长串人流沿山而上。孟八爷问三转儿远不远，三转儿答不远。孟八爷就想去看看。

行了半个时辰，才到目的地。原来，山上有个天涝坝，水很清。四爷拿个宝瓶，瓶口上扎着红绸，瓶口朝下，放水上。瓶儿在水上漂浮着，忽悠悠摇晃。三转儿说："这是在试雨呢。那瓶里水多，雨就多；水少，雨就少；没水，就没雨。那瓶儿，常在庙里供着，灵得很。"

四爷小心地取开瓶上的绸子，往里看一眼，摇一摇。有人问："有雨没？"四爷没答话，翻转瓶口，却没倒出一滴水来。"糟了，没雨。"三转儿说。

这贼天，用雨时不来雨，不用时，又涝个贼死。再不来点雨，这秋禾，又成草了。人们一片嘘声。

四爷说："嚷啥？我们这叫先礼后兵。没雨，也得叫龙王生发些雨来。"他一摆手，几人又抬了龙王走。人们也一窝蜂跟了，到不远处一涝坝旁。这涝坝，用以蓄山水，供人畜用。多日不下雨，加上人多水少，涝坝已干了。

干涝坝旁早献了盘。所谓"盘"，就是五个馒头。孟八爷数数，共有十五个盘。盘旁边，插一个青石磙子，一头入地，一头朝天。

四爷指挥众人，抬龙王入涝坝，取下轿上的伞，龙王就暴晒在日光里了。这法儿，孟八爷也使过。以前，沙湾旱极了的时候，也晒龙王爷。晒不了几天，龙王受不住了，就要下雨。

四爷又叫过五个女人，不知吩咐了啥，女人们都扭捏着。四爷怒了，呵斥几声。一个女人就木然了脸，开始脱上衣，不几下，就裸了上身，取过扫帚，扫起涝坝。另四人互相望望，也木然了脸，脱上衣，裸上身，取过扫帚，甩着干瘪的奶子，扫起涝坝来。四爷取了香，插在磙脐上，跪在地上，蠕动嘴唇。

孟八爷闹不清他们玩啥把戏，正要问，却见人们都把头扭向一边，不去望那些女人。三转儿悄悄说："别望，一望，眼睛瞎哩。"孟八爷忍住笑，问："玩啥把戏？"三转儿说："啥把戏？那女人，都是寡妇。这是羞辱龙王呢。龙王一放恼，打个喷嚏，就是满天的雨。"

孟八爷觉得好笑。方才，又是上香，又是供牲，又是磕头。这会儿，却又羞辱了，而且用这种损法儿，就说："你们羞辱人家，不怕他报复？"

"不怕，早防着呢。"三转儿指指那直插在涝坝里的青石磙子，"瞧，那磙子，是顶天的柱子，龙王想报复，也下不来。别望她们，眼睛瞎哩。去年，一个望了，眼睛成红灯笼了。""瞎了没？""差不多了。"

孟八爷望望人们，发现那年纪大的，都一脸正经，不望涝坝。几个年轻人却贪婪了眼，望那上下乱跳的奶子。孟八爷问："为啥用寡妇？"三转儿答："寡妇不吉利。"这看法，沙湾也一样，娶亲时，也忌讳寡妇。

忽听一声枪响，一人沿山道跑来，后面追着几人。那前跑者异常迅捷，三两下，已到近前。孟八爷吃惊了，原来是鹞子。后面有人喊："堵住他。"

鹞子边跑，边朝天开一枪："闪开，谁不要命了，谁堵来。"人们唰地闪向两旁。鹞子沿那闪开的道，蹿上山坡。因到处是人，追的人也不敢开枪。

孟八爷怨人们，要是他们不闪出道来，那鹞子，插翅也飞不了。他很快地挤过去，想候在道旁，来个扫堂腿，但没到近前，鹞子已蹿上山顶。响起几声枪响。鹞子身子一晃，就不见了。

追者到了近前，其中一人是老栋。见到孟八爷，老栋示意别人去追，他停下，打个招呼。孟八爷这才想起三转儿的话：老栋们真是将张五当诱饵了。老栋喘息道："这家伙，狡猾到极点了，先打发别人进门，自己混在人群里，远远地瞭。其实，我们早发现他了，怕伤人，一直不敢动手。"孟八爷想："这鹞子，也算有情义呢，明知有陷阱，还要来看张五。"便对他有了几分好感。

忽听三转儿说："八爷，我先去了。"没等孟八爷回音，他跟了一人，急急走了。

老栋道："逮了几个，是守在家门口逮的，只这鹞子，狡猾个贼死，愣是不回家。他妈，他女人，他娃儿，都叫狼咬了。"孟八爷问："啥狼咬了？"老栋说："怪就是怪，好像狼盯死了他家。他妈，叫狼咬了屁股。她女人，叫狼揭了面皮。他娃儿，叫狼叼了去，不知下落。怪事。知道不？你们送到凉州公园的那只狼又跑了，装死，饲养员一开门子，就一溜风跑了。""那么高的院墙。""院墙是高，是外面高。里面，有一堆土，人家一蹿，就出去了。"

"被狼咬的，好些没？"

"他妈，伤口不长，尽流脓。女人倒是好些了，可丑得不成人形了。村里人拿不出钱，我请示领导，他们叫救人，我们就送到了医院。回来，娃儿又不见了。听说，正和邻居娃儿玩呢，过来一只狼，叼了他就跑，村里人紧撵慢撵，还是没撵上。这狼狡猾，只叼这娃儿时，露过面。前两次，只是当事人见过，他们说，只觉得风一卷，就见狼扑来了。扑之前，没任何预兆，也没见狼影儿。怪事。"

孟八爷叹道："狼有状元之才哩。谁叫他鹞子杀狼？人家报复哩。"

"可那狼，为啥不往死里咬？"老栋不解。

"咬死，不便宜了他？那样咬了，比死更难受。"孟八爷长叹一口气。

求雨的人已往回走了，大人们望一眼老栋，就过去了。娃儿们却指指戳戳。一个说："瞧，那个铸铝锅的，有枪哩，是真枪。"另一个说："我家铸了一个呢。"又一个说："那是装的，是警察装的。"

老栋大声说："谁说装的？你们拿铝来，我给你铸。"娃儿们一哄而散了。老栋笑道："这些天，我才发现，铸铝锅比当警察实惠，又自由，挣钱也多。退休了，就铸铝锅。"

孟八爷说："干啥的怕啥。等你真成了锅匠，一受人欺负，就觉得还是警察实惠。"老栋笑道："实惠啥？鹞子一个月没回家，我也一样。有时，我受的罪，比他还多，因为我要几头子跑，忽而东山，忽而南山，忽而沙漠，跟风跑死马。最近，又来了偷鹰的外国人，局里人手少，大驮子小驮子，都给我压。这胃又不争气，嘿，有时，真熬不住了。"孟八爷望望老栋变得蜡黄的脸，想到那次潜伏，说："这倒是。那土登呢？""在局里，没敢叫他回家，怕鹞子们报复。他可立功了，就是他从户籍的照片上认出了罪犯，我们才顺藤摸瓜，逮了几个……明后天，我可能要去南山，有事没？""没事。猛子和黑羔子也在南山。公园叫给他们抓只香子，不算偷猎吧？""咋不算？不过，公园给局里递过申请，市上要招商引资，要他们弄个当地资源展览呢，乱抓可不行。"

孟八爷想到张五，想为他求个情，叫他能死在家里。刚一提张五，老栋就说："对了，那张五，怕不行了。鹞子一翻墙，就听见有人哭了。若死了，也好，不在狱里受罪了。他，没背人命，判也就是个十来年。"

"行了，行了。"孟八爷打断他的话，"我去看看。你呢？"

"你先去，我看看追到了没。"说完，老栋又向山上走去。山上已没人了，山风吹着老栋过于宽大的衣服。看他模样，似乎比上次瘦多了，心里却对他敬重了，觉得他平常的外表下，有种不平常的东西。

5

张五早落气了。那皮包骷髅似的面容青桔桔的，看去很吓人。听说，业障重的人死了，都这样。屋外，老女人在嚎哭，嚎几声，呲呲地喘几声，再嚎。院里人不多。因村里人都看祈雨去了，这哭声，没引来多少闲人。

小屋门口，是两个便衣，一个向里，一个向外，拿了枪，警惕地望。屋里有三个人，都叫鞋带扎了拇指，很是沮丧。有一个很面熟，想一阵，才记起上回在沙窝里见过。跟了鹞子截他时，他跟发威的叫驴似的，这会儿恹了。

二愣子正劝嚎哭的母亲，他才赶到。他也许以为，那便衣，是孟八爷带来的，吓死了爹爹，便恶狠狠瞪孟八爷，恨不得活吞了他。孟八爷也懒得解释，吩咐三转儿点个灯来，放亡者头前。这是引路灯，在阴曹地府为张五引路。没它，张五就黑咕隆咚看不清路。

孟八爷很难受。张五一生，就这样完了。来时不知谁是他，去时不知他是谁。糊糊涂涂来，糊糊涂涂去。要不了多久，人们就会忘了他，忘了这世上，曾活过个张五。千千万万个张五，就这样被岁月之水冲洗得没一点痕迹了。

望着张五木然大睁的眼，孟八爷搓热了手掌，捋下他眼皮，边焐，边念叨："老崽，闭上眼吧，下辈子，重活个人，好好活。"却怀疑，是否真有下辈子？就算有，像张五这样杀业太重的人能不能再转成人？按佛教的说法，他得生生世世转成野兽，去偿还命债。莫非，他连个下辈子好好活人的机会也没了？

又想，人死了，亲人痛苦，朋友痛苦。那野兽死了，想来也会有痛苦的野兽。当初，他和张五的枪，不知造成了多少痛苦啊。如今，又轮到张五的亲人痛苦了。这痛苦，并不因张五曾有过的强大而稍许减弱。

焐一阵，取了手，见那眼皮已合了，就找张黄纸，盖在张五脸上。

因祈完了雨，有人开始往张五家来了。四爷一进门，就呵斥哭嚎的老女人："起来！起来！嚎啥？嚎又嚎不活。"神态很是威严。女人却不望他，明知嚎不活张五，仍是扯了嗓门，嚎一声，使劲地呲呲几下，再嚎。

三转儿过来，跪地上，给四爷磕个头，说："四爷，这大东你当。爹活时，你和他最要好。死了，全靠你照料了。"

"闲屁。"四爷大声说，"自家人，说啥外家话？棺木子呢？不然，叫老猫儿叼去一块，就没个囫囵身子了。"

三转儿小心望一眼四爷，嗫嚅道："爹安顿过，叫弄个席巴子卷出去算了。"见四爷瞪眼，又解释道，"你又不是不知道，又是吃药，又是罚，穷得夹不住屁了。"

四爷骂道："你爹又不是狗。去，领个人，把我的那个抬来先用，虽是个白杨的，可上了三道漆。"

"知道，知道。"三转儿高兴了，"我给你上四道漆。"

因为是外客，孟八爷不便插话。他知道，哪儿，都忌讳反客为主。你一管，那大东就会一甩手，"成哩，你能得很，你管。"就只能静静地瞅。见这四爷为人，倒也仗义，孟八爷想，这地方，竟也有这等人物。

四爷又安排几人去宰猪。很快，猪的尖叫撕裂天空，压住了女人的干嚎，冲去了死人带来的沉闷。

老栋又进来了。看那样子，并没追上鹞子。他走向张五，静立一阵，烧了几张纸，才押着那三人走了。他没望孟八爷。孟八爷明白是为避免误会，但二愣子还是阴阴地瞅他。

三转儿带几人抬来涂了大红油漆的棺材，四爷叫他们放在正对庄门的院脑里。上方，是被裁削的山坡，猛一看，倒像是棺材背着大山。四爷指挥几人，扯着被褥，把张五从炕上抬下，开始入殓。出门时，风卷了张五脸上的黄纸。望着那皮包骨头的小脑袋，孟八爷心里隐隐作疼。很难想象，这便是曾经扬名一时的好猎手。凭着过人的胆识和枪法，他打出了一个响当当的名头。但这响当当的名头并没使他躲过死神。死亡是块厚厚的布，把啥都盖了。

不知何时，张五那被孟八爷的热手焐闭的眼睛又睁开了，露出了茫然而不甘心的眼珠。这眼珠，已无任何张五的气息了。先前，进入这眼珠的猎物，很少有逃脱的……还有那手，曾是怎样的迅捷有力呀，它正在无力地下垂，无助地晃荡，青白的皮肤包着干骨，青筋蚯蚓似的凸出。要不了几日，虫子就肆虐了，把手们剥食得面目皆非。……这人生，真看不出有啥意义。张五也罢，孟八爷也罢，老栋也罢，都躲不过那归宿。他想，当初，要是张五想到自己终究会成这副模样，还那样执著地奔波不?

几个汉子开始烫猪。一口大锅安在院里，那猪，就在沸水里上下窜。十几分钟前，它是活的，现在也死了。那身子虽瘦，却比张五胖多了。养的和被养的一同上路，倒也不寂寞。

人们把张五顺进棺材，这便是入殓了。取那床被张五铺过的褥子时，费了些周折。老女人说，一死百了，盖了铺了都是浪费，不如取了，换了一个床单。好在三转儿没备下寿衣啥的，倒也免了给死人穿衣的啰唆。

6

张五是第三天上路的。因为没钱，请不起道爷，这丧事，就没有别处的那种喜庆味。按说，人生有三大喜：满月、结婚、发丧，可没钱，啥喜也显不出来。孟八爷心里很憋。按道爷的说法，发丧是在超度亡灵，如“五老赞灯”是借赞五位大神为亡灵赎罪，“报恩”是供养神灵为亡灵消业，“跑桥”是带亡灵过金桥银桥奈何桥，不使他堕入恶趣……还有，那一道道关文牒片，均少不得。若缺了，死者别说超升，连阎王殿都进不去。照这说法，张五便成“破头野鬼”了。这便是他跌绊了几十年的结果。

同样因为没钱，棺材前没有童男女，没有金银斗，没有花圈，连烧纸也少得可怜，只有象征性的几张。按凉州人的说法，烧纸少了，死者就是个穷鬼，在阴曹地府受穷不说，还要受恶鬼们的刁难。富人一死，要烧纸，要撒灯，要放食，要贿赂鬼神，打通关节。你张五，穷鬼一个，赤条条来，赤条条去，天理不容呢。

张五唯一的殉葬品，是那杆他用了一辈子的砂枪，油油的枪托，黑黑的枪杆，看去，很是气派，三转儿有些舍不得，他妈却坚决地放进棺材。四爷说，放就放了吧，那枪，是来钱的路，更是惹祸的根，埋了好。孟八爷想，就是，埋了好。

因为没花圈，没道爷，没热闹，来看红火的人不多。村里人多在山道上送死者。一个鹤儿幡孤零零在风里蜷缩着。两个孝子，一个孝媳，一个孝女，一个孝婿，几个孝孙，干嚎着送张五上路。同样因为没钱做孝衣，孝男孝女们就用五寸白布，遮了脸，大声地嚎。张五的女儿哭得最地道，声情并茂，泣血捶胸，也许达到了当地的最高水平。

此外，最值得称道的，是那碗烩菜。豆腐和粉条，虽不太多，肉倒是一块一片的，加上萝卜和白菜，内容就很是可观了。当东的，抬死人的，边吃馒头边吃菜，满头热汗。所以抬张五时，他们格外卖力，一口气，便到目的地了。

张五的坟，选在山坡上自家的地里。选在这儿，不是风水的原因，是习俗所致。荒山掩埋了无数个不甘贫困但又无可奈何的灵魂和肉体，土地便惊人地肥。若不是老天吝啬，这沃土，准能长出油乎乎的理想来。但老天失职是老天的事，百姓期盼是百姓的心，若把能肥田的尸骨乱抛，就是暴殄天物了。

用那黄土盖填张五的墓穴时，哭声倏然大了。孟八爷心头，也很是发堵。那一锨锨的黄土高扬着，很快就埋了张五。不久，张五这名儿也会被埋了，像被埋过的无数个祖先一样。

也许，那时，唯一留在这世上的，便是遗传给子孙的那点并不优秀的基因。张五们不懂基因，但明白，子孙烧的供物，只有亲祖宗才能享用。不当破头野鬼，能在死后有口饭吃，成了张五们最大的追求。明白了这点，你才会理解，他们为啥要顽强地养儿引孙，来抵抗那个叫“计划生育”的强大敌人。

黄土一锨锨扬起，盖了大红棺材，盖了青桔桔的张五，盖了那杆曾辉煌过的砂枪，也盖了心头的那份疲惫，都觉得卸下了一副重担。养老送终是大事，是终究必须了结的大事，了结一件，就轻松一次。子女们收了哭声，有了说笑。村人们也边扯那辟邪的红头绳，边谈论一些与张五无关的事。孟八爷却恍惚在梦里，抬头，见日头爷正当空笑着，他却像在黄昏里了。

他想，张五这一辈子，就这样了结了。

第 十 五 章

1

天葬了拉姆后，猛子们随格拉去了寺院。早课已上完了，大经堂空荡荡的。喇嘛们回了自己的僧舍。孟八爷讲过白鹿的事，猛子想看看它。

那白鹿，供在护法殿，旁边是护法神，或龇牙，或愤怒，怪模怪样。白鹿慈目垂视，眷顾众生。格拉说："开过光了，一开光，就有灵性了。"

黑羔子却发问："有灵性？咋保护不了鹿？"格拉怔了一下，说："不是不报，时候不到。"黑羔子尖锐地说："那时的报，有啥用？"他手指护法神，斥道："连恶行都阻止不了，供你们何用？恶行发生之后，那所谓的报，有啥意义？"格拉说："神通抵不了业力。众生造了杀业，千百劫后，仍会受报。有个业的报，比如一人被杀。有共业的报，比如大的劫难。拉姆是前一种，鹿是后一种。"黑羔子冷笑道："这么说，拉姆和鹿是罪有应得了？"

格拉笑了："不谈这个，不谈这个。"

对格拉的话，猛子似懂非懂，但他怀疑，这神鹿，虽叫人供了，究竟有没有法力？它自身都难保，靠啥去保别人？他正想问格拉，却进来几个牧民。

牧民在塑像和神鹿前上香，磕头。磕头时，格拉就敲磬。那磬声，柔和，温馨，一晕晕荡来，把心里的疙瘩荡没了，猛子就学那牧民，上香，磕头。

神鹿前的香炉大，香灰多，看得出香火极旺。那鹿，一身白毛，栩栩如生，尤其那鹿角，最是惹眼。猛子数数，有九叉，想来，能卖不少钱。这念头有罪哩。他极力不去想，但念头却黏了他不放，便又想，这角，已经不是茸了，是老鹿角，没鹿茸值钱。

才出护法殿，猛子脚下一滑，没反应过来，身子已滚下台阶。脊背叫石阶硌得很疼，想来蹭坏皮肤了。格拉说："小心。这石阶，走的人多，滑得很。"猛子怀疑护法神在报复，嘀咕道："心咋这么小？话也不叫人说了？"却又委屈了：黑羔子胡说八道，咋没受惩罚？自己才想了一想，就遭报复。听得格拉笑道："这护法，有分别心呢。"

到活佛门口，听到一串叽里咕噜的声音。格拉说："佛爷开导他们呢。"推门进去，见几人跪在地上，其中一人，是拉姆的阿妈。她双手合十，低眉垂首，一脸哀痛。佛爷望他们一眼，笑笑，指指桌上水果，又叽里咕噜。

格拉给猛子和黑羔子一人一个苹果。猛子悄声问："佛爷说啥？"格拉说："佛爷讲故事呢？""啥故事？""佛的故事。有人死了，家人很悲痛。佛说，你从没死过人的人家弄些面来，不要超过七天，我就能救活他。""真救活了？""那家人找了七天，发现谁家都死过人，才明白，死是必然的，有生必有死。"猛子想："这话，跟没说一样。连死人都救不活，算啥佛？"

活佛望着猛子笑了，用汉话说："佛只是觉悟的人。他告诉人们，有生必有死，有盛必有衰，这叫无常。"猛子吓一跳，想："莫非，他知道我心里想啥？"又想，"你若是真知道，再朝我笑笑。"却见活佛已把视线转向别人。猛子吁口气。

格拉说："走，到我房里去，佛爷忙哩。"猛子突然记起，进来时，忘了给佛爷磕头，叫他摸个顶。听说，佛爷一摸顶，就吉祥了，逢凶化吉，遇难呈祥呢。这些年，家里不太利顺，憨头患病而死，弟弟灵官离家出走，自己头上也顶了烧纸似的，尽遇晦气事，想打个黄羊，反倒惹了狼祸……就过去，跪了，磕个头，把脑袋伸过去。佛爷笑笑，在他头上摸了一把。

一出门，猛子就问黑羔子："你咋不叫佛爷摸个顶？"黑羔子说："我不信那一摸，就吉祥了。是福不是祸，是祸躲不过。是不是？格拉。"格拉笑笑，却对猛子说：“以后磕头，见面时磕。告别时，别磕头。”“为啥？”“这是个讲究，告别时一磕头，就再也见不着佛爷了。”

这一说，猛子又不自在了。他想，这头白磕了。……见不着，有几种情况，一种是佛爷圆寂了，一种是自己死了。前者没关系，若是后者，可不大好。他驻足拧眉一阵，却走向佛爷住处，推门进去，朝佛爷打个招呼：“佛爷，你忙，我走了。”“好，好。”佛爷笑着点头。猛子吁口气，想：“这下，才是告别了。方才那一磕，就当是见面头吧。”

一转身，见格拉朝他招手。进了屋子，见炕上铺个花栽毛毯子，上绣龙凤图案，很是绚丽。墙上有黄布，想来盖着佛像之类。除黑羔子外，还有一人。

“坐，坐。”格拉介绍道，“这是老栋师傅。”

老栋？听孟八爷喧过。原以为高大雄壮，英气十足，一瞧，却很寻常，穿一身寻常衣服，长一个寻常脸庞，带一脸寻常微笑……总之，寻常透了，比那赶网的大胡子差多了。凭他，斗得过那些虎狼之人？再一瞧，很眼熟，才记起，那夜去猪肚井的人里，就有他。

老栋取出几张照片，递给黑羔子，问：“是不是有这几个？”

黑羔子拧眉一阵，没说话，又递给猛子。猛子看了，有两人有点像。一是瘦的，若是再胖些，就和大胡子差不离；一个是胖的，若是他再瘦些，就和矮个子差不离。就如是说了。

“那就是了。这照片，是办身份证时照的，快十年了。”老栋说，“再看看这个。”他又取出几张照片。黑羔子说：“就是他们，烧了灰，我也认识。”猛子说：“就是。”

老栋吁了一口气，指指那矮个儿，“他，背着一条人命，杀过个开出租车的姑娘。这下，背两条命了。失踪两年了。他，”他指指大胡子，“也是张五的徒弟。”

“还有好些人呢。”黑羔子说。

“别怕，拔出萝卜，就能带出泥来。”老栋叹口气，说：“怪，他们作案时，尽选些我们抽不出人来的时候。这几天，忙得要命，在张五那边，我们逮了几个，那鹞子，却跑了。”

格拉说：“村里人也急，瞧，那几人，求佛爷做降伏火祭，要降那偷猎的呢。”

“啥？”猛子不解。

“就是一种火供，专门降魔的。”

“起作用不？”猛子问。对佛呀神呀，他总是矛盾。需要了，就信一阵；不需要了，就扔到脑后。即使在信时，也有些怀疑，像方才，他既想叫佛爷的手给自己带来福气，又怀疑是不是真能带来。

格拉没回答猛子的话，却对老栋说：“他们总会回家的，守在那里，看他们哪里跑？”

老栋笑道：“这底细，才知道，顺了藤，才扯出一串瓜来……那群家伙，狡猾极了，家里根本不闪面。不过，是迟早的事。你们再瞧瞧，还有熟悉的没？”他指指照片。“没啦。”猛子说。

老栋收起照片，说：“还得麻烦你们一下，我得去看看那现场。”黑羔子淡淡地说：“他们已看了，派出所的，还拍了照片。”老栋笑道：“他们是他们，我是我。我看看，能不能再找些有用的东西。”猛子说：“那鬼地方，一去，头皮就麻了，真不想去。”格拉说：“我带你去。”老栋说：“还得听他们谈谈过程。走吧。”

猛子觉得他的语气里有股不容拒绝的味道，马上想到了他的身份，就站起身来。

2

血已经干了。那一汪一汪的血，那流成小溪的血，日晒后，都结成黑痂了。腥气仍笼罩着那片树林。一股阴森味扑面而来，夹着树叶的霉味、潮湿味、血腥味，和各种叫不上名字的味，恍若有无数冤魂。猛子的头皮倏地麻了。

忽听到一阵哭声，若有若无，猛子的心荡了一下，仔细听，却没了。他望望老栋和黑羔子，黑羔子目光茫然，老栋却像发现了敌情的狼一样，四下里乱嗅。只有在这时，他才显出了一点儿精明强干。

一股风卷来，裹带的腥气叫人闭气。突然，猛子又听到那哭声了，他辨出，是女声。他满身的毛孔都发紧了，四下里搜寻，风卷黄叶满山旋，却不见一个人影。

不知何时，太阳没了。顺树缝望去，只有灰沉沉的云。变天了，这一来，四下里更是阴风飕飕。猛子总觉得拉姆在某个角落里阴阴地哭，这念头一现，四下里尽是拉姆了。风吹着她的长发，脸绽出笑，发出的却是哭声。

黑羔子一语不发。老栋拧了眉，这儿走走，那儿转转，拣些莫名其妙的东西。

草地也一片狼藉，看得出野兽当初的挣扎。那本该轻捷的蹄爪随了呻吟，无助地伸缩，在草地上留下一道道痕迹。猛子极力想那兽叫，那兽叫，虽也扎心，却比恍惚中拉姆的哭好受。

老栋走向那片树林。那儿，拉姆挨了刀。恍惚里，她仍在那儿躺着，苍白了脸，笑着。老栋弯腰，捡些血块，装入瓶里。这血，在人的血管里流也没啥，一流到外面，咋看都别扭，叫人心里发怵。那灵魂，想来也一样，待在体内，好鲜活的一个女人，拥了，比当仙家还美。可一魂不守舍，那肉体就丑了，灵魂也成了叫人怪不舒服的东西，老在心里旋风似的荡。……听，那哭声又响了。

这回，老栋也听到了。他诧异地抬起了头，聆听一阵，就走过去。听到他发问了："阿妈，你做啥呢？"猛子这才明白，那哭声不是幻觉。

阿妈跪在山洼里，边摇嘛尼轮，边哭。不叫她参加天葬，她就在这里哭。明知道哭不好，会影响拉姆的解脱，可她管不了心，心叫她哭，眼泪和哽咽就自个儿外涌，懒得听别人的唠叨，就到这山洼里来。这儿好，这儿安静，这儿有拉姆的气息，这儿可以静静地待着，想说了，和拉姆说几句；想哭了，就放声哭几下；还可以聆听拉姆的念叨呢。

老栋劝了几句，阿妈却浸在自己的心里，伴嘛尼轮转的不知是念叨，还是真言。啥也罢，一样。念叨是心中的真言，真言是口里的念叨，总是医心的药。

黑羔子过来，眼睛深得像一口井，他望望阿妈，就开始望天。天是望不见的，那就望云吧。许久，却没听到他叹那口应该叹出的气。

阿妈的念叨却在阴风里旋，一直旋到猛子心里。

回去的路上，猛子才想起，那阿妈，不是正在活佛屋里听那故事吗？这林中的阿妈，又是哪一个？

3

老栋胡乱吃了点，对猛子说："上回在沙湾，抓了些偷鹰的外国人。听说还有干的，你们也留个神，有事了，通个信息。"就留个手机号码，又到村里问了问，也没问出个啥。瘸阿卡叫他顺了那牛蹄印去，定能揪住贼尾巴。老栋说去过，那蹄印通向车印，那车印通向公路，公路就通向不知道的地方了。

吃过饭，瘸阿卡摆弄起麝香来。那天，他带人去接拉姆，顺便把死香子也弄来了，剜出三个肚脐，泡在水里。今天闲些，取出，要捣鬼哩。

那肚脐上的肉，像羊的肚膈儿，里面包的就是香。一捏，软软的。瘸阿卡剜来些羊膝盖上的皮，这东西多，随便找一家宰羊的，要了，放火上一烤，就缩成香囊状了。瘸阿卡用大号针管抽些真香，搀些羊血，注入人造香囊，叫它胀鼓了，放火上烤干，一个能变三个，一闻，都是真香，一个能卖三个的钱。

"收香的，都是贼。糊弄贼的钱，没啥心不安的。"瘸阿卡笑道，"再说，那孟八，也难为了他，背枪时，还好说。一洗手，把他连毛撕了，也弄不上一盘子，拿啥赔人家骆驼？这一捣鼓，赔几个也够了。"

又说："钱没好坏，看咋用呢。在贼手里，吃喝嫖赌。到我这里，供个佛哩，坏钱也成好钱了。"

那真香假香，烤时，都在火旁嘣嘣跳。瘸阿卡说："瞧，都跳呢，那收香的说，辨香时，放火旁，真香跳，假香不跳。狗屁。瞧，那真的也跳，假的也跳……嘿嘿，不过，真中有假，假里有真，也不能说哪个真，哪个假。”

望着瘸阿卡高兴的样子，猛子却想到了拉姆。几天前，她还在这儿，惹出满洞笑声，现在却成鬼了。昨日，瘸阿卡还为她流泪，这会儿却笑着。一切，都在哗哗地变，虚虚幻幻的，真像梦。

黑羔子仰在被子上，望着被烟熏黑的洞顶，不知想些啥。

那香们，却在火旁欢快地跳，真的跳，假的也跳，都在表白自己的“真”。猛子问：“究竟哪个是真的？”瘸阿卡说：“哪个都真。切开你也分不出真假。再说也不切。卖香论个，买就买，不买拉倒，没有切的。”

“那真假，真没法辨了？”

“有法子，瞧。”瘸阿卡伸出拇食二指，做个捻的动作，“就这样捻，捻好大一会，觉得捻成团了，后一松，不粘手，指头上很干净，就是真的。假的，就粘手，指头上就有血呀啥的……这法儿，别告诉人。一告诉，就断我的财路了。这些，”他指指那九个嘣嘣跳的肉团，“也就卖不上好价了。”

猛子捏捏肉包，很烫，但仍是软软的。

“现在，还软呢。”瘸阿卡说，“等干了，就硬了。他们一看，嘿，还是籽儿香呢。不过，那羊血可得打饱。不然，里面就皱了。血一打饱，也和羊的肚腩儿一样，很整齐。那香也成团住的籽儿香了。……要说，籽儿香可是好香，生在石洼里的香子才生籽儿香；半石洼半土的地方，是麸皮香；土山上，只有面香了，面一样。”

黑羔子冒出一句：“得了得了，干爹，少说些成不？人家又不接你的班。”

瘸阿卡嘿嘿笑了：“我知道，你痛拉姆呢。人家，嘿，早到好地方了，不是极乐世界，便是天上。你痛啥？人死了，也就解脱了。罪受够的人，才会离开这世界。像我，老牛不死，稀屎不断，气葫芦不断，就得四股子筋动弹。这才是真正的苦命。人家拉姆，这会儿正享福呢。”他指指那些香，“这些，是你们的，你们一人三个，拉姆也三个，叫我卖也成，你们卖也成。我离不开那些买香的贼们，没他们，我弄钱得出山。可我又从骨子里看不起他们，不捣鼓一下，真便宜了那些贼日的。”说着，他恶作剧似的笑了。

这时，格拉进来了，一进门，就问："阿卡，你用的那刀呢？""啥刀？""杀羊用的。""干啥？""佛爷做诛法火供哩，叫我来取那刀。那刀，不知杀多少羊了，杀气重，借它的杀气，火供灵得很。"瘸阿卡取出刀来，用手剐剐刀刃，取块布，包了刀，递给格拉。

格拉又问："有黑芥子没？黑芝麻也成。"

"黑芥子没有，黑芝麻有，也是火供用？"

格拉嗯一声，说："黑芝麻也成，益西找黑芥子去了，桑旦家有。"

"还有油菜籽呢，要不？"瘸阿卡问。

格拉高兴地说："那当然好。只要是黑色的就成，诛法火供用的是黑供品，油菜籽最好。"

猛子很高兴。他高兴的原因是能看稀罕了，并不是因为要惩罚坏人。他不信烧这火供，会降伏那些偷猎者。黑羔子显然也不信，他懒洋洋地问："真管用？"

格拉说："这号事，历史上太多了。米拉日巴就擅长诛法，这儿行法，那儿的人叫棚子压死了。"

"噢，是棚子压死的呀。"黑羔子又仰在被儿上了。

"那就是诛死的呀。"格拉显然不满意黑羔子的态度，"诛是诛，可那死法，是能叫世人接受的方式，或病死，或被枪毙，或叫车砸死……总之，是死了。"

"有没有直接死的？这儿诛，那儿死？"猛子问。

"也有。有个热罗上师，就是传大威德金刚法的那位，这儿做诛杀火供，那儿就死人，七窍流血。"格拉耐心地解释。

"这事儿，我可信。"瘸阿卡把黑芝麻和油菜籽包好，递给格拉，说："我见过下镇的。有人丢了东西，请人下了镇物，嘿，那贼就挨刀子。"

格拉说："不一样。下镇是害人，降伏法是杀度，被诛者死的同时，灵魂也送到佛国了。这一句两句说不清……我走了。"

"等等。"猛子跳下炕，穿鞋，问格拉，"叫人看不？若叫看，我去看看。"格拉笑道："有啥不能看的。"就出了洞。

猛子问黑羔子："想去不？不去的话，你蹲着，我去看。"黑羔子说："你去吧，我没那个心情。"猛子就出了洞。

天快黑了。云层仍是厚，又落雨了。雾也从远处漫来，漫了山，漫了洼，漫了心。

4

降伏火供在大经堂举行。猛子来时，佛爷正做火供坛城。那坛城，直接用炒面糌粑在地上撒，先撒个大三角形，里面再画个八瓣莲花。东南西北的莲瓣上各写一个藏文"吽"字，在四角的莲瓣上画上宝瓶托巴。再用二十七根松条，相搭成三角形样，便是降伏法坛城了。

佛爷做好坛城，用黑布盖了，又开始加持供品。那供品是蓝色花、黑豆、黑芝麻、黑油菜籽和别的黑色食物，佛爷边诵咒加持，边往勺里掺。供桌上，还有酥油灯、蓝色花、香、水和两碗面相扣做成的食子。

天黑了，火供开始。喇嘛们端坐在坛城两旁，肩搭黑布，开始念经。听格拉介绍，修增益法，也叫增法，肩搭黄布，用黄色供品；修消灾法，也叫息法，肩搭白布，用白色供品；修敬爱法，也叫怀法，肩搭红布，用红色供品；这降伏法，也叫诛法，肩搭黑布，用黑色供品。其坛城形状，也有四种变化。

经声充满了整个经堂。这阵势，猛子以前见过，汉地和尚也这样念，声音很浑厚，像亿万个蜜蜂在嗡嗡。他想，咋又是这一套？他以为，那降伏法，差不多跟少林武术一样好看，谁知仍是老一套，便觉得索然无味，长长地打个呵欠。

除念经的喇嘛外，还有七八个牧民，估计村里人知道这稀罕节目的不多，否则，早黑压压了。

念了约摸半个时辰的经后，佛爷开始在坛城里点火。柴想来很干，火苗很快蹿起。格拉丢几块酥油，火又高了几尺。佛爷说："火不要太大。"格拉丢几块干牛粪，压了火头。

喇嘛们继续念咒，那咒想来不长，听不清内容，但韵味和声音很相似。佛爷坐在火坛前，手抓供品，在火坛上绕个圈，一撒，火中便噼噼啪啪了。

经堂里涨满了烟，柴火烟、香烟、供品烟及各种味道，呛得猛子眼泪直流。格拉跑过去，开大了经堂门，又开了几扇窗户。

猛子有些失望，看来，这便是所谓火供了。这形式，并不比师公子跳大神好看，也不比神婆子燎病热闹，就这样哼儿哼儿地念唱，烧些黑东西，就能降伏坏人？“还是回去吧。”他想。

走到门口，才发现，雨已大了，房檐水也开始下流，哗哗声充满院落。猛子想，夜这么黑，雨这么大，走山路，真有些麻烦，索性不回去了，和格拉睡下吧。

一道闪电，划过夜空，很快，又响起一声霹雳。一阵冰雹从天而降，不一会，院里就落满了指头蛋大小的冰雹。猛子正诧异，却听到牧民欢呼起来：“护法神来了，护法神来了。”

“啥护法神？”猛子问一个年长些的。

那人说：“贡保啊，也叫玛哈嘎拉。他来时，肯定要下冰雹。”有几人跑过去，拣几粒冰雹，顶在头上。

猛子莫名其妙。望望火坛，喇嘛们仍在念诵，并没有大惊小怪。一个小喇嘛探出脑袋望外面。格拉点点他的额头，他不好意思了，吐吐舌头。

那冰雹来得快，去得也快，片刻工夫，便没了。雨仍在下，也亮闪电，也响霹雳，但冰雹再没来过。那雨，倒是越下越大，院里很快汪洋了。

因开了门窗通风，经堂里烟少了，猛子有些冷，就进了经堂。一进去，嗡嗡声又涨满脑子，他问格拉：“啥时完？”格拉笑道：“才开始呢，这一座，怕到明天中午了。”“乖乖。”猛子吐吐舌头。格拉说：“困的话，先到我屋里睡去。雨大，别去了，门开着呢。”猛子嗯一声，问：“你咋不念经？”格拉说：“我是事业金刚，专干些杂事。”猛子问：“还有热闹的没？”格拉笑了：“又不是演戏，这是修法呢，那玛哈嘎拉都来了。”猛子下意识抬头，除了被烟熏黑的屋顶外，并不见一个神影儿，就说：“我先去迷糊了。”“去吧，去吧。”格拉又去忙了。

进了格拉的屋，四下里瞅瞅，也没个叫他感兴趣的看头，就脱鞋，上炕，捞过被子，不一会，就迷糊了。

5

不知过了多久，一个很大的声音惊醒猛子。他睁开眼，那嗡嗡声仍在响，知道法事还在继续。回味方才巨响，竟品出枪声的味道了。怪，哪来的枪声？怕是听错了吧？正疑惑，又一声巨响。这回，他听清了，真是枪声，似乎是半自动步枪发出的，声音很脆。

一个声音在外面响了："瞧见没？这不是烧火棍，是真家伙。"

猛子的头皮倏地麻了：这声音，是那大胡子的呀。他在指头上蘸些唾沫，捅开窗上的纸，见院里灯火大明。雨仍在下。几个牧民在雨中站着，地上躺个穿袈裟的人。还有几人，在檐下站着，端着枪。

"快说！"果然是大胡子，"那东西，你们留着没用。一个干尸首，有啥好供的？老子们得了，才能变成活宝。"

地上的喇嘛说话了，竟是格拉："那神鹿，又没茸又没啥，你们拿上，也没啥用。"

大胡子说："没用？老子们吃饱了撑的？腿上又没抹酥油，跑这么远来干啥？你当然没用，可人家有用，货卖识家。人家点明要神鹿。赶网的那一堆，还不抵神鹿一条腿。"

"少和他磨牙。"那矮个儿道。他竟然也来了。

老栋们呢，这会儿干啥去了？

大胡子喝一声："快些。在啥地方？"

猛子这才听出，他们要白鹿。记得，白鹿在护法殿供着，他还给上过香呢。看来，大胡子们并不知道这情况。护法殿在大经堂西侧，一进门，就能发现白鹿。

“你再找找看。”大胡子对另一个说。

“没有。这么多房子，人家随便塞个地方，就够我们找几天了。就问他。”那人说。

“说不说？”矮个儿过去，一脚就踏倒格拉。格拉在泥水里打个滚，刚爬起，又叫一脚踹倒。经堂里的咒声却仍在响着。显然，这变故，并没使喇嘛们惊慌失措。猛子想，不是正修降伏法吗？贼们咋好好儿的？那个带冰雹的大护法哪去了？

“快说。”矮个儿吼。格拉不说话，由他踢打。

猛子想，这群笨驴，就这几个大殿，一寻，不就得了。这一想，他心里不由得急了：那白鹿，可在明处，一推护法殿门，就能看见。他想，索性，我去藏了它，就摸黑下炕，穿鞋到门前。刚开个门缝儿，支吾声就撕裂天空般响了。猛子吓了一跳。顺门缝看，院里檐下的电灯很亮，他一出门，定会被人发现。咋办？猛子搔搔头皮，却隐约看见屋子后墙上有一窗，也是牛肋巴窗扇。他搬个凳子，摸索着抽开插销，一拉，有活动迹象。

再一用力，窗户开了。强劲的风雨扑面而来，他打个寒噤。全身用力，上了窗台，望外面，却只见黑黝黝的一团混沌。记得这房子依山而造，说不准，窗外还是悬崖呢。他定睛瞅了许久，仍看不清外面是悬崖还是实地，充耳所闻尽是风雨声。他想，算了，要是滚下山去，怕要粉身碎骨了。为一个死白鹿，伤了自己性命，真不值得。

外面又传来一声呵斥。

听得大胡子说：“赶网的那一堆，还不如神鹿一条腿”，想来，这白鹿值钱。也许，真有些莫名其妙的外国人，会干些莫名其妙的名堂，花大钱，买个死鹿。也难怪，听说白鹿稀罕。以前，只在传说中听过，没在现实里见过。这可是稀罕物，想来比熊猫皮值钱。那熊猫皮，一张都值一百多万呢，这神鹿，乖乖……叫这群孙蛋发财，实在不甘心哪。哪怕把金疙瘩扔到井里，也不能叫他们得个麻钱儿。

猛子浑身燥热，心急如焚，定睛凝目，仍无法从漆黑中看出虚实来，却懒得管它了。他抠住窗框，慢慢探出身子，一摸，就摸到椽子。好，这就好。他用力拽拽，很稳当，一耸身，就上房了。房上尽是泥，他怕滑倒，不敢站立，就索性卧在上面。怕啥？不就是成了泥母猪吗，怕啥？只是，经他这一糟蹋，房子怕要漏雨了。但也顾不了太多，慢慢爬去，很快，就一身泥了。

又是一道亮亮的闪电。一声霹雳，在耳边炸响。天河裂了个缝，漏下泼天的水来。他想，想是那护法啥的，来炸坏人了。可是，那坏人越加蛮横的吼叫，仍透过雨帘，扎入耳中。

猛子朝护法殿方向摸去。房上，留下了一长串脚印。这每一个脚印，都会漏水。又想起，每个僧舍里都有佛像，此刻，自己定然在佛像上头，大不敬呢，就念叨：委屈一下吧，我正去救你们的护法神呢。又想，这护法神，反要我去救，那我就成神的护法了。他笑了，嘴才咧开，风就把一大团雨塞进喉咙，呛得他差点晕过去，好容易才忍住在气管里蠕动的一串咳嗽。

那僧舍虽高低不一，但连在一起，爬不了多久，就到大经堂背后了。不远处，就是护法殿。他摸到一个檐头，顺下身子。记得，白天看那房舍，并不很高，就大了胆子，一松手，堕下。还好，脚踩到平地上了，可惯性却不饶他，他只好一屁股坐入水中，成落汤鸡了。

打个寒噤，爬起，望望亮处，定个方向，手脚并用，连摸带滚，估计膝盖和肘部已破皮了，叫雨一浸，疼个贼死，但借着闪电，他看到护法殿就在跟前，不由吁了口气。

那扇沉重的大门开了又关了，猛子把心中的风雨也关在门外，一股暖意扑面而来。供桌上有酥油灯。大锅似的灯盏里有鸡毛似的灯苗儿，这便是长明灯。灯苗儿虽不大，猛子看来，却很是贼亮。从黑暗里进来，那光明，把心都照亮了。

可供台上并无白鹿。猛子急出一身冷汗。

记得，白鹿就在这殿里呀。瞧，这是那个圆睁了眼，手捧着盛血脑壳的叫贡保的大护法；那边是个女的，丑极了，丑得可怕，骑个黄骡子，骡屁股上有个眼睛，叫啥来着……对了，叫吉祥天女。那白鹿，就卧在旁边的供桌上，可现在，桌上啥都没有。

猛子抓一把香，就灯上点着，朝供桌上照去，见那儿还有白鹿跪过的印儿呢。莫非，白鹿真显灵了，自己躲起来了？

有人声来了。一道光射过来。想是那些人没拷问出啥，开始搜了。

猛子急了，四下里瞅瞅，实在没个藏身之处，想往外溜，那亮光却已照来。“不进了，这儿我搜过，没有。”一个说。猛子心里暗道：“对，别进了。这儿啥都没有，除了你的祖宗。”他笑了。一笑，却有了主意，他发现那护法神旁有块阴影，就过去，拍拍护法的腿，咕嚅道：“得罪了。谁叫你不显灵来着？若是再来阵冰雹，打死他们，也用不着我来护法了。”说完，就隐在它身侧。

大门又沉重地响了。一个说：“肯定叫人藏了。干脆，搜喇嘛的屋子。”另一个说：“哪有时间，三弄两弄，天就亮了。要是叫局子得了风声，四下堵了，就赔本了。”“哼，他们？这么大的雨，就是听到风声，谁愿来？这山路，不把脑袋拴裤袋上，谁敢过来……哟，有人来过。瞧，这水。”猛子憋了气，心怦怦直跳。“真的，瞧，那儿也有……这台上，瞧，看样子，白鹿就搁在这儿，被人藏起来了。瞧这印儿。”“对，搜搜看，这印儿还是新的呢。”一道亮光四下里扫。猛子暗暗祷告：护法呀护法，你该显个灵了，别叫他们把我逮了去。但那光柱，并不因他的祷告而不扫过来。

“嘿，这汉子，黑头黑脸的，样子挺可怕。”一个说。

“这是护法哩。护个啥？……呔！出来！”另一人已发现了猛子。

猛子打个哈哈，出来，说：“哈，你们还真找着了。”听那语气，正和对方捉迷藏呢。“鹿呢？藏哪儿了？”一人厉声问。

猛子打个哈哈，把手中的燃香扔出。趁那两人一躲，便扑出门外，等记起还要下台阶时，已滚在泥水中了。头不知被啥磕了一下，才冒金星，两只脚已踩到他背上了。

“解下裤带！”一人说。猛子挣几下，骂道：“你真是个笨孙，你不松脚，老子咋解？”那人松了脚。猛子解下裤带。那人一把抢过，喝道：“起来！走！”

猛子提着裤子，心里懊恼极了，早知道白鹿不见了，冒这个险干啥？一想拉姆的死，他有些慌张。“他们会不会杀我？”但那冷不防的一摔，把斗志摔没了，再也不想抵抗。

大经堂前的泥水里，已坐了三个喇嘛。大胡子又在拷问另一个。那喇嘛仍在诵咒，并不搭理对方。经堂里的火供还在继续，念诵声很平静，火坛很红。猛子想：“还念啥？人家都欺到门上了，也没见降伏了谁。”

那人给大胡子嘀咕几句。大胡子过来，问猛子：“那东西，是你藏了？”“啥东西？”“神鹿。”猛子打个哈哈，说：“你瞧我是谁？我藏它干啥？不就一个毛虫吗？我吃饱了撑的？”那人说：“定是他藏了。那台上，还有印儿呢。”猛子说：“那我藏哪儿了？怪事，我都藏不住，叫你逮了来，我能藏啥？”

那人问：“你到那殿里干啥？”猛子说：“躲呀。你们这么凶，谁不想躲？”

大胡子又对那两人说：“你们再去搜，仔细些。”那两人又去了。

“原来是你。”大胡子认出了他，“你是汉人？”他问。猛子道：“汉人咋的？”大胡子道：“汉人不会舍命保那毛虫。”猛子道：“这倒是。啥神鹿？连自个儿都保不住，神啥？”大胡子把裤带扔给他，说：“一边去。”

猛子很意外，满以为，他们至少要拷打他。谁知，竟这么轻易地打发了他，仅仅因为他是汉人。多滑稽。的确，汉人眼里，那鹿呀啥的，不过一个毛虫，为它们舍命，真不划算。

一人又在打那喇嘛，喇嘛不还手，不恶口，任他打。那人道：“真没见过这号人。”一脚，踏倒了他。喇嘛就顺势坐在院里的雨水中，继续诵咒。那样子，仅仅是换了个修行场地而已。

喇嘛一个个被拉出，被拷打，最后，都坐院里了。经堂里，只剩那佛爷了。“那个拉不？”一人问。

矮个儿说：“拉。”

“那可是佛爷呀，转世活佛。”

大胡子沉吟道：“那就算了……真没劲，这号人。”另几人迎合道：“就是，真没劲。”没遇到反抗，他们都有些索然无味了。

6

那道光柱又来了。两人扯来一个小喇嘛。

瘦子说："那鹿，是他藏的，他都承认了，可不说地方。"小喇嘛说："就是我藏的，我偏不说。"

猛子想，真没见过这号人，你不说，他们咋知是你藏的？就说："别听他的话。他知道啥？一个毛孩子。"小喇嘛说："出家人不打妄语。那神鹿，是我藏了。可我不说。"猛子想，这人，莫不是傻瓜？就说："别听他胡说。他在逗你们呢。"大胡子斥道："一旁去。"矮个儿上前，把猛子推到一边。

大胡子问："你藏的？""是。""藏哪儿了？""我不说。""真不说？""嗯。""那我有法子叫你说。"大胡子抽出一把刀子，在小喇嘛脸上比划着。"我在你脸上划几下，你说不？""不说。""我剜了你的眼睛，说不？""不说。""我割了你的舌头，你说不？"小喇嘛一听，笑了："嘻，你割了我的舌头，我咋说？"看来。他把大胡子的话当成玩笑了，笑得很是天真。

猛子却出了一身冷汗，忙说："一个小孩子，惹他干吗？他还没你儿子大呢。"

"一旁去。"大胡子冷冷地望他一眼，说，"你以为你是汉人，我就不碰你了？我看不起汉人，怕污了我的手。滚！"

猛了觉得没趣。他想说汉人咋了？汉人有龙也有虫，可心里却不由得怯了，想，那英雄，也不好当，平时想来还行，一临阵，咋没底气了？

矮个儿举了刀子，划个弧。小喇嘛尖叫起来，手捂脸，血从指缝里流出，他哭道："你们真割呀？不怕遭报应？"矮个儿道："报应是个蛋。说不？"小喇嘛却只是捂了脸哆嗦。

"说不？下一回，我可割耳朵了。"矮个儿扬扬刀子。

小喇嘛捂了耳朵，惊惧地望坐在雨水里的喇嘛们。别的人都闭眼诵咒，格拉却大声说："益西，别怕，啥都别怕，死也没啥大不了。"一人过去，狠狠踏格拉一脚。格拉倒在雨水里，很快，他又端坐了。“再多嘴，先关了你的水门。”那人说。

矮个儿怒了，抡了右掌，朝益西脸上狠狠地扇。益西用手护着，护了脸蛋，护不了鼻子，很快，一脸血水了。益西大声哭着，却啥话也不说。

猛子大了胆子说：“你打他干啥？一个小孩子，能知道啥？为一个毛虫，值得吗？”

“啥毛虫？”一人道，“那是金疙瘩哩。”

猛子说：“杀了人家，不知道还是不知道，不过背条命债罢了。现在，人家雷声大，雨点小，等你杀了人，再试试看。”

大胡子过去，推开矮个儿，举了刀子，说：“我可真剜眼睛哩，真割耳朵哩。”益西恐惧地望着刀子，哭一阵，却伸过了脑袋。大胡子没辙了。“真没见过这号东西。”他说。一人问：“咋办？”“搜。”

忽听得寺外山上有人喊：“抓贼呀！贼偷东西啦！”一时，四下里尽是锣声和喊声。猛子听出，里面有黑羔子，吁了口气。

大胡子变了脸色。“咋办？”矮个儿问。

“回。”几人拢在一起，虚张声势地朝天打几枪，退出了山门。猛子跟出，见那串亮光下了河滩，往沟口去了。

黑羔子们还在喊叫敲锣。猛子喊：“行了，行了，人家早走了。”喊了几遍，锣声才停了。好大一会，黑羔子们才一身泥水地进来了。

瘸阿卡对猛子说：“也幸好，我们来接你，一看不好，马上叫人。……罪过呀，连寺院都敢抢，真疯了。”

这时，喇嘛们才纷纷从雨水中起来，边诵咒，边入了经堂。原来，按火供仪轨，除了事业金刚外，别的行者禁语。

咒声又大了，渐渐压息了雨声。猛子想，人家欺到寺里了，你们都奈何不了。那降伏法，还修个啥意思？

第　十　六　章

1

养了几天，老顺身上的疼才渐渐息了。因为养伤，地里的活攒成了堆，猛子从南山回来后，就叫他别进沙窝，先帮家里干几天活；自己也闲不住了，脸上还吊着青紫，就去西湖坡收拾埂子。黄昏时分，毛旦来找他，远远地，就喊："哎呀，顺爸，人家把眼窝都望穿了，你倒好，蹲到避事堂里。"

"又是啥事？"

"那外国人，找上门来了。猛子叫我请你来了。看来，有你的好果子吃了。"毛旦挤眉弄眼，一脸的幸灾乐祸。

老顺道："没做亏心事，不怕鬼叫门，我怕他干啥？"心里却在嘀咕，是不是自己那招"鹦哥盗桃"用力过猛，伤了他男人根基，人家索赔来了？难说。那玩意儿可真肿了，用了导管，才排出了尿。但那后事如何，却没下回分解。就说："我的脑袋，也老嗡嗡。正好，也想找他索赔呢。估计，有八成是脑震荡。"

毛旦哈哈笑道："人家叫你赔下头，你叫人家赔上头，谁也不用赔了，索性换了。"

老顺斥道："没大没小的东西，这能比吗？这是中国人的脑袋，无价宝，他那是啥？"上前，欲拧其耳朵，毛旦却早有防备，猴子似的跳远处了。

老顺懒得纠缠，想，那"疤鸡"，若真要赖，索性我也要，你伤了那个，我伤了这个。你那巴掌，足足抡了几十下，我才还了你一下。你若叫我赔八千，我就叫你赔一万，两下相抵，嘻，还剩两千呢。主意已定，才大步流星回家。远远地，见门口停辆白车，几人正在车旁吱哇。

近了，才看清，是猛子们正送那“疤鸡”呢，想是他等不及了。见老顺来，那“疤鸡”大呼小叫，扑上前来。老顺心咚咚跳了，想，该不该逃？逃，太失中国人的面子；不逃，又怵那“疤鸡”的拳头巴掌。却见对方竟溢出笑来，没等老顺反应过来，他已扑上，搂住老顺，那尖利的胡碴，刺得老顺打个哆嗦。老顺想：这家伙，要摔跤呢。正想使个绊子，却听得老伴笑道：“人家，谢你来了，放了好些钱呢。”

老顺松了口气。见那“疤鸡”，一脸微笑，胡乱支吾。一陌生人说：“他是专程来谢你的。”老顺道：“进屋说，进屋说。”老伴说：“人家等不住了，要走呢。”

老顺喊：“急啥？日日常常在，甭把人忙坏。走，进屋说。”“疤鸡”跟那人又咕噜开了。老顺过去，拍拍那人肩膀，说：“你可是中国人，要为中国人说话。明天去，明天去。”那人说：“我请示一下领导。”说完，掏出手机，喂喂地叫。

老顺懒得等他，扯了“疤鸡”胳膊，进了庄门。“老婆子，杀鸡！猛子买酒。”那人过来说：“吃顿饭成，再迟也得回。”解释一番，老顺才知道这人是外事警察，当翻译，负责遣送“疤鸡”们出境。出于人道主义考虑，才答应了“疤鸡”的请求，来沙湾致谢。又说：“这人，和别的洋人不同，提供了不少有用情况呢。”

好狗不咬上门的客哩。不管咋说，人家来看望你，就是朋友了，朋友来了有好酒呢。老顺吼：“老婆子，做沙米粉。”又朝那“疤鸡”喊：“上回，我弄疼你了。”他比划个动作，“这招，也算是中国功夫，叫鹦哥盗桃。是我老伴教我的。要怪罪，你该怪她。”

“疤鸡”听完翻译，笑了一阵，叽里咕噜几句。翻译说：“他说，还是中国功夫厉害。”老顺一听，破口大笑。正放炕桌的莹儿笑弯了腰。猛子把口中茶水喷了一地。“妈——”他叫。他妈以为有事，匆忙赶来。猛子笑道：“听见不？

人家外国人，夸你那招功夫呢，想请你去巴基斯坦，教中国功夫，去不？”“挨刀货。”妈笑骂。

老顺摸摸自己下巴，又对“疤鸡”说：“不过，你那‘疤鸡’拳也不赖，差点脑震荡了。那时候，脑中有三十个摩托车跑呢。”“疤鸡”听完翻译，摆摆手，竟不好意思了。

不大一会，爆炒鸡肉端了上来，老顺把鸡大腿马子肉都挑到“疤鸡”面前。“疤鸡”也许以为这是风俗习惯，并不客气，来者不拒，满嘴流油。猛子拣个翅膀，望望老顺，望望“疤鸡”，笑道：“你们，才是不打不相识呢。”

老顺想：“我那一下，真有些重了，不知碍不碍事？”等到莹儿出去，老顺就叫翻译去问。他以为，“疤鸡”会很不好意思，哪知，他边嚼边笑边咕噜。翻译反倒红了脸。老顺硬问，他才说：“不碍事。”

依老顺性子，想弄些好酒，可本村铺子里没好酒，最好的，也是十块左右的。这也成，炖热了，几杯下肚，“疤鸡”就成红脸关公了，老顺也一脸春风。唯一的遗憾，是“疤鸡”不会猜拳，否则，“三星高照”呀，“八抬你坐”呀，“咱哥俩好”呀，混叫一通，会更加热闹。

乐呵一阵，莹儿端上了沙米粉。这沙米，形似麻雀眼圈儿。打时干灰乱冒，刺激泪腺，一脸泪水；洗时，把米颗泡入水盆，放上干净麦秸，双手用力，搓成白汁儿，然后才蒸。手续多，很麻烦。吃时却极爽口，尤其在酒后，宁吃沙米粉，不当探花郎，一碗下肚，身心俱爽。那“疤鸡”，口似炕洞，筷如木锨，三刨两拨，就是一碗。他一连吃了三碗，乐得老顺连连叫好，就说：“老婆子，等会儿，给‘疤鸡’亲家拌上几碗，叫他带回‘疤鸡’，叫‘疤鸡’们吃去。”翻译笑着咕噜一阵，“疤鸡”大笑。翻译说：“几千里路哩，带回去，怕早长毛了。”老顺叫道：“长毛怕啥？再长毛，也是中国的沙米。他那‘疤鸡’婆姨，怕是闻都没闻过呢。”翻译笑道：“这倒是。”

吃完沙米，猛子和“疤鸡”掰手腕，谁输谁喝酒。猛子力气，在沙湾数一数二，可和“疤鸡”较量，连掰连输，不由大奇，瞅瞅父亲下巴，说：“爹，你这下巴，卖给英国拳王刘易斯算了。他那下巴，纸糊的。你的，铁铸的。”

翻译咕噜一阵，“疤鸡”竟呆了，瞅瞅老顺，却撕起自己头发。老顺说：“瞧，你还像个男人吗？打了就打了，我那一招，才是最致命的。”翻译一咕噜，“疤鸡”才笑了。

趁猛子和“疤鸡”猜拳之际，老顺偷偷问老伴：“那钱，给了你多少？”老伴悄声说：“两千呢。”老顺道：“拿来，拿来。”老伴问：“做啥？”老顺瞪眼：“叫你拿来，你就拿来，问啥？女人家，头发长，见识短。”

老伴过去，在箱里鼓捣一阵，取出个红包，数数，过去，还没伸手，就叫老顺抓了去。他见是百元大票，利索地数出四张，其余的，递给“疤鸡”。“疤鸡”意外地睁大眼睛，望翻译。翻译便向老顺解释：“这是他给你的补偿。最主要的，还是谢意。”老顺甩甩手中几张：“这就够了。那药费，我，还有那毛旦。……哎，他为啥没来？”猛子笑道：“他怕老外向他要票子呢。”老顺道：“要钱不要鼻脸。……总共花了三百多，这，四百呢，都占大便宜了。别的，还给他。”翻译一咕噜，“疤鸡”涨红了脸，吵架似的朝翻译吼。

翻译苦笑道：“瞧，人家怒了，人家是好心好意。你不要，人家这一趟，就白来了。”老顺道：“咋白来了？就算是看朋友。你告诉他，那钱，我要不得。属于我的，谁也夺不去；属于别人的，我也不能要。活人，得有个道道。”

谁知，翻译一咕噜，“疤鸡”仍满面通红地嚷嚷。老顺又说：“你告诉他，这里的规矩是，不乱要别人的东西。”翻译说：“我说了。他说接受他钱的，有好些人呢。”老顺说：“这样，更要不得了。别人要了，我再要，叫他以为中国人尽是贪财鬼。你告诉他，中国有贪财的，也有不贪财的。我穷是穷了些，可心不穷。”

“疤鸡”一听，把那毛手伸出，抓了票子，硬往老顺怀里塞。老顺拨开毛手，对翻译说：“你就说，这儿的规矩，接受别人的钱，不吉利，弄不好，要短命的。我的命是个小口袋儿，只能装一升米，他硬往里塞，袋子一胀破，命就不做主了。”

翻译一说，“疤鸡”疑惑地望猛子。猛子笑道，说：“爹，我可服你了。要是我，人家给，我就拿。”老顺笑道：“那毛旦，把脸都丢尽了。我再要，人家还以为，中国人尽是贪财鬼。”见老伴正立了眼瞪他，就斥道：“女人家，懂啥？头发长，见识短。”“疤鸡”马上把钱朝猛子妈塞来，妈却遭烫似的后缩，逃出书房。“疤鸡”给猛子，猛子也不要。

老顺对翻译说：“你说谢谢他。看得起我们了，交个朋友，谁也别做对不起朋友的事。你说，我们农民，富得很，不缺钱。”他拍拍肚皮，“吃得好。”又拍拍胸膛，“穿得好。”说完，忙垂下头看，怕衣服给他丢人。还好，衣服也不太烂，又捻捻指头，“也不缺钱，好着哩。”

猛子接口道：“就是。进钱的路儿多，庄稼地里，羊毛，驼毛，多啦。不过，我们不张扬，看上去，才穷兮兮的。”

老顺感激地望儿子一眼。这猛子，说了二十几年话，就这几句，对老顺脾胃。他想，这才是儿子。打仗亲兄弟，上阵父子兵呢。这号事，影响国家声誉呢，咋能塌了架子？穷了穷些过，不能丢人。

老顺笑着，把“疤鸡”的手拢了来，说：“装上吧。我们这儿，除了个别脑子有病的，都不贪财。活人，还有比钱更重的。我们活的，是心。”他这一说，就把毛旦说成“脑子有病”了。听说，脑子有病，杀了人也不负责，何况“拾钱”。猛子想：“爹大事不糊涂。”

“疤鸡”装了钱，却闷闷不乐，显是过意不去。忽然，他对警察咕噜了一番。警察一脸欣喜，对老顺说：“你又立功了，这情况，比天还重要。”问是啥，答：“他说，沙漠戈壁里，还有好些偷鹰的。每年来好几百人哩。遣送出境，也没用，才出去，人家又来，叫公安局白花些钱而已。”又说，“他知道一些关卡，守了，半根鹰毛也飞不出去。”又说，“他说，他要当中国人的朋友。”猛子这才记起了老栋的安顿，找出手机号码，打了个电话。

2

那警察带了“疤鸡”，连夜赶回。次日清早，“疤鸡”没来，老栋却来了，还有几个警察。到老顺家，叫别人先守着。老栋则装成牧羊人，跟了老顺，先去踩底。二人赶了羊，边走边谈，老顺这才知道兔鹰叫猎隼。他想，丢人哩，授了一辈子鹰，还不知鹰有这号名儿。

老顺是授鹰好手，知道啥地方容易招鹰。记得，沙漠腹地有块戈壁，那儿，多老鼠，多野兔，也多旱獭。他想，若是自己捉鹰，就会选那儿。他就带了老栋，去那儿。

从早上走到中午，才望见那戈壁。远远地，就见人影晃动，老顺眼尖，说："真是捉鹰的，瞧，那网中间，还有飞的鸽子呢。"老栋叹道："谁能想到，他们会到这地方来。"

为显示自己真是牧羊人，老顺扯起嗓门，唱起《王哥放羊》来。这民歌，放羊的都会唱。老顺不常唱，那嗓门，咋吼都不顺溜；但他想，那"疤鸡"们，又不是行家，管他，边吼，边驱了羊，慢慢靠去。

这地方，滩大石多，除了牧羊人，平时连鬼都不来；路又不平，稍不留心，就拐脚了。老顺小心择路，大声吼歌，中间夹几句吆羊声。想是牧羊人常来，那些人，并无丝毫慌张迹象。老顺很高兴，想，我成电影上的侦察员了。

戈壁上有几张网，一个网里是鸽子，两个网里是兔子。还有一个，竟然拴了鹰，一道绳儿，系在鹰腿上。那鹰，忽而飞起，忽而落下，连声尖叫。老顺知道，它在呼唤同伴来救它呢。不远处，有个小土屋，不大，已叫雨淋危了。一个人喂喂地叫他，老顺驱羊过去。

"要羊不？"老顺吼了一句。本打算以借火为名，到近前，嗓门却吼出了这话。真神使鬼差了。他想。

那人叽里咕噜地叫，听不清内容。老顺道："你放啥洋屁。会说中国话不？"另一人过来，生硬地说："羊，卖不？"

老顺说："卖。"心里却说，卖个屁，就指指一只老羊，说，"这个，卖。"那人摇摇头，却指指另一只羯羊。

老顺说："那个贵，没这个数不卖。"他伸出五个指头。"五百。"他这是漫天要价，叫收羊的回民听了，不骂你疯子才怪呢。谁知，那人并不还价，从衣袋里数出五张票子，递给老顺。老顺想："发财了。"就日光里照，水印也有，一甩，呱呱响。老栋瞅了，也说是真的。那人拉了羊去，另几只羊也跟了去。老顺裹头鞭子抽去，骂："不要脸的，人家要去死，你们跟上干啥？"心里却后悔了：这些"疤鸡"，是偷鹰的，你却卖羊给他们。不知，这算不算汉奸？

他留意地数数，有四个"疤鸡"，一个在扎网，另一个在捣鼓笼子，还有两个，不知做啥。装作不经意过去，却不由大惊：那儿，密密麻麻，竟有几十个笼子，都有鹰。这两个"疤鸡"正戴了手套，举了针线，缝一只鹰的眼皮。老顺明白，他们要溜了。那鹰，眼尖，只要睁了眼，走多远的路，也认得，一放飞，准飞回老家了。这"疤鸡"想是老手了，知道鹰的这一特性。老顺打个哆嗦。

除了骆驼，最贴老顺心肺的，就是鹰了。此刻，它却正在"疤鸡"手里挣扎。那每一挣扎，每一叫，都扎心。他很想使裹头鞭子，抽那"疤鸡"。却听得有人叫他，扭头，见那买羊的"疤鸡"，指指方才那老羊，伸出两个指头。

"不卖！"老顺恶狠狠道。他想，这羊，喂狗，也不能喂你们，却见那"疤鸡"指指羊，又指指鹰。老顺明白了，他们想买了羊喂鹰。这几十只鹰，几天就得一只羊，想，人家喂鹰呢，也好，这老母羊，不中用了，可价格上一点也不能含糊，就恶狠狠伸出四个指头。谁知，那人又抽出四张票子，老顺想："又发财了。"忍住心跳，检验正确，装入兜里。

虽因发财而欣喜，却不敢忘了来意。外面的，已看差不多了，还剩下那土房没看。老顺清清嗓门，说渴死了，有水没？便顺势进屋，见地上有行李、液化气罐和一些别的用具。转身出来，见那几人并没怀疑，就赶了羊回走。路过高处时，老顺留意地四望，发现远处还有两处地方，也有"疤鸡"出没，想，乖乖，那亲家"疤鸡"若不透露，那啥的猎隼，叫"疤鸡"捕光了，怕也没人知道。

3

夜里，老栋从派出所又叫了几人，全副武装，分了组，乘车前往；为防偷猎者闻讯夜逃，分了几组，统一行动；又为防那马达轰响，惊跑对方，才到半路，就弃车夜行了。

夜很黑。那戈壁，石如巨卵，时不时滚入脚下，有两人骨帽脱臼了，只好候在原地等车。其余人仍摸黑前行。

老顺熟悉戈壁地形，脚下动作稍细腻些，就没有摔跤。走不多久，身已出汗，夜风袭来，如凉水泼，忽觉得鼻头痒痒，就打个喷嚏，在静夜里炸雷似响。不料，传染了似的，炸雷声此起彼伏。

老栋气恼了："停下！"老顺悄声道："这可不是故意的，身上有汗，冷风泼来，不伤风，才怪呢。不要紧，还远呢，他们听不见。""听见还得了？费这么大劲，可别来个苍蝇撵屁。"老栋说，"那喷嚏，早些儿打掉，到跟前，一出声，人家早溜了。"老顺笑道："那喷嚏，又不是稀屎，想拉就能拉了。"老栋道："打也捂住嘴。"

老顺觉得腿很困，一日里往返几次，不困才怪呢；心里却很畅快，想，若不是那亲家"疤鸡"，这兔鹰，真遭殃了。只这一处，就有几十只，全沙漠，全凉州，全甘肃，全国不知有多少？不治治，真反天了。又想，这"疤鸡"们，太不自重，别国有，那是别国的，你偷啥？逮住了，好好骂一顿，当然，如果需要，老伴那招"鹦哥盗桃"，也不妨再使使。他晃晃脑袋，笑了。

渐渐靠近"疤鸡"栖息地了，谁都寂了声。这儿，大石渐少，路也平些。老顺说几个具体地点，老栋便分了组，由猛子、黑羔子各领几人，老顺则带了剩下几人，分头，悄悄摸了去。

老顺多了个心眼儿，想，那"疤鸡"，别的，也没啥可怕，那巴掌拳头，一想，脑袋就倏然大了。"鹦哥盗桃"虽也管用，可盗到之前，定会挨几拳掌，一想，心就虚了。瞅个机会，他摸了两块攥把石头，想，那"疤鸡"，若扑来，先给他一石头，再去"盗桃"不迟。

到小房跟前，老栋叫等等。按约定，最远的那组发了信号，他们才能行动。出了身汗，一静了，风就飕飕地往汗眼里钻，好在鼻头没发痒，那喷嚏，倒也识相，此刻，竟睡了。

忽听远处传来喊声，老栋第一个扑进小屋。黑里待久了，手电一亮，很是扎眼。那光柱，射去，见地铺上的被窝也撩起，人却不知溜何处了。液化气仍冒蓝焰，上有咕嘟声，荡出阵阵肉香。老顺想，这羊肉，怕是我那羯羊的。

“怪，叫他们逃了不成？”老顺顿足。照见一瓶口上有蜡，就划根火柴，点了蜡，见屋里凌乱不堪。用手电扫扫，还好，那些笼子仍在。鹰咕咕地叫着，扑扇着翅膀。

“哪里逃？”猛子喊。手电照去，见一人逃，一人追，没入夜里了。

老栋打了一枪，喊：“拢来，拢过来，逮住了没？”“五个人。”一人叫。另一处喊：“四个。”

老栋叫：“戴上铐子，弄过来。”再朝天打三枪，叫司机把车开了来。

老顺吁口气，过去，端下锅来，说：“来，先吃羊肉。”老栋笑道：“你是猫儿吃糨糊，尽在嘴上挖爪。”老顺笑道：“不吃干啥？这羊，还是我那只呢。”老栋说：“你吃，我们再搜搜。”老顺说：“搜啥？人家跑出几十步，针就掉进大海了，你能搜个毛？”老栋不答，扑入夜里。

老顺找个叉子，叉出块羊肉，唏唏哩哩，吃起来。肉很烂，吃来很是过瘾，很快就满头汗水了，那寒意，分明是驱了。美中不足的是，没酒。若是边肉边酒，那味儿，就很足了。他想，等会，见了“疤鸡”，问问，他们带酒没？

4

天亮了。

十一个“疤鸡”，百十个装了鹰的笼子，都拢了来。叫老顺心疼的是，有几只鹰死了，有三只是缝了眼皮的。那鹰，活着是鹰，死了，也没多少斤两，待在笼里，显得很小。

老栋很高兴，这战果，出乎他意料之外。他拍拍老顺肩膀：“嘿呀，这次，你可真立功了，一定奖励。”老顺笑道：“你别天窗里掉木栩，叫老驴得相思病了。你不说，我也不指望。一说，天天盼奖励，干打雷，不下雨，连个钱影儿也巴望不来，反倒烦恼了心。”老栋笑道：“那权，在上头哩。我，也是个受苦的。”老顺笑道：“那你夹嘴吧。”

“疤鸡”们很沮丧，互相望望，或垂头，或侧目。一个望望头儿，说：“中巴好。”老栋说：“当然好，不好的话，老子早揍你了。这是啥？二类保护动物。中国人害了它，要判刑呢。你们，还得老子花钱，送你们回国。老子，当几十年警察了，连个国也没出过。你们倒好，偷中国的国宝，等于免费旅游了。”

那“疤鸡”，虽听不懂头儿说啥，但仍是垂下了脑袋。

“他啥意思？”老顺问。老栋解释：“他的意思是，中国和巴基斯坦是友好国家，叫我高抬贵手呢。”

猛子道：“若不高抬贵手，老子早七拳八脚十三点，再给个蒜窝儿踏干姜。”老顺道：“老子那鹦哥盗桃，不知使多少回了。”

老栋笑道：“听这口气，爷父俩成兄弟俩了。也好，多年父子成兄弟哩。”老顺兴致很好，不去理会，但见猛子竟也默认，脸色大恶，吼：“去，帮警察收拾去！”

那车，已往返了一次，拉去了行李和部分鹰。老栋请示过局领导，问那东西往哪儿拉，回答是先放在沙湾，开现场会后，鹰放生；别的，全部没收，带回局里。

5

次日，那百十个鸟笼都提到大沙河里。城里来了几百人，周围乡村也来了几千人，电视台来人，录了像。听老栋说，在312国道上设的卡子，也逮了十几个人，截下百十只鹰。鹰放了，人却在局里关着，马上，就专车遣送出境。

老顺很高兴，刮了胡子，一下子年轻了几岁，只有在看见那几只死鹰时，他脸上才掠过一丝阴影。

“啾呀。”毛旦叫，“顺爸，这回，你可积大德了。”

老顺虽鄙视他前日所为，却受用这话，就说："这屁，还有点人味。"

忽见老栋领一人过来。那人一见老顺，就把一个黑棍子朝他嘴上捅来。老顺吓了一跳。老栋说："老顺，电视台要录你哩。"老顺更吓坏了："录我干啥？"想溜，却叫老栋逮了。

那记者问："你咋想到保护兔鹰？"

老顺想说话，唾沫却倏地干了，咳了几咳，才说："那鹰，是啥？是宝，老祖宗手里，就保。我们逮了鹰，逮了兔子，等它老了，也得放。有人说鹰肉治病，治病也不成，全放了。"

见老顺跑了题，记者又问："听说，上回，你从偷猎者手里抢回了一批猎隼，做这事时，你咋想？"

"咋想？"老顺忘了对方身份，唾沫乱迸了，"这鹰，是沙湾的，凭啥叫人逮？听说，你逮了贩啥白面，贩黑面也不成！别说你是'疤鸡'，是美国也不成。"

记者听不懂老顺的话了，皱皱眉，又说："就是。这也涉及国家主权呢。"

"啥主权？"老顺反驳，"你'疤鸡'，有主权也不成！人家鹰，天生是捉兔子吃老鼠的。你有了主权，也不能叫人家贩白面。"

记者苦笑了，又问："听说，你还谢绝了几千块钱？"

老顺说："不是几千，是两千……其实是一千六，我拿了四百医药费。按说，那四百也不该拿，我一个'鹦哥盗桃'，伤了人家，出点儿钱，该。那'疤鸡'才是好人，若不是他，我们咋知道戈壁上还有'疤鸡'？若不是他，这百十只鹰，都成'疤鸡'的了。没人报信，那卡子上，也逮不住'疤鸡'。过不了几年，兔鹰全叫'疤鸡'糟蹋了。"

记者笑着纠正："是巴基斯坦人。"

"不屎糖了，就'疤鸡'吧。"老顺笑了。

"你为啥要拒绝那人的钱？听说你也不富裕。"记者又问。

"为啥？要钱不要鼻脸哩。人家有钱，那是人家的。老子穷，是老子的，活该穷。可再穷，我也有手哩，尽力子刨，不信刨不来一碗饭，要他的钱干啥？

省得叫人家说，那中国老贼，见钱眼开呢。”

众人大笑。莹儿抱着娃儿，也笑成一团。记者又问：“救了这么多猎隼，你高兴不？”

老顺说：“咋不高兴？身上的虱子也笑呢。我知道，你想问出个高调儿话来，没有。真没有。我这糨糊脑袋，打扫上三天，也找不出几个好词来。可有一点，我知道：我的，你抢也抢不走，偷也不叫你偷；你的，给我，我也不要。”

一片掌声。

老顺这才吃惊地发现，一人正拿个东西瞄自己，吓得一缩脖子，摆摆手：“不行不行，这副嘴脸，你照了，叫人笑掉大牙。人一看，还以为老猴子穿了衣裳呢，硬要照，你等等。”

他扬起脖子，喊：“猛子，快去取那套新衣裳，人家要照相呢……顺便，叫人家照一个寿相，死了往棺材头上放，省得再进城。”却听一人笑道：“这就好，这就好，原汤原汁。”老顺一看，一个胖老汉，正朝他笑，想，看这嘴脸，怕也顶乌纱帽哩。

记者朝他伸出手：“谢谢。”

老顺说：“不等新衣了？”记者说：“这就好，还要放鹰呢。”

百十个笼子都打开了。瞄过老顺的那黑家伙，又开始瞄鹰。老顺也屏了息，像众人那样伸长脖子，等那一飞冲天的鹰群。谁料，鹰却缩成一团，除一两只射向天空外，都不出笼子。老顺明白，这鹰在笼中待惯了，吃惯了现成的肉，不想外出了。先前，他放那老鹰时，也得等到天黑，用树条狠狠抽它一顿，过上一夜，鹰的野性才会苏醒。

老栋们都大感意外。这场面，本该热闹些，才激动人心，可那鹰，都懒洋洋了，缩成一团，仿佛说：“你们多管闲事，我们愿跟‘疤鸡’享福去。”

老顺很生气。“倒！举起笼子，倒！”他吼。

几人上去，倒下鹰来，有几只飞向高处，大部分仍蠕蠕着。那雄视万物的鹰气，早不见了，老顺折个树条，抽那些鹰，边抽，边骂：“滚！不争气的东西。”一人上来劝阻。猛子说：“叫他打，不打，鹰的野性醒不来。”果然，抽打几下，大部分鹰飞向远处。一过夜，它们才会再变成真正的鹰。

还有几只鹰，却往人群里钻。老顺见它们的眼睛被缝了，就叫过莹儿，接过她手中的娃儿，叫她用剪刀和针去挑线。

“小心些！”老顺吼。莹儿笑道：“不放心了，你自己挑来。”

老栋大声说：“乡亲们，以后，谁见了抓鹰的，都举报，举报有奖。”

老顺想，又天窗里掉木榈，给驴种相思了。却听得有人喊：“陈顺是谁？上来，上来。”老顺大眼张风地四下里望。他怀疑是不是还有个叫陈顺的，村主任上来，捞了他，往前走。那胖老汉举个红包儿，大声说：“这是奖金，两千块，是市里奖给陈顺同志的。”听得周围叫，老顺怀疑在做梦，可接了那包儿却很实在，好像是真的。又听那人说：“陈顺同志，可立了大功。……还有谁？”村主任大声道：“还有猛子。”听得毛旦叫：“咋没我？若没我，陈顺同志早到阴间了。”

接着，是一群女人声：“我呢？”“还有我呢？”胖老汉笑了：“好，好，还有我们的群众。群众是真正的英雄。以后，大家多检举揭发。”又是一堆女人声，都发问：“咋不给我们奖金？”

村主任大声说：“你们嚷啥？人家老顺，你们猜，立了啥功？上回，打偷猎者那回，是一回。这，”他指指遍地鹰笼，见几人正偷笼子，骂：“呔，你个驴撵的，放下，放下，那是战利品。毛主席说，一切缴获要归公……还有这，第二功……猛子，你们看着，谁再偷，先剁了他的爪子。……人家还有第三功，在他的批评教育下，一个猎隼者觉悟了，不但举报，还出了谋，划了策，路上设了卡子。昨夜，在班车上，又截下几十只鹰，你们。”他朝那堆女人划个弧，“咋能跟人家比？等以后，你们也立了功，再嚷。那时候，老子亲自去接见市长，抱他的腿，他不奖励你们，我也给他个‘鹦哥盗桃’。”

轰然大笑。数日间，老顺那功夫，早名扬凉州了。在场人，无不捧腹。

老顺搓搓头皮，也笑了，却想：“不知那红包儿里，有没假票子？”想一张张取出检验，又怕别人笑话，便想：“假的也没啥，就当人家没奖。”可心里总不放心，瞅个机会，把包儿塞给猛子，悄声说："你找个地方，好好瞅瞅，若有假的，挑出来，叫他们换。"猛子臭道："别丢人了。"

夜里，老顺那核桃似的脑袋出现在荧光屏上，别的也没啥，那口凉州话硬怪怪的，很是扎耳。老顺想，平日咋觉不出那话难听，一上电视，竟是如此碜牙。莹儿笑得直喊哎哟。

老伴也乐得合不拢嘴，却说："瞧，狗肉，天生上不了台盘。"老顺说："成了成了，就这，祖坟里都冒青烟了，你想上电视，有那个福气没？"又说："那票子，倒都是真的，没一张假的。"

第 十 七 章

1

葬了张五，回到猪肚井，孟八爷心里仍堵得慌。年轻的张五和垂死的张五总是变来变去，变出浓浓的沧桑来。沧桑里看世界，就灰蒙蒙了。有关死的联想，老丝丝络络地萦在心里，总是别扭。猪肚井因之变了：那大漠，灰黄中透出颓败之气；几间房子，也小出穷酸相来；纷乱的蹄印、与沙相混的粪便、被牲畜扯得到处都是的柴草，都进了他的心，跟张五的死带来的丝丝络络纠缠在一起，心绪大恶。

女人正牵了骆驼远近地来去。那驼，显得愈加瘦骨嶙峋，每拉出一筐沙石，便口吐白沫，怪叫不停。井上是黄二和谝子，等沙石上了井台，他们便扯过去，倒在那越来越高、俨然成山的沙石堆上。

井旁是新预制的水泥圈。那几个备用的旧圈已用完，意味着井又深了几米。照这进度，不几年，地球定会给穿个大洞。豁子在井底弄出刺耳磣牙的声音。谝子则对女人说疯话，抛飞眼。因为正给豁子帮忙，他自然要理直气壮地和女人调笑。豁子正值用人之际，也格外大度，由他嘴头上快活几下。

那老山狗正晒太阳，见孟八爷来，欢欢地迎上，喉间咕噜一声，说："我的人呀。"孟八爷低头，拍拍它的头，说："我的狗呀。"兄弟俩便算打过了招呼。

女人远远地叫："我还以为，你叫咋了呢？一连几夜，梦里不是倒树，就是房子塌……张五好了没？”

谝子却接口道：“墙倒亲，树倒邻，房子塌了是自己的人。这口诀，谁都知道。梦见墙倒死亲戚，树倒死邻居，房子塌死自己人。孟八爷非亲非邻，咋能应到他身上？我看哪，是你娘家出事了。”女人嗔道：“你家才出事呢。”

孟八爷无心说笑，拍拍老山狗的脑袋，说：“去吧，晒你的日头去。”老山狗喉间又咕噜几声，才过去，卧在沙洼里。

“张五好着哩吗？”女人问。孟八爷嗯一声。

“他啥时再来？他可说好给我个獾猪爪子呢。”女人说。

孟八爷说：“下辈子吧。这会儿，他正在黄泉路上呢，还顾不过来。……咋？又挖呀？成了，再挖，就到地狱了，放出鬼来，可不是玩的。”

“死了？”女人睁大眼睛，“瞧，”她朝井下望一眼，“我说他的病麻达，你还不信。那黄缥缥的样子，一看就是……啥病？”孟八爷懒得解释：“死的病。”

“人啊，真不如个物件。上回他来，还一条汉子呢，才不多几日，就成鬼了。”女人欷歔一阵，朝井下喊一声：“那疙瘩，重接不？”豁子在井下应道：“算了，结实得很。”女人嗔道：“连个麦穗子也绾不来。”又对孟八爷解释，“井深了，绳子短了。我说等你来，绾个麦穗子，可他，猴急。”谝子说：“他若不来，叫羊渴死不成？”

女人说的“麦穗子”，是一种绾绳头的特殊方法，绞扣结合，形似麦穗，十分结实，也十分难绾。孟八爷学了许多天，才学会的，就说：“快弄上来，我给你绾。别的疙瘩，经不了大力。”

“拉！”豁子在井底闷闷地吼一声，说：“不要紧。晚上绾吧，人嘴难张，好容易喊个人，吃劲干一阵再说。”

女人便吆了骆驼，远远去了。井架吱咛许久，才上来一个水淋淋的沙石筐。谝子和黄二抬过筐，倒了沙石。“狼再闹不？”等那筐又下了井，孟八爷问。

“咋不闹？”谝子道，“一入夜，就远远地嚎，嚎得人夹不住尿了。轮换着值夜、放火，倒也没出啥事。”黄二说：“咋没出事？那红脸的骆驼，不是叫开了窗子吗？”他又向孟八爷解释：“口儿不大，是爪子挖的。那天，狼叫土地爷封了口，不然……嘿，知道不，鹞子一家，叫狼害惨了。”

这事儿，老栋说过。“你咋知道？”孟八爷问。

谝子抢先答道：“那驼子说的。听说，那不是寻常的狼，是狼神，见不着影儿，可厉害得很……怪，它咋知道鹞子家？”黄二说：“你不是说是狼神吗？人家是神，啥不知道？”孟八爷说：“狼那鼻子，比狗还灵。听到村里的信儿没？”谝子说：“听到过，听说隔三间五就丢猪丢羊。”

“拉！”豁子又闷闷地叫。骆驼吃力地远去了。井绳吱吱呀呀上来，却露出豁子湿淋淋的脑袋。原来，他站在筐里，怪不得，骆驼那么吃力。

孟八爷说：“危险。你可小心，这绳，经不住你。”豁子笑道：“我算好了，瞧，才上了半筐沙石，加了我一个干鬼，也不过一筐的分量。再说，罪没受够，也死不了。命里该死在炕上的，死不到地下。”说完，他手撑井圈，上了井台。

女人远远地骂：“腰来腿不来，跌倒起不来，懒孙一个，爬几个梯梯子，又累不死你。”豁子听了那骂，却受用地笑了：“瞧，这婆娘，心疼我呢。”说着，远远地喊一声：“你不是盼我死吗？我死了，你好再找个年轻些的，劲大些的。”

“死鬼。”女人笑骂。

豁子对孟八爷说：“听驼子说，那鹞子，可放话了，他进监狱，是早晚的事，要弄你呢。听说他兄弟死了，这账，他往你身上记。可要小心些。”

“活够本了。”孟八爷笑道，“六十岁了，死了也不是短命鬼。那鹞子，真要找到我，怕也是咽根扎嗓门的骨头。我一张老羊皮，换他一张羔子皮，占大便宜了。”

“还是小心为妙。听说，他弄了把手枪，是仿造的，打独子儿，老揣着。那步枪惹眼，他不敢带了。……唉，要说也可怜，叫追得连个落脚点也没有。”豁子道。

孟八爷说：“那是他自找的，也没人逼他。安分日子他不过，却提上脑袋猫颠狗蹿。”谝子道：“听驼子说，那鹞子，也是逼上梁山的。乡干部借修路乱收费，他交不起，叫拆了房子，才干这营生的，一家人住草房……要是有个牢实房子，那狼能轻易得手？……唉，真家破人亡了。”

“真的？”孟八爷吃惊了。这，倒是第一次听说。

女人应声道：“这是真的，我问过他。要说，也怪他，那修路费，别家也有交不起的，可他交不起，偏要告，乡上恼了，才拆房子顶债的。他要不逞头，谁也不会碰他。村里交不起的，又不是他一家。”

孟八爷想到了去张五家的那种不能叫路的路和那些土眉土样的房屋、土眉土样的人，不由叹了口气。那路，该修，可张五们的承受能力也到极限了。他们的腰已弯了，再压，就趴下了。这也成了恶性循环：越没好路越穷，越穷越修不起路。

“去，去，弄些吃的来。”豁子吩咐女人，“主动些，你是天生侍候老子的，又不是娘娘，干个啥，得人请？”女人道：“瞧，给你个凳子，你还上头哩。啥时候，老娘腻了，一拍屁股走掉，看你还口气大不？”

豁子笑道：“你敢？一进沙窝，就晕头转向，不晒成干尸才怪哩。”

女人笑道：“和猛子去内蒙古那回，我认下路了。以前，老怕被渴死在沙窝里，那回一试，也没个啥怕的。偷个骆驼，驮了水和吃食，认准方向，一溜风就出去了。”豁子变了脸色，却笑道：“你试试。不晒成干肉，老子把脑袋揪给你当尿壶。“

“我还嫌脏呢。”女人笑道，“对了，你不提干肉，我还忘了。”她对孟八爷说：“我把羊肉晒成干了。没晒过，可他赶着鸭子上架，也没啥调料……你不是说藏民也晒肉吗？我照猫画虎，不知对不对？”孟八爷道：“也没个啥窍诀，干晒了，就成。”

女人笑嘻嘻过去，取下几串干肉。孟八爷接了，一敲，乓乓响。“成哩，就这样。瘸阿卡就这样。这肉，越嚼越香。”撕一块，丢进嘴，咕嚅半天，见谝子们望他，就含糊地说：“你们尝尝，香……嗯，多嚼嚼，香味就出来了。”

豁子们也吃了些。开始，谁都皱眉，好似喝药。渐渐，都舒了眉头。

2

嚼阵干肉，再吃点馍，喝点水，豁子又下了井。他还想站在筐里慢慢顺下，叫女人狠狠骂了几句，才讪讪地顺梯下去了。

行了山路，坐了车，孟八爷有点累。炉上水壶正嗞嗞地响，扩散着一种家的迷醉。他胡乱想一阵张五和鹞子的事，便迷糊了。

不知过了多久，忽听一阵尖叫。孟八爷一下醒了，急忙下炕，出屋，见门外已有不少牲畜。时至黄昏，一些牧人上圈了。此刻，他们正围着井口。

“要紧不？你说话呀？”女人带着哭音喊。

“我下去。”谝子急急地下了井。

一打听，孟八爷才知是绳断了。那结头，并不牢实，用了一阵，就松了。装满沙石的筐，上到半空，落下，砸向豁子。

孟八爷拨开众人，往下瞅，因才从暗屋里走出，骤遇光明，竟似失明了，丝毫看不清井下的一切，只听得谝子说：“哎呀，血……”女人哭叫：“人好着没？”谝子说：“活着哩……不要紧，人活着哩。捞不动，再下来一个。”孟八爷说：“我下。”谝子道：“不行，来个力气大些的。”红脸理所当然地下了井。

女人伏在井台上，哭得失声断气。孟八爷安慰道：“不要紧，没事。”这一安慰，女人的哭声更大。骆驼也长长地叫一声，似在辩解：“这可不是我的错呀。”

孟八爷捋捋在风中晃动的绳子，见那茬口，不像断的，是开的，就说：“也怪我，撒了懒。”又听得井下传来铁锹刮沙声，赶紧叮嘱：“小心些，别弄伤了人。”

“活着！活着！放心。”红脸叫。

“背不动呀！”谝子叫，“再下个人。”却听得红脸叫：“下啥人？就这，都转不过身来，把筐弄过来，对。……孟八爷，你下来，把绳子接上。这阵势，得吊，背是背不上去的。再说，这钢筋梯子，有些锈了，吃不住力。”

孟八爷对女人说：“去，把骆驼吆来。”女人哭几声，抹把泪，吆回骆驼。

孟八爷把绳头扔上轱辘，扯下来，下了井梯。红脸已早举了另一个绳头等他。孟八爷接了，绾个结，用力拽拽。红脸道："弄牢实些。"孟八爷说："没问题。"说完，怕自己影响筐的上下，就出来了。

红脸和谝子捣鼓一阵，把豁子的呻吟也捣弄出来了。井上的人都松了口气：有了呻吟，说明豁子没死。没死就好。

"拉！"红脸叫，"慢一些。"

孟八爷过去，和女人夹了骆驼，他拽住骆驼鼻绳，不使它走得太快。在轱辘的吱咛声中，红脸吆喝着，护着筐里的豁子，上了井台。

豁子满面鲜血，仍在呻吟。他瘫在筐里，牧人们一拉，他就成一条了，一放，又成一堆了，那呻吟也有气无力。"豁子！豁子！"孟八爷叫。

"死鬼，你睁开眼呀。"女人哭叫。

豁子睁了眼，望望女人，惨然一笑，有气无力地呻吟几声。几人搀了，想叫他站起，却仍是提时一条，放时一堆。"糟了，怕是伤脊梁骨了。"红脸说。

几人抬了筐，往屋里走。女人跟在后面哭。孟八爷劝："别哭了。"女人哭道："他咋这么命苦呀？才怀了娃儿，才定了心，就这样了。""不要紧。说不准缓一缓，就好。"黄二安慰道。

进了屋，人们也不顾豁子身上的泥水，七手八脚地把他抬上炕。豁子的呻吟渐渐大了，仍是不能动弹。女人上前，捉了他的手，一脸关切。豁子露出了笑意。

"我怕是命尽了。"豁子吃力地说，"脊梁骨可能断了，活着也是个瘫子。你把你的路走好。""胡说。"女人哭道，"你会好的。若真是瘫了，我侍候你一辈子。"

豁子无力地摇摇头："那些钱，你拿去，我用不着了……不用治了，弄不好，人财两空……你留下吧。"女人倏地起身，抹去泪，在毡角下，取出个黄包儿，揣进怀里，对孟八爷说："走，进城。泼上命，也要救他。"

红脸说："咋出沙窝？走又走不得，骑又骑不得，这样子。"

豁子呻吟道："算了，我的命我知道。人说要了年轻女人要折寿呢，有你这份心，死了也值。”

孟八爷上前，仔细查查豁子，倒无明显伤痕，那头上的红，是外伤，并不要紧。最要紧的，也许是看不见的，不知道究竟伤到啥程度，但救是要救的。他想出个法儿，问女人：“有没有结实单子？”

女人抹把泪，取出一条新床单。孟八爷叫人们抬起豁子，抽出白毡，叫红脸弄两峰乖顺的驼来，用绳子把单子和毡扎在两驼之间，就变成吊床了。然后，叫红脸和谝子牵了驼，把豁子放毡上。女人备了食物和水，另骑一驼，带了马灯，出了沙窝。孟八爷想跟去，女人却叫他照料这儿，又想豁子这一摊子，没人照料也不成，就给红脸安顿了一些注意事项。红脸说：“放心，当队长那阵，我也干过这事。”孟八爷才放了心。

3

豁子们一走，屋里就空荡荡了。外面，却仍是拥挤异常。各类牲畜因为熟悉了环境，渐渐露出了本性，畜生气显露无遗，纷纷抢炒面拐棍备用的柴草。炒面拐棍疯子似的抡着桦条，但无济于事，气得他大哭，大骂牲畜的主人。主人们反倒嬉笑着看他的表演，时不时品头论足一番。因为近处的草几乎叫牲口啃光了，远处的也日渐稀少，再这样下去，养命都够呛，能叫牲口抢几嘴草，大小也是个便宜。只是，那炒面拐棍的哭声很是瘆人。一个男人，咋能那样神头怪脸地嚎呢？

孟八爷出去，喝几声，牧人们才各自赶回自己的牲口。其实，赶也没啥必要了，因为这些日子，你一嘴，我一嘴，那草所剩无几了。

孟八爷劝炒面拐棍：“嚎啥？一个男人，不就一点草吗？”

“不是草的事，是他们欺负人。”炒面拐棍抽抽搭搭地说。

这倒是。孟八爷想，这群家伙，原来也像个人样，咋跟那牲口一样，一遇个机会，就露出本性了？想来，这人，心上得有个紧箍儿，像孙猴子那样，或是自己戴，或是别人强加，不然，真没法治了。前些年“文革”时，竟还有吃人的呢，一群人，架口大锅，活活把一个“四类分子”煮吃了。现在这阵势，也叫人伤心。可怕的，不是狼祸，而是牧人里的这种末日来临似的情绪。他有个预感，怕自己收拾不住这帮野人。

太阳落山不久，猛子和黑羔子回到猪肚井。猛子喧一阵南山里发生的事，孟八爷咋舌不语。对拉姆，他有太好的印象，可死了。太美的东西一被破坏，总叫人心打哆嗦。还有那赶网的，比张五们更可恶，更凶残。看来，那问题，绝不仅仅是死了个张五，埋了杆砂枪，或是逮了个鹞子就能解决的，需要许多人很长时间的努力。

黑羔子阴着脸，不说话，抚弄着一把匕首，看不出其心绪。孟八爷也懒得管他。他了解他的品性，这是最基本的。品性好了，心绪随它波动去，咋波动，也动不出太大的差错。倒是牧人鼓荡着一种不祥的情绪，令他担忧。显然，水和草的问题，已影响他们的人生坐标。祖祖辈辈依靠的某个支点，已开始动摇了。

炒面拐棍进来了，他的脸上仍有泪痕。孟八爷劝：“你别在意，不就一点草吗？”炒面拐棍说：“你不知道，他们起群哩。他们正商量呢，那井，由他们沟北的用。”孟八爷说：“怪事。那井，是豁子的，又不是他们沟北的。”炒面拐棍道：“谁的也罢，明摆的，那点儿水养不了多少牲畜，谁占了井，谁才能立住脚。别人，就成嘉峪关的旋风边外的鬼了。再说，豁子又不在，就是他在，又能做啥？人家又不是不给他钱。”

孟八爷知道，牧人惯以某条历史悠久的“沟”为界，住北边的叫沟北，住南边的叫沟南。这划分，不是行政划分，不是观念使然，而是历史沿袭。孟八爷们属沟南，炭毛子们属沟北。平时，这划分，就淡漠了。一有大事，比如抢水抢草场，那沟南沟北就势同水火，纠斗不休。多年了，谁也不服谁，倒也没分出个高下。炒面拐棍是沟南人，抢他草的，是沟北人。

炒面拐棍望一眼黑羔子，说：“你的羊，快渴死了。轮上你了，没人，就叫人挤了……渴疯了，一听到水声，就疯了，鞭子抽也不走，抢谁的水，叫谁老羊拧脖子摔一顿，才乖了。”黑羔子不语，伸了拇指，刮那刀刃。

“叫声都有气无力了。”炒面拐棍说，“再这样，就渴死了。”

黑羔子冷冷地冒出一句：“死了没？”

“还没哩。”

“我还盼它们死呢。”黑羔子又刮起刀刃来。

忽听门外传来争吵，尽是满嗓门噎的粗话，大多与生殖器和母亲有关。炒面拐棍说：“这几天，老这样。”

孟八爷出去了：“又是啥事？”扁头说：“今日个，挨上我饮牛，可他不叫我饮。”扁头是沟南的。

炭毛子说：“轮天轮地，也轮不到你呀。你们说，是不是？”他的身后发出乱哄哄的声音：“是啊！”“你是哪儿来的旋风啊？”“你是从哪个裤裆里戳出来的？”还有更难听的话。

“听，听。”扁头说。

孟八爷还没说话，炭毛子就接上话茬了：“听啥？别驴不知自丑。这井，虽是豁子打的，可这地盘，却是老子们的。你朝太阳落山的地方划个线。看这猪肚井，是在沟南，还是在沟北？”

这话，有些强词夺理了。孟八爷刚要反驳，扁头却说话了：“咋是沟北？瞧，猪肚井，上去青羊圈，上去羊儿沟，上去狼舌头湾……咋是沟北？明明是沟南。”

“别羞先人了，你那眼睛斜了。”炭毛子打个哈哈，“眼斜心不正，心比驴还狠。听，我给你划：猪肚井，上去熊卧沟，上去牛路坡，再上去马营沟，再上去黄龙庙，这样划线才对。”

扁头叫道：“你才是斜眼呢。”

“你斜眼！”“你斜眼！”……对方人多势众，吼了几声，把扁头吼糊涂了，他眨巴几下眼睛，望望孟八爷，仿佛在问：“我的眼，是不是真斜了？”

孟八爷哈哈大笑。猛子也笑了。黑羔子却阴阴地瞅自已脚尖。孟八爷笑道：“这划那划，都是糊涂账。偌大个沙窝，这儿偏一寸，到那儿，就是几十里。谁也说不准猪肚井在沟南还是沟北。”

“咋说不准？”炭毛子说，“我就说得准，我驮了半辈子炭，啥地方没闯过？我说不准，谁说得准？”

“混账话。”孟八爷道，“那我也可以说，我跑了一辈子沙窝。我说不准，谁说得准？我认为，猪肚井在沟南。”话一出口，他就发现自己犯了个错误。本来，他的猎人身份超越了南北，好说话。他这么一说，就从调解方变成抢夺方了。果然，炭毛子马上反击：“你是沟南的，当然要偏向沟南了。”他也懒得辩，索性发挥人多的优势，问同伙，“你们说，是沟南？还是沟北？”

“沟北！沟北！”声震沙窝。

“沟南！沟南！”叫喊虽声嘶力竭，但毕竟人数少，气势弱了许多。

老山狗也加入到沟南的行列里，跟着叫了几声。猛子道：“听，狗都说沟南。”炭毛子笑道：“狗当然说沟南，人才说沟北。”这一说，把沟南的都骂成狗了。还有些牧人，不在沟南，也不在沟北，不好公开得罪哪一方，一听炭毛子的话，趁机哈哈大笑。这一笑，他们就和啦啦队差不离了。若是沟北取胜，他们也好分点儿水喝。

“沟南！沟南！”猛子因言语不慎，叫对方占了便宜，懒得纠缠，扬脖大吼。

“沟北！沟北！”沟北的人多，且早有准备，一出声，就把对方压下去了。

孟八爷发现炭毛子们是预谋好的，感到有点棘手。要是真让他们得逞，沟南的就立不住脚了。这种事，在祖宗手里老发生，今日个你占地盘，明日个我抢水源，头打烂拿草腰子箍，谁也没服过输。倒是谁也没抢过沙窝，靠村庄近的，当然挨谁家的归谁。离村庄远的，谁下了“招子”，那沙米黄毛柴就归谁。那所谓“招子”，不过是绾个柴棵疙瘩，插沙丘上，可比啥法都管用。因为那是规矩。法律是现代人订的，规矩是祖宗传的，传了千百年。人一茬茬死了，可那规矩不死。但对这大漠深处，祖宗也没立啥规矩。这儿，就像大洋的公海一样，你也能来，我也能去。可现在，有人要占猪肚井了。这仅仅是开了个头，接下来，是芨芨湖、荒草湖、熊卧沟……凡是牲畜能立站的地方，都有抢的必要和可能。看来，这炭毛子不简单。

孟八爷说：“一个干窟窿，有啥可争的？有本事，到大地方去，广州呀，上海呀，美国呀，联合国呀……才算本事。现在算啥？被窝里的猫儿，咬被窝里的毬。”

炭毛子道：“话不能那么说。你说啥该争，啥不该争？绳绳子都扎上喉咙了，就那么一口食，你吃了，我就不能吃。世上的事，总该讲个理儿，那口饭，该着谁吃就谁吃。以前，是我们宽宏大量，水叫你们喝，草叫你们吃，可也怪你们，给一点颜色，就往大红里染哩，白吃白喝了不说，连这地方，也想霸占了。”

孟八爷笑了：“哈哈，听你的口气，不但这猪肚井，连那芨芨湖啥的，也成沟北的了？”

“当然呀，难道是沟南的不成？”炭毛子打个哈哈。

孟八爷不禁大笑，心里却涌出浓浓的难受来。屁大个地方，屁大点利益，值得这样争？天下大着呢，有本事，出去，打下一片天来。这巴掌大的沙窝里，有啥可争的？就对炭毛子说：“你也别当搅事棍棍子。我看，先按以前的规矩办，轮着饮水，伙着放牲口，有啥事，等豁子好了再说。”

“不成。”一个叫犏牛的牧人说，“你也瞧见了，屁大个猪肚井，盛了多少牲口，能有多少水？能有多少草？”

“不是闹狼吗？”孟八爷耐心地说，“不然，谁愿往这儿挤？”

“闹上一百年狼，就挤一百年不成？”犏牛说。

扁头说：“别的，我不管。今日个，挨着我饮牛，我饮了再说。”说着，就到豁子屋里，取了水兜子，往井上走。几个牧人拦住他，一个说：“不行，你一打水，牲口就疯了，收拾不住了。”

这话不错。那些渴极了的牲畜，此刻，要是见了水，不变成狼才怪呢。上回的羊填井就是教训。所以，后来豁子就在牲畜出了圈时才打水，一群饮完，再来一群，才避免了无谓的拥挤和抢夺。

“叫我的牛渴死不成？”扁头道。一牧人道：“你后晌干啥来着？”“后晌，我才来，豁子就那样了。”扁头显得很委屈。几个牧人起哄：“活该！活该！”

炭毛子却说：“过去的老黄历，谁也不翻了。反正，今日个起，井是沟北的。

谁饮也成哩，等沟北的饮完了，水充裕了，成哩，给你们舍些，不充裕，也没治。狼多肉少，得先分个里外。”猛子道：“咋？你活叼活抢哩？”

炭毛子打个哈哈：“啥是活叼活抢？先除里儿后除外，沟北的水，当然要饮沟北的牲口。你问问他们，”他朝沟北的牧人扬扬下巴，问，“是不是这个理儿？”“就是！就是！”那些人大叫。

炭毛子又问：“沟南的要饮水，你们答应不答应？”

“不答应！”“一千个不答应！一万个不答应！”那气势，比前些年喊口号还到位。

炭毛子在牧人里点了几下：“你，你，还有你，从现在起守井，不是沟北的，一滴也不能饮。”

那几人兽叫似的吼应。

事情竟闹到了这一步，孟八爷心里很烦，也懒得去张罗防狼的事，早早进屋睡了。猛子气哼哼骂了一夜。黑羔子也没去看他那据说“渴疯了的羊”，坐在炕沿上，木了半夜。

这夜，似乎没听到狼嚎。

4

次日，炭毛子果真留下了犏牛和几人守井，并公布了饮水时间表：你今个，他明个，他后个……果真没排沟南的牧人，连那帮他笑过的啦啦队也没安排，气得他们吊长了脸。

扁头因料到没人敢帮他牵骆驼扯那轱辘，等牧人们一出圈，就拢了牛，提了水兜子，去打水。哪知，他才上井台，犏牛就抢下水兜，抛出老远。扁头骂：“驴撵的，没王法了？真顶个箩儿就当个天？”那几个牧人起哄一阵。犏牛说：“今个没你。”扁头问：“啥时有我？”犏牛说：“明个没你，后个没你……一直没你。这沟北的井，只饮沟北的牲口，你旋一旁去吧。”

黑羔子没出圈。他出沙窝时，他的羊由扁头和炒面拐棍代放，你一天，我一天，轮流着放牧。那些羊干瘦干瘦，望望井台，咩咩地干叫。

猛子见沟北牧人欺负扁头，气不过，就上前拎起水兜，走上井台。那些人扑上来。猛子道："咋？连我也不叫打水？老子渴了，喝一口，成不？"一听是他喝，他们就闪开了。这水兜，是用汽车里胎做的，是豁子备用的。骆驼拉时，用大兜；人提时，用小兜。提了许久，猛子才提出了一兜水。因为昨日才淘了井的缘故，水不很清，猛子朝扁头招招手："来，帮一把。"扁头过来，提了兜。猛子口对水兜，咕嘟几声，"成了，"猛子说，"这剩下的，给牛。"扁头提了水兜，刚要走，犏牛过来，劈面夺过。猛子上前，夺那水兜，水洒了一地。这下，惹出了猛子的横气，他一扬水兜，把兜中剩水都浇到犏牛头上。

"咋？打架哩？"另两人一见，围了上来。

猛子早忍无可忍了，顺势揪住犏牛头发，一下拉，膝盖一提，犏牛大叫一声，脸上就血糊糊了。另两人还没反应过来，就被猛子打倒在地。"打水。"拾起水兜，他招呼扁头。扁头慌张地四下里望，却不敢接水兜。

"打水！天塌下来，有老子顶！"猛子吼一声。扁头这才接过水兜。被打倒的两人已爬起，怒视猛子，却不敢上前。犏牛边擦脸上的血，边气狠狠走了。猛子知道他去叫人，但心里有股横气鼓荡，倒也不怕。

扁头把第一兜水倒进水槽，只见牛头攒动，眨眼间，槽里便无水了。那牛们倏地抬头，涌向水兜，看那样子，又要疯挤了。猛子恶狠狠朝牛鼻子们踏几脚，才算阻住了涌向井台的牛头。

猛子望望那两个牧人，说："路不平，众人铲哩。别以为人多，就能欺负人。"一人冷笑说："逞啥能？等会儿，叫你吃不了的，兜着走。"猛子脖子一扭："老子是叫你吓大的？我知道，那个杂孙叫人去了。叫去！有本事，把老子的把搬掉！皮捋掉！"另一人说："你着啥急？"

扁头连续打了几兜，便喘吁吁了。猛子很想帮他打几兜，可又怕炭毛子们真来找他算账，就去了豁子屋里。见孟八爷正倚在被上，闭目养神，也懒得打搅，取过火枪，装起火药。他的本意是想吓吓他们，可火药一装好，却又改变主意，填了半把铁砂。他想，要是他们真动手，先朝他们腿上来一枪再说。等装了铁砂，却记起，那砂枪，不比快枪，一喷，就是一大片，距离稍远些，朝腿扣扳机，脑袋也能叫打成蜂窝。正犹豫间，听得扁头骇极的叫：“猛子——猛子——”

出了门，见那两个牧人正打扁头。扁头抱了脑袋，在地上滚。猛子边从上衣袋盒里取个火炮儿，放入裤兜，以备急用，边提枪跑出。那两人见猛子扑来，一溜烟跑了。

黑羔子却仍在那儿待着，阴了脸，也不望扁头。他也是沟南人，按说，应该帮帮扁头。猛子朝他啐了一口，有些看不起他了。

扁头的脑袋已给踢成了血葫芦，他直了声嚎。猛子恶狠狠说：“嚎啥？没卵蛋的东西！你没长手吗？”扁头嚎几声，说：“呜呜，你不见，呜呜，人家人多。”猛子道：“人多怕啥？人打你十下，你也该还他一下。别嚎了，打水去吧，等会，他们来了，你想打，人家也不叫你打。”扁头哭道：“没劲了。呜呜，骨头折了。呜呜，脑髓都踢出来了。”猛子一看，那伤，也没啥大不了，脸上有血，却是鼻血，胳膊和腿脚也无大伤。

黑羔子却冷冷说道：“瞧，人家来了。”

一扭头，见几十人蜂拥而来，气势汹汹，打头一人，正是犏牛。猛子取出火炮儿，压上撞针，平端了枪，心里却提醒自己：千万别扣扳机。

扁头惊叫：“你真要开枪呀？打死人，可要抵命哩。”猛子又提醒自己：千万别扣扳机。

那群人闹嚷嚷近前来，见猛子端了枪，对准自己，都怔住了。一个说：“真是亡命徒。算了，不跟他争了。这水，谁饮谁饮，饮光了，大家一同完蛋。”说完，就往后退。犏牛用膝盖在他屁股上一顶，那人只好驻足。

“放下枪，放下枪，有话好好说。”犏牛上前来。猛子知道他想夺枪，吼一声：“滚！再前来，老子扣扳机了。”心里却提醒自己：千万别扣扳机。

孟八爷被吵醒了，出了门，见猛子端了枪，正和沟北人对峙，惊出一身冷汗，几步来，捉了枪杆：“松手，松手！都是自己人，有话好好说。”猛子已满头汗水了，越提醒自己别扣扳机，越觉得马上会扣扳机，越提醒越紧张，精神紧张到了极致。孟八爷一捉枪，他便顺势松了手。

孟八爷枪口朝天，一扣扳机，一股火呼啸而出。他变了脸色，瞪猛子一眼：“你连子弹也装了？呸，羞先人去吧。”

沟北牧人变了脸色，互相望望。一个说：“这孙蛋，真枪毙我们哩，揍他。”几人应道：“就是。”扑上前，猛子还没反应过来，就挨了几拳。别的人一拥而上，乱拳乱脚，泼向猛子。孟八爷气得大叫：“畜生！畜生！”

扁头叫道：“出人命了！出人命了！”

又听得孟八爷喝道：“黑羔子你干啥？”扁头喊：“黑羔子要杀人了！要杀人了！”

围打猛子的人一听扁头不像人声的厉叫，扭头，见黑羔子抡着那把刀子，扑上来了。他狞笑着，发出兽叫。犏牛叫：“快跑，他疯了。”几人马上跑了。另一些人正揍猛子，开始还没注意，等一人屁股上挨了一刀惨叫时，才变了脸色，一哄而散。

黑羔子朝人戳一刀后，并不追杀别人，却走向自己的羊群。羊们一见主人，都咩咩叫着迎上来。不料，黑羔子的刀子正是为它们准备的。它们来不及做出任何反应，就倒在血泊之中了。

听到黑羔子歇斯底里的喊叫，在场的人都变了脸色。沟北的人开始逃了，他们相信，黑羔子宰了羊后，一定会来宰他们。

杀戮继续进行。

“呔！”孟八爷喝道，“羊又没惹你，你杀羊干啥？”扑上去，想夺下刀子，但黑羔子似已疯了，刀子有意无意，飞向孟八爷的喉头，使他不敢近前。

“别挡，我可杀人哩！”黑羔子失了人声地叫。

扁头叫：“黑羔子疯了！黑羔子疯了！”他扑过去，打身后拦腰抱住孟八爷。别看他打架不成，降服孟八爷，倒是把好手。孟八爷四蹄乱蹬，嗷嗷乱叫，但要挣出扁头怀抱，却也不易。当然，扁头是为孟八爷好，怕他有个三长两短，沟南越发无主事的了。

猛子仍在地上蠕动。那顿揍，显然挨得不轻。

在黑羔子的叫声中，头上打着黑色印迹的羊一只只倒下了。它们痛苦地扭动着躯体，却并不惨叫。这就是羊，无论黑羔子眼里的羊如何凶残，羊终究是羊。面对屠刀，它们只能伸出脖子；挨了屠刀，也只会抽动四肢；而后，大瞪着瓷白的眼珠死去。

几只羊没被戳中要害，蹒跚着爬起，歪了身子跑开来。缕缕鲜血追着它们。

涌向自己的活物终于没了，黑羔子也懒得追那几只仍斜了身子逃命的羊。他抛下刀子，把羊捞成一堆，到豁子屋里，取来煤油拉子，拧去盖，朝羊身上浇了油，划根火柴，大火顿时腾起。有几个没死的羊，挣出火堆，披了火，逃向远处，虽仍发出咩咩声，听来却格外瘆人。

黑羔子哈哈大笑。而后，是一种从来没有听过的哭。黑羔子跪在沙上，揪着头发，扯了声嚎。

嚎了一阵，他又大笑着出了沙窝。

5

因为黑羔子来了出人意料的一手，沟北人不敢再霸占井了，谁都可以饮，但秩序已被打乱，由以前的轮流饮水，变成了谁抢到兜子谁饮，涝的涝死，旱的旱死。力大者自然占便宜，虽无更大的冲突发生，单个的纠纷却没断过，脸开花者，脑袋烂者，指节错位者，或其他伤残者，并不鲜见。

第三天中午，红脸和女人来到猪肚井。女人说，豁子住院了，要动手术，但带去的钱不够。豁子拒绝做手术，并把藏了自己半辈子辛苦钱的地方告诉女人，叫她带去，自个儿谋个生路，犯不着闹个人财两空。

孟八爷问："你咋打算？"女人吃惊地望孟八爷一眼，说："咋打算？人都成这样了，我有啥打算？救！救个啥程度算啥程度。有钱了救，没钱了生发上钱也得救，不救，还算人不？"孟八爷感叹道："这豁子，咋这么有福气？竟找了这么个女人。"女人说："啥福气？穷命。抠搜了半辈子，才攒了些钱。这一来，花光了。也好，江上来的水上去。""医生咋说？"孟八爷问。

女人说："命保住保不住，难说。救好了，也是个半边人，脊梁骨砸坏了。唉，该着我这么个苦命，侍候他就是了。我不管，他就只有死了。"说着，叫孟八爷帮她扶凳子，自个儿上去，撕开掩尘纸，从梁上的小洞里取出一个包，里面，是几张存折，算算，倒有一万多块。女人叹道："这便是豁子的血汗钱了。沙窝里当了几十年独鬼，才攒了这么点。"孟八爷说："还嫌少呀？你问问农民，翻一辈子土块，存款的有几个？我钻了一辈子沙窝，连个钱毛也没存下，看张五那回，还是问豁子借的呢。"

女人装好折子，问询了一下情况。孟八爷谈了些，女人冷笑道："瞧，就这种格局，不穷才怪呢。来这儿前，我闯了些地方，哪儿也这样，无聊到极点了。穷不怕，怕的是长了这样的心。没个好脏腑，给你块好大的天，也会给弄个乌烟瘴气。"

孟八爷望女人一眼，想，这娘们，不简单呢。女人笑道："咋？这话，不对吗？以前，我是混日子的，可我是看够了外面毒蜘蛛一样你咬我啃后才混日子的。想透了，啥都是个空，争也罢，嚷也罢，强也罢，弱也罢，随他们吧。眼下，就这点希望了，毁了，大家都完蛋。"

正说着，猛子回来了，孟八爷打发他去追黑羔子，怕他想不开，寻了无常。一见他来，孟八爷就问："你咋来了？"猛子说："人家清醒得很呢，卸了副担子似的。他说，那羊，噩梦一样，缠几辈子了。这下，才解脱了。"孟八爷问："人呢？"猛子道："出了沙窝。""去哪儿了？""不知道。"女人却说："人家哪儿不能去？"

孟八爷想，就是，天地大着呢，想去哪儿，就能去哪儿。

6

女人出了房门。

井上候几个牧人，正拿着兜子，等候水出，见女人来，一人讪笑道："瞧，这井，瘦狗努屃呢……豁子好了没？”女人懒得细喧，嗯一声，故意大声问：“孟八爷，这井，我可是交给你呢，咋乱套了？”孟八爷出来，也扯了嗓门道：“人家说，这是沟北的。”

女人道：“这井，明明是豁子打的，咋成沟北的了？照他的理，一线儿划下去，美国、欧洲、半个地球都成沟北的了？问他，有那个贪心，可有那个脏腑不？别贪得太多，却胀破肚皮。”

犏牛笑道：“那话儿，我可没说。”猛子接口道：“咋没说？那天，扯了嗓门，叫得最凶的，不是你，又是哪个老叫驴？别假装糊涂，你还欠我几脚呢，别以为乱人伙里好伸拳头。哪天，我有兴趣了，连本带利还给你。”犏牛道：“猛子，你可别狗咬吕洞宾。那天，要不是我前边挡着，你早成断脊梁的狗了。”猛子打个哈哈：“是吗？那你倒成好人了？可任你说个天花乱坠，我可是哑巴吃饺子。”

女人说：“那炭毛子驴呢？成哩，这地盘，就算是沟北的，可那水泥圈啦，人力啦，总是豁子的吧，算一下，打个折，处理给他炭毛子，叫你沟北的啃也罢，填也罢，老娘也省得操这份闲心。”犏牛道：“就这么个干窟窿，谁要？要是卖你，还真有人动心呢。”女人说：“成哩，就卖我。”犏牛笑问：“多少钱？”女人说：“这可说不准，看豁子住院咋花，花的多，老娘多要些；花的少，老娘少要些。以前，有头插草苗儿自卖本身救父的，现在老娘也学学，自卖本身救男人。话儿虽难听，心却是真的。”

孟八爷笑道：“亏你想得出这号法儿，你卖了，豁子咋办？”女人笑道：“一块儿卖呀，叫人家占个便宜，爹也有了，妈也有了。”猛子们大笑。

女人又说：“那炭毛子呢？他既说是沟北的井，那就该他打一次井。这阵势，再挖下几个圈，或许有个好水头。你们等啥？挖就是了。”犏牛笑道：“你别羞我们了。那黑羔子，来了那么一手，拿柳条在我们脸上抽呢。”女人道：“人家那是想透了。你不听他说，那羊，成黑色的咒子了，梦魇一样，缠几辈子了。这下，他解脱了。也好，天下大得很，路数多得很，何必吊死在这棵树上？明摆的，这儿也没救了。”说着，她不知想到了啥，竟是一脸沮丧，瞬息间，老了许多。

孟八爷对犏牛说："去，跟炭毛子说，吃水不忘挖井人呢。救豁子，得用好些钱，馍馍渣攒个锅盔，谁都凑些，多少也是个心。"犏牛道："人都站到井里要马勺呢，哪有闲钱？不过，皮子倒有几张。"孟八爷说："啥也成，羊皮也成，凑一些，卖给驼子，多少贴补一下。谁知道驼子住哪里？"另一人道："炭毛子知道，住东关。"

女人笑了："这炭毛子，瘆怪怪的，这井，成他的了。他咋不说，老娘也是他的？"一牧人道："他敢？你那蝎虎劲儿，他一见，骨头都酥了。要是年轻几十岁，还差不多。"女人笑道："年轻几十岁，我还当他妈哩，他更不敢了。"又问，"谝子的牲口谁放？"一牧人答："炒面拐棍。"女人道："着。那谝子，别看嘴疯，心倒不坏，医院里，忙了个猫颠狗蹿。我早头三不知道脑四了，没他，真不行。这回，红脸不去了，一个就行了，医院不叫多蹿人。"

猛子酸溜溜的，想："这下，合那谝子的意了。"听得犏牛笑道："那谝子，当然卖力了。人家梦里都想你，想你想得吹不灭灯，灯花儿落了多半升。"女人笑道："没起色的货，尽往歪路处想。"

孟八爷对猛子说："你去，把我的意思给炭毛子说一下，皮子也成，羊毛也成，有几分力，尽几分心。"猛子想说不去，又不好回绝。那天，炭毛子虽没来，但那事，肯定是炭毛子煽动的。炭毛子和红脸不一样，红脸好逞头，啥事都往前蹿，炭毛子好使暗劲，多门背后踢飞脚。

女人说："还是我去吧。那脸，我往下抹，好说歹说，也是我的男人，不尽心尽力，心上总是难受……也不白要，就算借吧。他活着，少不了你们的。他死了，由老娘担着，我拣垃圾，当婊子，也不会把债拖到下一世还。"牧人们笑了。一个说："谁又叫你还来？那皮子，就当叫虫蛀了。"

猛子这才说："我陪你去。"怪得很，以前，一想豁子，总是别扭，自打他伤了后，那别扭也无影无踪了。

两人出了猪肚井，去找炭毛子们。听说，那芨芨湖，早没草了，羊把草根也刨吃了，不知下一年还出不出芨芨？那芨芨湖是不是也像唐朝的七十二座马营一样，只剩个名儿了？但这事儿，离猛子远着呢，也懒得管它。

因炭毛子们夜里要上圈，原也用不着去找他们，但女人一来想散散心，一连串的事儿，把心填满了，憋得慌。二来，礼节上看，还是找去好。牧人常说："骆驼吃草，脖子也往前跟呢。"就是针对这类事儿的。她原打算拿到存折马上进城。孟八爷一说，她变主意了，想尽量多弄些钱。听大夫说，豁子那身体，动手术的话，得输血输白蛋白啥的，钱少了，怕不够。

日头偏西了，白白的一点亮晕。深秋的大漠苍白而冷落，一晕晕荡向远处的沙褶儿显得疲惫而无奈，没了盛夏的那种热烈。那柴棵，只剩下老杆了，嫩的毛枝儿全变成了牲畜粪便。天空也不似夏日那么蓝，泛出裹尸布一样的颜色。几只黑鹰在天上单调地画弧。风吹来，凉飕飕的，秋的味道很浓了。风里依稀有乌鸦叫声，却看不到它们的影儿。不知那叫声是实有的，还是来自心头的幻觉。

一只羊死在沙洼里，从印迹上认出，是黑羔子的，正是挨了刀后挣逃出的。咋挣，它也没挣出命去。羊身子早烂了，肠肚子已被鸟兽掏空，羊皮也一塌糊涂了。最扎眼的，却是那眼珠。那曾经温柔地或是凶残地瞪过世界的眼珠，此刻正茫然地瞪天。在完成了"瞪"的使命后，它本该是一嘴有独特风味的肉，一咬，瓷瓷地香，但现在，就叫你瞪天吧。那天，任你咋瞪，仍尸布般惨白，并不因你的瞪，显出些许的关怀来。

一声轻微的叹息，从心里发出。女人捋捋被风吹到前额的头发，但秋风仍将它吹落下来。觉得有好多话要说，却又不知说啥。那情绪，在心里酱着，浓得化不开了。这样的天里，啥话也说不出心中的迷惘。

终于见到羊了，它们散落在沙山的皱褶里，虱子似的蠕动。牧人们不再像以前那样闹了，都躺在沙上。四下里很寂，连咩咩声也少闻，只有秋风在耳旁呼呼。这风声，响久了，就听不见了。牧人骂人无动于衷时，就说："秋风吹过驴耳了。"

但女人总是鲜活的。那沙山，叫它秃去；那麻岗，叫它荒去；那草，叫它绝迹去；只要有女人，啥都活了。于是，一见女人来，牧人都起身，围了来。

猛子很反感他们。这些人，大部分打过他。他尤其反感炭毛子，一见那秋风里乱颤的几根猞猁胡须，气就不打一处来。

“好些没？”炭毛子问。

“没死。”女人说，“有些人巴望他死，可他不争气，还没落气。”

“瞧你说的。”炭毛子笑了，“谁巴望他死呢？他死了，我们又不啃他的脚巴骨。”

女人淡淡地笑道：“脚巴骨虽不啃，可那井，就变主儿了。”她这话，谁都明白，都讪讪笑了。

女人意不在此，转个话题：“本来，我今个就回去了。可孟八爷说，那豁子的命，还在天上旋着呢，他牙缝里捋下的那些钱，怕不够动手术，叫我向你们张个嘴。你们瞧，有心了，帮帮，钱也行，啥也行，羊皮羊毛都成，馍馍渣攒个锅盔。”牧人们互相望望，却不说话。

女人又说：“放心，不是要的，是借的。他活着，少不了你们的一角儿。他死了，有老娘哩，老娘松裤带卖肉，也不会赖到下一世还。”

“瞧你说的。”炭毛子笑了，“钱没有，皮子有。成哩，我给你张罗些，驮了，到凉州城里找驼子去。他那儿，有现钱，地方电话我都知道。”“成哩，成哩。”牧人们都说。

炭毛子说：“借不借的不说，救人要紧，那几张皮子，也不是老子们的护心油，有它没它，都一个屌样。”

“就是。”“就是。”牧人们都应。

女人叹口气，眼里有水汽漫上。她转过身，望远处沙山，好一会儿，才把心里腾起的东西望没了。她转过身，说：“你们也该有个长些的打算了，明摆的，这儿没戏了。”

炭毛子说：“想那么远干啥？活一天算一天吧。”“就是，”一人说，“天塌下来有高个子顶呢。”

女人就不再说啥，只长长地叹口气。秋风吹来，又把她的长发拂脸上了。她显得瘦了些，脸色白戗戗的，嘴唇上有层干皮。猛子很想搂了她，安慰一番，却见女人惨然一笑。秋风劲吹，掠来几声雁鸣。

“看，长脖雁。”一牧人叫。果然，一队大雁，向南飞去，时不时，嘎嘎几声。这声音，把秋意染得更浓。牧人都仰了脖子望。这大漠，瞅久了，就没个惹眼处了。好容易来个新鲜些的，就看个稀罕吧。

蝙牛叫：“长脖雁长脖雁高——里去，一尿捣下来烧——着吃。”牧人大笑。炭毛子说：“你那玩意，又不是烟囱，你捣捣看，连你爹的胡子也捣不上，还捣长脖雁哩。”又一阵笑。

“瞧，黑鹰。”一个叫。

几个黑点射来，瞬间便到近前。真是黑鹰。长脖雁哗地乱了队形，嘎嘎声四起。那黑鹰，想来在这儿等许久了。一些大雁慌张地掉头，朝北飞了。黑鹰却追着几个零散的，追出一串串惊慌的嘎嘎声。

北飞的大雁们溜远了。看来，它们南飞的路，也充满艰险。但你终究会南飞的，除非，你冻死在北方，只要你来，我就候着。那些黑鹰，定然这样想。

一只黑鹰追上一只大雁，一翅膀扇下去，大雁便惨叫着，堕向远处的沙山。黑鹰冲下，和挣扎的大雁扭在一起。蝙牛说：“快，去叼来，烧着吃。”炭毛子说：“等你到跟前，只剩下屁了。”

这雁的结局显然吓坏了另一只大雁，它叫声越厉，飞得也越加慌张，东哩西哩，在天上画曲线，却摆不脱身后冷静射来的黑点。“加油呀。”女人叫。那雁似乎听见这善良的喊声了，扭头向牧人们飞来。那黑鹰，紧追不舍。黑点渐大，渐渐听到翅膀掠风声了。“加油！”女人又叫。

眨眼间，大雁已到近前，钻进人缝。黑鹰倏地振翅，弹向天空。女人吁了口气。

那雁惊魂未定，抖着身子。那形体，远看，也不大，近瞧，却很是硕大。女人安慰它：“别怕，再等会儿，瞧，那黑鹰，仍等你呢。”话音未落，一声闷响。原来，炭毛子举起鞭杆，朝大雁脑袋上，狠抽了一下。大雁没发出惨叫，就倒在地上，翅膀无力地抽搐。

女人恼了：“你咋能这样？”炭毛子笑道：“咋不能这样？它生来，就是叫人吃肉的。来，烧了吃。”几个牧人应声过去，扯些柴来。

女人抱起雁身子，见它已死，哭道：“是我害了你。我不叫，你不会来。”炭毛子笑道：“不来，这会儿也成鹰的吃头了。瞧，那几只全完了。”果然，天空已不见一只飞的，那鹰和大雁，全无影儿了。

火烧起来了。炭毛子把雁扔到火上，一股燎毛焦臭弥漫开来。“这东西，怕有羊羔子大哩。”犏牛说。

女人哭得十分伤心。猛子劝道：“算了，它咋也是死，人不吃它，鹰也吃。”女人却朝猛子发火了：“鹰是毛虫，人也是毛虫吗？”猛子说：“朝我发啥火？又不是我打的。”“你为啥不挡？”女人抹把泪，泼妇般吼。

“行了行了。”炭毛子笑道，“你男人那样了，也没见你掉多少尿水。一个毛虫，值得这样？”

女人却不听，呜咽着，一脸泪。

烧了一阵，雁就熟了。炭毛子撕去庥成黑块的毛，撕开胸腹，掏出肠肚子，扔进火里。火里又嗞嗞起来。几个牧人上来，撕了毛，肉黄苍苍的。炭毛子撕下一个腿，递给女人。女人却不接，仍是哭。炭毛子又望望猛子，犹豫了一下，递过雁腿。一股香味扑来，猛子很想吃，但见女人正娑娑了泪眼，恶狠狠望他，就没敢接。

“不吃算咧。”炭毛子自嘲地说。他狠狠咬了一嘴，牧人们围上去，你扯一块，我撕一块，咬出满嘴的油。

“叫你们得噎食病。”女人泼妇般吼。

“成咧。”炭毛子说，“得啥也成，先顾了这嘴再说。”

“就是。”另一个应道，“今朝有酒今朝醉，管他明日喝凉水。”

7

夜里，牧人们凑了百十张皮子，女人却闷闷不乐，一提大雁，就抹泪。猛子发现，这婆娘变了，跟先前那骚娘们成两人了，说不清是啥原因。

孟八爷狠狠训炭毛子：“人家大雁，叫追急了，才向人求救，没想到人更坏。知道不？猎人都有规矩，不打向自己飞来的鸟。因为人家向你表示亲近，你却伤人家，连畜生都不如。”

炭毛子不耐烦地皱了眉头，说：“不就一个毛虫吗？它生来，就是叫人吃的。”

孟八爷骂：“吃得嘴大了拉稀屎哩。”他很想再讲一番道理，可发现，近来他说话，没过去灵了。那道理，讲第一遍时，都觉稀奇；讲第二遍，就“老一套”了；讲第三遍，就有人嘀咕：“重屎吃上了。”那重屎，就是拉下吃上再拉再吃的屎——连话都不是了。他想不通，那明明白白的道理，为啥就进不了他们的心呢？

猛子帮女人记数儿。地上，已码满羊皮，算算，能卖几千块钱了。他也嫌孟八爷唠叨，虽说，那大道理，他也懂了些，但不信那一两只大雁的死能坏了啥生态。与其叫鹰吃了，还不如叫人解馋呢。

炒面拐棍进来，问：“黑羔子跑了的那几只，死在路上，皮我剥了，要不要？算他的。”

“要，要，拿来。”猛子说，“斤里不添两里添，多几张，是几张。到时候，还给他就是了。”

“人家在乎那点儿？”炭毛子耸耸鼻头，“人家，干大事去了，钱多得用火车拉呢，在乎那点儿？我倒要看看，他究竟能奔出个啥名堂。”黄二接口道：“孙猴子一个跟头十万八千里，还在如来手心里呢。他黑羔子，腿再快，能奔出命去？”另一个说：“想捡个金疙瘩，连炒麦子也扔了。我看呀，能捞条棍回来，就不错了。”

猛子一听，来了气，说：“人家捞棍当乞丐，也不会到你的门上伸手。你把自己屁股上的屎擦尽，管别人干啥？”炭毛子说：“你有本事，也学他。命里该吃屎，走到天尽头，拾个匣匣儿，屎是码码儿。天生一个吃青草的命，吃顿山珍海味，还出痔疮呢。”

猛子冷笑道：“好像你们是铁打的饭碗似的。这井，一没水，你喝尿去？”

炭毛子道："怕啥？还有一亩五分地哩，生个法儿，算计好，混个肚儿总成吧。"女人笑问："混不了呢？"炭毛子说："混不了，天下大着呢，大不了捞条棍，手背朝下，叫几声爷爷奶奶，不信还要不来一碗饭。"女人大笑道："这不和黑羔子最坏时一样吗？再说，人家不一定捞棍，也可能坐卧车呢。"炭毛子耸耸鼻头："哼，天下的聪明人多着呢，能轮到他？"女人道："轮不到他，能轮到你？"炭毛子道："轮不到我，我认命。"

女人笑道："你认命就是了，管人家不认命干吗？你认命，是你的命。他不认命，是他的命。谁有谁的命。"

正斗嘴，进来一人。那人一身褴褛，形似疯子，背一个纤维袋，细瞧，却是鹞子。女人惊叫道："哟，是你呀，我还以为是哪里来的破头野鬼呢。"鹞子冷冷说道："不是破头野鬼，又是啥？"他用下巴朝炭毛子扬扬，喝道："出去！"炭毛子慌张地说："你做啥哩？我可没惹你。你那事儿，我一句都没说。"

"出去！"鹞子又摆摆手。人们这才发现他拿着一支手枪，很亮。猛子认出这枪，那大胡子拿过，是自制的，一次打一发子弹，叫啥"独角兽"。猛子不知利害，问："哎，你的步枪呢？"鹞子不答。

炭毛子以为，鹞子叫他出去，是想和他单挑，就倏地跪下，说："我可真没说过啥。我知道，谁告的你。"他朝孟八爷瞥一眼，"可我不能说。你打我，可冤枉好人了。"鹞子阴阴地说："滚！你少碍老子的事。"炭毛子这才明白，对方不是找他的。他磕个头，怯怯地起来，怯怯地出去。鹞子又朝几个牧人挥挥手，他们擦擦头上的汗，也走了。

孟八爷知道，鹞子是找自己算账的，就冷冷地站起来。他望望倚在炕角里的砂枪，此刻，那枪膛空着，因怕猛子头脑一热出事，枪里没装火药，此刻，真和烧火棍差不多了。不过，即使装了火药，在鹞子枪口下，他也不敢动，他手脚再快，也快不过子弹。那"独角兽"，虽是仿造的，子弹却货真价实。

女人笑道："做啥哩？自家人，值得这样？"鹞子手一拨，就将她拨一旁去了。

孟八爷笑道："我知道，你会来找我。"鹞子道："我也知道，你还活着。"

猛子心里很紧张，面里却不露声色。他偷眼儿瞅瞅地上，想找个顺手的器具，见那火钳，在鞋旁不远，一半被狗压着。老山狗瞅瞅鹞子，却窝了头，喉间轻微地呼噜着。猛子想，这狗老了，不中用了，不然，跳起来，一口咬去，就能咬断鹞子拿枪的手。

鹞子从肩上取下纤维袋，一抖，抖下张狼皮，冷冷地说："我结账来了。死前，我最想结的账有两笔。瞧，这笔，已结了。我全家伤在它手里，它全家死在我手里，终于，两清了。剩下一笔，就是你了。上回，兄弟瘫了，我就想叫你也瘫。后来，兄弟死了，那你也不能再活了。与其进局子，叫人家侮辱，不如我自己了断……说吧，有啥话，安顿一下。"

孟八爷笑了："没啥安顿的。生者来了，死者去了，活六十年了，对死，早不怕了。只是不明白，你这么聪明，为啥走这条路？"鹞子冷笑道："啥狗屁道理，我都懂。可这天地间，已到处是垃圾了。信不？要是我有足够的原子弹，我肯定会毁了这地球。贪的也罢，欺压人的也罢，要完蛋，大家一起完蛋。"

孟八爷说："这世上，毕竟好人多。一两件事不顺心，没啥。那歌咋唱来着？对了，从头再来。心要往大里想。"

鹞子大笑："那大道理，我已不信了。我看得太多了，啥都不信了，多可怕。你想，心里连一点希望也没了，多可怕。我多想有希望呀。可没希望，索性就毁了它。打个野兽算啥？本来，我还有大想法呢，可惜……"他的声音倏地低了，"算了。那帮人，说不准也快到了。"他把枪口移移，对准孟八爷胸口，"有啥冤屈，黄泉路上说。"

女人惊叫："别，你可别乱来。有啥话，好好说。"

"没话了。"鹞子自嘲地摇摇头，"那话儿，以前有过，现在没了……听，他们来了。"他的脸上显出一股杀气。

一个黑影扑了上来，枪响了。是老山狗。

鹞子却捂住脑袋，指缝里溢出血来。原来，几乎在狗扑上的同时，女人抡起酱油瓶，给了他一下。

猛子趁机扑上，抱住鹞子右臂。鹞子力大，猛子竟似拨浪鼓似的被抡来抡去。鹞子左手举颗子弹，想塞入枪膛。

孟八爷抡起枪托，朝鹞子背上，只一下，他就趴地上了。

鹞子挣扎着爬起。猛子已夺下“独角兽”，一脚，又把鹞子踩趴下了。女人惊愣了眼，不知所措。

鹞子惨然笑道：“我以为，你对我好呢。我从没提防你。”女人捂了脸，哭了。鹞子又说：“你叫我带你出去，我不能。那豁子，老实人一个。”女人哭道：“别说了。”鹞子望望猛子，笑问女人：“要是我睡了你，你还打我不？妇人长的狗心，谁日了谁亲。”猛子脚下用力，斥道：“少放屁。”心却奇怪地松活了。以前他以为，鹞子和女人也一定有一手。

孟八爷取过绳子，绑了鹞子手脚，取个凳子，扶他坐了。

老山狗卧在地上，血已汪成一片。那子弹，狗替主人挨了。孟八爷看一下伤处，叹息道：“伙计，你可不能死呀。你这是第二次救我的命。”老山狗喉间咕噜一声，仿佛说：“客气啥？咱哥俩，谁跟谁呀？”孟八爷撕下一绺系腰，给老山狗仔细包扎。

鹞子道：“你们敢单挑不？单挑，老子就服。”猛子道：“单挑，我打不过你。”孟八爷笑道：“别做梦了，你以为我是小孩子？放虎容易捉虎难呀。”

正说着，进来三人，孟八爷认得，是老栋一伙的。他们见鹞子被绑，才舒了口气。一个说：“这家伙，狡猾得很，腿又快，才听个风儿，追去，就不见影儿了。”孟八爷说：“老栋呢？”那人答：“病了。”“啥病？”孟八爷一问，那几人脸色暗了。孟八爷想，可别是不好的病呀，就没敢下问。

“弄些吃的。”另一个说，“前心贴到后背了。”

另一个对孟八爷说：“老栋叫给你说一声，偷猎的，大部分逮了。害拉姆的那矮子，也抓了。他知道他是死罪，还想自杀呢，我们又不是吃素的，能叫你顺顺当当死？头儿说，等抓住鹞子，就在南山里公审，看谁再敢偷猎？”

女人边抹泪，边取过馍馍，沏了水。猛子嗔道：“你掉啥尿水？”女人撒泼道：“老娘愿嚎，管你啥事？”那几人就望望鹞子，又望望女人。孟八爷说：

“要不是她，这会儿，我早到阴司里了。”猛子说：“瞧，鹞子头上，就是她的功劳。”这几句，等于解释女人和鹞子没啥关系。女人的哭声却大了。

鹞子笑着对来人说：“我真服了你们，比附骨之蛆还难摆脱。要是你们用这劲道反腐败，我肯定不吃这号饭。”一人道：“咋不反？你不见，那报上，天天有贪官落马。”鹞子冷笑道：“拿机枪，一茬茬扫，还不定扫得清呢。”另一个道：“你别太偏激，你那个乡的乡长，逮了。贼不犯遭数儿少。”鹞子道：“我知道。可来的那个，更坏，逮了个饱狼，来了个饿狼。”那几人互相望望，笑了。一个说：“你眼里，哪有好人？”

吃完馍，那几人又往水壶里装些水，带些馍，给鹞子带了手铐，解了绳子。鹞子站起，望望女人，说：“放心，老子不怨你。老子躲了初一，躲不过十五。”又对孟八爷说：“可我不会放过你。判几年，出来找你。叫毙了，变成厉鬼，也会找你。那账，这辈子算不了，下辈子算。”

“成哩，成哩，我等着。”孟八爷笑道。

8

炭毛子们围在门口，见鹞子带了亮箍儿出来，都抽口冷气。他们眼里，那箍儿，是可怕玩意儿，比狼还可怕。却不怕那几人，因为他们穿便衣，要是穿警服，就另当别论了。于是，有人开始打趣。

炭毛子大声说：“呔！鹞子，你不是厉害得很吗？咋成落毛凤凰了？”鹞子笑道：“落毛凤凰也是凤凰，比癞皮狗强。”

炭毛子讪笑几声，说：“那会儿，我以为你咬我的屌哩，心想，这下，成雷管子太监了。”牧人大笑。鹞子笑道：“要是他们放了我，你敢说这话不？”炭毛子大不咧咧地说：“咋不敢？你问他们，敢不？”几人大叫：“敢！”

鹞子打个哈哈：“敢就好。这世界，就需要几个有骨头有脑髓的，可为啥尽出软蛆？孟八爷，你说，为啥尽出软蛆？”孟八爷笑道：“林子大了，啥鸟都有呀。炭毛子，别丢底典脸了，滚一旁去吧。”

鹞子啐炭毛子一口："这世界，就是你这种人坏的。我敢说，要是日本人再侵略中国，你准当汉奸。"

猛子笑道："想当，可人家日本人要不？""就是。"鹞子笑道，"汉奸里头，也不全是软蛆呀。"

炭毛子哈哈几声："哈，一个罪犯，还说我呢？没羞没臊的。"猛子大声说："罪犯咋了？人家也是人。你闻闻你自己，有人气没？"女人感激地望猛子一眼。

鹞子却朝便衣一摆头，说："走吧，再蹲，我要呕了。"又朝女人大声说："其实，我也喜欢你哩。可那豁子，老实人一个。欺负老实人，算人不？"猛子一听，心虚了，四下里望望，却不见有人望他。

红脸说："鹞子，我敬你是条汉子。进城时，我会去看守所看你。"鹞子说："谢谢。你这一说，我也过意不去了。我打了狼，给你们惹麻烦了。"红脸道："没啥，听不到响动了。"炭毛子说："谁说听不到了？夜夜嚎呢。听，这会儿还嚎。"果真，远远传来一声狼嚎。鹞子惨然一笑："那狼，也许，真不该打。"

孟八爷很想问问他家人的情况，又怕他难受，尤其怕炭毛子们幸灾乐祸望笑声。

"走吧。"一人催道。

鹞子扭头对女人说："那狼皮，归你了，做个褥子吧，那可是我的仇……狼。你铺了它，替我出出气。"

炭毛子笑道："她铺啥？她还给人当褥子呢。"

"软蛆。"鹞子朝炭毛子耸耸鼻头，牙缝里挤出两个字。

那三人带着鹞子，上了沙坡。

女人的哭声又响了。猛子恶狠狠道："嚎啥？"孟八爷说："叫她哭一阵。这几天，事都遇一块了，哭一哭，心里就轻松些。"

炭毛子对牧人说："他一进门，我就知道，夜猫子进屋，准没好事，果然……那枪，哎，那枪呢？"猛子冷笑道："在警察兜里朝你笑呢，快要去。"炭毛子说："也幸好他有枪，没枪的话，我一个人也能降住。"红脸笑道："别羞先人了，鹞子对付你，比驴毬上担个柴皮儿还轻松。”炭毛子道：“轻松啥？我降他，有个窍门，朝他裤裆里来一脚。”

猛子笑道：“顶一头吧？你假装磕头，趁他不注意，用脑袋顶他的老屌。”炭毛子道：“我也那样想呢，可一想，他有枪，算了，饶他一马。”女人破涕为笑，说：“真没见过这号不要脸的。你那头，怕是连地上都砸了个坑。我敢说，你给先人烧纸钱时，怕也没磕过那种响头。”她对牧人说：“知道不？他炭毛子，给鹞子磕头哩。”牧人发出一阵哄笑。

炭毛子涨红了脸，“听，听，这婆娘，红口白牙，胡说啥？人家想趁机……”红脸接一句：“咬他的老屌。”炭毛子拍他一把，补充道：“……一头顶他个四脚朝天。”

猛子发出怪笑：“哎呀，听你的话，你还是英雄哩。那会儿，你就差卖祖宗了，你连孟八爷都卖了。”炭毛子反驳：“狗屁。那话儿，打死我也不说的。”女人冷笑道：“嘴里没说，可眼睛把啥都说了。”炭毛子慌乱地望望四周：“听，听，这婆娘，嘴上没个把门的。”

孟八爷大度地笑笑，对猛子说：“不该说的，别胡说。我可没见人家卖我。”炭毛子舒了口气：“就是。我还担心呢，一听那枪响，心都提悬了，真怕伤了谁。”

一提枪响，孟八爷进了屋，见那狗，仍在炉前卧着，形容萎靡。血仍从包裹处渗出。

孟八爷翻翻老山狗的眼皮，长长地叹了口气，解开绷带，取出火药，倒点水，和成泥状，塞进伤口，以防感染。

第　十　八　章

1

红脸牵几峰驼来，帮女人把羊皮装成垛子。因为炭毛子们生事，红脸留下应付，叫猛子带女人进城。猛子求之不得，吆了驼，一路上，丢风话，逗女人。女人笑了，他就想，这婆娘，没心肝，豁子那样了，她还笑。但女人拧眉头时，他又使尽心力，叫她开心。

进了城，先去东关，按炭毛子提供的地址，到跟前，一问人，没有不知道驼子的。到驼子家门口，一股臭味扑面而来。院里，几个女人正洗牛羊的百叶，几双手通红通红的，那原本褐色的百叶却雪白了。其中一个女孩，很是漂亮，若是穿阔些，到街上，谁都当她是影视明星。猛子想，真糟蹋了她。

“驼子！驼子！”猛子喊。

那几个女人互相望望。一个嘀咕道：“这人，好没礼貌。”

“礼帽在商店里摆着呢。”猛子笑道。

驼子闻声迎出，堆一脸笑：“哎呀，啥风把你们刮来了？”女人笑道：“羊羔疯。”猛子指指那几个女人，问：“洗这干啥？”驼子道：“你别小看这，吃火锅，离不了它。我也是百叶大户呢，半个月去一趟四川，弄个几千块。那利，不比收皮子差。”

女人指指那漂亮女孩，问：“你的姑娘？”驼子道：“大的。”女人笑道：“糟蹋行情。好俊一个人才，不叫上学，却叫洗百叶。”那女孩抿嘴一笑。驼子道：“一个丫头片子，念啥，还不是人家的。”女人问女孩：“叫啥？”女孩瞅驼子一眼，悄声道：“丁雨。”女人赞道：“好名儿。”

驼子白女孩一眼：“以后，你少给老子风呀雨呀的，以前叫啥，就叫啥。”又解释道，“以前，在一个文化公司干，老板给起的名儿。可不好好干，跟一个二流子鬼混。”那老女人说：“话往好里说。啥鬼混？是人家追她。”驼子道：“追也罢，啥也罢，反正黏糊就是了。后来，二流子教唆她，破坏了一顿，不干了。”老女人说：“你少给丫头放风。”驼子吼道：“你的妈妈能干出，老子说说还不行？那老板，待她多好，却偏要听二流子的话，害人家。把老子的脸都丢尽了。早知道养下这么个祸害，早打死喂狗了。”又瞪那女孩一眼，“你天生就是个洗百叶的命，想上天，量你也没个好脏腑。”女孩怯怯地垂了头，快快地动作。

豁子女人觉得好笑，都说家丑不外扬，可这驼子，一张嘴，就自曝隐私，倒也爽直，却不免为女孩可惜：看那模样，比明星只上不下，受了高等教育，就成人才了；却也信驼子的话，进沙窝前，她接触过不少凉州女孩，大多器量小，多短视，只追求眼前实惠。

驼子对腆着大肚子的老女人吼：“叫你别洗，咋又不听？出了问题，老子可饶不了你。”老女人道：“成哩，你杀也成，剐也成。”驼子给猛子们解释：“又有了。托孟八爷的吉言，但愿是个吊把儿的。这丫头片子，一看就心烦。”猛子笑道：“肯定是娃子，不然，孟八爷拿枪轰天哩……你收过狐皮们没？”驼子道：“哪里呀？老子长的是嘴，又不是女人的水门，不收狐皮了，我才改收百叶的。也成，差不多。进，进屋去。”

进了屋，女人谈了豁子的事，驼子欷歔一阵，问：“多少张皮子？”“一百二十一张。还有张狼皮，是鹞子给的。”驼子道：“狼皮不要。早答应孟八爷不收了，不能说话不算数。再说，收那玩意儿，风险大，叫人家逮住，光罚款，就鼻子大过脸了。你拿来的，我都要了，一张多给你五块，救人要紧。”

卸了皮子，去银行取了钱。驼子说：“你们先去，我夜里去看他。哪个科？

多少号？”女人说了科室和床号。

到巷口，见那黄毛道尔吉也牵个骆驼，驮了莎仁，来找驼子。一见豁子女人，他就掏出个包儿，说：“正好，这个，带给孟八爷。我还想叫驼子带去呢，没想到能碰上你们。”女人问：“啥？”道尔吉笑道：“再是啥？那老贼，要这几坨药，嘴上都磨出老茧了。你告诉他，那金刚亥母洞，我去了，那愿，也按他说的发了。今日个，又给丫头检查了一下，医生说没病。”莎仁笑道：“我说他小驴娃放屁自失惊。……其实，发不发愿没啥，人活着，可不能学老鼠，只瞭到脚面上的事。”猛子问道尔吉：“你那弯儿，咋转的？”莎仁笑道：“他呀，还没转过弯儿呢。一路上，还唠叨个不停。其实，多听听，多想想，也就明白了。”

道尔吉指指脑门，笑道：“全是这玩意儿作怪。我想变，可它，不听我的话。驼子在不？”

“在哩。”女人把那张驼子不收的狼皮送给道尔吉，说：“这个送你，当你的药钱。”

“不要不要，那点儿药，要啥钱。”

“你拿了吧，就当我孝敬你的。你老了，做个褥子铺去。你先去找他，我们还有事。”

道尔吉接了狼皮，眼睛笑成了鸽粪圈儿。

2

一进医院门，就发现谝子在医务科门口嚷嚷：“……你叫我往哪儿拉？说好人家去取钱，人家不来，我有啥法子？放心，那女人义气着哩，少不了你一分钱。”

女人的头嗡地大了，快行几步，叫：“谝子，咋了？”

谝子转过脸，“瞧，人家来了……死了，你走的那天夜里就死了，吐血死的，说是脾脏破了，不交钱，人家不动手术……拉到太平间了。”

女人的眼泪一下涌出了。可怜的豁子。她很想大哭，却硬了性子，问医务科的人："你们咋不救？"那人说："你不交钱，我们咋救？这是医院的规定。花上个万儿八千，你们溜了，我们到哪儿找？"

女人哭出声来了，从包里掏出钱，朝那人打去，哭道："给……钱来了……呜呜……你救人去。"那人慌张了脸："你打我干啥？人都死了，咋救？"谝子早扑过去了，急急地去捡散了一地的钱。女人却仍用钱打那人，钱币蝴蝶般飞舞。

猛子骂道："你们真不是东西。你们不救，为啥不早说？还有别的医院。"

"不交钱，哪个医院也不行。若那样，医院早关门了。"那人显得很委屈。

谝子边拾钱，边说："谁说没交钱？一千多呢。"那人道："一千咋够？动手术，没个万儿八千咋成？"

女人哭道："千万也成哩。老娘卖肉，也能生发来。现在，人没了……说一千，道一万，人没了。"她举着那张存折，"瞧，还有一万多哩，老娘不是那号赖账的货。"

门口已围了一群人，一人吼："告！"几人和："告！"那人笑了："告去告去。住院交钱，天经地义，怪我干啥呢？"

谝子从女人手里抢过包，装了钱，递给猛子，说："走吧，干正事儿。那太平间，一天也好些钱呢。是拉了回呢，还是火化？"女人却不管，仍是哭。看那样子，猛子甚至相信，她爱豁子。他问谝子："豁子咋安顿的？"

谝子说："他说火化。那骨头，扔沙窝算了，省得叫老娘见了，又伤心……那钱，他说给他女人。"女人哭道："人都没了，我要钱干吗？"谝子接着说："他说那钱归你。想给了，给他的老娘些，一两千就成。老娘跟他兄弟过呢，也穷得叮叮咣咣，叫他老娘吃个嘴。别的啥，你都拿去。"

女人抹把泪："我啥也不要。"她取出存折："你交给他老娘。人都没了，我要钱干吗？"她把折子递给猛子，猛子没接，又递给谝子，谝子也没接。女人手一松，折子掉地上了。猛子拾了，塞进女人包里，说："你先拿着，火化啥的，得用钱，用完再说。"

谝子说："医院说，还欠一千多呢。"猛子说："不交！人都死了，还不是他们耽搁的？”谝子道：“就是。可不交，人家不叫拉死人。”猛子说：“不叫拉算了。人都死了，拉了有啥用？叫他们放着去。”女人却递过包来，呜咽道：“猛子，去交了，一分也别欠。人穷了，得有个穷志气。”谝子说：“顺便开个证明，火化的。”猛子顿一顿，才去了。

3

豁子的脸黄黄的，比平时瘦多了，头和身子都小了。因为没想到他会死，也没准备寿衣，仍穿那旧衣裳。女人很伤心，叫猛子去街上，花二百多块，买了里外一新。卖衣的告诉他，雨亭巷有个老王爷，给死人穿衣裳有经验。因为豁子已搁硬了，不是专门人员，穿那寿衣，难。

到雨亭巷，在一个门前堆满大粪的小房里，猛子找到老王爷。老人正吃饭，大海碗里，盛着指头粗的面条，猛子一见，就饱了，老汉却吃得轰隆作声，一头蒸气。

猛子说了来意，老汉问：“落气没？”“早硬了。”“那就不急。”老汉依旧轰隆轰隆地吃。吃完，洗了锅，才说：“先小人，后君子。说好，得八十。才死的，身子软的，好穿，五十；身子硬的，不好穿，得八十。要擦洗身子，得加二十。”

猛子说：“那就一百吧。”记得，豁子脱衣时，脊背上有好多垢甲，就想，给他最后洗个澡吧，却不由得算了一账：饮一只羊，收五分钱。这一百，得饮两千只羊才能凑够。活着，没花个畅快钱；死了，就叫你大方一次吧。

老王爷带了器具，跟猛子，去了太平间，说了原委，女人说：“该。”又流泪了。谝子摸摸那寿衣，说：“太贵了。其实，新的，旧的，都得进炉。省下吧，活人还能穿。”女人说：“穿吧，一辈子破破烂烂，死了，叫他享受这一回，穿阔气些。”

老王爷取出绳子，绾两个套，一个揽豁子屁股，一个揽腰，一拽，豁子就立起来了。那腰，活着时，折了似的，死了却挺得很直，配合着老王爷，脱光了旧衣服。一个裸身子就出现了，瘦骨嶙峋，有一层垢甲，有几处伤。猛子想，豁子活一辈子，能带走的，就是这垢甲了，却又发现，他连垢甲也带不走了。老汉取脸盆，倒热水，拧毛巾，给豁子洗最后一次澡。这甚至算不上“洗”，只能算“擦”。那垢甲，竟是越擦越多，猪虱子似的乱滚。老汉自然了身心，一次一次擦，活儿干得倒挺细。

太平间里冷飕飕的，这不是温度，是感觉。这里弥漫着一种死人的气息。站在这儿，回想猪肚井，就恍如隔世了。一群牧人正在那里为一口井争呀斗呀，好没意思。甚至，想到鹞子，也觉他无聊了。

老汉擦完身子，又开始穿衣，仍那样套了豁子。女人和谝子也上前帮忙。豁子机械了身子，任他们摆布。

谝子说：“这法儿，是揭墓贼用的。”老汉笑道：“谁说不是呢？谁有谁的法儿，身子硬了，这样穿，方便。”

摆布一阵，一个新豁子出现了，但这已不是豁子，是贼嘎嘎的另一个人。猛子道：“瞧，成国家干部了。”谝子忍不住笑道：“谁叫你买中山装？”猛子说：“人家只有这种。”其实，有好几种呢，他没挑。猛子说：“也好，活着穿不上制服，死了叫你风光一回。阎王爷一看，嘿，当官的，吓吓他。”

老汉边洗手，边笑道：“可惜，肚子不大。人家当官的，哪个不是一肚子油？”女人睁了深枯枯的眼，望望豁子，又望望四周，打个哆嗦，吩咐猛子：“多买些纸钱。”老汉说：“给我再买瓶酒，扯三尺红布……这是规矩，不往钱里头算。”既是规矩，谁也不好说啥。人家都把豁子打扮成干部了，那酒和红布算啥？

女人又打发谝子去找豁子兄弟，叫问问，家里发丧也成，否则，就只好火化了，埋在猪肚井。不到半天，谝子就回来了，说：“他兄弟说，死在外面的，不能进家门。这是祖先传下的老规矩。再说，老娘也一个气丝儿了，一知道这事，立马就到另一世了。看那样子，是怕花钱，一场丧事，没个几千下不来。”女人就给火葬场打电话，叫他们派个车来。对方强调，要身份证和死亡证明。女人说：“身份证有，可忘了拿，在毡沿下压着呢。”

因闹狼，没人敢独行去取，三人又结伴骑驼，赶往猪肚井。

4

猪肚井，一场战斗正进行呢。

导火索，仍是那井的归属，渐渐，扩到草场、沙丘和麻岗。那炭毛子，别看是公认的“软蛆”。可软蛆，也可叫智囊，在为自己人争利益时，总有用之不竭的诡计，很受沟北人拥护。

若没有红脸，沟南人也懒得和炭毛子们一般见识，石头大了转着走，过一天是两半日子。孟八爷也懒得管这些屌长毛短的事，只精心护理老山狗。那伤口，虽没感染，但想来伤了脏腑，这狗，竟日渐萎靡了。

红脸是公认的硬汉，也是公认的犟驴。有了他，沟南人就有了靠山。沟南人数少，红脸先是模糊了地域，把界外者，也划入自己阵营。一些散兵游勇正发愁呢，红脸一拉，求之不得，摇身一变，成沟南派了。这下，沟南人数大增，实力和沟北不相上下了。

因给鹞子磕头，炭毛子大失面子，在牧人中失了格，只有从窝里斗中，才能捞回点资本。他见多识广，经验丰富，眼皮一眨，就是一个坏点子，很快，又成沟北领袖了。

战斗从争荒草湖开始。

若按那界限朝东划了去，荒草湖确在沟北。但这湖，向来是混放的，谁的牲畜也可以往里赶。炭毛子一提出归属权问题，沟北人自然拥护，沟南人愤愤不平。沙窝的草日渐稀少了，谁也不想失去这草场。

中午时分，沟北人围在一起，拣些沙驴屎棒子，码成垒子，燃了柴，烧红，放入生山芋，用脚踩了，焐一阵就熟了。沟北人边吃山芋，边商谈怎样打响第一枪。谈了一阵，谁也找不出合适的理由。

炭毛子说：“要啥理由？吃饱了，喝足了，吼几声，把他们的牲口轰出就算了。你们又不是吃纸字放文屁的酸文人，要啥理由？想轰就是理由。人多就是理由。力气大就是理由。”他并不知道，红脸已暗里把那些散兵游勇拢旗下了，南北的力量已不相上下。“对，就这么办。”谁都说。

吃完山芋，炭毛子拍拍肚皮，望望那些正吃草的牲口，惊诧诧地说：“怪，我们沟北的湖里，咋有外路鬼的牲口？”几人喝道：“赶出去！”于是，沟北人齐声大吼：“外路鬼，滚出去！荒草湖，老子的！”其声震天，吓得牲口都抬了头望。

喊声未落，早有准备好的沟北人或抡桦条，或拣沙驴屎棒子，扑向牲口，想把沟南的牲口赶出湖去。谁知，人有南北派性，牲口并不知情，见人扑来，一时受惊，轰然而逃。

红脸早看出对方心思了，若是硬碰，定有伤亡，而且，对方早有准备，都备了桦条，打起来，自己肯定吃亏，就趁势喊道：“卷了他们的牲口，走！”沟南的一哄而起，见了牲口，不管南北，吆了就走。那牲口，易起群，后有哄者，前有吆者，一窝蜂往南去了。

炭毛子没料到这一招，招呼手下追来。红脸早有准备，取出备好的石头，装入抛溜子，呜呜抡几下，石头长了眼睛似的，飞到炭毛子腿上。炭毛子倒地，抱腿惨叫。

“谁再撵，老子灭他的灯！”红脸又抡起抛溜子，沟北人只好驻足，不敢再追，也不敢放弃，在石子射程之外，远远随了。

红脸吩咐道：“你拾柴。你杀羊。他们说是我们的，就杀了，烧着吃。”几个才入阵营的，欢欢地应了，拾柴的拾柴，捉羊的捉羊。那羊都打了耳记或墨记，主人是谁，一目了然。红脸叫他们把炭毛子的黑头子骚胡捉来，却没人敢捅第一刀。红脸见对方距离尚远，就收了抛溜子，取出刀，几下抹了羊脖子。

“呔！那是老子的头羊。”炭毛子一瘸一拐地扑来。红脸又抡起抛溜子，一石飞出，在炭毛子脚前砸起飞沙。炭毛子只好退了回去，猴儿似的干跳。

红脸又收了抛溜子，捡起刀子，趁热，几下就剥了羊皮，掏出肚肠，抛入沙中。

早有人燃起柴火。红脸割块肉，用刀戳了，放火上烤。带刀的牧人都学他的样儿，没带刀的，也弄个柴棍儿，叉块肉，放火上。

“哎哟，我的头羊呀！”炭毛子叫。

红脸咬一块肉，学炭毛子的口气：“哎呀，我的肉肉呀。”扭头问，“你们说，香不香？”

“香！”“香死啦！”“香到脑子里了。”一堆含糊的乱混混的声音。

“还不谢谢炭毛子驴。”红脸笑道。

“谢谢炭毛子驴！谢谢炭毛子驴！”喊声中夹着笑声。

炭毛子叫道：“红脸，你个驴操的。你杀了老子的头羊，老子杀你的牛……不，杀你的骆驼哩。”红脸笑道：“成哩，只要你有本事。”对吃肉的牧人说：“听，这炭毛子驴，嘴还挺歪。再杀一个，你们想吃啥？”

“牛。”一个叫。另一个补充：“小母牛。”第三个又叫：“牛犊子。”

炒面拐棍带了哭声说：“你们少再惹事成不成？谁也得吃饭。”

红脸不理，大声说：“你们嘴再歪不？还不告饶？叫爷爷。”话音没落，那边已有人叫爷爷了。一看，正是牛主人。

“迟了，迟了。”红脸笑道，“不过，你既然当我们的孙子，就该孝敬一下爷爷了。杀！”“别杀了，我都叫五声爷爷了。”“叫一百声也不成。”红脸道，“你们还想得歹，夺井不成，又夺草场了。妈的，你不叫老子们活，老子也不叫你活。杀！把他们的牲口全杀光。要完蛋，大家一块儿完蛋。”话没落，“爷爷”声风一样卷来，对方牧人跪了一地。

一人喊：“这不关我们的事，是炭毛子一人干的。”炭毛子骂：“犏牛，你这松尻子货。”那犏牛说：“你尻子不松，可一个老鼠害了一锅汤，把老子害苦了。”炭毛子怒目回首，见对方身躯强壮，就咽下已涌上嗓门的骂。

“杀呀！”红脸叫。

一人捞过个牛犊子，却没人敢动手，红脸说：“怕啥？天塌下来，有老子顶哩。”见没人动手，红脸抽出刀，上前，一下捅进牛胸。因为刀子短，没戳到心，牛犊负痛，一路淋漓了鲜血，竟跑到对面阵营里了。

这一下，提醒了对方，它们或是“哞哞”，或是“咩咩”，叫个不停。红脸觉出不妙，急叫：“挡住！挡住！”但那群畜生，已奔向主人了。沟北人好容易才拢住自己的牲口，没叫裹挟了去。

红脸因为自家的是大牲口，稳重，不似羊们，易被裹去，就不去管它们，他扑过去，抢过一牧人的皮鞭，连连抽去，圈下了几十只羊。有了这几十个羊质，对方就会投鼠忌器。

“打！”炭毛子喊。

一群沙驴屎棒子飞了过来，砸向牲畜和红脸们。好在那东西不硬，遇人即碎，虽有疼痛，却无伤害。红脸怕对方趁势扑来，又抡起抛溜子，一石飞去，打中炭毛子另一腿。炭毛子惨叫一声，沟北人退远了些。

这边也飞去一群沙驴屎棒子，落在对方撤退前的地方。红脸恨对方来了这一手，抽出刀，几下，便将裹下的羊戳倒了几只。沟北一牧人大哭。

炭毛子边呻唤，边喊：“红脸，别把事做绝。”红脸喊：“你个驴操的，还有脸说这话？你吃了稠的，汤都不叫老子喝了。荒草湖是你爹嫖来的，还是你妈卖来的？咋成你们的了？”

一沟南牧人惊叫：“糟了，我的羊羔子也叫裹过去了。”红脸悄声道：“你说啥？夹嘴。”对方耳尖者已听见那话，一阵蠕动，几个小白点被提到前方。白点儿咩咩地叫着，刀光闪过，又齐齐寂了。

这牧人说：“没啥，不就是几只羊羔吗？你杀我小的，我捅你老的。”说着，抢过一把刀，扑过去，不一阵，那裹来的几十只羊就倒血泊中了。

沟北一牧人哭道：“老子又没惹你，你杀老子的羊干啥？老子不活了。”说着，扑了过来。红脸才装了石子，那人已到近前，揪住杀羊者，扭成一团。红脸怕对方趁乱袭来，不敢分心，将那绳子抡出很大的呜呜声。对方知道厉害，也不敢轻举妄动。

两人扭在一起。刀主人上前，夺下刀子，由他们滚去。这两人，徒有拼命的勇气，却无格斗的技巧，只是相抱了，在沙上打滚，忽而你在上头，忽而我到下面，竟把拼命的意图演滑稽了。

对方也燃起柴火，烤起肉来。炭毛子问："香不香？""香呀！羔子肉就是香！""比新媳妇肉还香。""鸡儿骨头羊脑髓，东方亮的瞌睡小姨子的嘴。真是个香。"啧啧声遥遥传来。

"叫你嚣张。"红脸一石飞出，并不打人，石落火中，溅起火籽，几人烫得大叫。红脸哈哈大笑。

"你敢过来不？"犏牛出来，向红脸挑衅。红脸知道，此人善于摔跤，就说："你敢过来吗？"犏牛说："我敢，你可不准打老子。""当然，当然。"犏牛当真走来。一石飞来，打中膝盖。"呔！你是小人，说好不打老子的。"犏牛忍痛不叫，边揉边吼。

"当然不打老子。"红脸笑道，"我打的是儿子。"

沟南牧人又开始烤羊肉。一只挨了刀的羊颠簸了身子，向对方走去，也没人挡它。大部分人的目光都被地上打滚的人吸引了。一人说："打啥滚？朝脸上打。"一人抽出手，朝对方脸上猛揍。这一来，也提醒了对方。很快，两人都结结实实挨了几下，都一脸血污，成红头公鸡了。

"老子不活了。"沟北牧人抡了脑袋，猛砸对方，撞声沉闷，血水四溅。另一个急叫："添锤！添锤！"这是吆自家人帮忙的信号。红脸这才记起，应该帮自己人，骂："你们是土牛木马？"几人上前，苍蝇弹弦子似的"添"了几"锤"。

这一来，倒将对方激疯了。沟北牧人狂吼几声，鼓足气力，抱了对方，滚入火中。火焰立马没了，但火籽儿仍在二人身上发挥余热，一人惨叫，一人狞笑。观者悚然。

几人上前，揪住二人，分开。两人已成黑人，都有不同程度的烧伤，一人妈妈老子地呻唤，另一人直了声，哭起羊来。

5

忽见孟八爷风风火火跑来，边跑边骂。一报信的牧人远远跟了，他不敢跟太紧，显是怕有人揍他。

“红脸，你个牲口！炭毛子，你个驴！”孟八爷气急败坏地骂。

一沟北的牧人叫：“坏了，人家帮锤来了。”

孟八爷骂：“帮你爹的老锤。有力气了，省下些，干些正事。被窝里的猫儿咬被窝里的毬，算啥本事？”

炭毛子叫道：“孟八爷，你心要公哩。那红脸，杀老子们的羊哩。”一个接口道：“还有牛。牛犊子又没挡你吃屎的路，你戳它干啥？”红脸冷笑道：“你猪八戒倒打一耙，咋不说你们想吃独食？”他对孟八爷说，“人家起群了，赶我们哩，说这荒草湖是沟北的。”孟八爷问：“谁说的？”红脸道：“除了炭毛子，还能是谁？”

孟八爷遥指着炭毛子骂：“越说你软蛆，你还越软蛆了。”红脸说：“比软蛆还坏，是祸事的毬头子。”红脸一接口，孟八爷发现自己又犯忌了，又从调解人变成参与者了，就指着红脸说：“你别灶王爷不知脸黑，你也好不到哪里。有啥屁，你明放，动啥刀子？”炭毛子道：“还用抛溜子呢，瞧，老子的腿上两个青疙瘩。”

“你再说！”红脸边喝，边抡起抛溜子。炭毛子缩回脑袋，说：“瞧，究竟谁欺负谁？”

“哟，你还成精了？”孟八爷已到近前，一把抓了抛溜子，拽了几拽。红脸急了，说：“你松手，人家正瞅个机会扑来呢。别看炭毛子是软蛆，疯上来，比得了狂犬病还厉害。”

炭毛子喊：“孟八爷，你要是心公，把那害人的玩意儿叼了。”一群人应：“对！叼了！叼了！”

孟八爷边拽边说：“这个给我，有啥话，好好说。”红脸急了，脸更红了，头上也冒出了汗珠，“孟八爷，你松手，那些人，吃人哩，别看这会儿服软，得势猫儿欢似虎呢。落到人家手里，皮都褪几层呢。”

犏牛慢慢走来，边走边说：“就是。是人民内部矛盾，又不是敌我矛盾，你舞刀弄枪干啥？”“别过来！别过来！”红脸叫。他想发石子，那皮囊却在孟八爷手里。红脸厉声叫道："孟八爷，今儿个，我们死在你手里了。"话音未落，犏牛已扑了上来。红脸还没反应过来，已被摔倒在地。"犏牛，你干啥？"孟八爷斥道。

"不干啥。你不知道，他戳死了我们好些羊呢。"犏牛边说，边抽出刀子，将抛溜子割为几截。红脸顿足道："孟八爷，你害死我们了。"又对自家人吼，"你们等啥？"牧人们却望着犏牛手里亮晃晃的刀子，一动也不动。

趁此机会，沟北人舞着桦条卷来，那阵势，跟狂风一样。沟南的睡醒了似的，扔出几个沙驴屎棒子。

"炭毛子，你个驴。"孟八爷骂。那声音，很快被啸卷的声浪淹了。

"捶呀，死里捶！"炭毛子吼。

桦条不分轻重地落下，惨叫声突起。几人倒下了。桦条的呜呜声格外有力。牲畜一惊而散，四下里逃去。人却逃不出那交织的棍网。炭毛子带几人专门对付红脸，开始，红脸还能拨挡几下，很快就被打倒，滚出一地惨叫。

"畜生！畜生！"孟八爷跺脚大骂，但疯狂的沟北人不去理他。

孟八爷扑过去，夺下几根桦条，一折两截。犏牛却斜刺里来，拦腰抱了孟八爷，走向远处的沙丘。

"放下！你这畜生！"孟八爷骂。犏牛说："你叫啥？这阵势，你再胡闹，也叫人家当驴捶了。"

棍声呜呜，尘土飞扬，叫声遍地，杀气满天。那牛犊子的主人已不满足于打人了，抡刀扑向沟南的牲口。牲口都觉出了危险，四下乱窜，看阵势，一时半时，也撵不上。

炭毛子边抡棍子，边问红脸："说！这荒草湖是谁的？"

"是你妈的屄。"红脸一头血水了，话却很硬。

炭毛子狰狞了脸："打，你煮烂的鸭子，只剩硬嘴了。打！看他再嘴硬。"那几个牧人格外卖力，每一桦条下去，就会抽出一声惨叫。

湖里到处是乱跑的人和乱跑的牲口，人畜都成疯蚂蚁了。孟八爷顿足捶胸，仰天大叹。那犏牛手如铁箍，由他叹去。

倒地的牧人渐渐多了。

忽听一声枪响，湖里倏地静了。原来是猛子。他打出一枪，并不前来，又逍逍遥遥装了火药和铁砂，才平端了枪，慢慢走来。谝子举个棍子，孙猴子一样舞上舞下。他们都是沟南人。

“糟了，人家有枪。”一人叫。

孟八爷喊：“猛子，别胡来。”

那举了桦条的，都讪讪的了，不敢轻举妄动。

“扔了桦条！”猛子喝道。谝子过去，夺了桦条，扔给沟南的人。但那些人只顾哎哟呻唤，已没一点儿斗志了。

红脸却一骨碌翻起，拣了桦条，朝炭毛子小腿狠狠抽去。炭毛子猪叫一声，倒下。红脸疯叫着，没头没脑，抡出满沙洼的呜呜声。

孟八爷冷冷望犏牛一眼：“咋？还不放手，想出人命不成？”犏牛这才放了手。“红脸，行了！行了！”孟八爷过去，朝红脸吼。红脸早对他一肚子气了，假装收手不及，一桦条抽去，孟八爷大叫一声，躺地上了。

猛子叫：“红脸，你个畜生！再发威，老子可不管了。”红脸连忙扶起孟八爷，“我又不是故意的。”

荒草湖里躺满了呻吟，那场面很是滑稽。猛子忍不住笑了。

红脸举了桦条，问炭毛子：“你说，荒草湖是谁家的？”炭毛子说：“你们的。”“再抢不？”“不抢了。”

一牧人吼：“叫他赌咒，赌咒！”

红脸就举了棍，逼沟北人一一赌咒：“谁若再抢荒草湖，祖坟里埋的是老叫驴。”

赌咒完毕，红脸吼一声：“滚！”沟北人才仓皇地拢了牲口，鼠窜而去。那死的和伤的牲口，也没人管了。

“真便宜了他们。”红脸道，“依我的性子，该砸碎他们的骨头。”猛子道：“那你还不抵命？”

孟八爷仍在呻吟。他卷起裤腿，叫道：“红脸，你个牲口！瞧，老子的腿。”

红脸笑道：“该，该。”他飞快地脱了上衣，那前胸脊背，伤痕已织成席子了。“瞧，这就是你多管闲事的结果。你才挨了一下。”

6

黄昏收圈时，炭毛子们不知到何处去了，没来猪肚井，其行李锅瓢，在红脸们没上圈之前，已派人取走了。

驮了一大堆战利品死羊上圈的牧人这时才知道豁子死了，都欷歔不已，安慰女人几句，便到外面空旷处，开剥起死羊来。黄二说：“人真没活头，前些天，豁子还和我们吃肉喝酒呢，才几十天，就做鬼了。人不如个物件。”红脸说：“所以，人要想开哩，今朝有酒今朝醉，别管明天喝凉水，活一天是两半日子。”“就是，就是。”牧人们都齐齐叹气。

黄二边抚揉小腿上的青瘀，边说：“要说，这孟八爷，也不该，打折的骨头往里折呢，你不添锤也成，别帮倒忙，叫老子们挨了这么一顿打。这罪，自打从娘肚子里出来，还没受过呢。”红脸边剥死羊，边笑道：“所以我才给了他一下。我挨人家百下，你尝我一下试试。嘿，我那一下也够野火的，他直了声叫，麦捆子一样倒了。”几人应：“该，该。”一人脸上挨了桦条，一道青印趴在脸蛋上，很滑稽。

炒面拐棍说：“这话，看咋说。要是孟八爷不管，这会儿，不知发生了啥事呢。杀那牲畜，也犯法呢，那是人家的财产，凭啥叫你破坏？人家一告，你吃不了的兜着走。”红脸哟一声，说：“头掉不过碗大个疤，怕啥？大不了，我羔子皮换他几张老羊皮，打死一个够本，打死两个赚一个。”“就是，就是。”牧人们又应道。

炒面拐棍说：“人命关天哩，你杀了人，能有好果子吃？”

红脸道：“早不想活哩，这半死不活的，有啥意思？村里，也叫人欺；这儿，也没盼头了。很羡慕水浒上的人，人家那时候，占个山，为个王，杀人越货，多逍遥。要在古代，我那抛溜子，也算绝活哩，比没羽箭张清只上不下。现在，人家扳机一扣，啥账都结了。占山也不成，啥都挡不住原子弹。……不说了，越说越气。”

炊烟起了，猪肚井里烟雾弥漫。这沙洼涨气，若无风，烟就沉落下来，不往上飞，洼里就乌烟瘴气了。因今日受了惊，想是累了，牲口们也乖乖卧了，享受那份和平的宁静。

红脸们把羊剥皮，剔肚，煮了，肉香味弥漫在空中，不多时，牧人就被这肉香熏晕了，忘了曾发生过的械斗，忘了身上的伤疤。黄二说，挨顿桦条，弄这么多肉吃，这账，划算得很哪。

水一滚，就有人捞了吃，血水还在淋漓。这吃法，本是蒙人习惯，但下午使心使力，腹空似鼓，等不及肉烂，边吃，边叫它煮去。

红脸打发谝子，去请孟八爷们。谝子去了，一会儿又来，说："人家，正商量咋发送豁子呢，叫我们先吃。"红脸说："有啥好发送的？那骨灰，叫公家存了，或是直接冲进下水道。死了死了，一死百了，哪有那么多臭讲究。"黄二叹道："这豁子，也是个冤屈鬼，苦了一辈子，死了，却进不了家门，成破头野鬼了。"

"吃，吃。"红脸说，"我们吃，给他们留些。"说着，他捞出一块肉，撕一些，扔地上，说："豁子，吃肉。"

忽见沙坡上下来两人，一个远远地喊："谝子！谝子！"谝子道："听那声音，咋像是小豁子？"黄二说："你别给人家起绰号，人家哪豁？"谝子笑道："叫惯了，大头兄弟叫小头，豁子兄弟自然是小豁子了。"扯长声音，"谁叫老子？"那两人闻声过来。

"来，吃肉。"红脸招呼道。谝子问："你咋来了？你不是不叫豁子进门吗？"小豁子笑道："不是我不叫进门，规矩在那儿摆着，死在外面的，哪能进庄门？……谝子，问你个事儿，听说，哥手里，攥了些钱。"谝子道："谁说的？""你别问谁说的，只说有没有？"

谝子钢牙铁口地说："花了花了，你哥的阵势你知道，毯毛上捋虮子吃的人，能有几个钱？就那太平间，还差点出不来呢。"谝子知道，女人手里还有一万多块，但这娘们，到了这一步，也不容易，日后的路咋走还难说，得叫人家手头有个松活。

小豁子道：“你可是庄子上的人，别向着外路人。那女人，又没结婚，又没明媒正娶，究竟是哪里人都不清楚，你可……”红脸一听，怒了，啐道：“羞你的先人去吧！豁子病时，你哪里去了？豁子尸身子想进家，都叫你挡了。这会儿，你又从谁的裤裆里蹦出来了？人家侍候了生又侍候死，咋外人了？”谝子也道：“我还以为你发送你哥来了，谁知，你狗肚子里想的却是钱。”小豁子讪讪笑了：“明摆的，娘老了，他也是儿子，该出的，还得出。”红脸斥道：“人家早死了，你叫他出老屌呀？”小豁子辩解道：“他死了，钱没死。”

红脸把手中的肉扔出老远：“不吃了，不吃了，再吃，得噎食病哩。这么扫兴，才吃点肉，却从哪里来了个旋风，惹老子生一肚子气。滚吧！噢，这是你的舅佬吧？一路鬼，滚！滚！”小豁子垂了脑袋，叹口气，讪讪地把一人递给他的肉又放回锅里，起身，没精打采，去豁子屋里。

红脸对谝子说：“你去给女人说，一分也没有。世上竟有这号牲口！”谝子说：“就是。”快步走了去，抢在那两人前头进了屋，大声说：“嘿，脸皮比城墙厚呢。……没钱了，早花光了，还欠了医院的账。”他这是给女人传讯息呢。

女人吃惊地抬起头，看见随后进来的小豁子，明白了谝子的话。

孟八爷说：“正好，你来了。我正说呢，不管咋说，豁子是你的哥，分了家也罢，总是同胞……正打算叫猛子叫你去呢。”谝子打个哈哈：“孟八爷，你以为人家是发送哥哥来了？人家是要钱来了，豁子挣了座金山呢，怕别人背了，他背来了。我说成哩，钱早花光了。那债，还有，想背了，背些债，也算是一裤脚里抖下来的兄弟。”小豁子垂了头。

同来的那人说：“谝子，话不要往绝里说。口气再大，也没法大。”孟八爷问：“这是谁？”小豁子说：“舅佬。”舅佬就是妻子的兄弟，也是实亲，有发言权，孟八爷不好说啥了。

猛子冷笑道：“法大是大，可没钱，你总不能榨豁子骨头。那骨头，你用油梁压，也压不出半个油星儿了。”

舅佬却道："你说了不算，有法哩。推磨的不会，拨磨的会。"那话是说，他当事人不懂法，会请个懂法的。

女人笑道："囔啥？有哩，折子上一万四千二，有现钱一千五百多，医院花了三千多，还有一万多，咋？你要多少？"

小豁子怔住了，望望舅佬。

谝子叫道："你胡说啥？哪有钱，花光了！花光了！"

女人笑道："那钱，本是人家的。你说个数儿，要多少？"

舅佬说："他要的，是将来发送老母的，苦一辈子了，该体体面面发个丧，两三千就成。"

谝子叫："哟，狮子大张口哩。你问问，扒了她的皮，有没有这么多？"

女人却笑了："成哩，给三千的丧葬费，再给三千的抚养费，活着，叫老人家好好吃些。死了，咋祭，也是闲的，酒也进了土，肉也进了土，又进不了你妈的嘴。剩下的，火葬他花些，发送他花些，给我留些吃饭钱。按规矩，我还得在这儿住几个'七'。住不了'七七'，住两三个'七'也成，给他送点儿汤水，烧烧纸，我再去我该去的地方。"说着，她从炕沿下取出个存折，说："那钱，我早分开存了，这是你妈的六千……你妈的，不是你的。老人家想吃啥，买；想穿啥了，也买。这钱，你不要，我也给的。"

又取出一包钱和一张纸，递给猛子，说："这些，按名字，分了。炭毛子那边的，我叫后晌来取行李的带去了。谁的归谁，不论皮子大小，按一张五十分了。吃亏的别骂我，占便宜的，也别笑。猛子知道，那驼子，就是这样算的，大小扯平了，我们还占些便宜呢。"猛子说："有些皮子，说好是捐的呀。"女人说："捐的也罢，借的也罢，一样。没钱还了，也没法子。有钱还了，谁的给谁。人情不是债，砸了锅耳子卖。欠的人情太多，心上老压座山，这会儿，才轻松了。"

女人舒了口气，又对小豁子说："这折子，在大十字那儿的工商银行存的，有密码，是你哥的生日，550117，好记，年月日的数儿。可别乱说，这些人可靠，没啥。"小豁子望着存折，却有些不知所措了。

7

忽然传来红脸的叫骂："炭毛子，你长的是嘴还是屄？那赌的咒咋连个屁也不顶？"听得炭毛子笑道："咋不顶？我说那荒草湖是你们的，又没说猪肚井是你们的。滚！滚出去！"几十人齐吼："滚！滚出去！"

孟八爷变了脸色，才出门，却被犏牛挡了。

犏牛道："孟八爷，我们敬你是条汉子，没把你算进红脸一伙，你可别不识抬举。明人不说暗话，今日个，你乖乖儿待着，我们不动你一根毫毛。若是多管闲事，别怪我们不客气。"说着，不由分说，把孟八爷推进屋里，反扣了门。

犏牛隔了门，又说："顺便，叫那个猛榔头娃子也安静，别拿那个烧火棍吓人，听，老子们也有。"说完，一声巨响，真是砂枪声，却不知他们打哪儿弄来的。

孟八爷捣开窗户，对犏牛说："咋？你们真想闹出人命？谁都是出门人，谁都为了三寸喉咙，谁都是老百姓，有啥话，好好说。"犏牛道："放心，我们不杀人，我们是要债来了。谁杀了我们的牲口，我们连本带利要。人我们不伤，我们也有老婆孩子呢，坐了牢，吃了铁大豆，叫他们喝西风去？"孟八爷这才放了心。

猛子举了枪，探出窗外。孟八爷一把夺过，取下火炮儿，倒了火药，说："你别乱来，你不瞧，两家都成干柴了，稍有个火星儿，就是一场大火。你少给我添乱。听，人家要牲口哩，你杀人家多少，人家拉多少。这也说得过去，谁叫红脸们逞能。那愣头，只有吃肉的肚子，却没想事的心。将心比心，谁也是人，你杀了人的高兴，人夺了你的咋样？"说着，把枪扔炕上，却一脸紧张，眼对窗户，盯着外面。

猛子晃晃门，悄声说："这门框不结实，一搜就掉了，冲出去。"女人撇撇嘴，说："冲出去干啥？狗咬狗，一嘴毛，哪个也不是平处卧的狗，一个半斤，一个八两，别污了自己的手。”孟八爷对猛子说：“你给我安稳些，别当导火索。”

蝙牛显然也听到这话了，大声说：“就是。你乖乖待着，老子不动你一根毫毛。你要是生事，瞧，这是煤油拉子，老子一把火，叫你变成火鬼。”说完，提个拉子，拧开盖子，在窗外一晃。一股刺鼻的煤油味扑来。

女人大声说：“蝙牛，老娘正不想活呢，有本事，你烧来，正好，豁子没伴儿，老娘巴不得呢。”蝙牛却不再声响。

小豁子却吓白了脸，他哆嗦着，念叨：“这可咋办？这可咋办？”又怨他舅佬，“我不来，你硬叫来，瞧，命送到沙窝了。”舅佬却很硬气：“怕啥？哪儿还不是个死。”这一说，小豁子筛子似的抖了，边抖，边朝外喊：“爷爷们，我可没得罪你们呀。我家里，还有八十老娘呢。”舅佬笑着纠正：“七十五。”小豁子说：“七十五也罢，我还有七十五老娘呢。”

蝙牛的声音传来：“嘴夹紧，老子没说要你的命，要你一条癞皮狗命，还得叫老子抵，不划算。”小豁子说：“你一放火，我不也得烧死？”蝙牛笑道：“那可说不准。烧死一个，得抵命；烧死一百个，也是个抵命。谁叫你进门的？天堂有路你不走，地狱无门你却来。活该。”

小豁子又怨舅佬：“都怪你，我不来，你硬叫来，尽出馊主意。”舅佬恼了：“你拿存折时，咋没怨我？既想操屄子，又想当孝廉。没见过你这号人。”女人哈哈大笑。猛子也笑了。孟八爷却凝神望外面。

蝙牛笑道：“听说你有钱，买命也成，把折子给我，放你出去。”小豁子一把揪住衣袋，悄悄问舅佬：“给他不？”舅佬冷笑道：“你瞧，以后主意你自己拿，我一说，你又要怨我。”小豁子望望门，又望望捏衣服的手，犹豫一阵，终于发话了：“才不呢，给了你，你不烧，不便宜了你？”

蝙牛哈哈大笑：“听，孟八爷，这是啥话？人家给存折，就希望我烧。算了，我不要了。要了，你还逼我杀人呢，再说，那是豁子的血汗钱，我再穷，也不使黑钱。”小豁子这才舒了口气。一会儿，他又悄悄问舅佬：“你估摸，他烧不烧？”舅佬恶狠狠道：“咋不烧？人家放把火，也算行善积德呢，省得你浪费国家粮食。”猛子道：“就是。烧死些撑衣的架子、盛饭的皮袋，也算为国家做贡献。”这一说，小豁子一头汗珠，无助地四下张望。

女人不禁笑了，对孟八爷说：“瞧，这号人，这号心，不受穷，才是怪事。”

孟八爷叹道：“长了啥心，就是啥命。心变了，命才能变。”

顺窗口望去，空地上，已燃起几堆大火。炭毛子们正就了火光赶羊，他们已把红脸绑到栅栏上了。鸟无头不飞，羊无头不走，红脸一被绑，沟南人没了主意，由人家发落。

炭毛子牵出红脸的四峰骆驼，顶他杀的牛羊。红脸叫：“炭毛子，老子杀了几只？能值多少钱？你咋拉老子四峰驼？”炭毛子笑道：“除了本钱，还有利息呢。”红脸嚷道：“你打了老子的，就不算了？”炭毛子说：“你那抛溜子，一下，顶我的一万下呀。哈哈，真高抬你了，毛爷爷一句顶一万句，你红脸一下顶一万下，哈，高抬你了，你该得意才对。”红脸呸了一声，不再说话，想来他也害怕惹恼对方，皮肉受苦。光棍不吃眼前亏。石头大了，转着走吧。

沟北牧人按自己的损失数目开始赶牲畜，那受伤的牛犊子，算到红脸账上，此外，就剩下羊了。在计算羊的赔数时，团结一心的沟南人开始内讧，都检举自己人里的凶手。开始，还有公认的凶手，后来，你咬我，我咬你，谁都推卸责任，把自己说成大慈大悲的观世音，别人则是无恶不作的坏蛋了。炭毛子哈哈大笑。他知道即使放了红脸，他也无法再叫这群互相撕咬的牧人齐心了。

孟八爷摇头叹道：“这人心，咋这样？”女人笑道：“不这样，就不是人心了。”

犏牛喊：“嚷啥？疯狗似的。老子没时间听你们扯淡。均摊了，谁也赔。你们的账你们算去，老子们算总账。”

一个嚷道：“我没杀，咋能叫我赔？张三杀人，叫李四抵命，世上哪有这种道理？”另一个道：“就是。谁惹的祸，谁负责。我没动人家一根羊毛。”黄二说：“汉子做事汉子当。谁做的，谁认了，省得叫我们顶缸。”

红脸大怒，啐道：“这会儿，你们成好人了？人家占草场时，你们咋不放半个屁？不是老子逞头，你们早成了嘉峪关的旋风了，还能在这儿说话？”黄二嘀咕道：“反正，我没杀羊。”

红脸吼：“你没杀，吃来没？就刚才，你还把嘴张成炕洞门大，往里填羊肉哩。肉还没变成屎，倒成好人了？炭毛子，拉！均摊。没杀的，也吃了，喝了贼汤的，就是贼。没规矩了？有事了，推老子出来，这会儿，卸磨杀驴哩。老子就那四峰骆驼，你瞧，再多拉一峰，老子跟你炭毛子拼命。”

“不拉不拉。”炭毛子笑道。他很满意红脸的话，这话意味着，他们的“抢”，已变成对方的“赔”了。

沟南的牧人虽有没杀羊者，可都吃了羊肉，拿了人的手短，吃了人的嘴软，都不敢放一个响屁了，眼睁睁望着人家从自己群里往外面拉羊。炭毛子们很有经验，专挑强壮的羊，因为快入冬了，瘦弱的羊，很难过春乏关。

黄二嘀咕道：“早知这样，还不如把草场让给人家，再寻块地方。”一人道：“就是，惹不起，总躲得起。”黄二道：“这一下，折损大了。别人的稀屎帽子，咋叫我们顶？”

红脸气疯了：“炭毛子，松开！松开老子！放心，老子认赔了。男子汉，大丈夫，老子服你，松开！”炭毛子笑问：“松开干啥哩？”红脸喘吁吁道：“结我内部的账。”炭毛子看出，红脸已失去理智了，也想再看个稀罕。反正，此刻，就是天王老子，也难叫对方合成一心了。这就好。他解开捆红脸的绳子。

红脸抖去绳索，扑上去，猛抽黄二耳光，边抽边吼：“是老子的稀屎帽子？你是好人？操你先人，你这是嘴吗？”啪啪声很响，开始黄二还躲着，打急了，就开始还击。别看红脸会打抛溜子，可力气并不很大。黄二几拳，就砸倒红脸。

红脸没想到对方会反击，又羞又恼，既然打不过人，就把气使到羊身上了。他扑向黄二的羊群，使着老羊拧脖子，眨眼间，十几只羊被拧断了脖颈，在地上蠕动惨叫。

黄二急了，四下里要刀子，却没人敢给，瞅中旁边有个铁锨，扑过去抢了，扭身扑向骆驼，抡圆铁锨，狠命猛拍。沉闷的声音，响彻沙洼。

“呔！牲口又没惹你。”孟八爷吼。炭毛子也吼：“呔！那是红脸赔我们的。

你打，打他的去。”

黄二又扑向别的驼，抡起铁锹，没头没脑盖去。驼们直了嗓子叫，四散而逃。黄二紧追不舍，却不料，一个公驼扬起后蹄，把他踢翻在地，半天爬不起来。炭毛子们大笑。

红脸发泄一阵，气消了，不再使老羊拧脖子，正欲上前阻那乱飞乱砍的铁锹，却见公驼已替他满了愿，不由笑了。

黄二叫：“肋巴折了！肋巴折了！”红脸叫：“活该！活该！”

因红脸已脱身而出，黄二们不敢再嘲兮兮地说话。红脸也没了斗志，既知所有的出头事都落不了好，他也懒得再做，就当那四峰驼叫狼吃了。其他人也只好认命，任炭毛子们从自家群里挑最肥最壮的羊，他们虽心疼得牙缝里抽气，却不敢再说半个“不”字。

8

索赔如愿了。沟北的高兴，沟南的沮丧，孟八爷以为戏结束了，却听得炭毛子喊：“还等啥？”话音未落，沟北的都举起了锹。这锹，本是出羊圈用的，此刻，倒成称手武器了，怪不得红脸们不敢轻举妄动，那锹，劈下去，脑袋都能成两半呢。

孟八爷以为他们要行凶，喝道：“呔！炭毛子，有个完没完？那便宜，占些就成了，你斩尽杀绝不成？”红脸却说：“也好，把这些脓包浆的脑袋劈开。宁给好汉牵马镫，不给脓包当祖宗。我算是领教过了。”他这一说，黄二慌张了，道：“炭毛子爷爷，我们可没惹你，怨有头，债有主，谁屁股上的屎叫谁擦去。”几人齐叫：“就是。”“我们可是好人。”红脸冷笑道：“成哩，你们是大大的良民。呸！天生是汉奸坯子。成哩，来，先朝我脑袋上来一下。”

炭毛子哈哈大笑，上来，像猫玩老鼠那样，舞起锹来，红脸却拧了脖子支棱着。炭毛子笑道：“脏死了，脏死了，你们那命，比狗强不到哪里，老子怕污了我的手。老子虽是个炭毛子，可清俊女人，也睡了百十个，这命，金贵得很呀，能为了几条狗命，叫人家一枪崩了？”一人举了锹，说 :“再想想，这可不是小事。”炭毛子道 :“别寡妇子梦毬了。这帮人，别看这会儿是脓包，等有了机会，不敲出你的骨髓才怪呢。填，绝了后患。”蝙牛也远远地喊 :“填！等啥？要完蛋，大家一起完蛋。”那些人才举了锹，走向井。沉重的嗵嗵声填满夜空。

孟八爷吼 :“呔！井又没惹你们，填了，想变成干尸不成？”女人骂道 :“井挡你吃屎的路了？那井，是豁子打的，你们凭啥填？你们是豁子的儿子还是孙子？停下，老娘还没死呢。”听得小豁子嘀咕 :“填了也好。”别人也懒得理他。

炭毛子笑道 :“骚婆娘，你叫啥？你捂住心口子想想，你是啥？明媒了？正娶了？说穿了，你不过一个野旋风，卷点儿纸灰，沾点儿汤水，我们不用焦毛醋弹打你，就算抬承你了，还有脸数落我们？听你的口气，还想当女主人哩。一个小鬼，能受住大祭祀吗？”这几句，呛得女人够呛。她忍了几忍，没哭出声来，眼泪却哗哗了一脸。

小豁子显然很受用这几句。他早反感这女人了，她俨然成了女主人，自己虽拿了存折，却像是受了施舍，心里别扭透了。炭毛子话音一落，他就笑着望望舅佬，又望望女人，一脸的幸灾乐祸。女人只顾抹泪，没注意这些。猛子却恼了，很想揍他一顿。

沟南牧人齐声哀求着，几个还发出哭声。那嗵嗵声却越加急促。

听得小豁子悄声对舅佬说 :“填了也好。反正，我又不能来看管，不如填了。”这话，谁都听见了。孟八爷厌恶地扫他一眼。猛子脸色大恶，上来，揪了他头发，狠狠扇耳光。

女人抹把泪，挡住猛子，说 :“打人家干啥？有啥话，叫人家说。”又对小豁子说 :“你的眼也太小了。这屁大个井，能入了我的眼？以前，我待在这儿，只想图个清静。现在，这清静也没了。填吧，人家想填，就叫填吧。等豁子过了‘七’，我也会走的。”猛子想说 :“跟我走。”可又怕自己也入不了她的眼。这婆娘，脏腑大着呢。一想豁子能入她的眼，自己却可能入不了她的眼，不由得愤愤不平了。

几个牧人不顾死活地扑向井。他们显然知道，这井意味着什么。几个沟北人举着桦条阻挡，啪啪声和哭声交织着涨满夜空。羊们、牛们、骆驼们也怪怪地齐声大叫，仿佛它们也晓得此刻正发生着什么。

“打！谁上来，往死里打！”炭毛子吼。

一个声音厉厉地叫：“这井，填不得呀。”却是炒面拐棍。他竟能发出这么大的声音？真是天下之大，无奇不有。

“填！”扁头也吼。怪，他是沟南人，咋也叫填？

桦条声中，几人倒下。那沙土落井声，仍在连连响着，开始还“嗵嗵”着，渐渐“唰唰”了。意味着，那水层，已被填了。

忽听一人叫：“不好啦！他跳进去了。”孟八爷瞪大眼睛，却看不透模糊。那几堆火早熄了，只有几盏马灯亮着。那光，很微弱，远望去，几点亮晕而已。

“炒面拐棍！”红脸叫。

“炒面拐棍！”几个牧人叫。

“填呀。”红脸吼，“畜生，填呀，把他也埋了。埋呀，咋不埋了？”

“不好了，出人命了。”一人叫。炭毛子大不咧咧地说：“是他自己跳的，又不是我们推的。”红脸厉叫：“你不填井，人家跳吗？”炭毛子道：“我填的是井，又没推人。”

孟八爷狠踢那门：“快开门，先救人。”门开了。孟八爷扑向井台。那几盏马灯也移上井台，照着黑洞洞的井。“救人！救人！”孟八爷吼。

炭毛子显然被这事弄了个手足无措，他要过马灯，照照井下，脸扭曲了，口气却不小：“活该，谁叫他跳的。”红脸吼道：“你还嘴硬。”几牧人应道：“就是。出人命了，你还嘴硬！”话音未落，有人发力挤来，乱中飞来一腿，炭毛子没提防，摇晃着身子栽下。待孟八爷反应过来，炭毛子已厉叫着，堕井中了。马灯在井壁上碰碎了。碎响声格外刺耳。那黑夜，齐齐压来，竟把噪声压息了。

“畜生！”孟八爷骂，“后退！后退！”他抡圆巴掌，胡乱抽去。他怕再重演那场群羊堕井的戏。还好，乱抽一气，围者都退了。

“猛子。”孟八爷叫。他从一牧人手中抢过桦条，递给应声而来的猛子。“谁上来，死里抽。”猛子嗯一声，桦条一抡，呜呜声顿起。人们又退了些。

“犏牛！”孟八爷叫。没人应声，又问：“绳呢？”黄二道：“你头抬起来，瞧，那晃的就是。”“犏牛！”孟八爷又叫，仍听不到回应。孟八爷又说：“黄二，你下去，绑住他们，先捞上来，再说。”黄二说：“我怕死人。”孟八爷恼了：“放屁！谁说他们死了？”黄二说：“死也罢，活也罢，反正我不敢。”见孟八爷要发作，女人说：“我下吧，死了也罢，活着也罢，都是人。再说，那梯子，我也熟。”孟八爷对黄二说：“你碰死到这婆娘的裤裆里算了。马灯……”女人接过一人递来的马灯，叼在嘴上，小心翼翼，下了井。

“小心灯罩子。”孟八爷叮嘱。

“谁又挤？”猛子吼。他狠狠抽几下。谝子惨叫几声，说：“是后面人挤，你打我做啥？”猛子高声说：“谁再挤，老子不把他丢井里，不算人。”牧人们才不敢再挤。

那亮晕一点点下去了。孟八爷手掰井圈，以防被人挤下，见那亮晕，渐渐小了。四下里也静了，只有一峰骆驼直了声叫。听声音，是豁子那瘦驼，说不清它在哭豁子，还是在叫女人小心。那声音，直直来，在静夜里颤。

“哎呀，忘带绳子了。”女人叫。

孟八爷恼了：“你是干啥吃的？”女人的声音传来：“你该问问你自己。你打发我干啥来了？那绳子，咋在你手里？”孟八爷不再说啥，边转那轱辘，边把绳顺下去。

“到底了。哎呀。”女人叫。“活着没？”孟八爷问。

“不知道。血倒是多，拴哪儿？”女人显是抓住了绳头，绳索摇晃了几下。“拴腰里……不……腰里往上……胳肢窝那儿，拴成捋蹄扣。多绾几下，弄牢实些。”孟八爷说。

“不放心了，你下来。”女人道。

孟八爷直起腰，竟一头汗珠了。牧人们都隐在夜里，看不清神态，倒是规矩了。猛子胡乱舞桦条，呜呜声很是刺耳。

“拉！”女人叫。

“犏牛！犏牛！”孟八爷叫，仍没人应答。红脸说：“可能早溜了。”孟八爷说：“你也成，你和黄二，慢慢拉纤绳。小心些。”红脸应一声，和黄二过去，那轱辘慢慢转了。

“哎呀，土，填了一嘴。快一些，咋没一点呻吟，瘆怪怪的。”女人声音打颤。

黑影缓缓上了井口，孟八爷一把捞过，放井台上，解了绳。“松绳！”他叫。轱辘又慢慢回转了。他这才拨拉一下黑团，却听不到一点声息。“活着没？”红脸问。“活着。”孟八爷答。他怕井下的女人害怕。果然，女人的声音传了上来：“吁，我还以为死了，头发都立扎了。”

谝子道：“你不是不怕死人吗？”女人笑道：“井上不怕，一下来，才怕了……慢慢捞。”孟八爷喊：“红脸，慢慢捞。”那轱辘又吱扭了。

那点亮晕逐着黑影上来了。女人边上，边呸呸着，说：“缺德鬼，半个身子都叫埋了。这炒面拐棍，怕是死僵没气了。脑袋在泥水里，连个气泡儿也不冒。”

“没死，没死。”孟八爷安慰她，待那黑影上来，又捞到井台上。

“死了没？”“死了没？”牧人纷纷发问。猛子吼：“挤啥？”又是狠狠几桦条，抽出几声唏哩。

孟八爷怕待在井台上出事，就叫红脸们把两个湿淋淋的身子抬到远处的平地上。

9

忽听得犏牛大叫：“狼来了！”

众人大惊，又乱哄哄了。孟八爷游目四顾，并无狼的迹象，说：“犏牛！你少给我添乱。乱叫啥哩？”

犏牛连声音也变味了：“不是这里，是我们停牲口的沙洼里……都死了……一地羊尸，那个血呀。”红脸叫：“活该。谁叫你们不往猪肚井赶？麻雀儿鸽仗，也得提防身后的鹞子。你们来害老子们，就没想想，狼也正瞅机会哩？”

“就是。”一牧人接口道，“人家正愁没机会呢。”

孟八爷问：“没人看？”

“留了一个人哩，也不见了。不知是不是填狼肚子了？反正，连个人影也不见了……没活头了，死了一个白滩。”犏牛打个哆嗦。

孟八爷说：“猛子，你和红脸过去看一下，这儿我来照料。”红脸说：“我不去。我还巴不得叫咬光呢，人家那么歹毒，我发啥善心？”一人道：“你也好不到哪里，那炭毛子，就是你踏下井的。”红脸身子一震，厉声发问：“谁说的？你出来说！老子不敲掉你的牙，不算人。出来！有胆子白嚼人，没胆子承认，算吊把儿的爷们吗？”却没人应声。

孟八爷说：“红脸，你不去算了，耍啥威风？猛子，你去。沟北的留几个，在的人去看看。”话音未落，沟北人一窝蜂去了。猛子跟定他们。

远远地，听得有人厉叫：“狼来了！狼来了！”夜空里，叫声格外瘆人。犏牛说：“这家伙，找他时，不见个影儿，这会儿，打哪儿冒出来了？我还当他填了狼肚子呢。”猛子知道，他就是那个留下看羊的。

犏牛喝问：“叫你看羊，你溜哪儿去了？羊都叫狼吃了。你赔！”那人不应，仍是叫：“狼来了。”一声连一声，声声瘆人。说话间，已到近前，借马灯微弱的光，见那人面无表情，似在梦游，那厉叫，仍机械地发着。“叫啥？”犏牛呵斥。那人却不理，仍木了脸，扬脖厉叫。

一牧人道：“这样子，怕是叫狼吓疯了。”这一说，人们才发现他真不对劲了。一股凉风，蹿上猛子脊梁。

那人边叫，边梦游似的走。几人挟持了他，那人并不挣扎，仍瘆怪怪吼。

到了洼地，竟发现还有活的牲口。几头牛挤在一起，屁股相向，牛角朝外，典型的防狼架势。一群羊挤在一起，静默了瑟缩。再往前走，猛子却不由得冷气倒抽。那沙洼，真像犏牛说的，叫羊尸盖满了。不过，说羊尸也不妥，因为有些羊虽被咬断了喉咙，但还没死，那身子仍一蠕一蠕地在血泊里挣扎，反倒更显得瘆人。

一牧人忽然大哭。他一哭，传染了似的，满沙洼哭声了。猛子想："活该。这祸，自己寻的。心不善，想占便宜，却吃了大亏。"犏牛本就硬朗，难受一阵，听别人哭，他反倒轻松了。走过去，他搬搬这个羊，掀掀那个羊，说："瞧，血都没咂，纯粹是糟蹋。"猛子说："一咂血，狼就跑不动了，叫你乖乖地捉它不成？"

一牧人哭叫："没活头了。"另一人喊："狼，我操你先人，你是个欺软怕硬的溜尻子货。有本事，找鹞子去，老子又没惹你。"这一说，牧人们哭得更委屈了。

猛子劝："行了，起来，收拾收拾，哭又哭不活。"

一人哭道："羊都死了，还不叫人家哭？"另一人说："就是。你站着说话腰不疼。"再一人又说："要是你的羊死了，你又咋样？"又一人说："人家当然不哭。人家天生是打狼的。人家打了狼，却叫我们顶缸。"

猛子说："咋成了我打狼了？明明是鹞子。"一人哭问："你没打？"猛子说："打是打了，可……"他忽然没词儿了，觉得自己咋解释也脱不了干系，就一跺脚，"哭吧，哭吧。这地方旱，也不用下雨了。"

一人说："你叫人家哭，人家偏不哭。"就抹去泪。另一人也道："就是。你想望人家的笑声，人家偏不叫你望。"又对其他哭的叫："你们哭啥？人家望笑声哩。"他们"人家"了一堆，哪指猛子，哪指自己人，倒也清楚。

一人说："不嚎了，就当吃药了。老天不叫人家放羊了，人家就不放了。天塌下来有高个儿顶呢。人家能活，人家也能活。"另一人道："回去后，老子啥也不干了，顶南墙，晒太阳，围土窝窝哩。天生一个穷命，原指望在沙窝里挖个光阴，瞧，人家土地爷不叫挖。"几人应道："就是。我也不干了。""还干啥？就这，心都亏烂了。""没意思，饿不死就成了，还巴望啥？"牧人们渐渐收了哭，过去，诸一分辨羊的记号，因天黑，马灯又少，这本来简单的事儿，倒难了。犏牛道："先不分，弄成一堆，天亮了再分。"牧人们开始往一块儿捞羊。

远远地，传来一声狼嚎。

10

炒面拐棍和炭毛子死了。

灯光里，是两张死人的脸。炒面拐棍带着不甘心的神色。炭毛子则扭曲了脸，看不出心绪，那几根胡子上淋漓着泥水。孟八爷摸过他们的心窝，不显一点跳动迹象，且瞳孔扩散，气息全无，死是没疑问了。女人后怕了，打起哆嗦。

一片寂静，连豁子的驼也不叫了。

这炭毛子，方才还跋扈了形神，此刻，却成了尸体。要是他知道自己马上会死去，还跋扈不？还争斗不？

几日，几月，几年，或几十年后，谁都会死。死一到，所有争斗，便无意义。可想到这一点的，能有几人？孟八爷不由长叹。

不念死的人，绝不会明白生。所谓生，不过是暂时的虚幻。那死，却是永恒的归宿。有多少人，却被虚幻迷了，糊涂了生，又糊涂死。

孟八爷欷歔着，又想到张五了。

相较于炒面拐棍，炭毛子无疑是强者。他强悍了一辈子，“睡了百十个清俊女人”。炒面拐棍是老光棍，据他说，“还没开过荤呢”。相异的人生，却有相同的归宿。那死亡，并不因一方的强而远避，也不因一方的弱而降临两次。一块生命的黑幕，一个鼓起的土馒头，结算了强者和弱者的所有账目。

这人生，幸耶？悲耶？总是难说。

牧人都静静地望着死人，这突降的“死”，把心中的许多情绪消解了。那争来的“利息”，按事先的约定，归炭毛子。那羊驼，还没挪窝呢，主人却死了。他连一根羊毛也没带走，倒是那狞笑和凶悍留在人们心头。一想炭毛子，就想到那张被贪欲烧得扭曲的脸。想来，这便是他活过的证据了。

没人哭，没有泪，连哭的感觉也没有，只有惊愕，只有木然，只有诧异的呆痴，只有一种浓浓的感觉。豁子的死尚有人嘘叹，这二人，啥也没有。要说，那炒面拐棍也是为护井死的呀，可怪得很，心头却没悲痛。

夜气四下里荡着，充满了天地，也笼罩了心。那马灯，忽悠着亮晕，心却黑透了。夜空中游曳着无声的韵律，渗进心里。

四面很暗，月没了，心也没了，时不时，传来一声狼嚎。也没人在乎它了，想嚎了，你就嚎去，扯天扯地地嚎去，没人在乎了。

孟八爷叫人取来两人的被窝，铺开，放入各自的主人，卷了，用绳捆住。他想把二人捆一起的，这样，一峰驼就够了，可黄二说两个死鬼会打架。那炒面拐棍的灵魂，是无论如何打不过炭毛子的。这一说，女人就哭了。女人一哭，牧人们才记起，她曾髂过炒面拐棍的尿骚。

孟八爷只好把两人分开捆了，安顿道："炭毛子，炒面拐棍，活着为人，死了为神，谁都自重些，别死搅蛮缠地打架。"至于他们会不会自重，谁也管不了。自重也罢，不自重也罢，随两个死鬼吧。

因为猪肚井没有二人的亲人，谁也无权处理尸体，只能驮回家去。沟南和沟北各派两人，各驮了自己阵营的殉难者。女人从屋里舀些水，给四人装了。按猛子的想法，不给沟北人，谁叫他们填井呢。女人说："给他们吧，没了，我再到盐池上要些。"

两个尸身子在驼身上颠簸。驼打着喷嚏，突突地乱啐。这是驼见到鬼时惯用的一招。定是骆驼看到了两人的阴魂，可谁都没有说破。

黑影渐渐没入夜了。老远，还听到骆驼驱鬼的突突声。

11

豁子一进炉膛，就叫火包围了，火似乎很恨那身国家干部的衣服，一伸舌头，就舔个精光了。猛子很可惜那套新衣，他还没穿过那么好的衣服呢。但没治，自己没穿寿衣的资格，也就不眼热人家了。

女人不敢往瞭望孔里看。小豁子看了一眼，就白了脸，扭过脑袋。猛子占尽便宜。……瞧，那火，几下，就把豁子舔黑了。豁子的脸跟煤黑子差不多了。突地，又变白了。那白，一晕晕散开，嗞嗞声呼呼声交错着响，火便充满炉膛。那豁子，就成了火中的暗晕。

忽然，豁子跳了一下，扭动着肢体，咬牙切齿，开始咒骂。因脸上没肉了，那表情，只好靠牙齿来表达。火却不惧，围了那脑壳，死命地叫，叫一阵，一股水汽就从头顶射出，变成蹿动的火苗。

司炉工伸个铁棍，捅几下，脑袋就骨碌碌滚来，像要咬人。猛子吓了一跳，忙从孔里拔出目光。

四下里很静。那大得邪乎的房里，除了化尸炉外，还有个凉骨案。司炉工说："还得半个多小时。你们想待了，就待。不想了，出去。"说完，他先出去了。

女人望猛子一眼。女人瘦多了。女人没减肥，可瘦多了。猛子想，女人最好的减肥方法就是叫男人死。女人的脸白戗戗的，嘴唇却黑了。以往那风骚劲儿，全叫豁子带跑了……对了，豁子带不走金钱，啥都带不走，却把女人的风骚带走了。瞧，这女人，可怜兮兮，早成另一人了。猛子说："你们出去吧，我陪陪豁子。"女人就出去了。小豁子也出去了。

豁子身上的肉早没了，只剩下骨头。骨头仍在欢欢地嗞嗞。还有一团黑黑的东西，顽固地在火中黑着。猛子瞅半天，才辨出，是豁子的肚肠。那柔柔的东西，倒成了火中最顽固的。记得，瞎仙唱过："牙硬先掉了，舌软却长存。"这肠肚子软，也是最不容易烧掉的。瞧，它在火里叫得最欢。该。因为它盛过鹿肉、羊肉和其他肉，自然要欢欢地卖弄一番了。

脑壳仍在喷气或喷火。它游离了身子，自由地欢唱。它里面，还有没有狡黠？有没有心机？有没有愚昧？那脑浆里，不管腌的是愚昧还是聪明，终究会成灰的。

司炉工进来，捅捅那团黑色的肚肠，捅出硬物相触声。他见骨头上仍有残余的肉筋，便捣鼓一下，几股火喷入，又淹了豁子——此刻还该不该叫豁子？——那骨头，和别的骨头没啥两样了。要是这骨头会发声，指了井，说“我的”；指了女人，说“我的”，想来很滑稽了。那“我”，原来是个很大的骗局，骗得豁子迷糊了几十年。此刻，那豁子，仅剩个虚名儿了。不久，连虚名儿也没了。

猛子想起了豁子干过的事。那镜头，泛黄了，远去了，成旧画上的一晕水迹了。争也罢，斗也罢，真觉得没啥意思。记得那夜，谝子摸了女人，惹得豁子大发脾气。要是知道几十天后，自己会在炉火里，变成一堆没啥特点的骨头，他也许会一笑了之。那井，那炕，那女人，终究不是“我的”。连那“我”，也不是我的。

火熄了。

司炉工取出骨头，用灰匣盛了，端过去，倒在案上。骨头很热，也很白，称得上骨白如雪了。听说那骨白，意味着死者罪孽少，或是没服过有毒的药物。猛子宁愿相信前者。细想来，豁子一生，自食其力，虽没发迹，倒也没做过啥恶事。也许，稍大些的恶事，就是在死后“伪装”了国家干部。但那伪装，由不了他。而且，那身假皮，也并没影响他骨头的白。

女人进来，见那豁子，已成散发着热气的骨头了，长吁一口气。这骨头好，干净。豁子虽不是大人物，却有一堆干净的骨头。

女人挑了个骨灰盒。她挑价格最大的那种，盒盖上，有个放照片的地方，可惜，没现成的照片。若有，放上去，叫人一看，就知道豁子住这么阔的房子，叫你眼热个贼死。可没照片，只好遗憾了。

骨头凉了。女人一片片往盒里拣，司炉工嫌她慢，几铲，就把豁子装盒里了。那么大的人，竟装入这么小的盒里，总叫人有种失落感。能用大棺材当然气派，但那资格，豁子还没有。任是谁，没儿没女，只能当大死娃娃，烧到野外。烧剩下的，就填了狗肚子。比起填狗肚子的，你豁子，就在黄泉路上高兴地唱秦腔吧。人心不足蛇吞象呢。

司炉工问：“留不留一片？”他指指盒里骨头，说：“有些人，留一片做纪念。钉住，就取不成了。”

猛子建议："留一块吧。这么白的骨头。"

女人摇头："不留。"又解释道，"给他个囫囵身子吧。"

司炉工就哐哐几下，钉了骨灰盒。

12

豁子的葬礼很简单。

本来，女人想请个道爷，发发丧，可没人愿来。出城时，女人买些五色纸，就照猫画虎，做了个指引亡灵上天台的鹤儿幡，挂在门外，被秋风吹得唰啦啦响。

孟八爷们又糊了童男女。豁子活着受苦，死了叫他享受几天叫人侍候的日子。因不是专业操作，做工很是粗糙，那色彩却绚丽，成为深秋惨白里的一道亮丽了。

小豁子捧了骨灰盒，猛子举了鹤儿幡，女人头别白花，凄惨了脸，孟八爷们跟了，沿猪肚井，旋了一转。黄昏的日头爷白惨惨的，秋风也水一样凉了。一行人寂寞了脸，寂寞了心，风吹纸条的哗哗声就格外刺耳。

骆驼时不时叫一声，那味儿，和发丧时道爷吹的唢呐差不多，只是多了苍凉，少了哀婉。

可惜没哭声，谁也不哭，细想来，也没个啥可哭的。那生了死了，跟树叶儿绿了黄了，跟来了去了，跟饱了饿了，一样。死就死了，按老顺的说法，"哈哈，脱孽啦"，也不是啥坏事。

只是心头的感觉很浓，浓得化不开，几乎等同于暮霭了，罩在心头，挥之不去，心就沉重不堪，加上秋风瑟瑟，很像末日到了。

豁子被埋在井的西方，那位置，好。前有水井，后有沙山，青龙白虎占全了，不定哪辈子，就能出个大人物。但这希望，谁都不抱，因那沙，东流西漫，填天填地，不定哪一天，井也没了，山也没了，豁子的名儿也没了。连世界都能淹了，何况一个希望。

孟八爷照猫画虎地咕叨着道爷辞灵时念的《指路经》，没记全，但主要的还是说了："来者不知谁是你，去者不知你是谁，一脚踏开生死路，脱出南柯一梦中。"声音也似模似样，俨然老道了。

听说活着为人，死了为神。那神，是人封的，人不封，世上就没神了。孟八爷就燃起黄表纸，在井前焚化，封豁子为"井神"。

虽说都怀疑封神效果，但管不了太多，成不成是老天的事，封不封是牧人的心。井神就井神吧，虽说井已干了，但井，总是井，只这名儿，就有无数清凉呢。

都说，瞧，豁子在夜空里笑了。成神了，美死个你。

13

老山狗趔趄着身子，出了房门。

它要走了。

孟八爷心里很是沉重，人狗相依多年，彼此融入生命了。它一走，他只能算半个人了。

那年，它随瘸阿卡来时，他还是壮汉，张五也是。现在，张五做鬼了。他，也土涌到脖里了。世上的一切，总哗哗地变个不停。树叶儿黄了又绿了，长脖雁南了又北了，胡子短了又长了，人老了，狗也老了。现在，它也该走了。

都知道，"走"是老山狗的天性。真的老山狗，不会死在家里。它知道自己的宿命，时候一到，它就会离开家，走向一个未知的所在，静静死去。

孟八爷说，走就走吧。

走就走吧。别说挨了枪，不挨枪，也该走了。多好的筵席，终究得散，那无常，如影随形呢。这世上，所有生命，自出生起，就走向"走"的一天，中间，只是"走"的过程。

东方露出了女人的肚皮白。牧人们仍睡着，呼噜声好个香甜，差点儿盖了狼嚎呢。也罢，那狼，叫它嚎去；那水，叫它没去；那牲畜，叫它遭殃去；

那世界，叫它沧桑去；猪肚井苟且偷安着。

都说，这呼噜，是修来的福分呢，那忧天的杞人，好个命苦；活吧，活一天，是两半日子；天塌下来，有高个子顶呢，怕啥？

但这呼噜，终究会断的。多酣畅的呼噜，也躲不了无常。就像这老山狗，多厉害也得“走”。但重要的是，它曾是老山狗：活得像老山狗，死得也像老山狗。这就好。

女人没哭。猛子也没哭。老山狗的走法好，静静地到一个地方，静静地等那个非来不可的东西，宁静而庄严。这庄严，溢满猪肚井，溢满沙窝，也溢满心了。若流泪，真亵渎了它，就叫心在庄严里颤去吧。

老山狗印一路梅花，上了沙坡。

启明星很亮，还有月牙儿，别的星都暗了，隐了。晨霭如暮色，盖了好多东西，也盖了那种叫悲哀的情绪。孟八爷觉得自己走了老长的路，老山狗也走了老长的路，都该歇歇了。

总是摆不脱浓浓的沧桑，那感觉，腌透心了；仿佛已活了千年，啥变也见了，不变的，仍是沧桑。

这天大地大的沙窝里，活过千万个孟八爷，也活过千万条老山狗，还会有千万的人狗追了来。远去的，不见尘滓。那来的，尚无影儿。此刻，这打呼噜的沙洼，也明明是梦呀。老山狗在稠稠的梦里游行着……你能游出浓浓的大梦吗？

清风吹来，孟八爷打个哆嗦。

来者为生，去者为死。生者何来，死者何去。眼茫然，心也茫然，总想寻个来去的理由，寻出的，却总是茫然。

一声慨叹，从心底发出。

老山狗在慨叹里蹒跚着。那样子，很像他心里浮游过的女人。那一个个俊的丑的女人，给过他男人的感觉，也终于飘向暮色了。

秋风瑟瑟。

这秋风，也吟着无常。想来，这才是世界的本来面目。张五们，认假为真，为了明晃晃的假，却做出沉甸甸的真。倒是这狗好，默默地来，静静地去，好个安详。

老山狗上了沙坡，遥遥回望，成一道剪影了。孟八爷听到女人的抽泣，心头有热热的东西涌上。

“去吧！”他喊。

“在那一世，等我！”孟八爷的声音苍老了许多。

女人的呜咽游入风中。

老山狗便缓缓去了，和天边开始洇出的血光融为一体。

14

那狼嚎，却日渐勤了。那是真嚎，它们仿佛有一肚子的苦水要诉，月亮也给嚎凄惨了。人听来，心便怪怪地颤，都说：“哪听过这种嚎法？”

孟八爷精心炒制的药，已不起作用了。狼把药们衔了，放一堆，用狼粪盖了。

沟北牧人已离开了沙窝。他们的离去，终结了一个个纠缠不清的话题。也好，那草，叫它没去；那水，叫它干去；赶了畜生们，回家吧，世上的穷汉多着呢，人家能活，他们也能活。

幸好，东面的盐池还有个水窖，厚了脸皮要些水，剩下的牧人才没变成干尸。诅咒一番后，红脸们开始商量：是挖那旧井呢，还是另找地方，再打一口？

这时，才发现，对自己威胁最大的，已不是狼，而是水了。连最坚决的红脸也怀疑了：自己的“红旗”，究竟能打多久？

孟八爷却说，那最大的威胁，不是狼，不是水，而是那颗蒙昧的心。心变了，命才能变；心明了，路才能开。

红脸叹道：这话，我信。

孟八爷说：“走出去吧。这儿，明摆着没戏了，何必在一棵树上吊死呢？

走出这沙窝窝，天下大得很哪！”

谁都木了脸，齐齐地叹气，都说：“倒也是。”

孟八爷说：“等我谢完猎神，一块儿出去吧。”

这谢猎神，是“辞谢”之意，等于江湖的金盆洗手。孟八爷献了供物，燃香，化表纸，跪在地上，虔诚了心，开始忏悔。等忏悔带来的清明完全占据了心，他就向猎神爷“还枪”了。

那刀枪，本是猎神的，猎人借了用用，现在，该还了。使刀的，还刀；使箭的，还箭；使枪的，还枪；把属于猎神的，还给猎神。从此，做个清清白白的“素人”。

牧人搜寻了近处所有的柴棵，在井旁，堆成了小山。干柴暴燃，火焰燎天，呼呼声压息了风声。

因了自相残杀，那供物，倒也现成。火堆旁，是一排剥了皮的羊，有十一只。这是规矩。十六岁那年，孟八爷向猎神借了枪，还借了一个个要命的咒子。几十年过去了，每道咒子，都背了千百条命债。现在，他要将它们奉还给猎神了。……还吧，辞过了猎神，换一种活法。只是，太老了些。没啥，重要的，是明白。早上明白，下午死了，也值。

孟八爷抽出刀，将羊脊上的肉剔下，抛入火中。每个羊身上，剔了三刀。那三刀，象征“身口意”——从里到外的真呢。

伴着火中腾起的嗞嗞声，孟八爷唱起了猎神歌。那歌声，苍凉悠远，溢满沧桑。它裹风挟雷，滚滚滔滔，已响了千年。歌中，有绝望时的扭动，有逆境里的突围，有困厄中的抗争。牧人们都静立着，被那味儿腌透了。心头有热热的东西涌上。灵魂的瑟缩，荡向每一个毛孔。

女人往火堆里抛着五谷。

孟八爷举了枪，走向火堆。猛子叫：“八爷，那可是好枪呀！”孟八爷说：“再好的枪，也是凶器！”

孟八爷爱怜地捋捋紫檀木枪托。那地方，跟生命亲热了几十年，滑鱼似的。它给过他大半生的荣耀。今天，要还给猎神了，真有些难舍呢。孟八爷双手捧起枪，郑重地举到胸前，眼里噙着泪，低下布满岁月沧桑的宽大额头，轻轻地贴在冰凉的枪管上。

他仿佛听到火药在枪膛里轰然爆响、铁砂骤然彤红，膨胀、挤压着喷出枪口的嘶鸣声；他似乎看见狼、狐翻滚扑倒的幢幢身影和那恐怖、绝望的无助眼神……

孟八爷闭紧双眼，一大滴浑浊的泪，沉重地滴溅到枪管上。他用力睁开双眼，深深地叹了口气，仰起头，望望天上那炫目的亮点儿，还有一浪浪卷向未知的沙浪，他双手一扬，把枪抛入火堆。

火愤怒地围了来，枪却在火里静默。如血的残阳下，孟八爷像一尊浮雕。他缓缓地取出火药袋，一把把掏出那黑色，抛入火中。火头倏起倏落。孟八爷叫："猎神呀，你的，全还给你。"

心头的感觉，却浓得化不开。那洋溢着生命原动力的猎神呀，那充满无穷阳刚的精魂呀，那雄突突承载着历史沧桑的图腾呀，别了！

一股无法言说的情绪涌上心头，孟八爷有些发堵。望着火堆，觉得自己的心空落落的。烈焰啸卷着蹿向虚空。烟却弥漫下来，虚朦了猪肚井。牧人都木然着，机械地往火头上扔一些废弃之物。他们也商议好了，等谢过猎神，就随了孟八爷，走出这掩埋了希望的沙窝。一种前所未有的阵痛，在心中搅动，脸上就有了生铁般的冷硬。只有红脸在上蹿下跳，很是亢奋，分明在发泄那积淀了多年的郁闷。

女人递过水瓢。一线清凉，淋漓而下。孟八爷接了，仔细地洗手。按老先人的说法，几十年的血腥，能在顷刻间洗去。那么，那千万人心头的血腥，咋能洗尽？若有那灵药，他愿上天入地，寻他个"驴死鞍子烂"呢。

孟八爷脱了帽子，脱了鞋，扔向火头。从前的他，从头到脚，都还给猎神了。他喑哑了嗓门，对牧人们说："这井，填了吧，省得扯心。"

谁都无语。

孟八爷又说："只要走出去，路会越来越宽的。"

火渐渐息了。一切都成了灰烬。孟八爷捞过铁锨，铲起枪管，抛入井中。

女人扫一眼红脸，说："等啥？"

红脸于是叫了："填呀！填了这驴日的井！"

他抡锨扑了上去。牧人们互相望望。猛子说："也好。省得扯后腿。"碜牙声响起，由稀变稠。额上都冒出汗了，似亢奋，似愤懑。胸中的那股气，憋许久了，总想找个发泄的理由。这世上，没有比掩埋绝望更痛快的事了。

渐渐地，静了。一切都静了。那窟窿，仍在咧着大口，但已没有了生机，瞧，正喷着死亡的纤尘呢。很难想象，它竟承载过那么多的希望。现在，它死了。红脸们舒了口气。该死的，就叫它死吧。哪怕是希望。死了的希望，就不再是希望，仅仅是一片废墟、一点记忆、一抹伤感的印痕、一晕无奈的痛楚。好在心中有沃土，播种个火星儿，就能收获弥天的大火呢。

不是吗？老先人早就说了，旧的不去，新的不来。

夜里，马灯下，女人正收拾东西。忽然，从窗外伸进两只毛爪子，肥硕，巨大，厚厚的肉垫上扎满了狗牙刺。女人捣捣孟八爷，示意他拿绳子绑了。孟八爷摇摇头，说："瞧，人家求你呢。"女人便大了胆，举了灯，把狗牙刺一一拔了；入肉太深的，也拿针挑了。然后，她拍拍爪子，说："去吧。好了。"

两只毛爪便收了回去。

次日清晨，门口躺着一只被狼咬死的黄羊。女人知道，这是狼谢她的。

一行梅花状的蹄印，从门口，一直射向天际……

——2000 年 9 月至 2001 年 3 月一稿于凉州红云窟

——2001 年 3 月至 2002 年 3 月二稿于凉州红云窟

——2003 年 3 月至 7 月定稿于凉州红云窟

——2016 年 10 月修订于沂山雪漠书院

忽然，从窗外伸进两只毛爪子，
肥硕、巨大、厚厚的肉垫上扎满狗牙刺！

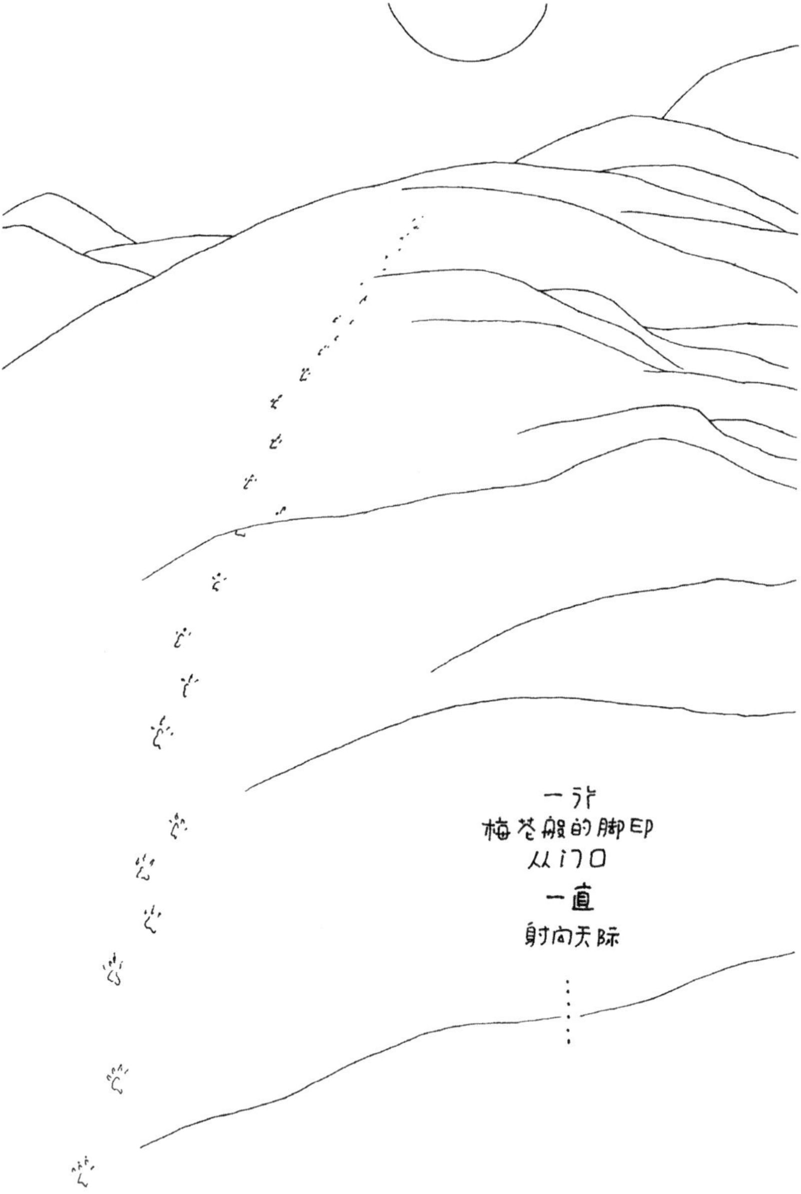
一行
梅花般的脚印
从门口
一直
射向天际
……

●雪漠

我的文学之“悟”（初版后记）

十多年前，甘肃武威发现了一个西夏的洞窟，史称“金刚亥母洞”。洞中出土的，是西夏王国的无数珍宝和文书，它们叙写了那个王朝的辉煌。珍宝后来被请入博物馆，文书却被农民烧了。后来，一位专家捡到残片，捶胸顿足。因为，那些文书，是西夏国师的往来书信，里面有当时最寻常的日常生活记录。而这些，正是今天的西夏研究最缺乏的资料。

元朝时，成吉思汗的铁骑灭了许多国家，西夏是其中之一。蒙古兵毁城池，杀人民，烧文书，想把西夏王国整个地从文明史上抹去。他们几乎达到了目的。至今，我们仍无法详细地知道西夏的老百姓如何活着。留在世上的所谓考证资料，大多干巴巴的，而且十分稀缺。

根据经验，我们不能信任一些所谓历史，它常常被强权涂抹得十分可疑。所以，最真实地记录历史的，应该是最寻常的百姓生活。可惜，西夏的文人，似乎没有自觉描绘日常生活的习惯和意识，自然不会为历史贡献出优秀的小说家。

那时我想，若有一个西夏文人，不需任何卖弄，只要质朴地忠实地记录西夏人的日常生活，他注定会不朽。要是他在艺术境界上达到一定水准，便成我们期待的大作家了。

同样，在我们当代，要是有一位作家这样做了，也应该有其历史价值。

我问过好多人：你知道你的四代以上的祖宗如何生活吗？回答是：不知道。许多子孙，甚至不知祖宗姓名。仅仅过了几代，祖宗就已被生活遗忘了。岁月无情地掩埋他们肉体的同时，也掩埋了一段真正的历史。百十年后，我们也将被岁月掩埋，消融于一个巨大的虚无之中，像苍蝇飞过虚空，留不下一点痕迹——要是我们的作家同西夏文人一样失职的话。

多么可怕！

我不知道汉唐人如何活着，不知道宋辽人如何活着，但我却知道清朝的贵族如何活着，因为我读了《红楼梦》；也知道明朝人如何活着，因为有《金瓶梅》和《三言二拍》；我们还知道一些其他朝代的人的点滴讯息，因为除官修的正史外，幸好，还留下了一些质朴的民间文字。

我认为，文学的真正价值，就是忠实地记录一代人的生活，告诉当代，告诉世界，甚至告诉历史，在某个历史时期，有一代人曾这样活着。

托尔斯泰之所以伟大，就在于他忠实记录了一个时期的俄罗斯人如何活着。

伟大的作品，应该写出当代人如何活着。它像生活一样丰富，也像生活一样质朴，没有任何虚假的编造，有的只是对日常生活的升华和提炼，以及从日常生活中发现的文学诗意。它可以坦然地对历史和世界说：瞧，他们就这样活着。

我认为，文学不能单纯地靠故事取悦读者。从春秋战国到今天，会编故事者多如繁星。几千年后的人也会编故事，也许会编得更为精彩。但他们绝不会展现我们所经历的生活。没有人生的历练，任何编造，都显得十分虚假。对作家来说，生命的体验和感悟是不可替代的。所以，一个作家，最重要的素质，是在日常生活中发现文学诗意的能力。这诗意，或是人物，或是故事，或是生活画面，或是一个世界。

一个作家，要像蜜蜂采蜜一样，从最寻常的生活里，发现不寻常的东西。他的心灵和文学观念，决定了他日后的成就。正如一个青苹果，虽小，却具有了成为大苹果的基因；而山药，无论如何施肥浇水，成熟的，终究是山药。除非，他进行脱胎换骨式的灵魂历练。

那年，我二十五岁。

我决定调整自己的文学走向。因为，我痛苦地发现，为文之初，我就走错了路。虽说那时，我已小有名气，出过书，获过奖，有一套熟练的笔法，能轻松地写出东西，沿这条路走下去，我可能会“著名”。但我同时明白，我的作品，肯定比肉体消失得更快。

我发现，我没经过一个优秀作家必须经过的灵魂历练和文学修炼，没有洗去灵魂上的污垢，自然也无法体悟生活的本质，更无法感受并描绘强有力的生活。更糟糕的是，我被伪现代派玷污了，染上了浮夸的文风，失去了一个优秀作家应有的质朴。

我决定重新练笔，实践自己的“悟”。那段岁月苦不堪言。为了能在凌晨三时前起床，我在夜里大量喝水，尿一憋，就起床，因为那闹铃声，再也吵不醒疲惫的我了。我不求发表，不求成篇，纯粹地练笔，单调而乏味。如影随形的，是寂寞和孤独。身旁没有可探讨的朋友，眼前没有可请教的导师。心头更是漫长的黑暗，没有丁点儿希望的亮光。

为了不受干扰，我拒绝了一次次的发财机会，变得穷困潦倒，常常身无分文。有时，到处搜寻一些旧报，才能换来一顿菜钱。没有住房，没有写作空间，一家三口，只有一间十平米的单位宿舍。夜里，一家人两顺一逆地排列，才能挤在一张单人床上。工作环境，更是十分闭塞，整日浸泡在庸碌里。我最怕自己变成“狼孩”。因为许多自命不凡的文友，就是在不知不觉中失去了自我，变成庸碌的细胞，满足于蝇营狗苟。为避免被环境同化，我留下胡须，以示警诫。同时，从口里挤出钱来，用以购书。我明白，只有大量读书，才能使我超越闭塞的环境，不被同化。

苦极了，就给自己打气：就这样殉文学吧。要当，就当个好作家；失败了，活不下去，就跟妻子回老家种地。本是农民的儿子，再当农民，也不赔本。为了破釜沉舟，至今，我仍把妻子的户口留在农村，还保留了几亩地。在写文学快餐和回家种地之间，我会选择后者。

可是，上帝并不因我的虔诚而赐给我丝毫灵感。因为抛弃了熟悉的笔法，我再也写不出一篇文章；因为有了新的文学观，我不再有满意的素材。朋友一个个离我而去，他们无法忍受我祥林嫂谈阿毛一样谈文学；家乡也是一片嘘声，因为我再也没写出一篇像样的东西；更因为没时间巴结上司，我被惩罚性地随意调动工作，丧家犬似的东奔西颠；四下里一片黑暗，看不到一点出路和希望，我时时游荡在深夜的街头，疯子般嚎叫，老想拿把刀插入心脏。那年，一位叫陈兰云的文友跳入了黄河，她和我一样，陷入了灵魂的困境没能自救。

一日，看《劈山救母》，那沉香，与天神为敌，四处奔波，茫然无门。我觉得自己很像他。一个蜷缩在穷乡僻壤的农家孩子，举目无亲，想杀上文坛，其难度，不弱于小沉香战二郎神。记得，有人告诉沉香，要想战胜天神，必须拥有爱和智慧。而我，要想从一个偏僻的西部角落走向全国，靠的，也许只有这两点。

为了压息纷飞的欲望，为了摆脱扰心的烦恼，也为了证得我希望拥有的智慧，我每日禅修，并按苦行僧的标准来要求自己。因饭后影响大脑的正常思维，我过午不食，并坚决地戒了与我相依为命的莫合烟，怕的是作家没当成，先叫烟熏死了。坐禅之余，我形疲神凝，恍惚终日，昼里梦里，都在练笔。

幸好，我遇到了我命运中的第一位“贵人”——原武威市教委主任蒲龙，他把我从偏僻的乡下小学调入市教委，并提供了大量时间。我一边练笔，一边跑遍了整个凉州，从此拥有了取之不尽的生活。也幸好，我遇到了甘肃教育图书发行社的屈选先生，他的无私帮助，使我全家免去了饥馑之忧。

漫长的梦魇般的五年过去了。终于，有一天，我豁然大悟。眼前和心头一片光明。展现在我面前的，是一个全新的世界，万事万物都在向我微笑。心如虚空，每一动念，无数的人物、生活、构思就向我涌来。而我自己，却放下了文学，我不再是作家，不再为文学所累，不再有执著，不再有寂寞，只有淡泊和超然，只有宁静中享受的写作之乐。心中的人物早已活了，他们有着各自的命运和故事。我之所为，就是悠然空灵了心，叫他们从灵魂里流淌出来。

《大漠祭》和《猎原》就是这样诞生的。

●雪漠

《猎原》的创作意图（创作谈）

《猎原》写了大漠腹地一个叫猪肚井的所在，其中有牧人，有猎人，有牲畜，有狼。这所在，是社会大网上一个最敏感的点，偶有响动，便波及四方。书中写了猎人与狼的较量，牧人间为争水源争草场而发生的一系列叫人哭笑不得的纠纷。那每一场纠纷，皆源于心灵之纠葛。人的贪欲，导致了心灵的恶化，而心灵的恶化又助长了人的贪欲。这一恶性循环，是猪肚井最终毁灭之因，又何尝不是人类所有罪恶之由来。

这部小说和《大漠祭》不一样，《大漠祭》以逼真鲜活的笔法写了西部农民的生存状态；《猎原》则超越了西部，上升到人类共同面对的问题。

《猎原》是反《大漠祭》的，创作时，我努力想回避《大漠祭》的影子。比如结构上，我有意采用了短篇小说才用的横断面写法，且拒绝叙述，纯以画笔描绘，每一小节，是一个生活画面；每一章是一幅大社会画面；整部作品，则是一幅历史画卷。我有意拒绝了传统的故事构架、人物构架、史诗构架等，而选取绘画构架。

阎晶明先生很有眼力，他在《文艺报》撰文称："《猎原》展示的是一个群体人的生活场景，注重的是场景之下的冲突与交融。或者说，这不是一个可以改编成连环画的故事，更像是一面墙壁上展开的油画，有场景、有人物、有表情，也有故事的痕迹，但效果却不在故事的起伏线索中，而在整体的、强烈的视觉冲击中实现。"

构思和写作《猎原》时，在每章每节中，我均以横断面的方式描绘生活和透析生活。所以，按时尚小说的阅读习惯，它不好读，但它却很耐读，责任编辑王洪先先生说他读了六遍，越读越好，毫不嫌腻。这类读者，尚有不少。

《猎原》的构思，与《大漠祭》同步，亦有十多年。对布局，我费心很多。那一幅幅或大或小的生活画面，错落交织，看似无序，其实皆是我精心设计，无一游离于主体之外。这许多个日常生活画面，最终构成了一幅巨大的社会历史画面。

如开篇写狼，既为整部作品定基调，又描绘了人与自然曾有或应有的那种和谐。书中的狼被人们称为"黑胡子舅舅"，是土地爷的狗，是父亲似的"骨头主儿”。而小说后面写到的人类的贪欲，破坏了小说开始时的和谐，并招致了大自然疯狂的报复。狼的形象贯穿始终，或明或暗，开头起于狼，结尾仍是狼。由人和自然和谐而始，到人与自然和解为终，小说完成了一个应该在人类社会中出现的轮回和循环。若无开头那看似游离于主题之外的“狼来了”的画面，小说中狼的形象无疑会残缺不全的。

“老山狗”亦然，它雄性十足，我眼中，它几乎等同于某种已断裂和丧失的西部精神。“孟八爷盼了几十年，想从癞皮狗堆里巴望出个老山狗来”，却终而失望。“老山狗”贯穿始终，明暗相间，小说开头写狗，结尾复归于狗，草蛇灰线，不曾断绝，跟狼一样，成为小说的暗线索之一。

《猎原》同《大漠祭》一样，也想写出一种存在，但多了反思、追问和审视。写《大漠祭》时，我扑入生活，水乳交融；写《猎原》时，我则尽量跳出生活，俯视鸟瞰。如同不能把《堂吉诃德》说成是骑士小说一样，也不能把《猎原》说成是环保小说。环保仅仅是明线索和故事层面，其深层，还是写存在，还是在挖掘农民的精神品性，还是在写人性、写灵魂，写马上会被时代狂潮卷得不知去向的生活。

如老顺打老鼠一章，有环保外形，但他开头猛打，继而懊悔惶恐，终而封鼠为“神”，就多了环保之外的许多深层内涵。西部的许多神，如树神、狐仙，就是这样被创造出来的。再如斗“疤鸡”、抢草场等场面，表面与环保有关，深层则是借此来透析人性和灵魂。整部作品，我尽量追求笔外之笔，画外之画，仅仅用眼睛去读，而不借助于心灵，是很难深入的。

创作《猎原》时，我着意采用一种网状结构，猪肚井仅仅是其中一点，牵一发而动全身，由此波及开去，终连至社会大网，甚至是历史大网。

小说有多条线索：孟八爷们的环保是明线索，狼、狗、猪肚井等是暗线索，作品自始至终，不曾稍离。此外，整体的大线索，就是对农民——何常又不是人类——精神品性的挖掘。整部小说，是展示人性的舞台，是透析灵魂的猎原，更是人类生存资料的档案库。崔道怡先生称其精确性，达到了文化志、风俗志的地步；其寓言性，则又超越了时空。他说：“作者的主体性体现在以大悲悯之心之气贯穿于小说的每一个章节，尽量使那看似零乱的生活画面终而成为浑然天成的大构。”

构思《猎原》时，我试图想尽量达到几个层面，以使不同层次的读者得到不同的收获。

第一层，是最浅的故事层面。时下，读者触及的，多为这一层。

也许是因为有了忏悔的猎人孟八爷这一典型，一些读者便将《猎原》看成了环保小说，却不知书中的孟八爷，既寄托了作者的思想，又充当了一个线索。书中一切，曲径通幽，皆沿孟八爷的脚步展开。孟八爷既是忏悔者和实践者，又是见证者。他目睹了几十年的风云变幻而大彻大悟，幡然觉醒，毅然和过去告别，走入了灵魂建设者的行列。

第二层，我想写出牧人——何尝不是农民——的苦难史。

因生存环境的日益恶化，也因为乱收费等问题的愈演愈烈，农民仅靠像祖宗那样刨土，已不能维持哪怕是简单的生计。除了进一步掠夺土地外，他们的出路只有两条：一是走出去打工，《大漠祭》中的灵官当属这类；另一条路就是开辟新的生存空间，《猎原》中的牧人即属这类。当土地无法养命时，他们转而到大漠寻梦。他们没有别的奢望，只求能养活三寸喉咙，养个儿，引个孙，别当“破头野鬼”就成。可怕的是，土地的梦想破碎之后，大漠的梦又化为虚无。因为环境的日渐恶化，水源也日渐稀罕。

为了生存，他们抢水，抢草场，视同类如仇敌，不惜以命相搏。为了充填没有希望的无聊生活，他们总想闹些纠纷。人中若不如愿，便在羊中搞些角斗。窝里斗已成为他们的天性，仿佛不如此，便不足以体现其生存价值。其中固然有性格因素，但希望破灭后的空虚无聊和现实挤压下的无奈占了很大成分。

在绝望之中，他们唯一的目的便是“混”，“今日有酒今日醉，不管明日喝凉水”，“活上一天是两半日子”。这几乎同于等死了。这是多么可怕的绝望。

除了“混”，他们更热衷的，便是自相搏杀。为抢水，他们纠斗不休；为抢荒草湖，他们群殴械斗。当炭毛子最终靠阴毒占了上风时，便凶相毕露，不但要抢驼抢羊，还打算填井，目的是叫谁也别想再活。在填井护井的纠斗中，炭毛子不慎叫人蹬入井中，一命呜呼。牧人仍害怕他的鬼魂会欺负同死的炒面拐棍。这是多么可怕的灵魂扭曲。

偷猎者鹞子也是绝望者之一。乡上借修路乱收费，他不服上访，却遭报复，被拆了房子。为了生存，也为了报复，他才偷猎。他被警察抓走的那段话是振聋发聩的："那大道理，我已不信了。我看得太多了，啥都不信了，多可怕。你想，心里连一点希望也没了，多可怕。我多想有希望呀。可没希望，索性就毁了它。打个野兽算啥？本来，我还有大想法呢，可惜……"

一个农民，一个品行不坏而且讲义气的农民，就这样被逼上梁山堕落为贼。他的绝望是叫人战栗的。

张五是另一个绝望者。他猎狐无数，声名远播，既是好猎手，也是当地最有本事者。他本该是一富户，谁料却家贫如洗。害了个不要命的病，可就是没钱治愈。临死时，他连打止痛针的钱都没有。他的所有价值仅仅是养活了几个并不优秀的人，遗传了一些同样并不优秀的基因。为了这，他不惜牺牲数以千计的动物。他死后，老伴坚决地埋了那杆曾扬名四方的枪，她显然知道，这枪，并不能改变他们贫穷的命运。

《猎原》中的每一个人，都是寻梦者，又都是梦想破灭者。没有梦想的苦难，是最大的苦难。那是没有光亮的茫茫长夜，是梦魇一样无法摆脱的钝痛，是目瞪口呆的绝望，是欲哭无泪的幻灭，是噎在心中永远也发不出的长叹。写它时，我老在梦中痛哭。

牧人们没有了生路，走出沙漠已成为必然。他们是因无法生存才走向沙漠的；走出沙漠之后，又将走向哪里？小说结尾看似有希望的那条路，似乎又不是路，路在何方？

没有路的苦难历程，是最大的苦难。

第三层，人与自然的层面。

《猎原》用了很多篇幅写狼。书中用了裕固族的叫法，将狼称为"黑胡子舅舅"。按当地的习俗，舅舅是骨头主儿，其地位等同于父亲，称狼为"舅舅”，很有意思。

此外，狼的另一称谓是“土地爷的狗”。土地爷在《西游记》中，虽辄被猴子欺辱，在西部却受到普遍敬仰。寻常农户，每年至少要祭土地神一次，并称其为“土主”，家人自然是臣仆了。在一般人眼里可憎的狼，在凉州却备受青睐。祁连山区，称之为“山神爷的狗”，言谈间亦多有敬意。

每遇瘟疫等灾，西部最有效的法儿便是给土地神上表文，请他派狗来撵瘟神。狼们也真听话，一长排儿排了，朝天长嚎，那瘟神就叫撵没影了。

后来，鹞子打狼，遂招致狼疯狂的报复。对狼的报复，我用了较多的笔墨。孟八爷下了夹脑，狼扒出夹脑耳子，旁边屙堆狼粪；牧人投下毒药，狼将药衔到一处，盖以粪尿。那巨大的身影无处不在，那幽咽的长嚎无时不有，惊人心魄。西部人称狼有状元之才，我们确实从狼的行为中看到了大自然神秘的魅力。

书中有个引人深思的情节：沟北沟南两派牧人争草场，抢水源，不亦乐乎。却不料，狼将胜者的牧畜咬了个七零八落。大自然可不管谁是人间的胜者，谁掠夺欺辱了它，它便向谁复仇。这类充满象征意味的情节，在书中比比皆是。

当“狼反了”的讯息惊碎了牧人的梦时，我们很是怀念书的开头人与狼和睦相处的场景。那种惊恐和末日般的情绪与其说来自于狼，不如说来自那颗贪婪的心。人是自然的产物，又是自然的最大破坏者。黑羔子的牢骚充满了诅咒意味，他虽是对自身命运的诅咒，又何尝不是对人类的诅咒。他说：“我知道，我是个断子绝孙的命。”同样，当人对自然的破坏到了极致时，又何尝不会断子绝孙呢？

崔道怡先生在《文学报》撰文说：“只要人类尚未进入大同世界，(《猎原》)其形象所昭示的意义便会长存。我甚至发奇想：为免西夏文书命运，应该借助先进科技，把这部书发射到另外一个星球去。亿万光年之后，那个星球上的生命研究宇宙，《猎原》就会成为一份参照：‘噢，地球是这样毁灭的。’”

第四层，人性和灵魂的层面。

透过《猎原》的故事表层，我想尽量写出一个个鲜活的灵魂，尽量使他们血肉丰满，呼之欲出。孟八爷、黑羔子、豁子女人、老顺、张五、鹞子……甚至一些次要人物，如炭毛子、炒面拐棍、红脸，都想尽量使之成为文学中的“这一个”。许多读者认可了这一点，他们说书中几十个人物，无一重复模糊。

豁子女人初是受害者，被人贩子卖到这里，贪恋所谓清静，随遇而安。有读者说，她每一出场，便挟带无穷风情，举手投足间，总有种叫人心旌摇荡的魅力。

写豁子女人时，我有意模糊了她的身份，不明写她来自何处，只写她历尽沧桑，看惯了“毒蜘蛛一样你咬我啃”的日子。到猪肚井后，她开始也不安分，老逃跑，想叫鹞子带她出去。但很快，她便被这大漠腹地独有的宁静所打动，为了享受这份清静，她甘愿做豁子女人。不过，她的身上迸发的那份魅力，又是“豁子女人”这一个身份所不能涵盖的。她不为利，不为名，也不为爱情，只为那份无嗔无怒无怨无争的自然清静。她随遇而安，但又不是糊涂的浑浑噩噩。她是看厌了外面世界的纷争，才随遇而安的。当乡长问她名姓时，她说：“一个名字，认啥真？天名字，地名字，百年后还是没名字。除了福大的外，一茬一茬的人，名字比身子烂得快。”这份洒脱和超然，是时下的都市男女所罕见的。她喜欢猛子，也喜欢偷猎者鹞子。当孟八爷的生命受到威胁时，她又毅然做出了抉择，但她又非一般意义上的“大义灭亲”。当警察带走鹞子时，她也痛哭，那是在为一个男人的苦难命运哭泣，其中不乏女性的缠绵，但又非世俗的爱。当牧人们争夺草场，争水源时，她说：“这井，明明是豁子打的，咋成沟北的了？照他的理，一线儿划下去，美国、欧洲、半个地球都成沟北的了？问他，有那个贪心，可有那个脏腑不？别贪得太多，却胀破肚皮。”其心其胸，不逊须眉。

生活中的豁子虽然卑琐，虽然不是她心爱的男人，虽然他也曾桎梏过她的行动，但是巨大的灾难降临到豁子身上时，女人身上就迸出了耀目的光芒。豁子叫她别管自己，并将积蓄给她，以免人财两空，女人却义无反顾地全力抢救，不惜低声下气地向她不喜欢的炭毛子们求救：“放心……是借的。老娘松裤带卖肉，也不会赖到下一世还。”那份决然，令人肃然起敬。

对女人来说，猪肚井显然是展示她人生的场景之一。写她时，我融入了对凉州女人的许多思考。不管她从何处来，到何处去，她那灵魂的巨大力量却使我们相信：无论到哪儿，她都是响当当的“这一个”。

老顺是我着意塑造的另一个人物。贫穷是他的影子。自他降生，直至衰老，他一直为生存挣扎，“老牛不死，稀屎不断”，“没个卸磨的时候了”。《大漠祭》中的老顺形象，在《猎原》中得到了升华，成为一个复杂的、最有个性的人物。他没有力量改变贫穷，但却是心灵的富翁。他可以哀叹，可以哭泣，但从不绝望：“老天能给，老子就能受”，老天能给是老天的能耐，老子能受是老子的尊严。他的那种无怨无争、坦然承受苦难，是他最高贵的行为之一。相较于这种高贵，施与他灾难的老天反倒显得十分无聊。

但老顺不是传统意义上的英雄。《猎原》中，命运让老顺发了一次。他逮的兔鹰竟然能卖钱，而且数目不小。而后，一个问题又摆在他面前，那些“疤鸡”（对巴基斯坦人的戏称）们买了鹰，是去贩海洛因。这样，老顺便陷入了矛盾之中：卖了鹰，就能给儿子娶媳妇，养儿引孙，繁衍后代，但同时，他心爱的鹰就毁了，成为凶手；不卖，他将一如既往地贫穷，一如既往地发愁，一如既往地长吁短叹。灵魂折腾了一夜后，最后还是祖宗教诫占了上风。那教诫，其实只有一句话：“昧心黑钱，使不得。”

在老顺身上，智慧和愚昧，大气和小气，质朴和狡诈，宗教情结和世俗生活，高贵和卑微，都和谐地结合在一起。为了表现他性格中的两个极端，我着意设计了“卖鹰”、“灭鼠”两个情节。

此外，为了尽可能地展示人性，我花费了大量笔墨写了两个大场面：一是大沙河里斗“疤鸡”，二是猪肚井周围抢草场。两个场面，分别有几十人，或数百人。每个人物的灵魂展示无遗，且极具象征意义。

诸多人物的性格就是借抢草场而凸现的：孟八爷的豪爽大气，红脸的强悍好斗，炭毛子的贪婪阴险，还有炒面拐棍、犏牛等诸多人物，皆借此场面展示出了各自的灵魂和人性。人性的高贵与卑劣，灵魂的伟大与渺小，生命的庄严与琐屑，在抢草场时一览无遗。其界限，并非高不可逾的山脉，而仅仅在于心灵一线。

根据佛教理论，人类悲剧的根源是贪、嗔、痴，因贪婪而愚痴，因愚痴而嗔恨，因嗔恨而残杀争斗，从而产生了罪恶。人类是罪恶的制造者，又成为罪恶的承受者。几乎人类每一次巨大的灾难，都与人类自身的贪婪有关。贪欲掩蔽良知，扭曲人性，蒙昧灵魂，增添罪恶。我写的，虽然是猪肚井牧人的故事，直指的，却是人类共同的命运。

为了更好地表达我的创作意图，并塑造出鲜活饱满的人物，我尽可能地摒弃主观叙述，而纯用客观画面。整部《猎原》，皆是画面构成。它和单纯编造故事者有本质的区别。生活画面的描绘对作者要求较高，它要求作者必须能真实地感受生活，而非仅仅靠想象力进行编造。我常说，托尔斯泰之所以伟大，并不是他写了多少个故事，而在于他的作品真实地展示了那个时代广阔的社会画面。编故事是必要的，因为我们的读者需要读故事的愉悦。但一个真正的作家，不能仅仅局限于故事层面，他必须能更进一步地展示生活，展示人性，剖析灵魂。文学的真正意义就在于忠实地记录一代人的生活。

为实现我的创作意图，我对生活素材的取舍跟一般作家不一样。有许多章节对故事小说来说是无用的，但对生活、对人物、对整部作品，却又缺少不得。如豁子进入火化炉的一节、老山狗“死”的一节、葬埋豁子的一节。按一般作家，仅仅是一句话就可以交代的，我却不惜浓墨重彩，此处的情节，已退至次要地位。我想展现的，是人物的命运，是世间的沧桑，是灵魂的感悟。崔道怡先生在《文学报》的那篇文章几句话就概括了它：“鲜活的形象之中蕴含着悠远的思索。……由生态而环保而争斗，由历史而当代而未来，以至‘忧天’，臆想到人类的消亡、地球的毁灭。感受大无常，生发大悲悯。”

评论家白烨在《文汇读书周报》撰文说：“(《猎原》) 在为西部造影中反思西部，在为人生摹相中审视人生。……在冷静平和的绘描中让读者热血沸腾，在不动声色的叙事中让读者震撼不已，这是雪漠在《猎原》中成功运用的艺术手法，也是《猎原》在众多的长篇小说中的与众不同之处。为此，我欣赏《猎原》，敬重作者雪漠，感谢这个在西部一隅却在深入研思现实人生的作家，这样的作家当然卓有才气，更重要的是葆有良知，而这更为重要也更为难能。”

第五层，也是最容易被忽视或发掘不到的层面，是它的形而上层面。

《猎原》构思之初，我就想用最实在的笔法写一个大寓言，使其意义，尽量超越地域，上升到人类的层面。“猪肚井”与其说是西部的一个所在，不如说已成为人类命运的象征，启发人思考：人类应走向何处？人类应如何活着？

对猪肚井，牧人猎人视为生命的依靠，其感情已超过生存的层次，上升到近乎宗教的情结。孟八爷初入大漠时，井水尚汪。夜间，豁子还能在槽中盛些水，夜里的黄羊和狼们还能解急。不久，水头下降，牧人开始轮流排队。再往后，水已无法满足饮用，抢夺间有发生。书中群羊渴急奔井的场面，令人扼腕。前面明明是死亡，但渴疯的羊还要往前猛挤。结果，许多羊坠井而死。这时的水，已不仅仅是水，而成为生命的保障。那井，也不是传统意义上的井，而成为一种近乎宗教的东西。

但井的最终死亡，并不是自然的原因，而源于人的争斗。炭毛子们争草场失败，损失惨重之后，并不甘心，他们夜袭成功，抢夺了大量的牧畜后，开始填井。这时，炒面拐棍舍命保护的，已不仅仅是井，而成为一种信念，一种寄托，一种希望，一种生命的意义。他与其说在殉井，不如说是对生命的绝望，对人生的绝望。心灵依靠的那个支柱倒下了，此后的苟活，仅仅是动物性的生命延续。所以，牧人们没有泪，只有一种浓浓的情绪。炒面拐棍的心灵绝望，他们也定然感觉到了。

后来，牧人们或死、或走，井的归属似乎不再有纠葛。按惯常思维，牧人们应该掏井、打井，把自己的梦再延续几日。谁知，牧人们在一种癫狂状态中，开始了填井。牧人掩埋的，已不仅仅是某个赖以生存的东西。举锨的那一刻，他们内心的失落绝不逊于虔诚的基督教徒听说“上帝死了”。那是一种由绝望而引起的失态的亢奋，一种漫无目的的诅咒，一种充盈于胸的愤懑。此刻，他们是不去想填了会如何的，填就是目的，填就是结束，填就是一切。

中国历史上充满了这样的“填”，一茬茬的人“填”了，一茬茬的人又去“挖”，人类就是在这轮回中繁衍的。

相对于盲目的填井，孟八爷的“谢猎神”更有理性。前者是情绪的宣泄，后者是灵魂的升华。前者是无奈的结果，后者是生命的超越。前者喻示一个旧世界的死去，后者象征一种新纪元的开始。前者更多的是一种破坏的快感，后者则充溢着灵魂的阵痛。后者的色彩重浊，情绪激昂，灵魂在剥离。忏悔、自责、觉悟、超然交织在一起，激荡出一股壮美的旋律。此刻的孟八爷，便是黄昏中的猎神，他似乎已非实在的肉身凡胎，而且衍化为一种图腾，一种精神。人类在千万年的繁衍中，凭的就是这种精神。

拉姆的死亦然。为了保护鹿，她被偷猎者杀死。她聪明、善良、智慧，她能坦然地面对死亡，看淡死亡。在她死前，谈到死时，曾说：“我若死了，就天葬。”她想用自己的身体去喂那神鹰，使它不再去伤害比它更小的生命。其精神，等于佛经中舍身饲虎和割肉喂鹰。那份博大，非寻常屑小之辈所能理解。

拉姆眼中，人与动物是平等的。人并不因为自己的强大而高于别的生灵，也不能倚仗那强大而去伤害别的生命。对任何动物来说，命只有一次，一旦失去，永不再来。所以，善待每一个弱小的生命是人类应该遵循的准则。

拉姆的意义是超越时空的，正如书中所说：“那饲虎的身和喂鹰的肉早不见了。那故事却在。那精神，也随这故事传了下来，传给一个个活着的人。”精神是永恒的，精神是超越历史、超越国度的。人类需要这样一种精神。

写《猎原》时，我还尽可能地融入了我对生命、死亡、人生的意义等诸多问题的思考。何为生命？生命是流动的死亡。生命由无数死亡和新生组成，不明白死亡者，便不会明白生。《猎原》中的许多悲剧便是愚者执著于生的幻像，而产生无穷贪欲所致。炭毛子若明白片刻之后他就会死去，他也许会宽容善良一些，也许会放弃一些执著，也许会因此有了另一个人生轨迹。可惜，愚痴和贪婪蒙了他的双眼，他并不明白，生是暂时的虚幻，而死是永恒的归宿。不能用自己黄金买不来的生命，去换取罪恶。

人世间所有的罪恶，都是不明白死亡所致。

专制独裁者，算天算地，将所有政敌都置于死地，将所有臣民都玩于股掌。其算也，不谓不精，可惜却算不出自己的死亡。正如《猎原》所说："在心灵的猎原上，你我都是猎物"，"一块生命的黑幕……结算了强者和弱者的所有账目"。

当死亡来临时，所有的罪恶所得都会离你远去，如影随形般跟定的，是罪恶。千古罪人，都曾风云一时。而今，财富已散，权势已消，那罪恶之名，却千古不灭。

以上，是我在创作《猎原》时的点滴想法。但一直没有公开发表，后来，有人采访我的创作意图时，我就将此文发给他们。时下，网上流行的许多文字，便是对此意图的大量引用。

●雪漠

心灵的猎原（《猎原》番外篇）

命运真是个沉重的词，
沉重得像那千年的黄土。
你总想弹出你的曲子，
只是无论咋弹，
也弹不出轻盈的旋律。

一

白露到了，兔鹰又该下山了。老顺照样揼鹰，灵官妈照旧忙活，莹儿有了盼盼，……一切，又回复了宁静。沙窝，也不因灵官的出去，而有什么变化。当别人问灵官啥时候回来，老顺总是说："快了，快了。"谁知，这一快，竟是十多年后的事了。

"他的出去，就是为了他的回来。"灵官这一去，大漠又沧桑了许多。风大了，沙多了，生的生了，死的死了，轮回不休，一切如故。沙湾的故事还没讲完，你瞧，那边的猪肚井，一场大戏已拉开了序幕，戏的名字同样叫命运，只是内容更恢弘，更惊心动魄。

下面，我就和你说说这场戏。

戏里有我，也有他人，只是后来，我从戏里跳了出来，而有人仍沉迷于戏中，醺醺然，不知所归。他们都被戏迷住了，魇住了，分不清戏里戏外，真戏假戏，不知道人生如梦，梦如人生，都还在大梦里打盹呢！

与其说，写《大漠祭》的初衷，我的创作意图是记录老顺一家最原始的生存状态，记录他们如何活着，那么，从《猎原》起，我开始进入了一个更为广袤的天地，在人类心灵的猎原上驰骋了一番。当然，在一般人看来，这个猎原很真实，也很现实，殊不知，这是我在艺术上的一种创造和再现，是对现实生活的一种超越。这种超越，源于我心灵的成长。心大，作品就大，展示的世界也大。

我的所有小说，都是自己跟自己的对话。虽然写了很多人，写了很多事，但究其意义，所有的人物都是我自己，都是我的心。我能进入每个人的心，甚至也能进入狼，进入羊，进入沙漠，进入草原，进入我想进入的一切。当我破除了对自我的执著之后，就和世界合一了，我就是它，它就是我，合为一体了，不再有二元对立。所以，许多时候，我的生命就是我的书。我从来没有将自己游离于人物之外。我总是用自己的心去感受他们的一切，和他们打成一片，融入其中，与他们同呼吸，共命运。他们每个人都代表了我生命中的某一种心灵状态。每一部作品，都承载了我每一生命阶段的信息，我说着时而明白，又时而糊涂的话，显得异常复杂。书里浸透了我满满的爱。如果你能静下心来，细细阅读的话，定能从那些文字中，读出一种贴心贴肺。那种生命的气息，是我的心在跳。所以，我的文字，总能打动读者的心。

同时，打动心的，还有那份疼痛。即使现在读来，书中的很多场景，仍然在我心里颤抖，它们并不因为被定格了，就一了百了。每当触摸这些文字，我总是在别人的故事里流着自己的泪。我明明知道，那苦难的沉重，仍像大山一般压在那块土地上，沉甸甸的，心不变，命是很难改变的。虽然现在的生存环境有了很大的改善，好些西部人也脱贫了，不再为那三寸喉咙而奔波了，但是，那心灵的愚痴，却丝毫没有减轻，反而更重了。

我在《一个人的西部》里，就写过“猎原”这块土地对我生命的影响。生活的磨炼和西部文化的博大，铸就了我作品独有的特质。如果没有那种扎实的生活，没有那种灵魂的锤炼，我的小说就少了许多底气和真实，会很飘，很浮，不厚重，也不会进入读者的心。我常说，写作需要投入，需要一种灵魂的真诚。没有真诚，就不会有真诚的作品，也不会打动读者的心。我的每一部作品，都投入了我全部的真诚。

二

二十多年前，我写《大漠祭》的时候，也在同步写着《猎原》。那时，我在凉州乡下，租了几间农房，做为自己的关房，我称为“红云窟”。那房子真有点“窟”的味道，很简陋，一张床、一把椅子、一张书桌，此外，除了书外，几乎没啥别的了。在里面，我完成了《猎原》。

闭关的时候，任何人找不到我，连老婆孩子也找不到。当我从外部世界进入关房时，有时也会感觉非常孤独。有时，我会打开手机，想找人说说话，可我把电话号码从头翻到尾，也找不到一个可以聊天的人。这说明，我虽然置身于孤独的空间，本意是为了躲避热闹、杜绝诱惑，可潜意识中，我仍然需要没有功利、没有算计、真心相待的朋友。我仍然需要与别人交流，与世界对话。但是，在生活中我很难遇到这样的人。在凉州，除了几个老夫子外，我的朋友不多。后来，我就越来越沉默，学会了享受孤独，在寂静中品味另一种孤独。真正的孤独是一种智慧和境界。这种孤独，让我实现了一种大自由。我将所有的孤独都渗透到我的作品中，也期待着能将这种孤独传递给那些需要这种孤独的人的心中。

虽然我喜欢离群索居，与世隔绝，但为了收集资料，感受生活，我也喜欢交一些农民朋友。那时，为了写作《猎原》，我多次随猎人进入沙漠，和他们一起生活。我也常去老百姓的家里，跟他们交朋友，收集些农村故事。

我对任何人，包括朋友、父母、妻儿，甚至高僧、上师，包括路边的乞丐、清洁工等，都是真心，在我眼中，任何人都是平等的。真是这样，这不是矫情。面对任何人的时候，我只有当下的那份真诚、明白、安详和宁静。我不会因为你是国学大师，就对你好一点；你是个孤寡平民，我就嫌弃你。我没有那种高下贵贱的分别心，只有当下的那份真心。在相遇的那个时刻，聊什么内容并不重要，重要的是两颗心的那份相契和真诚。我对世界就是这样的。我眼中的世界，永远是最美的风景，我的心中常常会涌出一种诗意。后来，我就将这种诗意化成了文字。

我在《猎原》里，就写了诸多的心灵。在一个叫猪肚井的所在，牧人们竞相上演着属于他们的故事。我常说，在心灵的猎原上，你我都是猎物。人类的贪欲，最终都是自食其果，自作自受。贪婪于始者，必失望于终。源于功利，必毁于功利。心灵决定一切。我说过，鹰会鸡那样啄食，狗也会狮子般捕猎，决定其行为的，就是它们的心。

三

《猎原》中，许多人都在寻找出路，他们背井离乡，跑到猪肚井，当起牧人，以期能有个好未来，但我们看到的，往往是事与愿违。为什么呢？

黑羔子是个被称为“二杆子”的人，时不时会冒怪声，显得很另类。他一直在挣扎，一直在与命运抗衡，他一直拒绝深爱着自己的拉姆。因为他不想过早地结婚生子，不想过早地被拴在那片土地上。爷爷放羊，爹爹放羊，到了他，又放羊，羊成了他摆脱不了的一个魔咒，魇了几辈子的人了。所以，他一心想挣出这张大网，想寻找另一条生路。但是，在那个庸碌闭塞的环境里，他不知道路在哪里？他憋闷，焦躁，万般无奈，因为没人告诉他希望在哪，出路在哪。他的那个所谓的梦，也是缥缈不定的，根本就抓不住。除了心中的那股劲外，他一无所有。

孟八爷也是如此，虽然他有浑身的本事，每一门本事都是响当当的，但是，那本事除了养个家、糊个口外，对改变命运来说，似乎也没有多大作用。所以，他也在寻找路。他知道命是心，心是命，但什么是心？心又在哪里？又该如何变心变命呢？对于孟八爷来说，都是未知数。他可以忏悔，可以从善，可以金盆洗手，但那单纯地行善积德，单纯地放下手中的屠刀，真的就能改变世世代代人的命运吗？无疑，孟八爷是先知者，是觉醒者，这样的人，在现今的时代也是少数。他是世间法意义上的觉醒者，他的力量很有限，最后，他终究没有力量阻止猪肚井的毁灭。

在《猎原》里，与孟八爷有着同等名声的张五，其生活原型是我的远房伯父陈昭年，他是甘肃古浪人，家中很穷。我在短篇小说《大漠的白狐子》里也写过他，他一辈子打猎，是个出色的猎人。他杀了无数的动物，背下了无数的命债，却还是穷了一辈子，最后走向了死亡。他的人生经历非常曲折，也非常丰富。当年，我专门去采访他，录下了大量的素材，他讲了很多猎人的故事。他还告诉了我很多打猎的诀窍，其中的很多东西，是秘不外传的。

伯父孩子多，都张着嘴吃饭。有时，实在过不下去的时候，他就带着老婆，领着孩子到我家来，与我们同住，一住就是一年多。我父亲经常帮他到处张罗，到其他人家里张罗一些粮食，让他带回去。那时，即使我家也缺衣少食，父亲还是会给他一些面和钱。后来，他的儿子、孙子，如果有困难，比如上不起学什么的，还会来找我，我也会帮助他们。

陈昭年晚年得了重病，没钱治病，也买不起止痛药，就只好躺在家里，疼得像牛一样嚎叫。他没有任何希望，挣扎着活在地狱里，只是为了最后的死去。当时，他家里的情形，就是《猎原》里孟八爷看张五的情形，家徒四壁，一贫如洗，非常凄凉。全家人一年四季吃不到菜，就吃那种浆水菜，上面坏掉了，有一层厚厚的发霉的东西，是致癌物。凉州是癌症高发区，跟吃这白化的浆水菜有关。

后来，我带了几支杜冷丁——杜冷丁不好找，我是给弟弟准备的，但那几支杜冷丁还没用完，弟弟已死去了——和一块鸦片去看他。他看到鸦片，双眼立刻放出了异样的光彩，然后，用火钳烫了点鸦片，贪婪地吸那白烟。那细节，深深地刺痛了我的心。后来，我就用《猎原》定格了那个瞬间——我想告诉这个冷漠的世界，有些人活得非常艰难，他们很需要别人的关怀和帮助，可愿意关注他们的人，又有多少？这个喧嚣、麻木的世界，能感觉到一丝疼痛吗？

人不管多么强大，出过多少风头，也逃不过最后的死亡。穷人也罢，富人也罢，都是这样。不会因为他一时的强大，或是一时的富有，就让他多活一段时间。所以，争啊，抢啊，杀啊，其实没有任何意义。智者们无争无怒，就是因为，他们发现了这个规律，不想再去做一些无意义的事了，只想用短暂的一生，做一些利众的事情。这时，他们就破除了好多执著，所以才能改变命运。

西部很多偏远地区的人很难做到这一点，但也不怪他们，因为他们很穷，穷得吃不饱肚子，读不上书，没有很好的老师，身边也没有明白人，所以，难有大见识、大胸怀，其人生，更难有大格局。出生在这样一个地方，又遇不上贵人，他们的一生就几乎定型了。更可悲的是，环境的局限和狭隘，让一些人无法发现命运的出路和希望，即使有些人遇上了贵人，也不懂得珍惜。

在我心中，好书也是“贵人”。我爱读书，这是我的习惯。不管在什么地方，什么时候，包括出差、坐车，陪伴我的，永远是书。到任何一个城市，我最想去的就是书店。书店是城市的风向标，展示了一个地方的人文。任何景区，我都可以错过，但不能错过好书，好书错过就错过了，而景区可以重游。有时候，我的旅游，就是从一个城市的书店，到另一个城市的书店。

即使在最穷的时候，我也要买书。因为我知道，在西部那个地方，只有读书，才能让我超越那个闭塞的环境，才能让我改变命运，消除愚昧。早年在凉州时，我刚买了复式楼房之后，为了节省空间，装修时总是以书为墙。客厅、书房、卧室、走廊等，墙壁上都钉上了书架。刚开始家里没书，好多人就笑着对我说，你这是准备放你老婆的鞋子吗？因为那时候，我刚买了楼房，还欠了很多债务，没有多少钱买书。但不久之后，那一个个书架就摆满了书。那时候，除了生活吃饭之外，我把大量的钱都用来买书。几年下来，书就满屋了。还有很多书，在我看过之后，就捐掉了。

后来，我到了岭南，又到了青岛和沂山，有了几个书院。每到一处，总会大量买书。再后来，我就将自己看过的一些书放到网上卖，再用所得款项帮助别人。

四

开始的时候，我对命运的看法，和大家是一样的，心灵明白之后，我知道命由心造，而不是像有些人说的，命是注定的，无法改变。是的，对于心灵不明白的人来说，命是注定的，难以改变，但是对于真正想改变命运的人来说，命是可以改变的，前提是要改变心。对于智者来说，命运就是由自己的心灵可以决定的那个人生轨迹。

这是我在《猎原》里重点想说的话。

什么决定命运？就是一种选择。命也罢，运也罢，好多人认为命运不可改变。事实上，选择是可以改变命运的。因为，选择决定了你的行为，行为构成了你的命运。你的命就是你的心造的，心决定行为，行为构成了你的命运。所以，我经常说，命由心造。

我会算命。那么，我是怎么给别人算命的呢？就从他的某一些细节中看出他的性格，进而测出他的命运，因为那细节代表了他的心，只要心不变，他以后的所有行为，都高不过他的心。他的心不变时，命不变；心变了后，命就变了。如果你是一个小人，必然会做好多小人事，于是，你就是一个小人命，谁都讨厌你，提防你，你的路就会越走越窄。当你的心一天天变得博大、高贵，变成君子之后，你就会有君子的行为，这样，你的命就变了，变成君子之命了，你的路就会越走越广，人生格局就会越来越大。所以，世界上没有救世主，你的心左右着你的命。

生活中，好多人总是埋怨，埋怨天，埋怨地，埋怨这个，埋怨那个，整个社会充满了一种怨气。其实，没有什么埋怨的，所有的一切，都是你自己造成的，别怪他人。你的心，决定了你的命。比如，我的一个朋友，在一家公司打工，他老是抱怨公司给他的薪水很少，我就觉得这个人不会有大出息。为什么呢？如果你把薪水寄托在别人身上，盯着公司给你多少薪水的时候，那么，你的命运不会有什么转机。你应当怎么办呢？让自己强大起来。让自己的心，从一个小人的心，成长为一个大人的心时，你的命运才会改变。

在我的“大漠三部曲”里，读者可以通过书中一些人物的对话、行为，或者他的一些心理活动，就能算中他的命运结局，比如灵官的出走，莹儿的自杀，兰兰皈依信仰，王秃子的仇杀，双福的败落等，其实都是定数。从《大漠祭》开始，每一人物一出场，一说话，都在暗示着他们的命运走向。而《猎原》《白虎关》，一路走来，表面上，我在写他们的生活，写他们是如何活着的，但实质上，我在展示他们的命运轨迹。这样的命运，是一种必然，这不是作者的有意为之，而是人物本身的心决定的。

以前，在凉州的时候，我也曾以捐助的方式帮助过几个穷孩子，但有人竟把我当成了冤大头。我无偿地帮助他们，他们却把我当成傻瓜。后来，我慢慢发现，我的那种帮助并没有改变他们的命。要是他们的心不变，那些物质帮助就像是隔靴搔痒，起不了多大作用。直到今天，某些我帮过的人，仍是越来越贪婪，越来越愚痴。很多孩子仍然在那种怪圈里成长着，延续着父辈们的那种活法，一想到这，我就心疼。因为好多孩子其实都可以有个好的未来，有个灿烂的明天，但不得不在历史文化旧有的观念下，在功利化的环境下阉割了鲜活的灵魂，失去了独有的个性和活力。

后来，我明白了，真正的帮助别人，应该是传递智慧，给别人一个升华心灵、证得智慧的助缘。真正的帮，必须从清除愚昧开始，只有这样，他们才能真正走出贫穷的命运，其他的东西意义不大，很快就会过去，改变不了什么。所以，我的著书立说，就是为了传递我所证悟到的那份智慧和清凉。

写《猎原》时最早的想法，便是如此。

五

中国有句古话 :“文章憎命达”。意思是，要想写出好文章，命就不能太好，人生不能太畅达。如果太畅达的话，生命就缺少了一些精彩。是的，我就是这样的。

在过去写《大漠祭》《猎原》的日子里，很长一段时间，我既要保证自己的生存，还要养活我的家人，所以，在与世隔绝地写作时，我承担着非常沉重的生存压力。在《一个人的西部》中，读者可以看到我过去的那段艰难岁月。我想说的是，一个人在追求梦想的时候，必须接受选择所带来的一切，包括磨难，包括贫穷，包括非议，包括生命中诸多的逆行菩萨。

就是到了今天，甘肃的一些作家生存条件还是很差。像甘肃省作家协会原主席王家达，虽有一定的社会地位，但他仍然清贫了一生。多年间，每次去他家，我见到的总是一张桌子、一张单人床，还有一张破旧的寻常沙发。他平日里就睡在单人床上。即便是那单人床，也很是简陋，是门板和床头搭在一起的那种，现在很少见了，想不到，他一直用到了去世。哪怕是一般的市民人家，也似乎比他家富足。所以，每次见到他，我的心情总是很沉重，也会在他困难时力所能及地帮助他，没留下啥遗憾。

在这样的现状面前，一个作家想要坚持一些东西，是很难的。在这种沉重的生存压力下，好多人的价值体系就发生了根本性的动摇。而我，在任何时候，都守住了自己的梦想，守住了自己的尊严，也兑现了自己曾经许下的诺言。

二十五岁时，我就蓄发留起了胡子，以此来提醒自己不要被外界同化，而要保持个性。在教委工作的时候，我是武威公务员中唯一留胡子的人。还曾多次出现因胡子而发生的风波，很多人劝我的胡子剃掉，但我宁愿不进城，宁愿留在乡下当一个小学老师，也要坚决留住它。这是我对抗庸碌环境的一种姿态。在那个时代，我留下胡子，就是时时警醒自己：不要被环境同化，不能被这块土地同化。一旦被这块土地同化，我就当不了作家，我就是个庸人。所以，我坚决留下胡子，每天一照镜子，就提醒自己：不能被他们同化！不能被他们同化！

2009年11月，我随中国作家代表团出访法国参加“中法首届文学论坛”时，办护照照相的时候，他们要我把胡子剃掉，我还是留着了，虽然有点短。你想，如果我的胡子全剃掉的话，就更滑稽了，就像一只雄狮，变成了一个猴子。后来，他们又让我必须穿西装。我说，我这辈子从来没有穿过西装，因为我不喜欢、也不愿意在脖子上打个领带。第一天，同行领队说，一定要打领带，不打领带，不穿西装就是对人家的不尊重。第一天，我打领带，穿西装，第二天我坚决不穿。做客法兰西学院时，我的演讲主题是《文学与灵性》，我就说，很小的时候，我当过牧童，从小就爱骑在马背上自由地奔驰。我不愿在脖子上打领带，穿着西服坐在这儿。所以，不要在我的身上戴什么领带，戴上领带后我很难受。

后来，我出版了很多作品，不管是“大漠三部曲”，还是“灵魂三部曲”，总有人愿意将我的作品划到这个主义，划到那个主义。甚至，一些高校的硕士生为写毕业论文而犯愁，因为他们无法将我的作品划到导师所说的哪个主义里，不知该怎么归类。为什么？因为我的作品根本就无法划定，无法概念，那不是教条化的东西。那是生命喷涌的东西，是灵魂自由的流淌，根本无法界定，鲜活的生命是超越任何主义的。而世界就是这样，总是把一种鲜活的生命教条化。

我是在与周围环境的对抗中，才慢慢成长起来的，而好多人却被庸碌的环境同化了。我之所以没被消解，反而升华了，原因只有一点，我能自省，知道忏悔，能一步一步战胜自己。我不是圣者。我是跟自己纠斗不休的战士，但我总能战胜自己。虽然有时斗得血肉模糊，但我总能站起来。有时，我真得对自己很苛刻。要不是那份自省和自强，我会跟千万个西部人一样，在生活的重压下，早已失去了那份向往。

生活中，常常是这样的，当听到我说的这些话时，很多人会觉得非常奇怪，觉得我跟别人不像，很异类。于是，我在任何一个群体中，都会成为众矢之的，总是被排斥，总是被挤压。甚至，有人绞尽脑汁地总想把我扼杀在摇篮之中。

2012年12月，作家莫言在瑞典诺贝尔文学奖的领奖发言中，讲述了一个被众人扔出去反倒避免了被活埋的人。

那个被扔的人，其实也是《猎原》中的黑羔子。当然，也是我。

许多时候，当一群人把你抛出去的时候，可能是为了不让你活埋，对这些人你要感谢他们。当你不被一个群体欢迎，被群体性驱逐的时候，一定要明白，你可能是一个清醒的人，也可能是一个伟大的人。所以，不要怕。我经常说，当无数股水流滚滚奔向东的时候，有一股水流奔向西，向西的那朵浪花就是天才。所以，我们要感谢命运中出现的这种抛弃。

六

每块土地的文化，均有其优秀的特性，也有低劣的杂质，这些特性与杂质甚至是合为一体，难解难分，经常会在不同的条件下，展现其复杂性。在这块土地上繁衍生息的人群，每个人身上也不可避免地带有这块土地的基因与文化的胎记。

一棵树的成长有众多的因素，比如说，土壤、种子、以及环境、阳光、空气等等。一个人的成长也是这样。一颗坏的树，不会无缘无故地坏掉，存在多种原因，包括土壤有没有病虫害等。人类也是这样。任何人类，他只要有某种行为时，他就不是单个的行为，他和文化土壤以及本身的遗传基因，以及时代所有文化的熏陶，都有很大的关系。

我在《猎原》里写过一只老山狗。它雄性十足，有高贵的基因。虽然老了，但老了的老山狗还是老山狗，如孟八爷所说，当得住老山狗这名儿的，不是狗岁数，而是狗心。在我眼中，老山狗几乎等同于某种已经断裂和丧失的西部精神。“孟八爷盼了几十年，想从癞皮狗堆里巴望出个老山狗来，却终而失望。”为什么？“这是水土的原因。多好的狗，都串种了。我这狗到藏区，一放骚下种，就是一堆藏獒。信不？人家那是啥地方？到处是藏獒，只那气味，就能把猫儿熏成藏獒。这里，嘿嘿，到处是癞皮狗。多好的狗娃儿，都熏成癞皮狗了……你们忘了，那狼孩儿？”

同样的，在《猎原》里，我还写过那个复仇的母狼灰儿，它的身上有一种天然的母性，同时它也有着狼的那种强悍和不屈。一谈到狼，很多人的印象是凶残，是残暴。其实，并不全是这样。狼也有着人类没有的优秀的秉性和基因。我希望自己能有一种狼的强悍，但我的对手，永远是我自己。

我喜欢用狼的强悍来激励自己、征服自己，让自己变得更强大，却不用狼的欲望争夺世界，用狼的嗔恨伤害世界。我明白，外界没有自己的敌人，每一个人的敌人，其实都在自己心里。我的对手永远是自己的欲望。无论我如何贪婪，一切都在飞快地成为记忆，我不愿意从贪婪的青年变成贪婪的老人。人生如过桥，我不会在桥上建房子，我只想放下一切，平坦了心，升华自己，享受命运里所有的故事——哪怕是一些现在显得苦涩的故事。

过去，我也一次次地这样说，有很多人觉得我说得对，也能放下一些东西，但一旦他们回到生活中去，欲望就会包围他们，把那一点放下的清凉，冲得烟消云散，他们总觉得身不由己。因为，心灵的惯性，有时不是一句话就能消除的，内心潜在的欲望，也必须有一个消解的过程，但你应该知道，它的本质是什么。

你今天不愿正视它们，今天就会被它们左右，一辈子不愿正视它们，人生就整个地荒废了。我不愿用宝贵的生命，去在乎一些留不住的东西，我要清醒地、明白地享受我的人生。遇到一些刺耳的声音时，我总会平坦了心，反思自己。因为，刺痛了我的，定然是我在乎的，它代表了我的某种执著和贪欲。那时节，我总在调整自己，提醒自己：一时的情绪不要紧，一切都会过去，整个世界都在不断地死去，不断地重生，它只是一个巨大的假象。在这个巨大的假象之中，除了精神和智慧之外，一切都会过去。

在我心里，外部世界就像是一盆沸水，只要欲望的火焰还在燃烧，它就会冒出各种各样的水泡。每一个水泡，就是一个事件，它冒出之后，就会破灭，再冒出，再破灭……如此循环往复，永不停息。明白那规律后，我就不想再捅那些水泡了。我知道，无论我捅还是不捅，它都会破灭的。我更想熄灭水盆下的火焰，给这个世界带来一点清凉，但我同样明白，这火，不是谁想熄，就能熄得了的，因为它附着在每个人的基因里。

这个时代发生了巨大的变化，也提供了成功的机会，能否在这样的平台上跳出最美的舞蹈，这是我们每个人必须思考的问题。中国古代的小脚女人是跳不出现代舞的，要想跳出最美的舞，先要把自己的裹脚布扔开，让脚健康地成长。这个脚，就是我们的心灵。许多的制约和镣铐，本质上是来自于我们的心灵，不是客观，不是世界的，是自己给自己的心灵裹了许多带子，所以心灵不能自由飞翔。要想真正飞翔，首先将自己的心灵打开，让智慧的光明焕发出来，所以，我在《猎原》中说，心明了，路就开了。

我在创作《猎原》之前，就开始有了上面谈到的人生感悟。当然，这《猎原》，远比思想本身丰富，也更也鲜活。

——2016年9月10日写于沂山雪漠书院